Francine Rivers

Mein wildes, mutiges Herz

Über die Autorin

Francine Rivers war bereits eine bekannte Bestsellerautorin, als sie sich wieder dem christlichen Glauben ihrer Kindheit zuwandte. Danach schrieb sie 1986 ihr bekanntestes Buch *Die Liebe ist stark,* dem noch rund 20 weitere Romane folgten. Heute lebt sie mit ihrem Mann in Nordkalifornien und genießt es, Zeit mit ihren drei mittlerweile erwachsenen Kindern zu verbringen und ihre Enkel zu verwöhnen.

FRANCINE
RIVERS

Mein wildes, mutiges Herz

ROMAN

Deutsch von Eva Weyandt

GerthMedien

Für meinen besten Freund und die Liebe meines Lebens,
Rick Rivers.
Das Leben mit dir ist immer noch ein Abenteuer.

Rein und vorbildlich Gott, unserem Vater, zu dienen bedeutet,
dass wir uns um die Sorgen der Waisen und Witwen kümmern
und uns nicht von der Welt verderben lassen.

Jakobus 1,27

Kapitel 1

Nordkalifornien, 1875

Übernächtigt und mit schmerzenden Gliedern klammerte sich Kathryn an der Sitzbank fest, als die Postkutsche wieder einmal über ein unebenes Straßenstück holperte. Im Vergleich zu dieser im wahrsten Sinn des Wortes erschütternden Fahrt in eine ungewisse Zukunft war die Reise in der zweiten Klasse der Eisenbahn quer durch den Kontinent durchaus angenehm gewesen. Zwei anstrengende Tage in der engen Kutsche lagen nun hinter ihr, zudem zwei Nächte in Poststationen, wo ihr als Bett nur ein Holzbrett mit einer abgenutzten Decke zur Verfügung gestanden hatte, man ihr zum Abendessen ein undefinierbares Etwas serviert hatte, das an Eintopf erinnerte – wobei die Betreiber der Herberge nicht bereit gewesen waren, ihr mitzuteilen, was für Fleisch sie dafür verwendet hatten –, und es zum Frühstück wässrigen Haferbrei gegeben hatte.

Vielleicht wäre es tatsächlich klüger gewesen, ihren Aufenthalt in Truckee, wo sie aus dem Zug ausgestiegen war, um ein paar Tage zu verlängern, anstatt sofort die letzte Etappe ihrer Reise anzutreten. Aber im Grunde hatte Kathryn kaum eine Wahl gehabt: Wenn sie nicht unverzüglich in diese Postkutsche eingestiegen wäre, hätte sie eine ganze Woche auf die nächste warten müssen, und der Aufenthalt in der kleinen Bergarbeiterstadt, in der es mehr Saloons als Hotels gab, hätte ein zu tiefes Loch in ihre Reisekasse gerissen.

Außerdem hatte die Stadt sie schockiert. Die Bewohner waren vor allem Bergarbeiter, Holzfäller und Eisenbahnleute, und es gab dort erschreckend wenige Frauen. Noch nie zuvor hatte Kathryn einen Chinesen zu Gesicht bekommen, doch sie hatte davon gelesen, dass chinesische Arbeitskräfte zu Tausenden über den Pazifik gekommen waren, bereit, für einen Hungerlohn und unter Einsatz ihres Lebens Eisenbahntunnel in die Berge der Sierra Nevada zu sprengen. Nachdem dieses Mammutprojekt nun abgeschlossen war, suchten diese von niemandem geliebten Einwanderer andere Wege, um sich das Geld für ihren Lebensunterhalt zu verdienen. Etliche von ihnen hatten Kathryn umringt, kaum dass sie aus dem Zug ausgestiegen war. Einen hatte sie beauftragt, ihr Gepäck zu einer geeigneten Unterkunft zu bringen. Der kleine, drahtige Mann hatte ihren gesamten Besitz im Eiltempo auf seinen klapprigen Karren gehievt und war losgestürmt, sodass sie kaum mit ihm hatte Schritt halten können.

Während sie ihm hinterhereilte, wich Kathryn dampfendem Pferdemist aus und sprang über Pfützen. Ihr war nicht wohl dabei, dass sie so viel Aufmerksamkeit erregte. Die Männer starrten sie an. Sie sah nur wenige Frauen, darunter keine, die so gut gekleidet war wie sie selbst, und auch sie folgten ihr mit den Blicken.

Erst vor dem Eingang des kleinen Hotels am Flussufer gelang es Kathryn, zu ihrem Gepäckträger aufzuschließen. Als sie durch die Eingangstür trat, verstummten die Männer in der Lobby schlagartig. Kathryn ignorierte sie, begab sich geradewegs zur Rezeption und buchte ein Zimmer. Wie sehr sie sich nach ein wenig Privatsphäre, einem heißen Bad, einem anständigen Essen und einem warmen, weichen Bett sehnte! Sieben Tage war sie im Zug unterwegs gewesen, und ihre Ohren schmerzten immer noch von dem unablässigen Kreischen der Räder auf den Metallschienen. Asche und glühende Funken aus dem Schornstein der Lokomotive hatte der Fahrtwind zum Fenster hereingeweht, und sie hatten kleine Löcher in ihr dunkelgrünes Reisekostüm gebrannt. Der Zug hatte nur haltgemacht, um Kohlen und Wasser nachzufüllen, und es war kaum Zeit gewesen, sich irgendwo in einem Restaurant etwas zu essen zu bestellen.

Ihr Gepäckträger wuchtete ihr Gepäck die Treppe hoch und stellte es in ihrem Zimmer ab. Der Raum war winzig und enthielt nur Bett, Tisch und einen Waschkrug samt Waschschüssel. Überwältigt von ihrer Enttäuschung, jedoch viel zu müde, um noch einmal nach unten zu gehen und nach einem besseren Zimmer zu fragen, löste Kathryn die Bänder ihres Hutes, nahm ihn ab, ließ sich auf das Bett fallen und war im nächsten Moment eingeschlafen.

Sie träumte, sie wäre wieder in Boston und stünde in der Tür zu einem der oberen Zimmer in der Villa der Hyland-Pershings. Ihre Mutter, strahlend vor Glück, hielt den neugeborenen Sohn im Arm, während Kathryns Stiefvater am Fuß des Baldachinbettes saß, ein stolzes Lächeln in seinem sonst so finsteren Gesicht. Kathryn sagte etwas, doch niemand hörte ihr zu. Sie, die kürzlich verstoßene Tochter, stand im Türrahmen, eine stille Beobachterin ihrer Freude. Hatte ihre Familie sie bereits vergessen?

Mit Tränen in den Augen erwachte sie. Benommen und desorientiert richtete sie sich auf und sah sich um. Der Morgen dämmerte schon, und der erste rötliche Schimmer des Sonnenaufgangs fiel in den Raum. Ihre Kleidung war zerknittert, das Haar zerzaust. Ihr Magen knurrte und erinnerte sie daran, dass sie seit gestern Mittag nichts mehr gegessen hatte.

Kathryn goss das eiskalte Wasser aus dem Krug in eine Schüssel und wusch sich das Gesicht. Wie sie sich nach einem heißen Bad sehnte! Doch es wäre wohl zu teuer, sich einen Zuber und warmes Wasser nach oben bringen zu lassen. Schnell legte sie ihr Reisekostüm ab und schlüpfte in das elegante Kleid, das geliefert worden war, kurz bevor man ihr mitgeteilt hatte, dass sie nach Kalifornien reisen würde.

Der Speiseraum des Hotels war bereits geöffnet und fast leer. Kathryn bestellte Rühreier, Speck, Bratkartoffeln und Brötchen mit Marmelade. Nachdem sie sich satt gegessen hatte, sprach sie mit dem Rezeptionisten, der ihr erklärte, die gewünschte Dienstleistung werde im Badehaus nebenan angeboten. Doch beim Anblick der vielen wartenden Männer vor dem Gebäude wurde ihr klar, dass dies sicher kein geeigneter Ort für eine Frau wäre. Bestürzt machte sie sich auf den Weg zum Bahnhof, um ihre Weiterreise nach Calvada zu organisieren.

Vor dem Bahnhof stand eine Postkutsche. Die Pferde wurden gerade angespannt.

„Calvada?" Der Postangestellte schüttelte den Kopf. „Noch nie gehört."

Ein Anflug von Panik machte sich in Kathryn breit. „Dort gibt es auch eine Poststation."

„In den Sierras gibt es bestimmt hundert oder noch mehr Minenstädte, Miss. Manche haben nicht mal einen Namen. Calvada ... Klingt nach einer Grenzstadt. Aber Sie müssen schon wissen, ob Sie in den Norden oder in den Süden wollen."

Der Brief, der zusammen mit Onkel Caseys Testament gekommen war, hatte noch zwei andere Städte erwähnt. Kathryn kramte ihn aus ihrem Gepäck hervor und reichte ihn dem Angestellten, der ihn überflog und anschließend nickte. „Richtung Süden also. Dauert drei Tage bis dorthin, wenn es unterwegs keine Pannen gibt. Sie haben Glück. Die Postkutsche fährt in einer Stunde los. Wenn Sie die verpassen, müssen Sie eine Woche auf die nächste warten."

Die Kutsche machte einen Satz nach vorn und holte Kathryn, deren bereits schmerzendes Gesäß unsanft auf der harten Sitzbank aufkam, in die Gegenwart zurück. Ein groß gewachsener, raubeiniger Mann aus den Bergen mit Namen Cussler lenkte das Gefährt, und gerade schleuderte er Flüche auf sein Gespann aus sechs Pferden herunter, während die Kutsche in atemberaubendem Tempo über die Bergstraße schoss. Unwillkürlich fragte sich Kathryn, was sie wohl in Calvada erwarten würde.

Während sie weiter heftig durchgeschüttelt wurde, dachte sie zurück an den Abend vor ihrer Abreise aus Boston. Ihre Eltern waren mit Freunden ins Theater gegangen. Kathryn hatte zusammen mit dem Personal in der Küche zu Abend gegessen. Der Abschied von den

Menschen, die sie liebte, fiel ihr sehr schwer. Und jede Hoffnung, ihre Mutter doch noch umstimmen zu können, zerschlug sich am nächsten Morgen, als ihr Stiefvater, Richter Lawrence Pershing, in der Eingangshalle auf sie zutrat und sie darüber informierte, dass er sie persönlich zum Bahnhof begleiten würde. Vermutlich wollte er sicherstellen, dass sie tatsächlich in den Zug einstieg und auch darin blieb.

Auf dem Weg zum Bahnhof sprach er kein Wort mit ihr. Am Bahnsteig angekommen, nahm er einen Umschlag aus seiner Jackentasche. „Durch dieses Dokument wird das Recht deiner Mutter an dem Erbe auf dich übertragen. Der Besitz deines Onkels gehört jetzt dir. Allerdings bezweifle ich, dass es genug zum Leben ist. Ich habe noch etwas Geld beigelegt, um dir einen Neuanfang zu ermöglichen. Wenn du bescheiden lebst und klug wirtschaftest", fügte er mit einem Anflug von Sarkasmus in der Stimme hinzu, „wird es reichen, bis du eine passende Beschäftigung gefunden hast. Die Fahrkarte nach Truckee ist bezahlt. Von dort aus musst du selbst für deine Weiterreise nach Calvada sorgen."

Eine passende Beschäftigung. Was das wohl sein könnte? Zwar hatte Kathryn mehr Bildung als die meisten anderen Frauen genossen, was sie vor allem der Tatsache verdankte, dass sie sich so oft in die Bibliothek des Richters geschlichen und Bücher stibitzt hatte. Aber mit dem, was sie daraus gelernt hatte, konnte sie auf keinen Fall ihren Lebensunterhalt bestreiten.

Die Postkutsche schlenkerte gefährlich, und Kathryn wurde von ihrem Sitz hochgeschleudert und landete gleich darauf wieder hart auf der Bank. Sie stieß einen ganz und gar nicht damenhaften Grunzer aus, während Cussler einen weiteren Schwall unflätiger Schimpfworte von sich gab und die Peitsche knallen ließ. Die Kutsche geriet ins Wanken, und Kathryn hatte Mühe, das Gleichgewicht zu halten. Ihr Kopf juckte trotz des Hutes, der ihre Haare bedeckte. Wie lange noch bis zur nächsten Station? Sie war ausgedörrt und bemühte sich verzweifelt, den Gedanken daran zu verdrängen, wie gut jetzt doch ein Glas kaltes Wasser tun würde.

Vier weitere Passagiere waren am ersten Tag mit ihr in die Kutsche gestiegen, hatten diese aber mittlerweile an den unterschiedlichsten Stationen wieder verlassen. Henry Call, ein bebrillter Herr Anfang dreißig, war erst an der letzten Station dazugestoßen. Er hatte sich in der Poststation zu ihr gesetzt und ihr beim Verzehr des fragwürdigen Eintopfs Gesellschaft geleistet. Kathryn hatte den Eindruck gehabt, es sei Hühnchen, aber Cussler hatte eher auf Klapperschlange getippt. Sie hatte gar nicht wissen wollen, wer von ihnen recht hatte. Außerdem war sie viel zu hungrig gewesen, als dass es sie wirklich interessiert hätte.

Mr Call hatte ihr anschließend in die Kutsche geholfen. Ein Gespräch wollte jedoch nicht in Gang kommen, denn beiden war klar, dass sie bei dem Versuch, sich miteinander zu unterhalten, jede Menge Straßenstaub schlucken würden. Der junge Mann hatte daraufhin seine Umhängetasche geöffnet und eine Aktenmappe herausgenommen. Von Zeit zu Zeit zog er die Brille ab, um die Gläser zu reinigen.

„Hooa!", rief Cussler, und die Kutsche kam zum Stehen. Er brüllte etwas und verwendete Worte, die Kathryn nicht verstand, bei denen Mr Call aber die Röte in die Wangen stieg.

„Was machst du Idiot hier mitten auf der Straße?"

„Wie sonst soll ich wohl eine Mitfahrgelegenheit finden, hm?", erwiderte eine barsche Stimme und lachte.

„Na, kauf dir gefälligst eine Fahrkarte, wie alle anderen auch!"

„Nimmst du mich nun mit oder lässt du mich als Bärenfutter hier stehen?"

Alarmiert sah Kathryn Mr Call an. „Gibt es hier etwa Bären?"

„Allerdings, Ma'am. In den Bergen gibt es jede Menge Grizzlys."

Als ob die Überzahl an Männern in dieser Gegend nicht schon beängstigend genug wäre! Musste Kathryn jetzt auch noch wilde Tiere fürchten?

Die Tür der Postkutsche wurde aufgerissen, und ein alter Mann mit einem von Schweißflecken übersäten Hemd und einem ziemlich ramponierten Hut auf dem Kopf stieg ein. Als er sein bärtiges Gesicht hob, fiel sein Blick auf Kathryn. „Heiliger Joschafat, eine junge Lady!" Ein Lächeln breitete sich auf seinem geröteten, faltigen Gesicht aus. Er versuchte, so etwas wie eine Verbeugung zustande zu bringen, und nahm den Hut ab. „Bitte entschuldigen Sie, Ma'am. Hatte nicht damit gerechnet, hier jemanden wie Sie anzutreffen!"

Kathryn hätte umgekehrt das Gleiche von sich behaupten können.

Die Kutsche setzte sich wieder in Bewegung. Der Alte konnte sich nicht halten, wurde zur Seite geschleudert und landete unsanft neben Mr Call. Verärgert stieß er ein Schimpfwort aus, das Kathryn in den vergangenen achtundvierzig Stunden sicher schon hundertmal von Cussler gehört hatte. Missmutig streckte er den Kopf zum Fenster hinaus. „Hey, Cussler, wann lernst du endlich zu fahren? Willst du mich umbringen?"

„Ich hätte dich einfach überrollen und deine sterblichen Überreste auf der Straße liegen lassen sollen", gab Cussler zurück.

Nicht im Mindesten beleidigt, lachte der Neuankömmling und setzte sich auf seinen Platz. „Verzeihen Sie, Ma'am. Das war nicht ernst gemeint. Ich und Cussler, wir beide kennen uns schon ewig."

Kathryn warf ihm ein gequältes Lächeln zu und schloss die Augen. Inzwischen verspürte sie einen stechenden Kopfschmerz, ganz abgesehen von den ohnehin schon heftigen Schmerzen in ihren Gliedern und ihrem Gesäß. Beim letzten Halt hatte sie all ihre Willenskraft aufbringen müssen, um sich nicht das Hinterteil zu reiben, als sie aus der Kutsche ausgestiegen war.

Der Alte kratzte sich den weiß gesprenkelten Bart. „Ich such mir immer 'ne Mitfahrgelegenheit, bevor die Straße zu schmal wird. Einmal, da hab ich laufen woll'n und musst' mich an 'nem Ast über mir festklammern, sonst wär ich überfahren worden."

Kathryn warf einen Blick aus dem Fenster und zuckte unwillkürlich zurück.

„Wenn Sie in der nächsten Kurve rausschauen, können Sie unten am Abhang 'ne Kutsche liegen sehen. Hat es wohl zu eilig gehabt, der Fahrer. Passiert schon mal", sagte der Mann.

Wie auf Kommando knallte Cussler erneut mit der Peitsche und trieb die Pferde an. Kathryn schluckte.

„Man weiß nie, wann das Leben zu Ende ist." Der Alte wurde philosophisch. „Aber wir schaffen's schon. Kommt drauf an."

„Kommt worauf an?", wagte Kathryn zu fragen.

„Wie viel Cussler an der letzten Station getrunken hat."

Kathryns Blick wanderte zu Henry Call. Der zuckte nur die Schultern. Was wohl in dem großen Humpen gewesen war, den der Gastwirt Cussler gereicht hatte?

Sie wappnete sich innerlich, als die Kutsche wieder um eine Kurve schlenkerte. Doch dann konnte sie nicht länger widerstehen und schaute zum Fenster hinaus. Im selben Moment machte das Gefährt einen Satz, und die Tür flog auf.

Kathryn schrie auf, als sie nach vorn geschleudert wurde. Sie spürte, wie jemand sie am Rock packte und zurückzog. Der alte Mann verriegelte die Tür. Wortlos starrten sich die drei Passagiere an. Kathryn wusste nicht, wem sie danken sollte, und scheute sich davor zu fragen.

Henry Call räusperte sich. „Man sagte mir, Cussler sei der beste Fahrer auf dieser Route. Wir müssen sicher keine Angst haben."

Der Alte schnaubte verächtlich und steckte sich etwas in den Mund. Seine Kiefer mahlten wie die eines wiederkäuenden Maultiers, während er Kathryn von unten bis oben musterte – von ihren geknöpften Stiefeletten bis zum Rand ihres mit Bändern verzierten Hutes mit den beiden staubigen Federn. „Was für'n Vogel musste die denn lassen?"

„Ein Strauß."

„Ein was?"

„Ein Strauß. Das ist ein großer afrikanischer Vogel."

„Muss Sie 'n hübsches Sümmchen gekostet haben." Er beugte sich zum Fenster hinaus und spie einen Schwall braune Brühe aus.

Kathryn hatte das Gefühl, sich jeden Moment übergeben zu müssen. Doch der Mann war offenbar noch nicht fertig mit seiner

Begutachtung. Verärgert musterte sie ihn nun ihrerseits; seinen dreckigen Hut, das zerschlissene karierte Hemd, den wettergegerbten Ledermantel, die abgetragene Hose und die ausgetretenen Stiefel. Der Kerl stank wie eine Bisamratte – zumindest stellte Kathryn sich vor, dass eine Bisamratte so roch. Aber andererseits: Welches Recht hatte sie, die Nase zu rümpfen? Seit ihrer Abreise aus Boston hatte sie kein Bad mehr genommen. Das Fischbeinkorsett zwickte. Schlimmer noch: Ihre Haut darunter juckte. Und die Tournüre an ihrem unteren Rücken war schwer wie Blei.

Die Postkutsche glitt eine Zeit lang einigermaßen sanft dahin, und Kathryn hatte sich gerade ein wenig entspannt, als Cussler rief: „Aufpassen, Leute! Waschbrett voraus!"

Bevor sie ihre beiden Mitfahrer fragen konnte, was er wohl damit meinte, stemmte der Alte die Stiefel gegen ihre Sitzbank und klammerte sich mit den Händen fest an seine. Die Kutsche schoss in die Höhe, und Kathryn mit ihr. Allein Kathryns Hut verhinderte, dass sie mit dem Kopf gegen die Holzdecke schlug. Mit einem lauten Plumps und einem schmerzerfüllten „Uff" landete sie hart auf ihrem Sitz. Diesem ersten Aufprall folgte in schneller Abfolge eine Reihe weiterer. „Ah … ah … ah … ah …" Kathryn klammerte sich verzweifelt an der Sitzbank fest. Ihr Hinterteil wurde schlimm malträtiert.

So unerwartet, wie die Tortur begonnen hatte, endete sie auch wieder.

Die Straußenfeder baumelte vor Kathryns Gesicht. Ihre Tournüre hatte sich nach unten verschoben. Kathryn rutschte auf ihrem Sitz herum, aber das machte alles nur noch schlimmer. Die Männer fragten, ob alles in Ordnung sei. „Ja, natürlich. Wie lange noch bis Calvada?"

„Nicht mehr lange, denke ich. Auf jeden Fall vor Sonnenuntergang. Cussler ist gut unterwegs."

Kathryn fügte sich in ihr Schicksal.

Henry Call steckte seine Papiere weg. „Das ist eine lange Reise für eine junge Dame, so ganz allein, Miss Walsh. Sie vermissen Boston doch bestimmt."

„Allerdings." Bisher hatte die Reise nur zu einem gedient: ihr vor Augen zu führen, welche Konsequenzen es hatte, wenn man zu seinen Überzeugungen stand.

Der ältere Mann strahlte. „Boston! Hab mir schon gedacht, dass Sie aus dem Osten kommen. Sie ha'm so was an sich, wissen Sie. Gibt nich' viele von Ihrer Sorte hier draußen." Die zerdrückten und zerbrochenen Federn schienen ihn zu faszinieren. „Von der anderen allerdings genug."

Henry Call räusperte sich.

Mit Inbrunst kauend blickte der alte Mann ihn an. „Wird sie bald genug selbst 'rausfinden, was?" Er wandte sich wieder an Kathryn. „Wieso sind Sie hier?"

„Familienangelegenheiten, Sir." Als ob ihn das etwas anginge.

Die Augenbrauen des Alten schossen in die Höhe, und er musterte sie erneut. „So hat mich noch niemand genannt. Mit vielen anderen Namen bedacht, das schon, aber nicht *Sir*. Nein, ganz sicher, Lady, in Calvada gibt's niemanden wie Sie. Nehmen Sie's nicht übel, dass ich das sage. Ist das reine Kompliment."

„Dort, wo ich herkomme, gibt es auch niemanden wie Sie, Mr ..."

„Nicht Mister. Einfach Wiley. Wiley Baer."

Mr Call nahm seine Brille ab und reinigte sie erneut, bevor er sie in seine Brusttasche steckte. „Haben Sie Familie in Calvada, Miss Walsh?"

„Einen Onkel. Er ist gestorben und hat ein Erbe hinterlassen."

„In Calvada?" Wiley schnaubte erneut. „Viel Glück damit." Seine Augen verengten sich. „Falls es was wert ist, dann hat sich's schon jemand unter den Nagel gerissen."

„Vielleicht kann ich behilflich sein", warf Call ein. „Ich bin Rechtsanwalt. Wenn Sie Hilfe brauchen, um Ihren rechtlichen Anspruch geltend zu machen, kommen Sie gern zu mir."

„Das ist überaus freundlich, Mr Call."

Wiley schob ein weiteres Stück Tabak in seine Wange. Sein Blick hing an Henry Call. „Da könn'n Sie gleich wieder umkehren, Mister.

Ist 'ne reine Zeitverschwendung, Ihr Kanzleischild in Calvada aufzuhängen. Wir ha'm da schon mehr Rechtsanwälte als Hunde Flöhe ha'm. Und die sind etwa genauso willkommen."

„Ich habe einen Auftrag, Wiley. Ich werde nur ein paar Monate in Calvada bleiben, dann gehe ich zurück nach Sacramento."

„Wer ist Ihr Boss? Morgan Sanders?" Wiley legte seinen Stiefel wieder auf den Sitz. „Er ist ein gemeiner …" – sein Blick wanderte zu Kathryn – „Windhund."

„Ich bin nicht befugt, Ihnen das zu sagen."

„Nun, in Calvada gibt's nur zwei Männer, die genügend Geld haben, um sich 'nen Anwalt aus Sacramento kommen zu lassen, oder von wo auch immer Sie kommen. Sanders oder Beck. Und ich würd' da nich' zwischen die Fronen geraten wollen."

„Wer ist das, Wiley?" Kathryn wollte etwas über die Stadt erfahren, die bald ihre Heimat werden würde.

„Morgan Sanders. Dem gehört die Madera-Mine. Vermietet Bruchbuden an seine Arbeiter. Hat auch noch den Laden, wo sie ihre Einkäufe machen müssen. Beck kam erst kürzlich und hat sich mit Paul Langnor als seinem Partner zusammengetan. Guter Mann, dieser Langnor. Hat seinen Whisky nie mit Wasser gestreckt. Beck is' gut im Geschäft mit dem Saloon und dem Casino, seit Langnor tot ist. Und hat noch 'n Hotel eröffnet. Hat den Elefanten gesehen und hatte genug davon, vor dem Tiger zu buckeln. Und der Mann war clever genug, was anderes zu tun zu finden, das ihm jetzt gutes Geld einbringt."

„Elefanten und Tiger?" Kathryns Beklommenheit wuchs.

Henry Call lächelte. „Den Elefanten sehen, bedeutet, das Leben auf die harte Tour lernen, Miss Walsh. Vor dem Tiger buckeln bedeutet, Faro zu spielen. Dieses Spiel kommt aus Europa, und dort wurden Karten mit Bildern von ägyptischen Pharaonen auf der Rückseite verwendet."

„Ich spiel's, seit ich '49 in den Westen gekommen bin", gestand Wiley mit blitzenden Augen.

„Sie meinen Glücksspiel.“ Kathryn verstand jetzt, warum der Mann nichts weiter zu besitzen schien als seine zerschlissene Kleidung und seine abgewetzten Stiefel.

„Das Leben is'n Glücksspiel, oder nich'? Steckt überall 'n Risiko drin, egal, was man tut.“

Wiley, der Weise. „Was können Sie mir über Calvada erzählen?“

„Na ja, es is' ganz bestimmt nicht Boston!“ Er schnaubte. „So viel kann ich Ihnen sagen.“

„Arbeiten Sie in der Madera-Mine, Wiley?“

„Für Sanders arbeiten? Bin doch nicht verrückt. Wenn man in diese Schächte erst mal eingefahren ist, kommt man nich' mehr raus. Hab selbst 'ne Mine in den Bergen. Aber ich arbeite allein. Eingetragen hab ich sie damals '52. Und ich hab Papiere, die das belegen. Zum Glück, weil die Registratur '54 abgebrannt ist. Und '58 noch mal. Ich hole aus dem Boden, was ich zum Leben brauche. Das Erz wird mir fürs Leben ausreichen.“ Misstrauisch beäugte er Henry Call. „Weiß niemand außer mir, wo sie liegt.“ Er kaute noch eine Weile, bevor er den Tabak erneut aus dem Fenster spuckte. „Aber ab und zu muss der Mensch mal in ein Städtchen fahren.“ Er blinzelte Henry zu. „Das Problem ist, ich glaub', ich habe mir Läuse geholt ...“

„Läuse?“ Allein beim Gedanken daran juckte es Kathryn am ganzen Körper.

„Könn'n Se drauf wetten, Madam. Manche sind fast 'nen Zentimeter groß.“

Mr Call schüttelte den Kopf. „Ein Märchen, Miss Walsh.“

„Wer sagt das?“ Wiley funkelte Call an, bevor er Kathryn unschuldig anlächelte. „Woll'n Sie 'nem Anwalt eher glauben als 'nem ehrlichen Kerl, der schon seit mehr als zwanzig Jahren in diesen Bergen lebt? Ich sag Ihnen was, bei uns gibt's Zecken, die können Sie satteln und reiten. Die Moskitos tragen Ziegelbrocken unter ihren Flügeln, um daran ihren Stachel zu schärfen. Aber keine Sorge, Lady, keine Sorge. Es gibt 'nen sicheren Weg, sie loszuwerden. Ich hab 'nen Scheitel gezogen, die Haare auf der einen Seite abrasiert, die andere mit

Benzin getränkt und ein Streichholz drangehalten. Die Biester sind zur geschorenen Seite gerannt, und da hab ich sie mit meinem Jagdmesser abgestochen." Er zog ein Messer aus dem Futteral an seinem Gürtel und hielt es hoch, um ihr die breite Klinge zu zeigen.

Sie warf ihm einen seltsamen Blick zu. „Dann sollten Sie aber gut zielen können."

Wiley lachte. „Da könn'n Sie drauf wetten." Er zwinkerte erneut.

„Gibt es viele Frauen in Calvada, Wiley?"

„Frauen? Aber sicher! Etwa zwanzig, würd' ich meinen, wenn's noch so viele sind wie bei der letzten Zählung. Damen allerdings nicht so viele, und keine wie Sie, das is' mal sicher." Er musterte sie erneut. „Sind Sie bereits versprochen?"

„Verzeihung?" Kathryn errötete und wunderte sich darüber, dass er eine so persönliche Frage stellte.

„Ob Sie verlobt sind oder verheiratet?" Er sprach lauter, als hätte sie seine Frage bei dem Lärm der Geschirre und der donnernden Hufe nicht verstanden.

„Nein."

„Nun, diese gute Nachricht wird sich verbreiten wie ein Buschfeuer." Er grinste. „Wenn Sie 'nen Ehemann suchen, nun, bis zum Einbruch der Dunkelheit können Sie einen haben."

War das ein Heiratsantrag kalifornischer Art? „Nein, danke."

„Die Männer hier draußen gieren nach Frauen. Und Sie seh'n aus wie 'ne prima Kandidatin."

Das sollte wohl ein Kompliment sein, aber sie kam sich vor wie ein saftiges Steak auf einem Teller. „Ich bin nicht hergekommen, um mir einen Ehemann zu suchen. Ich bin hergekommen, um mein Erbe einzufordern und selbstbestimmt leben zu können."

„Da werden Sie wohl Schutz brauchen."

War das ein Angebot? „Ich werde mir ein Gewehr kaufen."

Die Postkutsche schwankte heftig, und Kathryn klammerte sich am Fensterrahmen fest. Jeder Muskel in ihrem Körper schrie nach einem Ende dieser Qual.

„Aufwachen, Leute!“, rief Cussler. „Wir sind jetzt gleich in Calvada.“

Mr Call überprüfte seine Aktentasche. „Werden Sie erwartet, Miss Walsh?“

„Ich soll mich bei meiner Ankunft mit einem Mr Neumann in Verbindung setzen.“

Wiley spuckte den Tabak aus dem Fenster. „Herr Neumann?“

„Ja. Kennen Sie den Herrn?“

„Hätte bei meinem letzten Besuch in seinem Barbiersalon beinahe das Ohr verloren.“

Nach der Länge von Wiley Baers Haaren zu urteilen, musste dieser Besuch bereits einige Jahre zurückliegen.

„Lausiger Barbier. Aber ’n guter Mann. In nüchternem Zustand. Wenn er nich’ in seinem Laden ist, finden Sie ihn in Becks Saloon.“

Es knallte mehrmals, und Kathryn zuckte zusammen. „Waren das Schüsse?“

„Ja.“ Wiley kratzte sich den Bart. „Klingt wie ’ne Smith & Wesson. Schüsse sind in Calvada an der Tagesordnung, wissen Sie. Die Männer schütten sich zu viel Whisky hinter die Kehle, und dann werden sie streitsüchtig.“ In einer Kurve beugte er sich aus dem Kutschenfenster. „Aber ich sehe keine Toten auf der Straße liegen.“ Zufrieden lehnte er sich zurück. „Hätte schlimmer sein können. Hab mal beobachtet, wie sechs Männer einen Hund über die Chump Street gejagt haben. Die waren so voll, dass keiner ihn getroffen hat. Aber ein unschuldiger Kerl in der Textilhandlung, der nichts Böses im Sinn hatte, der hat ’ne Kugel in den Kopf gekriegt.“

Kathryn wusste nicht, ob sie ihm glauben sollte oder nicht. Dieses Mal behauptete Henry Call nicht, das sei ein Märchen. Was war das für ein Ort, dieses Calvada? „Hat der Sheriff die Männer verhaftet?“

„’n Sheriff gab’s nich’.“

„Aber bestimmt gibt es doch Gesetze …“

„Klar. Die Männer trafen sich im Saloon, besprachen die Angelegenheit. Kamen zu dem Schluss, dass sein Tod ein Akt Gottes war. Sehr schade, aber wir alle müssen eines Tages gehen.“

Kathryn starrte ihn an. „Und mehr haben sie wegen des Verstorbenen nicht unternommen?"

„Nee. Sie hoben ein paar Drinks in seinem Namen, legten zusammen und ließen ihn am nächsten Tag in einem neuen Anzug beerdigen."

Gerade als Kathryn eine Bemerkung dazu machen wollte, stieg ihr ein entsetzlicher Gestank in die Nase, so übel, dass sie zu würgen begann. „Was um Himmels willen ist das für ein fürchterlicher Gestank?"

Wiley Baers angedeutetes Lächeln erstarb. „Wie ich schon sagte, Calvada is' nich' Boston. Dauert nur 'n paar Tage und Sie haben sich an den Gestank gewöhnt." Drei weitere Schüsse ertönten, und die Postkutsche kam abrupt zum Stehen. War Cussler oder eines der Pferde etwa von einer verirrten Kugel getroffen worden? Wiley öffnete die Tür und sprang hinaus. Er schaute sich um und steckte den Kopf wieder in die Kutsche. „Scheint wieder geregnet zu haben. Der Schlamm reicht mir bis zu den Knöcheln. Sie steigen besser auf der anderen Seite aus, Ma'am. In der Stadt gibt's Schlaglöcher, die sind so tief, dass Männer darin verschwunden und jetzt Teil der Straße sind."

Der Geruch nach Abwasser, Schlamm und Pferdemist hing schwer in der Luft. Ein weiterer Schuss ertönte. Glas schepperte. Männer schrien. Es hörte sich an, als wäre es im Saloon auf der anderen Straßenseite zu einem Tumult gekommen. Wiley pflügte durch den Matsch. „Das kommt aus Becks Saloon. Die Schießerei ist vorbei, denk' ich."

Mr Call stieg aus der Kutsche und blieb auf dem Brettersteg stehen. Er reichte Kathryn die Hand. Zitternd und mit weichen Knien sprang sie auf die Planken, wo Wiley Baer sich pfundweise den stinkenden Schlamm von den Stiefeln kratzte. Auf der anderen Straßenseite gingen die Schwingtüren auf, und ein Mann flog heraus. Er fiel rückwärts auf die Bretter und rutschte weiter bis mitten auf die Straße. Ein großer, breitschultriger Mann mit dunklen Haaren kam ihm durch die Türen nach.

„Das ist Matthias Beck. Sieht ziemlich aufgebracht aus, der Gute."

Kathryn beobachtete, wie er von dem Brettersteg auf die Straße trat und den Mann aus dem Schlamm hochzerrte. Bei jedem Faustschlag zuckte sie zusammen – einmal, zweimal und noch einmal, bevor er den armen Kerl losließ und der wieder in den Schlamm fiel. Männer drängten aus dem Saloon und feuerten Beck vom Brettersteg aus an. Er packte den Mann am Kragen, zerrte ihn zu einer Pferdetränke und drückte seinen Kopf unter Wasser. Würgend kam der Mann wieder hoch. Mehrmals wiederholte Beck diesen Vorgang mit dem armen Kerl, als würde er Wäsche waschen.

Voller Entsetzen schaute Kathryn zu. „Warum lachen diese Männer? Sollte nicht jemand diesen Rüpel stoppen, bevor er den armen Mann noch ertränkt?"

Henry Call schüttelte den Kopf. „Aus so etwas hält man sich am besten heraus, wenn man die Gründe nicht kennt."

Ihr Blick wanderte zu Wiley, doch der hob die Hände. „Sie brauchen mich gar nich' anzusehen. Ich misch mich bestimmt nicht ein."

„Männer!", murmelte Kathryn und trat an den Rand des Bohlenwegs. „*Aufhören, sofort! Lassen Sie diesen Mann in Ruhe!*"

Jeder einzelne der Männer vor dem Saloon schaute zu ihr herüber, aber Beck machte unbeirrt weiter und warf nicht einmal einen Blick in ihre Richtung. Der Mann ruderte mit den Armen, als Beck ihn erneut untertauchte, dann hochzog und über den Rand der Tränke hängte, damit er sich übergeben konnte. Nachdem der Magen des Übeltäters geleert war, packte ihn Beck am Hemd und redete auf ihn ein.

Dem verprügelten Mann gelang es, aus dem Trog zu klettern, doch er rutschte aus und landete mit dem Gesicht im Schlamm. Nachdem er sich hochgerappelt hatte, kroch er zum Brettersteg. Beck drehte sich um und richtete seinen Blick auf Kathryn.

Oh wei. Sie schluckte.

„Oh nein!", stöhnte Wiley. „Jetzt kommt er her. Viel Glück. Und war nett, Sie kennengelernt zu haben." Glucksend sprang er auf die schlammige Straße und half einem jungen Mann, die Pferde auszuspannen.

Kathryns Herzschlag beschleunigte sich mit jedem Schritt, den Matthias Beck auf sie zukam. Instinktiv wich sie zurück, als er den Brettersteg erreichte. Um sich Mut zu machen, rief sie sich in Erinnerung, wie viele Male sie im Lauf der Jahre Richter Lawrence Pershing gegenübergetreten war. Beck sagte keinen Ton. Er blickte sie einfach nur an. Sie spürte einen Druck in den Lungen und strich sich unwillkürlich mit der Hand über den Bauch. Verwirrt durch ungewohnte Gefühle, die sie durchströmten, wandte sie sich schnell ab und sah sich nach ihrem Gepäck um.

„Oho, Henry …" Beck sprach mit ausgeprägtem Südstaatendialekt. „Du hast mir ja gar nicht gesagt, dass du eine Lady mitbringst."

Kathryn erstarrte, wandte sich um und sah hoch. „Ich bin nicht seine Lady."

„Umso besser." Er grinste auf eine Weise, dass sie ihm am liebsten eine Ohrfeige verpasst hätte, vor allem da sie spürte, dass sie errötete.

Henry räusperte sich. „Matthias, das ist Miss Kathryn Walsh. Sie ist hier, um …"

„Ich bin sicher, Mr Beck interessiert sich nicht im Mindesten für *meine* Angelegenheiten."

„Oh, mich interessiert alles an Ihnen."

Kathryn ignorierte ihn.

„Aus Boston, die Lady", fühlte sich Wiley bemüßigt zu erklären.

„Das sieht man." Becks Blick wanderte über sie hinweg und blieb an der Straußenfeder hängen, die vor ihrem Gesicht baumelte. Nur mühsam unterdrückte sie den Drang, ihren Hut abzunehmen und damit nach ihm zu schlagen.

„Hat 'nen Brief von Neumann gekriegt, geht um 'n Erbe", schob Wiley nach.

„Wiley Baer!", protestierte sie. Warum nur waren ihre beiden Mitpassagiere der Meinung, ihre Angelegenheiten gingen Beck etwas an?

„Ich fürchte, Herr Neumann ist im Augenblick nicht in der Lage, etwas Geschäftliches oder überhaupt etwas zu besprechen", informierte Beck sie.

Kathryn senkte das Kinn und fragte ruhig: „Und woher wissen Sie das, Sir?"

„Vor einer Stunde ist er in meiner Bar umgekippt. Ich musste ihn nach Hause bringen lassen. Bestimmt schläft er bis morgen früh durch. Aber vielleicht kann ich Ihnen ja in der Zwischenzeit weiterhelfen?" Das klang ernst gemeint.

„Danke, aber das glaube ich nicht."

„Sie scheinen Vorbehalte gegen mich zu haben, Eure Ladyschaft."

Die Anrede ärgerte sie. „Ich kenne Sie nicht und weiß nur, dass Sie dieses Lokal da drüben besitzen und diesen armen Mann zusammengeschlagen und in der Tränke beinahe ertränkt haben."

„Er meinte, einen Sieg am Farotisch feiern zu müssen, indem er wild um sich schießt. Zum Glück hat er niemanden getroffen."

Diese Information änderte die Situation, aber eine Prügelei in der Öffentlichkeit als Reaktion darauf konnte sie trotzdem nicht billigen. „Wäre es nicht besser gewesen, ihn wegen Ruhestörung den Behörden zu übergeben?"

„Boston", erklärte Wiley. „Habt ihr denn inzwischen hier 'nen Sheriff, Matthias?"

„Noch nicht."

Wiley kratzte sich an der Brust. „Es war nett, mit Ihnen zu reisen, Miss, aber ich brauch jetzt 'nen steifen Drink, 'n Bad, 'ne anständige Mahlzeit und 'nen Besuch im Puppenhaus." Damit drehte er sich um und machte sich auf den Weg zu Becks Saloon.

Kathryn runzelte die Stirn. Puppenhaus?

„Walsh." Beck runzelte die Stirn. „Sie sind nicht zufällig verwandt mit City Walsh?"

Kathryn schaute zu ihm hoch. „City? Der Name meines Onkels war Casey Teague Walsh." *Casey Teague. C. T.* Vielleicht nannten diese Leute hier ihn City.

Das Gesicht des Mannes wurde ernst. „Ich sage das ja nur ungern, Ma'am, aber es gibt hier keinen Glückstopf am Ende des Regenbogens."

Sie blinzelte und spürte, wie ihr schwer ums Herz wurde. So viel zu den großen Träumen, die sie vielleicht gehabt hatte. Aber eigentlich hatte sie ja gar keine gehabt. Ganz bestimmt hätte der Richter ihr keine Goldmine überlassen.

„Nun, was immer da ist, wird ausreichen müssen." Sie nickte Henry zu. „Es war nett, Sie kennenzulernen, Mr Call. Wenn Sie mich jetzt entschuldigen würden, meine Herren." Sie ging ins Postkutschenbüro und fragte, ob sie ihren Koffer hier lagern und wo sie ein Hotel finden könnte.

„Mein Hotel auf der anderen Straßenseite ist das beste in der Stadt", rief Beck ihr nach.

Ihr Puls beschleunigte sich. Sie hielt den Blick fest auf den Postangestellten gerichtet. „Es muss doch noch ein anderes Hotel geben ..."

„Das Hotel von Sanders liegt ein paar Straßen weiter auf der rechten Seite, aber das würde ich einer Dame wie Ihnen nicht empfehlen." Beck stand im Türrahmen.

„Aber einen Saloon halten Sie für angemessen?"

„Der Saloon ist unten, Eure Ladyschaft. Die Gästezimmer befinden sich oben, sind voll möbliert und alle mit einem Schloss ausgestattet. Unter meinem Dach sind Sie sicher."

Das Blitzen seiner Augen ließ sie etwas anderes vermuten. „Nein, danke, Mr Beck." Sie nahm ihre Reisetasche, drehte sich um und ging zur Tür. Er rührte sich nicht.

„Ich werde dafür sorgen, dass Herr Neumann ausgenüchtert wird, während Sie sich einrichten."

Ihr Magen knurrte laut, und sie errötete.

Sein Mund verzog sich zu einem Lächeln. „Und ich zeige Ihnen, wo Sie gut essen können."

„Bitte treten Sie zur Seite, Sir."

Sein Lächeln erstarb. „Sie werden nicht zu Sanders' Hotel gehen."

Diesen herrischen Tonfall kannte sie zur Genüge von ihrem Stiefvater, und das hatte sie schon immer unglaublich wütend gemacht. Ihr freiheitsliebendes Herz entschied gern für sich selbst, was sie tat oder nicht. Sie schenkte ihm ein zuckersüßes Lächeln. „Machen Sie so Werbung für Ihr Hotel, Mr Beck? Indem Sie Frauen an der Poststation belästigen?"

Beck trat zur Seite und verbeugte sich spöttisch vor ihr. Sie spürte die Hitze seines Körpers, obwohl sie mit möglichst weitem Abstand an ihm vorbeiging.

„Sie wären im Haus Ihres Onkels besser aufgehoben", sagte er, als sie ein paar Schritte gegangen war.

Hoffnung stieg in ihr auf. „Es gibt ein Haus?"

„Nicht wirklich."

„Könnten Sie mir freundlicherweise sagen, wo ich das finde?"

„Nichts lieber als das." Er deutete mit dem Kopf in eine Richtung. „Ein paar Türen weiter auf der linken Seite. Zwischen *Bear's Head Saloon* und José Barreras Tanzhalle."

Sie starrte ihn an, schluckte und nickte leicht. „Vielen Dank, Mr Beck." Sie spürte seinen Blick in ihrem Rücken, während sie seiner Wegweisung folgte.

„Grüßen Sie Scribe von mir", rief er ihr hinterher.

Kathryn blieb stehen und drehte sich um. „Scribe?"

„Der Junge hat für Ihren Onkel gearbeitet. Seit Citys Tod wohnt er in seinem Haus. Er weiß nicht, wo er sonst hinsoll. Sagen Sie ihm, er kann zu mir kommen." Beck drehte sich zu Henry um, flüsterte ihm etwas zu und begleitete ihn über die Straße zu seinem Hotel.

Kapitel 2

Kathryn straffte die Schultern und lief weiter über den Brettersteg. Ihr Magen rebellierte wegen des furchtbaren Gestanks. Zutiefst erschöpft und mit schmerzenden Gliedern schaute sie sich um. Diese Stadt sollte ihr neues Zuhause werden? *Oh Herr, hilf mir*. Vielleicht sah alles anders aus, wenn sie erst mal eine Nacht geschlafen hatte.

Die gebrochenen Straußenfedern winkten vor ihrem Gesicht. Rechts von ihr lag ein Schuhgeschäft. Auf der anderen Straßenseite entdeckte sie drei Saloons: die *Crow Bar*, das *Iron Horse* und *What the Diggings*. Da waren ein Gemischtwarenladen, ein Gutachterbüro für den Erzabbau, ein kleines Haus mit einer roten Laterne im Fenster. Ein Mann ritt an ihr vorbei. Er starrte sie so fasziniert an, dass er prompt mit zwei anderen Männern kollidierte, die die Straße überquerten. Ein Streit entstand. Aus dem *Bear's Head Saloon* drang Musik. Jemand hämmerte auf dem Klavier herum. Vorsichtig warf sie einen Blick hinein. Das Lokal war voll. Ein Mann entdeckte sie. „Heiliger Joschafat! Seht euch das an!" Alle Köpfe wandten sich zu ihr um. Stühle wurden zurückgeschoben, Stiefelabsätze stampften über den Holzboden wie eine wild gewordene Herde Bisons über die Prärie.

Kathryn eilte weiter und versuchte zu ignorieren, dass die Schwingtüren hinter ihr aufflogen und Männerstimmen ertönten.

„*Wo kommt die denn her?*"

„*Himmel!*"

„*Vielleicht hat Fiona 'ne neue Puppe hergeholt.*"

„*Du hast doch ein Spatzenhirn, Cody. Das ist eine Lady.*"

Kurz hinter dem *Bear's Head* stand eine heruntergekommene Bretterhütte, deren beide Fenster an der Front so dreckig waren, dass Kathryn nicht hineinschauen konnte. Zum Glück wirkte die Tür solide. Ein nervöser Blick zurück bestätigte, dass die Gruppe der Männer auf dem Brettersteg stetig anwuchs. Alle warfen sich fragende Blicke zu und redeten aufgeregt durcheinander. Sie kam sich vor wie ein Fuchs, der von einer Hundemeute gejagt wurde. Kathryn klopfte dreimal und betete, der Junge möge die Tür schnell öffnen, damit sie hineinhuschen könnte.

Keine Reaktion. Kein Lebenszeichen von innen.

„Er ist aber da!“, rief jemand.

Andere Männer überquerten die Straße, um zu sehen, was dieser Menschenauflauf zu bedeuten hätte. Panik stieg in ihr hoch, und Kathryn klopfte erneut, wie ein Specht ein Loch in einen Baumstamm hämmert. Sie hielt ihr Ohr an die Tür und wäre beinahe gestürzt, als die Tür schließlich aufschwang. Hastig richtete sie sich wieder auf und stand einem Jungen gegenüber, der nur ein paar Jahre jünger war als sie, aber etliche Zentimeter größer. Schlaksig, mit erstem Pfirsichflaum im Gesicht und braunen geröteten Augen stand er schwankend vor ihr. Er trug nichts weiter als eine lange rote Unterhose. Sein Mund öffnete sich verblüfft. Blinzelnd rieb er sich das Gesicht und starrte sie an.

„Mr Scribe?“, fragte sie leise.

„Wer sind Sie?“

„Das würden wir auch gern wissen!“, rief jemand von hinten.

Kathryn packte der Zorn, sie wandte sich um und funkelte die versammelte Männertruppe an. „Geht zurück in die Bar, Jungs, und lasst mich meine Geschäfte erledigen.“

„Das is' 'ne wirkliche Lady.“ Die meisten verzogen sich.

Sie atmete einmal durch und drehte sich zu dem jungen Mann um. Sein Aufzug war ihr peinlich. „Vielleicht könnten Sie etwas … Angemesseneres anziehen?“

Sein Gesicht rötete sich. „Oh! Entschuldigung!“ Er schnappte sich eine zerknitterte Baumwollhose und schob ein Bein hinein. An einen

Tisch gelehnt, steckte er auch das zweite Bein hinein und machte sie zu. Seine Hosenträger ließ er so fest schnappen, dass er beinahe umgefallen wäre.

Voller Entsetzen wurde Kathryn klar, dass sie die ganze Show mit angesehen hatte, ohne mit den Wimpern zu zucken.

Scribe machte eine ausladende Bewegung des Willkommens. „Kommen Sie rein und sagen Sie mir, wer Sie sind, wie Sie hergekommen sind, was ich für Sie tun kann und wo Sie herkommen."

„Ich bin Kathryn Walsh, Casey Teague Walshs Nichte. Man hat mich von Boston hergeschickt, um das Erbe zu beanspruchen."

Scribe starrte sie sekundenlang an. Dann sackten seine Schultern zusammen. „Nun, das war's dann wohl. Citys Lebenswerk geht den Bach runter." Mit seiner Armbewegung schloss er den ganzen Raum ein, ein Häufchen Elend, das aus jeder Pore seines mit Alkohol durchtränkten Körpers Jammer verströmte. „Das gehört alles Ihnen, Miss Walsh."

Kathryn trat ein und stieg über die zerbrochene Whiskyflasche und den kleinen Rest Whisky, der noch in der Flasche gewesen war, bevor sie zu Boden geschleudert worden war und sich in einer Pfütze gesammelt hatte, hinweg. Drinnen stank es nach Whisky, Männerschweiß und einem gefüllten Nachttopf. Apfelkisten, vollgestopft mit Papieren, stapelten sich an einer Wand. Das Zimmer war ausgestattet mit einem Sofa, auf dem eine zerwühlte Decke lag, einem großen Eichentisch, einem Stuhl aus Kiefernholz und einem Spucknapf. Hinten in der Ecke befand sich ein massives, mit einer Plane abgedecktes Objekt. Ganz hinten entdeckte sie die Tür zu einem zweiten Raum, vermutlich einer kleinen Wohnung. Sie stand offen. Und das sollte ihr Heim werden? Mit beiden Händen umklammerte sie ihre Reisetasche, denn sie brauchte dringend etwas, woran sie sich festhalten könnte.

„Was für ein Geschäft hat mein Onkel betrieben?"

„Spielt keine Rolle mehr. Kein Gewerbe für eine Frau." Scribe deutete mit dem Kopf zur geöffneten Tür. „Wollen Sie den Rest sehen? Alles, was City besessen hat, ist da hinten drin."

Kathryn folgte dem Jungen in eine kalte, feuchte und staubige Kammer, in der es nach Tabak und Whisky roch. Freude durchzuckte sie beim Anblick eines Bücherregals voller Bücher. Das Bett war nicht gemacht. Keine Bettwäsche, nur einige indianische Decken und ein Nachttopf unter dem Bett, der zum Glück mit einem passenden Deckel ausgestattet war. In dem grob gezimmerten Kleiderschrank hingen einige Männerhemden, Hosen und ein schwerer Mantel, abgewetzte Stiefel standen auf dem Boden, und eine alte Tweedmütze lag auf der Ablage. Keine Wärme drang aus dem mit Asche gut gefüllten Ofen. Zwei Stühle standen sich an einem kleinen Tisch gegenüber, darauf war ein Solitärspiel aufgebaut. Schmutzige Pfannen und Zinnteller stapelten sich auf einer verdreckten Arbeitsfläche, ein leerer Wassereimer stand neben der Hintertür.

„Ich habe City in seinem besten Sonntagsanzug und seinen guten Stiefeln begraben lassen." Scribes Augen füllten sich mit Tränen. Er wandte sich ab, fuhr sich mit dem Handrücken über die Nase und räusperte sich. „Ich behalte die Mütze, wenn ich darf."

Kathryn nahm sie von der Ablage und überreichte sie ihm feierlich. Sie bemühte sich, ruhig zu bleiben, während sie sich in dem armseligen Raum umsah, der von nun an ihr Heim sein würde. Auch wenn Scribe neben ihr stand, fühlte der Raum sich leer an. Hier würde sie also leben. Allein. Auch in ihren Augen brannten Tränen.

„Sie wirken zu Tode erschöpft, Miss Walsh." Scribe rückte einen Stuhl für sie zurecht. „Setzen Sie sich doch."

Kathryn ließ sich auf den Stuhl sinken und ihre Reisetasche zu Boden fallen. Es dauerte eine Weile, bevor sie ihre Stimme wiederfand. „Du hast für meinen Onkel gearbeitet?"

„City hat mich aufgenommen, als ich sieben war. Hat mir alles beigebracht, was ich weiß."

„Wie alt bist du jetzt, Scribe?"

„Sechzehn." Er blickte sie an. „Sie scheinen nicht viel älter zu sein."

Sie schenkte ihm ein vages Lächeln. Auf keinen Fall würde sie ihm ihr Alter verraten. „Was ist mit deinen Eltern, wenn ich fragen darf?"

„Ich hab nichts zu verbergen. Ma ist an einem Fieber gestorben, Pa bei einem Minenunfall."

Ein Waisenjunge. Und sie vertrieb ihn aus dem einzigen Heim, das er kannte. Konnte es noch schlimmer kommen? „Das tut mir leid." Warum hatte ihr Onkel dieses Haus nicht Scribe vermacht?

„Das ist schon lange her. Ich erinnere mich kaum noch an sie", fuhr Scribe fort, der nicht verstand. Er wandte den Blick wieder ab, presste die Lippen zusammen. Worte waren überflüssig. Kathryn entdeckte den Kummer in seinem jungen Gesicht. Der Onkel, den sie nie kennengelernt hatte, war die einzige Familie gewesen, die dieser Junge je gekannt hatte.

„Ist Scribe dein richtiger Name?"

„So werde ich von allen genannt."

„Wie Wiley", murmelte sie.

Scribe lachte überrascht. „Sie kennen diesen alten Halunken? Woher?"

„Wir haben uns in der Postkutsche kennengelernt. Mr Cussler hat ihn unterwegs aufgesammelt."

„Er hat hier irgendwo eine Mine." Der Junge wirkte müde und krank.

„Ich hätte bis morgen warten sollen, statt dich heute so zu überfallen." Kathryn erhob sich und umklammerte den Schildpattgriff ihrer Reisetasche. „Ich werde heute in einem Hotel übernachten und morgen früh wiederkommen." Von Schuldgefühlen geplagt, biss sie sich auf die Lippen. „Ich möchte nicht unfreundlich sein, aber ..."

„Ich kann hier nicht wohnen bleiben", beendete er den Satz für sie.

Sie blinzelte die Tränen weg. „Mr Beck meinte, du könntest in seinem Hotel unterkommen."

„Ich hoffe nur, dass er mir auch einen Job gibt."

„Es tut mir so leid, dich auf die Straße zu setzen, Scribe."

Er straffte die Schultern. „Machen Sie sich keine Sorgen um mich. Ich komm' schon zurecht."

In der Tür blieb sie noch mal stehen und blickte den Jungen an. „Nenn mich bitte Kathryn. Wir sind ja praktisch Familie. Ich hoffe, wir können uns mal zusammensetzen und über meinen Onkel reden. Ich hatte ja nie das Vorrecht, ihn kennenzulernen. Du kannst mir von ihm erzählen." Sie hatte nicht einmal gewusst, dass sie einen Onkel hatte, bis der Richter sie über das unerwartete Erbe unterrichtete.

Scribe starrte sie düster an. „Ich weiß nicht viel mehr als alle anderen. Die meisten Männer reden nicht darüber, wo sie waren, bevor sie nach Kalifornien kamen. Ich weiß eigentlich nur, dass City '49 hergekommen ist, wie Tausende andere, um Gold zu suchen. Er hat einige Jahre an den Flüssen geschürft. Das einsame, harte Leben sei nichts für ihn gewesen, hat er gesagt. Darum hat er den Laden hier aufgemacht. Er sagte, ein Mann müsse ein Ziel haben, sonst sei er nichts wert." Scribe lachte leise und bekümmert. „Zu den Dingen, die City liebte, gehörte es, ein Ziel zu haben, und um es zu erreichen, scheute er auch einen anständigen Kampf nicht."

Kathryn lächelte. Vielleicht hatte sie doch etwas gemeinsam mit City Walsh.

Scribes Kinn begann zu zittern. „Ich war im Gemischtwarenladen, um ein paar Vorräte zu besorgen, und ich hab mich mit einem Freund festgequatscht. Als ich zurückkam, fand ich City hier vorn auf dem Boden." Er deutete zum vorderen Raum.

„Dann war es ein plötzlicher Tod."

„So plötzlich, wie Mord sein kann."

„Mord?" Kathryns Hand fuhr unwillkürlich an ihre Kehle.

„Das wussten Sie nicht?" Er fluchte leise. „Na ja, woher auch? Tut mir leid, dass ich so damit herausgeplatzt bin." Eine Fülle von Emotionen zog über sein Gesicht – Trauer, Zorn, Frustration, Furcht.

„Wurde der Täter gefasst?"

„Nein." Zorn machte sein junges Gesicht hart. „Wenn ich wüsste, wer es getan hat, würde ich ihn höchstpersönlich zur Rechenschaft ziehen!" Seine Trauer ließ ihn wieder sehr jung erscheinen. „Niemand redet mehr darüber. City hat sich einige Feinde gemacht. Am

Ende hatte er einen Mann ins Visier genommen, hat aber nie gesagt, wer das war. Meinte, er müsse erst alle Fakten sammeln, bevor er den Mund aufmache."

Kathryn war genauso aufgebracht wie Scribe, obwohl sie City Walsh gar nicht gekannt hatte. „Es sollten doch Recht und Ordnung herrschen ..."

„Ja, richtig, City hat das auch gesagt, aber so bald wird das nicht passieren. Die Leute schreien etwa eine Woche lang nach Gerechtigkeit. Viele haben Fragen gestellt, aber niemand hatte irgendwelche Antworten, und niemand hat beobachtet, wer hier reingegangen oder rausgekommen ist." Scribe fuhr sich mit den Fingern durch seine dreckigen, verfilzten Haare. „Der größte Teil der Leute hier ist sowieso betrunken, wenn es dunkel wird ..." Mit hängenden Schultern ließ er sich auf einen Stuhl sinken. „Ich werde packen und bis morgen früh hier verschwunden sein."

Kathryn widerstrebte es, diesen armen Jungen auf die Straße zu setzen, aber welche Wahl hatte sie? Sie hoffte nur, dass Matthias Beck Wort hielt. „Danke, Scribe." Sie trat hinaus auf den Brettersteg und zog leise die Tür hinter sich ins Schloss.

Immer noch drangen Klaviermusik und Männerstimmen aus dem *Bear's Head* zu ihr hinaus. Kathryn straffte die Schultern, und in ihr wuchs die Entschlossenheit, sich der Herausforderung zu stellen.

~

Matthias führte Henry Call in seinem Saloon zu einem Tisch am Fenster. Noch gestern hatte er ungeduldig auf seine Ankunft gewartet, um mit ihm über das Projekt zu sprechen, das sie in Sacramento geplant hatten. Sie waren sich zufällig begegnet, beide waren Kriegsveteranen, und was sie verband, war eine gemeinsame Unzufriedenheit. Doch im Augenblick interessierte er sich mehr dafür, was City Walshs Nichte wohl trieb. Er gab Brady, seinem Barkeeper, ein Zeichen und sah aus dem Fenster.

„Sie erregt Aufmerksamkeit", bemerkte Henry. „Ich bin nicht sicher, ob ein Mädchen wie Miss Walsh in diesem Ort sicher ist."

„Bestimmt nicht."

Brady stellte eine Flasche Whisky und zwei Gläser auf den Tisch. Er beugte sich vor, warf einen Blick aus dem Fenster und stieß einen leisen Pfiff aus. „Ich hab mich schon gefragt, wen ihr da draußen so faszinierend findet." Matthias warf ihm einen Blick zu, und Brady verzog sich hinter die Bar.

Scribe erschien in seiner Unterhose in der Tür. Matthias lachte kurz und rechnete damit, dass Miss Walsh sofort den Rückzug antreten würde. Doch sie ließ sich nicht beirren, drehte sich um und sprach zu den Männern. Was immer sie gesagt hatte, veranlasste die meisten, in die Bar zurückzukehren.

„Miss Walsh scheint gut allein zurechtzukommen", bemerkte Henry.

„Das bezweifle ich." Matthias beobachtete, wie sie das Haus betrat. „Was weißt du über sie?"

„Etwa so viel wie du."

„Sie hat sich während der Fahrt nicht mit dir unterhalten?"

Henry lachte. „Wir waren zu sehr damit beschäftigt, uns festzuhalten. Sie hat Wiley nach Calvada gefragt und war ziemlich schockiert, als wir hier ankamen. Schüsse, deine Prügelei auf der Straße ..."

Citys Tür öffnete sich, aber es war nicht Scribe, der herauskam. Kathryn Walsh verließ das Haus und ging zur Poststation. Als sie daran vorbeikam und weiterging, fluchte Matthias verhalten.

„Willst du ihr nachgehen?"

„Ich habe ihr eine sichere Unterkunft angeboten." Er goss Whisky in die Gläser. „Manche Leute müssen es auf die harte Tour lernen." Männer kamen aus den Saloons und gafften ihr hinterher. Und warum auch nicht? Gaffte er nicht auch? Sie war eine Schönheit und hier so fehl am Platze wie ein Vollblut unter einer Herde Mustangs. „Ich wette um fünf Dollar mit dir, dass sie morgen wieder im Postkutschenbüro steht und eine Fahrkarte nach Hause kauft."

Henry schüttelte den Kopf. „Ich glaube nicht, dass sie in nächster Zeit hier weggeht."

„Warum meinst du?"

„Ist nur so eine Ahnung. Ich habe nicht den Eindruck, dass sie freiwillig hergekommen ist. Sie wurde geschickt."

„Ein Telegramm, und ihre Familie wird sie nach Hause holen. Vermutlich hatten sie gehofft, City hätte ein Hotel und eine Goldmine besessen."

„Aber warum schicken sie dann eine Frau?"

Und dazu noch ohne Begleitung. So etwas tat man nicht. Das warf Fragen auf.

Henry beobachtete sie. „Ich bin zwar erst kurz hier und konnte mich noch nicht umschauen, aber ich denke, eine Lady wie Miss Walsh würde Calvada guttun."

„Eines Tages vielleicht, aber nicht jetzt. Calvada ist kaum mehr als ein Bergarbeiterlager, mit all dem Elend, das damit einhergeht." Matthias fragte sich, was die Lady in Citys Haus wohl vorgefunden hatte. Scribe trauerte seit dem Tod des Mannes, und irgendwer gab ihm immer Whisky, damit er seinen Kummer darin ertränken konnte. Ihren Gesichtsausdruck, als sie diese Hütte betrat, konnte er sich lebhaft vorstellen. Er sah es förmlich vor sich, wie sie ihre unglaublich grünen Augen aufriss, wie diese milchig weiße Haut noch blasser wurde, wie die Enttäuschung diese süßen Lippen nach unten zog. Wenn eine Nacht in Sanders Hotel nicht ausreichte, damit sie die Flucht ergriff, dann ganz bestimmt ein paar Nächte in dieser armseligen kleinen Hütte zwischen einem Saloon und einem Tanzsaal. Sie würde den Schuppen nur allzu gern verkaufen und aus diesem Drecksloch von einer Stadt verschwinden.

In Citys Nachlass gab es nur ein Objekt, das Matthias gern haben wollte. Und er würde Kathryn Walsh so viel dafür bieten, dass sie nach Sacramento oder San Francisco oder wohin auch immer reisen könnte, wo irgendein aufstrebender Geschäftsmann sie heiraten würde.

Kathryn Walsh war mittlerweile aus seinem Blickfeld verschwunden. Er trank seinen Whisky aus. Genau wie ihr Onkel schien sie ein Sturkopf zu sein. Matthias stellte fest, dass ihn das neugierig machte. City hatte nie eine Familie erwähnt und schon gar nicht eine Nichte in Boston. Wie konnte ein irisch-katholischer Einwanderer mit einem Protestanten aus Bostons Upper Class verwandt sein? Denn darauf ließ ihre Aufmachung schließen, ihre hochgeknöpften Stiefeletten, das teure Reisekostüm und noch dazu dieser lächerliche Hut, der vermutlich mehr gekostet hatte, als einer von Sanders' Minenarbeitern im Jahr verdiente. Aber er musste zugeben, dass eine auffallende Ähnlichkeit zwischen ihr und seinem Freund bestand. City und dieses Mädchen waren also tatsächlich miteinander verwandt? Dahinter steckte eine Geschichte, und niemand konnte besser darüber Aufschluss geben als Ihre königliche Hoheit, die zu einem Ort unterwegs war, wo sie vermutlich das eine oder andere zu hören oder sehen bekommen würde.

Matthias machte Anstalten, sich zu erheben, ließ es dann aber doch bleiben. Sie hatte Nein gesagt. Ihre Meinung über ihn hatte sie sich bereits gebildet. Einen solchen Blick hatte er schon mal gesehen. Ein Muskel zuckte in seinem Kiefer, während er beobachtete, wie sich eine Horde Männer auf dem Brettersteg in Bewegung setzte. Matthias unterdrückte den Beschützerinstinkt, der sich in ihm nach oben kämpfte. Sie ging ihn nichts an. Aber auf der anderen Seite war City einer seiner engsten Freunde gewesen. Um sie einzuholen, würde er rennen müssen, und was dann? Sollte er sie sich über die Schulter werfen und hierher zurückbringen?

Henry lachte leise. „Sie hat's dir angetan, was?" Ernst fuhr er fort: „Ist das Hotel von Sanders wirklich so schlimm?"

„Bestimmt wird sie kurz nach dem Einchecken eine Begegnung mit dem Eigentümer haben." Sanders war Junggeselle, wie 95 Prozent der Einwohner Calvadas, und in dem richtigen Alter, um Ausschau zu halten nach einer hübschen jungen Frau, die ihm einen Erben für seinen Besitz schenkte. Dieses Hotel würde ihr nur gut bekommen, falls Sanders rasch genug von ihrer Ankunft erfuhr – und das würde er, daran zweifelte Matthias nicht.

Henry trank einen Schluck Whisky, und seine Augenbrauen schossen in die Höhe. „Guter Kentucky Bourbon."

„Ich gebe den Männern, wofür sie bezahlen, kein gepanschtes Zeug. Das ist mit ein Grund dafür, warum ich so gut zurechtkomme." Er deutete mit dem Kopf zur Bar, an der sich die Männer mit ihren Drinks drängten. Die Faro- und Pokertische waren gut besetzt. „Der beste Whisky, ehrliche Tische, gute Unterbringung."

„Jetzt brauchst du nur noch ein Restaurant."

„Ich hab ernsthaft drüber nachgedacht, mich dann aber dagegen entschieden." Ronya Vanderstroms Restaurant würde leiden, wenn er auch eines eröffnete. Seit er vor sechs Jahren in die Stadt gekommen war, aß er bei ihr. Guten Frauen sollte man helfen und sie nicht durch unnötige Konkurrenz behindern.

Was immer da ist, wird ausreichen müssen. Was hatte Kathryn Walsh damit gemeint? Das hörte sich nicht nach einer flapsigen Bemerkung einer Person an, die andere Möglichkeiten hatte. Womit sollte eine junge Frau wie sie in einer Stadt wie dieser ihren Lebensunterhalt verdienen? Berufliche Möglichkeiten für Frauen gab es so gut wie gar nicht. Es gab kaum Kinder, also wurde auch keine Lehrerin gebraucht. Die wenigen, die da waren, unterrichtete die Frau des Pastors.

Falls Herr Neumann mehr gewusst hatte, hätte Matthias in der Bar davon gehört.

Eines wusste Matthias ganz sicher: City Walsh hätte sein Geschäft niemals an eine junge Frau übergeben. Er fragte sich, warum City nicht alles Scribe hinterlassen hatte. Der Junge stand ihm so nahe wie ein eigener Sohn. Aber andererseits hatte City immer Gründe für sein Handeln.

Ein einziges Stück aus Citys Besitz wollte Matthias haben. Und er hatte vor, es ihr morgen abzukaufen. Matthias trank seinen Bourbon aus und stellte das Glas auf den Tisch. „Jetzt sollten wir dich erst mal unterbringen, Henry. Wir können später zusammen essen und morgen das Geschäftliche besprechen."

Matthias überquerte die Straße, um nach Scribe zu sehen. Der Junge öffnete beim zweiten Klopfen. Das Zimmer sah schlimmer aus, als Matthias erwartet hatte. Das Haus zu reinigen könnte zu viel sein für ein Mädchen, das eher daran gewöhnt zu sein schien, den Dienstboten Anweisungen zu erteilen, als selbst mit anzupacken. Gut. „Lass alles so, wie es ist, und komm rüber. Ich habe ein Zimmer und Arbeit für dich."

„Danke." Scribe wirkte eher niedergeschlagen als dankbar.

„Hat Miss Walsh etwas über deine hauswirtschaftlichen Fähigkeiten gesagt?"

„Nein. Aber sie meinte, wir seien doch praktisch Familie."

Der Junge hatte bereits einen Narren an dem Mädchen gefressen. „Mach dir nur keine Hoffnungen." Matthias öffnete die Tür und deutete mit dem Kopf nach draußen. „Lass uns gehen, Gigolo."

~

Das Südende von Calvada schien nicht besser zu sein als der Norden. Ein Saloon reihte sich an den nächsten, doch zum Glück entdeckte sie auch einen Gemischtwarenladen, einen Lebensmittelhändler, ein Badehaus, ein Textilgeschäft, ein Expressbüro, einen Drugstore, eine Eisenwarenhandlung und eine Metzgerei. Vorsichtig und mit gerafftem Rock bahnte sie sich ihren Weg über die schlammige Straße zum Hotel von diesem Sanders. Angewidert säuberte sie ihre hochgeknöpften Stiefeletten, bevor sie das Hotel betrat. Links befand sich eine Bar, über der das überlebensgroße Bild einer Frau hing, die nichts trug außer einem provokativen Lächeln. Darunter hockten zwei junge Frauen in schockierend kurzen und tief ausgeschnittenen Kleidern. Mit hochrotem Kopf wandte Kathryn rasch den Blick ab. Kurz bereute sie, Matthias Becks Zimmerangebot nicht angenommen zu haben, aber vermutlich ging es in seinem Etablissement ähnlich zu wie in diesem.

Ein junger Rezeptionist mit Bart starrte sie sprachlos an, als sie an die Rezeption trat. „Haben Sie noch ein freies Zimmer, Sir?"

„Ja, allerdings." Er musterte sie von oben bis unten. „Drei Dollar die Nacht. Abendessen für einen weiteren Dollar." Er drehte das Gästebuch um und schob ihr Feder und Tintenfass hin.

Sie war zu müde und niedergeschlagen, um über den Preis zu verhandeln. „Gibt es in Ihrer Unterkunft ein Bad?"

„Nein, Ma'am, aber wir können einen Badezuber nach oben bringen. Es dauert eine Weile, um das Wasser dafür zu erhitzen, und es kostet extra."

„Wie viel zusätzlich?"

Er musterte sie erneut. „Einen Dollar."

Nach einer Woche im Zug und drei Tagen in einer Postkutsche sehnte sie sich mehr nach einem Bad als nach einer Mahlzeit. Und was blieb ihr anderes übrig außer einem Besuch im öffentlichen Badehaus in einer Stadt, in der es bei Weitem mehr Männer gab als Frauen? Sobald Scribe aus ihrem bescheidenen kleinen Heim ausgezogen und sie eingezogen war, würde sie im Gemischtwarenladen einen Badezuber kaufen.

Der Rezeptionist las ihren Namen. „Walsh!" Seine Augenbrauen schossen in die Höhe. „Mit City Walsh verwandt?"

„Seine Nichte."

Er lachte, als hätte sie einen großartigen Witz gemacht. „City Walshs Nichte übernachtet bei uns? Mr Sanders wird wollen, dass Sie das beste Zimmer im Haus bekommen. Bestimmt wird er herunterkommen und Sie in der Stadt willkommen heißen." Er wies nach links. „Das Restaurant ist gleich da hinten, aber es öffnet erst um sechs. Haben Sie Gepäck?" Er schnippte mit den Fingern, und ein kleiner dunkelhaariger Junge erschien und nahm ihre Reisetasche.

In dem „besten Zimmer im Haus" gab es keinen Kamin – nur ein Bett, eine Kommode, eine Petroleumlampe und einen Stuhl am Fenster, das einen alles andere als inspirierenden Blick auf Calvadas Hauptstraße bot. Sie beobachtete, wie der Junge über die Straße flitzte und den Hügel hochlief, wo mehrere große Häuser in einer Reihe standen. Offensichtlich gab es sogar in Calvada ein Viertel der Wohlhabenden. Kathryn zog die Vorhänge zu, hob ihren Rock und die Petticoats hoch, löste die Bänder und legte ihre Tournüre ab. Das verformte Gerippe schien sich nicht mehr reparieren zu lassen.

Der Badezuber war so klein, dass sie kaum darin sitzen konnte. Zwei Eimer mit dampfendem Wasser füllten ihn nur zur Hälfte. Da sie kein Handtuch und keine Seife finden konnte, ging sie nach unten, um danach zu fragen. Der junge Mann an der Rezeption berechnete 25 Cent dafür und noch einmal zehn Cent für ein Stück bereits häufig benutzter Seife ohne Duft. Als sie in ihr Zimmer zurückkehrte, war das Wasser nur noch lauwarm. Mit klappernden Zähnen stand sie im Badezuber und wusch sich in aller Eile. Ein wenig erfrischt zog sie frische Unterwäsche, einen frischen Rock und eine Hemdbluse an. Nicht einmal der Gestank von der Straße unten konnte ihren Hunger dämpfen.

Ein gut gekleideter Herr saß allein an einem Tisch hinten in der Ecke. Er erhob sich, als hätte er auf sie gewartet. „Miss Walsh, ich bin Morgan Sanders. Es wäre mir eine Ehre, wenn Sie mir gestatten würden, heute Abend Ihr Gastgeber zu sein." Er zog einen Stuhl für sie zurecht.

Verblüfft über diese Anmaßung hätte sie beinahe abgelehnt, doch Neugier regte sich in ihr. Er war genauso groß wie Matthias Beck, nicht so muskulös und näher an vierzig als an dreißig, mit dunklen Augen und sandbraunen, an den Schläfen bereits leicht ergrauten Haaren. Sein Selbstbewusstsein grenzte an Arroganz und erinnerte sie an andere gut aussehende jüngere Männer, die sie in Boston kennengelernt hatte. Mehr als einen Heiratsantrag hatte sie abgelehnt, weil sie deren Attitüde abstoßend fand. „Man sagte mir, dass dieses Hotel und die Madera-Mine Ihnen gehören."

„Ja, das stimmt. Aber mir gehören auch noch andere Geschäfte in der Stadt." Sein Mund verzog sich spöttisch. „Wie ich hörte, sind Sie bei Ihrer Ankunft Matthias Beck begegnet."

„Es war nicht Mr Beck, der mir das erzählt hat.“ Ganz bewusst verschwieg sie Wileys Namen, als sie Sanders gestattete, ihr den Stuhl zurechtzuschieben. „Begegnen Sie allen Gästen mit solcher Großzügigkeit?“

„Nein, bestimmt nicht.“ Er hob die Hand, und sofort war ein Kellner zur Stelle. „Champagner. Auf Eis.“ Er lächelte sie an, als der Kellner sich zurückzog. „Zur Feier Ihrer Ankunft. City Walshs Nichte. Ich erkenne eine gewisse Familienähnlichkeit. Er war ein sehr angesehener Mann in unserer Stadt.“ Sanders wurde ernst. „Ihr Verlust tut mir leid. Das muss ein großer Schmerz für Ihre Familie sein.“

„Ich habe ihn nicht kennengelernt.“ Und es war auch nie von ihm gesprochen worden.

„Dann ist es ein umso größerer Verlust.“

„Ich nehme an, er war Ihr Freund.“

„Wohl eher ein freundlicher Gegner als ein Freund. Wir waren nicht immer einer Meinung, aber wir haben uns gegenseitig respektiert. Er sah sich selbst als Mann des Volkes, und ich besitze und betreibe ein großes Bergbauunternehmen, in dem einhundert Männer beschäftigt sind. Mir gehören auch ein Gemischtwarenladen sowie andere einträgliche Unternehmen. Vielleicht fühlte sich Ihr Onkel durch mich an die imperialistischen Engländer erinnert, die in Irland das Sagen haben. City kam ’49 nach Kalifornien. Ich bin erst seit ’65 hier.“

„Haben Sie im Krieg gekämpft?“

Er zögerte. „Nein, aber ich habe der Unionsarmee die benötigten Waren geliefert.“

Sie spürte, dass mehr hinter dieser Bemerkung steckte. „Sie haben hier viel geleistet, Mr Sanders.“

„Ja, das ist so. In erster Linie durch Glück und Fähigkeiten, die ich mir im Laufe der Zeit angeeignet habe. Und weil ich wusste, was ich im Leben wollte.“

Diesen Blick hatte Kathryn schon mal gesehen. Männer schienen den Wert einer Frau immer an ihrer Schönheit zu bemessen.

„Sie sind eine sehr reizende junge Frau, Miss Walsh. Ich vermute, dass Sie einige Aufmerksamkeit erregt haben, seit Sie aus der Postkutsche gestiegen sind." Der Kellner kam zurück, öffnete den Champagner und goss das prickelnde Getränk in zwei Kristallflöten, bevor er die Flasche in einen Behälter mit Eis stellte. Auf eine unmerkliche Bewegung von Sanders' Kinn hin verschwand der Kellner wortlos. Sanders hob sein Glas. „Willkommen in Calvada, Miss Walsh."

„Danke, Sir." Sie nippte nur an ihrem Glas.

„In meiner Stadt gibt es keine andere Frau wie Sie."

Seiner Stadt? „Und was für eine Art von Frau bin ich Ihrer Meinung nach, Mr Sanders?"

„Eine Dame mit Klasse und einer guten Herkunft. Höchstwahrscheinlich gebildet und an die schöneren Dinge des Lebens gewöhnt. Obwohl ich mich natürlich frage, warum eine junge Frau unbegleitet nach Calvada geschickt wird, um das Erbe eines Onkels anzutreten, den sie gar nicht gekannt hat."

Für einen Fremden wusste er eine Menge über sie. Sie hatte nicht die Absicht, ihn mit weiteren Informationen zu versorgen. Ihre Angelegenheiten gingen niemanden etwas an.

Er wartete einen Augenblick, dann lächelte er. „Und auch beherzt. Sie haben die roten Haare Ihres Onkels. Vielleicht haben Sie auch sein Temperament." Er zog die Augenbraue in die Höhe. „City hatte Temperament und feste Überzeugungen, aber an gesundem Menschenverstand fehlte es ihm zuweilen."

„Wurde er deshalb ermordet?"

Ihre Frage schien ihn zu überraschen. Er trank seinen Champagner. „Niemand weiß, warum er ermordet wurde. Es war nicht der erste gewaltsame Todesfall in Calvada. Und vermutlich auch nicht der letzte, befürchte ich."

„Angesichts Ihrer zahlreichen Geschäfte hier müsste es doch in Ihrem Interesse liegen, für Recht und Ordnung zu sorgen."

Sanders lachte. „City hat dasselbe gesagt. Wir leben hier nicht in Sacramento oder Placerville, Miss Walsh. Aber diese Stadt ist auch nicht Bodie. Hier in der Gegend mangelt es an Männern, die Sheriff sein wollen. Gesetz und Ordnung sind in Städten wie unserer nicht sonderlich beliebt. Aber die Gerechtigkeit siegt in der Regel."

„So wie ich es verstanden habe, hat die Gerechtigkeit im Fall meines Onkels nicht gesiegt."

„Traurig, aber wahr." Er rief den Kellner erneut und bestellte das Wildgericht.

„Ich habe noch nie Wild gegessen", erklärte Kathryn, ein wenig verärgert darüber, dass er für sie gewählt hatte. Er meinte, es würde ihr bestimmt schmecken. Seine Bemerkung klang eher wie ein Befehl als nach Vertrauen in ihren Geschmack.

Das Essen war längst nicht so gut, wie sie es von zu Hause gewöhnt war, aber es war mehr als angemessen, um ihren Hunger zu stillen. Sie nahm sogar noch ein Stück Kuchen zum Nachtisch. Morgan redete über vieles, aber im Grunde genommen über nichts. Er bot ihr noch mehr Champagner an, doch sie lehnte ab. Am Ende der Mahlzeit hatte er die Flasche leer getrunken, doch der Alkohol schien keine Wirkung bei ihm zu zeigen.

„Diese Stadt scheint mir kaum geeignet für eine Lady mit Ihren Empfindlichkeiten, Kathryn. Ich kann Ihnen einen fairen Preis für Citys Besitz anbieten, falls Sie lieber wieder abreisen möchten."

Wenn sie darauf einging, wo sollte sie dann hingehen? Zurück nach Truckee? Weiter nach Sacramento oder San Francisco? Gott schien sie hier in diese unzivilisierte und irgendwie sonderbare Stadt gestellt zu haben. Vielleicht war Calvada die Strafe dafür, dass sie sich in den Augen ihres Stiefvaters „öffentlich blamiert" hatte. Dass sie sich für eine gerechte Sache in solche Schwierigkeiten gebracht hatte, zählte nicht. Hätte sie dieselben Entscheidungen getroffen, wenn sie die Zeit zurückdrehen könnte?

Ihre Mutter hatte recht. Sie hatte unüberlegt und aus Leidenschaft gehandelt.

Herr, gib mir Weisheit. Hilf mir zu lernen, die Wahrheit in Liebe zu sagen, nicht im Zorn.

„Vielen Dank für das Angebot, Mr Sanders, aber ich möchte erst mehr über meinen Onkel in Erfahrung bringen, bevor ich eine Entscheidung treffe.“ Sie wollte wissen, warum Casey Teague Walsh seinen gesamten Besitz ihrer Mutter hinterlassen hatte, einer Frau, die nur Verachtung für ihn empfand.

Morgan Sanders erhob sich. „In diesem Fall hoffe ich, dass Sie und ich uns besser kennenlernen.“ Er zog ihren Stuhl zurück und brachte sie zur Treppe, wo er ihr eine erholsame Nacht wünschte.

Die Nacht verlief alles andere als erholsam. Die Tür zum Nebenzimmer wurde regelmäßig geöffnet und geschlossen. Regen trommelte auf das Dach. Verfroren wickelte sich Kathryn noch fester in die Decken und zog sie über die Schultern. Ihre Gedanken wanderten zu dem Kamin in ihrem Zimmer zu Hause. Einer der Dienstboten hatte ihn immer frühzeitig angezündet, damit das Zimmer warm war, wenn Kathryn hereinkam. Hier gab es keinen Kamin. Keine tröstenden Geräusche durch ein knisterndes Feuer. Als sie dann endlich doch einschlief, träumte sie, dass sie über einem Abgrund hing und sich an der Tür der Postkutsche festklammerte.

Kapitel 3

Der Himmel war grau, die Luft kälter als am Tag zuvor. Eine Eisschicht lag über dem Schlamm, die es Kathryn schwer machte, die Straße zu überqueren. Der *Bear's Head* war leer. Frauen in schlichten Kleidern waren in der Stadt unterwegs, ein paar wenige mit Kindern im Schlepptau. Es war ein Wochentag und bereits nach neun. War heute denn keine Schule?

Die Tür zum Haus ihres Onkels war angelehnt, und von innen waren Männerstimmen zu hören – die von Matthias Beck, Scribe und noch eine andere, die sie nicht kannte. Kathryn klopfte und wartete.

Beck öffnete die Tür. „Sieht nicht so aus, als hätten Sie gestern Nacht viel Schlaf bekommen, Miss Walsh."

Machte er sich über sie lustig? Kathryn ging an ihm vorbei und betrat das Haus. Sie stellte ihre Reisetasche ab und blickte Scribe an, der einen Becher mit dampfendem Kaffee füllte.

Beck stellte ihr Herrn Neumann vor. Die langen dunklen Haare des Mannes waren nass, in der Mitte gescheitelt und frisch gekämmt. Er war blass. Schweiß stand ihm auf der Stirn, er schien nicht auf dem Posten zu sein. „Entschuldigen Sie bitte, dass ich Sie nicht schon gestern empfangen konnte, Ma'am."

Sie reichte ihm die Hand und hoffte, dadurch seine Verlegenheit mindern zu können. „Sie wussten ja weder Tag noch Zeitpunkt meiner Ankunft, Mr Neumann. Ich hatte nicht erwartet, Sie anzutreffen." Der arme Mann zitterte. „Mir wurde gesagt, dass es Ihnen nicht gut ging. Ich hoffe, heute Morgen ist es besser."

Er errötete. „Ich lebe."

Scribe bot Kathryn einen Platz auf dem Sofa und einen Becher Kaffee an, den sie annahm. Zögernd blickte sie in die dunkle Flüssigkeit. Da sie bezweifelte, dass Milch oder Zucker da waren, nahm sie vorsichtig einen Schluck. Das Gebräu war so stark, dass es einen Stein zum Schmelzen bringen könnte. Sie stellte den Becher leicht auf ihren Knien ab und war dankbar für die Wärme, die durch ihren Rock und ihre Petticoats drang.

Beck lehnte am Schreibtisch ihres Onkels und beobachtete sie mit verschränkten Armen.

„Ihre Anwesenheit ist nicht erforderlich, Mr Beck. Sie haben sicher noch anderes zu tun."

„Meine Geschäfte können warten."

Der Mann war wirklich schwer von Begriff. „Über meine Angelegenheiten werde ich erst sprechen, wenn Sie sich verabschiedet haben."

„Ich möchte die Druckerpresse kaufen."

Sie blickte ihn verständnislos an. „Welche Druckerpresse?"

„Die dort hinten in der Ecke, die mit einer Plane abgedeckt ist."

Ihr Blick wanderte zu dem Koloss und wieder zurück zu Beck, dann zu Scribe. Fragen türmten sich in ihr auf wie Gewitterwolken. Niemand schien die Absicht zu haben, sie aufzuklären.

„Sie haben doch keine Verwendung dafür", erklärte Beck.

Verärgert und gleichzeitig neugierig stellte Kathryn ihren Kaffeebecher ab und erhob sich. Sie würde die Plane entfernen, um zu sehen, was sich darunter verbarg. „Ich weiß erst, was ich will oder wofür ich keine Verwendung habe, wenn ich Zeit hatte, um …"

„Sie gehören nicht hierher, Miss Walsh."

Kathryn fuhr herum und funkelte ihn an. Sie hatte Männer so satt, die ihr sagen wollten, wohin sie gehörte und wie sie ihr Leben gestalten sollte. Der Richter hatte damit angefangen, dann folgten die Verehrer, die ihr Leben bereits für sie geplant zu haben schienen. Nein, sie besaß ein unabhängiges Herz, mutig genug, ihren eigenen Weg zu gehen.

„Sie sind nicht der erste Mann, der mir das sagt, Mr Beck. Und vermutlich werden Sie auch nicht der letzte sein." Sie ging zur Tür und öffnete sie. „Ich wünsche Ihnen einen guten Tag, Sir."

Matthias Beck rührte sich nicht. Sie auch nicht. Nach einer Weile richtete er sich auf, ging zur Tür und funkelte sie wütend an. „Wir sind noch nicht fertig."

Ihr Puls beschleunigte sich. „Oh doch, das sind wir." Warum nur bekam sie so schlecht Luft, wenn dieser Mann sie anschaute?

„Darauf würde ich nicht wetten."

Sie schloss die Tür und drehte sich zu Scribe und Herrn Neumann um, die beide stocksteif in dem kleinen Raum standen. „Also, Herr Neumann, ich würde gern erfahren, was Sie mir über meinen Onkel erzählen können und was er wohl im Sinn gehabt hat, als er meiner Mutter seinen Besitz vererbt hat."

Neumann wurde blass. „Ihrer Mutter?"

„Das Erbe ist mir überschrieben worden aus Gründen, über die ich lieber nicht reden möchte." Sie nahm Platz und legte ihre Hände in den Schoß. „Welche Vorstellungen hatte er, wie mit diesem Besitz verfahren werden sollte?" Wenn er ihre Mutter gekannt hätte, dann hätte er niemals erwartet, dass sie quer durchs Land in dieses stinkende Schlammloch reiste, das sie Stadt nannten.

Neumann sah sie mit großen Augen an. „Das hat er nicht gesagt. Er gab mir nur einen Umschlag und sagte, ich solle ihn abschicken, falls ihm etwas zustoßen sollte. Und ihm ist etwas zugestoßen. Daraufhin habe ich den Brief abgeschickt. Das ist alles."

„Der letzte Kontakt, den meine Mutter zu meinem Onkel gehabt hat, war vor meiner Geburt und durch einen Brief, in dem ihr mitgeteilt wurde, dass mein Vater, sein Bruder, auf dem Weg zu den Goldfeldern in Kalifornien im Missouri ertrunken ist. Danach kein Wort mehr."

Scribe zuckte die Achseln. „Soweit ich mich erinnere, hat er nur einmal über einen Bruder gesprochen. Aber da war er betrunken und ein wenig rührselig, und er hat Blödsinn geredet."

Je mehr Kathryn erfuhr, desto mehr schwand ihr Optimismus. „Dieses Gebäude und die Druckerpresse sind also mein Erbe?"

„Und dazu eine Mine oben in den Bergen", fügte Neumann hinzu. „City hat nur so viel darin gearbeitet, dass der Claim aktiv blieb."

„Die Mine hatte ich vergessen." Scribe kratzte sich am Kopf. „Er war seit Wochen nicht mehr da oben."

„Eine Mine?" Kathryn lächelte hoffnungsvoll. „Ist sie etwas wert?"

„Das bezweifle ich, Miss Walsh. City hat nie viel darüber gesprochen. Er ist alle paar Wochen einfach für ein paar Tage verschwunden, in der Regel, wenn er mal wieder für Aufruhr gesorgt hatte. Vermutlich ist sie nicht viel wert, falls überhaupt etwas. In seinen Akten müssten irgendwo Informationen darüber sein." Neumann deutete mit der Hand zu den Apfelkisten voller Papiere und schob sich rückwärts zur Tür. „Ich wünschte, ich könnte Ihnen mehr sagen, Miss Walsh." Er griff hinter sich, öffnete die Tür und war draußen, bevor Kathryn weitere Fragen stellen konnte. „Viel Glück für Sie." Schnell setzte er seinen Hut auf und eilte geradewegs zu Becks Saloon.

Kathryn schnaubte. „Für einen Mann, der nichts weiß, ist er ziemlich nervös."

„Sie sind eine Lady. Das allein reicht aus, um selbst den stärksten Mann hier in dieser Gegend Blut und Wasser schwitzen zu lassen."

Matthias Beck hatte nicht geschwitzt. Sie war kaum durch die Tür getreten, als er schon Streit mit ihr angefangen hatte. Für wen hielt er sich, dass er ihr sagen wollte, wo sie hingehörte und wo nicht?

Kathryn ging zu dem Objekt hinten in der Ecke und zog die Plane fort, um zu sehen, was Beck sich unbedingt aneignen wollte. Ein schwarzes Ungetüm kam zum Vorschein.

„Das ist eine Washington-Handpresse", erklärte Scribe. „Kam vor etwa fünfzig Jahren ums Horn. Keine Ahnung, wie City sie in die Hände bekommen hat."

Verblüfft schaute Kathryn sich um. „Das war eine Zeitungsredaktion?"

„Hier war der Sitz der *Calvada Voice*. Jeder in der Stadt hat immer ungeduldig auf die neue Ausgabe gewartet. City hat immer neue Themen ausgegraben, den Leuten was aus der Nase gezogen. Er hat sich mit fast allen hier in der Stadt angelegt, auch mit Matthias. Aber sie waren trotzdem befreundet. City hat viel Zeit in seinem Saloon verbracht und mit ihm über den Krieg geredet."

Kathryn schnaubte. „Ich nehme an, Mr Beck hat für den Süden gekämpft." Sein Südstaatenakzent wäre vielleicht charmant, wenn der Mann nur nicht so aufdringlich wäre.

„Nein. Matthias hat für den Norden gekämpft." Scribe lehnte jetzt genauso am Schreibtisch wie Beck gerade. „Er spricht nicht gern über den Krieg." Nachdenklich schaute er sich um. „City hat mir beigebracht, die Buchstaben zu setzen und die Druckerpresse zu bedienen. Einige sehr kritische Artikel gehen auf sein Konto. Aber er ist immer bei der Wahrheit geblieben. Er wollte seinen Prinzipien nicht untreu werden, egal, welche Konsequenzen das für ihn hatte. Ich schätze, das hat jemanden so zornig gemacht, dass er hergekommen ist und ihn mit dem Griff der Druckerpresse erschlagen hat."

Erschaudernd wanderte Kathryn im Raum herum. Ihr Blick fiel auf die rostfarbenen Flecken im Holz. Hatte City Walsh die Papiere, die das Erbe betrafen, Herrn Neumann gegeben, weil er wusste, dass ihm etwas zustoßen würde? Hoffte er, er wäre einem seiner Angehörigen so wichtig, dass er herkommen und den Mord an ihm aufklären würde? Aber in dem Brief von Herrn Neumann gab es keinen Hinweis, aus dem man hätte schließen können, dass Casey Teague Walsh ein gewaltsames Ende gefunden hatte.

Scribe seufzte. „Ich verschwinde hier, damit Sie mit der Wohnung machen können, was Sie wollen."

Kathryn sah ihn an. „Hat Mr Beck dir eine Unterkunft gegeben?"

„Ja. Ich habe eines der hinteren Zimmer und darf aufräumen." Niedergeschlagen blickte er sich erneut im Büroraum um. „Die Arbeit für City habe ich geliebt. Jede einzelne Minute. Er war …" Seine Stimme brach. Schnell räusperte er sich. „Ich gehe jetzt besser."

„War es mein Onkel, der dir den Namen Scribe gegeben hat?"

„Mein richtiger Name ist Rupert Clive Fitz-William Smythe." Er verzog das Gesicht. „City meinte, das klänge so steif wie ein Leichnam, und fing an, mich Scribe zu nennen. Der Name ist an mir hängen geblieben."

„Es tut mir leid, dass mein Onkel dir nichts hinterlassen hat." Aber wenn er das getan hätte, wohin hätte der Richter sie dann wohl geschickt? Auf eine Reise durch Europa? Wahrscheinlicher war, dass er sie zu seiner alleinstehenden Schwester nach New Hampshire geschickt hätte. Das hatte er schon mal gemacht – als Strafe dafür, dass sie vom Internat geflogen war.

„City hatte immer Gründe für das, was er tat." Scribe zuckte die Achseln. „Und die Wahrheit ist, ich kann zwar setzen, aber ich kann nicht so schreiben wie er." Er hob eine Kiste mit seinen Sachen hoch. „Matthias hat recht, wissen Sie."

„In Bezug worauf?"

„So ungern ich das auch sage, aber Sie sind zu sehr Dame, um in einer Stadt wie dieser zu leben. Sie wissen nicht, wie rau es hier zugehen kann."

Ihr kam der Gedanke, dass das vermutlich stimmte. Sie fühlte sich in Calvada nicht zu Hause, aber andererseits … In Boston hatte sie sich auch nicht zu Hause gefühlt. „Gott wirkt auf geheimnisvolle Weise." Sie lächelte. „Ich bin jetzt hier. Und ich habe die Absicht, das Beste daraus zu machen."

~

Bevor Scribe das Büro verließ, bat Kathryn ihn, ihr ein gutes und preiswertes Restaurant zu empfehlen. Ronyas Café lag ein Stück weiter die Straße runter an der südlichen Ecke. Auf einem Schild vor der Tür stand: *Schuhe sauber machen!* Sie tat wie angewiesen und war bestürzt, als sie sah, wie viel Schlamm an ihrem Rocksaum hängen geblieben war.

Die Tür ging auf. „Kommen Sie herein, Miss Walsh." Eine stämmige Frau in einem karierten Baumwollkleid mit Schürze stand auf der Türschwelle. Ihre blauen Augen funkelten, ihre ergrauenden Haare waren geflochten und zu einer Krone auf ihrem Kopf hochgesteckt.

„Sie kennen meinen Namen?", wunderte sich Kathryn.

„Hier in Calvada verbreiten sich Nachrichten in Windeseile. Ich bin Ronya Vanderstrom. City war ein guter Freund. Hat jeden Tag hier gefrühstückt und zu Abend gegessen." Ihr Handschlag war keine sanfte, höfliche Geste, sondern ein fester Griff mit dem Versprechen einer Freundschaft. „Ich habe einen Tisch neben dem Ofen reserviert. Machen Sie es sich bequem."

An jedem Tisch saßen Männer, und alle starrten Kathryn an, als sie eintrat. Ronya segelte zwischen den Tischen hindurch. „Vergesst eure Manieren nicht, Leute." Die Männer konzentrierten sich wieder auf ihr Essen. Die begrenzte Speiseauswahl stand auf einer Tafel. „Was darf ich Ihnen bringen, Miss Walsh?"

„Den Bergmannsteller, bitte."

Ronya lachte leise. „Eine junge Dame mit Appetit."

Sobald Ronya in der Küche verschwunden war, warfen die Männer Kathryn wieder verstohlene Blicke zu. Irgendwann würde sie sich bestimmt noch an die Aufmerksamkeit gewöhnen. Einer der Männer stand auf und trat, den Hut in der Hand, an ihren Tisch. Beklommen blickte sie hoch. Er stellte sich vor, erklärte, er hätte einen guten Claim, eine solide gebaute Hütte nicht weit von der Stadt entfernt und brauche eine Frau. Ein Stuhl wurde zurückgeschoben, ein weiterer Mann kam herüber. Ihm gehöre die Metzgerei ein Stück die Straße hinunter, und er besitze ein hübsches kleines Haus auf der Rome Street mit einem Garten, der groß genug sei für einen Gemüsegarten. Als sich ein dritter Mann zwischen die anderen beiden drängte und laut seine Vorzüge anpries, fühlte sich Kathryn gefangen zwischen dem glühenden Ofen und den noch heißblütigeren Männern, die ihr den Fluchtweg zur Eingangstür versperrten.

Ronya erschien. In einer Hand hielt sie eine Bratpfanne, in der anderen einen Löffel. Mehrmals schlug sie auf die Pfanne. „Jetzt reicht es damit! Miss Walsh, sind Sie auf der Suche nach einem Ehemann?"

„Nein, ganz und gar nicht!"

„Also, da seht ihr es, Leute. Da habt ihr eure Antwort. Und jetzt lasst das Mädchen in Ruhe! Esst auf, bezahlt eure Rechnung und geht zurück an eure Arbeit!" Ronya verzog sich wieder in die Küche.

Kathryn eilte ihr nach. „Haben Sie etwas dagegen, wenn ich Ihnen hier drin Gesellschaft leiste?"

„Sie wollen Ihnen nichts tun."

Nervös warf Kathryn einen Blick über die Schulter zurück. „Sie wirken ziemlich verzweifelt."

„Hier in Calvada gibt es nicht viele Frauen. In erster Linie die Frauen und Witwen von Minenarbeitern, und die andere Sorte hält sich eher für sich. Dazwischen gibt es nichts." Sie deutete auf einen Hocker und schlug mit einer Hand Eier in eine Schüssel auf, während sie mit der anderen Speck in der Pfanne wendete. „Wenn sie eine hübsche junge Lady wie Sie sehen, dann entbrennt in ihnen die Sehnsucht nach Heim und Herd."

„Ich will auf keinen Fall heiraten."

Ronya blickte sie an. „Ganz bestimmt nicht einen dieser Raubeine."

„Überhaupt niemanden. Ohne Ehemann hat eine Frau mehr Rechte."

„Und manchmal weniger Möglichkeiten." Ronya blickte Kathryn offen an, bevor sie die aufgeschlagenen Eier in eine Bratpfanne gab. Der Speck brutzelte auf dem Grill, und Kathryns Magen zog sich vor Hunger zusammen. Ronya nahm einen Becher von einem Regal, stellte ihn Kathryn hin und füllte ihn mit dampfendem aromatischem Kaffee.

Kathryn dankte ihr, nahm einen Schluck und hätte beinahe vor Behagen gestöhnt. „Wie lange sind Sie schon hier, Mrs Vanderstrom?"

„Sagen Sie doch Ronya. Das tun alle." Sie maß Mehl in eine Schüssel ab. „Ich bin seit '49 in Kalifornien. Kam zusammen mit meinem

Mann mit dem Planwagen in den Westen. Bernard war ein guter Mann, aber er hatte wirklich keinen Funken Verstand. Ich übrigens auch nicht, wenn ich so darüber nachdenke." Vor sich hin lachend, rührte sie die Eier ins Mehl. „Bernard hatte gehört, dass in Kalifornien tropische Hitze herrsche, darum hat er sich mit Panamahüten und Moskitonetzen eingedeckt." Sie schüttelte den Kopf. „Ungefähr so nützlich wie eine Zecke auf einem Hund. Da er nichts hatte, was er verkaufen konnte, schürfte er in den Flüssen nach Gold wie alle anderen auch, und im ersten Winter ist er an einem Fieber gestorben."

Sie verteilte das Fett vom Speck auf dem Grill und goss den Pfannkuchenteig darauf. „Mein einziger Besitz waren ein großer Planwagen, ein Kochkessel, eine Bratpfanne und gerade so viel Geld, dass ich Lebensmittel kaufen konnte. Kochen kann ich, und es gab jede Menge hungriger Männer. Gibt es immer noch." Sie deutete mit dem Kopf zum Speiseraum. „Im ersten Jahr habe ich so viel Geld verdient, dass ich mir ein kleines Haus bauen konnte. Das ist abgebrannt, zusammen mit dem Rest der Stadt. Alle zusammen haben wir die Stadt wieder aufgebaut, aber nach dem zweiten Feuer bin ich weitergezogen. Ich hatte von einem Streik hier oben gehört und hoffte darauf, dieses Mal mehr Glück zu haben." Sie stellte die Eier zur Seite und behielt die Pfannkuchen im Blick. „Also habe ich in einem Raum Pritschen aufgestellt und Schlafplätze vermietet. Die Mahlzeiten habe ich extra berechnet. Dann baute ich einen zweiten Raum an, schließlich ein zweites Stockwerk." Sie wendete die Pfannkuchen. „Als die Arbeit zu viel wurde, habe ich eine Witwe eingestellt. Sie heiratete, und ich stellte eine andere ein." Sie lachte. „Witwen bleiben in dieser Stadt nicht lange allein."

Ronya gab Eier auf einen Teller, legte zwei Pfannkuchen daneben und vier Streifen knusprigen Speck darüber. Den Teller stellte sie vor Kathryn auf den Tisch, schob ihr einen Teller mit Butter, einen kleinen Krug Heidelbeersirup und Salz- und Pfefferstreuer hin. Lächelnd füllte sie Kathryns Kaffeebecher erneut. „Haben Sie irgendwelche Fähigkeiten?"

„Ich bin gut darin, Schwierigkeiten zu machen."

Ronya lachte. „Genau wie Ihr Onkel." Sie deutete mit dem Kopf auf den Teller. „Lassen Sie es sich schmecken. Und empfehlen Sie mich weiter." Sie hob das Kinn. „Ich sehe jetzt besser mal nach den Männern." Mit einer großen Kanne Kaffee marschierte sie in den Speiseraum.

Kathryn seufzte. Welche Fähigkeiten hatte sie, die ihr hier am Ende der Welt von Nutzen sein könnten? Welche Waren und Dienste fehlten in dieser Stadt, die sie anbieten könnte? Sie hatte kein einziges Geschäft mit Damenartikeln gesehen. Aus dem Osten kannte sie die Modetrends, aber passten sie hierher in den Wilden Westen? Ihre Mutter hatte darauf bestanden, dass sie weibliche Fertigkeiten lernte: feine Nadelarbeit, Klavierspielen, die Organisation einer Dinnerparty. Sie konnte nähen, auch wenn ihre eigene Kleidung von einer Schneiderin gefertigt worden war. Beim Gedanken, den Rest ihres Lebens mit solchen Aktivitäten zu verbringen, bekam Kathryn Kopfschmerzen.

Ihr Stiefvater war bemüht gewesen, sie mit dem Sprössling einer Unternehmerfamilie zu verheiraten, aber Kathryn hielt Frederick Taylor Underhill für einen arroganten Schnösel, dem die Frauen und Kinder, die in den Fabriken seines Vaters arbeiteten, vollkommen gleichgültig waren. Als sie seinen Heiratsantrag abgelehnt hatte, war der Richter außer sich gewesen vor Zorn.

Diese Missetat war nur eine von vielen anderen auf der Liste der Dinge, die der Richter ihr zum Vorwurf machte.

Kathryn bezahlte ihr Frühstück großzügig und dankte Ronya, dass sie ihr gestattet hatte, in der Küche zu sitzen. Anschließend machte sie sich auf den Weg zu Adays Gemischtwarenladen, um die nötigen Gebrauchsgegenstände zu erwerben. Hocherfreut musterte sie die Auslage. Fässer mit Mehl, Säcke mit Bohnen und Regale, auf denen die unterschiedlichsten Waren aller Art ausgebreitet waren. Auf den Tischen in dem Laden fand sie Decken, Flanellhemden und Latzhosen für Männer. In einem Glaskasten entdeckte sie eine Auswahl

Messer; in einem anderen Pistolen. Vielleicht sollte sie sich eine kleine Derringer kaufen.

Eine schmale Frau in einem einfachen braunen Wollkleid stand hinter dem Tresen. Ihre Haare hatte sie unter einem Tuch zusammengebunden. Sie beobachtete, wie Kathryn durch den Laden schlenderte. Ihr Blick hing an ihrem blauen Kleid mit passender Schößchenjacke und ihrem mit Seiden- und Spitzenblumen verzierten Hut. Schnell strich sie ihre Schürze glatt und stellte sich als Abbie Aday vor. Als Kathryn sich ihrerseits vorstellte, schnappte sie nach Luft und rief: „Nabor! Komm schnell! Citys Nichte ist hier!"

„Ich dachte, er hätte keine Familie." Ein stämmiger Mann mit hartem Gesicht und einer Brille trat durch den Vorhang aus dem hinteren Bereich des Ladens. Er bekam große Augen, als er sie musterte. „Sie sind mit City verwandt?" Kathryn war bewusst, dass sie für Calvada viel zu fein gekleidet war, aber es nützte nichts. Ihre gesamte Garderobe war für diese Stadt viel zu elegant. Abbies Blick hing mit glückseliger Bewunderung an ihr, Nabors mit offener Missbilligung.

„Ich brauche eine ganze Reihe von Dingen." Kathryn reichte Abbie die Liste.

Nabor riss sie ihr aus der Hand. „Putzmittel, weiße Farbe, Bettlaken, zwei Decken, Stoff, Konservendosen, einen Dosenöffner …"

Während Kathryn zuhörte, wie alles laut vorgelesen wurde, fragte sie sich, wie viel das alles wohl kosten würde. Das Geld in dem Umschlag, den ihr Stiefvater ihr gegeben hatte, musste so lange reichen, bis sie eine Beschäftigung gefunden hatte.

Nabor Adays Augen funkelten berechnend. Er drückte seiner Frau die Liste in die Hand. „Ruf mich, wenn du alles zusammenhast. Ich übernehme den Rest." Mit diesen Worten verschwand er hinter dem Vorhang, während Abbie Aday die gewünschten Artikel zum Tresen brachte.

„Ihr Hut ist wunderhübsch, Miss Walsh. So etwas gibt es hier in der Gegend nicht."

Kathryn hörte Nabor hinter dem Vorhang schnauben.

„Er wurde in Boston gearbeitet."

„Boston." Abbie seufzte. Ein träumerischer Ausdruck trat auf ihr Gesicht. „Wir sind aus …"

„Hör auf zu reden, Abbie, und mach die Arbeit!", fuhr Nabor sie an.

Kathryn beugte sich vor. „Mit dem richtigen Material lässt sich leicht so etwas arbeiten."

„Wirklich? Können Sie das? Hier in der Stadt gibt es keine Putzmacherin." Ihr Gesicht hellte sich auf. „Wenn wir im Augenblick nicht dahaben, was Sie brauchen, können wir es in Sacramento bestellen. Ich wäre Ihre erste Kundin." Sie strahlte.

Mit wutverzerrtem Gesicht trat Nabor hinter dem Vorhang hervor. „Nein, ganz bestimmt nicht. Was will eine Frau mit einem solchen Hut?" Er nahm die Liste zur Hand. „Bring die Dose mit weißer Farbe und die Reinigungsutensilien her. Ich hole eine Schubkarre."

„Eine Schubkarre steht doch gar nicht auf der Liste, Nabor."

Angewidert schaute er über die Schulter zurück. „Wir werden eine brauchen, um ihre Einkäufe zu transportieren. Es sei denn, du willst alles für sie tragen."

Abbie senkte den Kopf und blickte wieder hoch zu Kathryn. „Wir hier in der Stadt vermissen City. Alle haben seine Zeitung geliebt. Jetzt haben wir nur noch Stu Bickersons *Clarion*. Er hat sein Büro auf den Champs-Élysées an der Ecke zur Rome."

„Der Champs-Élysées?" Kathryn stieß ein leises Lachen aus.

„Ihr Onkel hat unsere Straßen nach fremden Orten benannt. Natürlich ist Champs-Élysées eher bekannt als Chump Street."

Kathryn lachte jetzt, und Nabor drehte sich wütend zu ihnen um und funkelte sie an.

Abbie begleitete sie zu den Stoffballen, und Kathryn traf ihre Auswahl. „Gibt es bei Ihnen auch Bücher, Abbie?"

„Ein paar. City hatte immer ein Buch in den Händen. Er besitzt bestimmt eine ganze Reihe."

Kathryn hatte sich über die große Auswahl an Büchern gefreut. „Ja, aber leider nicht das, was ich brauche."

„Wonach suchen Sie denn?“

Errötend senkte Kathryn die Stimme. „Etwas über Kochen und Haushaltsführung, solche Sachen.“

Abbie musterte sie vielsagend. „Natürlich.“ Sie huschte zwischen den Tischen umher. „Bücher sind hier nicht so nachgefragt. Ah, da sind sie ja.“ Sie zog eine Kiste unter einem der Tische hervor. „Wie wäre es mit einem Nickel?“ Bei diesem Preis hätte Kathryn gern die ganze Kiste genommen. *Lassen wir die Bohnen weg*, hätte sie am liebsten gesagt, *ich nehme die Bücher*, aber sie musste vernünftig sein. Auch wenn sie gern Homers *Odyssee* und Whitmans *Grashalme* genommen hätte, zog sie Catharine Beechers *Die sparsame Haushaltsführung* heraus. Beim Durchblättern stellte sie fest, dass sie darin die dringend benötigten Informationen über Kochen, Saubermachen, Zimmerpflanzen, Heizen, Lüftung und Abfallbewältigung fand! Sie klappte das Buch zu, klemmte es sich unter den Arm und nahm noch *Die gute Hausfrau: Enzyklopädie der Hauswirtschaft*.

Nachdem Abbie alle Waren zusammengesucht und auf den Tresen gelegt hatte, rechnete Nabor die Preise zusammen.

„Sie haben für die Bücher den doppelten Preis berechnet, Mr Aday. Abbie sagte, einen Nickel für jedes.“

„Abbie macht die Preise nicht. Das mache ich. Und die ganzen Sachen liefern zu lassen, kostet Sie noch einmal einen Dollar, es sei denn, Sie wollen ein paarmal selbst laufen.“

Außer sich vor Zorn zahlte ihm Kathryn den geforderten Preis.

~

Nabor blieb zurück, um „den Laden zu führen“, während Abbie eine Schubkarre schob und ein Junge, den Nabor für zehn Cents angeheuert hatte, die andere. Auf dem Rückweg zu Citys Haus ging Kathryn noch bei der Postkutschenstation vorbei und bat Gus Blather, den Posthalter, ihren Koffer so schnell wie möglich bringen zu lassen. Er legte ihn auf einen Karren und folgte ihnen. Männer kamen aus den

Saloons, um die Parade zu beobachten. Einige schlossen sich ihnen an, und einer war sogar Gentleman genug, für Abbie die Schubkarre zu schieben, als sie im Schlamm stecken blieb. Andere trotteten leise tuschelnd hinterher. Matthias Beck kam aus seinem Saloon, lehnte sich an einen Pfosten und beobachtete sie mit verschränkten Armen.

Kathryn öffnete die Tür ihres kleinen Häuschens, das sie zu ihrem Heim machen wollte, und trat ein, gefolgt von Abbie, dem Jungen und Gus Blather. Kathryn dankte allen und flüsterte Abbie zu, sie würde ihr einen Hut als Geschenk machen. Als sie gingen, spähten ein halbes Dutzend Männer herein. Entschlossen drückte Kathryn die Tür zu und schob den Riegel vor. Ein Mann versuchte, eine der Fensterscheiben sauber zu wischen, um hineinspähen zu können. Kathryn beschloss, die Fenster erst zu putzen, wenn sie Vorhänge und Rollos hätte.

Die Arme in die Hüften gestemmt, stand Kathryn im vorderen Büro und versuchte, die Arbeit einzuschätzen, die vor ihr lag. Bisher hatte sie nie selbst ein Zimmer gesäubert, geschweige denn zwei, aber sie wusste, wie es gemacht wurde. Mit dem Eimer in der Hand verließ sie das Haus durch die Hintertür. Abbie hatte ihr erklärt, wo der nächste öffentliche Brunnen zu finden war.

Gegen Mittag hatte sich ihr Fischbeinkorsett in ein Folterinstrument verwandelt. Sie strich sich die feuchten Haare aus dem Gesicht und schrubbte weiter den Boden im vorderen Raum. Die Blutflecken ließen sich nicht entfernen. Sie würde einen Teppich kaufen und darüberlegen. Aus dem dickbäuchigen Ofen hatte sie bereits die Asche gefegt und Holz hineingelegt, das sie ordentlich gestapelt neben der Hintertür gefunden hatte. Bisher hatte sie ihn noch nicht angezündet. Bei der Arbeit wurde ihr warm. Etwa ein halbes Dutzend Mal war sie schon zum Brunnen gelaufen. Ihre Füße schmerzten in den engen, zugeknöpften und schlammverschmierten Schuhen. Diese Schuhe waren nicht mehr zu gebrauchen, und ihre Beine schmerzten von dem schweren Schlamm, der daran hängen blieb. Sie räumte die Schrankfächer und den Kleiderschrank aus und wischte die Regale ab, bevor sie ihre Vorräte verstaute und ihre Kleidung auspackte. Bei den Adays gab es keinen Badezuber zu kaufen, aber Kathryn fand ein Waschbassin für Wäsche, das als Badezuber genügen müsste, sowie mehrere andere Behälter. Von jetzt an würde sie ihre Kleidung selbst waschen.

Als es dunkel wurde, war Kathryn immer noch nicht fertig. In ihrem gegenwärtigen Zustand wollte sie nicht die Straße überqueren und in Ronyas Café essen. Dafür war sie zu schmutzig. Aber noch einmal zum Brunnen pilgern, ihre Haare bürsten und neu aufstecken und ihre Kleidung wechseln, das wollte sie auch nicht. Dazu war sie zu müde, sogar zu müde, um das Bett zu beziehen, und so dreckig, dass sie nicht in ihrer neuen Bettwäsche schlafen wollte.

Wie betäubt vor Erschöpfung, mit ihren vom Putzen rauen Händen und mit schmerzenden Muskeln sank sie aufs Bett, ließ sich mit ausgebreiteten Armen zurückfallen und schlief auf der Stelle ein.

Kapitel 4

Widerwillig musste Matthias sich eingestehen, dass eine gewisse Sorge um Kathryn seine Aufmerksamkeit von wichtigeren Projekten abhielt, und er schnappte sich Scribe. „Hast du Citys Nichte heute schon gesehen?" Seit zwei Tagen hatte sie das Haus nicht mehr verlassen. Allerdings hatte er gehört, sie sei mehrmals am Gemeinschaftsbrunnen gewesen. Dieses Mädchen schleppte Wasser? Schwer vorstellbar. Sie hätte doch bloß den ersten halbwegs kräftigen Mann, dem sie begegnete, fragen müssen, und die Kerle hätten Schlange gestanden, um ihr zu Diensten zu sein. Ronya hatte ihm erzählt, Kathryn Walsh hätte nach Betreten ihres Cafés innerhalb von fünf Minuten bereits drei Heiratsanträge erhalten.

„Ein Metzger, ein Bäcker und ein Kerzenmacher." Ronya hatte gelacht. „Sind alle hinter ihr her wie Bären hinter Honig. Sie ist in meine Küche geflohen und meinte, sie hätte nicht vor zu heiraten."

„Sie hat sich zu dir in die Küche gesetzt?" Das Mädchen sah eher so aus, als erwarte sie einen Privatsalon mit persönlicher Betreuung.

„Hat an meinem Arbeitstisch gesessen und sich mit mir unterhalten, während ich gekocht habe. Bestellt hatte sie den Bergmannsteller. Und hat etliche Tassen Kaffee getrunken. Was interessiert dich an dem Mädchen, Matthias?" Ronyas Mund verzog sich zu einem vielsagenden Lächeln.

„Alles, was ich von ihr will, ist Citys Druckerpresse."

„Ach, ist das so?"

Matthias war einer von Citys besten Freunden gewesen, und daher fühlte er sich irgendwie für sie verantwortlich. Er würde sie im Auge behalten. Je früher sie Calvada verließ, desto eher konnte er seine Beschützeraufgabe an den Nagel hängen.

Scribe fegte gerade den Brettersteg. Er unterbrach seine Tätigkeit und sah zur anderen Straßenseite hinüber wie ein Welpe, der nach Hause wollte. „Ich habe Miss Kathryn gestern zuletzt gesehen und ihr versprochen, immer mal wieder nach ihr zu sehen und mich davon zu überzeugen, dass es ihr gut geht. Dreimal habe ich bei ihr geklopft, aber sie hat die Tür nicht aufgemacht."

„Warum nicht?"

„Sie meinte, sie sei nicht präsentabel und sehr beschäftigt."

„Womit denn?"

„Vermutlich damit, das Haus zu putzen."

Zwei Tage lang? Zwei so kleine Räume? Wie musste man putzen, um dafür so lange zu brauchen?

Scribe stellte seinen Besen zur Seite. „Ich gehe rüber …"

Matthias warf dem liebeskranken Jungen einen Blick zu. „Pass auf dein Herz auf, Junge. Schönheit kommt von innen. Außerdem ist sie älter als du."

Scribe richtete sich stocksteif auf. „Nächsten Monat werde ich siebzehn."

Matthias schätzte Kathryn Walsh auf Anfang zwanzig, nicht älter. Sie strahlte noch diese gewisse taufrische Unberührtheit aus. Nun, die würde sie schnell verlieren, sollte sie tatsächlich in Calvada bleiben.

Matthias setzte sich in Bewegung und überquerte die Straße. Während er den Schlamm von seinen Stiefeln trat, klopfte er an Kathryns Tür. Sie öffnete sie einen Spalt weit, und er konnte einen Blick auf sie werfen. Ihre roten Haare waren unter einem Tuch verborgen, ihre Wangen mit Farbe und Dreck beschmiert. Sie trug eine Schürze und weiße Handschuhe, wie sie reiche Mädchen trugen, wenn sie in die Oper gingen.

„Oh. Sie."

Ihr Tonfall ärgerte ihn. „Ja. Ich bin es. Ich wollte nachsehen, ob Sie noch am Leben sind."

„Da Sie sich nun davon überzeugt haben, können Sie ja wieder gehen."

„Nicht so schnell."

„Ich habe noch viel zu tun."

Er suchte nach einem Vorwand, noch länger bleiben zu können. Ihm fiel nur einer ein. „Was wollen Sie für die Druckerpresse?" Sie hatte sich so weit entspannt, dass er die Tür aufstoßen und einen Blick ins Innere des Häuschens werfen konnte. „Was um Himmels willen machen Sie hier?"

Sie ließ die Tür los und winkte ihn herein. „Kommen Sie nur herein, Mr Beck. Befriedigen Sie Ihre Neugier, und dann verschwinden Sie."

Citys ehemaliges Büro war in einen weißen Nebel getaucht. Der vertraute Geruch nach Männerschweiß, Whisky und Tabak war einem ausgeprägten Geruch nach Farbe gewichen. Der ramponierte alte Schreibtisch war poliert, die Papiere ordentlich einsortiert worden. Drei Bücher lagen aufgeschlagen darauf. Er erkannte eine Bibel und bemerkte die Notizen an den Rändern. Viele Stellen waren unterstrichen. Die anderen beiden Bücher klappte Kathryn schnell zu und verstaute sie in einer Schreibtischschublade, bevor er die Titel lesen konnte. Die überquellenden Kisten mit den alten Ausgaben der *Calvada Voice* waren sortiert und hinten an der Wand aufgestapelt worden.

„Sie haben sich jetzt alles angeschaut, nur nicht die Druckerpresse, Mr Beck."

Das Monstrum war mit einem geblümten Stoff abgedeckt. Zwei Hüte mit Bändern und Federn lagen darauf neben anderen Kleidungsstücken: eine weiße Hemdbluse aus Seide, ein blaues Kleid aus Satin und Spitze, das für einen Ball geeignet wäre, ein paar hochgeknöpfte Schuhe, zwei Paar Handschuhe wie die, die sie gerade trug, eine mit Spitzen eingefasste Damenunterhose und eine Tournüre.

„Da ich die Druckerpresse nicht wegrücken kann, muss ich sie nutzen."

„Als Ausstellungstisch?“ Am liebsten hätte er sie erwürgt. „Ihr Onkel würde sich im Grab umdrehen. Ich kann Männer besorgen und sie noch in der nächsten Stunde hier herausschaffen.“

„Das gute Stück bleibt genau da, wo es steht.“ Sie warf ihm ein zuckersüßes Lächeln zu. „Ich denke, es dient einem guten Zweck.“

Matthias kam näher. Sie rührte sich nicht, aber er bemerkte, wie sich ihre Wangen mit einer feinen Röte überzogen. „Und alles nur, weil ich Toby auf die Straße geprügelt und ihn in die Tränke getaucht habe, was längst überfällig war.“

Sie blickte zu ihm hoch und atmete leise ein. Mit zusammengepressten Lippen hob sie das Kinn. „So kleinlich bin ich nicht, Mr Beck.“

Ihre Augen waren so grün wie die frischen Triebe der Kiefern im Frühling. „Wollen Sie die Sachen, die Sie ausgelegt haben, wirklich verkaufen?“

„Brauchen Sie vielleicht ein Paar Damenpumphosen?“

„Was würden die Leute wohl sagen, wenn ich mit diesem Stück um den Hals geschlungen das Haus verlassen würde?“ Sie riss alarmiert die Augen auf, und er bekam Mitleid. „Keine Sorge, das mache ich nicht.“

„In der Stadt gibt es kein Geschäft für Damenbekleidung.“

Weil es hier nicht viele Damen gab. Aber diese Bemerkung verkniff er sich. Die wenigen, die in Calvada lebten, konnten sich Seide und Satin nicht leisten, geschweige denn ausgefallene Hüte.

„Abbie hat mein Hut gefallen.“

Verteidigungshaltung. „Nabor würde ihr keinen Cent für einen mit Federn und Blumen verzierten Hut geben.“

Sie sah bestürzt aus. „Nun, ich hoffe, er erlaubt ihr wenigstens, den zu behalten, den ich ihr geschenkt habe.“ Ihr Blick wanderte über ihre Auslage. „Ich gebe mir Mühe, etwas anzubieten, das es hier noch nicht gibt, obwohl ich annehme, dass die Bedürfnisse und Wünsche der Frauen hier in Calvada andere sind. Das, was ich anzubieten habe, wird dem vermutlich nicht gerecht.“ Sie ging zu ihrem Farbeimer zurück.

„Was meinen Sie damit?"

„Das interessiert Sie bestimmt nicht."

„Versuchen Sie es doch."

„Ich könnte Ihnen eine Liste machen, und ich habe bisher nur gesehen, was es an der ... wie heißt die Hauptstraße noch mal? Champs-Élysées? – also, was es dort gibt." Sie lachte.

„Den Namen hat Ihr Onkel der Straße gegeben."

„Und Rom und Paris und ..."

„Gomorrah." Eigentlich hatte er sich das verkneifen wollen.

Sie blinzelte und runzelte die Stirn, bevor sie ihn kühl anschaute. „Ich denke, Chump Street passt besser."

Es klopfte an die Tür. „Miss Kathryn?" Scribe steckte den Kopf zur Tür hinein. Er bedachte Matthias mit einem finsteren Blick, bevor er eintrat. „Ich wollte mich nur davon überzeugen, dass es Ihnen gut geht."

Matthias schnaubte leise. Was dachte der Junge, was er hier tat? Sie belästigen? Sein spöttischer Blick erfasste Kathryn. „Wie es scheint, haben Sie einen Beschützer, Eure Ladyschaft."

„Ich könnte noch mehr Feuerholz hereinholen, Miss Kathryn. Und Ihnen vielleicht ein Feuer anzünden."

Matthias verdrehte die Augen.

„Das Feuer brennt bereits." Sie funkelte Matthias an. „Aber danke, dass du ein solcher Gentleman bist, Scribe."

„Alles, was Sie brauchen, jederzeit ..."

Verärgert deutete Matthias mit dem Kopf zur Tür. „Du hast bereits einen Job. Kümmere dich darum."

„Ich bin fertig mit dem Fegen."

„Dann spül die Schnapsgläser." Als der Junge sich nicht rührte, machte Matthias einen Schritt auf ihn zu. „Auf der Stelle, Scribe. Du stehst auf meiner Lohnliste."

Auf dem Weg nach draußen ließ Scribe die Tür halb offen stehen und warf noch einen gedankenvollen Blick zurück, bevor er den Saloon erreichte.

Kathryn seufzte. Sie schien sich der Zuneigung des Jungen bewusst zu sein und wirkte eher besorgt, nicht geschmeichelt. „Vielen Dank, Mr Beck."

„Dass ich ihn hinausgescheucht habe?"

„Dass Sie ihm ein Dach über dem Kopf und eine Arbeit gegeben haben."

„Ich halte immer mein Wort."

Kathryn musterte ihn, und er fragte sich unwillkürlich, was sie wohl dachte. Der erste Eindruck war immer schwer zu widerlegen. „Und was ist mit Ihnen, Miss Walsh?"

„Was soll mit mir sein?"

Er spürte, dass er in tiefes Gewässer abglitt. Warum war er gekommen? Er hatte ihr einen Grund genannt. „Versprechen Sie mir, dass Sie mir Bescheid geben, wenn Sie die Druckerpresse verkaufen wollen?"

„Sie werden es erfahren, wenn ich meine Entscheidung getroffen habe." Sie strich ihre Schürze glatt. „Vielen Dank, dass Sie nach mir geschaut haben, Mr Beck. Wie Sie sehen, steht alles zum Besten. Einen schönen Tag noch."

Schon zum zweiten Mal komplimentierte sie ihn hinaus, und das gefiel ihm nicht. „Man sollte ein Auge auf Sie haben, Miss Walsh."

„Ich bin alt genug, um selbst für mich zu sorgen, Sir."

Sir. Wie alt schätzte sie ihn? Er trat näher und hörte, wie sie schnell nach Luft schnappte. Grinsend legte er den Arm um ihre Taille und zog sie näher. „Denken Sie das immer noch?" Als er sich niederbeugte, duckte sie sich weg, entwand sich seinem Griff und trat hinter den Schreibtisch. Energisch wies sie auf die offen stehende Tür, die Sprache schien es ihr allerdings verschlagen zu haben.

„Soll ich die Tür schließen?", spottete er. „Ich denke, wir sollten sie weit offen stehen lassen – aus Gründen des Anstands."

„Raus!", krächzte sie.

Er bereute, seinem Impuls gefolgt zu sein, und bemühte sich um Ernsthaftigkeit. „Es ist vielleicht ganz gut, wenn die Leute sehen, dass wir uns miteinander anfreunden.“ Die Männer würden sie eher in Ruhe lassen, wenn sie wüssten, dass er ein Auge auf sie geworfen hatte.

„Das ist es also, was Sie tun? Sie freunden sich mit mir an, Mr Beck?“ Ihre Wangen glühten, ihre Augen sprühten Funken. „Gehen Sie jetzt, oder muss ich erst schreien?“

„Das würde einen Menschenauflauf zur Folge haben. Und es würden Wetten abgeschlossen, wie weit ich wohl gegangen bin.“ Sie wirkte so durcheinander, dass sie ihm beinahe leidtat. „Wir haben Geschäftliches zu besprechen.“

Sie strich sich einige rote Haarsträhnen aus der Stirn, trat hinter dem Schreibtisch hervor und tauchte ihren Pinsel in den Farbeimer. Wenn er jetzt näher kam, wusste er, was er zu erwarten hatte.

„Nehmen Sie doch die Schürze und das Tuch ab und erlauben Sie mir, Sie zu Ronya zum Mittagessen zu begleiten.“ Ronya sagte, sie hätte Kathryn seit gestern nicht mehr gesehen. Das Mädchen musste etwas essen.

„Ich hatte bereits Haferbrei.“

„*Sie* haben gekocht?“ Matthias zog die Schreibtischschublade auf und nahm die Bücher heraus, die sie versteckt hatte. „Ahh.“ Er lachte leise. „Sie lernen, sich selbst zu versorgen, nicht wahr, Miss Walsh?“

„Das erscheint mir naheliegend.“ Sie behielt ihn im Auge und pinselte sorgfältig über das Brett, das bereits völlig ausreichend gestrichen war. „Haben Sie nichts Besseres zu tun, als hier zu sitzen und mir dabei zuzusehen, wie ich eine Wand anstreiche?“

Lächelnd lehnte er sich zurück und machte es sich bequem. Langsam wanderte sein Blick über sie hinweg. „Sie brauchen vermutlich ein Bad.“

Schockiert schnappte sie nach Luft und funkelte ihn an. „Vielen Dank, dass Sie mir sagen, dass ich stinke!“

„Typisch Frau. Den Männern Wörter in den Mund zu legen. Ich habe nicht gesagt, dass Sie stinken.“ Ihr Blick sagte ihm, dass er besser den Mund halten würde. „Ich bin sicher, dass Ihnen von der Fahrt in der Postkutsche immer noch der Staub in den Kleidern hängt. Und seit Ihrem Einzug hier sind Sie am Putzen. Es ist eine vernünftige Annahme, dass Sie gern …"

„Sind Sie eigentlich immer so beleidigend?"

Oh, dieser schrille Tonfall, und nur, weil er zu erklären versuchte, dass er sie nicht beleidigen wollte. „Ich wette, in Boston haben Sie jeden Tag ein schönes Bad genommen. Vermutlich hatten Sie auch duftende Seife."

„Ich habe auch jetzt einen Waschzuber und weiß, wo ich Wasser bekommen kann. Und Scribe, dieser junge Gentleman, hat mich mit dem nötigen Feuerholz versorgt, das ich nur noch anzünden muss." Sie klatschte noch mehr Farbe an die Wand. „Und schließlich gibt es auch ein Badehaus hier in der Stadt."

Diese Hoffnung musste er ihr sofort nehmen. „Oh ja. Sie können es natürlich aufsuchen. Dort haben Sie die Privatsphäre eines Vorhangs zwischen sich und den anderen Badegästen. Etwa zwanzig Männer, würde ich schätzen."

Jetzt hatte er ihre volle Aufmerksamkeit. „Es gibt keine Wände?"

Ein wenig bereute Matthias es, dass er sie so quälte. Er erhob sich. „Nur Außenwände." Er hatte schon viel zu viel geredet und gesagt, was er zu sagen hatte. „Verkaufen Sie mir die Druckerpresse, Kathryn. Und dann fahren Sie wieder nach Hause, wo Sie hingehören."

Ihr Gesichtsausdruck veränderte sich. „Ich bin zu Hause, Mr Beck." Mit dem Rücken ihrer behandschuhten Hand strich sie sich über die Wange und hinterließ eine Farbspur auf der zarten porzellanweißen Haut. „Und dass ein Mann etwas will, heißt noch nicht, dass er es auch bekommt."

„Würden Sie darauf wetten, Eure Ladyschaft?"

Kathryn streifte die Handschuhe ab und warf sie in den leeren Farbeimer. „Die Druckerpresse steht nicht zum Verkauf."

„Alles eine Frage des Preises."

Sie hob den Kopf und zog eine Augenbraue in die Höhe. „Wollen *Sie* darauf wetten?" Ihre Augen sprühten Funken. „Eine Druckerpresse ist eine sehr mächtige Waffe. Ich würde sie nicht an einen Mann verkaufen wollen, der sie vielleicht für Zwecke einsetzen würde, die nicht richtig und gut sind. Ist das deutlich genug, Lord Bacchus?"

Allmählich fand Matthias Geschmack an diesem Scharmützel. „Es gibt nichts Schlimmeres als ein selbstgerechtes Mädchen, das schmollt."

Sie warf ihm ein gezwungenes Lächeln zu. „Männer flüchten sich immer in Beleidigungen, wenn sie einen Streit verlieren."

Matthias ging, bevor er etwas sagte, das er bereuen würde.

~

Je mehr Arbeit sie in ihr kleines Haus auf der Chump Street investierte, desto mehr fühlte sie sich dort zu Hause. Am Samstag wusch sie sich die Haare und badete in dem Waschzuber, um sich auf den Gottesdienst am Sonntag vorzubereiten. Die Leute würden sie beobachten, und sie wollte sich so einfach kleiden wie möglich, um kein Aufsehen zu erregen.

Die Calvada Community Church lag ein Stück den Berg hoch am Ende der Rome Street. Dahinter erhoben sich die Berge mit ihren Kiefernwäldern. Kathryn atmete tief den Duft ein und füllte ihre Lungen mit der frischen Luft des Spätherbstes. Schnee bedeckte die Gipfel und würde bald auch die Stadt unter einer weißen Decke verschwinden lassen.

Erstaunt, dass der Gottesdienst bereits begonnen hatte, schlüpfte sie in eine Reihe ganz hinten. In der Reihe vor ihr saßen sechs Frauen. Weiter vorn entdeckte sie noch ein paar andere Frauen mit ihren Männern und Kindern. Eine der Frauen vor ihr drehte sich um. Kathryn lächelte sie an, doch die junge Frau wandte sich schnell wieder um und flüsterte mit der Frau rechts von ihr, die wiederum ihrer Nachbarin etwas zuflüsterte. Eine ältere Frau in Schwarz beugte sich zu ihnen herüber und warf den Frauen einen vorwurfsvollen Blick zu, bevor sie sich zu Kathryn umdrehte.

In ihrem Blick spiegelte sich Verblüffung. Kopfschüttelnd runzelte sie die Stirn und machte eine Handbewegung, die Kathryn bedeutete, sie solle sich weiter nach vorn setzen.

Auf keinen Fall wollte Kathryn noch mehr Aufmerksamkeit auf sich ziehen. Sie flüsterte: „Vielen Dank, aber ich sitze gut hier." Von hier aus konnte sie Reverend Thacker gut sehen und hören.

Die Frau wandte sich wieder um und schaute Kathryn nicht wieder an. Sie flüsterte der jungen Frau an ihrer Seite etwas zu. Was immer sie gesagt hatte, wurde an die anderen vier Frauen weitergegeben. Die Frauen standen auf, wenn gesungen wurde, und setzten sich nach dem Lied gleichzeitig wie ein Mann wieder. Am Ende des Gottesdienstes wollte Kathryn sich vorstellen, aber die sechs Frauen verließen in aller Eile die Kirche, ohne ihr auch nur einen einzigen Blick zuzuwerfen. Verwundert runzelte Kathryn die Stirn. Wollte man sie brüskieren? Was um alles in der Welt hatte sie falsch gemacht?

Reverend Thacker und seine Frau gingen an ihr vorbei und stellten sich an die Tür, um die Gottesdienstbesucher zu verabschieden. Beide hießen Kathryn herzlich willkommen und fragten, ob sie ihr bei Gelegenheit einen Besuch abstatten dürften. Sie erwiderte, sie würde sich über einen Besuch freuen. Andere begrüßten sie vor der Kirche. Abbie Aday kam strahlend auf sie zu, die Hand am Hut, den Kathryn ihr geschenkt hatte. „Er steht Ihnen hervorragend, Abbie."

Nabor wirkte verärgert. „Wir haben keine Zeit zum Trödeln." Er packte seine Frau am Ellbogen und dirigierte sie zum Tor.

Abbie schaute über die Schulter zurück. „Sie sehen wundervoll aus, Kathryn." Ihr Blick wanderte bewundernd über Kathryns rostbraunes Kleid. Dann zuckte sie zusammen und drehte sich wieder um.

Auch Henry Call begrüßte Kathryn. „Sie sehen bezaubernd aus. Matthias sagte, Sie hätten viel in Ihrem neuen Heim gearbeitet."

Nichts, was Mr Becks Billigung finden würde, hätte sie erwidern können. „Wie nett, Sie wiederzusehen." Matthias Beck war offensichtlich nicht da, dafür aber Morgan Sanders. Der Minenbesitzer nickte ihr lächelnd zu. Sie erwiderte den Gruß, bevor sie sich wieder Henry zuwandte. „Ihre Geschäfte laufen gut?"

Calls Blick wanderte von ihr zu Morgan Sanders und wieder zurück. „So gut, wie zu erwarten war. Manche Dinge brauchen eben ihre Zeit." Er zögerte. „Sie haben Morgan Sanders kennengelernt, wie ich höre."

„Er hat mich zum Abendessen eingeladen, als ich in seinem Hotel übernachtet habe." Ihre Haut prickelte unangenehm. Sie hatte das unbestimmte Gefühl, dass Sanders sie beobachtete, obwohl er mit ein paar Männern im Gespräch war. „Ich habe mein kleines Haus geputzt und fertig eingeräumt. Den vorderen Raum werde ich als Geschäft für Damenbekleidung nutzen." Sie verließ den Kirchhof durch das Tor. Henry begleitete sie.

Auf dem Weg bergab zur Stadt unterhielten sie sich über ihre Fahrt in der Postkutsche mit Cussler und Wiley. Kathryn lachte. Henrys lockere Art gefiel ihr. An der Ecke Rome und Chump Street verabschiedeten sie sich. Kathryn steuerte Ronyas Café an, Henry Becks Hotel. Drei Tage lang hatte sie sich von Haferbrei ernährt. Jetzt hatte sie Appetit auf einen Bergmannsteller.

Das Restaurant war gut gefüllt. Alle Gespräche verstummten, als sie eintrat. Eine Frau kam mit zwei Tellern voller Pfannkuchen aus der Küche. Verblüfft musterte sie Kathryn, bevor sie die Teller vor zwei Männer stellte, die ihnen kaum Beachtung schenkten. Kathryn folgte ihr in die Küche und begrüßte Ronya. „Darf ich Ihnen Gesellschaft leisten, meine Damen?"

Ronya wendete Pfannkuchen in der Pfanne und lachte. „Charlotte, das ist Kathryn Walsh, City Walshs Nichte. Kathryn, darf ich Ihnen Charlotte vorstellen, meine neue Hilfe. Setzen Sie sich." Sie deutete mit dem Pfannenwender auf den Hocker am Arbeitstisch. „Sie sehen heute Morgen mächtig gut aus, Kathryn. Wie war es in der Kirche?" Sie fragte gar nicht, was Kathryn essen wollte, sondern füllte einen Teller mit Rührei, Speck und Pfannkuchen und grinste Charlotte an. „Dieses Mädchen hat einen gesunden Appetit."

„Reverend Thacker ist ein guter Prediger." Kathryn bewunderte Ronyas mühelose Effizienz. Charlotte nahm zwei weitere Teller und brachte sie in den Speiseraum. „Heute Morgen haben Sie ein volles Haus. Kann ich helfen?"

„Sie?", fragte Ronya beinahe schockiert. „Essen Sie erst mal was. Dann können Sie mit einspringen." Sie schob ihr den voll beladenen Teller hin, nahm einen Becher von einem Haken und füllte ihn mit heißem Kaffee. „Wo haben Sie die letzten Tage gegessen?"

„Zu Hause. Haferbrei." Kathryn verzog das Gesicht. „Ich könnte bestimmt viel über das Kochen lernen, wenn ich für Sie arbeite."

Charlotte stellte schmutzige Teller auf den Tisch neben der Spülschüssel. „Warum wollen Sie hier arbeiten?" Ihr Blick glitt über Kathryns teures Kostüm. „Sie scheinen doch wohlhabend zu sein."

„Für meinen Stiefvater war ich eine unwillkommene Belastung, und meine Mutter sagte mir, ihr Leben wäre ohne mich viel einfacher."

Beide Frauen schauten sie fassungslos an. Kathryn errötete und ärgerte sich, dass sie sich zu dieser Bemerkung hatte hinreißen lassen. „Ich trage die Überbleibsel meines alten Lebens." Sie zuckte die Achseln. „Aber ich wurde nicht mit vollkommen leeren Händen weggeschickt. Schließlich habe ich ja das Erbe."

„Das kaum etwas wert ist", meinte Ronya, die ziemlich verwirrt war von dem, was Kathryn offenbart hatte.

„Mein Stiefvater gab mir etwas Geld, mit dem ich ein paar Monate über die Runden komme, wenn ich sparsam bin."

Ronya und Charlotte warfen sich einen bedeutungsvollen Blick zu, bevor Charlotte das Wort ergriff. „Sie könnten doch jeden Mann in Calvada haben, Miss Walsh. Alle reden über Sie und Morgan Sanders."

„Was?" Kathryn wich die Farbe aus dem Gesicht. „Ich habe einmal mit dem Mann zu Abend gegessen, und das war eher ein Befehl als eine Einladung."

„Seien Sie bei diesem Mann lieber vorsichtig", riet Ronya ihr.

„Ihm gehört fast die ganze Stadt." Charlotte ließ sich auf einen Hocker sinken und wischte sich die Stirn.

Kathryn winkte ab. „Das hat er mir erzählt."

„Und was werden Sie tun?"

„Sie will ein Geschäft für Damenartikel eröffnen", erklärte Ronya Charlotte. „Hüte und Unterwäsche. Wir werden sehen, wie das läuft." Sie lachte. „Matthias hat mir das erzählt. Er isst in meinem Café, seit er in die Stadt gekommen ist. Wie es scheint, interessieren sich zwei bedeutende Männer in Calvada für Sie."

Kathryn schnaubte. „Er will die Druckerpresse meines Onkels kaufen."

„Warum verkaufen Sie sie nicht? Sie haben doch keine Verwendung dafür."

„Und er schon?"

Charlotte steckte sich eine Haarsträhne fest, die sich aus ihrem Knoten gelöst hatte. „Natürlich. Stu Bickerson gibt ihm keine gedruckte Zeile."

„Wer ist Stu Bickerson?"

„Er ist Herausgeber des *Clarion*. Morgan Sanders hat ihn in der Tasche. Es erscheint nur fair, dass Mr Beck eine Möglichkeit bekommt, seine Meinungen und Vorstellungen darüber, wie man diese Stadt führen sollte, ebenfalls zu veröffentlichen."

„Diese Stadt zu führen?" Kathryn lachte. „Was hat er vor? Will er Bürgermeister werden?"

„Nur wenn die Männer ein bisschen mehr Mumm beweisen", klärte Ronya sie auf. „Im Augenblick lassen sie sich noch von Sanders einschüchtern."

Für Kathryn war es unvorstellbar, dass diese beiden Frauen der Meinung waren, Matthias Beck könnte ein guter Bürgermeister sein. Und wenn schon. Sie hatte immer noch eigene Vorstellungen in Bezug auf bestimmte Dinge. „Eine Zeitung sollte neutral sein und Fakten präsentieren. Sie darf auf keinen Fall Partei ergreifen." Kathryn spürte, wie sie sich in Rage redete.

Ronya warf ihr einen trockenen Blick zu. „Ist das in Boston so?" Sie gab Gewürze in den blubbernden Topf mit Bohnen.

Kathryn seufzte. „Nein." Sie hatte die erbitterten Berichte über die Suffragetten gelesen. „Aber Wünsche darf man doch haben." Elizabeth Cady Stanton und Susan B. Anthony waren als Verräterinnen der natürlichen Ordnung der Schöpfung Gottes abgestempelt worden. In einem Bericht wurden ihre Anhängerinnen sogar „Harpyien" genannt; in einem anderen stand, was sie täten, sei widernatürlich, sie seien eine Schande für ihr Geschlecht. Viele Frauen teilten diese Ansicht. Auch Kathryns Mutter hatte ihr verboten, jemals wieder eine Versammlung dieser Frauen zu besuchen. Natürlich hatte sie nicht darauf gehört und war ihrem freiheitsdurstigen, wilden Herzen gefolgt. Vielleicht würde sie jetzt noch in Boston leben, wenn sie bei dieser letzten Versammlung nicht die Beherrschung verloren und versucht hätte, das Wort zu ergreifen.

An diesem Tag war alles so schnell gegangen. Zwei Männer hatten sie gepackt wie Polizisten eine Kriminelle und sie mit der Kutsche zum Eingangstor des Hyland-Pershing-Anwesens gebracht. Richter Lawrence Pershing hatte sie erwartet. Er hatte sie beobachten lassen.

„Sie ist eine Schande für uns genau wie ihr Vater", hatte der Richter Kathryns Mutter gegenüber gewütet. „Sich mit dieser Susan B. Anthony und ihren Anhängerinnen zusammenzutun! Und dann bei dieser Versammlung eine Szene zu machen!" Er hatte sich eine Zeitung geschnappt und sie vor ihrem Gesicht geschüttelt, wie ein Hund eine Ratte schüttelt. „Es steht alles hier in der *New York Tribune*! Wenn ich nicht meine Verbindungen hätte spielen lassen, wäre ihr Name genannt worden." Er hatte Kathryn die Zeitung entgegengeschleudert. „Bist du stolz auf dich? Deine neuste Eskapade wird sich wie ein Lauffeuer verbreiten. Dein Ruf ist ruiniert."

Wahlrecht für Frauen eine Eskapade? Ihr Ruf sei ruiniert? Kathryn bedauerte ihre impulsive Reaktion – nicht weil sie sich im Unrecht fühlte, sondern weil sie nichts erreicht hatte. Ihr Versuch, diesen Frauen Gehör zu verschaffen, war gescheitert.

Ronya legte den Deckel auf den großen Topf. „Ihr Onkel hat die Wahrheit gedruckt. Und Sie sehen ja, was ihm zugestoßen ist."

~

Kathryn verließ Ronyas Café und beschloss, über die Rome Street zur Kirche zurückzugehen. Bisher hatte sie es noch nicht geschafft, auf dem Friedhof das Grab ihres Onkels zu suchen. Das Herrichten ihres kleinen Hauses hatte sie so in Anspruch genommen, dass ihr der Gedanke gar nicht gekommen war, bis sie an diesem Morgen den Friedhof an der Kirche gesehen hatte.

Auf den meisten Gräbern standen einfache Kreuze. Auf einem großen Stein waren die Namen der Männer aufgeführt, die bei einem Grubenunglück am 13. Oktober 1872 ihr Leben verloren hatten. Ein anderer Stein trug die Namen von fünf weiteren, die im vergangenen Jahr vermisst worden waren. Kathryn suchte weiter nach Casey Teague Walshs Grab.

„Miss Walsh." Sally Thacker kam auf sie zu. Sie hatte einen Schal um die Schultern gelegt. „Ich habe Sie vom Pfarrhaus aus gesehen. Kann ich Ihnen helfen?"

„Ich suche nach dem Grab meines Onkels."

„Es ist hier drüben." Sie deutete auf ein Grab, das etwas abgesondert lag, am Rand des eingefriedeten Friedhofs. „Er war Katholik, verstehen Sie? Normalerweise haben sie ihren eigenen Friedhof, aber …" Sie ließ den Rest des Satzes unausgesprochen.

„Wurde ein Trauergottesdienst für ihn abgehalten?"

„Nicht in der Kirche, und nur wenige haben an seinem Begräbnis teilgenommen. Die anderen haben sich in Becks Saloon zu einer Feier getroffen."

Schockiert fuhr Kathryn zurück. „Einer Feier?!"

„Sie haben sein Leben gefeiert. Er war Ire, und einige der Männer hielten eine Totenwache für angemessener. Vermutlich die Art seiner Freunde, ihm ihren Respekt zu erweisen. Ihr Onkel hat viel Zeit in

Becks Saloon verbracht, wie ich gehört habe." Sie zuckte zusammen. „Verstehen Sie das bitte nicht als Kritik."

„Kannten Sie meinen Onkel gut, Mrs Thacker?"

„Sagen Sie doch bitte Sally. Und nein, ich fürchte, ich habe ihn gar nicht gekannt. Er hat den Gottesdienst nie besucht." Sie begleitete Kathryn zum Grab.

Ein einfaches Holzkreuz stand darauf. *City Walsh.* Kein Datum, kein RUHE IN FRIEDEN, nichts über den Mann, der unter der Erde lag, oder darüber, was sein Leben bewirkt hatte. Kathryns Augen füllten sich mit Tränen. „Sein richtiger Name war Casey Teague Walsh."

„Das wusste vermutlich niemand."

Das Grab wirkte trostlos und einsam, das letzte in einer langen Reihe von Gräbern, ein Stück entfernt von den anderen. Seine engsten Freunde hatten seinem Begräbnis bestimmt beigewohnt. Wer das wohl war? Sicherlich Scribe. Sie wollte es wissen. „Wer hat an dem Begräbnis teilgenommen?"

Sally zog ihren Schal fester um ihre Schultern. „Scribe. Matthias Beck."

Es dauerte eine Weile, bis Kathryn sprechen konnte. „Nur zwei."

„Da war noch eine andere Person."

Verwundert über ihre Zurückhaltung blickte Kathryn sie an. Sally hielt ihren Schal am Hals zusammen. „Scribe und Matthias kannten ihn am besten, Kathryn."

„Wer war die andere Person?"

„Ich hätte besser nichts gesagt." Sally seufzte. „Fiona Hawthorne. Sie blieb noch eine ganze Weile, nachdem die anderen gegangen waren, und hat geweint."

„Sie scheint ihn geliebt zu haben."

„Möglicherweise."

„Lebt sie noch in Calvada?"

Sally schüttelte den Kopf. „Oh, Sie brauchen Sie nicht zu suchen, Kathryn. Sie saß heute Morgen vor Ihnen, aber Sie sollten sich lieber einen anderen Platz in der Kirche suchen. Diese Reihe ist für diese Frauen reserviert. Die Leute werden reden."

Reden? Worüber? „Ich habe hinter sechs Frauen gesessen. Welche war Fiona Hawthorne?"

„Die in Schwarz." Sich vorsichtig umschauend trat Sally näher und senkte ihre Stimme, als könnten die Geister ihr Gespräch belauschen. „Ich sage Ihnen dies nur, damit Sie verstehen, warum Sie Abstand halten sollten. Mrs Hawthorne führt ein Bordell auf der Gomorrah." Sally Thacker schien das zu peinlich zu sein, um noch mehr zu sagen.

Kathryn kehrte nach Hause zurück und setzte sich an den Schreibtisch ihres Onkels. Casey Teague Walshs engste Freunde waren ein Waisenkind, ein Saloonbesitzer und eine Prostituierte. Sie wollte mehr über ihn erfahren, aber dann müsste sie mit Matthias Beck reden. Ihre letzte Begegnung hatte ihr sehr zugesetzt. Wann immer der Mann sie anschaute, spürte sie, wie ihr Puls sich beschleunigte. Sie hielt wohl am besten Abstand zu ihm.

Aufmerksam betrachtete die die Kisten mit den Papieren an der Wand. Vielleicht könnte sie Casey Teague Walsh kennenlernen, indem sie die Briefe, Notizen, Entwürfe von Artikeln und Zeitungen las, die er verfasst hatte. Das wäre eine gewaltige Aufgabe, aber die Winterabende hier waren lang, und sie würde sie zu Hause verbringen. Sie würde seine Papiere sortieren und in chronologische Reihenfolge bringen. Das würde ihr Aufschluss geben darüber, was ihrem Onkel wichtig war, woran er glaubte, was ihn an die Flüsse und zu den Minen geführt und dazu gebracht hatte, ein Zeitungsmann zu werden.

Sie hob die erste Kiste an und stellte sie auf den Schreibtisch. Vielleicht fand sie bei ihrer Suche auch heraus, wer ihn getötet hatte, und aus welchem Grund. Auf jeden Fall würde sie ihren Onkel besser kennenlernen.

Kapitel 5

Der Regen hatte nachgelassen, als Matthias Ronyas Café verließ. Nach zwei stürmischen Tagen waren die Straßen kaum passierbar. Er entdeckte Kathryn, die mit angehobenen Röcken vorsichtig die schlammige Straße überquerte auf dem Weg zu Ronyas Café. Ihr Umhang schleifte über den Matsch und wurde mit jedem Schritt schwerer. Auf einmal rutschte sie aus, versuchte noch, die Balance zu halten, doch sie glitt aus und landete auf ihrem Hinterteil, mitten auf der Chump Street. Ihre Hände sanken bis zu den Handgelenken im Schlamm ein, als sie aufzustehen versuchte. Scribe, der immer Ausschau nach ihr hielt, flog förmlich vom Brettersteg zu ihrer Rettung. Er sprang durch den Schlamm, um ihr aufzuhelfen, aber seine ernsthaften Bemühungen machten alles nur noch schlimmer – und sehr viel unterhaltsamer. In sich hinein lachend beobachtete Matthias, wie der Junge Kathryn aus Versehen den Hut vom Kopf stieß. Die Morgenbrise trieb ihn auf der Straße vor sich her. Ein Pferd bäumte sich erschrocken auf und trampelte darüber. Eine einsame Feder winkte zum Abschied, als ein Wagenrad ihn in den Schlamm drückte.

Entschlossen, ihr Ritter in glänzender Rüstung zu sein, versuchte Scribe, sie hochzuziehen. Er schob seine Hände in ihre Achselhöhlen, doch seine Finger wagten sich ein wenig zu weit vor, und Ihre Ladyschaft zuckte mit einem schockierten Aufschrei zurück. Sie prallte gegen ihn, und während sie sich halb aufrichtete, landete er rückwärts im Schlamm. Und da lag der Junge dann wie eine Schildkröte mit ausgebreiteten Armen auf dem Rücken.

Matthias lachte. Wie hätte er ernst bleiben können? Obwohl sie ihm einen bitterbösen Blick zuwarf, konnte er sich nicht beherrschen. Vielleicht hätte er sie auf ihrem königlichen Hinterteil sitzen gelassen, wenn nicht ein Wagen um die Ecke gebogen wäre und Unheil einer anderen Art verkündete. Matthias packte das Pferd am Zaumzeug. „Ruhig jetzt." Er deutete auf die beiden, die immer noch versuchten, aus dem Schlamm hochzukommen. „Pass auf und überfahr sie nicht. Das würde die Show verderben." Der Fahrer lachte und führte das Gespann vorsichtig um die beiden Gestrandeten herum, die mühsam Anstrengungen unternahmen, wieder auf die Beine zu kommen.

Matthias bekam Mitleid mit ihnen, trat auf die Straße und baute sich vor ihnen auf. „Brauchen Sie ein wenig Hilfe, Eure Ladyschaft?" Als er Scribes matschigen Fingerabdrücke auf ihrem Mieder entdeckte, wurde sein Grinsen noch breiter.

Mit rotem Kopf versuchte Kathryn erneut, auf die Beine zu kommen, aber der Schlamm an ihrem Umhang erschwerte das.

„Lassen Sie …" Er beugte sich vor, aber sie wehrte ihn ab. Schnell wich er zurück und entging dem Schlammstrahl, den sie in seine Richtung schickte. Diese Prinzessin aus Boston, die da breitbeinig und mit schlammtriefenden Händen vor ihm stand, wirkte alles andere als damenhaft, und trotzdem gab sie sich immer noch so zimperlich. Aber wenigstens stand sie jetzt wieder auf ihren Beinen.

„Vielen Dank, aber ich stehe jetzt wieder, und …" Sie machte einen Schritt, rutschte aus, schrie auf und kippte nach hinten.

Obwohl er versucht war, sie wieder hinfallen zu lassen, packte Matthias sie am Arm und hielt sie fest. „Ich habe Sie schon in besserem Zustand gesehen, Miss Walsh. Aber machen Sie sich keine Sorgen mehr. Ich habe einen starken Rücken." Er öffnete die Schnalle ihres Umhangs, nahm ihn ihr ab und warf ihn Scribe zu.

Kathryn riss entsetzt die Augen auf. „Was erlauben Sie sich?"

„Ohne den sind Sie fünf Pfund leichter." Er trug Scribe auf, ihn zu Jian Lin Gong zu bringen, und nahm Kathryn auf die Arme. „Streich bitte nicht mit den Fingern durch meine Haare, Liebling."

„Lassen Sie mich runter!" Sie ruderte mit den Armen. „Ich kann laufen."

„Wir alle haben beobachten dürfen, wie gut Sie das können." Sein Lachen erstarb in einem Ächzen. „Sie haben sehr spitze Ellbogen, Miss Walsh."

Sie ließ sich tragen wie ein gefangener Vogel mit ausgebreiteten Flügeln. „Das ist wohl kaum schicklich."

„Und sich im Schlamm zu wälzen ist schicklich?"

„Ich habe mich nicht im Schlamm gewälzt."

„Wenn Sie sich weiter so winden, landen wir am Ende beide im Matsch, und ich garantiere Ihnen, in einem Ringkampf mit mir werden Sie nicht oben liegen."

Jeder Muskel in ihrem Körper versteifte sich. „Sie, Sir, sind kein Gentleman."

„Das habe ich auch nie behauptet. Aber andererseits sehen Sie im Augenblick auch nicht wie eine Lady aus."

Resigniert und mit hochrotem Gesicht gab sie ihren Widerstand auf. „Ich würde mich bei Ihnen bedanken, wenn ich nicht wüsste, wie sehr Sie dieses Schauspiel genießen."

Ronya stand vor ihrem Café, die Arme in die Hüften gestemmt. „Wag es nicht, sie hier reinzubringen, Matthias. Nicht bevor sie wieder sauber ist."

„Jawohl, Ma'am." Er wechselte die Richtung. „Wie wäre es mit dem Badehaus, Miss Walsh?"

„Nach Hause. Bitte, Mr Beck."

„Ich habe eine bessere Idee." Er überquerte die Straße und lief über den Brettersteg, drehte sich um und drängte sich rückwärts durch die Schwingtüren seines Saloons. Zum Glück war sie zu schockiert, um zu protestieren. Er spürte, wie sie sich ein wenig aufbäumte und dann in seinen Armen zusammensank, als sie die Spieltische, die Rouletteräder, den langen, blank polierten Bartresen und den großen Spiegel mit Goldrahmen erblickte, den er an der Ostküste bestellt hatte. Der Transport nach Calvada hatte ihn ein Vermögen gekostet. Aber

Matthias wusste gern, was hinter seinem Rücken vorging, wenn er sich mit jemandem an der Bar unterhielt.

Alle Männer an der Bar beobachteten das Schauspiel. „Wo bringst du die Lady hin, Matthias?", rief ein Mann und lachte.

Ohne zu antworten, trug Matthias Kathryn nach oben, stieß mit der Schulter eine Tür auf und stellte sie mitten im besten Zimmer des Hotels auf ihre Füße. Alle Räume waren gut ausgestattet, aber in diesem standen ein großes Messingbett mit Daunendecken, eine Kommode und ein Kleiderschrank aus Kirschholz und ein Waschtisch aus Marmor mit einer blau-weißen Porzellanschale mit passendem Krug und anderen Annehmlichkeiten. Zweifellos war diese kleine Bostonerin etwas Besseres gewöhnt, aber dies war Luxus nach den Maßstäben Calvadas.

Im Kamin war Holz aufgeschichtet, allerdings noch nicht angezündet. Matthias nahm ein Streichholz aus der Schachtel auf dem Kaminsims. Kathryn stand reglos und stumm im Zimmer. Er zündete das Anmachholz unter den Holzscheiten an. „Ich lasse heißes Wasser und Seife hochbringen. Die Badewanne steht hinter dem Schirm, Handtücher liegen auf dem Regal. Im Kleiderschrank hängt ein Bademantel. Ich werde Ronya eine Nachricht schicken. Sie wird alles, was Sie brauchen, aus Ihrem Haus holen und herüberbringen."

Matthias streckte sich und beobachtete, wie sie sich im Zimmer umschaute. Bestimmt stellte sie Vergleiche an. Ihre Kleidung sagte ihm, dass sie aus einer wohlhabenden Familie kam. Vermutlich war sie in einem Herrenhaus aufgewachsen.

Ohne zu lächeln und sehr blass blickte sie mit ernster Würde zu ihm hoch. „Vielen Dank für Ihre Hilfe, Mr Beck."

Kein Anflug von Spott lag in ihrem Gesichtsausdruck, kein Anzeichen von Heuchelei. „Sehr gern geschehen." Obwohl sie von oben bis unten mit Schlamm bedeckt war, fühlte er sich von ihr angezogen. Er ließ seinen Blick über sie hinweggleiten, während sie sich aufmerksam umschaute.

„Das ist ein sehr hübsches Zimmer."

Keine Spur von Sarkasmus. „Möchten Sie einziehen?“ Sie hatte die Anspielung nicht mitbekommen, und darüber war er froh.

„Das ist verlockend, aber ich kann es mir nicht leisten. Und ich habe sehr hart gearbeitet, um mein kleines Haus zu einem Heim für mich zu machen. Meinen Sie nicht?“

Ein Heim? Wollte sie wirklich wissen, was er von dieser unaufgeräumten Hütte hielt, in die sie an dem Tag, an dem er, Scribe und Herr Neumann sich zusammengefunden hatten, um mit ihr über ihr Erbe zu reden, eingezogen war? Das Häuschen war für einen Junggesellen geeignet. Aber für eine Lady? „Sie werden als Damenausstatterin hier keinen Erfolg haben. Ihr Kleid kostet vermutlich mehr, als ein Bergarbeiter in drei Monaten verdient, Miss Walsh.“

„Ich weiß.“ Sie gab es zu, ohne zu zögern.

„Sie gehören nicht nach Calvada.“

„Vielleicht nicht.“ Sie zuckte die Achseln. „Aber jetzt bin ich da.“

Matthias hatte das Gefühl, dass sie den Tränen nahe war. Sie rang ihre schlammverschmierten Hände und stand da wie ein gescholtenes Schulmädchen. „Ich mache mich jetzt mal besser sauber, damit ich wieder gehen kann.“

„Das hat keine Eile.“

Er schloss die Tür hinter sich und blieb im Flur stehen und bemerkte, wie heftig sein Herz schlug.

~

Abbie Aday – und vermutlich auch alle anderen in der Stadt – hatten von Kathryns Missgeschick auf der Chump Street gehört. „Das passiert jedem mal“, tröstete Abbie. „Schlimmer ist es im Winter. Der Schlamm gefriert, und dann wird es tückisch. Wenn Sie dann ausrutschen und stürzen, brechen Sie sich die Knochen.“

„Genau darum brauche ich ein paar gute und feste Stiefel.“ Kathryns elegante Lederschuhe mit glatten Sohlen passten zu Boston und zu Kutschfahrten, aber für ein Sumpfgebiet in den Bergen der

Sierra Nevada waren sie nicht geeignet. Sie brauchte solide Stiefel, die ihr Halt gaben.

Abbie hielt das offensichtlich nicht für eine gute Idee. „Oh, aber …"

„Red nicht, Abbie." Nabor zog bereits einige Kisten hervor. „Jungenstiefel." Sie musste mehrere anprobieren, bis sie ein Paar fanden, das Kathryn passte. Sie schaute nach dem Preis. Abbie schüttelte den Kopf und setzte an, etwas zu sagen, aber Nabor brachte sie mit einem Blick zum Verstummen. „Die Lady bekommt, was die Lady wünscht." Ein anderer Kunde riet Kathryn, Wachs zu schmelzen und das Leder damit einzureiben, um ihre neuen Stiefel wasserfest zu machen.

Kathryn probierte auch noch einen Männermantel an, der ihr bis weit über die Knie reichte. Abbie konnte es nicht fassen. Aber Kathryn wollte nicht mehr vor Kälte zu zittern, wenn sie ihr Haus verließ. Sie würde die Ärmel kürzen, sich aus den Resten eine Mütze nähen. Die könnte sie vielleicht mit einer Seidenrose verzieren und mit einem hübschen Muster besticken, um ihr eine weibliche Note zu geben.

„Sie wollen den doch nicht etwa auch kaufen, Kathryn?"

„Frau!", fuhr Nabor sie an. „Geh und packe die Bohnen ab." Sein unangenehmer Tonfall und sein Verhalten seiner Frau gegenüber machten Kathryn wütend, aber sagen durfte sie nichts, denn dann würde Nabor Aday seinen Zorn an Abbie auslassen und ihre Situation nur noch schlimmer machen.

„Ich brauche auch noch Knöpfe und Bänder." Sie hatte eine Lösung gefunden, wie sie ihre Rocksäume vor dem Schlamm schützen könnte. Ein Hochzeitskleid wurde nach der Trauung hochgebunden, damit die Braut tanzen konnte. Sie würde einfach Knöpfe und Bänder an ihre Röcke nähen, damit ihre Säume nicht immer durch den Matsch schleiften.

Kathryn merkte sich alle Preise der Waren, bevor sie ihre Wahl traf, doch als Nabor ihre Einkäufe zusammenrechnete, war die Gesamtsumme um einige Dollar höher. Er betrog sie jedes Mal, wenn sie in den Laden kam. Anfangs waren es nur wenige Cent, dann ein halber

Dollar und jetzt sogar noch mehr. Um ihrer Freundschaft mit Abbie willen hatte sie bisher nichts gesagt, aber sie durfte nicht zulassen, dass das so weiterging.

Nachdem sie die Preise für jeden Artikel zusammengezählt hatte, legte sie den errechneten Geldbetrag auf die Theke.

„Der Mantel war teurer."

„Der Preis des Mantels steht auf dem Preisschild, das Sie entfernt haben, Nabor. Es steckt in Ihrer Tasche."

Mit hochrotem Gesicht und in höchstem Maß verärgert wollte er etwas sagen, doch dann bemerkte er, dass andere Kunden zuhörten. Er fegte das Geld von der Theke in seine Hand. Abbie errötete und machte sich mit gesenktem Kopf an der Theke zu schaffen. Als Nabor sich abwendete, um einen anderen Kunden zu bedienen, murmelte Kathryn Abbie eine Entschuldigung zu. Tränen brannten ihr in den Augen, als sie auf dem Brettersteg vor dem Geschäft stand.

Auf dem Heimweg bemerkte Kathryn, dass ihr neuer Mantel und die Stiefel überraschte Blicke auf sich zogen, aber sie grüßte nur lächelnd und ging weiter. Wer machte denn eigentlich die Mode? Ganz bestimmt nicht die Frauen, die sie tragen mussten. Ihr Korsett aus Walknochen war so eng, dass sie hier in der dünnen Bergluft kaum Luft bekam. Wie oft hatte sie in der Vergangenheit über *Godey's Lady's Book* gebrütet und die neuste Mode bewundert. Und Lavinia, die Schneiderin der Familie, hatte immer schnellstens Kopien angefertigt und sie mit einzigartigen Feinheiten ausgestattet, durch die sich ihre Kleider von den Kleidern der anderen jungen Damen abhoben, deren Schneiderinnen dasselbe taten. Ein ständiger Wettbewerb, und wofür? Um einen Ehemann einzufangen?

Die Hände tief in ihren Manteltaschen vergraben, fuhr sie zusammen, als sie ihren Namen hörte. Sie drehte sich um und entdeckte Morgan Sanders in seiner Kutsche, bekleidet mit einem eleganten Anzug und einem schweren Wollmantel. Überrascht schob er seinen Hut leicht zurück und musterte sie. „Ich war nicht sicher, ob Sie es sind. Ist das nicht ein Männermantel, den Sie da tragen?"

„Ein sehr schöner. Ich habe ihn gerade bei Adays gekauft. Jetzt habe ich es warm und bequem." Sie stellte den Kragen auf und lächelte.

„Und Männerstiefel?"

Das schien ihm offensichtlich zu missfallen. Aber ihr war das egal. „Jungenstiefel, um genau zu sein, und ziemlich praktisch."

In seinem Lächeln lag Missbilligung. „Ich hoffe, Sie werden heute Abend beim Essen, das ich für uns arrangiert habe, weder das eine noch das andere tragen. Ich hole Sie um sechs Uhr ab."

Für wen hielt er sich? Für den König der Berge? Seine Anmaßung stachelte ihren Trotz an. „Vielen Dank für Ihre freundliche Einladung, die leider etwas kurzfristig ist, Mr Sanders. Ich habe heute Abend bereits etwas anderes vor." Sein Gesichtsausdruck veränderte sich. Aha, wieder ein Mann, der keine Zurückweisung vertragen konnte. Und sie ließ sich nicht gern herumkommandieren. Unbeirrt ging sie weiter.

Morgan Sanders lenkte das Pferd neben ihr her. „Ich kann Ihnen mehr bieten als jeder andere Mann in dieser Stadt."

Männern wie ihm war sie auch schon in Boston begegnet, und sie waren ihr von Anfang an unsympathisch gewesen. Ehrlichkeit war für Kathryn ein hohes Gut, und sie wollte allen Zeit ersparen. „Ich bin nicht auf der Suche nach einem Ehemann." Sie blieb stehen und drehte sich zu ihm um. „Übrigens habe ich die Zeitungen meines Onkels gelesen, und Ihr Name kommt darin ziemlich häufig vor. Sie scheinen auf dem Weg zu Ihrer Mine zu sein. Im Augenblick habe ich Zeit. Ich würde sie mir gern ansehen."

Er wirkte überrascht und alles andere als erfreut. „Meine Mine?"

„Ja. Ihre Mine. Über und unter der Erde."

„Das ist kein Ort für eine Dame."

„Wie ich höre, kandidieren Sie für das Amt des Bürgermeisters. Die Minen sind die Lebensader von Calvada. Sollte ich mich nicht dafür interessieren?"

Er bedachte sie mit einem überheblichen Lächeln. „Wenn Sie wählen dürften, dann sicher."

Nett von ihm, sie daran zu erinnern, dass sie hier in Kalifornien genauso wenig Rechte hatte wie in Massachusetts. „Ja, aber Frauen besitzen Einfluss. Ist es nicht Ihre Geschäftstätigkeit, durch die Sie so viel mehr zu bieten haben als alle anderen?"

Seine Augen zogen sich zusammen. „Wollen Sie den Bären reizen, Miss Walsh?"

Diesen Blick hatte sie auch schon beim Richter gesehen, und sie wusste, dass sie vorsichtiger sein musste. Krampfhaft suchte sie nach einer Antwort, die seine Wut nicht noch mehr anstacheln würde. „Ich habe eine Mine geerbt, Mr Sanders. Ich weiß nicht so genau, was ich damit tun soll."

„Verkaufen Sie sie mir."

Mit dieser Antwort hätte sie rechnen müssen, er war ja ach so großmütig. „Vielleicht möchte ich selbst ins Geschäft einsteigen."

Dieses Mal lachte er, als hätte sie einen guten Witz erzählt. Da sie keine Miene verzog, schüttelte er den Kopf. „Ein Geschäft für Damenbekleidung ist eine Sache, meine Liebe, eine Mine ist etwas ganz anderes. Ihr Onkel besaß kaum einen Topf zum Kochen. Das sollte Ihnen doch einiges sagen über den Wert seiner Mine."

„Und warum wollen Sie sie dann kaufen?"

„Ich wollte einer hübschen jungen Dame gegenüber, die nur begrenzte Mittel zur Verfügung hat, nur freundlich sein." Er tippte sich an den Hut. „Vielleicht komme ich mal vorbei. Wir beide haben einiges zu besprechen." Er schlug mit den Zügeln, fuhr an und ließ sie stehen.

~

Kathryn entdeckte Wiley Bear, der gerade aus Becks Saloon kam. Sie lief rasch in ihr Haus und griff sich ein Papier aus ihrer Schublade. Wiley war bereits zwei Straßen weiter gegangen und schien ein Ziel zu haben. So jedenfalls bewegte er sich. Sie eilte ihm nach und holte auf, erreichte ihn aber erst am Stadtrand, wo er nach rechts abbog.

Als sie um die Ecke kam, sah sie, wie er gerade in ein zweistöckiges Gebäude eintreten wollte.

„Wiley! Warten Sie!"

Der alte Mann erstarrte und schaute sie fassungslos an. Keuchend kam sie näher. Errötete er etwa?

„Was tun Sie hier in der Gomorrah?"

„Gomorrah?" Höchst interessiert blickte sie sich um. Fiona Hawthorne wohnte hier irgendwo in der Straße, aber jetzt hatte sie keine Zeit, um an Türen zu klopfen und nach der Dame zu fragen. Sie blickte Wiley an. „Ich muss eine wichtige Angelegenheit mit Ihnen besprechen."

Der Vorhang vor einem Fenster wurde zurückgezogen. Wiley hustete laut und schüttelte den Kopf. Kathryn fragte, ob alles in Ordnung sei. Verlegen trat er von einem Fuß auf den anderen. „Sie sollten sich nich' an diesem Ende der Stadt aufhalten."

„Ein Ende der Stadt sieht fast genauso aus wie das andere, soweit ich das beurteilen kann. Eigentlich scheint es hier sogar trockener zu sein." Sie trat noch einen Schritt näher. „Ich brauche Ihre Expertise."

„Meine was?"

„Ihren Sachverstand in Bezug auf Minen, Wiley." Sie senkte die Stimme. „Sie haben gesagt, dass Sie eine Mine über Jahre hinweg erfolgreich bewirtschaftet haben. Mein Onkel besitzt ebenfalls eine Mine, vermutlich wertlos, wie man mir sagte. Aber er hat sie nie stillgelegt. Ich würde gern wissen, warum."

Die Tür öffnete sich einen Spalt. Wiley packte den Griff und zog sie wieder zu. „Ich komme wieder", sagte er laut. Finster blickte er Kathryn an und räusperte sich. „Das müsst' ich mir erst selbst anschauen."

„Natürlich. Ich bin bereit, wann immer Sie Zeit haben."

Er spuckte aus und ließ die Schultern hängen, als ergebe er sich in sein Schicksal. „Wir geh'n sofort. Wo Sie mich jetzt schon in einen solchen Zustand versetzt haben, würd' ich nicht … Ach, egal." Er kam die Treppe wieder herunter.

„Ich weiß nicht, wo das ist, aber der Claim ist hier." Sie nahm das gefaltete Papier aus ihrer Manteltasche und reichte es ihm. „Sie kennen das Gebiet."

„Sie sind 'ne vertrauensvolle Seele, was?"

Mit verdrießlicher Miene nahm er das Blatt und vertiefte sich hinein. „Können Sie zwei Meilen laufen?"

„Natürlich." Sie trug ihren Mantel und die neuen Stiefel und war mehr als bereit für ein Abenteuer.

„Dann lassen Sie uns geh'n." Er drückte ihr das Papier wieder in die Hand. „Und geben Sie das nich' jedem in die Hand."

Sie lächelte in der Hoffnung, seine Verärgerung zerstreuen zu können. „Sie sind für mich nicht jeder, Wiley."

Er schnaubte. „Die Straße endet ein gutes Stück früher als da, wo wir hin müssen."

Machte er sich Sorgen, sie könnte das nicht schaffen? Er roch stark nach Whisky, aber er war nicht über den Brettersteg getorkelt. Er war gelaufen wie jemand, der ein Ziel verfolgte. „Soll ich lieber einen Wagen mieten, damit Sie nicht so weit laufen müssen?"

„Ich? In 'nem Wagen?" Er schnaubte. „Seh' ich aus wie jemand, der in 'nem Wagen herumfährt? Ich frag' mich nur, ob *Sie* das schaffen."

Wiley war nicht viel größer als Kathryn, aber beträchtlich älter.

„Ich denke, ich kann mithalten."

Eine Stunde später fragte sie sich, was sie sich dabei gedacht hatte. Betrunken oder nüchtern, der drahtige, bärtige Mann war so zäh wie ein Ziegenbock und genauso temperamentvoll. „Kommen Sie, kommen Sie!", rief er ihr zu, als sie kurz stehen blieb, um Atem zu schöpfen. „Wir haben nich' den ganzen Tag Zeit!" Ein kalter Wind wehte von den schneebedeckten Gipfeln der Berge, aber ihr lief der Schweiß über den Körper. Am liebsten hätte sie ihren Mantel ausgezogen, aber dann hätte sie ihn tragen müssen, und ihre Beine fühlten sich an wie Gummi.

Endlich war die Straße zu Ende. „Sind wir bald da?" Keuchend hielt sich Kathryn die Seiten.

„Nein.“ Wiley warf ihr einen verärgerten Blick zu und stapfte weiter den Bergpfad hoch.

Ihre Lungen brannten, ihr Kopf pochte, und ihr war ein wenig übel. „Wiley!“, flehte sie.

Er drehte sich um und blieb stehen. „Sie sind ja in ’nem jämmerlichen Zustand. Das macht die Höhe. Nach ’ner Weile gewöhnen Sie sich dran.“

Falls sie so lange lebte. „Vergessen Sie nicht – ich komme aus Boston. Meeresspiegel …“ Sie beugte sich vor, hob eine Hand und gab sich geschlagen. „Bitte. Fünf Minuten.“

Wiley holte eine Flasche aus seiner Manteltasche und hielt sie ihr hin. „’n guter Schluck hiervon wird Ihnen guttun.“

Wenn es so schmeckte, wie es roch, dann wollte sie nicht davon kosten. „Nein, danke.“

„Wie Sie wollen.“ Er trank einen Schluck, steckte den Korken wieder in die Flasche und schob sie in seine Tasche zurück. „Kann’s weitergehen?“ Er ging los, bevor sie antworten konnte, und sie hatte keine Wahl, als ihm zu folgen oder aufzugeben. Was würde auf ihrem Grabstein stehen? *Kathryn Walsh starb in ihrem Korsett. Konnte es nicht öffnen, durchtrennen oder weglassen. Bekam keine Luft mehr, und sie war müde. Auf dem Berggipfel hauchte sie ihr Leben aus.*

Vor ihnen lag ein Schneefeld. Sie nahm eine Handvoll Schnee und kühlte damit ihr Gesicht.

„Kommen Sie schon!“, rief Wiley. „Es sei denn, Sie woll’n von ’nem Bären verspeist werden!“

Mit klopfendem Herzen schaute sie sich um und lief ihm nach. Etwa drei Meter vor sich entdeckte sie eine kleine, aber stabile Hütte, die an einen Berghang gebaut war. Balken lehnten an den Felsen.

„Hier is’ es.“ Wiley begann die Balken zur Seite zu räumen. Dahinter wurde ein Schachteingang sichtbar. Er ging hinein. Sie hörte ihn brummend herumschlurfen. Ein Streichholz flackerte auf, und sie entdeckte eine Laterne in seiner Hand. „Worauf warten Sie noch?“ Missmutig drehte er sich zu ihr um.

„Gibt es da drin Spinnen?“

„Da wett ich drauf. Und Schlangen auch.“

„Schlangen?“ Er brummte etwas von Klapperschlangen, die einen hübschen Platz für den Winter suchten. Kathryn straffte die Schultern. „Ich warte lieber hier, während Sie hineingehen und nachsehen.“

Wiley kam zum Eingang zurück. „Sie wollten doch, dass ich hier ’raufkomme und mir diese verdammte Mine anschaue, oder nich’? Haben mir ’nen vergnüglichen Nachmittag verdorben. Sie haben mich um ’nen Gefallen gebeten, nicht?“ Er deutete mit dem Daumen in die Dunkelheit. „Rein da mit Ihnen!“

Mit weichen Knien folgte Kathryn Wiley in die Mine. Ihr Blick flog nach rechts und nach links, nach oben und unten. Sie hielt sich so dicht hinter ihm, dass sie gegen ihn prallte, wann immer er stehen blieb. Fluchend taumelte er weiter. Obwohl sie sich mit vielen Worten entschuldigte, fuhr er sie an: „Geben Sie ’nem Mann doch ein bisschen mehr Raum, ja?“ Vor sich hin brummelnd ging er weiter. „Nichts außer Dreck und Felsen. Das ist alles, was ich sehe.“

Sie liefen weiter, und Kathryn betrachtete die Balken, die die Wände und Decke des Tunnels abstützten. Jedes kleinste Rieseln von Erde ließ sie zusammenfahren. Wiley erreichte eine breitere Stelle und hängte die Laterne an einen Haken. „Sieht aus, als ob City hier mehr Zeit verbracht hat.“ Er schaute näher hin, ließ seine Hände über die Felswand gleiten und hockte sich schließlich hin, um den kleinen Steinhaufen näher zu untersuchen. „Kein Silber. Ganz bestimmt kein Gold. Aber er hat ’nen Grund gehabt, das zu sammeln.“ Er nahm einen großen Stein und untersuchte ihn. „Sieht nich’ nach was aus.“

„Vielleicht sollte ich ein paar Proben an einen Gutachter weitergeben.“

„Den beiden in Calvada würd’ ich nich’ trauen. Arbeiten beide für Sanders. Sie werden schon nach Sacramento reisen müssen. Dort gibt’s bestimmt wen, der Ihnen sagen kann, was das für Steine sind und ob sie was wert sind. Aber ich bezweifle, dass es die Mühe wert ist.“

Kathryn nahm einen großen Stein in die Hand. Ihre Wissbegier war noch nicht befriedigt. „Morgan Sanders hat angeboten, die Mine zu kaufen."

„Untersteh'n Sie sich, diese Mine an Sanders zu verkaufen." Fassungslos funkelte er sie an. „City würd' das nicht wollen. Todsicher nich'."

„Ich habe nicht vor, sie zu verkaufen, Wiley. Ich möchte nur gern wissen, warum mein Onkel diesen Claim behalten hat. Die Mine muss ihm etwas bedeutet haben." Sie drehte den Stein in ihren Händen und reichte ihn schließlich Wiley.

„Was soll ich mit dem Stein? Das is' Ihre Mine."

Resigniert steckte sie ihn in ihre Manteltasche. Die Beule an der Seite war nicht zu übersehen. Der Abstieg vom Berg war zum Glück nicht so anstrengend wie der Aufstieg. „Sieht so aus, als müsste ich wohl noch mal mit der Postkutsche fahren." Der Gedanke war alles andere als verlockend. „Sacramento, ich komme."

„Wenn's das ist, was Sie vorhaben, dann nehmen Sie besser nich' nur einen Stein mit." Wiley füllte einen leeren Eimer zur Hälfte mit Steinen. „Normalerweise wollen die mehr als eine Probe."

„Tragen Sie den für mich?" Kathryn wagte es kaum zu hoffen.

Wiley nahm die Laterne vom Haken und stellte auf dem Weg nach draußen den Eimer neben ihr ab. „Is' doch Ihre Mine. Sie tragen ihn."

Matthias schaute von seinen Berichten hoch, als er Kathryn in einem Männermantel und mit einem Eimer in der Hand auf dem Brettersteg auf der anderen Straßenseite entdeckte. Was tat sie da? Ein paar Männer kamen aus den Saloons, um sie zu grüßen und ihr Hilfe anzubieten, aber sie schüttelte nur den Kopf und ging an ihnen vorbei. Alle paar Meter blieb sie stehen und wechselte den Eimer in die andere Hand. Der nächste Brunnen lag in der anderen Richtung. Wasser hatte sie also nicht in ihrem Eimer.

Mit gerunzelter Stirn schob Matthias die Papiere zur Seite und beobachtete sie. Dieses Mal ging sie nur fünf Schritte, bevor sie den Eimer wieder abstellte. Ganz eindeutig erschöpft, wischte sie sich über die Stirn. Ein anderer Mann bot seine Hilfe an, aber sie winkte ab. Matthias schob seinen Stuhl zurück. Sie nahm den Eimer wieder auf und überquerte die Galway Street, erklomm mühsam den Brettersteg und schleppte sich weiter. Ihr Gesicht war vor Anstrengung gerötet, aber sie erreichte tatsächlich ihr kleines Haus, wo sie den Eimer abstellte, die Tür öffnete, den Eimer hineinschob und die Tür hinter sich schloss.

Was hatte sie da in dem Eimer? Hufeisen? „Scribe!" Er winkte den Jungen herüber. „Geh und sieh mal nach, was Ihre Ladyschaft gerade in ihr Haus geschleppt hat."

„Was meinst du mit ‚hineingeschleppt'?" Er spähte zum Fenster hinaus.

„Sie hatte einen Eimer in der Hand, der ziemlich schwer aussah."

„Sie holt ihr Wasser selbst. Ich wollte ihr mal helfen, aber sie meinte, sie müsse selbst für sich sorgen."

„Das war kein Wasser."

„Woher weißt du das?"

Heiliger Strohsack! „Lass gut sein. Ich gehe selbst."

„Nein! Ich geh schon." Scribe war durch die Schwingtüren gestürmt, bevor Matthias auch nur aufstehen konnte. In großer Eile überquerte er die Straße und klopfte an ihre Tür. Sie öffnete nicht. Er klopfte erneut, und die Tür ging auf. Matthias beugte sich vor und versuchte, einen Blick auf sie zu erhaschen, aber Scribe verstellte ihm die Sicht. Die Tür ging wieder zu. Vorsichtig überquerte Scribe die Straße und kam zurück. Er marschierte an Matthias vorbei, schnappte sich den Lappen, den er aus der Hand gelegt hatte, und wischte weiter die Tische ab.

Matthias presste die Zähne zusammen und unterdrückte den Wunsch zu fragen, was Scribe in Erfahrung gebracht hatte. Nach ein paar Minuten brennender Frustration, in denen er sich immer wieder gesagt hatte, dass es ihn nichts anginge, was Kathryn Walsh in ihr Haus schleppte, schob er seine Papiere zusammen und verzog sich damit in sein Büro. Warum konnte er nicht einen Tag erleben, ohne dass Kathryn durch seine Gedanken geisterte? In der vergangenen Nacht hatte er sogar von ihr geträumt.

Vielleicht müsste er mal für eine Weile aus der Stadt verschwinden. Angeln gehen. Schlechte Idee. Da hätte er viel zu viel Zeit zum Nachdenken, während er darauf wartete, dass ein Fisch anbiss. Nein, er hatte eine bessere Idee. Er würde nicht Henry nach Sacramento schicken, um seine Angelegenheiten zu regeln, sondern selbst fahren. Er könnte ein paar Tage dortbleiben, sich in den Geschäften vor Ort umsehen und in Erfahrung bringen, wie sie liefen und wem sie gehörten. Sobald der Wahlkampf für das Amt des Bürgermeisters erst mal begonnen hatte, würde er keine Zeit mehr haben, die Stadt zu verlassen. *Vielen Dank, City. Du hast mir genug Schuldgefühle eingeredet, dass ich mich von den Männern zu einer Kandidatur für das Amt habe breitschlagen lassen.* Er hatte ungefähr so große Chancen zu gewinnen, wie ein Schneeball in der Hölle überleben könnte.

City hätte gelacht und ihm gesagt, es sei höchste Zeit, dass er den Einsatz erhöhte und in das Spiel einstieg.

Kapitel 6

Keuchend und fluchend und mit hochrotem Kopf hievte Cussler Kathryns Koffer auf das Dach der Postkutsche. „Was haben Sie denn da drin? Steine?"

Kathryn errötete. „Nur die wichtigsten Dinge für meine Reise, Mr Cussler." Die Steine waren tatsächlich wichtig und der eigentliche Grund für ihre Reise nach Sacramento, aber natürlich hatte sie nicht die Absicht, Cussler oder Gus Blather, dem Posthalter, zu verraten, was sie vorhatte, denn die neigten dazu, über die Reiseziele ihrer Passagiere und die Gründe für die Reisen zu tratschen. Sie gab Cussler ein Trinkgeld, als er von der Kutsche herunterkletterte, und überraschte ihn noch mehr durch ihre Großzügigkeit als durch das Gewicht ihres Koffers, den er gerade festgebunden hatte. Bei der Poststation auf halber Strecke würde er ihn wieder abladen müssen, weil eine andere Postkutsche sie nach Sacramento bringen würde.

„Vielen Dank, Miss." Er öffnete die Tür der Kutsche für sie, warf die Münze hoch, fing sie wieder auf und steckte sie in seine Tasche. „Blather sagte, dass noch ein Passagier mitfährt." Er half ihr beim Einsteigen. „Er hat noch fünf Minuten, um aufzutauchen, sonst fahren wir ohne ihn los." Cussler tippte an seinen Hut und schloss die Tür. Die Kutsche schwankte, als er auf den Kutschbock stieg.

Da sie allein in der Kutsche war, wählte Kathryn den mittleren Platz, um sich vor den Wasserspritzern zu schützen, die durch die offenen Fenster hereinregnen könnten. Sie hatte ihr braunes Reisekostüm mit der Schößchenjacke gewählt. Ihre derben Stiefel waren zu Hause geblieben. Stattdessen trug sie ihre hochgeknöpften Schuhe.

Ein Poltern auf dem Dach der Kutsche ertönte, zusammen mit Cusslers brüsker Begrüßung. „Steigen Sie ein. Wir fahren los." Die Tür ging auf, und die Postkutsche legte sich erneut ein wenig zur Seite, als der verspätete Passagier einstieg. Kathryns grüßendes Lächeln erstarb, als Matthias Beck seinen Hut abnahm, sich ihr gegenüber niederließ und die Tür in dem Moment zuschlug, in dem Cussler mit der Peitsche knallte. Er sah sie finster und intensiv an, und Kathryn hatte unwillkürlich das Gefühl, sie müsse etwas falsch gemacht haben. Die Postkutsche fuhr mit einem Ruck an, und sie wurde in den Sitz gedrückt. Voller Bestürzung musste sie erkennen, dass sie nun mit Beck in der Kutsche gefangen war.

„Sie haben also endlich doch beschlossen, die Stadt zu verlassen."

Kathryn konnte nicht sagen, ob er erleichtert oder ob es ihm gleichgültig war. Nicht dass das für sie irgendwie von Interesse gewesen wäre. Sie sah keinen Grund zu antworten, da er keine Frage gestellt, sondern eine Feststellung getroffen hatte, auch wenn die nicht zutraf. Sie beobachtete, wie die Saloons und Schaufenster vorbeiflogen. Becks Blick ließ sie nicht los, das spürte sie. Wollte er sie ärgern? Gereizt funkelte sie ihn an. „Nur vorübergehend." Dieser Mann war wirklich verstörend, vor allem, wenn er sie so eindringlich musterte vom Hut bis hinunter zu ihren Schuhen und wieder zurück. Hitze durchströmte sie. Schnell wendete sie den Blick ab und kam zu dem Schluss, es sei das Beste, ihn zu ignorieren.

Sie hatten mehr als eine Meile hinter sich gebracht, als der lästige Mensch seinen Stiefel an der Kante ihrer Sitzbank abstützte. Sie raffte ihren Rock und funkelte ihn wütend an. „Würden Sie bitte Ihren Stiefel von meinem Sitz nehmen?"

„Er ist nicht auf Ihrem Sitz. Der Stiefel ist auf der Bank." Er verzog das Gesicht. „Aber wie Sie wollen." Er nahm seinen Fuß weg, erhob sich, setzte sich neben sie und legte den Fuß auf den Platz, auf dem er gesessen hatte. „Ist es so besser?"

Seine Nähe verunsicherte sie. „Es wäre mir lieber, wenn Sie auf der anderen Seite bleiben würden, Mr Beck."

„Sie können nicht beides haben, Eure Ladyschaft."

Sein Tonfall gefiel ihr nicht, auch nicht die Anrede. „Also gut. Schön. Setzen Sie sich wieder zurück und legen Sie Ihren Stiefel ruhig auf meinen Sitz."

„Führen Sie mich nicht in Versuchung", knurrte er, rührte sich aber nicht.

Die Kutsche schleuderte und drückte sie gegen Beck. Kathryn hielt sich am Fensterrahmen fest und rutschte so weit weg von ihm, wie es ging. Der Mann war groß, und es war immer noch nicht genügend Raum zwischen ihnen, dass sie sich wohlfühlte. Wenn ihre Körper sich berührten – was bei der Schleuderfahrt nicht selten geschah –, beschleunigte sich ihr Herzschlag. Sie hatte gewusst, dass die Reise anstrengend werden würde, aber jetzt mit diesem Mann in der Kutsche eingesperrt zu sein, der sie verspottete, das war wirklich unmöglich! Zwei Tage und eine Übernachtung in der Wildnis? Sein Blick sagte ihr, dass er genau da bleiben würde, wo er war. Na gut. Dann würde sie sich eben umsetzen! Kathryn erhob sich, um den Platz zu wechseln. Die Kutsche machte einen Satz, und sie fiel zurück. Sie erhob sich erneut halb gebückt, entschlossen, von ihm wegzukommen.

„Vorsicht, Eure Ladyschaft. Das ist gerade kein guter Zeitpunkt."

Cusslers Peitsche knallte. „Festhalten! Waschbrett voraus!"

Mitten zwischen den beiden Plätzen hängend, schleuderte die erste Bodenwelle Kathryn in die Höhe und rückwärts auf Becks Schoß. „Oh!" Beschämt versuchte sie, wieder aufzustehen. „Ich bitte um Entschuldigung."

Beck lachte. „Na, das ist ja eine unerwartete und angenehme Überraschung." Sein warmer Atem an ihrem Ohr ließ ihren ganzen Körper prickeln.

Keuchend versuchte sie erneut aufzustehen, doch ein Schlagloch drückte sie zurück auf seinen Schoß.

„Entspannen Sie sich einfach, Eure Ladyschaft. Es passiert Ihnen nichts."

„Sie könnten mir ein wenig helfen."

„Natürlich. Darauf hätte ich auch selbst kommen können." Seine starken Hände legten sich um ihre Taille und hielten sie dort fest, wo sie gerade saß. „Besser?"

„Ich meinte, Sie könnten mir beim Aufstehen helfen!" Mit ihrer Ferse trat sie ihm gegen sein Schienbein.

„Au! Passen Sie doch auf. Auf meinem Schoß ist es sicherer für Sie."

„Lassen Sie mich los!" Sie versuchte, seine Finger zu lösen.

„Bleiben Sie einfach sitzen, dann ist alles bald vorbei." Er lachte. „Gut, dass Sie Ihre Tournüre heute nicht tragen. *Auaa!* Sie haben aber wirklich scharfe kleine Krallen, was?"

In dem Augenblick, in dem sich seine Hände lockerten, warf sich Kathryn auf den gegenüberliegenden Sitz. Dass ihre Flucht höchst undamenhaft wirkte, war ihr egal. Die Kutsche holperte über die Schlaglöcher. Mit klopfendem Herzen zog sie ihre Jacke zurecht und richtete ihren Hut, während sie Beck die ganze Zeit wütend anfunkelte. Die größten Unebenheiten lagen hinter ihnen, und die Straße wurde wieder besser.

Grinsend legte Beck seinen Stiefel wieder hoch. „Ich hatte mich auf eine lange, langweilige Fahrt nach Sacramento eingestellt. Doch bisher verläuft sie recht … interessant."

„Warum fahren ausgerechnet Sie heute in dieser Kutsche mit?"

„Ich denke, ich habe einfach Glück gehabt."

Kathryn merkte, dass Beck sie aufzog, sah wieder zum Fenster hinaus und bemühte sich, ihn zu ignorieren. Die Pferde galoppierten dahin. Alle paar Minuten rief Cussler ihnen blumige Befehle zu. Sie legten eine Meile zurück, dann zwei, und Beck sah sie unverwandt an. Er wollte sie reizen. Sie biss die Zähne zusammen. Sollte er sie doch anstarren. Auch früher hatten Männer sie angeschaut, und sie hatte ihnen keine Aufmerksamkeit geschenkt. Aber warum dann diese seltsamen Empfindungen, die sich in ihrem Körper ausbreiteten? Sie wollte ihn gerade anfauchen, als er das Schweigen brach.

„Ich möchte die Druckerpresse immer noch haben."

Kathryn täuschte Gleichgültigkeit vor. „Ich habe beschlossen, sie nicht zu verkaufen."

„Starrköpfig und eigensinnig, genau wie Ihr Onkel."

Kathryn hatte etliche Ausgaben von City Walshs *Calvada Voice* gelesen. Sie empfand eine innere Verbundenheit mit diesem Mann, der den Mut gehabt hatte, für seine Meinung einzustehen, und fühlte sich geehrt, mit ihm verglichen zu werden. „Vielleicht haben er und ich dieselben Prinzipien."

„Wirklich!" Becks Augenbrauen zogen sich spöttisch nach oben. „Sie verbringen Ihre Abende mit Männern und gehen jeden Abend betrunken zu Bett, ja?"

„Was?" Sie starrte ihn entsetzt an.

Ein Anflug von Reue flackerte in seinem Gesicht auf, aber gleich darauf wurde seine Miene wieder undurchdringlich. „Abgesehen davon, dass er ein aufgeweckter Zeitungsherausgeber war, der einen unglaublich schnellen und mitunter recht garstigen Verstand besaß, hatte City eine bemerkenswerte Vorliebe für Whisky und Frauen. Fiona Hawthorne gehörte zu seinen engsten Freundinnen, und er konnte sogar Herrn Neumann unter den Tisch trinken."

Mit einem wachsenden Gefühl der Beklemmung hörte sich Kathryn das alles an. Egal, wie unmoralisch City Walsh gewesen war, er war ihr Onkel, der Bruder ihres Vaters. Verwandtschaft. Walsh-Blut floss in ihren Adern. Eigentlich machten Becks Worte ihr nur deutlich, dass Leidenschaft sich auch destruktiv auswirken konnte. Wo ihre eigene Leidenschaftlichkeit sie hingeführt hatte, war ziemlich offensichtlich! Wie oft hatte ihr ungestümes Herz sie veranlasst, bei einer Ungerechtigkeit, die sie erlebte, dem Richter sofort ihre Meinung entgegenzuschleudern? Anstatt ein Problem vernünftig mit ihm zu erörtern, hatte sie ihn provoziert und ihn gegen sich aufgebracht. Was hatte sie je bewirkt, außer ihn in Rage zu bringen, sodass er zum Gegenangriff überging? Nun, aber damit hatte sie auch Mut bewiesen. Allerdings musste sie sich fragen, ob sie nicht etwas bedächtiger hätte vorgehen sollen. Dann hätte sie möglicherweise mehr für andere erreicht und wäre nicht aus dem Haus gewiesen worden.

„Ich nehme an, Sie haben ihn für einen Heiligen gehalten – oder zumindest gehofft, dass es so wäre."

Die Hände auf ihrem Schoß gefaltet, wandte Kathryn den Blick ab und kämpfte gegen die Tränen an. War ihr Vater wie City Walsh gewesen? Der Richter hatte auf jeden Fall nichts Gutes über ihn zu sagen gehabt. *Ein Unruhestifter wie alle Iren. Ein Rebell.* Hatte er so etwas nicht auch über sie gesagt?

Beck seufzte und fluchte verhalten. „City war ein guter Mann. Er hatte nur schon viel zu viel erlebt, als er '49 hier gelandet ist. Während des ersten Goldrausches. Als ich ihn kennenlernte, machte er sich schon längst keine Illusionen mehr über die Menschen."

„Meine verflüchtigen sich auch in Windeseile." Sie suchte seinen Blick. „Ich dachte, Sie waren sein Freund."

„Das war ich auch." Beck lehnte sich zurück. „Er hat fast jeden Abend bei mir in der Bar verbracht. Ich habe ihn bewundert."

„Was fanden Sie denn besonders bewundernswert an ihm? Wie viel Whisky er vertragen konnte, oder ...?" Sie brach ab und schämte sich, dass sie beinahe abfällig über eine Frau geredet hätte, die aus Sorge, ihr eigener Ruf könnte auf Kathryns abfärben, nicht einmal in der Kirche mit ihr hatte reden wollen. „Ach, egal."

„Ich habe ihn bewundert, weil er immer die Wahrheit gesagt hat. Ungeachtet der Konsequenzen."

Sein Tonfall ließ sie aufmerken. „Sie wissen, wer ihn umgebracht hat?"

Verblüfft runzelte er die Stirn. „Nein. Nein, das weiß ich nicht. Tatsache ist, Menschen, die die Wahrheit sagen, machen sich viele Feinde." Er lachte freudlos. „Ich könnte Ihnen ein halbes Dutzend Männer aufzählen, die ihn gern aus dem Weg geräumt hätten."

Sie spürte, dass er sehr viel mehr wusste und bereits bereute, das Gespräch überhaupt auf City Walsh gelenkt zu haben. „Wer steht auf Ihrer Liste?"

„Oh nein." Seine Lippen bildeten eine schmale Linie. „Ich habe Vermutungen, Miss Walsh, keine Fakten. Keine, die ich einer Frau mitteilen würde."

„Schön." Verärgert zuckte sie die Achseln. „Ich werde es selbst herausfinden."

„Wie? Und wozu? Wollen Sie den Mörder mit Ihrem Regenschirm verprügeln oder ihn mit Ihren Hutnadeln an die Wand nageln?"

„Die Gerechtigkeit muss siegen."

Beck schnaubte. „Das klingt wie ein Motto."

Kühl blickte sie ihn an. „Ich habe die Zeitungen meines Onkels gelesen. Zumindest die, die ich in den Kisten gefunden habe. Zeitungen, die schon vier Jahre alt sind oder noch älter. Ich wüsste gern, was mit den neueren Ausgaben passiert ist."

„Sie wurden konfisziert."

„Von wem?"

„Vom Sheriff. Er hat sie mit nach Hause genommen, um zu sehen, ob es irgendwelche Anhaltspunkte gibt."

Verblüfft schaute Kathryn ihn an. Hoffnung machte sich in ihr breit. „Ich dachte, Calvada hätte keinen Sheriff."

„Das ist auch so."

„Aber Sie haben doch gerade gesagt ..."

„Wir *hatten* einen Sheriff." Becks Blick verdüsterte sich. „Er starb, als sein Haus abbrannte."

„Ziemlich gutes Timing, meinen Sie nicht?" Sie zog ihre Augenbraue in die Höhe, aber Beck schwieg. „Davon hat Scribe mir gar nichts erzählt."

„Ich hätte auch besser den Mund gehalten." Er murmelte etwas, sein Körper war angespannt, die Augen dunkel. „Ein Blick auf Sie, als Sie mit Ihren Bändern und spitzenbesetzten Kleidern aus der Kutsche stiegen, und schon wurden Wetten abgeschlossen, dass Sie keinen Tag bleiben würden."

„Geschweige denn einen Monat." Sie hob das Kinn. „Ich hoffe, Sie haben eine große Summe auf diese erste Woche gesetzt, Mr Beck."

„Keine Chance. Frauen sind unberechenbar. Aber Aday hat das gemacht."

Die Mitteilung traf Kathryn, und ihre Hand fuhr an ihre Kehle. „Abbie?"

„Nein. Nabor. Er hat fünf Dollar gewettet, dass Sie innerhalb von zehn Tagen wieder verschwunden wären."

Fünf Dollar! Kein Wunder, dass er versucht hatte, sie zu betrügen, sobald sie in den Laden kam. Er wollte sich von ihr das Geld zurückholen, das er bei der Wette verloren hatte. Kathryn verschränkte die Arme. Der Mann ließ seine Frau nicht einmal einen Hut für zwei Dollar kaufen, verschwendete aber mehr als doppelt so viel für eine Wette! Männer! „Nun, egal, ob Sie gewettet haben oder nicht, Sie haben auf jeden Fall deutlich gemacht, dass Sie hoffen, ich würde gleich wieder verschwinden."

Seine Stimmung hob sich. „Ich wette, Sie haben darüber nachgedacht."

Sie verstand den Mann einfach nicht. „Nun, Sie können allen Männern in Ihrer Bar sagen, dass ich in Calvada bleiben werde." Sie stützte ihre Hände auf die Knie und beugte sich vor. „Und Sie können ihnen auch sagen, dass ich herausfinden werde, wer meinen Onkel ermordet hat."

Sein Gesichtsausdruck verschloss sich wieder. Er ahmte ihre Haltung nach und beugte sich vor. Seine Nase war nur wenige Zentimeter von ihrer entfernt. „Wenn Sie zu viele Fragen stellen, werden Sie in große Schwierigkeiten kommen, Miss Walsh. Überlassen Sie es doch den Männern, das herauszufinden."

Sie schniefte und lehnte sich zurück. „Als ob die Männer bisher so gute Arbeit geleistet hätten! Ich habe den Eindruck, dass bis jetzt niemand irgendetwas unternommen hat, um diesen Mord aufzuklären. Und das *ist sehr wohl* meine Angelegenheit. Ich bin City Walshs Nichte. Er war Teil meiner Familie."

„Familie." Beck schnaubte, und seine Augen sprühten Funken. „Sie haben den Mann nicht einmal gekannt, also täuschen Sie keine

Gefühle für ihn vor, die nicht existieren. Die einzige Verbindung zwischen Ihnen beiden ist Ihre Verwandtschaft. Und die Tatsache, dass durch einen verrückten Zufall Sie seinen Besitz geerbt haben und nicht Scribe. Ich will auch wissen, was passiert ist, Lady, das können Sie mir glauben. Aber wenn Sie City Walsh gekannt hätten, dann hätten Sie nicht auf derselben Straßenseite gehen wollen wie er!"

Seine Worte fühlten sich an wie Schläge, aber sie hatte schon einmal hart und ungerecht geurteilt. Was sie aufmerken ließ, war sein Zornesausbruch. Auch ihr Zorn kochte hoch, aber sie musste ihn im Zaum halten und Ruhe bewahren. Das hatte sie aus zahlreichen Auseinandersetzungen mit dem Richter gelernt. Auf keinen Fall wollte sie sich Matthias Beck zum Feind machen, und sie fragte sich, was ihn so aufgebracht hatte. Eine kühle, ehrliche Antwort könnte seinen Zorn besänftigen. „Wissen Sie, ich hätte mich gern mit City Walsh zusammengesetzt und ihn gefragt, warum er in Kalifornien geblieben ist, obwohl er anderswo mit seinen offensichtlichen Talenten doch viel mehr Geld hätte verdienen können."

Sein Blick flackerte kurz, und seine Augen verengten sich. „Ach, hätten Sie." Immer noch angespannt lehnte er sich zurück.

Kathryn dachte an alles, was sie im Lauf der Jahre getan und womit sie ihrer Mutter Kummer gemacht und ihren Stiefvater enttäuscht und wütend gemacht hatte. Sie musste zugeben, dass es Zeiten gegeben hatte, in denen ihr einziges Ziel gewesen war, den Richter so zu reizen, dass er die Beherrschung verlor. Wenn sie vielleicht ein wenig umsichtiger und nicht so selbstgerecht vorgegangen wäre, dann säße sie jetzt nicht in der Wüste, umgeben von Menschen, die der Meinung waren, sie verdanke das, was sie an Rückgrat besaß, nur ihrem Fischbeinkorsett, und die Federn auf ihren Hüten ließen auf ihre Intelligenz schließen. Es war nicht ihre Entscheidung gewesen, dass sie in einem Herrenhaus mit einem silbernen Löffel im Mund zur Welt gekommen war. Außerdem war sie selbst daran schuld, dass ihr der Silberlöffel aus dem Mund gerissen und wieder in die Küchenschublade in der Villa der Hyland-Pershings gelegt worden war.

„Sie wissen nicht, was es mir bedeutet, eine Verbindung zu meinem Vater zu haben, Mr Beck. Ich habe ihn nie kennengelernt. Mein Stiefvater sprach nur abfällig über ihn; meine Mutter nur einmal, aber das voller Liebe."

Beck musterte sie. Sein Zorn war verflogen, ein fragender Ausdruck lag in seinem Blick. „Was würde es bedeuten?"

„Sagen wir, ich bin nicht ganz so oberflächlich, wie Sie mich eingeschätzt haben." Sein trockener Blick veranlasste sie, hinzuzufügen: „Ich versuche auch, Sie nicht nach dem Augenschein zu beurteilen, Mr Beck." Die Zeit und ein paar Erkenntnisse mehr würden ihre schlechte Meinung über ihn vielleicht ändern. Das bezweifelte sie allerdings.

Beck musterte sie und schloss auf einmal die Augen, als wolle er ein Schläfchen machen. Er schwieg so lange, dass sie schon dachte, er sei tatsächlich eingeschlafen, obwohl ihr nicht so ganz klar war, wie jemand in einer so stark schwankenden Kutsche schlafen konnte. Ganz allmählich ließ ihre Anspannung nach, und als er dann doch den Mund aufmachte, zuckte sie zusammen.

„Wenn Sie nicht abreisen, warum fahren Sie dann nach Sacramento?"

Sie kannte ihn nicht gut genug, um ihm zu vertrauen. „Warum fahren Sie?"

„Ich wollte weg."

„Von was?"

„Ärger."

Bei der Intensität seines Blickes vollführte ihr Herz einen Satz. „Ein kluger Schritt, würde ich sagen."

„Würden Sie?"

Was bedeutete dieser eindringliche Blick? „Ja, würde ich. Würde ich ganz bestimmt." Ärger aus dem Weg zu gehen war immer eine gute Idee. Wie schade, dass sie diese Lektion nicht bereits vor langer Zeit gelernt hatte. Da sie nicht fähig war, seinem Blick standzuhalten, folgte Kathryn seinem Beispiel, schloss die Augen und tat so, als brauche sie Ruhe, obwohl sie eigentlich nur seiner beunruhigenden Nähe ein wenig entkommen wollte.

„Sie können es versuchen, Miss Walsh, aber manche Dinge stehen einfach in den Karten."

~

Matthias hatte alle Mühe, den Blick von Kathryn Walsh abzuwenden. Seit sie in Calvada aus der Postkutsche gestiegen war, konnte er sie kaum aus seinen Gedanken verbannen. Auf die Distanz hatte sie gewirkt wie eine Frau unter anderen. Doch wenn sie ihm in die Augen sah, schoss ihm die Hitze durch den Körper.

So etwas hatte er noch nie erlebt, nicht einmal bei Alice, der Frau, die er geliebt hatte und mit der er eine gemeinsame Zukunft nach dem Krieg geplant hatte. Doch als er nach Hause gekommen war, hatte er erfahren, dass sie nur drei Monate, nachdem er weggegangen war, den Sohn eines reichen Plantagenbesitzers geheiratet hatte. Hatte sie ihm nicht versprochen, auf ihn zu warten, als er ihr erklärt hatte, sein Gewissen würde ihn nach Norden treiben? Kurz nach seiner Heimkehr hatte sie ihn aufgesucht. Immer noch wunderschön, selbst in verblichenen und geflickten Kleidern. Tränen der Reue waren ihr über die Wangen gelaufen, als sie ihn angefleht hatte, ihr zu vergeben und mit ihr wegzugehen. Es war nicht Liebe gewesen, was sie empfand, sondern Furcht und Verzweiflung, weil sie sich an einen verbitterten, verkrüppelten Veteranen gebunden hatte, dessen Plantage vor dem Ruin stand. Matthias hatte sie wegen ihrer Treulosigkeit nicht gehasst. Sie hatte ihm leidgetan.

Hatte Matthias seine Vorurteile auf Kathryn Walsh übertragen? Sie war attraktiv. Sie war kultiviert. Er hatte sich dabei ertappt, dass er sie beobachtete, hörte, was die Leute über sie sagten, und es hatte den Anschein, als gebe es an Citys Nichte mehr zu bewundern als ihre Schönheit. In ihren eleganten Kleidern wirkte sie vielleicht wie ein hohlköpfiges, verwöhntes reiches Mädchen, aber Ronya hatte berichtet, sie scheue nicht davor zurück, in ihrer Küche mitzuhelfen oder Essen zu servieren. Sie hatte sogar Geschirr gespült. *Dieses Mädchen arbeitet hart.* Das hatte er selbst feststellen können, nachdem er einen Blick in Citys Haus geworfen hatte.

Die Männer in der Bar redeten, und das „Walsh-Mädchen" war ein beliebtes Thema. Nur eine knappe Stunde, nachdem Sanders Kathryn ein zweites Mal zum Essen eingeladen hatte, hatte er davon erfahren. *Sie sagte, sie wolle seine Mine sehen.* Vielleicht wollte sie Sanders' Besitz einschätzen. Ronya hatte sich an dieser Bemerkung gestört. *Kathryn ist nicht auf eine Ehe aus.* Welche Frau war denn nicht auf der Jagd nach einem Mann, der sie versorgte? Doch als er diesen Gedanken geäußert hatte, hatte Ronya ihm einen Blick zugeworfen, der ihn erkennen ließ, in welches Fettnäpfchen er gerade getreten war. Auch sie war seit dem Tod ihres Mannes 1850 auf sich allein gestellt. *Und ich komme bestens zurecht, vielen Dank.*

Und dann war da Nabor, der Kathryn ganz offensichtlich nicht leiden konnte, vermutlich weil sie seiner überarbeiteten, nicht ausreichend gewürdigten Frau einen Hut geschenkt hatte, den sie nun jeden Sonntag trug. Abbie hatte Matthias alles haarklein erzählt, als er bei ihr eingekauft hatte. Sie hielt Kathryn für die netteste Lady, die sie je kennengelernt hatte. Doch Nabor fuhr sie an und schickte sie an die Arbeit zurück. Sie solle nicht so viel schwätzen. Matthias hatte mitbekommen, was er später in der Bar geredet hatte. Er hatte gesagt, Kathryn Walsh gebe nichts auf ihren Ruf. *Sie hat in der Kirche hinter Fiona Hawthornes Puppen gesessen und sogar mit ihnen gesprochen. Ich würde mich nicht wundern, wenn sie hierhergeschickt worden wäre, weil …* Einige Männer hatten ihm gesagt, er solle den Mund halten. Hätten andere es nicht getan, hätte Matthias ihn vielleicht selbst in die Schranken gewiesen. Warum nur wollte er nicht, dass über ein Mädchen, das er kaum kannte, schlecht geredet wurde?

Matthias würde zu gern erfahren, warum Kathryn nach Kalifornien geschickt worden war, um ein Erbe anzutreten, das eigentlich ihrer Mutter zugedacht war. So zumindest hatte es Scribe erzählt.

Cussler rief, sie hätten die Postkutschenstation erreicht. Matthias stieg aus. Er wollte Kathryn helfen, doch sie hatte bereits die Tür auf der anderen Seite geöffnet. Nachdem sie herausgesprungen war, strich sie ihren Rock glatt und zupfte ihre Jacke zurecht. Cussler riet ihnen, hineinzugehen und einen Happen zu essen, während er mit dem Stationshalter die Pferde wechselte.

Eine Schale Eintopf stand schon bereit, außerdem frischer, heißer Kaffee und ein Korb mit Sauerteigbrötchen. Sie aßen schweigend und hatten noch genügend Zeit, sich die Beine zu vertreten und zur Toilette zu gehen, bevor Cussler sie zur Kutsche zurückrief. Matthias beschloss, der Gentleman zu sein, zu dem seine Mutter ihn erzogen hatte, aber Kathryn stieg in die Kutsche ein, bevor er sie erreichte. Etwas verstimmt saß er ihr gegenüber. Weder er noch sie machten den Versuch, ein Gespräch in Gang zu bringen. Im Gegensatz zu den meisten Damen, die er kannte, schien sie Schweigen gut aushalten zu können. Wenn er das Stirnrunzeln richtig deutete, schien sie über etwas nachzudenken. Er hoffte nur, dass es nichts mit dem Mord an City zu tun hatte. Vielleicht sollte er sie lieber von ihren Gedanken ablenken. Etwas, das sie am Tag ihrer Ankunft gesagt hatte, beschäftigte ihn noch immer.

„Was haben Sie eigentlich gemeint, als Sie gesagt haben: ‚Was immer da ist, wird genügen müssen‘?" Sie warf ihm einen verständnislosen Blick zu, und er erklärte. „An dem Tag, an dem Sie aus der Postkutsche gestiegen sind, habe ich gesagt, dass es in Calvada keinen Glückstopf am Ende des Regenbogens gäbe, und Sie sagten …"

Sie zuckte leichthin die Achseln. Ihre Hände lagen gefaltet in ihrem Schoß. „Ich war meinem Stiefvater ein Dorn im Auge, und meiner Mutter habe ich nur Kummer gemacht. Das Erbe war eigentlich für sie bestimmt. Der Richter überzeugte sie, es mir zu überschreiben."

„Der Richter?"

„Mein Stiefvater." Sie setzte sich zurecht. „So habe ich ihn genannt. Und ich fürchte, mit derselben Geringschätzung, mit der Sie mich mit ‚Eure Ladyschaft‘ anreden."

Matthias musste lächeln. „Hat er es verdient?"

„Ich bin sicher, er sah das ganz anders. Und ich gestehe, dass ich ihm nicht immer mit dem nötigen Respekt begegnet bin, der ihm zustand, wenn auch nur aus dem Grund, dass er meine Mutter geheiratet hat, trotz der Bürde, die sie in die Ehe mit eingebracht hat. Obwohl ich oft gedacht habe, dass seine Entscheidung eher mit dem Vermögen meines Großvaters zu tun hatte und dass er einen Erben brauchte …" Abrupt brach sie ab und schüttelte den Kopf, als hätte sie sich bei einem Patzer ertappt.

„Ihr Großvater besaß also ein Anwesen."

„Das ist eine lange Geschichte."

„Eine lange Fahrt liegt vor uns." Er lächelte sie ermutigend an. „Haben Sie sich danebenbenommen?"

„Nicht mehr als andere Kinder, aber ich sehe meinem Vater sehr ähnlich."

Und ihrem Onkel. „Aber darauf hatten Sie ja wohl kaum Einfluss."

„Das stimmt." Sie strich ihren Rock glatt und wich seinem Blick aus.

„Aber …?

„Es gab andere Gründe, über die ich lieber nicht reden möchte."

Es gab nur wenige Gründe, warum eine Familie eine junge Tochter fortschickte. „Aha. Eine Liebesgeschichte, die unter einem schlechten Stern stand."

Ihr Kopf flog hoch, und ihre Augen sprühten Funken. „Ich bin noch nie verliebt gewesen, Mr Beck. Im Gegensatz zu meinen Eltern, die gegen den Willen meines Großvaters miteinander durchgebrannt sind." Ihre Entrüstung flaute ein wenig ab. „Vermutlich hat er Grund gehabt, meinem Vater zu misstrauen. Meine Eltern waren nur ein Jahr verheiratet, als er sie nach Hause geschickt hat und ausgezogen ist, um sein Glück zu suchen. Meine Mutter hätte gar nicht erfahren, dass er gestorben ist, wenn mein Onkel ihr nicht geschrieben hätte …" Mit traurigem Gesichtsausdruck spreizte sie ihre Finger auf ihrem Rock. „Aber warum um Himmels willen erzähle ich Ihnen das alles?"

„Ich habe gefragt." Und er war noch nicht fertig. Er hatte noch eine ganze Wagenladung voller Fragen auf Lager.

„Über Sie weiß ich nur, dass Sie gut mit Ihren Fäusten umgehen können und einen Saloon besitzen …"

„Ein Hotel und einen Saloon."

„Ich korrigiere mich. Aber der Saloon war zuerst da, nicht? Und Sie sind zwar Südstaatler, haben aber für die Unionstruppen gekämpft …"

„Wer hat Ihnen das erzählt?"

„Stimmt das nicht?"

„Doch, aber ich habe den Eindruck, dass Sie in Bezug auf mich genauso neugierig sind wie ich in Bezug auf Sie." Wenn sie nicht rot geworden wäre, hätte er sich am liebsten selbst getreten, weil er das ausgesprochen hatte.

Und dann musste sie alles verderben, indem sie seine Annahme korrigierte. „Ich fürchte, ich habe eine abfällige Bemerkung über Sie gemacht, und jemand beeilte sich, Sie zu verteidigen."

„Wer?"

„Ronya. Sie hat eine hohe Meinung von Ihnen."

Belehrte sie ihn nicht jetzt nicht gerade wie eine Mutter? „Ich als Gegenstand Ihres Tratsches, Eure Ladyschaft? Ihr Interesse tut mir gut."

„Nun, Sie sollten sich nicht zu viel darauf einbilden, Mr Beck." Sie legte den Kopf zur Seite. „Das ist doch eigentlich naheliegend, da Sie, wie ich gehört habe, für das Amt des Bürgermeisters kandidieren."

Er lachte. „Was hat die Wahl mit Ihnen zu tun? Sie dürfen ja nicht wählen."

„Trotzdem." Ihre Augen sprühten Funken. „Auch Morgan Sanders hat mich darauf hingewiesen. Und da frage ich mich doch, ob Sie und Morgan Sanders in Bezug auf bestimmte Dinge dieselbe Meinung vertreten."

„Ich versichere Ihnen, das ist ganz und gar nicht der Fall." Matthias vermutete eine frustrierte Suffragette, obwohl sie eigentlich nicht der Typ Frau war. „Und wenn Sie wählen könnten, wie sollte der Bürgermeister sein, den Sie sich wünschen, Miss Walsh?“ Das war unschwer zu erraten. Jemand, der gut aussah und sprachgewandt war, der gut gekleidet und wohlhabend war. Jemand, der schmeicheln und täuschen konnte. Jemand, der eine Mine besaß und nicht einen Saloon. „Eine Frau mit Ihrer großen Erfahrung hat doch sicher eine Vorstellung davon, wer Calvada am besten führen könnte.“

Sie hielt seinem spöttischen Blick stand, die Lippen fest aufeinandergepresst, bevor sie ihr Kinn hob. „Ich wünsche mir einen ehrlichen Mann, Mr Beck, einen Mann mit Charakterstärke und mit guten, festen Prinzipien. Einen demütigen Mann, der sich nicht jedem politischen Windstoß, der ihm entgegenweht, beugt und der nicht seinen persönlichen Besitz nutzt, um die unten zu halten, denen es nicht so gut geht. Einen Mann, den jeder, auch die Frauen, respektieren, vielleicht sogar bewundern könnten.“

Ihre Antwort verblüffte ihn. „Haben Sie das auch zu Morgan Sanders gesagt, als er Ihnen mit seiner Kutsche in der Chump Street folgte, um Sie zum Abendessen einzuladen?“

„Er hat nicht gefragt. Er …“ Sie brach ab und schaute ihn verblüfft an. „Woher wissen Sie davon?“

„Die Leute beobachten Sie. Und reden.“

„Die *Männer*, meinen Sie. Und da sagt man, *Frauen* würden tratschen!“

„Lassen Sie sich warnen. Sanders ist in einem Alter, wo Männer nach einer Frau Ausschau halten, die ihnen einen Erben für ihr Imperium schenkt. Und er wird eine junge, schöne, gebildete und charmante Frau suchen. Eine Zierde für seinen Salon.“

„Nun, das werde ganz bestimmt nicht ich sein. Und auf Ihre Frage, ob ich ihm gesagt habe, für welche Art von Mann ich stimmen würde, das habe ich nicht. Aber wenn ich die Gelegenheit hätte, noch einmal mit ihm zu reden …“

„Oh, er wird ganz bestimmt dafür sorgen, dass sich so eine Gelegenheit ergibt.“

„Ich werde ihm dasselbe sagen wie Ihnen." Sie schnaubte. „Obwohl ich nicht glaube, dass weder er noch Sie zuhören würden."

~

Ein bulliger Mann mit buschigem Bart half Kathryn aus der Kutsche, als sie an der Station ankamen, in der sie die Nacht verbringen würden. Harry Pitts stellte sich stammelnd als Stationshalter vor. Seine Aufgabe sei es, dafür zu sorgen, dass sie es bequem habe, und er würde sie mit allem versorgen, was sie brauche. Ohne auf Beck zu achten, begleitete Pitts sie hinein, wo eine matronenhafte Mexikanerin gerade den Tisch deckte. Pitts versicherte Kathryn, er hätte einen abgeschiedenen Raum für reisende Damen reserviert.

Matthias betrat hinter ihr die Gaststube, zog seinen Mantel aus und hängte ihn an den Haken neben der Tür.

„Das Abendessen ist fertig", verkündete Pitts, während er Kathryn den Stuhl zurechtschob. Die Frau stellte einen großen Eisentopf auf den Tisch und nahm den Deckel ab. Kathryn lächelte sie an und sagte, es rieche köstlich, und fragte, was das denn sei.

In schnellem Spanisch antwortete die Frau ihr, während sie eine Schale füllte und vor sie stellte. Anschließend bekam auch Matthias eine große Portion. Er lachte leise. „Fragen Sie nie, was in einem Topf ist."

„Warum nicht?"

„Die Antwort könnte Ihnen vielleicht nicht gefallen."

Vorsichtig nahm Kathryn einen Löffel voll. Dass Beck sie grinsend beobachtete, gefiel ihr gar nicht. Was wusste er, von dem sie nichts ahnte, und woher wusste er das? „Es schmeckt noch besser, als es duftet."

Die Köchin warf Pitts einen Blick zu, bevor sie den Raum verließ. „Habe gestern Abend einen Waschbären geschossen", prahlte er. „Der hat unsere Vorratskammer heimgesucht."

„Einen Waschbären?" Kathryn schluckte.

„Sie schmecken sehr gut, wenn das Fleisch erst weich geklopft ist. Ich musste eine Weile auf das Untier eindreschen, aber jetzt ist es doch ganz zart, nicht?“

Kathryns Blick wanderte zu ihrer Schale. Beck verzog das Gesicht. „Haben Sie den Appetit verloren, Eure Ladyschaft?“

„Um ehrlich zu sein, ich bin so hungrig, dass ich sogar ein Wiesel essen würde.“ Sie zögerte unmerklich, bevor sie einen zweiten Bissen nahm. Er schmeckte genauso köstlich wie der erste.

„Wiesel kann man nicht braten“, erklärte Pitts ihr, während er den Korb mit den Brötchen vor sie stellte. „Sie haben nicht genügend Fleisch auf den Knochen. Beutelratten sind aber sehr schmackhaft.“

Kathryn ergriff die Gelegenheit, Beck ein wenig aufzuziehen. „Wie man hört, mögen die Südstaatler sie ganz besonders.“

Pitts stieß ein kaltes Lachen aus. „Ich habe gehört, gegen Ende des Krieges hätten sie sogar Ratten gegessen. Hat mich gefreut.“ Die Vorstellung schien ihm zu gefallen.

Becks Kopf fuhr hoch, seine Augen verschleierten sich. Er legte den Löffel aus der Hand. Die beiden Männer starrten einander an. Beck schob seinen Stuhl zurück und stand auf. Kathryns Herz klopfte zum Zerspringen, die Spannung war spürbar und konnte sich jeden Moment gewaltsam entladen. Und das war ihre Schuld! Pitts trat einen Schritt zurück und räusperte sich. „Ich werd’ mal nachsehen, wie Cussler mit den Pferden klarkommt. Showalter wird bereitstehen, um bei Sonnenaufgang aufzubrechen.“ Beck sah ihm nach, als er zur Tür hinausging.

Kathryn atmete erleichtert auf, als Matthias sich wieder auf seinem Stuhl niederließ. „Es tut mir leid. Ich wollte nicht …“ Sein Blick brachte sie zum Schweigen.

„Essen Sie Ihren Eintopf, Miss Walsh. Wenn er kalt ist, schmeckt er nicht mehr.“

Sie hätte ihn gern nach dem Krieg gefragt, warum er für den Norden und nicht für den Süden gekämpft hatte. War er gleich zu Beginn in die Armee eingetreten, als es darum ging, ob Staaten das

Recht hatten, sich abzuspalten, oder erst später, als es darum ging, der Sklaverei ein Ende zu setzen? Hatte er nach seiner Rückkehr zu Hause feststellen müssen, dass ihm alle Türen verschlossen waren? War auch er enterbt worden? Sie öffnete den Mund und schloss ihn sofort wieder, suchte all ihren Mut zusammen, um die Frage zu stellen. Seine Fragen hatte sie schließlich beantwortet, nicht? Sie wollte mehr über ihn erfahren.

Zorn und Schmerz hatten sich in sein Gesicht eingegraben, obwohl er sich Mühe gab, das zu überspielen. Das Leid anderer mit anzusehen, schmerzte sie, umso mehr, wenn sie wusste, dass sie, ohne es zu wollen, diesen Schmerz an die Oberfläche gezerrt hatte, weil sie eine unbedachte Bemerkung gemacht hatte. Sie hatte doch nur einen Scherz machen wollen, aber nicht verletzen.

Beck aß seinen Teller leer, stand auf, nahm seinen Mantel vom Haken und verließ wortlos den Raum.

Kathryn hoffte nur, dass er nicht auf Pitts losgehen wollte.

Kapitel 7

Matthias lief ein Stück die Straße entlang, um sich abzureagieren. Im Krieg hatte er genug erlebt, um zu wissen, dass Pitts recht hatte. Es war der Tonfall, der ihn geärgert hatte und der die Erinnerungen an die Schlacht zurückbrachte. Die stolze Herablassung des Siegers über die Besiegten war für ihn schwer zu ertragen. Der Norden hatte den Krieg zwar gewonnen, aber die Herzen der Südstaatler waren alles andere als erobert. Man konnte Menschen militärisch vernichten, aber trotzdem nicht besiegen. Männer lebten nicht für das, was ihnen gesagt wurde, sondern für das, was sie glaubten.

Bei Kriegsende litten die Menschen im Süden Hunger. Er hatte die ausgezehrten Gesichter und den Hass gesehen, der in den tief liegenden Augen der Menschen loderte, die er seit seiner Kindheit kannte. Er hatte gehörte, wie die Nordstaatler auf Andersonville schimpften, weil dort Gefangene hungern mussten, und dabei wurde die umliegende Nachbarschaft übersehen, wo die Menschen auch kaum genug zu essen hatten. Welche Rechtfertigung gab es für die Verwaltung von Chicagos Camp Douglas, dass sie die Lebensmittel, die in ausreichendem Maß vorhanden waren, zurückhielten und die Rebellen hungern ließen?

Der Krieg förderte das Schlimmste im Menschen zutage. Selbst wenn es um eine gerechte Sache ging – unbeschadet überlebte ihn keiner. Wie viele Jahre würde es dauern, bis die Wunden der Nation geheilt waren? Matthias war in den Westen gekommen, um die Vergangenheit hinter sich zu lassen. Doch wie Tausende andere hatte er sie mitgebracht.

Der Saloon und das Hotel lenkten ihn ab, aber manchmal dachte er, er wäre lieber ein Opfer des Krieges gewesen als ein Überlebender. Das Leben bot wenig an Befriedigung. Derselbe Hunger seiner Seele nach Gerechtigkeit hatte ihn zuerst nach Norden, dann nach Süden und schließlich nach Westen getrieben. Wohin konnte er von hier aus noch gehen?

Als er zur Station zurückkam, saß Kathryn am Tisch und las im Licht einer Petroleumlampe ein Buch. Sie schaute hoch. War das etwa Mitgefühl in ihren Augen? Dieses Gefühl wollte er auf keinen Fall in ihr wecken. „Wo findet man an diesem Ort ein Buch?"

„Ich habe es mitgebracht."

Sie sagte nicht, was für ein Buch es war, aber er erkannte es an dem schwarzen Ledereinband. Es hatte aufgeschlagen auf Citys Schreibtisch gelegen. Eine Bibel. „Sie sollten schlafen gehen."

„Ich bin nicht müde."

Er auch nicht. Nach Alice hatte er gedacht, sein Herz sei tot. Doch jetzt schlug es kräftig und schnell. Er war aus der Stadt abgereist, um von Kathryn Walsh wegzukommen. Und jetzt saß sie da nur wenige Meter von ihm entfernt und wühlte Gefühle auf, die er lieber nicht hätte. „Pitts sagte, Weiterfahrt bei Sonnenaufgang." Er zog seinen Mantel aus, streckte sich auf der Bank an der Wand aus und deckte sich mit dem Kleidungsstück zu. „Ich sollte jetzt schlafen."

„Ich würde gern noch ein wenig lesen. Ich hoffe, das Licht stört Sie nicht."

Er schloss die Augen. „Machen Sie, was Sie wollen."

Ein paar Minuten lang war es still, dann stand sie auf und verließ den Raum. Er dachte, sie würde sich für die Nacht zurückziehen, doch sie war nach draußen gegangen. Vermutlich musste sie zur Toilette. Matthias legte den Arm hinter seinen Kopf und wartete darauf, dass sie zurückkam. Er würde schlafen, wenn sie in diesem Raum verschwunden wäre, der für Damen reserviert war.

Ein Rudel Kojoten jaulte und bellte, begann schließlich zu heulen. Wieso brauchte Kathryn so lange? War sie etwa krank? Den Abend über hatte es den Anschein gehabt, es ginge ihr gut. Nicht weit entfernt schrie ein Puma. Besorgt stand Matthias auf, um nach ihr zu sehen. Als er durch die Tür nach draußen trat, entdeckte er sie. Sie stand mitten auf der Straße und schaute zu den Sternen hoch, ganz selbstvergessen und ohne sich der Gefahren bewusst zu sein, die nachts in diesen Bergen lauerten.

Sie drehte sich um, als er näher kam. „Konnten Sie nicht schlafen?"

„Sie sollten nicht allein hier draußen im Dunkeln sein."

„Sie brauchen sich um mich keine Sorgen zu machen. Die Wölfe scheinen nicht in der Nähe zu sein."

„Das sind Kojoten, keine Wölfe, und im Rudel sind sie genauso gefährlich."

„Ich dachte, ich hätte den Schrei einer Frau gehört."

„Ein Berglöwe. Und die Tiere sind näher, als Sie denken. Vermutlich sind Sie für sie leichte Beute, ein törichtes Stadtmädchen, das im Freien herumsteht und keine Krallen oder Klauen hat, um sich zu verteidigen."

Sie lachte. „Mr Griesgram sollte vielleicht besser wieder ins Bett gehen."

Er war wirklich ziemlich unwirsch gewesen. Etwas entspannter stand er nun neben ihr und hatte keine Eile mehr, sie ins Haus zurückzubringen. Im Mondlicht schimmerte ihre Haut wie Alabaster, ihre Lippen waren leicht geöffnet, als sie wieder nach oben sah. „Sie haben doch sicher schon früher mal Sterne gesehen, Eure Ladyschaft."

„Nicht so wie hier. Sie scheinen so nah zu sein, als könnte man sie berühren." Sie zog ihre Jacke fester um sich, und er wünschte, er könnte ihr seine umlegen. Sie seufzte. „Je dunkler die Nacht, desto heller leuchten sie." Ihr Mund verzog sich zu einem weichen Lächeln, während ihr Blick wie gebannt an den Sternen hing.

„Wir sollten jetzt besser ins Haus zurückgehen."

„Nur noch ein paar Minuten. Es ist so wunderschön."

Das war sie auch. Er riss seine Aufmerksamkeit von ihr los und schaute nach oben. Wie lange hatte er schon nicht mehr in die Sterne geschaut? Nicht seit den langen Monaten, in denen er herumgezogen war, an einem Lagerfeuer geschlafen und sich in Einsamkeit und Trauer vergraben hatte. Angesichts der Weite hatte er sich klein gefühlt, vergessen. Das hatte sich nicht geändert.

„Ich könnte die ganze Nacht hier draußen bleiben." Sie lachte leise und begann, mit den Zähnen zu klappern. „Wenn es Sommer wäre."

Er berührte ihren Arm so sanft, dass sie es durch ihre Jacke gar nicht spürte. „Die Sterne werden auch morgen Abend wieder da sein. Zuverlässig wie eine Uhr."

„Aber ich werde in Sacramento sein, in einem Hotel, nicht hier draußen, wo ich den Anblick von ganzem Herzen genießen kann." Sie schaute zu ihm hoch, und er schob seine Hand unter ihren Ellbogen.

„Also, Eure Ladyschaft, Sie haben keine Ahnung, in welche Gefahr Sie sich bringen." Und nicht nur durch die Kojoten und einen Puma. Er wollte diesen süßen Mund schmecken, und er könnte nicht versprechen, sich zu benehmen, falls sie reagierte.

„Also gut, Mr Beck." Sie warf ihm ein schelmisches Lächeln zu. „Ich gehe nur hinein, weil Sie im Dunkeln Angst zu haben scheinen."

Er lachte.

Gemeinsam kehrten sie ins Haus zurück. Kathryn holte ihre Bibel und nahm die Lampe, während er sich wieder auf der Bank ausstreckte. An der Tür zu ihrem Zimmer blieb sie stehen. „Gute Nacht, Mr Beck. Schlafen Sie gut." Mit diesen Worten schloss sie die Tür hinter sich.

Matthias lag noch lange wach. Und als er endlich einschlief, träumte er – nicht vom Schlachtfeld, wie in so vielen Nächten vorher, sondern von Kathryn Walsh.

~

In Sacramento fühlte sich Kathryn mehr zu Hause als in jeder anderen Stadt, seitdem sie die Rocky Mountains überquert hatte. Wie könnte sie sich nicht heimisch fühlen, hier, wo die Straßen breit und sauber waren, wo es Häuser aus Ziegeln und Holz gab, wo Männer und Frauen elegant gekleidet waren? Und noch dazu, wo der Name der Stadt „Sakrament" bedeutete? Hotels, Restaurants und zahlreiche Geschäfte flogen am Fenster der Kutsche vorbei, und sie konnte es kaum erwarten, zu sehen, was die Stadt zu bieten hatte. Die Atmosphäre war so viel bekömmlicher als in Calvada mit seinen Saloons und Tanzhallen, Bordellen und der zermürbenden Armut.

Weiter vorn entdeckte sie ein Telegrafenamt. Vielleicht sollte sie ihrer Mutter noch eine Nachricht schicken, nach der, die sie in Truckee abgesandt hatte, und dem langen Brief aus Calvada, in dem sie über das Leben in einer Bergarbeiterstadt und über die Freundinnen, die sie gefunden hatte, berichtet hatte – Ronya, Charlotte und Abbie. Matthias Beck oder Morgan Sanders hatte sie nicht erwähnt. Bisher hatte sie noch nichts von zu Hause gehört, und sie fragte sich, ob es ihrer Mutter wohl gut ging. An dem Tag des letzten Streits hatte ihre Mutter ihr erzählt, dass sie ein Baby erwartete – ein Wunder in ihrem Alter und nach so vielen Jahren Ehe. Kathryns kleiner Bruder oder kleine Schwester sollte im Dezember auf die Welt kommen. Ob der Richter wohl die Post ihrer Mutter abfing? Sie wollte nicht so schlecht von ihm denken, obwohl das noch besser war, als zu glauben, dass ihre Mutter nichts mehr mit ihr zu tun haben wollte. Bestimmt würde ihre Mutter ihr doch mitteilen, ob sie einen Bruder oder eine Schwester bekommen hatte, wobei nur ein Sohn Lawrence Pershings Wunsch nach einem Erben befriedigen würde. Kathryn konnte nur hoffen, dass eine Tochter sein Herz besänftigen würde.

Mit einem lauten Ruf brachte Mr Showalter die Postkutsche zum Stehen. Er und Mr Beck luden das Gepäck vom Dach. Mit gerunzelter Stirn stellte Mr Beck ihren kleinen Koffer auf den Bürgersteig und betrachtete ihn misstrauisch, bevor er den Blick hob. „Was haben Sie da drin? Teile der Druckerpresse?"

Das also beschäftigte ihn! „Nichts, was Sie interessieren müsste, Mr Beck." Sollte er sich doch Gedanken machen.

„Genießen Sie Ihren Aufenthalt in Sacramento, Miss Walsh." Er tippte an seinen Hut, nahm seinen Koffer und ging.

Sie sah ihm nach, bevor sie die Poststation betrat und den Mitarbeiter bat, ihren kleinen Koffer aufzubewahren, bis sie ihm mitteilen würde, wohin er geliefert werden sollte. Der Mann hob ihn auf einen Wagen und karrte ihn ins Gebäude, wo sie kurz miteinander sprachen. Sie deutete an, sie hätte einige Nuggets in ihrer Handtasche, die sie gern begutachten lassen würde, und fragte, wo sie einen seriösen Gutachter finden könnte. Er erklärte ihr den Weg zu Hollis, Pruitt und Stearns und schlug ihr mehrere Hotels vor, die sehr beeindruckend waren, aber leider ihre Mittel überstiegen. Sie stieg in einer preiswerteren Unterkunft ab und ließ ihre Reisetasche in dem kleinen Zimmer, steckte den Schlüssel in ihre kleine Tasche und verließ das Haus, um in eine von einem Pferd gezogene Straßenbahn zu steigen, die zum Flussufer fuhr.

Zwei Damen bewunderten ihr Kostüm. Kathryn fragte nach Hutmachereien in Sacramento, und eine Dame erklärte ihr, sie seien hinter der Mode im Osten zurück, allerdings gäbe es einige hübsche Läden, die ihr bestimmt gefallen würden. Der Ort Calvada war beiden unbekannt. An der nächsten Station stieg Kathryn aus und legte den Rest des Weges zu Fuß zurück. Eine Schiffssirene tutete, und grauer Dampf stieg von einem Dampfboot auf, das sich dem Anlegesteg näherte. Mehrere Männer gingen vorbei, lächelten sie an und legten grüßend die Hand an ihre Hüte. Der Duft von gebratenem Fleisch wehte aus einem Restaurant zu ihr herüber. Sie sog den Duft tief ein und war versucht, stehen zu bleiben, aber zuerst musste sie ihre Geschäfte erledigen. Stellenangebote hingen in mehreren Fenstern. Vielleicht wäre Sacramento der bessere Ort für sie. In dieser aufstrebenden Stadt hätte sie bessere Aussichten. Die Stadt schien wohlhabend und viel kultivierter zu sein als der Ort, den ihr Onkel sein Zuhause genannt hatte.

Aber andererseits hatte sie so viel Zeit darauf verwendet, ihr kleines Haus herzurichten. Und sie hatte Matthias Beck gesagt, sie würde bleiben. Ob er es wohl bedauern würde, wenn sie wegginge? Warum war Onkel Casey in Calvada geblieben? Sie hatte genügend seiner Artikel gelesen, um sein Talent zu würdigen. Er hätte doch für eine Zeitung in einer größeren Stadt oder sogar in einer Stadt wie Boston oder New York arbeiten können. Was hatte ihn dort gehalten? Neben all diesen Fragen musste sie mehr über seine Mine in Erfahrung bringen.

Kathryn betrat das Büro des Gutachters. Zwei Männer arbeiteten im hinteren Teil eines großen Raumes. Die Wand war mit Regalen vollgestellt, auf denen sich Flasche an Flasche reihte. Auf einem anderen Tisch lag eine Sammlung von Steinproben in unterschiedlichen Größen und Formen neben Gewichten und Maßbändern. Beschriftete Holzbehälter standen ordentlich aufgereiht an der seitlichen Wand. Der jüngste der drei Männer schaute verblüfft hoch, während die beiden älteren unbeirrt weiterarbeiteten. „Haben Sie sich verlaufen, Miss?"

Kathryn stellte sich vor. „Sie wurden mir wärmstens empfohlen."

Der junge Mann schob seine Brille hoch. „Amos Stearns, zu Ihren Diensten, Miss Walsh." Er errötete und stellte auch die beiden Männer hinter ihm vor. Hollis und Pruitt lachten, tuschelten leise miteinander und machten sich wieder an die Arbeit, ohne sich um sie zu kümmern.

„Ich möchte Ihnen einige Steine zeigen und hoffe, dass Sie mir sagen können, ob sie wertvolle Substanzen enthalten." Stearns' Blick wanderte zu ihrer kleinen Handtasche. „Ich habe sie nicht bei mir, Sir, sondern in meinem Koffer, den ich in der Poststation gelassen habe. Wann darf ich sie zur Bewertung herbringen lassen?"

„In zwei bis drei Wochen. Früher kommen wir nicht dazu, Miss Walsh", meldete sich Pruitt von hinten mit kräftiger Stimme zu Wort. Er warf Stearns einen warnenden Blick zu.

Kathryn dachte an die Kosten eines mehrwöchigen Aufenthalts in Sacramento und ließ die Schultern sinken. „Gibt es denn andere Gutachter, die vielleicht Zeit haben, sich anzuschauen, was ich mitgebracht habe?"

Hollis schnaubte. „Jede Menge Gutachter hier hätten Zeit, aber die sind nicht vertrauenswürdig."

„Und die, denen Sie vertrauen können, sind genauso beschäftigt wie wir." Pruitt klopfte ein Stück von einem Stein ab. „Alle glauben, sie seien auf eine Goldmine gestoßen." Er warf den Stein in eine große Kiste. „Wertlos."

„Nun, ich bezweifle, dass ich Gold oder Silber habe", gestand Kathryn, „aber aus irgendeinem Grund hat mein Onkel seine Mine weiter aktiv gehalten, und ich möchte gern wissen, warum."

Pruitt schob Steine und Schalen herum. „Wenn er sie für wertvoll hält, warum ist er dann nicht selbst hergekommen?"

Eine Frau war ganz offensichtlich keine alltägliche Besucherin in einem Gutachterbüro. Diese Männer hielten es für Zeitverschwendung, sich mit ihr abzugeben, das war Kathryn bewusst. Nun, vielleicht war das so, aber auch sie wollte ihre Zeit nicht vergeuden. „Das hätte er bestimmt getan, Sir, aber er wurde leider ermordet." Jetzt hatte sie ihre volle Aufmerksamkeit. „Ich habe keine Ahnung, ob die Mine etwas damit zu tun hatte, aber ich muss wissen, warum ihm die Mine so wichtig war. Und ob es einen Grund gibt, warum sie wichtig für eine andere Person sein könnte."

Pruitts Blick wanderte zu den Dutzend Holzbehältern und warf Stearns ein grimmiges Nicken zu, bevor er sich wieder an seine Arbeit machte. Stearns schob seine verstaubte Brille hoch und legte ihr ein aufgeschlagenes Notizbuch vor. „Schreiben Sie die Adresse der Unterkunft auf, in der Sie wohnen, Miss Walsh, und lassen Sie die Proben so schnell wie möglich herbringen. Wir werden sie uns ansehen und Ihnen Bescheid geben."

Dieses Mal sparte sich Kathryn die Kosten für die Straßenbahn und ging zu Fuß zur Poststation zurück. Erst nachdem sie die notwendigen Anweisungen erteilt hatte, fiel ihr auf, dass sie gar nicht gefragt hatte, wie viel das Gutachten kosten würde.

Matthias beendete seine Gespräche mit Calls Kontaktleuten. Er stand an einer Wegkreuzung und wusste, dass er nicht mehr so weitermachen konnte wie in den vergangenen sechs Jahren. Geld hatte ihm keinen Frieden gebracht. Er könnte seinen Besitz verkaufen und weiterziehen oder bleiben und seine Energie für andere Dinge einsetzen als nur dafür, seine Taschen zu füllen.

City Walsh hatte ihn gedrängt, für das Amt des Bürgermeisters zu kandidieren. Matthias hatte ihm erklärt, er wolle mit Politik nichts zu tun haben. Am Abend vor Citys Tod hatten sie heftig miteinander gestritten. Beinahe hätte Matthias den älteren Mann verprügelt. Seither war Matthias von einem Dutzend anderer Männer angesprochen worden, die ihn zu einer Kandidatur drängten. Warum sollte er das tun, hatte er sie gefragt. Die beiden letzten Wahlen waren ziemlich eindeutig ausgegangen. Alle Minenarbeiter der Madera hatten ausnahmslos für Sanders gestimmt. Ihr Lebensunterhalt hing von ihm ab.

Falls er sich doch für eine Kandidatur entschied, inwieweit hätte seine Entscheidung dann damit zu tun, dass City Walsh ihn am Abend seines Todes einen Feigling genannt hatte? Noch schlimmer als das war die Enttäuschung in Citys Augen gewesen, als er den Saloon verlassen hatte.

Ein Mann allein konnte eine Stadt nicht verändern. City hatte es versucht.

Alle glaubten, Sanders hätte ihn ermorden lassen, aber dafür gab es keinerlei Beweise. Citys Kritik hatte allen Minenbesitzern gegolten, nicht nur dem Eigentümer der Madera.

Müde und deprimiert checkte Matthias in einem Hotel nicht weit von der Poststation entfernt ein. Er war nicht in der Stimmung für Unterhaltung, aber er wünschte sich ein gutes Essen in einem ruhigen Restaurant und einen tiefen Schlaf ohne das Geschrei und die lauten Gespräche der Männer, die sich betranken und miteinander stritten, und ohne die Musik aus der Tanzhalle auf der anderen Straßenseite. Er fragte sich, wie es Kathryn Walsh gelang, bei all dem Lärm Schlaf zu finden.

Wo sie wohl gerade war? Vermutlich erkundete sie Sacramento, und natürlich sah sie, wie viel besser ihr Leben hier wäre als in Calvada. Sie hatte gesagt, sie würde zurückfahren, aber stimmte das auch? Und was hatte sie in diesem Koffer mitgeschleppt?

Matthias fand ein nettes Restaurant ganz in der Nähe seines Hotels. Er bat um einen Tisch hinten in der Ecke. Am liebsten saß er an einem Platz, von wo aus er den ganzen Raum im Blick hatte und sehen konnte, wer kam und wer ging. Er bestellte ein Glas Rotwein und ein Steak und hatte gerade angefangen, sich zu entspannen, als Kathryn Walsh den Raum betrat. Warum musste sie von allen Restaurants in Sacramento ausgerechnet dieses aussuchen?

Der Gastwirt gab ihr einen Platz am Fenster. Ein hübsches Mädchen wie sie würde die Aufmerksamkeit der Vorbeigehenden auf sich ziehen. Matthias' Steak mit Kartoffeln und grünen Bohnen wurde serviert, während Kathryn noch unentschlossen dort saß. Keinen Wein für sie, nur ein großes Glas Wasser, von dem sie in kleinen Schlucken trank. Der Kellner hielt sich in ihrer Nähe und schenkte ihr nach, bevor ihr Glas auch nur zu einem Drittel leer war. Er konnte seinen Blick kaum von ihr wenden. Während er ihr einschenkte, unterhielten sie sich. Länger als nötig. Sie lachte über etwas, das der Kellner sagte, nickte und reichte ihm die Speisekarte. Er verneigte sich leicht, sagte noch etwas, das ein Lächeln auf diese vollkommenen Lippen zauberte und unwillkommene Dinge in Matthias' Innerem anrichtete.

Ob sie seine Blicke wohl spürte? Auch andere beobachteten sie, wenn auch unauffälliger. Er starrte sie offen an, wollte sie zwingen, in seine Richtung zu schauen. Das tat sie nicht. Vermutlich stand sie bereits seit ihrer Pubertät im Mittelpunkt männlichen Interesses. Sie würde nicht viel essen, nicht bei dieser schmalen Taille.

Als ihr Essen gebracht wurde, hatte er seine Mahlzeit gerade beendet. Bestellt hatte sie Lachs mit allen Beilagen. Glückselig betrachtete sie ihren Teller, als sei dies ein Festmahl, anschließend senkte sie den Kopf und schloss die Augen. Zweifellos sprach sie ein Gebet.

Nachdem sie ihre Serviette auf ihren Schoß gelegt hatte, nahm sie sich Zeit beim Essen und ließ sich jeden Bissen schmecken. Matthias hatte noch nie erlebt, dass eine Frau eine Mahlzeit so genussvoll zu sich nahm. Wo steckte sie all das Essen nur hin? Der Kellner räumte ihr Geschirr ab und brachte ihr noch ein großes Stück Schokoladenkuchen und eine Tasse Kaffee.

Bestimmt zwickte ihr Mieder sie mittlerweile, darauf würde Matthias wetten. Sie aß das Kuchenstück nur halb auf. Die meisten Gäste hatten ihre Mahlzeit beendet und waren gegangen, bevor sie fertig war. Er blieb noch sitzen und beobachtete sie. Schließlich legte sie ihre Gabel aus der Hand. Mit Bedauern. Er winkte den Kellner zu sich und bat ihn, die Rechnung der Dame auf seine zu setzen, dann erhob er sich, während man sie darüber informierte. Überrascht drehte sie sich um. Ihre Lippen öffneten sich.

„Ich habe noch nie eine Frau gesehen, die so viel und mit solchem Vergnügen isst." Er lachte.

„Das Essen war himmlisch." Errötend erhob sie sich. „Vielen Dank."

„Gern geschehen. Kleines Geld für eine großartige Show."

Immer noch verlegen, aber jetzt lächelnd, begleitete sie ihn. „Ich bin froh, dass ich für gute Unterhaltung sorgen konnte." Ihre Hand wanderte zu ihrem Bauch. „Oh weh."

„Platzen Sie gleich?"

Sie stimmte in sein Lachen ein. „Nein, aber ich fühle mich wie ein Truthahn zu Thanksgiving."

Sie standen auf dem Gehsteig vor dem Restaurant im verblassenden Sonnenlicht und schwiegen. Sie schaute ihn an mit Augen, die ihn an Magnolienblätter nach einem Regen erinnerten. Sein Herz galoppierte. „Haben Sie eine Unterkunft gefunden, Miss Walsh?"

„Ja, Mr Beck."

„Darf ich Sie sicher zu Ihrer Unterkunft geleiten, Ma'am?" Warum musste sein Südstaatenakzent nur so ausgeprägt sein? Sie bemerkte es, und er beobachtete, wie ihre Pupillen sich weiteten.

Beschämt senkte sie den Blick. „Vielen Dank für Ihr freundliches Angebot, Sir, aber das schaffe ich schon." Sie neigte den Kopf unmerklich. „Noch einmal vielen Dank für das Abendessen." Und mit diesen Worten wollte sie gehen.

„Fahren Sie morgen zurück?"

„Nein. Sie?"

„Ja, meine Angelegenheiten sind erledigt."

„Meine noch nicht. Haben Sie noch einen schönen Abend, Mr Beck."

Er blickte ihr nach. Sacramento wäre der bessere Ort für sie. Hier hätte sie alles, was sie brauchte, außerdem eine Schar von Männern, aus denen sie einen Ehemann auswählen könnte. Jeder Mann, an dem sie vorbeikam, legte grüßend die Hand an den Hut oder nickte ihr zu und musterte sie genau. Kathryn betrat ein Hotel, das ganz in der Nähe von seinem lag.

Matthias beschloss, einen Saloon aufzusuchen und sich etwas Stärkeres als ein Glas Rotwein zu gönnen.

„Kupfer und Spuren von Silber", teilte Amos Stearns Kathryn mit. „Man sollte sich die Mine näher ansehen. Sie könnten da auf eine Goldgrube gestoßen sein, Miss Walsh." Er schob seine Brille hoch. „Zufällig habe ich für den Frühling eine Reise nach Virginia City geplant. Ich habe dort geschäftlich zu tun. Auf dem Rückweg könnte ich nach Calvada kommen und mir Ihre Mine ansehen."

Verblüfft schaute sie ihn an. Eine mögliche Goldgrube? Warum hatte ihr Onkel keinen Bergbaubetrieb eröffnet? Und falls Wiley Bear wirklich so sachkundig war, warum hatte er gesagt, die Mine sei wertlos? Vielleicht war er doch kein so großer Experte, wie er behauptete.

Stearns' graue Augen wirkten hinter seinen Brillengläsern viel größer. „Miss Walsh? Ich denke, es lohnt sich, genauer hinzuschauen."

„Ich fürchte, meine Mittel sind sehr begrenzt …" Obwohl die Rechnung heute viel niedriger ausgefallen war, als sie erwartet hatte, könnte sie sich eine Vor-Ort-Besichtigung vermutlich nicht leisten.

„Ich habe mit meinen Partnern gesprochen, und sie sind vielleicht an einer Investition interessiert."

„Wie hoch die Investition ausfällt, hängt von der Begutachtung der Mine ab", rief Pruitt ihnen zu.

„Für den Anfang brauchen Sie auf jeden Fall Kapital", fügte Hollis hinzu.

Das war alles zu viel für sie. „Meine Herren, Sie sind sehr optimistisch." Alle drei meinten es ernst, das merkte sie. „Wenn ich einen Bergbaubetrieb gründen würde, dann müsste ich jemanden finden, der ihn leiten könnte." Sie lächelte. „Ich kann nicht so gut mit einer Schaufel umgehen."

Amos lachte leise. „Nein, das kann ich mir vorstellen."

Pruitt deutete mit dem Kopf auf Amos. „Er ist zwar noch jung, aber er ist im Bergbau aufgewachsen und hat die entsprechende Ausbildung."

Das Lob machte Amos verlegen. „Da es in dem Gebiet noch andere Bergbaubetriebe gibt, werden wir bestimmt eine qualifizierte Person finden."

Matthias Beck kam ihr in den Sinn. Warum musste sie gerade jetzt an ihn denken? „Ich könnte natürlich auch verkaufen." Sie dachte an Morgan Sanders. Zwar wusste sie nicht, was in seiner Mine gefördert wurde, aber das würde sie gleich nach ihrer Rückkehr nach Calvada in Erfahrung bringen.

Vom Gutachterbüro ging Kathryn zu einem Markt in der Nähe des Hafens. Auf dem Weg in die Stadt hatte sie Obstplantagen entdeckt, und sie überlegte, was sie mitnehmen sollte. Die Auswahl verblüffte sie. Orangen! Ein teurer Luxus in Boston, hier aber durchaus erschwinglich. Der Mann erklärte, die Früchte seien von Riverside hergebracht worden, wo es bereits vor dem ersten Goldrausch '49 Obstplantagen gegeben hätte. Sie kaufte einen kleinen handgeflochtenen Korb und quetschte ein halbes Dutzend Orangen hinein, außerdem noch rotwangige Winteräpfel von einem Nachbarstand und ein Pfund Mandeln von einem anderen.

Da sie neugierig war, ob die Situation hier anders wäre als in Boston, betrat Kathryn einen Laden, in dem ein Arbeitsangebot im Fenster hing. Sie fragte den bärtigen Kaufmann, ob die Stelle noch zu haben sei. Er bejahte, und sie erklärte ihm, sie könne lesen, schreiben und gut rechnen. Sie würde schnell lernen und hart arbeiten. Ob er sie einstellen würde? Verlegen verneinte er. Er würde niemals eine Frau einstellen. Auf ihre Frage, warum nicht, erklärte er, der Platz einer Frau sei zu Hause, es sei denn, sie sei mit dem Besitzer verheiratet. In dem Fall sei es angemessen, dass sie arbeite. Oh, natürlich. Heirate eine Frau, dann bekommst du eine kostenlose Arbeitskraft gleich mit. So wie es bei Nabor Aday war.

Wütend blieb Kathryn mit ihrem Korb Orangen, Äpfeln und Mandeln vor dem Laden stehen. Das Leben in Sacramento würde ihr genauso wenig gefallen wie das Leben in Calvada. Monate würden ins Land gehen, bis sie Genaueres in Bezug auf die Mine erfahren würde, und in der Zwischenzeit brauchte sie eine Beschäftigung. Sie kaufte Material für Hüte, die sie für die Damen in Calvada nähen könnte. Jede Art von Einkommen wäre hilfreich als Ergänzung zu dem Geld, das ihr Stiefvater ihr mitgegeben hatte.

Kapitel 8

Eine der Orangen schenkte Kathryn Abbie Aday, der Kathryn sich verbunden fühlte. Inzwischen nannten die beiden sich beim Vornamen. „Ich werde die Kerne in Töpfe stecken und beten, dass sie wachsen!" Abbie schälte die Frucht sofort, teilte sie und wusste sich vor Begeisterung nicht zu halten, als sie das erste Stück in den Mund steckte. Sich vorbeugend flüsterte sie: „Nabor bekommt nur selten welche, aber wenn er welche hat, verkauft er sie zu einem ungeheuerlichen Preis. Mir gibt er nie eine …" Sie steckte ein weiteres Stück in den Mund. „Oh Kathryn, ich habe noch nie in meinem Leben etwas so Köstliches gegessen." Sie verdrehte vor Begeisterung die Augen.

Nabor kam aus dem hinteren Raum. „Was hast du da?" Ein Blick und Abbie reichte ihm den Rest. Er steckte gleich zwei Spalten auf einmal in den Mund. „Die Dosen müssen noch eingeräumt werden." Mit dem Kinn deutete er auf zwei große Kisten, bevor er mit der Orange wieder nach hinten verschwand.

Abbie seufzte. „Ich mache mich jetzt besser mal an die Arbeit." Sie lächelte. „Danke. Das war ein kleiner Vorgeschmack des Himmels." Sie lutschte den restlichen Saft von ihren Fingern, bevor sie tat, was Nabor ihr aufgetragen hatte.

Auch Ronya und Charlotte freuten sich sehr über die Orangen, und Ronya war entzückt über die Mandeln, die sie geschenkt bekommen hatte. Äpfel hatte sie immer. Bei einem Lebensmittelhändler am Ende der Straße tauschte sie Obst gegen Gebäck oder Brot. Die drei Frauen saßen in der Küche und gönnten sich eine seltene Pause zwischen dem Frühstücksandrang und dem Mittagessen.

Ronya schenkte Kathryn eine Tasse Kaffee ein. „Du warst ein paar Tage nicht hier, darum hast du die Neuigkeit vermutlich noch nicht gehört. Matthias hat sich bereit erklärt, für das Amt des Bürgermeisters zu kandidieren."

„Du klingst so, als ob dich das freut."

„Das tut es, aber ich bezweifle, dass er gegen Morgan Sanders eine Chance hat. Stu Bickerson hat gestern im *Clarion* darüber berichtet."

Kathryn fragte nach Becks Unterstützern, doch Ronya zuckte die Achseln. „Weiß nicht genau. Aber er wäre besser für die Stadt als Sanders." Ronya erzählte, was sich sonst noch ereignet hatte. Schon wieder hatte es einen Unfall in der Madera-Mine gegeben. Zum Glück war dieses Mal niemand ums Leben gekommen oder ernsthaft verletzt worden. Und Henry Call schien Matthias' Geschäftspartner bei einer neuen Unternehmung zu sein, aber niemand wusste, worum es sich handelte.

Kathryn wollte Stu Bickersons Artikel lesen. Als sie die Tür zur Redaktion des *Clarion* öffnete, schlug ihr der Gestank von Zigarrenrauch und noch ein anderer übler Geruch entgegen. Angewidert verzog sie das Gesicht. Ein bärtiger Mann saß auf seinem zurückgekippten Stuhl und schnarchte wie ein Bär im Winterschlaf. Die Stiefel hatte er ausgezogen und seine bestrumpften Füße auf den Schreibtisch gelegt. Das Büro war so unordentlich, dass Onkel Citys Haus im Vergleich dazu geradezu aufgeräumt gewirkt hatte. Sie trat ein und wäre beinahe über einen Spucknapf gestolpert, der von durchweichten Zigarrenstummeln überquoll.

Sie räusperte sich. „Mr Bickerson, es tut mir leid, wenn ich Ihren Mittagsschlaf störe." Obwohl noch gar nicht Mittag war.

Bickersons wässrige Augen öffneten sich und wurden ganz weit. In Windeseile nahm er seine Füße vom Tisch, und der Stuhl kippte nach vorn. Auf unsicheren Beinen erhob er sich und schob seine Hosenträger hoch. „Miss Walsh", krächzte er. „Was für eine Überraschung."

Sie war dem Mann noch nie begegnet, aber er schien sie zu kennen. „Ich würde gern die neuste Ausgabe Ihrer Zeitung kaufen."

„Wirklich?“

„In der Sie über Mr Becks Kandidatur für das Amt des Bürgermeisters geschrieben haben.“

„Sicher. Ich muss hier irgendwo noch ein paar Exemplare haben.“ Er wühlte auf seinem Schreibtisch herum. „Das kostet dann fünf Cents.“

Fünf Cents! „Ist das nicht ein bisschen viel?“

„Der Preis ist gestiegen, seit die *Voice* dichtgemacht hat. Der *Clarion* ist jetzt die einzige Zeitung in der Stadt.“

Sie nahm fünf Pennys aus ihrer Tasche und legte sie auf seinen Schreibtisch.

„Hier, bitte schön.“ Er reichte ihr den *Clarion*.

Zweifelnd betrachtete sie das Blatt, drehte es um und blickte ihn an. „Ein Blatt, nur einseitig bedruckt? Das ist alles?“ Sie fühlte sich betrogen.

„Gibt nicht viele Neuigkeiten in Calvada.“

Nicht, wenn der Herausgeber der Zeitung seinen Tag verschlief. Sie überflog den Artikel über Matthias Beck, bemerkte mehrere Rechtschreibfehler und fand nur wenige Antworten auf Fragen, die er hätte stellen müssen. „Das sind kaum Informationen über die Kandidaten für das Amt des Bürgermeisters.“

„Sanders und Beck sind in der Stadt bestens bekannt.“

„Darum geht es doch nicht.“ Dies war Calvadas einzige Nachrichtenquelle? Und warum war ihr das erst jetzt aufgefallen?

Bickerson steckte eine alte Zigarre in den Mund und kaute darauf herum, bis er ein Streichholz fand. „Ich wollte Sie sowieso schon aufsuchen, Miss Walsh.“ Er zündete die Zigarre an und zog daran. „Ich habe gehört, Sie wollen Hüte und solche Dinge verkaufen.“ Er gluckste. Der Rauch puffte aus seinem Mund wie bei einer Lokomotive. „City Walshs Nichte richtet in der Redaktion der *Voice* ein Geschäft für Damenmode ein. Ich wette, darüber wäre er sehr glücklich.“

Sein Tonfall gefiel ihr noch weniger als seine Zeitung. Von dem Zigarrenrauch wurde ihr übel.

„Ich könnte Sie doch interviewen und einen Artikel über Sie schreiben." Bickersons Zigarre hüpfte während des Sprechens auf und ab, und die Asche fiel ihm auf die Weste.

„Nicht heute, Mr Bickerson." Sie brauchte jetzt unbedingt frische Luft und öffnete die Tür.

„Ein Zeitungsartikel wäre gut für Ihr Geschäft."

„Ich bin sicher, es spricht sich auch so herum." Sie könnte Gus Blather davon erzählen, dann würde in weniger als vierundzwanzig Stunden die ganze Stadt Bescheid wissen.

„Ich wusste gar nicht, dass Frauen etwas anderes lesen als *Godey's*. Aber vielleicht interessieren Sie sich ja auch für Matthias Beck." Er zog bedeutungsvoll die Augenbrauen in die Höhe.

„Nur als künftigen Bürgermeister, Mr Bickerson."

„Warum? Sie dürfen doch nicht wählen."

„Reine Neugier." Sie lächelte süß. „Wenn Sie mich jetzt bitte entschuldigen."

„Nehmen Sie die Zeitung aber nicht zum Feueranzünden", rief Bickerson ihr lachend hinterher.

Sie atmete tief durch. Der Gestank von Calvada war dem Gestank von Bickersons dreckigen Socken vorzuziehen. Noch auf dem Heimweg begann sie zu lesen.

Heute Morgen erklärte Matthias Beck in seiner Bar, für das Amt des Bürgermeisters von Calvada kanditieren zu wollen. Er sagt, er trete für Gesetz und Ordnung ein. Als ich ihn fragte, warum, antwortete er, es sei Zeit, in dieses Spiel einzustaigen. Er hätte es satt, dass Männer in seiner Bar herumschießen würden, und vielleicht sollte es ein Gesetz geben, dass niemand innerhalb der Stadtgrenzen mit einer Pistole schießen dürfe. Ich habe nicht viel Hoffnung, dass Beck gewählt wird. Morgan Sanders hat seine Sache für uns bisher ganz gut gemacht. Kein Grund, mitten im Rennen die Pferde zu wechseln.

Bickerson berichtete noch über einen Hund, der vor der Hintertür des kleinen Clubtheaters heulte, und informierte darüber, dass Fiona Hawthorn eine neue Puppe in ihrem Haus hätte. *Männer sollten ihr das Gefühl geben, willkommen zu sein.*

„Miss Kathryn!" Mit strahlendem Gesicht überquerte Scribe die Straße, als sie ihre Tür aufschloss. „Sie sehen heute wirklich sehr hübsch aus. Es wurden Wetten abgeschlossen, dass Sie nicht mehr zurückkommen. Ich bin froh, dass ich die Wette gewonnen habe."

Sie knüllte den *Clarion* in der Hand zusammen. Ein Feuer damit anzünden? Leider brannte das Feuer bereits.

„Komm herein, Scribe. Ich koche uns Tee. Wir beide haben etwas Geschäftliches zu besprechen."

~

Matthias sah Scribe aus Kathryns Haus kommen, ein strahlendes Grinsen auf dem Gesicht, während er die Straße überquerte. Als er durch die Schwingtüren trat, entdeckte er Matthias. Er lief geradewegs auf ihn zu und reichte ihm einen kleinen zugeklebten weißen Umschlag. „Eine Einladung von Miss Kathryn Walsh." Er sah aus, als hätte er die Zeit seines Lebens gehabt und könnte seine Freude kaum verhehlen.

„Was hast du getrunken?", brummte Matthias.

„Tee!" Scribe ging zur Bar, wo die Gläser warteten, die er noch zu spülen hatte. Dort blieb er stehen und drehte sich um. „Ach, ich vergaß, dir zu sagen, dass Miss Kathryn zurück ist. Sie sagte, ich solle dir ausrichten, dass sie beschlossen hat, die Druckerpresse nicht zu verkaufen."

Matthias öffnete den mit einem zarten Monogramm versehenen Umschlag und überflog die Nachricht in der kunstvollen kalligrafischen Schrift. Sie hielt sich kurz und knapp und kam gleich zur Sache.

Mr Beck,
schenken Sie mir eine Stunde Ihrer Zeit, um mit mir über Ihre Kandidatur für das Amt des Bürgermeisters zu sprechen?
Mit freundlichen Grüßen
Kathryn Walsh

Was hatte sie vor? Matthias ging in sein Büro und schrieb eine Antwort: *Bei Ihnen oder bei mir?* Damit schickte er Scribe auf die andere Straßenseite.

Scribe kehrt mit einem weiteren verschlossenen Umschlag zurück, auf dem *Matthias Beck* stand. Er riss ihn auf und las: *Weder noch. Bei Ronya um 14 Uhr, wenn Sie nicht anderweitig beschäftigt sind. KW.*

Das Spiel fing an, Matthias Spaß zu machen. Auf die Rückseite der Karte schrieb er: *Ich bin immer beschäftigt, Eure Ladyschaft, aber ich werde Ihnen gern alle Zeit schenken, die Sie wollen. In meinem Büro wären wir ungestörter. MB.*

Scribe kehrte schnell zurück. *Ich werde mich nur an einem öffentlichen Ort mit Ihnen treffen. KW.*

Grinsend schrieb Matthias: *Die Leute werden reden, Miss Walsh. Wenn wir zusammen gesehen werden, wird es Spekulationen in Bezug auf unsere Beziehung geben. Das wollen wir doch nicht, oder?*

Scribe wirkte verärgert, als er den Umschlag in Empfang nahm. Als er zurückkam, knallte er Kathryns Antwort vor Matthias auf den Tisch und wartete.

Vielen Dank, dass Sie sich Sorgen um meinen Ruf machen, Mr Beck, aber ich werde schon deutlich machen, dass es keine Beziehung zwischen uns gibt.

Wie wollte sie das wohl machen, fragte er sich und beschloss, sie persönlich danach zu fragen. Er klopfte an ihre Tür, und sie rief: „Komm rein, Scribe." Matthias trat ein. Kathryn saß am Schreibtisch und schrieb in aller Eile etwas auf. „Mach ein bisschen Pause. Dieser Mann ist so begriffsstutzig wie ein Zaunpfahl. Ich möchte nur noch ein paar Fragen aufschreiben, bevor ich sie vergesse." Als sie fertig war, pustete sie auf das Papier, das sie in der Hand hielt. „Mal sehen, was für einen Unsinn er dieses Mal schreibt." Nach einer Weile sah sie hoch. „Oh!" Sie ließ ihren Federhalter fallen. „Sie sind das."

„Zu Ihren Diensten."

Sie kam hinter dem Schreibtisch hervor und öffnete die Tür, die er gerade hinter sich geschlossen hatte. „In dem Fall machen Sie es sich bequem."

Sie nahm erneut hinter ihrem Schreibtisch Platz. „Ich habe den *Clarion* gelesen." Lächelnd faltete sie die Hände. „Ich hoffe, Sie haben bessere Gründe, für das Amt des Bürgermeisters zu kandidieren, als: ‚Ich dachte, es sei an der Zeit, in das Spiel einzusteigen.'"

„Das ist doch Grund genug, meinen Sie nicht?"

„Warum wollen Sie Bürgermeister werden? Ihr Hotel und Saloon laufen doch sehr gut. Und ich habe gehört, dass Sie in der Unionsarmee im Rang eines Hauptmanns gedient haben. Sie verfügen also offensichtlich über Geschäftssinn und Führungsqualitäten, aber …"

Das klang so ernsthaft. „Warum interessiert Sie das überhaupt?"

„Ich habe die Absicht, über Sie zu schreiben. Scribe ist bereit, den Artikel zu setzen, und wir werden die *Voice* drucken."

Eine Frau wollte eine Zeitung herausgeben? Er lachte. „Das kann nicht Ihr Ernst sein."

Ihre Augen sprühten Funken. „Ich meine es sehr ernst, Mr Beck."

Sie wollte das wirklich. „Das ist keine gute Idee."

„Ich denke, ich werde meine Sache besser machen als Mr Bickerson."

„Sie werden Schwierigkeiten bekommen."

„Das ist für mich nichts Neues."

Er stand auf und stützte seine Hände auf ihren Schreibtisch. „Eröffnen Sie Ihren Hutladen oder den Laden für Damenmode oder was auch immer, aber verwerfen Sie diese törichte Idee *auf der Stelle.* Sie haben doch keine Ahnung, was los ist."

„Dann klären Sie mich auf."

„Das ist nichts für Frauen."

Ihre Augen begannen zu blitzen. „Nun, ich habe die Absicht, es zu meiner Angelegenheit zu machen, Mr Beck. Diese Druckerpresse steht ungenutzt in der Ecke herum. Es wird höchste Zeit, sie für einen guten Zweck einzusetzen. Ich denke, das ist das, was mein Onkel gewollt hätte."

Matthias stieß ein freudloses Lachen aus und richtete sich auf. Sie hatte keine Ahnung, in welche Schwierigkeiten sie sich bringen würde, falls sie ihre Nase in Dinge steckte, die sie nichts angingen. „City hätte nicht viel Gutes zu sagen über ein Mädchen, das seinen Platz an diesem Schreibtisch einnehmen will." Der Schlag hatte gesessen, härter, als er es beabsichtigt hatte, das war nicht zu übersehen.

„Ich bin kein Mädchen, Mr Beck. Ich bin eine Frau mit einem gewissen Grad an Bildung. Ich werde mein Bestes tun, um mich meines Onkels sowie seiner Zeitung würdig zu erweisen." Er machte ein paar Schritte in Richtung Tür, und sie erhob sich. „Wollen Sie schon gehen?"

„Je weniger Sie wissen, desto besser."

Sie seufzte, aber Matthias hatte den Eindruck, dass sie nicht überrascht war. „Ich muss sagen, ich hatte mir mehr von Ihnen erhofft, Mr Beck." Mit diesen Worten nahm sie Platz und widmete sich wieder ihrer Schreibarbeit.

Beunruhigt verließ Matthias den Raum. Als er durch seine Schwingtüren trat, erblickte er Scribe. „In mein Büro, Junge. Sofort!" Scribe warf ein Handtuch auf einen Tisch und folgte ihm.

Matthias schloss die Bürotür und wandte sich zu ihm um. „Du solltest Miss Walsh nicht noch in ihrer Idee, eine Zeitung herauszugeben, unterstützen."

Rebellisch und selbstgefällig schaute der Junge ihn an. „Kathryn ist Citys Nichte. Die Zeitungsarbeit liegt ihr vermutlich im Blut."

Blutvergießen war das, was Matthias gerade verhindern wollte. „Scribe, du tust *Kathryn* keinen Gefallen, wenn du diesen unsinnigen Artikel, den das Mädchen schreibt, setzt."

„Sie ist kein Mädchen. Sie ist eine Lady. Und sie ist gebildet."

„Das sagt sie."

„Sie ist viel klüger, als du denkst."

„Sie ist eine junge Frau in einer Stadt in der Wildnis, in der jemand ihren Onkel ermordet hat, weil er den Mund zu weit aufgerissen hat."

Scribe hatte offensichtlich vergessen – oder er wollte sich lieber nicht daran erinnern –, wie City gestorben war. „Wir kennen den Grund doch gar nicht genau." Sein Wagemut hatte einen Dämpfer bekommen. „Außerdem würde einer Lady wie Kathryn doch niemand etwas tun."

„Und woher weißt du das?"

Scribe straffte die Schultern. „Keine Sorge. Ich werde sie beschützen."

Tolle Idee! Matthias hätte beinahe gelacht, aber das war nicht lustig. Der Junge würde nicht auf ihn hören, das merkte er. „Na gut. Dann mach, was du willst. Aber vergiss nicht, dass du immer noch für mich arbeitest, und ich werde für das Amt des Bürgermeisters kandidieren. Die Lage hier wird sich aufheizen, und du wirst das eine oder andere für mich erledigen müssen. Verstanden?"

„Jawohl, Sir."

Matthias hatte die Absicht, Scribe so beschäftigt zu halten, dass der Junge zu müde sein würde, um den Artikel zu setzen, geschweige denn, die Druckerpresse zu bedienen. „Du kannst abends für Miss Walsh arbeiten. Abgemacht?"

„Abgemacht!" Scribe reichte ihm die Hand darauf.

Lächelnd entließ Matthias ihn. Er würde diesen Jungen herumscheuchen, bis sein Rückgrat durchhing und darüber hinaus.

~

Da Matthias Beck nicht kooperieren wollte, suchte sich Kathryn andere Informationsquellen. Gus Blather besaß eine ganze Schatzkiste voll Informationen, die er nur zu gern weitergab. Auch Ronya erwies sich als hilfreiche Quelle, obwohl sie durch ihre Freundschaft mit Matthias ein wenig voreingenommen war. Auf jeden Fall hatte sie über den Saloonbesitzer nur Gutes zu berichten.

„Er hätte ein Restaurant eröffnen und mich aus dem Geschäft drängen können. Stattdessen hat er immer hier gegessen und bei anderen Werbung für mich gemacht. Sanders setzt alles dran, mir Konkurrenz zu machen."

„Als ich in seinem Restaurant gegessen habe, waren nicht viele Gäste da", bemerkte Kathryn wie nebenbei.

„Das hat zwei Gründe, Kathryn. Es gibt nicht viele, die seine Preise bezahlen können, und sein französischer Küchenchef ist kein Franzose. Er ist Kanadier."

„Du kennst ihn?"

„Nein, aber Fiona Hawthorne hat es mir erzählt."

„Sie sind befreundet?" Kathryn strahlte. „Ich würde mich gern mal mit ihr unterhalten, aber in der Kirche hat sie mich nicht mal angeschaut."

„Das würde sie nicht tun. Fiona möchte deinen Ruf auf keinen Fall beschädigen." Sie rollte den Teig aus. „Du weißt also, womit sie ihren Lebensunterhalt verdient, nicht?"

Kathryn errötete. „Ja, und dass sie eine von drei Personen war, die an der Beerdigung meines Onkels teilgenommen haben. Man erzählte mir, sie hätte länger an seinem Grab gestanden und geweint. Anscheinend hat sie viel für ihn empfunden. Sie trägt immer noch Schwarz."

„Sie trägt immer Schwarz. Wie ich ist sie Witwe, aber sie hat eben einen anderen Weg eingeschlagen." Ronya stach Kekse aus und legte sie auf ein gefettetes Backblech. „Matthias war auch bei Citys Beerdigung. Das sollte für dich doch Grund genug sein, ihn ein bisschen sympathischer zu finden."

„Es ist nicht so, dass ich ihn nicht mag, Ronya." Der Vorwurf verwunderte Kathryn. „Manchmal ist er recht nett." Sie dachte an ihren Spaziergang im Mondlicht.

„Manchmal?" Ronya warf ihr einen neugierigen Blick zu.

„Er macht sich gern über mich lustig."

Ronya lächelte. „Du gibst auch ein gutes Ziel ab." Sie lachte. „Die ernste Miss Walsh."

Der Hieb saß, und Kathryn setzte an, sich zu verteidigen. „Ich wollte nur mehr über den Mann erfahren, der Bürgermeister werden will."

Ronya schob das Blech mit den Keksen in den Ofen und richtete sich auf. „Interessierst du dich genauso für Morgan Sanders' Vergangenheit und Charakter?" Sie wirkte verärgert. War es Matthias, den sie verteidigte? „Ich habe nicht gehört, dass du irgendwelche Fragen zu ihm gestellt hättest, diesem Sohn einer …" Sie presste die Lippen zusammen.

„Zu ihm komme ich schon noch. Du scheinst ja eine ausgeprägte Meinung von ihm zu haben."

„Oh nein. Ich sage kein Wort über Morgan Sanders."

„Warum nicht?"

„Weil ich Verstand besitze." Ronya schnappte sich einen feuchten Lappen. „Und du würdest gut daran tun, schnell welchen zu entwickeln." Sie wischte den Arbeitstisch sauber. „Halte deine Nase aus den Geschäften der Männer heraus."

Den Geschäften der Männer. Kathryn bebte vor Wut. Nie hätte sie erwartet, solche Worte aus Ronyas Mund zu hören. „Ich werde die *Voice* wiederbeleben."

„Die dümmste Idee, von der ich je gehört habe."

Ihre Worte trafen tief. „Einen solchen Kommentar hätte ich eher von Männern erwartet." Kathryn stand auf. „Frauen *sollten* sich für Politik interessieren. Ein Bürgermeister trifft Entscheidungen, die Auswirkungen auf uns alle haben. Auch auf die Frauen!"

„Du stichst in ein Hornissennest, Kathryn."

„Ich beabsichtige, wahrhaftig und unparteiisch zu berichten." Sie zog ihren Mantel an.

Ronya warf ihren Lappen auf den Tisch. „Du bist jung und naiv."

„Das bedeutet nicht, dass ich dumm bin." Entschlossen marschierte sie zur Tür.

„Kathryn!“ Mit besorgtem Stirnrunzeln trat Ronya hinter dem Arbeitstisch hervor. „Vielleicht solltest du einige Ausgaben der Zeitung deines Onkels lesen.“

Kathryn verstand ihre Sorge. „Das habe ich. Leider sind die relevanten Ausgaben wegen des Todes eines Sheriffs und des Feuers, dem sein Haus zum Opfer fiel, auf Dauer verloren. Tatsachen, die mir umso mehr Grund geben, mehr über die Hauptpersonen in der Stadt in Erfahrung zu bringen.“

Sie begab sich zu Herrn Neumanns Barbiersalon. Ihr Onkel hatte ihm die Verwaltung seines Erbes anvertraut. Als sie eintrat, zog er einem Mann gerade einen Zahn. Kathryn zuckte zusammen, als der Mann auf dem Stuhl jaulte. „Ich hab' ihn gleich.“ Herr Neumann drückte dem Mann ein Knie auf die Brust und zog mit aller Kraft. „Da ist er.“ Kathryn konnte nicht hinschauen, aber der Patient stöhnte anscheinend erleichtert auf. Er stand auf, drückte dem Barbier eine Münze in die Hand, schnappte sich seinen Hut und ging, die Hand an die Wange gepresst.

In diesem Augenblick bemerkte Herr Neumann sie. „Kann ich etwas für Sie tun, Miss Walsh?“

Seine geröteten Augen sagten ihr, dass er getrunken hatte. Wie konnte sich jemand dem Mann anvertrauen, wenn er eine Schere, eine Zange oder gar eine Rasierklinge in der Hand hielt? Sie hütete sich, direkte Fragen zu stellen, sondern setzte ihren Charme ein und gab ihm die Gelegenheit, seine Geschichte zu erzählen und über ihren Onkel zu reden. Ab und zu warf sie eine Frage in Bezug auf Matthias Beck ein.

„Ja, City hat Matthias ein paarmal auf dem Rost gegrillt. Matthias hat im Krieg gekämpft. Wie viele von uns kam er danach in den Westen. Es heißt, er hätte während des Marsches durch den Süden unter Sherman gedient. War Hauptmann. So hat sein Partner ihn genannt.“

„Langnor?“

„Paul Langnor. Matthias ist gut im Pokern. Langnor hatte nicht das nötige Geld für eine Erweiterung, und so hat Matthias in den verschiedenen Saloons auf der Chump Street Karten gespielt. Hat sich in den Saloon eingekauft, und sie fingen an zu bauen. Die beiden waren ein gutes Team, obwohl sie auf verschiedenen Seiten gekämpft haben." Er putzte sich das Blut von der Hand, wusch den fleckigen Lappen aus und ging damit nach draußen, um ihn zum Trocknen um einen Pfosten zu wickeln. „Als Langnor krank wurde, haben Matthias und City alle Hebel in Bewegung gesetzt, um ihn dazu zu bringen, einen Arzt aufzusuchen. Sie vermuteten einen durchgebrochenen Blinddarm. Doch dann versagte sein Herz. Ein guter Mann. Hat seinen Whisky nicht mit Wasser gestreckt. Das macht Beck auch nicht."

„Das ist in Calvada vermutlich ein großes Kompliment."

„Nun, es bedeutet, dass man bekommt, wofür man bezahlt, ganz im Gegensatz zu den meisten anderen Spelunken hier in der Stadt."

Lärm und Geschrei drangen aus Becks Saloon, und beide schauten zur anderen Straßenseite hinüber. Kathryn runzelte die Stirn. „Was ist da drüben wohl los? Was meinen Sie?" War Matthias schon wieder dabei, einen Betrunkenen in eine Pferdetränke zu tauchen?

„Keine Ahnung, aber ich denke, ich werde mal nachschauen." Er brach ab. „Warum sind Sie übrigens hergekommen? Haben Sie Zahnschmerzen?"

„Nein, nein. Ich wollte einfach mal Hallo sagen und Ihnen danken für Ihre Hilfe bei dem Besitz meines Onkels."

„Nun, sehr gern geschehen, Miss Walsh." Er zog die Tür zu seinem Salon hinter sich zu und ließ sie einfach dort zurück, während er im Laufschritt die Chump Street überquerte. Blitzschnell wich er einem Pferdefuhrwerk aus und schaffte es unbeschadet auf die andere Straßenseite und durch die Schwingtüren in den Saloon.

Der Lärm hatte sie neugierig gemacht, und etwas vorsichtiger folgte Kathryn ihm. Sie hatte nicht die Absicht, den Saloon zu betreten, sie wollte nur so nahe herangehen, dass sie hören konnte, was da drin los war. Worum ging es bei dem ganzen Aufruhr? Beck sprach laut, als hielte er eine Rede, aber nicht so laut, dass sie verstehen konnte, was er sagte. An einer Stelle lachten die Männer und applaudierten an einer anderen.

Scribe stürmte durch die Schwingtüren heraus, und sie erhaschte einen Blick auf Beck, der auf der Bar stand. Scribe rannte ganz dicht an ihr vorbei und die Hauptstraße hinunter. Er schwitzte, und sein Gesicht war gerötet. Der Saloon war brechend voll. Die Männer schienen irgendetwas zu feiern. Beck entdeckte sie und grinste.

„Und das ist alles, was ich im Augenblick zu sagen habe, Leute. Begebt euch an die Bar. Getränke gehen aufs Haus!"

~

Kathryn wunderte sich, wo Scribe wohl steckte. Sie trat vor die Tür und entdeckte ihn, wie er gerade die Straße überquerte. Er stolperte, als er den Brettersteg betrat, und wirkte zutiefst erschöpft. „Ich habe Eintopf gekocht und noch ein paar von Ronyas Brötchen mitgebracht."

„Hab bereits gegessen." Er murmelte noch etwas anderes und schien einem Zusammenbruch nahe zu sein.

„Hast du getrunken?" Sie roch Bier, als er das Haus betrat.

Er steuerte den Stuhl neben dem Schreibtisch an und ließ sich darauf sinken. „Brady hat mir ein Glas gegeben, damit ich munter werde."

„Ich koche Kaffee."

Scribe lehnte sich zurück und streckte die Beine aus. Sein Körper hing so schlaff im Stuhl, dass er beinahe auf den Boden gerutscht wäre. Sie musste ihn aufwecken, wenn sie noch etwas schaffen wollten. „Erzähle mir von deinem Tag, Scribe."

„Wie bitte?"

„Ich habe dich herumrennen sehen …"

„Und rennen und rennen. Ich hab Dinge zu erledigen." Sein Kopf sank zurück, und er stöhnte wie ein alter Mann. „Ich war in der ganzen Stadt unterwegs. Bin an so vielen Stellen gewesen, dass ich sie gar nicht alle aufzählen kann." Er gähnte ausgiebig. „Wenn diese Wahl vorüber ist, bin ich vermutlich tot." Mit offenem Mund schlief er ein und fuhr einen Augenblick später aus dem Schlaf hoch, als er ein Schnarchen ausstieß, das laut genug war, um City Walsh aus seinem Grab aufzuwecken. „Was war das?"

„Du." Kathryn musste unwillkürlich lachen, obwohl sie eine ziemlich gute Vorstellung davon hatte, was Matthias Beck für ein Spiel trieb. Sie ließ Scribe schlafen, bis der Kaffee fertig war. Er stützte die Ellbogen auf die Knie, hielt eine ihrer Teetassen in der Hand und atmete tief den Duft ein, bevor er davon trank. „Der ist gut."

„Mit Zucker schmeckt er immer besser." Sie gab zwei gehäufte Löffel in seine Tasse. „Trink noch etwas mehr, Scribe. Du musst wach sein, wenn du mir beibringen willst, wie die Buchstaben gesetzt werden."

„Sie schreiben, ich mache den Satz." Er trank einen weiteren Schluck.

„Ich sollte das besser selbst lernen, mein Freund. Ich habe den Eindruck, dass dein Boss auf der anderen Straßenseite versucht, die *Voice* zu sabotieren, noch bevor die erste Ausgabe in Druck geht."

Das ließ den Jungen wach werden. „Dann sollten wir uns schleunigst an die Arbeit machen." Er trank seinen Kaffee aus, stellte die Tasse auf ihren Schreibtisch und nahm das Blatt, das sie ihm reichte. Im Schrank öffnete er die Setzkästen mit den Lettern.

Kathryn hielt sich in seiner Nähe, achtete aber darauf, nicht im Weg zu stehen. Sie beobachtete alles, was er tat, und stellte Fragen. Je eher sie lernte, die Artikel selbst zu setzen, desto besser. „Was war heute in der Bar los? Das klang so, als würde Mr Beck eine Rede halten."

„Das hat er auch. Er hat den Männern erklärt, was er tun wird, wenn er gewählt wird. Er sagte, wir bräuchten einen starken Stadtrat, damit Gesetze zum Schutz der Menschen und zur Regelung von Streitigkeiten am Arbeitsplatz durchgesetzt werden können." Er schüttelte den Kopf. „Er wird nicht die geringste Chance haben in …" Er hustete. „Keine Chance, dass so was hier durchgesetzt wird."

„Warum nicht?“

„Morgan Sanders gehört die größte Mine in der Stadt.“ Scribe schob die beweglichen Lettern in einen Setzwinkel. „Und er hat die Stimmen der Bergarbeiter so sicher wie ein Safe von Wells Fargo.“ Er arbeitete sehr sorgfältig und zog mit einer langen Nadel eine Letter wieder heraus, wenn er einen Fehler gemacht hatte. Nachdem er eine Zeile beendet hatte, begann er mit der nächsten. Ein paar Lettern fielen ihm aus der Hand. Leise schimpfend arbeitete er weiter. Der Kaffee half, aber er wirkte so müde, dass Kathryn Schuldgefühle bekam. Er zog eine Schnur um die beiden Reihen und begann sie in das größere Setzschiff zu übertragen. Doch der Satz fiel ihm aus der Hand, und die Lettern verteilten sich im ganzen Raum. Fluchend sank er auf die Knie und suchte sie zusammen.

Sanft legte Kathryn ihm eine Hand auf die Schulter. „Ist schon gut, Scribe.“

„Nein, das ist es nicht!“ Er fluchte erneut. „City hat mir beigebracht …“ Mit dem Ärmel wischte er sich frustriert die Tränen aus dem Gesicht. „Er meinte, ich hätte Talent dafür.“ Eine Hand füllte er mit Lettern. „Ich brauche nur noch mehr Kaffee.“

„Nein, du gehst jetzt zu Beck zurück und siehst zu, dass du etwas Schlaf bekommst.“ Kathryn musste ihm beim Aufstehen helfen. „Wann ist dein freier Tag?“

„Matthias hat mir immer den Montag freigegeben, aber heute hat er mir gesagt, dass ich ab jetzt den Sonntag freihabe.“

Sie hatte sich angewöhnt, jeden Sonntag den Gottesdienst zu besuchen, anschließend bei Ronya gemütlich zu Mittag zu essen und den Rest des Tages mit Lesen zu verbringen. Wusste Matthias Beck das? Vermutlich kannte die ganze Stadt ihre Gewohnheiten. „Wir werden uns etwas überlegen.“ Sie tätschelte Scribe die Schulter.

„Vielleicht kann ich morgens früh herkommen, bevor meine Arbeit im Saloon beginnt.“

Kathryn brachte Scribe zur Tür. Wie ein erschöpfter alter Mann schlurfte er über die Straße, nicht wie ein sechzehnjähriger Junge bei guter Gesundheit. Beck kam nach draußen und hielt Scribe die Schwingtür auf. Anschließend stellte er sich an den Rand des Bretterstegs und grinste sie an. „Hatten Sie einen netten Abend, Miss Walsh?"

„Nicht so produktiv, wie ich gehofft hatte, aber das wissen Sie ja sicher."

Er ging in seinen Saloon zurück, und Kathryn zog sich ihren Schal enger um die Schultern. Versonnen lauschte sie einen Augenblick auf den Lärm der Chump Street, bevor sie wieder hineinging. Dort sammelte sie die verstreuten Lettern auf, legte sie in ihre Fächer und schob die kleinen Schubladen zu. Mit einem in Terpentin getauchten Lappen reinigte sie ihre tintenverschmierten Finger, während ihr Blick auf der massiven Druckerpresse ruhte. Schließlich setzte sie sich an ihren Schreibtisch, griff nach ihrem Federhalter und begann zu schreiben.

Kapitel 9

Matthias beobachtete, wie Scribe ein paar Minuten vor acht am nächsten Morgen durch die Schwingtüren trat. Seit mehreren Tagen schickte er den Jungen nun bereits kreuz und quer durch die ganze Stadt. Das Kind wirkte zutiefst erschöpft. Mit vorgeschobenem Kinn blickte er Matthias auf dem Weg zur Bar finster an. Matthias zuckte zusammen, als die Schnapsgläser klirrten, und er fragte sich, wie viele in der nächsten Stunde wohl zu Bruch gehen würden.

In Kathryns Büro hatte nun schon an mehreren Abenden bis weit nach Mitternacht Licht gebrannt. Matthias hatte das Gefühl, dass all seine Bemühungen, sie vor Unheil zu bewahren, umsonst waren. Wenn City sich einmal an etwas festgebissen hatte, dann hatte er nicht mehr lockergelassen. Dasselbe Funkeln hatte er in Kathryns grünen Augen bemerkt.

Matthias stand auf dem Brettersteg und schaute die Chump Street hinauf und hinunter. Calvada war eine armselige Stadt, aber sie hatte Potenzial. Die Frage war, wie viele Männer wohl den Mut haben würden, gegen Sanders zu stimmen. Immerhin arbeiteten sie in seiner Mine. Ununterbrochen hatte Matthias mit ihnen geredet. Sanders ging seinen Geschäften nach wie gewohnt. Er fühlte sich in seinem Amt als Bürgermeister so sicher, dass er sich nicht die Mühe machte, das Gespräch mit den Bürgern zu suchen. Niemand sollte ein solches Maß an Macht besitzen.

Obwohl Matthias jetzt ins Rennen eingestiegen war, bezweifelte er, dass er ausreichend Stimmen bekommen würde. Wohlwollen, freie Getränke und Unterhaltung hatten eben auch ihre Grenzen. Der amtierende Bürgermeister verfügte über Mittel und Wege, Calvada mit eiserner Faust in seinem Griff zu behalten. Es musste schon etwas Einschneidendes passieren, um die Unterwürfigkeit, in der Sanders' Männer verhaftet waren, grundlegend zu verändern.

~

Kathryn verbrachte den Tag damit, mit den Leuten zu reden und sie nach ihrer Meinung zur bevorstehenden Wahl zu fragen. Sie sprach in erster Linie mit Frauen, doch die wiederholten im Grunde genommen nur, was ihre Männer gesagt hatten. Kathryn unterhielt sich gerade vor dem *Madera Company Store* mit der Frau eines Bergarbeiters, als die Frau empört nach Luft schnappte und fassungslos die Frauengruppe anstarrte, die auf sie zukam.

Fiona Hawthorne, wieder ganz in Schwarz gekleidet, kam über den Brettersteg, gefolgt von drei jüngeren Frauen, von denen jede einen bodenlangen Umhang mit Kapuze trug. Ein Windstoß fing sich in einem der Umhänge und wehte ihn zurück. Darunter wurden nackte Beine unter einem kurzen roten Seidenkleid sichtbar, das mit weißer Spitze abgesetzt war.

Kathryn trat zur Seite, um ihnen Platz zu machen, doch die anderen Frauen wandten sich ab. Neugierig blickte Kathryn ihnen nach. Männer folgten ihnen grinsend. Nabor kam aus dem Laden und schloss sich der Gruppe an. Die Frauen verschwanden in Becks Saloon und wurden mit lautem Gejohle begrüßt. Jemand spielte eine flotte Melodie auf einem Piano. In der Tanzhalle war es jeden Abend laut, aber das war nichts im Vergleich zu dem Lärm, der aus Becks Saloon drang. Vermutlich war er neulich nur deshalb nach Sacramento gereist, um eine Wagenladung Whisky zu holen!

Es war bereits dunkel, als die Musik und der Lärm verstummten. Kathryn öffnete ihre Tür und hörte Beck, der mit einiger Lautstärke eine Rede hielt. Vermutlich stand er wieder auf seinem Tresen. Was er sagte, konnte sie nur bruchstückhaft verstehen.

„… jeder Mann hat das Recht, sein Glück zu suchen … es wird höchste Zeit, dass ihr Männer die Chance auf ein besseres Leben bekommt … nehmt die Dinge selbst in die Hand … Gesetz und Ordnung …"

Schöne Worte, aber würde er ihnen auch Taten folgen lassen? Drei Männer torkelten nach draußen und begannen, mit ihren Pistolen auf den Mond zu schießen, und sie zuckte zusammen. Die Arme über den Kopf gelegt, kauerte sich Kathryn unter ihren Schreibtisch. „Gesetz und Ordnung!", murmelte sie, und sie befürchtete, dass irgendein unschuldiger Zuschauer mit einer Kugel im Körper enden würde.

Beck rief etwas, und die Schießerei verstummte. Kathryn kroch unter ihrem Schreibtisch hervor. Vorsichtig schaute sie zum Fenster hinaus. Die Männer waren im Saloon verschwunden.

Alles, was Beck Calvada anzubieten hatte, waren Whisky und Frauen und wenig anderes.

Sie ging nach hinten in ihren Wohnbereich und stellte den Wasserkessel auf den Herd. Eine Tasse Kamillentee würde ihr vielleicht beim Einschlafen helfen.

Diese Stadt brauchte dringend grundlegende Veränderungen!

Kreischendes Gelächter lockte Kathryn wieder ans Fenster. Eine von Fiona Hawthornes Puppen rannte die Straße entlang, dicht gefolgt von einem betrunkenen Mann. Kathryn schnappte nach Luft. Kein anderer als Nabor Aday! Arme Abbie.

Schäumend vor Wut trank Kathryn in kleinen Schlucken ihren Tee und betrachtete die ausgefallenen Hüte, die sie gearbeitet hatte. Wer könnte sich die leisten? Sie fühlte sich nutzlos, umso mehr, wenn sie an die Kinder dachte, die ohne einen Ofen, der sie warm hielt, in der zugigen Kirche saßen, während die schüchterne Sally Thacker versuchte, ihnen Lesen und Schreiben beizubringen. Sie dachte an die verschlammten Straßen, an den Müll in jeder Gasse, die Ratten, die nachts herumhuschten und weiß Gott was für Krankheiten verbreiteten. Sie dachte daran, dass es hier keinen Sheriff gab, und wie sehr Jungen wie Scribe zu Matthias Beck aufsahen. Und sie dachte daran, dass das Blut ihres Onkels noch immer ihren Fußboden verunreinigte, trotz allen Schrubbens.

Resigniert zerknüllte sie den Artikel, den sie geschrieben hatte, und nahm sich ein neues Blatt.

Matthias saß mit Henry Call bei Ronya beim Frühstück, als er hörte, wie Scribe die *Calvada Voice* anpries.

Eine Stunde später kam Herr Neumann mit Panik im Blick über die Straße. „Wo hast du denn gesteckt. Hast du das hier schon gesehen? Sie ist hinter dir her wie die Briten bei Waterloo hinter Napoleon! Lord Bacchus nennt sie dich!"

Matthias nahm ihm das Blatt Papier aus der Hand. Nur eine Seite. Eine Zeitung konnte man das kaum nennen.

BECK UND CALL

Regierung durch Unverfrorenheit

Falls er zum Bürgermeister gewählt wird, wird Lord Bacchus vermutlich dafür sorgen, dass in Calvada nichts getan wird ohne die angemessene Heiligsprechung geistigen Genusses.

Eine weitere Schlagzeile lautete: BAR-DEBATTE ENDET IN KRAWALL.

Matthias lachte. „Miss Walsh scheint etwas von Citys ironischem Humor geerbt zu haben."

„Humor!", wütete Herr Neumann. „Ich glaube nicht, dass diese Frau mit ‚geistigem Genuss' intellektuelle Freuden meint ..."

„Das glaube ich auch nicht." Matthias grinste. „Offensichtlich hat sich die Dame über unsere unschuldige kleine Zusammenkunft gestern Abend geärgert." Nicht dass sie so unschuldig gewesen wäre, wie sich dann gezeigt hatte. Trotz seiner besten Absichten waren die Dinge ihm doch ein- oder zweimal entglitten.

„Sie hat dich auf dem Kieker!" Herr Neumann pochte mit dem Zeigefinger auf den anstößigen Artikel. „Sie stellt uns alle als betrunkene Schwachköpfe dar."

„Da übertreibst du aber." In dem Artikel stand nichts, was nicht der Wahrheit entsprach.

„Ich sage dir, Matthias, eine wie sie kann diese Stadt ruinieren." Aufgeregt mit den Armen rudernd lief Herr Neumann im Raum umher. „Es gibt nichts Heimtückischeres als eine Frau, die moralisch Amok läuft." Erneut bohrte er seinen Finger in die *Voice*. „Lies diesen Artikel noch mal. Das klingt, als wären alle Bewohner Calvadas betrunken gewesen, und die Männer hätten Frauen durch die Straße gescheucht."

Noch nie hatte Matthias den Barbier so aufgebracht erlebt. „Ein Mann, mein Guter, und der Name wird nicht genannt." Er las weiter. Unten stieß er noch auf einen kürzeren Artikel.

> Das Ungeheuer mit den gespaltenen Hufen, über das vor Kurzem im *Clarion* berichtet wurde, war mit einer doppelläufigen Flinte erlegt worden. Als der Bestatter den Leichnam untersuchte, fand er vier Apfelkisten, einen Haufen Lumpen und einen verfaulten Kürbis vor. Der Scharfschütze stand für einen Kommentar nicht zur Verfügung und wurde zuletzt gesehen, als er in der *Foggie Bottom Bar* an der Ecke von Champs-Élysées Boulevard und Galway Avenue mit seiner Beute prahlte.

Mit einem breiten Grinsen auf seinem jungen Gesicht überquerte Scribe die Straße. „Na, was denkst du?"

„Nicht schlecht für zwei Neulinge, aber es gibt nicht viel her."

„Besser als der *Clarion*, und das sind ja gerade erst Kathryns erste Fingerübungen."

Matthias hätte ihn am liebsten geknufft, weil er sie Kathryn genannt hatte. „Du arbeitest also für Miss Walsh, ja?"

„Sieht so aus. Auf jeden Fall mit einem Teil meiner Zeit."

„Gut für dich, Junge. Dann kannst du ja von jetzt an die Hälfte der Miete zahlen." Das dämpfte Scribes Begeisterung ein wenig. „Sind noch Exemplare übrig?"

„Hab sie alle in weniger als einer Stunde verkauft."

Matthias deutete mit dem Kinn ins Innere seines Saloons. „Da gibt es Becher und Schnapsgläser zu spülen."

Herr Neumann stand daneben und funkelte den Jungen an, als wäre er Judas Ischariot höchstpersönlich. „Schmeiß' ihn raus."

Scribe warf ihm einen finsteren Blick zu. „Nur zu. Kathryn lässt mich bestimmt in ihrem Büro schlafen." Der Junge drehte sich um und wollte den Saloon verlassen, aber Matthias packte ihn am Kragen und schob ihn durch die Schwingtüren.

Herr Neumann marschierte über die Straße und in seinen Barbiersalon. Matthias wollte gerade wieder hineingehen, als Kathryn Walsh in einem blauen Ausgeh-Ensemble und einem mit Spitzen, Stoffrosen, champagnerfarbenem Chiffon und einem zarten Blätterwerk verzierten Hut durch ihre Haustür trat. Wo wollte sie so elegant gekleidet hin? Ein Muskel in seinem Kiefer zuckte. Sollte sie doch ihren Ärger an ihm auslassen. Er konnte das aushalten. Aber von Sanders sollte sie sich besser fernhalten.

~

Ronyas Café war bis auf den letzten Platz besetzt. Alle verstummten, als Kathryn durch die Tür trat, und es war keine freundliche Stille. „Kann ich euch helfen?"

„Das würde ich lieber lassen, wenn ich du wäre", bemerkte Charlotte, bevor sie zwei Teller in den Speiseraum brachte.

Ronya musterte sie von oben bis unten. „Es ist doch nicht Sonntag. Wo willst du hin?"

„Ich habe heute Vormittag noch ein Interview zu führen." Kathryn nahm ihren Hut ab und legte eine Schürze an. Sie nahm zwei Teller und fragte Charlotte, die gerade zurückkam: „Wer bekommt die, Charlotte?"

„Die beiden Herren vorne rechts am Fenster."

„Sieh dich da drin ein bisschen vor", rief Ronya ihr nach. „Sie haben alle die *Voice* gelesen."

Kit Cole, Besitzer des Mietstalls, und Fergus McCallum, Barmann in der *Rocker Box*, grüßten sie nicht. Einige riefen ihr Dinge zu, die sie erröten ließen, aber sie zeigte keine Reaktion. Ronya zog die Augenbrauen in die Höhe, als Kathryn in die Küche zurückkam. „Ein Interview, hast du gesagt. Mit wem?"

„Dem Amtsinhaber und Kandidaten für die Wiederwahl, Morgan Sanders. Ich gehe zu seinem Hotel und frage, ob er mit mir redet." Beim Duft des brutzelnden Specks begann Kathryns Magen zu knurren. „Danach werde ich zur Madera-Mine gehen."

Ronya gab Rühreier auf den Teller. „Bleib lieber bei deinen Hüten und lass das andere sein." Sie legte noch Speck und ein knuspriges Brötchen dazu und schob es Kathryn hin. „Setz dich und iss."

Kathryn nahm Platz. „Mit dem Druck einer Zeitung verdiene ich mehr Geld als mit der Herstellung von Hüten. Außerdem ist die *Voice* bereits jetzt besser als der *Clarion.*"

„Hör dir nur zu. Du hast dich aufgeplustert wie eine Zwerghenne."

Charlotte kam in die Küche zurück. „Matthias und Henry sind gerade gekommen."

Mit klopfendem Herzen wollte Kathryn aufstehen. „Ich werde sie bedienen."

„Oh nein, ganz bestimmt nicht." Ronya deutete mit ihrem Löffel auf den Hocker. „Du bleibst, wo du bist. Du willst mehr über Sanders wissen?" Sie funkelte sie an. „Frag mich."

„Ich möchte lieber selbst mit dem Mann reden."

„Und du glaubst, er gibt dir ehrliche Antworten?" Ronya schlug noch mehr Eier in eine Schüssel. „Wenn du dich über die Mine informieren willst, dann geh doch mal in die Willow Creek Road." Sie goss Milch in die Schüssel. „Dort wirst du die Wahrheit mit eigenen Augen sehen." Sie erklärte Kathryn den Weg. „Diesen Teil der Stadt hast du dir bisher noch nicht angesehen, nehme ich an. Frag die Frauen, die dort leben, was passiert, wenn ihre Männer unter Tonnen von Felsgestein begraben werden. Aber vielleicht solltest du dich lieber etwas unauffälliger kleiden, wenn du dorthin gehst."

„Gleich nach meinem Gespräch mit Mr Sanders werde ich die Willow Creek Road suchen."

Wutentbrannt goss Ronya die aufgeschlagenen Eier in die Eisenpfanne. „Warum gehst du nicht sofort? Ich bin sicher, Mr Allmächtig wird dir ein schönes, von seinem kanadischen Koch zubereitetes Frühstück vorsetzen!"

Verletzt stand Kathryn auf und löste ihre Schürze. „Es tut mir leid, dass dir das nicht gefällt."

Charlotte legte ihre Hand auf Kathryns Arm. „Sei vorsichtig mit diesem Mann."

Ronya knallte eine Pfanne auf den Herd und brummte vor sich hin.

Kathryn schlängelte sich durch die Tischreihen des Speiseraums. Ohne Matthias zu beachten, verließ sie das Café. Das Hotel von Sanders befand sich am hinteren Ende der Chump Street, und sie hatte das Gefühl, als wäre der Weg dorthin ein Spießrutenlaufen. Die Männer redeten über sie, einige spotteten, kaum jemand grüßte sie.

Sanders saß mit ein paar anderen Männern zusammen an einem Tisch in seinem Restaurant, von denen keiner so exquisit gekleidet war wie er. Er wirkte ziemlich aufgebracht und schien allein zu reden. Einer der Männer sagte etwas, und er drehte sich um. Daraufhin schob er seinen Stuhl zurück, erhob sich und gab noch eine Anweisung. Die Männer standen auf und verließen das Restaurant. Er durchquerte den Raum. „Guten Morgen, Kathryn." Bevor sie noch einen Ton von sich geben konnte, winkte er dem Kellner und bestellte Tee und Gebäck für die Dame und einen Becher frischen Kaffee für sich. „Was kann ich für Sie tun?"

Sie beschloss, gleich zur Sache zu kommen. „Ich möchte Ihnen ein paar Fragen stellen."

„Natürlich." Er lachte. „Ich habe die *Voice* gelesen. Es war recht unterhaltsam. Ich habe mir schon gedacht, dass Sie zu mir kommen würden. Schließlich bin ich der Bürgermeister."

„Bereits seit zwei Amtsperioden, wie mir gesagt wurde." Zeit genug, etwas Gutes für die Stadt zu tun. Hatte er das getan? „Ich würde gern von Ihnen hören, was Sie in der Zeit geleistet haben."

„Sie brauchen sich bloß umzusehen."

„Das habe ich, und ich kann nicht viel entdecken, was für Sie spricht."

Überheblich lächelte er sie an. „Sie hätten die Stadt sehen sollen, als ich vor zehn Jahren gekommen bin. Ich habe die Zustände verbessert, indem ich mehr als einhundert Männern eine Arbeit gegeben und ihnen ein Heim zur Verfügung gestellt habe – und natürlich ihren Familien, wenn sie denn eine haben."

Die Häuser musste sie sich noch anschauen, und zwar bald. „Ich würde mir wirklich sehr gern Ihre Mine anschauen." Amos Stearns würde erst im Frühling nach Calvada kommen, und sie wollte sich eine Vorstellung davon machen, wie eine richtige Mine aussah. Die Madera war die Mine am Ort, die am meisten abwarf.

„Und wie ich bereits sagte, die Mine ist kein Ort für eine Dame." Sein Gesichtsausdruck ließ nicht vermuten, dass er sich umstimmen lassen würde.

Sie würde einen anderen Weg finden, mehr über sein Geschäft zu erfahren. „Calvada braucht ein Schulhaus und eine fest angestellte Lehrerin. Gibt es diesbezüglich irgendwelche Pläne?"

„Hier gibt es nur wenige Kinder. Das wäre eine reine Geldverschwendung. Die Kirche ist doch sehr gut als Schulhaus geeignet."

„Und Sally Thacker?"

„Sie ist fähig."

„Sollte sie nicht dafür bezahlt werden, dass sie die Verantwortung für die Bildung der Kinder, die hier leben, trägt?"

„Der Gemeinschaft zu dienen ist Teil ihrer Verantwortung als Frau von Reverend Thacker."

Er wirkte jetzt nicht mehr so freundlich, und sie bemühte sich, ruhig zu bleiben. „Ich wurde nach meiner Ankunft über die Abgaben für die Stadt informiert, und ich habe sie bezahlt." Die Ausgabe hatte ihr wehgetan. „Wohin fließt dieses Geld?"

„In die Stadtkasse."

„Von wem wird sie verwaltet? Und wofür genau wird das Geld eingesetzt?"

Seine Augen verengten sich. „Für Verbesserungen in der Stadt."

„Was mich zu meiner ersten Frage zurückbringt. Was haben Sie geleistet, seit Sie im Amt sind?"

Er lachte. „Ach, meine Liebe, Sie meinen das wirklich ernst." Er berichtete ihr von mehreren Neuerungen, einer neuen Brücke und der Verbreiterung einer Straße. Doch abgesehen davon gelang es ihm, sich aus jeder Frage, die sie stellte, herauszureden wie ein erfahrener Politiker. Kathryn dankte ihm für seine Zeit und für Tee und Gebäck, die sie nicht angerührt hatte, und erhob sich. Ronya hatte recht gehabt. Aber andererseits – war Matthias Beck denn besser?

Morgan begleitete sie zur Tür. „Ich möchte, dass Sie mir heute Abend beim Essen Gesellschaft leisten."

Obwohl sie ihm schon einmal eine Absage erteilt hatte, schien der Mann immer noch auf der Jagd zu sein. „Vielen Dank für Ihre freundliche Einladung, Mr Sanders, aber Sie werden sicher verstehen, dass ich als Herausgeberin der *Voice* neutral bleiben muss und keiner der beiden Seiten den Vorzug geben darf. Guten Tag."

~

Kathryn beschloss, die Adays aufzusuchen, bevor sie den Witwen auf der Willow Creek Road einen Besuch abstattete. Abbie war immer sehr redselig, und zweifellos bekam sie von ihren Kundinnen eine Menge mit. Vielleicht könnte sie ihr einige Informationen liefern.

Abbie drehte sich um, als sie den Laden betrat. Ihr Blick wanderte unsicher zum Vorhang. „Was kann ich für Sie tun, Miss Walsh?“ Die formale Anrede zeigte Kathryn, dass sich die Dinge geändert hatten. Erneut warf Abbie einen Blick zurück. Vorsichtig beugte sie sich über die Theke. „Nabor möchte nicht, dass ich mit dir rede“, flüsterte sie.

„Das mit den Preisschildern tut mir leid ...“

„Oh, das ist es nicht. Deine Zeitung hat ihn geärgert.“

Den Grund dafür konnte Kathryn sich denken, obwohl sie den Namen des Mannes, der eine von Fiona Hawthornes Puppen durch die Straße verfolgt hatte, wohlweislich verschwiegen hatte.

„Abbie!“, knurrte Nabor von hinten. „Mit wem redest du?“

„Mit einer Kundin.“

Er trat durch den Vorhang, und sein Gesicht rötete sich, als er Kathryn am Tresen stehen sah. „Was haben Sie meiner Frau erzählt?“

„Sie hat gar nichts gesagt.“ Mit aufgerissenen Augen trat Abbie einen Schritt zurück.

„Halt den Mund. Mit dir rede ich nicht.“ Er deutete auf Kathryn. „Sie sind eine Schande.“

Kathryn fand, das würde viel eher auf ihn passen, aber sie hielt sich zurück, verließ den Laden und ging nach Hause, um sich umzuziehen, wie Ronya ihr geraten hatte, und machte sich dann auf den Weg zur Willow Creek Road.

~

Matthias hatte nach Kathryn Ausschau gehalten. Ronya hatte ihm erzählt, dass sie Sanders aufsuchen wollte. Er entdeckte sie, als sie Adays Laden verließ. Nabor mochte sie nicht. Nabor mochte niemanden, der seinen Preisen widersprach oder missbilligte, wie er seine nette Frau behandelte. Trotzdem deckten sich fast alle außer Sanders' Arbeitern bei ihm mit den Dingen des täglichen Bedarfs ein. Das würde sich in den kommenden Tagen ändern. Auch wenn er die Wahl nicht gewann, hatte Matthias vor, dem Ladenbesitzer Konkurrenz zu machen.

Kaum eine Minute später verließ Kathryn den Laden wieder. Sie wirkte verärgert, fing sich aber schnell wieder und machte sich auf den Weg zu ihrem kleinen Haus. Seine Anspannung ließ nach. Er zog sich wieder zurück und setzte sich zu Henry ans Fenster. Weniger als eine halbe Stunde später tauchte sie wieder auf. Dieses Mal trug sie ihren neuen Mantel und Stiefel, dazu einen einfachen braunen Rock. Wo wollte sie jetzt schon wieder hin?

„Du wirkst heute ziemlich abgelenkt", bemerkte Henry mit einem leichten Lächeln.

„Nein, ich bin ganz auf das Geschäft konzentriert, Partner." Matthias senkte den Blick auf die Papiere. Wenn er sich nicht die ganze Zeit um sie Sorgen machen würde, könnte er sich vielleicht darauf konzentrieren, die Situation in der Stadt zu verbessern und mehr Handel nach Calvada zu bringen. Ideen hatte er viele, aber um sie umzusetzen, müsste er gewählt werden.

Henry lachte leise. „Du lässt Kathryn Walsh kaum eine Sekunde aus den Augen, nicht, mein Freund?" Fragend sah er Matthias an.

„Mir würde es besser gehen, wenn sie ihrem Onkel nicht so ähnlich wäre."

„Aber dann wäre sie doch viel weniger interessant, wenn das, was ich über City Walsh gehört habe, der Wahrheit entspricht." Sein Blick wanderte zum Fenster. „Ich würde mir keine Sorgen machen. Das war vermutlich die erste und letzte Ausgabe der *Voice*."

„Das hoffe ich." Kathryn war in Richtung Norden unterwegs.

„Sie sieht aus wie eine Frau, die weiß, wohin sie will." Henry beobachtete sie auch.

„Genau das ist es, was mir Sorgen macht."

~

Die kleinen Häuser am hinteren Ende der Willow Creek Road schienen aus Überresten von verlassenen Hütten zusammengestückelt worden zu sein. Eines stand leer. Vor einem anderen saß eine junge

Frau, eine Decke um ihre schmalen Schultern geschlungen. Mit ausdruckslosem Blick beobachtete sie das eiskalte Wasser, das vom schneebedeckten Gebirge herabfloss. Eine dritte Frau wusch Wäsche und hängte abgetragene Kleidungsstücke auf eine Leine. Zwei kleine Kinder spielten in der Nähe. Rauch stieg aus Rohren in die Höhe, nicht aus Kaminen. Es gab ein Toilettenhäuschen für fünf Hütten.

Kathryn grüßte die Kinder, aber die starrten sie nur mit weit aufgerissenen Augen an. Ihre kleinen Gesichter waren schmal und ausgezehrt. Ihre Mutter richtete sich auf und beobachtete Kathryn, bevor sie das nächste Hemd aus dem Korb nahm. Kathryn trat näher und wollte sich vorstellen.

„Ich weiß, wer Sie sind. Sie sind City Walshs Nichte. Ich habe gehört, dass Sie in die Stadt gekommen sind." Die Frau musterte sie von oben bis unten. „Ich wundere mich, dass Sie immer noch da sind."

„Ronya Vanderstrom schlug vor, dass ich herkomme und mit Ihnen rede."

„Tatsächlich? Worüber?"

„Ich habe die *Voice* wieder eröffnet, und ich würde gern wissen, was Sie mir über die Madera-Mine erzählen können, Mrs …?"

„O'Toole. Nellie O'Toole." Sie drückte ein dampfendes Hemd auf das Waschbrett. „Sie wollen hören, was ich über Sanders' Mine zu sagen habe?" Sie lachte laut. „Ich habe auch so schon Schwierigkeiten genug." Energisch wrang sie das Hemd aus, schüttelte es und hängte es auf die Leine. Ihr Körper war angespannt. Sie schaute Kathryn an. „Sie wollen Offenheit, Miss Walsh? Dann hören Sie zu. Mischen Sie sich nicht in Dinge ein, die Sie nichts angehen. Wer sind Sie, dass Sie unsere Männer lächerlich machen? Was wissen Sie schon über unser Leben, Sie in Ihren eleganten Kleidern und ausgefallenen Hüten?"

Kathryn spürte, wie ihr Tränen in den Augen brannten. Sie sah die abgrundtiefe Armut um sich herum. „Ich würde gern dazu beitragen, die Situation zu verbessern, Mrs O'Toole."

Nellie musterte sie einen Augenblick, ihre Schultern entspannten sich. „Das wollen wir alle. Warum, glauben Sie, sind wir nach

Kalifornien gekommen? Um so zu leben? Wir haben den Zeitungen geglaubt, in denen zu lesen war, der Westen sei das Land der neuen Möglichkeiten. Sanders hat uns Häuser und gute Löhne versprochen. Nun, Sie sehen ja, was wir bekommen haben."

Sie wischte sich über die Stirn. „Mein Sean hat ihn auf diese Versprechungen angesprochen, und als sich nichts geändert hat, hat er auf die Männer eingewirkt, sich zu organisieren." Sie schüttelte den Kopf. Tränen stiegen jetzt auch in ihre Augen. „Man sagte mir, ein Balken wäre eingestürzt. Sie haben nicht mal versucht, ihn auszugraben. Nicht einmal einen Leichnam, den ich beerdigen kann." Sie schüttelte den Kopf. „Nehmen Sie meinen Rat an. Gehen Sie dahin zurück, wo immer Sie hergekommen sind, solange Sie noch können."

„Ich bekam nur eine einfache Fahrkarte ohne Rückfahrt, Mrs O'Toole. Es gibt kein Zurück mehr."

„Sie haben zu Hause Ärger gemacht, ja?" Nellies Gesichtsausdruck wurde weicher. „Ich kann nicht für alle Frauen sprechen, die mit einem Bergarbeiter verheiratet sind, aber mir wäre es lieber, mein Sean würde sich jeden Abend in Becks Saloon betrinken, als dass er unter einer Tonne Steine begraben liegt." Sie ermahnte ihre Kinder, die miteinander stritten. „Alle kennen Matthias Beck und Morgan Sanders. Ich kann nicht darüber entscheiden, wie sich die Dinge entwickeln, aber wenn ich wählen könnte, würde ich Beck Sanders auf jeden Fall vorziehen." Sie wandte sich ab, drehte sich aber noch einmal zu Kathryn um. „Nicht nur mein Sean ist gestorben. Drei andere sind mit ihm ums Leben gekommen. Und jetzt sind wir hier, ich und meine Kinder und die anderen, und wir haben kaum genug zum Überleben." Ihr Gesicht war dunkel vor Zorn und Schmerz. „Denken Sie, Sie könnten darüber was schreiben?"

Kathryns Kehle zog sich zusammen. „Es tut mir so leid …"

„Das hilft uns nicht viel."

Nellie O'Tooles verbitterte Hoffnungslosigkeit traf Kathryn ins Herz. „Ein guter Bürgermeister könnte viel bewirken."

„Wen schlagen Sie vor?“ Nellie lachte bitter. „Eigentlich ist egal, wer gegen Sanders antritt. Sanders gewinnt immer.“ Sie nahm ihre Tochter auf den Arm. „Er wird versprechen, die Sicherheit in der Mine zu verbessern, und die Männer werden die Lügen glauben und für ihn stimmen, weil sie sein Eigentum sind. Wenigstens zahlen wir hier auf der Willow Street seine Mieten nicht. Und er kann uns nicht wieder vertreiben.“

Eine andere Frau kam nach draußen. Ein Baby schlief an ihrer Schulter. „Du solltest dich lieber zurückhalten, Nellie.“

Nellies Augen blitzten. „Zu spät.“ Sie rang um Fassung, rieb sanft mit ihrem Kinn über den Kopf ihrer Tochter, während ihr Blick an Kathryn hing. „Ich habe alles gesagt, was ich zu sagen habe. Eigentlich schon viel zu viel.“ Ihr Zorn flaute ab, und Furcht legte sich in ihre Gesichtszüge, als sie ihren Sohn heranwinkte. Sie folgte ihm in die Hütte und zog die Klappe aus Zelttuch vor, die als Tür diente.

Das Baby der anderen Frau begann zu schreien. Sie wiegte das Baby sanft, während sie sprach. „Sie sollten keine Fragen stellen, Miss Walsh. Sie meinen es vielleicht gut, aber Sie können nichts tun, außer sich und andere in Schwierigkeiten zu bringen.“

Kathryn wollte nicht nach Calvada zurückgehen. Am liebsten wäre sie so weit weg von dem Matsch und Gestank und der Unmenschlichkeit dieses Ortes gegangen, wie sie nur konnte. Nellie O’Tooles Verzweiflung belegte ihre Gedanken mit Beschlag.

Oben auf dem Berghang setzte sie sich und ließ ihren Tränen freien Lauf. Sie fühlte sich so hilflos und nutzlos, ein Mädchen, das nur dazu ausgebildet war, eine gute Partie zu machen und einem Sprössling reicher Eltern eine gute Ehefrau zu sein. Ihre Gedanken wanderten zu den Witwen, die in diesen armseligen Hütten lebten – Nellie O’Toole mit ihren beiden Kindern, die junge Mutter mit dem kranken Baby, das andere stille, traurige Mädchen, das bereits aufgegeben zu haben schien. Ronya hatte praktische Hilfe geleistet, indem sie Charlotte eingestellt und ihr eines der Zimmer in ihrer Pension gegeben hatte. Kathryn wischte sich die Tränen ab und schaute hoch zu den schneebedeckten Bergen. Was konnte sie tun?

Vollkommen durchgefroren stand sie auf und stieg noch höher zu einer Stelle, von wo aus sie auf Calvada hinabsehen konnte. Sie beobachtete das Treiben auf der Chump Street. Hier oben konnte sie sich vorstellen, was Calvada sein könnte, nicht was es war. Hier oben empfand sie den Frieden und die Schönheit der Berge, die sie umgaben.

Schon als Kind hatte Kathryn Unrecht schlecht hinnehmen können. Ihr erstes Vergehen in den Augen des Richters war es gewesen, dass sie der Köchin den Thanksgiving-Truthahn gestohlen und ihn einer armen Familie geschenkt hatte, die an der Tür nach Arbeit gefragt hatte. Daraufhin war sie in ein Internat geschickt worden, aber der Schule verwiesen worden, weil sie einem Mädchen, das ein anderes Kind aus einer erst kürzlich zu Geld gekommenen Familie immerzu gepiesackt hatte, ein blaues Auge verpasst hatte. Dutzende Male war sie in ihrem Zimmer eingeschlossen worden, bevor sie ihr letztes, unverzeihliches Verbrechen begangen und sich den Suffragetten angeschlossen hatte, die sich für Frauenrechte einsetzten. Im Laufe der Jahre hatte ihre Mutter immer wieder versucht, sie zur Vernunft zu bringen. *Du darfst dich nicht so über Dinge aufregen, die sich niemals ändern werden, mein Schatz.*

Die Madera-Mine lag nicht weit entfernt. Als sie dorthin kam, wurde gerade der Feierabend eingeläutet. Die Männer standen in einer langen Reihe und warteten darauf, von bewaffneten Wachposten durchsucht zu werden. Ein Mann schien eine Auseinandersetzung mit einem der Wachposten zu haben. Der Wachposten rief einen Kollegen, und sofort kam von hinten einer heran und schlug den Mann mit seinem Gewehrkolben nieder. Der Bergarbeiter stürzte zu Boden. Er rollte sich zusammen, während die beiden Wachen nach ihm traten. Andere Bergarbeiter kamen an dem gestürzten Mann vorbei.

Einer blieb stehen, um ihm aufzuhelfen, doch der Wachposten, der ihn niedergeschlagen hatte, trat mit angelegtem Gewehr vor. Der verletzte Mann rappelte sich auf, und unter dem Spott der Wachen taumelte er davon.

Kathryn folgte dem Pfad zur Straße. Sie wollte ihm helfen. Doch bevor sie ihn erreichte, kamen ihm zwei andere zu Hilfe. Sie war nahe genug, dass sie ihr Gespräch mit anhören konnte.

„Wenn du das noch einmal machst, bringen sie dich bestimmt um."

„Und du meinst, das würde mich noch kümmern?"

„Sei kein Narr. Willst du, dass deine Frau ums Überleben kämpfen muss so wie Seans?"

Einer der Männer entdeckte Kathryn. „Was machen Sie hier?"

„Ich habe gesehen, was passiert ist." Sie trat näher.

Der verprügelte Mann spuckte Blut auf den Boden. „Ich habe Ihre Zeitung gelesen. Ihr Onkel hat gewusst, worüber er schrieb. Sie wissen gar nichts!"

Kapitel 10

Kathryn verbrachte in ihrem gemütlichen kleinen Häuschen eine schlaflose Nacht und machte sich am folgenden Morgen auf den Weg zur Madera Mine Road. Nicht weit von der Mine entfernt standen zwei Reihen identischer Häuser, klein, rechteckig, mit Satteldach, einer Haustür und zwei kleinen Fenstern auf jeder Seite und einem schwarzen Schornsteinrohr an der Rückseite. Kathryn folgte dem Geräusch von spielenden Kindern und traf mehrere, in warme Kleidung gehüllte Frauen an, die in einem Gemeinschaftswintergarten hinter den Häusern Unkraut jäteten und den Boden hackten. Von der Besucherin überrascht, unterbrachen sie ihre Arbeit, um sich mit ihr zu unterhalten. Die meisten lebten in diesen Häusern, seit Sanders sie gebaut hatte.

„Das war eine Verbesserung im Vergleich zu dem, was wir in Virginia City hatten. Dort mussten wir nämlich unser Haus erst selbst bauen."

„Aber wenigstens gehörte es uns dann", warf eine andere ein. „Wir brauchten keine Miete zu zahlen."

„Hier sind wir näher an der Arbeitsstelle unserer Männer. Kein weiter Weg zur Arbeit. Die Mine liegt nur ein Stück die Straße hoch."

Ja, sie kauften im Laden der Minengesellschaft ein, aber der Garten würde helfen. Der größte Teil von dem, was sie geerntet hätten, sei bereits aufgebraucht oder eingemacht – Butternutkürbis, Porree, Karotten und Kohl, Blattkohl und Zwiebeln. Sie hofften, dass ihre Vorräte sie durch die Wintermonate bringen würden. „Im Schnee ist der Weg in die Stadt ziemlich beschwerlich und weit."

Wie schwierig musste es für diese Frauen sein, mit dem wenigen auszukommen, was ihre Männer verdienten. „Ich sehe viele Männer, die in Becks Saloon und anderen Kneipen ein und aus gehen."

Eine Frau zuckte die Achseln. „Meinem Mann geht es besser, wenn er ein Gläschen oder zwei im Magen hat."

„Manche belassen es nicht bei einem oder zwei Gläschen", warf eine andere ein, während sie die Hacke in den harten Boden stieß.

Die Frauen erzählten Kathryn, dass die meisten der Männer, die für die Madera-Mine arbeiteten, keine Familie hätten. Alles, was sie von ihrem Lohn nicht für Miete und Lebensmittel bräuchten, würden sie vertrinken und verspielen. In einigen der Häuser würden sechs Männer wohnen. Familien gebe es nicht viele, und nur wenige der Kinder besuchten Sally Thackers Unterricht. Ohne Bildung würden die Jungen ebenfalls im Bergbau landen, das war Kathryn klar. Die Mädchen würden Bergarbeiter heiraten.

Nach dem letzten Unfall in der Mine hatten mehrere Männer versucht, sich in der Nacht davonzustehlen. „Sie kamen nicht weit. Sanders' Männer haben sie verfolgt und zurückgebracht. Sie wurden übel zusammengeschlagen."

„Aber nicht so übel, dass sie nicht arbeiten konnten." Die Frau bearbeitete den Boden noch heftiger mit ihrer Hacke. „Sie hatten Schulden im Laden der Mine. Genau wie wir alle."

Auf dem Rückweg in die Stadt machte Kathryn einen Abstecher zu Sanders' Laden. Alles war dort deutlich teurer als in Adays Laden: getrocknete Bohnen und Gerste, Mehl und Zucker, Baumwollstoff und Knöpfe. Nachdem sie die Preise für Stiefel und Arbeitsanzüge, Mäntel und Handschuhe im *Madera Company Store* gesehen hatte, korrigierte sie ihre schlechte Meinung über Nabor ein wenig. Nabor hatte versucht, sie zu betrügen, aber selbst der höhere Preis war weniger gewesen als das, was Sanders verlangte.

Am folgenden Morgen kamen drei Frauen vorbei, die mit den etwas wohlhabenderen Männern in der Stadt verheiratet waren. Sie interessierten sich für Kathryns Hüte. Doch vor allem wollten sie ihr erzählen, was ihre Männer über die *Voice* und ihre Herausgeberin gesagt hatten.

„John war außer sich!" Lucy Wynham, die Frau des Bäckers, strich mit dem Finger über eine Fasanenfeder. „Seiner Meinung nach sollten Frauen nicht wissen, was in einem Saloon vorgeht, und keine echte Lady sollte darüber schreiben." Sie lachte verärgert. „Als ob wir Frauen blind und taub wären und das nicht bereits wüssten."

Vinnie MacIntosh, Gattin des Bestatters, schaute durch Kathryns Fenster nach draußen. „Sie Ärmste! Von hier aus können Sie fast die ganze Chump Street einsehen!"

„Ein Logensitz für alles, was vorgeht." Camilla Deets, verheiratet mit einem der Metzger in der Stadt, schüttelte den Kopf. „Wir wohnen auf der Galway, aber selbst dort kann ich jeden Abend den Lärm aus den Tanzhallen hören."

„Ivan sagte, Sie hätten große Ähnlichkeit mit City." Vinnie lächelte. „Die Leute haben das Erscheinen der *Voice* immer schon ungeduldig erwartet, als er …"

„Vielen Dank." Kathryn wertete ihre Worte als Kompliment. Die Begeisterung der Frauen verwunderte sie. „Ich bin nicht sicher, ob es eine weitere Ausgabe geben wird."

„Sie können doch jetzt nicht aufhören, wo Sie gerade erst angefangen haben!"

Wenn sie schrieb, was sie im Umfeld der Mine gesehen hatte und woher sie ihre Informationen hatte, würde sie die armen Frauen in den Bergarbeiterhäusern oder die Witwen auf der Willow Creek Road vermutlich in Schwierigkeiten bringen. Aber wie sollten sich die Zustände jemals ändern, wenn sie nicht darüber berichtete? Beinahe wünschte sie, sie hätte mit dem Schreiben gar nicht erst begonnen. „Ihnen scheint gefallen zu haben, was ich zu sagen hatte, aber wird es etwas bewirken? Frauen haben kein Wahlrecht, und ich habe nichts weiter erreicht, als den Zorn der Männer auf mich zu ziehen." Sie hielt mehrere Zettel hoch, die man unter ihrer Tür hindurchgeschoben hatte.

Camilla nahm einen in die Hand und las ihn laut vor. „‚Frauen sind wie Kinder. Man sollte sie sehen, aber nicht hören.'" Sie schnaubte. „Es sei denn, man sagt etwas, dem der Mann zustimmt."

„Das hat vermutlich John geschrieben." Lucy seufzte. „Wann immer ich etwas infrage stelle, wirft er mir genau diesen Satz an den Kopf."

Vinnie legte Kathryn leicht die Hand auf den Arm. „Ivan sagte, es sei der erste ehrliche Bericht, den er gelesen hätte, seit City … gestorben ist. Er fragte sich, ob Sie wohl anfangen würden, sich weiter umzuschauen als nur auf der Chump Street."

„Vor zwei Tagen war ich in der Willow Creek Road. Ich bin ein wenig den Berg hinaufgestiegen, bis dahin, von wo aus ich die Madera-Mine sehen konnte. Und gestern war ich bei den Bergarbeiterhäusern." Wie konnte sie diesen armen Frauen helfen?

„Slag Hollow." Camilla runzelte die Stirn. „So werden sie von den Minenarbeitern genannt."

Vinnie nahm einen Hut in die Hand und betrachtete ihn von allen Seiten. „Wir haben uns schon gefragt, warum Ihr Laden in den letzten beiden Tagen geschlossen war."

Als Kathryn von ihrem Ausflug zurückgekommen war, war sie müde und deprimiert gewesen. Da sie keinen Schlaf finden konnte, hatte sie mehrere Stunden damit verbracht, Hüte zu nähen, und dabei war ihr die grausame Ironie deutlich geworden, dass sie hübsche Dinge herstellte, die sich die Frauen hier niemals leisten könnten. Sie hatte an die Feste gedacht, die sie in Boston besucht hatte, die Einladungen zu den Nachmittagstees und Sommerfesten, wo sie getanzt und gelacht hatte. Was hatte sie jemals Gutes getan? Nicht einmal ihre kleinen Rebellionen hatten jemals etwas bewirkt. Hatte sie sich schon jemals für andere eingesetzt? Oder hatte sie einfach nur einen Weg gesucht, ihren Stiefvater vor den Kopf zu stoßen?

„Calvada braucht viele Verbesserungen." Camilla Deets setzte einen der Hüte auf, die Kathryn am Abend zuvor gearbeitet hatte. „Der ist wunderschön!" Sie korrigierte den Sitz. „Sie könnten sicher Veränderungen vorschlagen, schließlich kommen Sie aus dem zivilisierten Osten. Gibt es hier einen Spiegel?" Kathryn brachte ihr einen kleinen aus dem hinteren Raum. „Perfekt", fand Camilla, während sie sich im Spiegel bewunderte. „Ich nehme ihn. Ich kann es kaum erwarten, ihn am Sonntag zum Gottesdienst zu tragen."

Da Kathryn sich weitere Informationen wünschte, bot sie den Damen Tee an und servierte ihn in ihren hübschen rot-goldenen Porzellantassen. Ihre Mutter hatte ihr ein ganzes Set geschenkt, aber in ihrem Koffer hatte sie nur begrenzt Platz gehabt und deshalb nur ganz besondere Dinge eingepackt. Obwohl sie hier in Calvada etwas fehl am Platze wirkten, merkte sie, wie viel Freude diese kleinen Luxusgüter ihren neuen Freundinnen machten.

Auch Vinnie kaufte einen Hut, bevor sie ging.

Kurz darauf ging die Tür erneut auf, und Morgan Sanders kam mit einer der Frauen herein, die jeden Sonntag neben Fiona Hawthorne saßen. Sie war kaum älter als Kathryn, und hatte dunkle Haare und braune Augen.

„Kathryn, das ist Monique Beaulieu, eine Bekannte von mir. Monique, das ist Kathryn Walsh."

Die junge Frau war zurückhaltend, still, angespannt, und Kathryn gewann den Eindruck, dass ihr der Besuch in ihrem Laden nicht behagte. Sie trat vor und reichte ihr die Hand. „*Enchanté, Mademoiselle.*"

Verblüfft und hocherfreut blickte Morgan sie an. „Sie sprechen Französisch."

„Meine Mutter bestand darauf, dass ich es lerne. Allerdings habe ich selten die Gelegenheit, es anzuwenden." Sie lächelte Monique an, doch das Mädchen wich ihrem Blick aus und schaute sich stattdessen die Hüte an.

„Diese junge Dame ist eine Freundin." Er lächelte. „Eine kleine Taube, die ich unter meine Fittiche genommen habe."

Erleichtert, dass er wohl nicht mehr an ihr interessiert war, forderte Kathryn sie auf, sich umzuschauen. Mit Monique sprach sie Französisch. „Ich kann Ihnen Modelle zeigen. Sie müssen mir nur sagen, was Sie bevorzugen." Sie holte ein Buch mit Hutmodellen aus einer Schreibtischschublade.

Morgan betrachtete die abgedeckte Druckerpresse und lachte leise. Kathryn hatte beschlossen, sie in den Morgenstunden, wenn sie ihren Laden aufmachte, abgedeckt zu lassen. „Schon außer Betrieb?"

„Ein Geschäft wird das andere ergänzen." Warum nicht mutig sein? „Würden Sie gern Werbefläche kaufen?"

„Eine Mine braucht keine Werbung, Kathryn."

Es gefiel ihr nicht, dass er sie mit Vornamen ansprach, und schon gar nicht gefiel ihr die Art, wie er ihren Namen aussprach. So schien auch Monique Beaulieu zu empfinden. „Vermutlich auch der Laden der Minengesellschaft nicht." Seine Augen zogen sich zusammen, und sie lächelte ihn unschuldig an. „Aber Sie kandidieren doch für das Amt des Bürgermeisters, oder nicht?"

Er lachte. „Lord Bacchus hat weniger zu bieten als ich."

„Sie haben die *Voice* gelesen."

„Ich fand sie recht amüsant. Die zwei Cent, die ich dafür bezahlt habe, waren gut angelegt." Einen Augenblick lang hielt er Kathryns Blick fest, dann schaute er zu Monique hinüber. „Hast du dich schon entschieden?" Sie schüttelte den Kopf und blätterte weiter in dem Buch. Kathryn fragte sich, wie es kam, dass so eine hübsche junge Frau in einem Bordell endete.

Sie spürte Morgans Blick auf sich und hob den Kopf. „Ich freue mich zu hören, dass Sie die Geldausgabe nicht bedauert haben. Vielleicht sollte ich den Preis ein wenig anheben und an den des *Clarion* anpassen." Es war ihr nicht recht, dass sie Monique so wenig Aufmerksamkeit schenken konnte.

„Ich stimme übrigens mit Ihrer Einschätzung von Matthias Beck überein. Ein Halunke, der Mann. Einer meiner Männer hat sich seine

Rede angehört. Offensichtlich plant Beck, mehr Frauen nach Calvada zu holen.“

Sein Tonfall ließ keinen Zweifel daran, was für Damen er meinte. Monique hob den Kopf und schaute ihn an.

Vor Verlegenheit wusste Kathryn nicht, was sie sagen sollte.

Entschlossen klappte Monique das Buch zu. „Ich möchte jetzt gehen, Morgan. Hier ist nichts …“

„Noch nicht“, unterbrach Morgan sie und suchte Kathryns Blick. „Eine Frau kann einem Mann viele Annehmlichkeiten bereiten.“

Vielleicht würde Sanders Monique heiraten, hoffte Kathryn. Aber noch immer wartete sie auf Antworten von dem Mann. Die letzten Ausflüge in die Stadt hatten ihr die Augen geöffnet. „Die Madera Mine Road wurde im vergangenen Jahr befestigt, aber wie es scheint, wurde der Champs-Élysées wenig Aufmerksamkeit geschenkt.“

Er wischte ihre Bemerkung vom Tisch. „Die Chump Street ist im Winter immer eine Katastrophe.“

„Der Winter kommt jedes Jahr, Sir.“

Er lächelte, als wäre sie ein Kind. „Was würden Sie denn vorschlagen? Kopfsteinpflaster? Wir sind hier nicht in Boston, meine Liebe.“

„Aus Ihrer Mine werden Tonnen von Stein, Kieseln und Sand geholt. Ein Teil davon könnte doch für die Befestigung der Hauptstraße von Calvada verwendet werden.“

„Sie wissen wenig über Straßenbau, Kathryn.“

„Ich denke, die Männer, die Ihre Straße befestigt haben, kennen sich aus.“

Monique erhob sich und schob ihren Arm in den von Morgan. Sie flüsterte ihm etwas zu. Er reagierte ein wenig verärgert, aber er fügte sich und nickte Kathryn zu. „Vielleicht schalte ich ja wirklich eine Annonce. Das würde Ihnen helfen, im Geschäft zu bleiben, nicht? Wir reden später.“

Kathryn wünschte, sie hätte sich den Vorschlag verkniffen.

Matthias beobachtete, wie Morgan Sanders mit einer von Fiona Hawthornes Puppen aus Kathryns Haus kam. Wusste sie, dass das Mädchen eine Prostituierte war? Da es so wenige Frauen in der Stadt gab, nahmen die Männer manchmal eine beschmutzte Taube zur Frau. Bei den anderen Frauen waren sie in den seltensten Fällen akzeptiert. City hatte sich darüber geärgert, dass die Frauen Fiona Hawthorne keinen Blick gönnten, geschweige denn mit ihr redeten, obwohl sie mehr Geld für den Bau der Kirche gespendet hatte als jeder andere in der Stadt. Wie leicht sie über Angehörige des eigenen Geschlechts urteilten, ohne darüber nachzudenken, welche Umstände eine Frau vielleicht zwangen, ihren Körper zu verkaufen. Hatte Kathryn Sanders und Fionas Puppe aus ihrem Laden geworfen?

Die größere Frage war, warum Sanders Kathryn in eine solche Situation gebracht hatte. Der Mann hatte ein Auge auf sie geworfen, seit sie in die Stadt gekommen war, das war nicht zu übersehen. Sie würde eine gute Frau für den Minenbesitzer abgeben und eine gute Mutter für den Sohn, dem er sein Imperium vererben würde. Bei manchen galt er bestimmt als eine gute Partie. Der Wohlstand des Mannes könnte eine Frau mit Kathryns bescheidenen Mitteln in Versuchung führen.

Wusste Kathryn, in welch trübem Gewässer sie sich bewegte? Während Matthias über Sanders und Kathryn nachdachte, krampfte sich sein Magen zusammen.

Ronya hatte gesagt, Kathryn hätte nicht vor zu heiraten. Niemanden. Niemals. Ihre Artikel verrieten eine gewisse Tendenz zur Mäßigungsbewegung. War sie auch eine Suffragette? Das würde er sehr gern wissen. Seit dem Erscheinen der *Voice* hatten sie nicht mehr miteinander gesprochen. Vielleicht war es höchste Zeit, das nachzuholen. Und warum nicht sofort?

Matthias klopfte an ihre Tür. Als sie die Tür öffnete, seufzte sie resigniert. Nicht gerade der Blick, den er gern auf ihrem Gesicht gesehen hätte. „Darf ich hereinkommen?“

„Ich nehme an, Sie wollen mich zur Rechenschaft ziehen für das, was ich über Sie und Ihr gesellschaftliches Ereignis des Jahres geschrieben habe." Sie trat zur Seite und ließ die Tür aufgleiten.

„Ich bin nicht derjenige, der eine von Fionas Puppen über die Chump Street gejagt hat. Dieser Mann würde Ihnen vermutlich gern die Fahrkarte für die nächste Postkutsche schenken, die Sie von hier fortbringt."

„Warum sind Sie hier, Mr Beck?"

„Ich wollte gern ein paar Leerstellen des Artikels füllen."

Sie runzelte die Stirn und wirkte aufrichtig bestürzt. „Welche Leerstellen?"

„Whisky lockert die Zungen und lässt die Männer darüber reden, was tatsächlich Sache ist."

Sie verdrehte die Augen. „Unsinn, Mr Beck. Welche Scharlatanerie wollen Sie mir jetzt wieder verkaufen?" Sie zog die Nase kraus. „Ich wette, mein Gespräch mit den Damen bei einer schönen Tasse Tee hat mir mehr Informationen verschafft als Ihre Methode ‚Getränke geh'n aufs Haus'."

Welche Informationen?, hätte er gern gefragt. „Sie kennen Calvada noch nicht, Eure Ladyschaft."

„Es ist erstaunlich, was ich durch lange Spaziergänge, offene Augen und Ohren und das Zuhören alles habe in Erfahrung bringen können." Sie schaute zu ihm hoch. „Zum Beispiel geht das Gerücht, dass Sie in Ihrer Rede mehr Damen für die Stadt versprochen haben. Stimmt das? Bestellte Bräute?"

Er errötete leicht. „Ich habe vor, Damen einzustellen, die an den Tischen bedienen und den Service in den Hotelzimmern übernehmen." Bei den letzten Worten zuckte er zusammen, da ihm klar wurde, dass das missverstanden werden könnte. „Betten machen, Zimmer reinigen, solche Dinge." Er biss die Zähne aufeinander und ermahnte sich selbst, doch lieber den Mund zu halten. Kathryn blickte ihn nur an.

Als sie nichts sagte, beschloss er, gleich zum Grund seines Besuchs zu kommen. „Ich bin herübergekommen, um Ihnen einen kleinen kostenlosen Rat zu geben: Zu viel Wahrheit auf einmal kann mehr schaden als nützen."

„Ich habe die Wahrheit immer für eine große ausgleichende Kraft gehalten."

„Nicht immer. Leider." Er hatte in einem Krieg gekämpft, in dem sich beide Seiten im Recht wähnten, und soweit er sehen konnte, hatte sich dadurch, dass Zehntausende von Menschen zu beiden Seiten der Mason-Dixon-Linie gestorben waren, nicht wirklich etwas verändert. Amerika war immer noch nicht vereinigt, und die Menschen waren nur bei der Geburt und im Tod gleich. Nirgendwo dazwischen. „Ich bewundere Ihren Enthusiasmus, aber achten Sie darauf, dass Sie, wenn Sie sich durch den Sumpf kämpfen, nicht hineinfallen und darin untergehen." Würde sie die Warnung verstehen, auch ohne dass er einen Namen nannte?

„Wenn Sie Morgan Sanders meinen, ich versichere Ihnen, Männer wie ihn gibt es im Osten zuhauf. Mein Stiefvater wollte, dass ich den Sohn von einem davon heirate. Ich habe mich geweigert."

Einen Heiratskandidaten abzulehnen war leichter, als sich einem Mann wie Sanders zu verweigern. Matthias konnte die Frage nicht unterdrücken. „Und deshalb wurden Sie in den Westen geschickt, Miss Walsh?"

„Mich einer Heirat zu verweigern war nur eines meiner Vergehen."

Er hätte gern gewusst, was es sonst noch gewesen war, aber er konzentrierte sich auf diesen einen Punkt. „In Bezug auf die Ehe scheinen Sie ja eine feste Überzeugung zu haben."

„Eine Frau besitzt schon so wenig genug Rechte, und die verliert sie mit der Eheschließung dann noch an einen Mann."

„Morgan Sanders wird versuchen, Ihre Meinung zu ändern." Und falls ihm das gelang, würde er sich auch bemühen, ihren Geist zu brechen.

„Das könnte mich vielleicht beschäftigen, wenn ich den Mann auch nur im Geringsten attraktiv finden würde." Ihr Blick flackerte, als bedauere sie bereits, so viel offenbart zu haben.

Matthias' Stimmung hob sich. „Ist das so?", sagte er schleppend mit dem Anflug eines Lächelns. „Das höre ich gern."

Sie wandte zuerst den Blick ab und trat hinter ihren Schreibtisch, als brauche sie eine Barriere zwischen ihnen. „Wollten Sie noch etwas Bestimmtes, Mr Beck?", fragte sie ruhig und ernst.

„Ja." Matthias musterte sie langsam, begegnete ihrem verwirrten Blick und lächelte. „Aber das ist nicht der richtige Zeitpunkt."

~

Erschöpft ließ sich Scribe auf das Sofa sinken. „Ich habe gehört, dass zuerst Sanders und dann Matthias zu Besuch gekommen ist. Sind wir noch im Geschäft, oder haben Sie sich das bereits ausreden lassen?"

Kathryn bot ihm einen Scone aus Wynhams Bäckerei an. „Oh, ihr Kleingläubigen. Ja, wir bleiben im Geschäft. Je eher ich mit der *Voice* Geld verdiene, desto schneller kann ich aufhören, Hüte zu nähen. Ich arbeite gerade an einem Artikel über den anderen Kandidaten für das Bürgermeisteramt."

„Sanders?" Scribe verschluckte sich und hustete.

„Wer sonst?" Sie klopfte ihm auf den Rücken.

„Damit würden Sie sich ein wenig zu weit vorwagen. Sie sollten besser vorsichtig sein mit dem, was Sie über ihn schreiben."

Sie schnaubte. „Was wäre unsere Zeitung denn, wenn wir nicht über jeden Kandidaten objektiv berichten würden?"

„Es gibt ja nur zwei."

„Leider." Sie suchte ihre Papiere zusammen. „Ich werde mich von ein paar griesgrämigen Männern und Beschimpfungen nicht von meinem Vorhaben abbringen lassen."

„Und Sie werden nicht genügend Geld verdienen, um davon zu leben und mir so viel zu bezahlen, dass ich aufhören kann, Schnapsgläser zu spülen, wenn wir den Preis nicht auf fünf Cent anheben wie Bickerson. Und Werbeanzeigen und Druckaufträge an Land ziehen."

„Ich habe bereits mit vielen Geschäftsleuten auf der Chump Street gesprochen. Niemand will mit mir Geschäfte machen. Allerdings hat Morgan Sanders Interesse gezeigt."

„Oh nein. Nein! Er braucht keine Werbung." Sein Blick hing an dem letzten Scone. „Wollen Sie den noch essen?"

Kathryn hielt ihm den Teller hin, damit er ihn nehmen konnte. „Ich habe ihn gefragt. Allerdings wünschte ich, ich hätte es nicht getan, doch wir brauchen das Geld." Sie schaute auf den Artikel, den sie geschrieben hatte. „Aber möglicherweise ändert er nach der nächsten Ausgabe seine Meinung."

„Ich bezweifle, dass er an Werbung interessiert ist. Er ist hinter Ihnen her. Er hat Sie an jenem ersten Abend zum Abendessen eingeladen und wollte Sie für sein schickes Haus haben."

Kathryn hob verzweifelt die Arme. „Wissen denn alle in der Stadt über meine Privatangelegenheiten Bescheid?" Sie schüttelte den Kopf. „Außerdem hat er eine Freundin." Der Mann beunruhigte sie, aber nicht so wie Matthias Beck. „Falls er kommt, werde ich ihm sagen, ich hätte meine Meinung geändert. Wenn ich Werbung für ihn schalte, dann könnte es so aussehen, als würde die *Voice* bei der Wahl Partei ergreifen."

„Machen Sie Matthias doch dasselbe Angebot."

Als Matthias Beck sie am Nachmittag angeschaut hatte, hatte sie das Gefühl gehabt, er würde einen Claim abstecken. „Oh nein." Kathryn erinnerte sich noch an die Gefühle, die ihren Körper durchströmt hatten. „Ich denke, ich komme auch ganz gut allein zurecht."

Kathryn schickte Morgan Sanders eine Nachricht mit ihrer Entscheidung. Er schickte eine Antwort.

Wie Sie wünschen, aber es wird für Sie nicht immer so leicht sein, mir eine Absage zu erteilen, Kathryn. Ich bleibe Ihr ergebener Bewunderer.
Morgan

In jener Nacht fand Kathryn keinen Schlaf. Aber am Morgen war sie umso entschlossener, sich selbst treu zu bleiben.

~

„Was um Himmels willen ist denn da los?" Aus der Bar drang Lärm zu ihnen herüber. Matthias und Henry Call hatten über die Männer in Calvada gesprochen und überlegt, ob sie auch ohne die Stimmen der Bergarbeiter, die in der Madera-Mine beschäftigt waren, die Wahl gewinnen könnten. Matthias vermutete, dass er viel Zeit und Geld für nichts vergeudet hatte.

Er erkannte die Stimme von Herrn Neumann. Worüber beklagte sich der Barbier dieses Mal?

„Das musst du sehen!" Neumann drängte sich durch die Menge und hielt ihm die *Voice* vor die Nase. „Das nenne ich Mut!"

BÜRGERMEISTER MORGAN SANDERS
Mann des Volkes oder Mann für sich selbst?

Matthias schnappte sich die Zeitung und begann zu lesen.

> ... seinen Reichtum auf der Arbeit der Bergarbeiter aufgebaut, die niedrige Löhne bekommen und denen eine Behausung versprochen wird ... sechs Männer in einer kalten Hütte zusammengepfercht ... Bergbauunfälle ... Witwen leben in Armut auf der Willow Creek Road ... schlägt eine Erweiterung der Stadtgrenzen vor, um mehr Steuern einziehen zu können für eine breitere Südbrücke und Straße für die Madera-Mine ... Sanders' Mine dagegen wird kurz hinter der Stadtgrenze liegen und von den städtischen Abgaben profitieren, ohne sie bezahlen zu müssen ...

Ein Schaudern überlief Matthias, dann stieg Hitze in ihm hoch und breitete sich in seinem ganzen Körper aus.

„Hey! Wo willst du mit meiner Zeitung hin?", rief Neumann, als Matthias durch die Schwingtüren stürmte und die Straße überquerte. Am Morgen war Schnee gefallen, doch der Boden war noch nicht gefroren. Mit zwei langen Schritten ließ er die Straße hinter sich und stürmte in Kathryn Walshs Büro. Sie fuhr zusammen, als er hereinplatzte, und stach sich mit der Nadel, mit der sie gerade eine Stoffrose an einem Hut festnähte. Mit einem Schmerzenslaut auf den Lippen funkelte sie ihn an.

„Also wirklich, Mr Beck. Ist das eine Art, unaufgefordert ein fremdes Haus zu betreten?" Sie schüttelte ihre Hand und saugte den Blutstropfen auf. Vorsichtig legte sie den Hut zur Seite und erhob sich. „Was ist los? Wie es scheint, hat es Ihnen die Sprache verschlagen."

Ihm gefiel nicht, was er empfand, wann immer er in ihre Nähe kam. „Sie und ich, wir müssen reden."

Sie runzelte die Stirn und zog die Nase kraus. Ein Blick nach unten, und sie stieß einen Schrei aus. „Sehen Sie nur, was sie mit hereingebracht haben!"

Matthias blickte auf seine schlammigen Stiefel und seine Fußabdrücke auf ihrem Fußboden. Er hielt die Zeitung hoch.

Mit zusammengebissenen Zähnen deutete sie mit ihrem verletzten Finger auf die Tür. „Raus! Sofort! Gehen Sie!" Er rührte sich nicht, und sie kam außer sich vor Zorn auf ihn zu, sodass er einen Schritt zurückwich. Die zusammengeknüllte Zeitung hielt er ihr vor die Nase. Sie schlug sie zur Seite. „Ich rede nicht mit Ihnen, bevor sie nicht draußen Ihre Stiefel abgekratzt haben!" Wutentbrannt riss sie ihm die Zeitung aus der Hand und schleuderte sie zu Boden.

Schimpfend verschwand Matthias nach draußen. Er kratzte seine Stiefel sauber und trat gegen den Pfosten, trampelte so heftig auf den Brettersteg, dass der Schnee auf die Straße fiel. Anschließend betrat er ihr kleines Büro. Sie kam von hinten mit einem Eimer Wasser und einem Wischmopp. Energisch knallte sie den Eimer auf den Boden.

„Sie sollten lieber nicht versuchen, mich damit zu verprügeln."

„Führen Sie mich nicht in Versuchung. Mein ganzes Büro stinkt nach Dung!" Sie tauchte den Mopp ins Wasser.

„Darauf können Sie wetten! Sie haben beschlossen, sich kopfüber in eine ganze Mine voller Mist zu stürzen!"

Bei seiner zornigen Stimme zuckte sie zusammen. Trotzdem goss sie Wasser auf den Dreck, den er mit hereingebracht hatte. „Kümmern Sie sich um Ihre Angelegenheiten und lassen Sie mich meine regeln."

Matthias riss ihr den Mopp aus den Händen. „Jetzt hören Sie mir mal zu! Das ist kein Spaß mehr, Kate."

„Ich heiße nicht Kate." Sie schnappte sich den Mopp. „Geben Sie ihn mir zurück!"

„Oh, ich würde es Ihnen wirklich gern geben!", knurrte Matthias, ließ den Mopp aber los. „Ich gebe einen Fehler zu, Eure Ladyschaft", brummte er zwischen zusammengebissenen Zähnen. „Miss Walsh." Er schnaubte. „Sie starrköpfiger Bostoner Quälgeist, der mich …"

„Entfernen Sie sich, Sir!" Unnachgiebig wie ein Baum stand Kathryn da, eine Hand in die Hüfte gestemmt, und hielt den Mopp vor sich wie ein Gewehr bei einer Parade. Langsam atmete sie aus, und ihre Muskeln entspannten sich. „Oder möchten Sie gern eine beruhigende Tasse Tee trinken, Mr Beck?" Ihr Tonfall war jetzt so zuckersüß, dass es ihm die Zähne zusammenzog.

„Nur wenn Sie ihn mit einem guten Kentucky Bourbon verlängern."

„Das Einzige, was hier verlängert wird, liegt auf diesem Regal." Sie wies auf ihre Nähutensilien.

„Dann lasse ich den Tee aus und konzentriere mich auf das Gespräch." Jetzt musste das Geplänkel ein Ende haben. *„Setzen Sie sich!"*

Kathryn zuckte zusammen, wich aber nicht von der Stelle. „Sie brauchen nicht zu schreien." Sie rührte sich erst, als er einen Schritt auf sie zumachte, dann ließ sie sich anmutig auf dem Sofa nieder und faltete ihre Hände im Schoß. „Nur zu, und sagen Sie mir, was ich bereits weiß. Mr Sanders wird über meinen Artikel nicht erfreut sein."

„Nicht erfreut? Das ist eine Untertreibung."

„Ich habe nur geschrieben, was er selbst mir erzählt hat und ich mit meinen eigenen Augen gesehen habe."

„Sie haben den gesunden Menschenverstand eines Hasen!"

Sie presste die Lippen zusammen. „Haben Sie gesehen, wie seine Bergarbeiter leben? Und was mit ihren Witwen passiert, wenn die Männer unter einer Tonne Stein begraben werden oder durch Dynamit in die Luft fliegen?"

„Ich weiß. Ich habe es gesehen." Er und Henry überlegten sich, was sie tun könnten, ohne die ganze Stadt in ein Kriegsgebiet zu verwandeln.

„Und die Preise in seinem Laden?"

„Ja." Er bückte sich, hob die Zeitung auf und warf sie ihr zu. „Und was, glauben Sie, haben Sie durch diesen Artikel bewirkt?"

„Ich habe Themen angesprochen, die direkt die Frage seiner Eignung für das Bürgermeisteramt betreffen. Wenn die Versprechen aus der Vergangenheit nicht umgesetzt wurden, wieso sollte man Mr Sanders' neuen Versprechungen glauben?" Sie blickte ihn mit stahlhartem Blick an. „Und eigentlich auch Ihren."

„In Bezug auf Mäßigung, nicht?"

„Ich bezweifle, dass Frauen irgendwelche Rechte bekommen würden, wenn ihre erste Tat darin bestünde, den Männern den Alkohol wegzunehmen."

In dieser Hinsicht war sie ziemlich pragmatisch. Er wünschte nur, sie würde in anderen Bereichen etwas klüger agieren. „In dieser Wahl gibt es nur zwei Kandidaten – und ich bin nicht sicher, wer von beiden schlimmer ist." Sie straffte die Schultern. „Sanders bezahlt seinen Leuten weniger, als ihnen zusteht, und dann vertrinken sie ihren mageren Lohn in Ihrer Bar oder verspielen ihn an Ihren Faro-Tischen."

Ihre Kritik schmerzte, und er machte keine Anstalten, sich zu verteidigen. Sie hatte ja recht, und das war auch der Grund, warum er einen neuen Kurs einschlug. Aber es war noch zu früh, um darüber zu reden.

„Und jetzt holen Sie auch noch Frauen ..." Ihr Tonfall war leicht, ihr Gesichtsausdruck wachsam.

Das konnte Matthias ihr nicht durchgehen lassen. „Männer benehmen sich besser, wenn Frauen in der Nähe sind." Sie stieß ein verächtliches Lachen aus. Verärgert redete er weiter. „Diese *Ladys* werden Karten ausgeben und an der Bar arbeiten. Das sind keine ..."

„Beschmutzten Tauben?" Herausfordernd zog sie die Augenbrauen in die Höhe.

„Nein. Das sind sie nicht. Und es wird Regeln geben. Keine ..." Er wusste nicht so genau, wie er es ausdrücken sollte, ohne es zu sagen.

„Verbrüderung mit den Gästen?" Sie schob ihr Kinn vor und blickte ihn ernst an. „Und Sie denken, es wird dann weniger Streitigkeiten, weniger Fluchen und keine Schießereien auf der Straße mehr geben?"

„Genau."

Darüber dachte sie nach. „Und auf diese Weise wollen Sie für Recht und Ordnung sorgen?"

Zumindest hörte sie zu. „Das ist ein Weg."

Kathryn strich ihren Rock glatt und erhob sich. „Nun, ich finde, das ist eine sehr interessante Idee, Mr Beck. Wirklich."

Er traute weder ihrem Tonfall noch ihrem katzenhaften Lächeln. „Ich bin so froh, dass Sie das billigen, Eure Ladyschaft." Er fragte sich, was für einen Artikel sie als Nächstes ausbrütete.

„Ich billige alles, was eine Verbesserung für diese Stadt darstellt." Sie baute sich vor ihm auf. „Sind wir jetzt fertig?"

Oh nein, meine Dame. Noch lange nicht. „Nehmen Sie einen freundlichen Rat an und schreiben Sie über etwas anderes als die Wahl. Alle kennen Sanders. Und sie kennen mich. Am Wahltag wird sich zeigen, wer Veränderungen vornehmen wird und welcher Art sie sein werden." Er wandte sich zur Tür.

„Und worüber sollte ich Ihrer Meinung nach wohl schreiben?"

Matthias hatte es satt. „Schreiben Sie doch über Kirchenfeste und Hausversammlungen. Berichten Sie über Hochzeiten, Geburten, Todesfälle. Schreiben Sie über die Mode im Osten, über die Behandlung von Frostbeulen, über das Einmachen und über Kinder! Mir ist es egal! Aber gebrauchen Sie Ihren Verstand. Lassen Sie die Männer ihre Dinge unter sich regeln und mischen Sie sich nicht in Angelegenheiten, von denen Sie nichts verstehen."

Sie gab einen leisen Ton von sich, als würde sie über das, was er gesagt hatte, nachdenken. „Ich nehme an, Sie sind der Meinung, dass Stu Bickerson als Zeitungsredakteur gut genug für Calvada ist."

Jetzt hatte sie ihn erwischt. Stu Bickerson war ein ungebildeter Tölpel und von Sanders gekauft.

Kathryn wirkte jetzt vollkommen entspannt, ihr Gesichtsausdruck wurde sogar noch weicher. „Ihre Sorge rührt mich, Mr Beck. Wirklich. In Anbetracht dessen, was ich über Sie geschrieben habe, bin ich erstaunt, dass Sie sich um mich Sorgen machen und nicht ein Komitee zusammenstellen, das mich teert und federt und mit der nächsten Postkutsche aus der Stadt expediert. Entspannen Sie sich. Ich denke, Morgan wird alles, was ich über ihn geschrieben habe, genauso ernst nehmen wie Sie die erste Ausgabe."

Morgan. Er hasste es, seinen Namen aus ihrem Mund zu hören. „Das sollten Sie hoffen." Ihre Augen flackerten. Sie war sich der Risiken durchaus bewusst, mehr als sie sich anmerken ließ, und das bereitete ihm umso mehr Sorge. Mut konnte leichtsinnig machen, und Leichtsinn zog immer Konsequenzen nach sich.

„Ich hoffe, Mr Sanders liest jedes Wort und kommt zu der Überzeugung, dass Veränderung notwendig ist." Kathryn schien das ernst zu meinen und wirkte leicht optimistisch. „Dann wird er seine ursprünglichen Versprechen einlösen, den Lohn der Männer anheben, ihre Hütten sanieren und diesen armen Witwen helfen und die Mine einsturzsicher machen, damit es nicht zu weiteren Unfällen kommt. Vielleicht senkt er sogar die Preise in seinem Laden, zumindest auf das Niveau von denen von Nabor Aday."

Zorn durchströmte Matthias. Und er dachte, sie hätte Verstand. „Was? Sie meinen, Sie könnten den Mann retten?"

„Ich sprach nicht über seine Seele, aber da Sie das erwähnen, Wunder geschehen. Niemand ist auf Dauer verloren. Nun, außer Ihnen vielleicht."

Matthias stieß ein freudloses Lachen aus. „Das wurde mir bereits gesagt." Er verließ das Haus und ließ die Haustür offen stehen.

KAPITEL 11

Kathryn wartete den ganzen Tag darauf, dass Morgan Sanders wie Matthias Beck in ihr Büro gestürmt kam. Aber er ließ sich nicht blicken. Stattdessen schickte er einen der Vorarbeiter, die sie bereits im Hotel gesehen hatte. Dieses Mal hing eine Pistole an seinem Gürtel. „Von Morgan." Mit diesen Worten reichte er ihr einen Umschlag und beugte sich zu ihr vor. „Sie sollten besser aufpassen, kleine Lady." Er sprach mit ernster Stimme und wirkte auch ernst. Sie setzte sich an ihren Schreibtisch und wartete, dass ihr Puls sich beruhigte, bevor sie den Umschlag öffnete.

Sie haben mich tief verletzt. Aber Sie sind noch jung und naiv und haben noch viel über Calvada und über mich zu lernen. Seien Sie versichert, dass ich Ihnen vergebe. Meine Absichten haben sich nicht geändert. Doch im Augenblick erwarte ich nichts als Rücksicht und Respekt. Seien Sie in Zukunft etwas vorsichtiger.
Morgan

Kathryn spürte, wie sie innerlich bebte. Was war nötig, um einem Mann wie Sanders klarzumachen, dass es keinen Sinn hatte, um sie zu werben? Entschlossen knüllte sie den Brief zusammen und warf ihn in den Abfalleimer.

Mit neuer Energie erfüllt, nahm sie ein Blatt Papier und schrieb etwas über Matthias Becks Idee, weitere Frauen nach Calvada zu holen, die die Männer dazu bringen sollten, sich zu benehmen. Die verschiedenen Szenarien, die sie beschrieb, brachten sie zum Schmunzeln.

Sie unterbrach ihr Schreiben und tippte nachdenklich mit dem Stift auf den Schreibtisch. Die Themen, die Matthias ihr vorgeschlagen hatte, waren gar nicht so abwegig. Wenn die *Voice* eine Stimme haben wollte, dann durfte sie nicht nur ihre eigenen Artikel und die Widerlegung der lächerlichen Erfindungen drucken, die Stu Bickerson als „Nachrichten" verkaufte. Ronya wäre eine gute Quelle für Kochtipps; Abbie Aday könnte etwas dazu sagen, wie man ein Geschäft führte; die Frauen der Minenarbeiter könnten erklären, wie man einen Garten vorbereitete, anpflanzte und pflegte. Sie könnte doch Interviews mit ihnen führen und in einer wöchentlichen Kolumne über ihre Erkenntnisse schreiben. Sie wäre die Erste, die davon profitieren würde. Und die Scharen von Junggesellen im Ort könnten einige Tipps zur Haushaltsführung gebrauchen!

Zufrieden mit dem endgültigen Entwurf ihres Artikels legte Kathryn ihn zur Seite. Es war mittlerweile zu spät, um in Ronyas Café zum Essen zu gehen, also musste sie sich mit einer Scheibe Brot und einem Becher Tee begnügen, bevor sie an ihren Hüten weiterarbeitete. Sie stellte das Modell, das sie Sally Thacker schenken wollte, fertig und nähte noch ein wenig Blumenschmuck und zwei weiße Fischreiherfedern daran fest. In dieser Jahreszeit wurde es früh dunkel, und sie zündete die Lampe an, um weiterarbeiten zu können. So sehr sie auch das Schreiben vorzog, die Hutmacherei verschaffte ihr für den Augenblick eher ein Einkommen.

Sie hoffte, das Material, das sie aus Sacramento mitgebracht hatte, würde ihr kleines Geschäft ein wenig beleben. Sie verzierte einen einfachen Hut mit hoher Krone mit einem geflammten Band, anschließend veredelte sie eine Seemanskappe mit einem einfachen, grob gerippten Band und einer Schleife. Drei flache Hauben bekamen als Verzierung Bänder und Blumen, und sie hoffte, dass jede davon einer Frau in dieser freudlosen Stadt ein wenig Freude schenken würde. Sie betete, dass Nabor Aday einen Dollar oder zwei spendieren würde, um seiner hart arbeitenden, ihm ergebenen Frau ein Geschenk zu machen, das sie ein wenig aufmuntern könnte.

Kathryn stand früh auf und begann, den Artikel zu setzen, bevor Scribe auftauchte. Er wirkte ein wenig zerknittert, als er das Haus betrat, und verstimmt erklärte er, er hätte es satt, tagtäglich Geschirr zu spülen und Spucknäpfe zu leeren. Seine Stimmung hob sich jedoch zusehends, als er ihren Artikel las. Lachend machte er sich sofort an die Arbeit, ihn zu setzen.

~

Ein Dutzend Männer drängten am nächsten Tag in Becks Saloon. Alle redeten aufgeregt durcheinander. Zwei hatten Zeitungen in der Hand, und die anderen versuchten, ihnen über die Schulter zu schauen und mitzulesen. Kurz darauf trat Henry durch die Schwingtüren, kopfschüttelnd in den Artikel vertieft. Grinsend durchquerte er den Saloon und stellte sich neben Matthias an die Bar. „Sie hat dich mal wieder gehörig auf dem Kieker, mein Freund. Ich wünschte wirklich, diese Lady stünde auf unserer Seite."

„Was hat sie dieses Mal fabriziert?"

„Lies selbst."

Die Schlagzeile verwunderte ihn nicht. ENGEL DER BARMHERZIGKEIT SOLLEN CALVADA UNTER IHRE FITTICHE NEHMEN. In dem Artikel gab Kathryn ihr Gespräch wieder. Sie zitierte ihn häufig und streute immer wieder witzige Wortspiele ein, zeichnete das Bild von züchtig hochgeschlossenen Jungfern, die in den Saloons an der Chump Street für Frieden sorgten. Natürlich trug jede einen glänzend polierten Silver Star an ihrem Mieder und an ihrem Gürtel eine Peitsche. Er wand sich innerlich. Noch bevor er ihr Haus verließ, hätte er wissen müssen, dass er sich gerade eine Zielscheibe an die Brust geheftet hatte. Sollte sie sich ruhig auf ihn einschießen. Er konnte das aushalten. Hauptsache, sie richtete ihre Spitzen nicht gegen Sanders.

„Wenigstens räumt sie deinem Gegenkandidaten genauso viel Platz ein."

Matthias drehte das Blatt um und fluchte verhalten. Natürlich hatte sie seinen Rat ignoriert. *In der Madera gab es in den vergangenen zwei Jahren vier Einstürze ... fünf Männer kamen dort ums Leben ... ein Vermisster ... ein weiterer Unfall ... zweimal wurde ein halbes Dutzend Männer verschüttet ... erst nach mehrstündigen Ausgrabungsarbeiten konnten sie gerettet werden ...* Das Schimpfwort, das er ausstieß, war nichts für empfindliche Ohren.

Unten auf der Seite fand sich eine eingerahmte Anzeige.

GESUCHT: EIN EHRLICHER BÜRGERMEISTER

Qualifikationen: Bereitschaft, sich für die Verbesserung der Lebensumstände ALLER Einwohner von Calvada einzusetzen.

Henrys Lächeln erstarb. „Du denkst, es wird Ärger geben?"

„Darauf würde ich wetten."

Der Ärger ließ nicht lange auf sich warten, aber nicht Morgan Sanders war der Urheber, sondern einige erzürnte Ehefrauen, die sich auf der Straßenseite vor den Schwingtüren zu Matthias' Saloon auf die Zehenspitzen stellten, um hineinschauen zu können, und ihre Männer lautstark aufforderten, herauszukommen. Natürlich weigerten sich die Männer, und Matthias ging nach draußen, um mit den Frauen zu reden. Es waren nur drei, aber sie machten eine Menge Radau. Mit allem Südstaatencharme, den er aufbringen konnte, bemühte er sich, sie zu besänftigen, doch sein Versuch misslang.

„Papperlapapp!" Eine ältere Frau mit deutschem Akzent hatte sich mit vorgeschobenem Kinn vor Matthias aufgebaut. „Wir sind auch nicht von gestern!"

„Jungfern, da lachen ja die Hühner!", rief eine stämmige Frau. „Engel der Barmherzigkeit, ha!" Sie bückte sich vor und spähte unter den Türen hindurch. „Richaaaard! Komm raus, wenn du nicht willst, dass ich dir Rattengift in deine nächste Mahlzeit mische!"

„Geh nach Hause, Frau!", rief Richard zurück, aber er stand trotzdem auf und ging zur Tür. Zwei andere folgten dem belagerten Richard, um ihm moralische Unterstützung zu geben. Auf dem Brettersteig entbrannte ein erbitterter Kampf der Geschlechter, während Matthias mit wachsender Ratlosigkeit seinen Nacken rieb.

Henry, der neben Matthias stand, lachte leise. „Und du willst noch mehr Frauen nach Calvada holen?"

Eine Frau schluchzte. „Wie kannst du mir das antun, Charlie?"

„Ich habe doch noch gar nichts gemacht, Liebling."

„Noch nicht?"

„Also, Schatz … ich hatte nicht vor …"

Ein anderer Mann baute sich vor seiner Frau auf. „Geh sofort nach Hause, wo du hingehörst!", rief er.

Sie schrie zurück. „Und ich soll tatenlos zusehen, wie du hier Unfug treibst?"

„Das ist das Recht eines Mannes!"

„Während ich dein Essen koche, deine Kleider wasche und bügele, deine Kuh melke, deine Hühner füttere, mich um deinen Garten kümmere und deine sechs Kinder großziehe …"

Herr Neumann lief vor seinem Barbiersalon auf und ab und rief herüber: „Was habe ich dir gesagt, Matthias? Was habe ich dir gesagt?"

Matthias verzog sich in seinen Saloon. Grinsend stellte Brady eine volle Flasche Bourbon auf die Theke. „Danke", murmelte Matthias, ließ sie aber unberührt dort stehen. „Du bist wirklich eine große Hilfe."

Es brauchte ein paar Tage, bis sich die Lage beruhigte.

Scribe musste Beschimpfungen über sich ergehen lassen, vor allem von Herrn Neumann, der früher einmal eine Schwäche für den Jungen gezeigt hatte, ihn jetzt aber als Verräter betrachtete. „Wir sollten dir alle Finger brechen, damit du keine Artikel mehr setzen kannst."

„Angst vor einer kleinen Lady aus Boston, Herr Neumann?", spottete Scribe.

Matthias packte den Jungen im Nacken und zerrte ihn durch den Flur in sein Büro. „Mach nicht alles noch schlimmer."

„Er hat kein Recht, schlecht über Kathryn zu reden. Sie will die Situation doch nur verbessern!"

„Das nennst du verbessern?", schnaubte Matthias.

„Nun, gib nicht mir die Schuld. Ich habe keinen Einfluss auf sie. Sie schreibt, was sie sieht, und alles, was sie bisher gedruckt hat, hat genau ins Schwarze getroffen. Und ziemlich lustig war es auch, wenn du mich fragst."

Lustig? „City hat auch immer ins Schwarze getroffen, und ihm wurde mit dem Griff seiner Druckerpresse der Kopf eingeschlagen! Willst du sie eines Tages genauso vorfinden wie ihren Onkel?"

Das ernüchterte den Jungen. Er sackte in sich zusammen und blickte gequält hoch. „Niemand würde einer Lady so etwas antun."

Matthias erinnerte sich an die Kriegsjahre. „Männer haben schon Schlimmeres gemacht."

Scribe ließ die Schultern hängen. „Ich kann nichts dagegen machen."

„Natürlich kannst du. Hör auf, ihre Artikel zu setzen."

„Sie würde das selbst machen. Sie hat immer schon mit dem Setzen angefangen, wenn ich komme. Vielleicht braucht sie ein wenig länger, aber sie ist klug und entschlossen."

Matthias seufzte tief und fuhr sich mit der Hand durch die Haare. „Vielleicht sollte ich ihr die Finger brechen, bevor ein anderer ihr das Genick bricht."

Mit hochrotem Gesicht richtete sich Scribe auf. „Du solltest es nicht wagen, sie anzurühren! Dann bekommst du es mit mir zu tun!"

„Ach, halt den Mund und setz dich hin! Denkst du ernsthaft, ich würde ihr was antun?" Matthias überlegte, wie er sie beschützen könnte. Das allerdings wurde mit jeder Ausgabe der *Voice* schwieriger.

Scribe setzte sich wieder und sank in sich zusammen. „Der Einzige, auf den Kathryn im Augenblick hören würde, ist Gott."

Matthias blickte ihn an. „Was hast du gesagt?"

„Gott."

Matthias dachte an seinen Vater und die Macht der Kanzel. Von seiner Mutter hatte er immer wieder gehört, sein Vater, ein Mann Gottes, sei Gottes Sprachrohr.

Seiner Mutter hätte Kathryn Walsh gefallen. Auch wenn sie aus unterschiedlichen gesellschaftlichen Schichten kamen, so gab es doch viele Gemeinsamkeiten zwischen ihnen. Oft hatte er die Bibel seiner Mutter aufgeschlagen auf dem Tisch liegen sehen. Sie hatte ihm immer Mut gemacht, seinem Gewissen zu folgen, ungeachtet der Konsequenzen. Als er in den Krieg gezogen war, hatte sie bittere Tränen vergossen, als er nach Hause gekommen war, vor Erleichterung geweint und vor Trauer, als er für immer fortgegangen war.

Matthias wusste genau, was seine Mutter ihm jetzt sagen würde. *Nichts geschieht, ohne dass der Herr es weiß. Alles wirkt zusammen zu unserem Besten, Matthias. Alles geschieht nach seinem Plan. Gott hat dich nach Calvada geführt und dich dort festgehalten, weil er wusste, dass Kathryn kommen würde.*

Falls das stimmte, bedeutete das, dass Gott trotz allem vielleicht noch nicht fertig war mit ihm.

Vielleicht war es an der Zeit, sich einmal mit Reverend Thacker zu unterhalten. Er würde den guten Reverend bitten, auf Kathryn einzuwirken. Vielleicht könnte ein Mann Gottes zu ihr durchdringen, denn auf ihn hörte sie ganz offensichtlich nicht. Vielleicht könnte Thacker die *Voice* zum Verstummen bringen, bevor ein anderer Kathryn für immer zum Schweigen brachte.

~

Kathryns Wangen brannten, während Reverend Wilfred Thacker seine einstündige Predigt hielt, in der er sich darüber ausließ, dass es die Aufgabe einer Frau sei, ein Heim zu schaffen und für Frieden und das Wohl der Gemeinschaft zu sorgen. Mehrmals richtete sich sein

Blick direkt auf sie, damit sie verstand, dass er sie für die Unruhe in der Stadt verantwortlich machte. Gezielte Blicke trafen auch Lucy Wynham, Vinnie MacIntosh, Camilla Deets und sogar die arme Abbie Aday. Nabor flüsterte ihr etwas zu, und sie senkte den Kopf.

„Im ersten Buch Mose lesen wir, dass zu Beginn der Schöpfung jedes Übel, das dem Mann begegnete, eine direkte Folge davon war, dass Eva Adam den Apfel gereicht hatte. Es war Eva, die sich hatte täuschen lassen. Es war Eva, die den Bund mit Gott gebrochen hatte, indem sie Adam die Frucht der Sünde anbot. Wegen Eva wurde Adam aus dem Garten Eden vertrieben."

Zorn stieg in Kathryn hoch. Ihr wildes Herz rebellierte gegen jedes Wort, das von der Kanzel kam. Warum führten die Männer immer diese Geschichte an und gaben den Frauen die Schuld an dem, was in der Welt nicht richtig war? Am liebsten hätte sie dazwischengerufen, Adam hätte schweigend dabeigestanden und zugesehen und zugehört, wie die Schlange Eva täuschte. Es war seine Entscheidung, die Frucht aus Evas Hand zu nehmen. Es war seine Entscheidung, sie zu essen. Kathryn schloss die Augen und knetete ihre Hände so fest in ihrem Schoß, dass ihre Finger schmerzten.

„... und ich möchte Sie alle daran erinnern", fuhr Reverend Thacker ungewohnt leidenschaftlich fort, „dass Gott von Adam eine Rippe nahm und Eva zu seiner Gefährtin machte. Gott schuf die Frau dazu, liebevoll, fürsorglich und *fügsam* zu sein. Gott schuf die Frau dazu, dem Mann zu dienen. Gott schuf sie nicht dazu, ihm Schwierigkeiten, Mühe oder Trauer zu bereiten. Einige Frauen aus unserer Gemeinschaft täten gut daran, dies zu beherzigen. Lasst uns wieder Frieden haben."

Er schwieg und schaute Kathryn noch einmal eindringlich an. „Wir wollen beten." Das Gebet war lang und leidenschaftlich, eine weitere Predigt. Der kleine Chor sang die Doxologie. Sally Thacker warf Kathryn einen entschuldigenden Blick zu, als sie an der Seite ihres Mannes durch die Kirche ging, um die Gemeindemitglieder an der Tür zu verabschieden. Die Gemeinde verließ schweigend das

Gotteshaus. Nabors Augen blitzten. Der Mann hatte Abbie mit festem Griff am Arm gepackt. Die arme Frau sah aus wie ein geprügelter Hund.

Nur Morgan Sanders sprach mit Kathryn. „Das war ja eine Predigt heute." Sein Lächeln zeigte Mitgefühl.

Bisher waren Reverend Thackers Predigten immer freundliche Ermahnungen gewesen, ein gutes, christliches Leben zu führen, und seine Worte waren erfüllt von liebevoller Sorge um seine Gemeindeglieder. Warum heute diese Veränderung? Nie predigte er über Politik oder die Minen. Dies schien heiliger Boden zu sein, auf den er keinen Fuß zu setzen wagte. Kathryn war bewusst, dass diese Predigt an sie gerichtet war, weil sie die *Voice* wiederbelebt hatte. Aber das zu wissen, machte seine Worte nicht weniger verletzend.

Thacker reichte ihr die Hand, und sie nahm den Gruß entgegen. Sein Griff war fest. „Ich hoffe, Sie nehmen sich das, was ich gesagt habe, zu Herzen, Miss Walsh." Sein Tonfall war ruhig und sanft, sein Gesichtsausdruck entschuldigend. „Es sollte nicht verletzen, sondern instruieren, und nicht nur Sie, sondern auch andere schützen. Sie meinen es gut, aber Sie müssen wissen, wo Ihr Platz ist." Damit ließ er ihre Hand los.

Kathryns Hals war wie zugeschnürt, und sie brachte keinen Ton heraus. Auf keinen Fall würde sie hier, vor all diesen Leuten, in Tränen ausbrechen. Ganz bestimmt nicht!

Die Gemeindemitglieder standen in Gruppen zusammen, tuschelten miteinander und schauten immer wieder zu ihr herüber. Nabor riss an Abbies Arm und zwang sie, sich abzuwenden, als Kathryn vorbeiging. Camillas Mann ging auf dem Weg in die Stadt ein Stück vor ihr her. Vinnie MacIntosh hörte schweigend und mit starrem Gesicht zu, während ihr Mann auf sie einredete.

Henry Call löste sich von einer Gruppe. „Kathryn …"

Sie nickte ihm kurz zu und ging weiter, ohne stehen zu bleiben, kerzengerade und mit erhobenem Kinn. Sie spürte die Blicke der Leute auf sich, die vor der Kirche zusammenstanden. Sollten sie doch schauen! Sie marschierte den Berg hinunter, vorbei an Ronyas Café, wo sie normalerweise ihr Sonntagsfrühstück einnahm, überquerte die Straße, ging an der Tanzhalle vorbei, in der es jetzt, nach dem Trubel vom Samstagabend, ruhig war. Kathryn betrat City Walshs Redaktion und schloss die Tür hinter sich.

Mit zitternden Händen löste sie die Bänder ihres besten Sonntagshuts und hängte ihn auf einen Ständer. Dann ließ sie sich aufs Sofa sinken, blieb eine Weile still sitzen und brach schließlich in Tränen aus.

~

Matthias schaute auf, als Henry Call mit aufgebrachter Miene in den Saloon stürmte. Sein Freund durchquerte den Raum, warf seinen Hut auf den Tisch und setzte sich. „Ich hoffe, du bist jetzt zufrieden, Matt. Thacker hat nicht privat mit Kathryn gesprochen, wie du gehofft hattest. Er hat sie vor der versammelten Gemeinde gekreuzigt." Düster blickte er Matthias an. „Noch nie habe ich eine so leidenschaftliche Predigt von diesem Mann gehört."

Matthias zuckte innerlich, aber er musste es wissen. „Und – ist die Botschaft bei ihr angekommen?"

„Angekommen? Er hätte auch einen Knüppel nehmen können. Als sie ging, war sie weiß wie eine Wand."

Matthias wurde es flau im Magen. Er wusste noch sehr genau, was die Worte seines Vaters bei ihm angerichtet hatten. „Hast du nach dem Gottesdienst mit ihr geredet?"

„Nein. Sanders sagte etwas zu ihr, bevor sie ging. Gott weiß, was er zu sagen hatte. Sie hat mit niemandem gesprochen. Ich nehme an, sie hat mühsam versucht, sich so lange zu beherrschen, bis sie zu Hause war."

Matthias' Blick wanderte zu den Schwingtüren, und er überlegte, ob er die Straße überqueren und nach ihr sehen sollte.

Henry nahm seinen Hut und stand auf. „Ich weiß, warum du es getan hast, aber ich kann nicht sagen, dass ich deine Methode billige."

„Ich möchte nicht, dass sie verletzt wird."

„Der sie verletzt hat, bist du. Du hast da zugeschlagen, wo sie besonders verletzlich ist. In ihrem Glauben." Er setzte den Hut auf. „Ich bin bei Ronya." Matthias nickte. Sein Freund und Charlotte Arnett waren sich nähergekommen.

Matthias schickte Scribe los, um nach Kathryn zu sehen. Der Junge kam umgehend zurück. „Sie wollte die Tür nicht aufmachen. Sagte, ihr gehe es gut. Aber ihre Stimme klang rau."

Am nächsten Morgen schickte Matthias ihn erneut.

„Sie hat die Tür einen Spalt geöffnet, wollte mich aber nicht reinlassen. Sie hatte ganz rote Augen und sah verquollen aus und so, als ob sie nicht geschlafen hätte.

~

Kathryn wischte sich die Tränen von den Wangen. In den letzten zwei Tagen hatte sie so viel geweint, dass sie sich schwach und körperlich krank fühlte. Dieselbe Botschaft hatte sie unzählige Male von Rednerpulten und auch Kanzeln gehört, sogar von Frauen, auch von ihrer Mutter.

Du musst deinen Platz kennen …

Wenn du weiter so offen redest, wirst du als zänkisches Weib verschrien …

Warum kannst du in Bezug auf Politik denn nicht deinen Mund halten? Das geht Frauen nichts an …

Sie konnte nicht essen. Sie konnte nicht schlafen. Im Geist ging sie jedes Wort von Reverend Thacker und all den anderen vor ihm noch einmal durch.

Sie war geknickt, ein gebrochenes Rohr. Kathryn vertiefte sich in die Bibel und betete um Wegweisung. Sie stieß auf Worte des Trostes und auf Ermahnungen, las von Frauen, die Autoritätspositionen innehatten, die sich zu Wort gemeldet und sich Respekt erworben hatten. Eine Frau, Debora, hatte sogar eine Armee angeführt!

Neben Trost stieß sie auch auf Tadel, der schärfer war als ein zweischneidiges Schwert und ihren Stolz ankratzte und die Konsequenzen offenbarte, die sie zu tragen hatte, weil sie ihrem Temperament nachgegeben hatte. Es war, als sei ihr ein Spiegel vorgehalten worden, und was sie darin sah, betrübte sie.

Erinnerungen kamen wieder hoch. Vom dritten und letzten Internat war sie wegen undamenhaftem Verhalten verwiesen worden. *Sie wissen mit Worten umzugehen, Miss Walsh. Aber Worte haben die Macht, zu verletzen oder zu heilen. Vergeltung dient niemals einem guten Zweck.* War es nicht ihr Temperament gewesen, das den letzten Streit mit dem Richter provoziert und ihn veranlasst hatte, sie in diese abgelegene Bergarbeiterstadt zu verbannen?

Das Klavier in Becks Saloon lieferte sich einen Wettstreit mit den Gitarren und dem Akkordeon bei Barrera. Kathryns Schläfen pochten. Das Gejohle und Gelächter der Männer und das Trampeln der Stiefel auf dem Tanzboden klang so sorglos.

In etlichen Dingen lag sie falsch, das war ihr bewusst, aber nicht in allem. Nellie O'Toole, Charlotte, die Frauen in der abgetragenen Kleidung, die im Winter gefrorene Erde aufhackten in der Hoffnung, dass sie im Frühling und Sommer Nahrung haben würden – es lohnte sich, sich für sie einzusetzen. Sie wollte die Last der Frauen in Calvada leichter machen. Stattdessen hatten ihre Bemühungen ihr Kritik und Beschämung eingebracht, und nicht nur ihr, sondern auch jeder anderen Frau, die mit ihr im Gottesdienst gesessen hatte.

Während sie noch schlaflos im Bett lag, hörte Kathryn ein Klopfen an ihrer Tür. Immer wieder klopften Männer bei ihr. Sie bemühte sich, die Angebote, die sie durch die Tür machten, zu ignorieren, so gut sie konnte, die anständigen ebenso wie die unanständigen. Als sie Scribes Stimme erkannte, schloss sie die Tür auf und öffnete ihm. Ihr junger Freund stand schwankend auf dem Brettersteg, in der Hand eine halb geleerte Flasche.

Energisch riss sie ihm die Flasche aus der Hand und hielt sie ihm hin. „Von wem hast du das? Von Beck?"

„Joe unten im Watering Hole ist nett zu mir."

„*Nett*", schnaubte sie und schleuderte die Flasche auf die Straße, wo sie im Schlamm versank. Sie legte sich Scribes Arm um die Schultern, half ihm ins Haus und stieß die Tür mit ihrem Absatz zu.

„Wir haben sie aufgemischt, nicht?", nuschelte der Junge. „Genau wie C…c…city. Er sagte, wir seien ein T…tr…rost für die Betrübten und würden den Sa … tt…en zusetzen."

Kathryn führte ihn zum Sofa. „Ich koche Kaffee."

„Will keinen Kaffee." Er schaute zu ihr hoch, als könnte er sie nicht richtig erkennen. „Hab gehört, was in der Kirche passiert ist. Alle reden …"

„Davon bin ich überzeugt." Schon wieder brannten Tränen in Kathryns Augen.

„Schätze, Sie werden nicht mehr hingehen, was?"

Kathryn antwortete nicht.

„Ich vermisse ihn." Scribe rieb sich das Gesicht. Er ließ die Schultern hängen und begann zu weinen. Kathryn setzte sich neben ihn und legte den Arm um seine Schultern. Scribe blickte sie an. „Den Leuten hat auch nicht immer gefallen, was er zu sagen hatte, aber sie haben zugehört. Sie haben seine Zeitung gelesen."

„Ruh dich eine Weile aus." Kathryn stand auf. „Du brauchst etwas anderes in den Magen als Whisky."

Als Kathryn mit Kaffee, Brot und etwas Käse zurückkam, lag Scribe wie ein Kind zusammengerollt auf der Seite und schlief tief und fest. Sie stellte den Becher und Teller zur Seite und breitete eine Decke über ihn, anschließend zog sie sich in den hinteren Raum zurück und versuchte zu schlafen. Eine Stunde später drang immer noch Lärm aus der Tanzhalle, und sie war hellwach. Resigniert warf sie die Decke zurück, zog ihren Morgenmantel über und ging nach vorn ins Büro, zündete die Petroleumlampe auf dem Schreibtisch an und nahm eines von Casey Walshs Notizbüchern zur Hand.

Matthias hatte zwei Stunden mit der Suche nach Scribe verbracht. Er fühlte sich verantwortlich für den Jungen, und er hatte Angst, jemand könnte Neumanns Drohung, ihm die Finger zu brechen, wahr gemacht haben. Er hatte in jedem Saloon in Calvada nach ihm gesucht, sogar in Fiona Hawthornes Puppenhaus nach ihm gefragt. Keine Spur von dem Jungen. Bilder von City Walsh verfolgten Matthias.

Beinahe wäre er zu Kathryns Haus gegangen, aber seit sie am Sonntag aus der Kirche zurückgekommen war, hatte sie ihr Haus nicht mehr verlassen, und abends war das Licht immer sehr früh gelöscht worden. Als er auf dem Brettersteig zum Saloon zurückging, drang ein schwacher Lichtschein aus ihrem Fenster. Die Tanzhalle hatte für die Nacht geschlossen. Die Erinnerung daran, was Henry ihm über Reverend Thackers Predigt erzählt hatte, beschämte ihn; er fühlte sich verantwortlich für ihre Demütigung.

Wenigstens hatte Scribe ihm heute Morgen erzählt, dass es ihr wieder besser zu gehen schien. Als er von ihr zurückkam, hatte er erleichtert gewirkt. „Ihr Laden hat wieder geöffnet. Sie hat so viele Hüte gearbeitet, dass jede Frau in der Stadt einen tragen kann."

Matthias presste die Handballen gegen die Augen. Er hoffte nur, dass er jetzt entspannen könnte, nachdem die *Voice* ihr Erscheinen eingestellt hatte. Schnell überquerte er die Straße und klopfte an ihre Tür. „Miss Walsh. Ich bin es, Matthias. Alles in Ordnung?" Er hörte, wie ein Stuhl zurückgeschoben wurde.

„Alles in Ordnung."

Das klang gar nicht so. „Lassen Sie mich Ihr Gesicht sehen, damit ich mich selbst davon überzeugen kann."

„Glauben Sie es einfach und gehen Sie weg."

„Ich bleibe hier stehen bis zum Morgen …"

Der Riegel wurde zurückgeschoben und die Tür einen Spalt geöffnet. Ihre roten Haare waren locker zu einem Zopf geflochten. „Zufrieden? Dann gehen Sie jetzt."

Männer kamen über den Brettersteig. „Lassen Sie mich reinkommen."

„Ganz bestimmt nicht!“ Sie wollte die Tür schließen, aber er schob sie so weit auf, dass er eintreten konnte. „Was fällt Ihnen ein?“

„Ich will nur Ihren Ruf schützen.“ Plaudernd und lachend kamen die Männer näher. „Schsch.“ Sie war auch so schon geprügelt genug, ohne dass eine Gruppe Männer ihn um zwei Uhr morgens vor ihrer Tür stehen sah. Alle würden eine Beziehung vermuten, die nicht bestand. Kathryn trat zurück, als er die Tür verriegelte. Da hinter ihr die Lampe brannte, zeichnete sich ihr Körper durch das spitzenbesetzte weiße Nachthemd und den Morgenmantel deutlich ab. Barfuß stand sie vor ihm. Der Anblick raubte ihm den Atem.

Ein lautes Schnarchen ertönte. Matthias entdeckte den schlafenden Scribe auf ihrem Sofa. „Gott sei Dank. Ich habe die ganze Stadt nach ihm abgesucht.“

„Er schläft seinen Rausch aus, nachdem Joe im Watering Hole ihm eine Flasche Whisky gegeben hat. Was ist nur los mit den Männern in dieser Stadt?“

Matthias legte den Finger an die Lippen. Sie sollte still sein.

Sie schnaubte. „Die einzigen Männer, die um diese nachtschlafende Zeit auf der Straße unterwegs sind, sind zu betrunken, um …“

Da er keinen anderen Weg sah, sie zum Schweigen zu bringen, legte Matthias seine Hand um ihren Kopf, zog sie an sich und küsste sie, während draußen die Männer vorbeitorkelten. Einer schlug mit der Faust gegen ihre Tür und machte eine unanständige Bemerkung, bevor alle weiterzogen. Matthias ließ Kathryn los, und sie schnappte nach Luft, bevor sie weiter zurückwich. Der Kuss zeigte Wirkung – und nicht nur bei ihr. Er hatte damit gerechnet, dass sie sich wehren würde. Doch sie hatte einfach die Hände an seine Brust gelegt.

Schnell zog sie sich hinter ihren Schreibtisch zurück.

„Entspannen Sie sich, meine Liebe. Es war das Einzige, was mir einfiel, um Sie dazu zu bringen, still zu sein.“ Es tat ihm nicht leid, dass er diesen Weg gewählt hatte. „Ich muss Scribe hier rausschaffen.“

„Sie können ihn hierlassen.“ Ihre Wangen waren gerötet, und sie wirkte atemlos. „Er kann gern da liegen bleiben.“

„Sie haben das Herz am rechten Fleck, Kathryn. Aber er ist siebzehn. Ein Mann, kein Junge mehr."

„Sogar betrunken ist er mehr Gentleman als Sie!"

„Vielleicht, aber was würden die Leute wohl sagen, wenn bekannt würde, dass Scribe die Nacht bei Ihnen verbracht hat."

Kathryns Gesicht verdüsterte sich. Sie stieß einen leisen Ton aus und ließ sich auf Citys Stuhl sinken. „Ach, was macht das noch für einen Unterschied!"

Matthias fühlte sich wie ein Straßenköter, der gerade ein Kätzchen zerfleischt hatte. „Ich sage ja nicht, dass es herauskommen würde." Er atmete hörbar aus und rieb sich den Nacken. Schuldgefühle plagten ihn. „Es tut mir leid, Kathryn." Sie wusste gar nicht, wie sehr. Nie hätte er gedacht, dass Thacker sie vor der gesamten Gemeinde bloßstellen würde. Das war nicht seine Absicht gewesen. Und als er den Mann aufgesucht hatte, um ihm deswegen Vorhaltungen zu machen, hatte Thacker gemeint, nicht nur Kathryn sei gemeint gewesen. Auch andere Frauen hätten dringend eine Ermahnung nötig gehabt.

„Das sollte es auch …" Kathryn wirkte verärgert und verwirrt.

Hatte Thacker ihr vielleicht von seinem Gespräch mit ihm erzählt? Als sie die Finger an ihre Lippen legte, begriff er. „Nein, nicht der Kuss tut mir leid." Er lächelte schwach, höchst erfreut, dass sie so offensichtlich durcheinander war. Hitze durchströmte seinen Körper. „Ich meinte, es tut mir leid, was Sie in der Kirche erleben mussten."

„Oh." Sie senkte den Kopf. „Vermutlich haben mittlerweile alle in der Stadt davon gehört."

Das stimmte allerdings. Nachrichten verbreiteten sich schnell. „Ich würde auch nicht mehr in die Kirche gehen." Seit sein Vater ihm an den Kopf geworfen hatte, er wünsche, er wäre tot geboren worden, hatte er keinen Fuß mehr in eine Kirche gesetzt.

Erstaunt schaute Kathryn hoch. „Natürlich gehe ich weiter hin."

„Was?" Zornig starrte er sie an. „Warum sollten Sie nach dem, was Thacker zu Ihnen gesagt hat, noch etwas mit Gott zu tun haben wollen?" Der Mann hatte eine ganze Stunde lang gepredigt und seine

Worte wie Pfeile abgeschossen, und jeder in der Gemeinde kannte das Ziel. „Er hat Sie vor der ganzen Stadt gedemütigt!"

„Ich wende mich doch nicht von Gott ab wegen dem, was ein Mann von der Kanzel verkündet hat." In ihren Augen schimmerten Tränen. „Reverend Thacker hat bestimmt geglaubt, das Richtige zu tun." Sie zuckte die Achseln. „Und er hat mir viel Grund zum Nachdenken gegeben. Ich habe meine Motive überprüft, und ich …" Sie riss sich zusammen, als ihr klar zu werden schien, mit wem sie da redete. „Ach, egal."

Kathryns Worte trafen ihn mitten ins Herz. *Er* hatte Gott aufgegeben wegen dem, was ein Mann gesagt hatte. Dieser Mann war sein Vater gewesen, ein Pastor wie Thacker, wenn auch ein bedeutend besserer Redner. Matthias war in dem Glauben aufgewachsen, sein Vater würde für Gott sprechen. Das glaubten alle in der Gemeinde. Als Matthias seinem Gewissen gefolgt und in den Norden gegangen war, hatte sein Vater ihn einen Hohlkopf genannt. Als Matthias nach Hause kam, war sein Vater verbittert und hart geworden. *Du denkst also, du könntest einfach so wieder zurückkommen? Wir wären besser dran gewesen, wenn du als Totgeburt zur Welt gekommen wärst, statt ein Verräter zu werden! Verschwinde! Ich habe keinen Sohn mehr.*

Kathryns Bibel lag aufgeschlagen auf Citys Schreibtisch. Auf verschiedenen Zetteln, die auf dem Schreibtisch lagen, hatte sie sich Notizen gemacht, als hätte sie in der Bibel nach Antworten gesucht und das Wort eines Predigers nicht als Evangelium hingenommen. Matthias spürte, wie sich in seinem Inneren etwas regte. Etwas, das lange verschlossen gewesen war, begann sich zu öffnen.

Er hatte sich auf die Schreibtischkante gesetzt und konnte nur mühsam den Drang unterdrücken, über ihren gesenkten Kopf zu streichen. Er suchte nach Worten, überlegte, wie er wiedergutmachen könnte, was Thacker angerichtet hatte. Aus eigener Erfahrung wusste er, wie sehr Worte verletzen konnten. Kathryn hob den Kopf. Einige Strähnen ihrer roten Haare kringelten sich auf ihrer blassen Stirn und ihren Wangen. Ihre Lippen öffneten sich, und sein Herzschlag beschleunigte sich. Anders, als er befürchtet hatte, hatten Worte ihren Glauben nicht zerstören können. Sie war geschlagen, aber nicht vernichtet.

Sie ließ den Kragen ihres Morgenmantels los, und er öffnete sich so weit, dass er die glatte weiße Haut ihres Halses und den heftigen Pulsschlag sehen konnte, der seinem eigenen glich. Ihr Blick wanderte über seinen Körper, und Hitze durchströmte ihn.

„Bitte stehen Sie auf."

„Komme ich Ihnen zu nahe?" Er meinte es nicht körperlich.

„Meine Notizen ... Sie befinden sich unter Ihrem ... Hinterteil."

Matthias stand auf. Seit seiner Kindheit war er nicht mehr errötet, und er war froh, dass sie ganz darauf konzentriert war, schnell ihre Papiere zusammenzusammeln. Sie stapelte sie, verstaute sie in einer Schreibtischschublade und schob sie schnell zu. Er wünschte, er hätte ihren Notizen mehr Aufmerksamkeit geschenkt. „Ihr Schuldbekenntnis?"

„Mein neuer Artikel."

Es überlief ihn eiskalt. „Sagen Sie mir jetzt nicht, dass Sie weitermachen wollen!"

Sie faltete ihre Hände auf dem Schreibtisch. „Sie sollten jetzt gehen, Mr Beck."

„Haben Sie denn nicht schon genügend Schwierigkeiten erlebt?"

„Wenn man sich für das einsetzt, was richtig ist, bleiben Schwierigkeiten nicht aus."

Verärgert stützte er seine Hände auf den Schreibtisch und beugte sich zu ihr vor. „Was soll ich nur mit Ihnen machen?" Er schnaubte frustriert. „Was muss denn geschehen, damit Sie ..."

„Was ich tue, geht Sie nichts an."

Er richtete sich auf. „Das habe ich mir schon hundertmal gesagt. Aber Sie sind Citys Nichte, und er war mein Freund." Er musste jetzt hier verschwinden, bevor er noch etwas sagte, das er bereuen würde. Mit großen Schritten stapfte er zum Sofa und riss Scribe die Decke weg. „Komm mit, Junge." Scribe stöhnte. Verhalten fluchend legte

Matthias ihn sich über die Schulter. „Vielleicht sollte ich mit ihm besser den hinteren Eingang nehmen."

Kathryn stand auf und trat vor den Schreibtisch. „Vorn ist der kürzere Weg", sagte sie und öffnete die Haustür.

Kopfschüttelnd folgte Matthias ihrer Anweisung. Auf der Schwelle blieb er noch einmal stehen und schaute sie an. „Danke für den Kuss."

„Ich hätte mich abgewandt, wenn ich vorgewarnt gewesen wäre."

„Dann seien Sie vorgewarnt." Er grinste „Es wird ein nächstes Mal geben … und ein übernächstes …"

Sie schob ihn zur Tür und schloss sie schnell hinter ihm. Er hörte, wie hinter ihm der Riegel vorgeschoben wurde. Leise lachend rückte er Scribe auf seiner Schulter zurecht und trug ihn über die Straße zum Hotel.

Kapitel 12

Kathryn war verblüfft, als Vinnie und Camilla am folgenden Abend vorbeischauten. Nach Reverend Thackers verbaler Geißelung am Sonntag hatte sie nicht damit gerechnet, dass irgendjemand sie aufsuchen würde. Der Sonntag wurde nicht erwähnt, sondern die Frauen unterhielten sich über ganz alltägliche Dinge. Auf dem Weg nach draußen wandte Camilla sich noch einmal zu Kathryn um. „Am letzten Sonntag nach dem Gottesdienst hat James deine Zeitung gelesen. Über deine ‚Engel der Barmherzigkeit' hat er so sehr gelacht, dass ihm die Tränen über die Wangen gelaufen sind. Das wollte ich dir sagen." Sie drückte Kathryn einen Kuss auf die Wange. „Nicht alle Männer sind gegen dich."

Kathryn schloss die Tür und lehnte die Stirn dagegen. Sie war zu aufgewühlt, um jetzt eine Kundin zu bedienen. Entschlossen drehte sie das Schild um, setzte sich an ihren Schreibtisch und las weiter im Tagebuch ihres Onkels. Ein leises Rascheln und schnelle Schritte ließen sie aufmerken. Schon wieder wurde eine Nachricht unter ihrer Tür hindurchgeschoben. Mittlerweile hatte sie so viele bekommen, dass sie für ihr Leben genug hatte. Schnell hob sie den gefalteten Zettel auf. Wie die anderen war die Nachricht kurz und in katastrophaler Rechtschreibung verfasst. Aber bei dieser Botschaft beschleunigte sich ihr Puls.

Katrin –Heute abend sol ein trefen unter der südbrüke statfinden.
Das solten sie wissen.
Eine fröundin

Schnell öffnete Kathryn ihre Tür und spähte hinaus. War das Nellie O'Toole, die da eilig die Hauptstraße entlangging? Kathryn schloss die Tür wieder. Diese Nachricht war zu wichtig, um sie achtlos zur Seite zu legen. Natürlich konnte sie Scribe nicht hinschicken und das Risiko eingehen, dass ihm etwas angetan wurde. Alle wussten, dass er mit ihr gemeinsam die *Voice* herausgab. Und selbst sollte sie auch nicht gehen, es sei denn …

Es klopfte an der Tür, und sie fuhr zusammen. Sie dachte an Matthias, der gestern Abend vor ihrer Tür gestanden hatte, und ihr Herz begann schneller zu schlagen. Bei dem Gedanken an den Kuss überlief sie eine Hitzewelle.

„Kathryn? Das mit gestern Abend tut mir leid."

Scribe! Sie öffnete die Tür. Er schien einen Kater zu haben. Es ging ihm nicht gut, das sah man. Als er erneut zu einer Entschuldigung ansetzte, packte sie ihn am Arm und zog ihn ins Haus. Er war nicht viel größer als sie und jungenhaft schmal. Sie besaß einen Herrenmantel und eine alte Mütze, die sie unter den Sachen ihres Onkels gefunden hatte. „Ich brauche deine Kleidung."

„Was?" Er trat einen Schritt zurück und starrte sie an, als hätte sie den Verstand verloren. „Wozu?"

„Da ist ein Treffen, zu dem ich gehen muss, aber niemand darf wissen, dass ich da bin. Und natürlich darf mich niemand erkennen." Sie wies mit der Hand auf das Hinterzimmer. „Du kannst dich in eine Decke wickeln, bis ich zurück bin. Steh doch nicht einfach herum. Beeil dich!"

Er rührte sich nicht vom Fleck.

„Was ist?" Kathryn wurde ungeduldig. „Ich werde hingehen."

„Alle wissen, dass du für mich arbeitest. Und jetzt keine Widerrede." Sie schob ihn in den Raum und schloss die Tür hinter ihm. „Wenn ich früh genug vor Ort bin, kann ich mich verstecken. Dann bekommt niemand mit, dass ich da bin."

„Verstecken? Wo ist denn dieses Treffen? Wie wollen Sie sich verstecken?"

„Ist egal! Gib mir nur deine Hose und dein Hemd." Durch die Tür hindurch hörte sie ihn verärgert murmeln. „Du hast eine Minute, Scribe, dann komme ich herein." Ein Poltern. „Alles in Ordnung?"

Scribe erschien in eine blaue Decke gewickelt. Sein Gesicht war gerötet, seine dunklen Haare standen wie Getreidestoppeln ab. Mühsam unterdrückte sie ein Lachen, als sie an ihm vorbeiging und die Tür hinter sich zuzog. In aller Eile legte sie Rock und Mieder ab und zog seine Hose und das karierte Wollhemd an. Als sie aus dem Zimmer kam, saß Scribe auf dem Sofa, die Knie fest zusammengepresst und die Arme darum geschlungen, und blickte sie finster an. Sie lachte leise. „Wie sehe ich aus?", fragte sie und drehte sich um sich selbst.

„Schrecklich."

„Solange ich mir nicht ähnlich sehe. Sieht man die roten Haare?"

„Nein. Das ist keine gute Idee."

„Geh jetzt einfach in mein Zimmer, schließ die Tür hinter dir und bleib dort." Sie löschte das Licht der Lampe auf ihrem Schreibtisch. „Ich verspreche, ich werde sehr vorsichtig sein."

Sobald Scribe in ihrem Zimmer verschwunden war, schlüpfte Kathryn zur Tür hinaus. In der Tanzhalle herrschte Hochbetrieb, ebenso in Becks Saloon. Vorgebeugt und mit unsicherem Gang überquerte sie die Chump Street, bevor sie sich auf den Weg zur Madera Mine Road machte. Die Südbrücke lag etwa eineinhalb Kilometer außerhalb der Stadt. Zum Glück stand der Mond am Nachthimmel und schenkte ihr ein wenig Licht.

Als sie die Brücke vor sich sah, bog sie ab in den Wald und schlich vorsichtig zwischen den schlanken Kiefern hindurch. Drei Männer liefen die Straße entlang. Sie hörte sie reden, als sie die Brücke überquerten und in Richtung Stadt weitergingen. Unter der Brücke drückte sie sich an einen Pfeiler. Unterwegs war ihr warm gewesen, aber jetzt kroch die Kälte sehr schnell in ihr hoch. Sie kuschelte sich tiefer in ihren Mantel und wünschte, sie hätte Handschuhe angezogen. Selbst die dünnen aus Wildleder wären besser gewesen als nichts.

Immer wieder wurden Schritte laut, Kies knirschte, als die Männer nach und nach eintrafen. Streichhölzer wurden angezündet, aber keine Laternen. Kathryn verschmolz beinahe mit dem Pfeiler. Sie würde die Gesichter sowieso nicht erkennen können, aber sie konnte die Stimmen unterscheiden. Fünf Männer. Schwere Stiefelschritte dröhnten über die Brücke und ein sechster Mann stieß zu ihnen.

„Tut mir leid, dass ich zu spät bin." Die Stimme des Mannes war tief, mit einem sehr ausgeprägten irischen Akzent. Er führte das Wort. Nicht alles, was er sagte, konnte sie verstehen, dafür war das Rauschen des Flusses zu laut, aber das, was sie mitbekam, reichte. Sie unterhielten sich über die Madera-Mine und Morgan Sanders.

„Wenn wir ihn holen, tragen wir Kapuzen. Wir werfen eine Decke über ihn und dann werden wir unseren Spaß haben. Er wird die Piñata sein." Der Mann lachte kalt. „Keine Knüppel, nur Fäuste. Wir wollen ihm wehtun und Angst machen. Nicht ihn töten. Verstanden?"

Kathryn schloss die Augen und atmete langsam und leise durch die geöffneten Lippen. Sie spürte ein leichtes Kribbeln an ihrem Hals, und ihr Herzschlag setzte aus, dann beschleunigte er sich noch mehr, als das Etwas sich bewegte. Eine Spinne! Sie krabbelte über ihre Stirn zu ihrer Kappe. Einer der Männer zündete ein Streichholz an, und zwei glühende Augen starrten sie aus der Dunkelheit an. Eine Ratte! Ein anderer Mann warf fluchend Steine nach ihr. Das Tier ergriff die Flucht und verschwand.

Ihr Name fiel, und sie lauschte aufmerksam. „Sie wird auf unserer Seite sein, Jungs. Schließlich hat sie Slag Hollow gesehen und mit ein paar von den Frauen gesprochen. Einer von uns, der eine Begabung fürs Schreiben hat, wird in einem leidenschaftlichen Appell unsere hohen Prinzipien erklären. Bis die Pläne für die Vereinigung der Bergarbeiter stehen, wird City Walshs kleine Nichte uns zu Volkshelden gemacht haben."

Falls ein Name genannt wurde, so konnte Kathryn ihn nicht verstehen. Das Rauschen des Flusses war einfach zu laut. Außerdem pochte ihr Herz zum Zerspringen.

„Diese Lady scheint Beck nicht zu mögen. Das ist offensichtlich.“

„Wir wollen, dass Sanders Bürgermeister wird. Und wenn wir mit ihm fertig sind, wird er genau das tun, was wir sagen.“

„Und wenn nicht?“

„Dann muss er verschwinden.“

„Moment mal! Ein Mord war nicht vorgesehen! Dafür habe ich mich der Vereinigung nicht angeschlossen.“

Ein langes Schweigen entstand, bis der Anführer wieder das Wort ergriff. „So weit wird es nicht kommen, McNabb. Aber Sanders soll das für eine realistische Möglichkeit halten.“

Die Männer verabschiedeten sich und gingen auseinander. Kathryn blieb an Ort und Stelle, bis ihre Stimmen leiser wurden und sie die Böschung hochstiegen und in Richtung der Stadt oder zum Slag Hollow davongingen. Zwei Männer waren unter der Brücke geblieben

„Was meinst du? Können wir ihm trauen?“

„McNabb hat nicht den Mumm für das hier.“

„Er wird schon noch einlenken. Gestern war er übrigens bei Nellie O'Toole.“

„Wozu?“

„Er hofft, Seans Platz einnehmen zu können.“

Ihre Stimmen verstummten. Kathryn beugte sich ein paar Zentimeter vor. „Du arbeitest doch mit McNabb zusammen. Du kannst doch dafür sorgen, dass es zu noch einem Einsturz kommt. Nicht zu schlimm. Aber sorge dafür, dass er nicht rauskommt.“ Der andere Mann redete flüsternd weiter auf ihn ein, und der erste schnaubte. „Es muss aber sein. Wir dürfen kein Risiko eingehen.“

Ihre Schritte knirschten auf der Böschung und dröhnten über die Brücke. Kathryns Herz klopfte so schnell, dass sie sich ganz schwach fühlte. Sie wartete noch ein paar Minuten ab, bevor sie ihr Versteck verließ. Schnell riss sie sich ihre Mütze vom Kopf, schlug sie aus und sprang herum. Ein leises Quietschen war zu hören. Das Mondlicht, das durch die Bäume am Fluss fiel, gab nicht genügend Licht, um etwas zu erkennen. Geduckt kam sie unter der Brücke hervor, kletterte die Böschung hoch und spähte über die schweren Planken. Ein Mann stand auf der anderen Seite. Er nahm etwas aus seiner Tasche. Sie beobachtete, wie er eine Zigarette rollte und sie zwischen die Lippen steckte. Als er mit dem Daumennagel ein Streichholz anzündete, war sein Gesicht deutlich zu erkennen. Die Flamme erstarb, und nur noch die Spitze seiner Zigarette glühte auf, als er daran zog. Er blieb noch eine Weile rauchend stehen, bevor er den Zigarettenstummel in den Fluss warf und sich auf den Weg in die Stadt machte.

War er der Anführer oder der Befehlsempfänger, der die Anweisung erhalten hatte, McNabb umzubringen? Eigentlich müsste sie ihm folgen, um zu sehen, wohin er ging, aber eins war ihr klar: Zuerst musste sie zur Willow Creek Road gehen und Nellie O'Toole warnen, dass ihr Freund in Gefahr war.

Das Gesicht des Mannes hatte sich ihr eingeprägt. Sie würde unter den Männern, die nach Feierabend über die Chump Street zogen, nach ihm Ausschau halten.

~

Das Nachtleben von Calvada war in vollem Gange, als Kathryn die Stadt erreichte. Sie hatte Nellie alles erzählt, und die Frau hatte ihr versichert, sie würde McNabb rechtzeitig warnen. Erschöpft und trotz ihrer strammen Wanderung bis auf die Knochen durchgefroren suchte Kathryn nach einer Möglichkeit, um ungesehen die Chump Street zu überqueren. Vor Becks Saloon hatte sich eine Gruppe Männer eingefunden, die laut miteinander redeten und lachten. Zornige Stimmen hallten durch die Straße, und der Männertrupp zog los, um zwei Streithähnen zuzusehen, die sich vor der *Rocker Box* prügelten. Sobald sie ihr den Rücken zugewendet hatten, huschte Kathryn über die Straße und über den Brettersteg, verlangsamte ihr Tempo zu einem normalen Schritttempo, als sie an der Tanzhalle vorbeikam, und schlüpfte schnell in ihr Haus. Keuchend und mit klopfendem Herzen legte sie die Stirn an die Tür und rang mühsam nach Luft.

Eine Hand legte sich fest auf ihren Mund. Vor Angst wie gelähmt wollte sie schreien, aber der Schrei klang unterdrückt. Sie wand sich und trat um sich, um sich zu befreien. Der Mann hob sie hoch und trug sie von der Tür weg. Panisch grub sie ihre Nägel in die Hand des Mannes und biss ihn in den Daumen.

Er stieß einen Schmerzenslaut aus. „Nichts als Knie, Ellbogen, Zähne und Klauen, das sind Sie, nicht?"

„Beck!" Sie hörte auf, sich zu wehren und sank erschöpft in sich zusammen. Mit dem freien Arm verriegelte er die Tür, bevor er sie losließ.

Im Laternenlicht konnte sie die Umrisse von Scribe in der Tür nach hinten erkennen. Er war noch immer in die babyblaue Decke gehüllt. „Tu ihr nicht weh. Ich warne dich! Sie sagt ja gar nichts. Warum redet sie nicht?" Er kam ins Büro. „Was machst du da?"

„Ich genieße die vorübergehende Stille." Beck schüttelte seine verletzte Hand und starrte Kathryn finster an. Sie versuchte, sich an ihm vorbeizudrücken, doch er packte ihren Arm und drehte sie zu sich herum. „Wo sind Sie gewesen – in diesem Aufzug?"

Kathryn begann so heftig zu zittern, dass ihre Zähne klapperten.

Als sie nichts sagte, setzte Scribe zu einer Erklärung an. „Das habe ich dir doch gesagt. Sie war bei einem Treffen."

Matthias musterte sie. Er hatte sich jetzt etwas beruhigt. „Was das für ein Treffen war, würde ich gern erfahren."

„Darf ich mich bitte hinsetzen?" Kathryns Beine waren wie Pudding.

Matthias führte sie in das hintere Zimmer und stellte einen Stuhl neben den Ofen. Sein Gesichtsausdruck veränderte sich, als er sie eingehend musterte. „Bleiben Sie hier." Er warf Scribe einen Blick zu, bevor er die Hintertür öffnete. „Lass sie nicht aus den Augen."

Scribe setzte sich auf ihr Bett, zog die Beine an und legte das Kinn auf die Knie. Das Bild war so lächerlich, dass Kathryn zu lachen begann und nicht mehr aufhören konnte. Scribe starrte finster vor sich hin. „Was ist denn so lustig?"

„Nichts. Absolut nichts!“ Sie legte die Hand auf den Mund und rang um Fassung.

„Geben Sie mir jetzt meine Sachen zurück?“ Als er die Augen aufriss, bemerkte sie, dass sich die Hälfte der Knöpfe geöffnet hatten. Mit einem leisen Schrei schnappte sie sich Rock und Mieder und floh ins vordere Büro. Sie hatte seine Sachen bereits abgelegt, bevor ihr einfiel, dass sie die Tür gar nicht geschlossen hatte. Zum Glück war er Gentleman genug, den Blick abzuwenden. Sie warf ihm seine Hose und sein Hemd zu und ging im Raum hin und her.

„Ich bin angezogen. Erzählen Sie mir, was passiert ist“, bat Scribe.

Ihr war kalt, und sie zitterte noch immer. Sie setzte sich neben den Ofen. „Zieh deine Stiefel an, Scribe.“

Er folgte ihrer Aufforderung und hockte sich auf ihr Bett. Die Hintertür wurde aufgerissen, und Kathryn sprang erschrocken auf. Sie stolperte und prallte rückwärts gegen das Bücherregal.

Matthias’ Mund verzog sich zu einem Grinsen. „Wir sind wohl ein wenig schreckhaft, ja?“ Sein verärgerter Blick wanderte zwischen ihnen hin und her, und er warf Scribe ein Bündel hin. „Ich scheine zu spät zu kommen.“ Er stellte eine Flasche Brandy auf Kathryns Tisch und wandte sich an Scribe. „Du kannst jetzt verschwinden und deine Kleider mitnehmen.“

Scribe erhob sich. „Ich lasse dich nicht mit ihr allein! Das ist nicht anständig.“

„Ja, nun, es war auch nicht anständig, dich halb nackt in ihrem Bett vorzufinden.“

„Moment mal!“, protestierte Scribe laut. „Ich habe das erklärt!“

„Spar dir die Mühe.“ Grinsend schaute Matthias Kathryn an. „Das ist jetzt schon das zweite Mal, dass ich euch beide in einer kompromittierenden Situation erwischt habe.“ Ohne den Blick von ihr zu nehmen, deutete er mit dem Kopf zur Tür. „Miss Walsh wird nichts geschehen, Sir Galahad. Jetzt verschwinde hier und lass mich mit ihr reden.“ Als Scribe sich nicht rührte, warf Matthias ihm einen Blick zu, der ihn die Flucht ergreifen ließ.

Kathryn sank auf ihren Stuhl zurück. Sie hatte sich mittlerweile aufgewärmt, doch noch immer zitterte sie am ganzen Körper.

Matthias zog den Korken aus der Flasche. „Sie sehen aus, als könnten Sie einen Schluck Brandy gebrauchen."

„Nein, danke."

„Das ist Medizin, und Sie sind halb erfroren."

„Ich taue schnell auf."

Er lachte leise. „Dann eben heißer Tee." Er tauchte ihren Teekessel in den Eimer mit dem frischen Wasser neben der Tür.

„Mir geht es gut. Gehen Sie einfach."

„Erst wenn Sie mir sagen, wo Sie gewesen sind."

Ihr ganzer Körper zuckte, als Matthias seine Hand auf ihre Schulter legte. Sie stand auf und trat ein paar Schritte zurück. Der Raum wirkte irgendwie kleiner als gestern. Mit zusammengezogenen Brauen musterte er sie. „Ihnen geht es ganz und gar nicht gut, und ich werde nicht gehen, bevor ich nicht ein paar Antworten bekommen habe."

Sie schüttelte den Kopf und setzte sich erneut, dann sprang sie wieder auf. Sie war so nervös.

„Vertrauen Sie mir, Kathryn." Seine Stimme war so sanft, und er sprach mit solcher Bestimmtheit, dass sie ihm alles erzählen wollte. Er lebte schon länger hier und kannte die Stadt besser als die meisten. Schweigend wartete er ab, als hätte er alle Zeit der Welt. Eigentlich war sie immer stolz auf ihre Menschenkenntnis gewesen, aber er besaß einen Saloon, war ein Profiteur. Sie musterte ihn. Er hielt ihrem Blick stand, als hätte er nichts zu verbergen.

„Das Treffen fand unter der Südbrücke statt."

Er füllte den Teekessel und stellte ihn auf den Herd. Ein Muskel in seinem Kinn zuckte. „Haben die Männer über eine Vereinigung gesprochen?"

Sie erstarrte, und ihr Misstrauen gewann wieder die Oberhand. „Woher wissen Sie das? Die Person, die mir die Nachricht hinterlassen hatte, schrieb, es sei ein geheimes Treffen. Und Sie sind kein Minenarbeiter."

„In einer Bar gibt es nur wenige Geheimnisse." Seine Stimme klang barsch. „Sie lösen Zungen mit Tee. Ich finde, Whisky funktioniert besser und schneller. City hatte Gerüchte gehört und Informationen zusammengetragen, doch dann wurde er umgebracht."

Ihr Mund zitterte, und sie presste die Lippen aufeinander. Wollte er ihr Angst machen? Ihre Angst war doch auch so schon groß genug!

Der Kessel auf dem Herd pfiff, und wieder schrak sie zusammen. Matthias nahm eine ihrer rot-goldenen Teetassen, stellte sie auf eine Untertasse und brachte sie wie eine Opfergabe zu ihr. Seine Hände zitterten nicht. Ihre bebten so sehr, dass sie sie zurückzog und unter ihre Achseln steckte. „Wenn ich sie fallen lasse, kann ich sie nicht ersetzen. Sie sind zu kostbar."

„Das oder Brandy, Eure Ladyschaft." Seine Stimme war jetzt sanft, neckend. Er stellte die Untertasse zur Seite und reichte ihr nur die Tasse.

Sie schenkte ihm ein freudloses Lächeln. Der Tee war stark und tat ihr gut. „Dies ist eine schreckliche Stadt, Matthias." Tränen brannten in ihren Augen. „Sie hatten recht mit dem Dreck und den tiefen Löchern. Die Ratten, die hier herumlaufen, sind viel größer und gemeiner als die, die sich am Müll in den Straßen gütlich tun."

Er wirkte grimmig. „Worüber wurde gesprochen?"

Sie war versucht, ihm alles zu erzählen, kannte aber bereits den Rat, den er ihr geben würde. *Drucken Sie das nur nicht.* Sie wich seinem Blick aus und zuckte leicht mit den Achseln. „Ich habe nicht viel mitbekommen." Ihre Wangen brannten angesichts der Lüge.

„Haben die Männer über einen Streik gesprochen?"

„Nein." Sie spürte seinen wachsenden Unmut. Nachdem sie den Tee ausgetrunken hatte, stellte sie die Tasse vorsichtig auf die Untertasse. „Vielen Dank. Mir geht es jetzt schon viel besser. Sie können gehen."

„Sie zittern immer noch."

„Mir ist kalt. Ich werde schon wieder warm."

„Das ist nicht der Grund für Ihr Zittern. Sie haben Angst. Sie sind eine Walsh. Das ist sicher. Die bringen sich immer in Schwierigkeiten."

Plötzlich überfiel sie ein unerklärlicher Zorn, und Kathryn lehnte sich zu ihm vor. „Ich bin nicht losgegangen, um Schwierigkeiten zu bekommen. Ich war auf *Informationen* aus."

Sie stand auf, und Matthias packte sie am Handgelenk. „Und Sie haben beides bekommen, nicht?" Er hielt sie fest, jedoch ohne ihr wehzutun. „Ich spüre, dass Ihr Puls rast."

Sie riss sich los. Seine Berührung war zu verstörend. Verzweifelt suchte sie nach einer Erklärung. „Ich bin ziemlich lange unterwegs gewesen, noch dazu im Dunkeln, und habe etwas im Gebüsch gehört. Das könnte ein Bär gewesen sein."

„Wollen Sie es noch mal versuchen? Ich bleibe zur Not die ganze Nacht hier."

„Die Männer erwähnten Morgan Sanders." Sie versuchte, ihre Stimme beiläufig klingen zu lassen, um dieser Information nicht allzu große Bedeutung zu verleihen.

„Sie haben ihn also erwähnt." Matthias Tonfall war trockener als Wüstensand. „Bestimmt würden ihn manche gern tot sehen." Jetzt klang er wütend. „Aber um ihn brauchen Sie sich keine Gedanken zu machen. Er ist gut bewaffnet und bewacht."

Sie wirbelte herum, marschierte zur Haustür und wollte sie aufreißen. Doch er drückte sie mit der Hand wieder zu. „Was haben die Leute vor?"

Sie wich von ihm zurück und lief unruhig im Zimmer herum. Wenn sie ihm nicht irgendetwas erzählte, würde er nie gehen. „Sie wollen Sanders Angst machen. So viel, dass er tut, was sie wollen. Einer war nicht damit einverstanden." Den Grund dafür nannte sie nicht.

„Ich bin neugierig." Matthias wirkte höchst aufgebracht, sprach aber mit ruhiger und kontrollierter Stimme. „Wo waren Sie, als über das alles gesprochen wurde?"

„Unter der Brücke hinter einem Brückenpfeiler, wo sie mich nicht sehen konnten." Bei der Erinnerung an die Spinne, die über ihren Hals gekrabbelt war, erschauderte sie.

Matthias fluchte verhalten. „Haben Sie eine Ahnung, was die Männer getan hätten, wenn sie Sie dort erwischt hätten?"

„Ich glaube schon." Musste ihre Stimme so kindlich und verängstigt klingen?

Matthias wandte sich ab und fuhr sich mit den Fingern durchs Haar. Stirnrunzelnd drehte er sich wieder zu ihr um. „Was ist mit dem, der mit dem Plan nicht einverstanden war?"

„Ich habe bereits dafür gesorgt, dass er gewarnt wird vor der …" Sie brach ab.

„Der Drohung, ihn zu ermorden. Ist es das, was Sie mir verschweigen?" Er stieß erneut ein Schimpfwort aus. „Was haben Sie getan, Kate? Sind Sie ins Bergarbeiterlager gegangen, haben an Türen geklopft, um ihn zu warnen?"

„Nein." Zu spät hatte sie an die Gefahr für Nellie gedacht. Ihre Lippen zitterten. „Ich bin zu jemandem gegangen, der ihn kennt. Er wird rechtzeitig gewarnt werden." Mit Tränen in den Augen schaute sie Matthias an. „Ich musste doch etwas unternehmen!"

„Nur ruhig." Seine Arme legten sich um sie. „Schsch …" Er zog sie an sich, sein Kinn lag sanft auf ihrem Kopf. „Alles wird gut werden."

„Nein, das wird es nicht!" Ihr Körper wurde warm, als er ihr über den Rücken strich. War das ihr Herz, das so heftig pochte, oder seines? Sie sollte Abstand zu ihm halten.

„Bitte kommen Sie für ein paar Tage zu mir ins Hotel. Ich möchte sicher sein, dass Ihnen nichts geschieht."

„Lieber nicht." Sie holte ihren Schal vom Sofa und legte ihn sich um die Schultern. Die ganze Zeit ließ sie ihn nicht aus den Augen.

Sein Mund verzog sich spöttisch. „Ach, Schätzchen, Sie vertrauen mir immer noch nicht. Sie haben das Zimmer doch gesehen. Sie haben das Schloss gesehen."

„Hier bin ich sicherer."

Er musterte sie von oben bis unten mit einem Ausdruck in den Augen, der nur allzu weltlich war. „Da könnten Sie recht haben."

Sie schlang die Arme um ihren Körper und beobachtete ihn wachsam. Sie waren allein, und nur die Petroleumlampe erhellte den Raum. Jetzt war ihr nicht mehr kalt.

„Was wollen Sie tun, Kathryn?", fragte er mit leiser Stimme.

„Hüte nähen." Die Arbeit würde sie beruhigen und ihr helfen, nachzudenken.

„Gute Idee." Das klang erleichtert. „Sind Sie sicher, dass Sie klarkommen?"

Sie warf ihm ein trockenes Lächeln zu. „Ich bin stärker, als ich aussehe, Mr Beck."

„Begleiten Sie mich zur Tür?" Sein Tonfall war spielerisch, verführerisch, und seine Mundwinkel verzogen sich zu einem Lächeln.

Sie wollte ihm nicht zu nahe kommen. „Ich verriegele die Tür, sobald Sie draußen sind."

„Wie schade." Er lachte leise, durchquerte ihr Zimmer und verließ das Haus durch die Hintertür.

~

Henry trat durch die Schwingtüren und fiel neben Matthias auf einen Stuhl. „Du kommst jetzt erst?" Es war bereits nach Mitternacht.

„Ich habe Charlotte noch nach Hause gebracht." Er wirkte zutiefst erschöpft, aber entspannt. „Die Dinge laufen recht gut."

Matthias lachte leise. „Dass sie gut laufen, sehe ich."

Henry warf ihm einen vorwurfsvollen Blick zu. „Ich meine die Kampagne."

City würde sich freuen, dass er in das Spiel eingestiegen war, aber Matthias bezweifelte, dass er die Wahl gewinnen würde. Es war nicht nur Citys Herausforderung, die ihn dazu gebracht hatte, für das Amt des Bürgermeisters zu kandidieren. Es war sein Wunsch, Calvada zu einer Stadt zu machen, die den Namen Zuhause verdiente.

Bereits nach wenigen Tagen hatte Henry erkannt, was Calvada fehlte. Die Stadt lag weitab von allen größeren Verkehrswegen. Wenn Calvada überleben wollte, dann müssten neben dem Bergbau noch andere Geschäftszweige entwickelt werden, damit weitere Menschen in die Berge kämen und die, die bereits hier lebten, auch blieben. Matthias war zu demselben Schluss gekommen. Wenn Henry gekommen wäre wie ursprünglich geplant, dann hätte Matthias seinen Besitz bereits verkauft gehabt und wäre jetzt in Truckee oder Reno, in Sacramento oder Monterey. Aber Henrys Ankunft hatte sich verzögert. Statt im Sommer war er erst im Herbst hier eingetroffen, und dieselbe Postkutsche hatte auch Kathryn Walsh in die Stadt gebracht.

Kathryn Walsh könnte für Matthias eine Herausforderung sein. Sie trat nicht einfach den Rückzug an, verkaufte alles und zog an einen besseren Ort, sondern sie hielt die Stellung wie Robert E. Lee bei Chancellorsville.

Sie sollte nicht in Citys Haus bleiben, nicht jetzt, nachdem sie ein Treffen der Vereinigung belauscht hatte. Den Namen des Mannes, dessen Leben in Gefahr war, hatte sie ihm nicht verraten. Vielleicht hätte er beharrlicher darauf bestehen sollen.

~

Sobald Matthias ihr Haus verlassen hatte, setzte sich Kathryn an den Schreibtisch ihres Onkels, zündete die Lampe an und holte ihre Schreibutensilien heraus. Es durfte keine Zeit vergeudet werden. Die Wahl sollte in nur zwei Tagen stattfinden. Sie brauchte weniger als eine Stunde, um zwei Artikel zu schreiben: einen über die nicht mehr geheime Bergarbeitervereinigung und die teuflischen Pläne, einen Bergarbeiterkollegen zu ermorden, weil er es gewagt hatte, sich gegen einen Mord auszusprechen, und einen zweiten, in dem sie dazu aufrief, für Matthias Beck als Bürgermeister zu stimmen.

In der Tanzhalle war Ruhe eingekehrt, als Kathryn sich am Setzkasten zu schaffen machte und begann, die Buchstaben in die

Setzschiene einzuordnen. Sie hatte Scribe genau beobachtet, aber es frustrierte sie, dass sie so langsam und ungeschickt mit den Buchstaben hantierte. Wofür Scribe eine Stunde oder zwei gebraucht hätte, dafür brauchte sie die ganze Nacht. Sie verteilte die Druckerschwärze auf den Buchstaben und druckte die erste Seite, um sie Korrektur lesen zu können. So viele Fehler! Kostbare Zeit verging, um die Fehler auszumerzen. Mit der Ahle zog sie die Lettern heraus und setzte sie an die richtige Stelle.

Fünfzig Exemplare hatte sie gedruckt, als es an der Tür klopfte. Ihr Herz klopfte heftig, beruhigte sich jedoch wieder, als sich herausstellte, dass es Scribe war und nicht Matthias Beck. Es war kurz vor Sonnenaufgang, und er machte sich Sorgen. „Was hat er gemacht, nachdem ich gestern Abend gegangen bin?"

„Nichts. Komm rein. Ich brauche dich."

„Sie tragen immer noch dieselben Kleider. Sind Sie gar nicht im Bett gewesen?"

„Ich werde schlafen, wenn die Arbeit getan ist." Sie deutete auf die Druckerpresse. „Wir müssen eine Zeitung herausbringen."

Scribe nahm ein Exemplar zur Hand und begann zu lesen. Sie riss es ihm aus der Hand. „Lesen kannst du es später, Scribe. Wir dürfen keine Zeit verlieren." Sie zog sich nach hinten zurück. „Ich muss mich frisch machen."

„Um Himmels willen!" Scribe klopfte an ihre Tür. „Sie wollen das doch nicht wirklich unter die Leute bringen, oder?"

Sie kam zurück und steckte Haarsträhnen, die sich gelöst hatten, in ihren Knoten. „Oh doch, das will ich."

„Wenn ich gewusst hätte, zu welcher Art von Treffen Sie gehen wollen, hätte ich Sie nicht aus der Tür gelassen!"

„Dann ist es ja gut, dass du das nicht wusstest. Hör auf, herumzutrödeln, Scribe. Sieh zu, dass du möglichst viele Exemplare druckst." Sie legte die bereits gedruckten zum Trocknen auf den Schreibtisch. „Ich habe jedes Wort mit eigenen Ohren gehört. Je eher die Leute das erfahren, desto besser. Wenn wir darüber schweigen würden, würden wir uns schuldig machen.“ Sie schnappte sich ihren Schal. Die Sorge um Nellie O’Toole trieb sie um. Hatte sie McNabb warnen können? Hatte ihre Warnung Nellie vielleicht in Gefahr gebracht? Kathryn musste es wissen. „Nicht nur Mr Sanders’ Leben ist in Gefahr.“

„Wo wollen Sie hin?“

„Ich muss nach jemandem sehen. Steh hier nicht nur herum. Egal, wie viele Exemplare du in der nächsten Stunde druckst, bring sie unter die Leute. Und es ist mir auch egal, wenn du sie verschenkst. Sieh nur zu, dass die Leute diese Zeitung bekommen.“

„Und wenn ich das nicht mache?“

Sie blieb im Türrahmen stehen. „Du wirst es tun, weil du weißt, dass City Walsh es gewollt hätte.“

Nellie O’Toole und ihre beiden Kinder waren fort. Kathryn wusste nicht, ob sie erleichtert oder erst recht besorgt sein sollte. Diese Männer hatten gewusst, dass McNabb Nellie besuchte. Was, wenn sie unmittelbar nach Kathryns Besuch zu ihr gekommen waren? Was, wenn …?

„Miss Walsh?“ Eine junge Frau kam aus einer der Hütten. „Nellie ist fort.“ Die Frau war kaum älter als Kathryn, aber dünn und ausgezehrt. Ihr linkes Auge war zugeschwollen, ihre Wange schwarz und blau. „Sie ist wenige Minuten nach Ihnen weggegangen. Ich habe auf die Kinder aufgepasst, bis sie mit Ian McNabb zurückgekommen ist. Sie sind fort.“

„Wer hat Ihnen wehgetan?“

„Besser, wenn ich das für mich behalte. Sie waren auf der Suche nach Nellie. Ich hab ihnen gesagt, sie sei vor ein paar Tagen weggegangen, aber sie meinten, ich würde lügen.“ Sie legte die Hand an ihre Wange. „Ich habe Nellie und Ian gesagt, sie sollen mir nicht verraten, wohin sie gehen. Wenn ich nichts weiß, kann ich auch nichts sagen. Es ist besser so.“

„Es tut mir so leid, Mrs …“

„Ina Bea Cummings, Ma'am.“

„Ich fürchte, das ist meine Schuld. Es tut mir so leid, dass die Männer Sie angegriffen haben. Sie sollten mit mir in die Stadt kommen. Ich mache Platz …“

„Oh nein, Ma'am. Hier bin ich sicherer. Außerdem muss ich an Elvira Haines und Tweedie Witt denken. Wir passen aufeinander auf. Unsere Freunde helfen, wo sie können. Ich hoffe, Sie haben auch welche, Miss Walsh. Die Männer, die nach Nellie gesucht haben, wollten wissen, wer sie gewarnt hätte. Ich wusste nicht, dass Sie das waren, bis ich Sie gerade den Berg heraufkommen sah. Ich habe Angst um Sie, Miss Walsh. Die werden Sie suchen. Das wissen Sie, nicht?“

Alle in der Stadt würden bis Mittag Bescheid wissen. Alles, was sie wusste, stand in der *Voice.*

Kapitel 13

Als Kathryn in die Chump Street zurückkam, hörte sie, wie Scribe die Zeitung vor Adays Gemischtwarenladen anpries. Erschöpft betrat sie ihr Büro und ließ sich aufs Sofa sinken. Sie war so müde, dass sie eindöste, bis Scribe durch die Tür kam. „Ich habe jedes Exemplar für fünf Cents verkauft." Grinsend nahm er eine Dose aus der untersten Schublade und leerte seine Taschen.

„Das nächste Mal drucken wir noch mehr Exemplare." Sie bedankte sich bei ihm. „Dreh bitte das Schild um, Scribe. Ich brauche dringend ein wenig Schlaf."

Er drehte das Schild um. „Sie sollten die Tür verriegeln."

Sie versprach ihm, das zu tun, doch sie vergaß es dann prompt, sobald er den Raum verlassen hatte. Zu müde, um sich wegen irgendetwas Gedanken zu machen, rollte sie sich auf dem Sofa zusammen und schlief ein.

Sie glaubte zu träumen, als die Tür aufgerissen wurde und polternde Schritte in ihr Haus stürmten. Abrupt fuhr sie aus dem Schlaf hoch, als jemand sie am Arm packte und hochzerrte. Mit vom Schlaf geröteten Augen sah sie Morgan Sanders' wutverzerrtes Gesicht vor sich, seine Augen waren schwarz vor Zorn. Ihr wurde eiskalt vor Angst.

„Wer ist es? Ich will Namen."

Kathryn bemühte sich, ruhig zu bleiben. „Lassen Sie mich bitte los."

Er kam ihrer Aufforderung nach und trat zurück, als wolle er die Beherrschung zurückgewinnen. „Alles, was Sie hier geschrieben haben, ist …" Er verwendete ein grobes Schimpfwort und zerknüllte die *Voice* vor ihren Augen. Sein Atem ging stoßweise. „In dieser Stadt gibt es keinen Menschen, der es wagen würde, mich anzugreifen."

Sie hob versöhnlich die Hände und brachte etwas mehr Abstand zwischen sich und ihn. „Das freut mich. Ich habe diesen Artikel geschrieben, um die Pläne dieser Männer zu vereiteln."

Er kam wieder näher. Seine Lippen waren dünn wie ein Strich. „Ich glaube kein Wort von dem, was Sie geschrieben haben. Ich denke, Sie haben sich das ausgedacht, um die Wahl zugunsten von Matthias Beck zu drehen."

Schockiert über die Anschuldigung stieg nun auch in ihr Zorn auf. „So etwas würde ich nie tun."

„Sie haben eine Schwäche für ihn, das merkt man."

Verblüfft und verletzt funkelte Kathryn ihn an. „Nicht in der Art, wie Sie andeuten." Und woher könnte er das wissen, wenn nicht …? „Sie lassen mich beobachten? Wie können Sie es wagen!"

„Oh, ich wage noch sehr viel mehr. In diesem Augenblick steht ein Mann draußen. Ich könnte ihn und ein paar andere hereinrufen und diese Druckerpresse wegschaffen lassen!"

Sie wusste, er meinte, was er sagte, ließ sich davon aber nicht beeindrucken. „Das würde nichts an der Tatsache ändern, dass es Männer gibt, die Sie tot sehen wollen."

„Sie sorgen sich um mich, ja?" Er schnaubte. „Ist es das, was Sie mir hier vormachen wollen?" Er streckte die Hand so schnell nach ihr aus, dass sie keine Zeit hatte, ihm auszuweichen, als er seine Finger in ihre Haare grub. Er zerrte sie zu sich heran, sodass ihre Gesichter nur wenige Zentimeter voneinander entfernt waren. Sie schrie vor Schmerz auf und zweifelte keine Sekunde daran, dass er ihr mühelos den Hals brechen könnte. „Sagen Sie mir, wer die sind."

„Ich weiß es nicht!"

„Beschreiben Sie sie!"

Kathryn schluckte ihre aufsteigende Angst herunter und versuchte, sich ruhig zu geben. „Lassen Sie mich los, Mr Sanders."

Von draußen drang Lärm herein. Nach den Geräuschen zu urteilen, ein Kampf. Morgans Augen zuckten, aber er ließ sie nicht los. Ihre Kopfhaut brannte, und Tränen traten ihr in die Augen, aber Kathryn wandte den Blick nicht ab. „Ich habe sie nur gehört. Ihre Gesichter habe ich nicht gesehen." Außer einem.

Draußen ging der Kampf weiter. Kathryn hörte Schmerzenslaute, Stiefelscharren, weitere Schläge und ein schweres Poltern.

Seine Augen verengten sich zu schmalen Schlitzen. „Sie lügen."

Seine Worte und der Ausdruck in seinen Augen machten ihr Angst. „Es ist eine Sache, sich selbst zu schützen, Mr Sanders, eine andere, das Gesetz in die eigenen Hände zu nehmen."

„In dieser Stadt bin ich das Gesetz."

Die Tür wurde aufgerissen. Sanders ließ Kathryn so abrupt los, dass sie taumelte. Morgan drehte sich um. Matthias Beck stand mit blutiger Lippe in der Tür. Hinter ihm lag ein Mann auf dem Bettersteg. Als sie den Ausdruck in Becks Augen sah, wusste Kathryn, dass sie schnell handeln musste, sonst würde es Blutvergießen geben.

Mit einem Schritt ging sie an Morgan Sanders vorbei und stellte sich zwischen die beiden Männer. „Alles in Ordnung, Mr Beck."

„Sicher", erwiderte er sarkastisch. Sein Blick durchbohrte Sanders förmlich.

Kathryn hob die Hände. „Bitte handeln Sie nicht voreilig. Mr Sanders hat nur seine Meinung über den Artikel geäußert, wozu er jedes Recht hat." Sie schaute zurück. „Und er wollte gerade gehen, nicht wahr, Mr Sanders?"

Sanders ging zur Tür. „Unser Gespräch ist noch nicht zu Ende, Miss Walsh."

Beck trat einen Schritt vor. Kathryn packte seinen Arm, als Sanders durch die Tür verschwand, aber sie konnte ihn nicht zurückhalten. Trotz ihres Protestes folgte er Sanders nach draußen.

„Rennst du weg, Sanders?", brüllte er. „Ich rede mit dir, du Sohn einer …" Er bedachte Sanders mit einem Schimpfwort, das Kathryn die Röte in die Wangen trieb. Morgan Sanders ging unbeirrt weiter, die Schultern gestrafft und den Kopf hoch erhoben. Er ignorierte ihn einfach. Leute waren nach draußen gekommen, um zu sehen, was es mit dem Aufruhr auf sich hatte. „Komm zurück und kämpfe wie ein Mann, du gelbbäuchige …"

„Bitte, seien Sie still!" Kathryn legte ihre Hände an ihre geröteten Wangen. „Wenn Sie glauben, Sie müssten auf ihn losgehen, um mich zu verteidigen, dann sage ich Ihnen: Lassen Sie das!" Beck schaute sie an, und der Ausdruck auf seinem Gesicht veranlasste sie, den Rückzug anzutreten. „Schön. Okay. Danke, dass Sie gekommen sind, aber nehmen Sie nicht mich als Vorwand für eine Prügelei in der Öffentlichkeit!"

Beck wischte sich das Blut von der Lippe. Sie war gerade über einen bewusstlos geschlagenen Mann auf dem Brettersteig gestiegen, aber der Anblick von Matthias Becks Blut machte sie schwach. Kathryn drehte sich auf dem Absatz um und floh in ihr Büro. Beck hielt die Tür fest, bevor sie sie schließen konnte, und folgte ihr ins Haus.

„Sie mussten das alles unbedingt drucken, nicht? Was wollen Sie tun, wenn einer jener Männer, über die Sie geschrieben haben, mitten in der Nacht hier eindringt?"

Kathryn stand der Sinn nicht nach einem Gespräch. „Gehen Sie einfach, Mr Beck." Sie war zu verängstigt und zu müde, um klar denken zu können.

„Auf der einen Seite steht Sanders, der Ihnen die Haare ausreißen will, und die blutrünstigen Molly Maguires auf der anderen. Sind Sie jetzt zufrieden?"

Sie verstand seine Anspielung auf die Molly Maguires, ein geheimer Bergarbeiterbund, sofort, weil sie die Zeitungen des Richters verschlungen hatte, sobald er sie weggeworfen hatte. Sie wollte nicht an geheime Treffen, bei denen Einschüchterungen und Mord und versuchte Minenbesetzungen geplant wurden, erinnert werden. Ein Pinkerton-Mann hatte sich in diese Gruppe eingeschleust und die nötigen Beweise zusammengetragen, um sie zu überführen, aber selbst nachdem mehrere Anführer hingerichtet worden waren, blieb die Furcht, dass diejenigen, die entkommen waren, sich anderswo wieder neu organisieren könnten.

Waren vielleicht einige dieser Leute bis nach Kalifornien gekommen?

Erschüttert ging Kathryn in die Defensive. „Ich bin davon ausgegangen, dass sie ihr Vorhaben aufgeben, wenn sie ihre Worte gedruckt in der Zeitung lesen!"

„Sie spielen um höhere Einsätze, als ich je riskiert habe."

„Dann seien Sie doch froh! Sanders denkt, ich hätte das für Sie getan. Calvada könnte am Ende einen Saloonbesitzer zum Bürgermeister haben!" Als ihr bewusst wurde, dass auch sie jetzt ihre Stimme erhoben hatte, bemühte sie sich um einen moderateren, damenhafteren Ton. „Falls das so kommt, hoffe ich, dass Sie Ihre Versprechen an die Einwohner halten und einen Sheriff einstellen, damit hier Recht und Ordnung einziehen." Sie dachte an Sanders' Drohung und schob ihr Gesicht dicht vor das von Matthias Beck. „Dann wird niemand mehr meine Druckerpresse zerstören können!"

„Ich würde dieses Ding zu gern zu den Dardanellen transportieren und von einer Klippe werfen!"

Scribe platzte herein. „Die ganze Stadt bekommt euren Streit mit!"

„Sollen sie doch!", brüllte Matthias.

Sein Zorn besänftigte ihren eigenen. Kathryn hatte jetzt das Gefühl, die Kontrolle zurückgewonnen zu haben. Sie ging zu ihrem Schreibtisch und sortierte mit zitternden Händen ihre Papiere. „Ich denke, es ist alles gesagt, was es zu sagen gibt." Auch ihre Stimme zitterte.

„Wir haben gerade erst angefangen." Matthias' Augen sprühten Funken. „Sie ziehen um in mein Hotel."

„Was?" Entrüstet richtete sie sich auf. „Das tue ich nicht! Ich bleibe genau hier, wo ich hingehöre." Sie deutete mit dem Finger auf den Boden. „So bescheiden es vielleicht auch ist, das hier ist mein Zuhause, und *niemand wird mich daraus vertreiben!*"

Matthias schwieg eine Weile. Sein Körper entspannte sich, sein Zorn flaute ab. „Na gut. Dann ziehe ich hier bei Ihnen ein."

Ihr Gesicht rötete sich. „Machen Sie sich doch nicht lächerlich!“ Verlegen wegen der Hitze, die beim Gedanken an diesen Vorschlag ihren Körper durchströmte, wandte sie sich ab. Das meinte er bestimmt nicht ernst. Sie wagte einen Blick auf ihn. Oh doch, er meinte es ernst. „Nein. Ganz bestimmt nicht. Nie.“

„Dann treffen wir eine Abmachung, ja?“ Er sprach jetzt mit gemäßigter Stimme, aber aus seinem Blick sprach grimmige Entschlossenheit. „Falls Ihr Haus in einem Monat noch steht, können Sie wieder einziehen.“

„Ein Monat!“ Sie biss sich nervös auf die Lippe. „Eine Nacht.“

„Eine Woche.“

Eine Woche unter seinem Dach! Kathryn dachte an das, was Morgan Sanders gesagt hatte, dass in Bezug auf Matthias ihre Tür immer offen stünde. Sie konnte nicht leugnen, dass sie sich zu ihm hingezogen fühlte, aber sie hatte ihn in keiner Weise ermutigt. Was würden die Leute sagen, wenn sie in sein Hotel zöge?

„Niemand wird schlecht von Ihnen denken, wo die ganze Stadt doch mit angesehen hat, wie Sanders hier hereingestürmt ist.“

Konnte der Mann ihre Gedanken lesen? Ein Blick von ihm, und ihr Herz begann zu rasen. Sie errötete erneut, verärgert darüber, dass sie sich seiner Nähe nur allzu bewusst war. „Das würde sich nicht gehören.“

„Ich könnte Sie knebeln, mir über die Schulter werfen und Sie über die Straße tragen. Dann könnten Sie behaupten, Sie hätten keine Wahl gehabt.“

Sie lachte leise. „Dann würden Sie aber als höchst unehrenhaft dastehen.“

Sein Blick erwärmte sich, und ein leichtes Lächeln umspielte seine Lippen. „Dann halten Sie mich also für ehrenhaft? Ich wusste gar nicht, dass Sie eine so hohe Meinung von mir haben.“

Sie ignorierte den sinnlichen Tonfall und die Hitze, die bei seinen Worten in ihr aufstieg. „Sagen wir, ich würde tatsächlich eine Nacht in Ihrem Hotel …“

„Eine Woche. Kostenlos. Und ich werde jemanden abstellen, der Sie vorübergehend bewacht."

„Jemanden?" Sie blickte ihn misstrauisch an. „Wen?"

„Ich nicht."

Die Enttäuschung, die sie bei seinen Worten empfand, verwunderte sie. „Halten Sie das wirklich für notwendig?"

„Das tue ich allerdings. Und ich denke, Sie ebenfalls."

Kathryn sank aufs Sofa. Sanders war in ihr Haus gestürmt und hatte sie grob behandelt, und die ganze Stadt hatte zugeschaut. Was wäre geschehen, wenn Matthias nicht gekommen wäre?

„Eine Woche." Sie gab sich geschlagen und stimmte zu.

Er öffnete die Tür. „Dann lassen Sie uns gehen."

„Ich muss noch ein paar Sachen zusammenpacken."

„Später. Sie scheinen zu Tode erschöpft zu sein."

Das konnte sie nicht leugnen. Sie legte sich ihren Schal um die Schultern und folgte ihm nach draußen. Ihre Knie zitterten so schlimm, dass sie stolperte und beinahe gestürzt wäre, als sie von dem Brettersteg trat. Matthias fing sie auf und trug sie über die Straße.

„Matthias!", rief Ronya. „Wo bringst du Kathryn hin?"

„Ich nehme sie in Schutzhaft." Alle auf der Chump Street hörten ihn.

~

Matthias trat rückwärts durch die Schwingtüren. Die Männer, die an der Bar saßen, starrten ihn an, als er Kathryn in das Casino trug. „Hey, Beck! Was hast du vor mit deiner Lady?", rief einer seiner Gäste und erntete Gelächter von den anderen.

Er musste ihnen sofort deutlich machen, dass er in Bezug auf Kathryn Walsh keine Verleumdungen dulden würde. „Vorsicht, meine Herren." Matthias sprach mit fester Stimme. Ein kalter Blick in ihre Richtung, und ihre Heiterkeit erstarb. Mit dem Kinn deutete er auf den Mann, der im Hintergrund stand. „Komm mit hoch, Ivan."

Matthias hatte den stämmigen Russen eingestellt, um jeden, der Ärger machte, rauszuschmeißen. Er sollte vor Kathryns Tür Posten beziehen. Den meisten Männern in der Stadt, und dazu zählte er sich auch, traute er nicht. Kathryn war einfach zu verlockend, vor allem jetzt, wo er sie in seinen Armen und unter seinem Dach hatte.

„Bitte lassen Sie mich herunter, Mr Beck. Ich schaffe das schon."

Matthias stellte sie auf ihre Füße, stützte sie aber mit einer Hand am Ellbogen. Zwar mochte sie mit hoch erhobenem Haupt die Bar durchqueren, aber er spürte, wie ihr Körper zitterte. Vermutlich eine verspätete Reaktion. Allein der Gedanke, dass Sanders die Hand gegen sie erhoben hatte, weckte in ihm den Wunsch, den Mann zu stellen und ihn grün und blau zu prügeln. Falls Sanders Kathryn noch einmal belästigen sollte, könnte auch mehr als das geschehen.

Matthias öffnete die Tür zur besten Suite im Hotel und verbeugte sich leicht. „Nach Ihnen, Eure Ladyschaft."

Zögernd betrat sie den Raum. „Ich sollte nicht hierbleiben." Ihre zitternde Hand legte sich an ihren Hals.

„Nur bis sich die Lage entspannt hat."

Nervös trat sie von ihm zurück. „Ich muss mich um mein Geschäft kümmern."

Ein Geschäft, das ihr schaden könnte. „Wir finden einen Weg."

Sie wandte sich um und schaute ihn an. „Wir?"

Wie schade, dass sie nicht bei ihren Damenhüten geblieben war. Noch trauriger war, dass es in der Stadt nicht genügend Frauen gab, die sie kauften. Ivan stand in der Tür und wartete auf Anweisungen. Kathryns Blick wanderte zu ihm hinüber. Matthias bemerkte, wie sich ihre Gedanken überschlugen. Die Schatten unter ihren Augen sagten ihm, dass sie vermutlich in einen tiefen Schlaf sinken würde, sobald sie sich auf diesem bequemen Bett ausstreckte. „Miss Walsh, das ist Ivan." Den Nachnamen kannte er gar nicht. „Er wird dafür sorgen, dass niemand Sie belästigt."

Stiefel polterten die Treppe hoch, und Scribe platzte keuchend herein. „Die ganze Stadt redet …"

Matthias nagelte den Jungen mit einem Blick fest. „Die Lady ist hier sicherer als auf der anderen Straßenseite." Er warf Ivan einen Blick zu, und der Mann legte Scribe die Hand auf die Schulter und schob ihn durch die Tür auf den Flur. Matthias konnte sehen, dass Kathryn ihre Meinung bereits wieder änderte.

„Wir sollten noch mal darüber reden."

„Später. Sie haben einige lange, schwierige Tage hinter sich, nicht, Eure Ladyschaft? Ruhen Sie sich erst mal aus." Er ging zur Tür. „Ich sorge dafür, dass Ihnen etwas zu essen hochgebracht wird."

„Mr Beck!" Seine kleine Generalin machte den Eindruck, als würde sie bereits ihre Flucht planen.

„Die Tür ist mit einem guten, schweren Schloss ausgestattet." Er verließ das Zimmer und zog die Tür hinter sich zu. Kurz darauf hörte er, wie sie von innen zuschloss.

Ivan wirkte besorgt. „Was mache ich, wenn sie herauskommt?"

„Lass sie keinen Augenblick aus den Augen."

Matthias ging nach unten. Im Saloon waren einige Männer beim Feiern. Er brauchte nicht nach dem Grund zu fragen. Neumann klopfte ihm auf die Schulter. „Endlich war jemand mal Manns genug, um sie zum Schweigen zu bringen!" Er hob sein Glas. „Auf Matthias Beck, den Mann, der Bürgermeister werden sollte!" Die Männer jubelten.

Matthias lachte freudlos. Sie würden sehr bald erkennen, dass Kathryn Walsh nicht lange schweigen würde.

Kathryn hörte den Lärm, war aber zu müde, um sich zu fragen, was wohl der Grund dafür war. Sie trat ans Fenster und beobachtete, wie Männer eilig die Straße überquerten. Vermutlich wurden sie von dem Lärm unten angelockt. Ein paar schauten hoch und entdeckten sie. Anstatt zurückzuweichen, suchte sie unter den nach oben gewandten Gesichtern nach dem Mann, den sie im Schein des Streichholzes gesehen hatte, nachdem er einen kaltblütigen Mord geplant hatte. Ein paar der unten Stehenden warfen ihr anzügliche Blicke zu, stießen ihre Kumpane an, die dann ebenfalls nach oben schauten. Beim Gedanken daran, was sie fälschlicherweise denken könnten, wich sie zurück.

Sie goss Wasser in die blau-weiße Porzellanschüssel, schöpfte mit beiden Händen und kühlte ihr Gesicht. Das Handtuch war weich auf ihrer Haut. Das Zimmer war mit allem möglichen Komfort ausgestattet, sogar mit einer Badewanne! Im Kamin war ein Feuer vorbereitet. In einer Schachtel auf dem Kaminsims fand sie Streichhölzer, und schon bald leckten die Flammen an dem großen Holzscheit. Zwei Sessel und ein kleiner Tisch standen vor dem Kamin. Mit ihrer Mutter hatte sie früher häufig vor dem Feuer gesessen und geredet. In der Regel immer dann, wenn Kathryn wieder einmal mit dem Richter gestritten hatte. Früher, als Kind, hatte ihre Mutter sie getröstet. Als Kathryn sechzehn wurde, hatte ihre Mutter die Erwartungen des Richters übernommen. Kathryn sollte heiraten, vorzugsweise, bevor sie achtzehn wurde. *Du bist so hübsch, intelligent und eine junge Lady mit guten Beziehungen. Natürlich wirst du Verehrer haben.* Ihre Mutter konnte sich nicht vorstellen, dass ein Mädchen lieber allein bleiben wollte. Nicht, bis Kathryn ihre ersten beiden Heiratsanträge ablehnte.

Du willst doch bestimmt keine alte Jungfer werden.

Du kannst die Welt nicht verändern, Kathryn.

Du bist genau wie dein Vater …

Ihr letztes Gespräch kam ihr wieder in den Sinn, und die Worte ihrer Mutter schmerzten noch genauso sehr wie beim ersten Mal: *Ohne dich wird mein Leben sehr viel einfacher sein.* An dem Tag, an dem der Richter Kathryn zum Bahnhof gefahren hatte, war ihre Mutter nicht einmal heruntergekommen, um sie zu verabschieden. Hatte er ihr das verboten, weil er befürchtete, die Anspannung könnte das Kind, das ihre Mutter erwartete, in Gefahr bringen? Kathryn konnte ihm das nicht vorhalten. An der Liebe ihres Stiefvaters zu ihrer Mutter hatte Kathryn nie einen Zweifel gehabt. Sie war diejenige, die er verachtete.

Warum stellst du dich gegen Lawrence? Du weißt doch genau, dass du den Kampf nicht gewinnen kannst.

Warum musst du in diesem Haus immer Unfrieden stiften?

Kathryn wollte keinen Ärger machen. Sie wollte doch nur das Beste! Sie wollte die Situation verbessern! Aber für die eigene Überzeugung einzutreten, schien immer mit Schwierigkeiten verbunden zu sein. Doch sie kam ins Überlegen. Hatte sie die Situation verschlimmert, indem sie darüber geschrieben hatte, was sie unter der Brücke belauscht hatte? Zu müde, um über andere mögliche Strategien, die sie hätte verfolgen können, nachdenken zu können, ließ sie sich in den Sessel sinken und lehnte sich zurück. Was nützte es jetzt noch, ihr Handeln zu hinterfragen? Was sie getan hatte, hatte sie getan, und sie würde die daraus entstehenden Konsequenzen tragen müssen.

Lawrence Pershings Gesicht schob sich vor ihr inneres Auge. *Leb wohl, Kathryn.* Noch jetzt, Monate später, spürte sie den verletzenden Stich. Sein Tonfall sagte mehr als Worte. *Endlich bin ich dich los. Komm bloß nicht zurück.*

Das Knistern des Feuers tröstete sie, die Wärme durchdrang ihren müden Körper. Es fiel ihr schwer, die Augen offen zu halten. Wann hatte sie das letzte Mal geschlafen? Vorgestern? Sie konnte sich nicht erinnern. Ihr Körper entspannte sich, ihre Hände lagen auf den Armlehnen des Sessels. Sie rutschte tiefer und döste ein. Eigentlich sollte sie aufstehen und sich aufs Bett legen. Doch sie war zu müde, legte nur einen Stiefel auf den kleinen Tisch und schlief da, wo sie saß, ein.

~

Matthias blieb unten. Er wollte nicht, dass die Männer darüber spekulierten, aus welchem Grund Kathryn oben eines seiner Zimmer bezogen hatte. Zufällig hörte er eine unanständige Vermutung, und sofort packte er den Mann am Kragen und an der Hose und warf ihn durch die Schwingtüren nach draußen. „Möchte noch jemand etwas über die Dame sagen, die oben logiert?"

Henry musterte ihn amüsiert. „Es gibt doch noch andere Orte, die sicher sind, an denen du sie hättest unterbringen können, mein Freund. Ronyas Café zum Beispiel."

„Daran habe ich nicht gedacht."

„Du kannst diese Lady nur vor Schwierigkeiten bewahren, indem du sie heiratest."

Dieser Gedanke war Matthias auch schon gekommen, lange bevor Henry ihn jetzt aufbrachte. Aber die Chancen, dass Kathryn sich dazu bereitfinden würde, standen gegen ihn. Zumindest war der richtige Zeitpunkt noch nicht gekommen. An einem Punkt in den vergangenen paar Tagen hatte er sich doch tatsächlich dabei ertappt, dass er Gott fragte, wie er sie beschützen könnte. Und er hatte seit Jahren nicht mehr gebetet!

Ronya brachte ein Tablett mit Essen. „Sie ist doch bestimmt hungrig."

„Ich hatte nicht vor, sie hungern zu lassen."

Sie deutete mit dem Kopf in den Barraum und zum Casino hinüber. „Nun, mit dem wilden Haufen hast du alle Hände voll zu tun."

Er begleitete sie nach oben zu Kathryns Zimmer. Ivan stand auf und schob den Stuhl zur Seite, der die Tür versperrte. „Seit ein paar Stunden habe ich keinen Ton mehr von drinnen gehört."

Matthias klopfte an die Tür. Keine Reaktion. Er nahm den Zimmerschlüssel aus seiner Tasche, schloss die Tür auf und entdeckte die tief und fest schlafende Kathryn in dem Sessel vor dem Kamin. Einen Fuß hatte sie auf den Tisch gelegt.

Ronya lachte leise. „Nun, sie scheint ziemlich fertig zu sein." Sie stellte das Tablett ab. „Wir sollten sie besser aufs Bett legen."

Sanft hob Matthias sie hoch. Ihre Haare hatten sich gelöst und fielen in einer Masse roter Locken über ihren Rücken. Ihre Arme hingen schlaff herunter, ihr Kopf fiel zurück. Ronya lachte, als sie laut zu schnarchen begann. Amüsiert legte Matthias Kathryn auf das Bett.

Ihre Atmung hatte sich beruhigt. Sie sah aus wie ein Engel, die Haut so blass und weich. Eine Wärme durchzog seine Brust und sein Herz krampfte sich zusammen. Er hätte sie so gern an sich gedrückt und beschützt. Während er den hohen, engen Kragen aufknöpfte, beobachtete er den Pulsschlag an ihrem Hals.

Ronya schlug ihm auf den Arm. „Was um alles in der Welt tust du da?"

Matthias fuhr hoch und errötete. „Ich wollte nur ihren Kragen lockern, damit sie atmen kann.

„Sie kann sehr gut atmen. Du scheinst derjenige zu sein, dem das schwerfällt." Sie fuhr ihn an wie eine zornige Glucke. „Wir sollten die Gründe, aus denen du Kathryn hierhergebracht hast, doch nicht durcheinanderbringen, nicht?" Sie räusperte sich. „Zu schade, dass sie nicht bei mir sein kann."

In Anbetracht dessen, was er im Augenblick empfand, wäre das vielleicht keine schlechte Idee. „Hast du denn Platz?"

„Nein. Und das ist wirklich schade. Die Versuchung könnte zu groß sein, wenn sie unter deinem Dach wohnt."

„Ich glaube, sie kann damit umgehen."

Ronya schnaubte. „Daran zweifle ich nicht. Kathryn hält nicht viel von Kompromissen. Du dagegen …"

Matthias hob die Hand, als wollte er einen Eid leisten. „Ich habe die Absicht, sie im Auge zu behalten. Ganz neutral."

Ronya lachte. „Das will ich erleben, dass du sie ganz neutral im Auge behältst, Matthias. Alle in Calvada können sehen, wie deine Leidenschaft lodert." Sie deutete mit dem Kopf zur geöffneten Tür. „Aber du könntest dafür sorgen, dass sie aus ihrem Haus ein paar Dinge bekommt, die sie braucht."

Er hatte die Absicht, mehr als nur ein paar Dinge zu holen.

„Ach, und, Matthias …" Sie streckte die Hand aus, bevor er die Tür erreichte. „Gib ihn mir."

Matthias nahm den Schlüssel aus seiner Tasche und legte ihn ihr in die Hand.

„Guter Junge." Ronya lächelte ihn an. „Und jetzt sieh zu, dass getan wird, was getan werden muss, damit unserem Mädchen nichts geschieht."

Kathryn erwachte durch Jubelgeschrei und Pistolenschüsse. Verschlafen schob sie die Decke beiseite. Kalte Luft traf sie, und sie merkte, dass sie nichts trug außer einem dünnen Batisthemd. Wer hatte sie entkleidet? Hektisch blickte sie sich um und entdeckte ihren Rock, ihr Mieder, die Petticoats, die lange rote Unterhose und ihr Korsett, ordentlich gefaltet auf ihrem Koffer. Ihre Stiefel standen gesäubert auf dem Boden. Kein Mann wäre so ordentlich.

Energisch schob sie ihre zerzausten roten Locken zurück, eilte über den kalten Holzboden, wusch sich und kleidete sich schnell an. Zitternd vor Kälte legte sie ein Holzscheit in die restliche Glut auf dem Kaminrost, bevor sie ans Fenster trat. Vorsichtig spähte sie hinaus. Eine Gruppe Männer trug Matthias Beck über die Chump Street. Sie jubelten und schrien, einige hielten Whiskyflaschen hoch. Ganz offensichtlich war Matthias Beck zum Bürgermeister gewählt worden. Kathryn stöhnte bestürzt auf, als ihr klar wurde, dass sie tatsächlich die Wahl völlig verschlafen hatte.

Pistolenschüsse ertönten.

„So viel zu Recht und Ordnung." In aller Eile schnappte sich Kathryn ihre Bürste und bearbeitete ihre Haare. Der Schrank ihres Onkels stand auf einmal ebenfalls im Zimmer. Sie öffnete jede Schublade. Darin lagen ihre Unterwäsche, ihre Mieder, Röcke und Kleider, die sie von zu Hause mitgebracht hatte, alles ordentlich gefaltet und verstaut. Das Bücherregal ihres Onkels und die Bücher waren da, ebenso ein Kleiderständer, an dem drei ihrer Hüte, ihr Mantel und ein Schal hingen.

Alles war hergebracht worden. Alles bis auf die Druckerpresse, Tinte und Papiervorräte.

Sie steckte ihre Haare zu einem dicken Knoten zusammen, befestigte sie mit Schildpattnadeln, drehte den Schlüssel im Schloss und öffnete die Zimmertür. Ivan erhob sich. „Wo wollen Sie hin?" Ein Holster mit Revolver hing an seiner Hüfte.

„Ich gehe nach draußen, um zu sehen, was geschehen ist."

„Matthias wurde zum Bürgermeister gewählt."

„Das habe ich mir gedacht." Sie ging zur Treppe, und Ivan hielt sich an ihrer Seite. Sie blieb stehen. „Ich brauche Ihre Hilfe nicht, Mr …?"

„Lebedev. Und ich habe die Anweisung, Sie im Auge zu behalten."

Auf dem Brettersteg hielt er sich dicht an ihrer Seite. Immer mehr Menschen strömten auf die Straße. Die Parade wurde länger und länger und reichte fast bis zu Sanders' Hotel. Ob Morgan Sanders dem Triumphzug wohl zuschaute? Niemand verliert gern, und diese jubelnden Menschen mussten für ihn ein Schlag ins Gesicht sein.

„Kathryn!", rief Abbie Aday vom Gemischtwarenladen herüber. In aller Eile überquerte sie die Straße. Mit aufgerissenen Augen musterte sie Ivan und seine Pistole, bevor sie den Blick auf Kathryn richtete. „Ich habe mir solche Sorgen um dich gemacht da in diesem Haus. Nabor sagte, Matthias hätte dich in seinem Schlafzimmer eingeschlossen."

„Was? Nein!" Am liebsten wäre sie in den Laden marschiert und hätte Nabor eine Ohrfeige gegeben, weil er solche Lügen verbreitete. „Ich bin allein in einem der Gästezimmer, mit einem guten Schloss an der Tür. Und ich bin nur dort, weil …"

„Mr Sanders dir nachgestellt hat und …"

„Abbie!" Kathryn ärgerte sich und hielt es für das Beste, das Thema zu wechseln. „Weiß man schon, wie Mr Sanders das Wahlergebnis aufgenommen hat?"

„Niemand hat ihn gesehen, seit er dein Haus verlassen hat, und ich bezweifle, dass irgendjemand den Wunsch hat, ihm gerade jetzt über den Weg zu laufen."

„Er war zwei Wahlperioden lang Bürgermeister. Ganz bestimmt hat er etwas dazu zu sagen." Ihr Blick wanderte zu seinem Hotel hinüber. „Jemand sollte mal nachfragen."

„Aber das werden nicht Sie sein", brummte Ivan.

„Ich bin Herausgeberin der *Voice*. Es ist meine Aufgabe, über das zu berichten, was in Calvada geschieht, Mr Lebedev."

„Reden Sie mit dem neuen Bürgermeister. Matthias Beck."

„Das werde ich tun, sobald er wieder festen Boden unter den Füßen hat und nicht wie Bacchus durch die Luft getragen wird."

Verständnislos blickte Ivan sie an. „Hä?"

„Egal."

Abbie zog ihren Schal fester um ihre Schultern. „Ich habe gehört, dass an dem Abend, an dem Mr Beck dich in sein Hotel geholt hat, ein Dutzend Männer von der Madera-Mine weggegangen sind. Molly Maguires aus Pennsylvania. Es heißt, sie waren hier, um Unruhe zu stiften." Abbie kam näher und sprach flüsternd weiter. „Nellie O'Toole ist gestern Abend in den Laden gekommen. Nabor war mit den anderen Männern in der Bar. Ich hab ihr einen Sack Bohnen, gesalzenes Schweinefleisch und zwei Kisten Konserven gegeben."

Kathryn umarmte sie und drückte ihr einen Kuss auf die Wange. „Du hast ein gutes Herz, Abbie Aday. Lass dir von niemandem etwas anderes einreden." Sie trat zurück. „Du kannst allen erzählen, dass ich wieder nach Hause gehe, sobald ich ein paar nette Herren finde, die meine Sachen in mein Haus zurückbringen. Mr Beck hat darauf bestanden, dass ich eine Woche bleibe, aber ich bin sicher, das ist nicht nötig."

Abbie wirkte alarmiert. „Oh nein, du solltest nicht zurückgehen. Hast du mal dein Haus gesehen?"

Kathryn war so darauf konzentriert gewesen, die Parade einzuholen, dass sie keinen einzigen Blick auf die andere Straßenseite geworfen hatte. Schnell verabschiedete sie sich von Abbie und eilte nach Hause. Ihr wurde schwer ums Herz, als sie sah, dass ihr Fenster eingeschlagen war; ihre Gardinen hingen in Fetzen davor. Die Buchstaben aus den Schrankschubladen waren auf den Fußboden gekippt worden. War das Sanders gewesen? Oder möglicherweise die Männer, die den Plan geschmiedet hatten, ihm eine Abreibung zu geben?

Das Schlimmste befürchtend, untersuchte Kathryn die Druckerpresse. „Gott sei Dank." Sie war nicht beschädigt, nur der Griff fehlte. Ein Stellmacher könnte einen Ersatz herstellen. Sie bückte sich und sammelte die Lettern ein. Wie viele Stunden würde sie brauchen, um die Verwüstung zu beseitigen und wieder Ordnung zu schaffen?

Ivan zog sie am Arm hoch. „Kommen Sie, Miss Walsh. Im Augenblick können Sie nichts tun."

Kathryn legte die Lettern in eine Schublade und wischte sich die Hände an einem mit Terpentin getränkten Lappen ab. „Wenigstens haben sie mein Haus nicht angezündet."

„So dumm wäre wohl niemand. Die ganze Stadt würde gleich mit abbrennen."

Die Siegesparade war bei Becks Saloon angekommen. Matthias schaute in ihre Richtung, bevor die Männer ihn auf dem Brettersteg wieder auf den Boden stellten. Sie wunderte sich über seinen grimmigen Gesichtsausdruck.

Scribe entdeckte sie und rannte über die Straße. „Matthias ist Bürgermeister! Damit hatte niemand gerechnet. Das war ein erdrutschartiger Sieg! Und das ist alles Ihnen zu verdanken!"

Kathryns Laune hob sich. „Nun, ich bin froh zu erfahren, dass die Zeitung in Calvada doch etwas bewirken kann."

„Oh, das war nicht die Zeitung. Jemand hat Matthias erzählt, dass Sanders in Ihrem Haus war. Er ist wie ein Blitz über die Straße geschossen, hat Sanders' Wachposten niedergeschlagen, und dann konnten alle beobachten, wie der große Mann höchstpersönlich aus Ihrem Haus floh und Matthias ihn einen feigen …"

„Ja, das habe ich gehört. Und deshalb wurde Mr Beck gewählt?"

„Das, und weil er mit Ihnen fertiggeworden ist."

„Entschuldigung?" Zorn stieg in ihr hoch.

„Die Männer waren der Meinung, ein Mann, der innerhalb von wenigen Minuten Sanders in die Flucht schlagen *und* Sie zum Schweigen bringen kann, müsste der richtige Mann für das Amt sein!" Scribe drehte sich um und steuerte wieder auf die Feiernden zu.

Ivan lachte leise, verstummte aber sofort, als er Kathryns Blick bemerkte. „Sie können gehen, Mr Lebedev. Sie wären jetzt sicher viel lieber bei den Männern, die im Saloon feiern, als mir auf Schritt und Tritt zu folgen."

„Ich habe meine Anweisungen." Und er wirkte nicht besonders glücklich darüber.

„Na gut. Ich habe Hunger. Begleiten Sie mich zu Ronya. Dort kann ich etwas essen. Anschließend kehre ich in mein Zimmer zurück. Darauf gebe ich Ihnen mein Wort."

Ivan blickte sie finster an. „Das kann ich Ihnen nur raten." Tatsächlich begleitete er sie zu Ronyas Café und ließ sie dort.

~

Ronya schälte Kartoffeln, während Charlotte einen großen wilden Truthahn rupfte. „So! Dann hat er dich also rausgelassen." Lachend deutete Ronya auf den Hocker.

„Unter Bewachung." Sie spähte über die Schulter zurück und sah Ivan über den Brettersteg laufen. Charlotte warf die Federn in einen Korb. Kathryn nahm eine lange Schwanzfeder heraus und drehte sie in den Händen. Dabei kam ihr eine Idee. „Darf ich die haben?" Die Witwen der Bergarbeiter könnten aus Truthahnfedern Fächer arbeiten. Kathryn könnte sie ihrer Mutter schicken. Vielleicht hätten die Damen in Boston gern etwas ganz Besonderes aus dem Wilden Westen. Sie wären sicher bereit, jeden Preis dafür zu bezahlen.

Ronya zuckte die Achseln. „Natürlich. Da drüben steht noch ein ganzer Korb voll. Was möchtest du, Frühstück oder Mittagessen?" Sie grinste. „Oder beides?"

„Nur Kaffee und ein Brötchen, bitte." Sie hatte vor, wieder weg zu sein, bevor Matthias Ivan zurückschickte. Auf jeden Fall würde sie ihr Wort halten und ins Zimmer zurückkehren. Nur nicht sofort.

Kathryn strich Butter und Brombeermarmelade auf ihr Brötchen und verspeiste die Hälfte davon in aller Eile. Dazu trank sie Kaffee.

Ronya musterte sie mit gerunzelter Stirn. „Hast du es eilig? Willst du noch wohin?"

Kathryn brummte nur etwas. Schnell schob sie den Rest in den Mund und stand auf.

Ronya blickte sie finster an. „Wo willst du hin?"

„Ich habe versprochen, ins Hotel zurückzugehen."

„In diesem Fall …" Ronya steckte die Hand in ihre Schürzentasche und zog etwas heraus. „Sieh zu, dass du ihn behältst."

Kathryn fing den Schlüssel auf. „Danke." Sie steckte ihn ein. „Ich habe mein Haus gesehen."

Charlotte schaute hoch. „Ich hörte Glas klirren, aber bis ich unten war und hinausschauen konnte, war, wer immer das getan hat, bereits fort."

„Einige Männer haben an dem Tag nach dem Erscheinen deiner Zeitung wohl bei ihrer Schicht in der Mine gefehlt." Ronya schnitt die Kartoffeln in einen großen Topf und bat Charlotte, mit der Maisbrotfüllung zu beginnen. „Man munkelt, das seien Molly Maguires gewesen."

„Nun, wer auch immer diese Männer unter der Brücke waren, ich hoffe, sie sind mittlerweile verschwunden."

„Sanders wird die Bergarbeiter dafür büßen lassen." Charlotte krümelte das Maisbrot in eine große Mixschüssel.

„Doch sicher nicht." Kathryns Blick wanderte zwischen den beiden Frauen hin und her, und sie sah, dass beide einer Meinung waren. Sie musste mit Morgan Sanders reden. Wenn nötig, konnte sie auch charmant sein. „Ich sollte jetzt gehen." Sie nahm den Korb und bedankte sich bei Ronya für die Federn. „Ich sorge dafür, dass sie eine gute Verwendung finden."

Kathryn legte sich den Schal über den Kopf und ließ die Chump Street und Matthias Becks Siegesfeier hinter sich.

Kapitel 14

Matthias sah Ivan allein durch die Schwingtüren hereinkommen. Mit finsterem Blick formte er mit den Lippen eine Frage: *Wo ist sie?* Ivan machte eine Kopfbewegung und antwortete: *Bei Ronya*, bevor er sich zu seinen Freunden gesellte. Verärgert bahnte sich Matthias den Weg durch die Menge. „Geh zurück und hole sie."

„Sie isst zu Mittag. Ronya und Charlotte behalten sie im Auge. Sie hat versprochen, nach dem Essen ins Hotel zurückzukommen."

Am liebsten hätte Matthias sich selbst auf den Weg gemacht und nach ihr gesucht, doch die Männer ließen ihn nicht weg. Und in Anbetracht der Whiskymenge, die in den letzten Stunden konsumiert worden war, sollte er wirklich lieber auch hierbleiben und aufpassen, dass die Feier eine Feier blieb und nicht zu einer Schlägerei ausartete. Viele der Männer waren wütend auf Sanders. Matthias wollte auf jeden Fall verhindern, dass sie seinen Sieg als Rechtfertigung werteten, auf ihn loszugehen. Wenn sie wieder nüchtern waren, würden sie begreifen, dass sich die Dinge nicht über Nacht ändern würden und ein Gewaltausbruch alles nur noch viel schlimmer machen würde. Matthias riet zu Geduld und Diplomatie. Die Situation ließ sich nur im Laufe der Zeit ändern, wenn der feste Wille da war.

Als die Dämmerung hereinbrach, verzogen sich die Junggesellen zum Essen in Ronyas Café, in den Smelting Pot oder das Sourdough Café; die Ehemänner machten sich auf den Heimweg. Ivan war vor einer Stunde gegangen, um bei Ronya zu essen, bevor er Kathryn ins Hotel zurückbegleitete. Ronya hatte Matthias gestern verraten, am Abend würde es Truthahn mit Füllung, Kartoffelbrei und Mangold zum Essen geben und anschließend noch Kürbiskuchen. Das Wasser lief ihm im Mund zusammen, wenn er nur daran dachte.

Fest in seinen Mantel gehüllt als Schutz gegen die beißende Kälte, machte er sich auf den Weg zum Café. Jemand rief seinen Namen, und er schaute über die Schulter zurück. Ivan kam vom anderen Ende der Stadt. Matthias spürte, wie sein Magen sich zusammenkrampfte. „Wo ist sie?"

„Ich weiß es nicht! Ronya sagte, sie hätte ein Brötchen gegessen und Kaffee getrunken und sei vor Stunden aufgebrochen. Aber im Hotel ist sie nicht angekommen. Ich habe schon die ganze Stadt abgesucht. Niemand hat sie gesehen!"

Die Dunkelheit brach schnell herein und würde Schnee mitbringen. Wo immer sie steckte, Matthias hoffte nur, dass sie sich nicht im Freien aufhielt. Als er sie das letzte Mal gesehen hatte, hatte sie nur ihren Schal umgelegt gehabt.

~

Tweedie Witt erzählte Kathryn, dass Elvira Haines' Baby gestorben sei und sie sie in den vergangenen Tagen kaum zu Gesicht bekommen hätte. Ronya Vanderstrom hatte Ina Bea Cummings angeboten, bei ihr Wäsche zu waschen und die Pensionszimmer der Männer zu reinigen. Ina würde sich mit Charlotte eines der oberen Zimmer teilen. Tweedie bat Kathryn herein, und sie kamen in der kleinen Hütte miteinander ins Gespräch. Tweedie war zehn Jahre älter als Kathryn und hatte schon einige Tragödien erlebt. Ihren Mann Joe hatte sie in Cleveland, Ohio, kennengelernt, als er im Laden ihres Vaters gearbeitet hatte. Er war der jüngste von fünf Brüdern und hatte die Familienfarm verlassen, um allein seinen Weg zu gehen.

„Meine beiden Brüder waren von Joe Witt nicht besonders angetan. Sie meinten, er wäre nicht gut genug für mich. Aber für mich war er der Beste." Ihr Gesicht glühte, wenn sie über ihn sprach. Mit einem Planwagentreck waren sie in den Westen gekommen. „Geizig war er nun wirklich nicht und kaufte in Fort Laramie und Mormon Station, was ihm in den Sinn kam.“ Sie lächelte. „Sogar eine gelbe Schleife für mich.“ Als sie Humboldt Sink erreichten und siebzig Kilometer Wüste vor ihnen lagen, besaßen sie nur noch zwei Ochsen. „Es war, als würde man die Hölle durchqueren. Kein Wasser, Sandstürme. Ich dachte, ich würde sterben, und es gab Tage, an denen ich mir wünschte, es wäre so.“ Als sie Truckee erreichten, erzählten einige Rückkehrer, die Berge in der Sierra Nevada seien noch schlimmer als alles, was sie bisher erlebt hätten, und es sei mit Schneefall zu rechnen. „Ich war schwanger. Im siebten Monat. Mir war bewusst, dass ich es nie schaffen würde. Joe wusste das auch. Dann hörte er, Henry Comstock hätte fünfundsiebzig Kilometer weiter südlich Silber gefunden. Ein Teil des Trecks wollte in diese Richtung fahren. Wir haben uns angeschlossen.“

In Tweedie Witts Hütte gab es kein Kind. „Was ist aus Ihrem Baby geworden, Tweedie?“

„Ist zu früh gekommen. Starb zwei Tage, nachdem wir Virginia City erreichten.“ Sie zupfte an ihrem zerschlissenen, fleckigen Rock und hob langsam den Kopf. Mit traurigen Augen schaute sie Kathryn an. „Ein kleiner Junge. Habe auch noch ein Mädchen und drei Jahre später noch einen kleinen Jungen verloren. Cholera. Sie sind dort begraben.“

Kathryn nahm Tweedies Hand.

„Natürlich hat Joe kein Silber gefunden. Er hat in einigen Silberminen gearbeitet, aber die Bezahlung war nicht gut, und Silber hatte sich schnell überlebt. Eine Mine wurde geschlossen, eine andere eröffnet. Viele Minenbesitzer haben Chinesen eingestellt. Sie arbeiten für einen Hungerlohn. Joe brauchte Arbeit. Darum sind wir hierhergekommen. Sanders ist ein harter Mann, aber er hat diese Hütten für seine Leute gebaut.“

„Doch die Witwen der Männer, die für ihn arbeiteten, scheinen ihm egal zu sein.“

Tweedie zuckte die Achseln. „Ich habe nichts erwartet. Das Leben ist hart. Einige sind in glücklichen Umständen geboren, andere nicht.

So ist das nun mal." Sie stocherte in der rot glühenden Glut und legte noch ein Holzscheit auf.

Kathryn stellt den Korb mit Federn vor sich. „Ich habe eine Idee." Sie erklärte, was sie sich ausgedacht hatte.

Tweedies Gesicht leuchtete auf. „Nähen kann ich wirklich gut."

„Sie sagen mir, was Sie brauchen, und ich werde dafür sorgen, dass Sie es bekommen. Wir werden Partner sein." In der kleinen Hütte zog es durch alle Ritzen. Der Lehmfußboden fühlte sich unter Kathryns Füßen an wie eine Eisdecke „Können Sie zu mir kommen und bei mir arbeiten? Ich habe ein Zimmer im Hotel. Darin ist Platz genug für Sie, um dort zu arbeiten."

„Oh ... wirklich?" Mit großen Augen voller Hoffnung schaute Tweedie sie an.

„Sobald mein Haus wieder bewohnbar ist, können wir dort einziehen." Tweedie war eine zierliche Person, und das Sofa wäre auf jeden Fall bequemer, als auf dem Boden zu schlafen.

„Das wäre großartig, Miss Walsh."

„Nenn mich Kathryn." Impulsiv umarmte sie Tweedie. „Ich denke, wir werden gute Freundinnen werden, Tweedie."

Der Boden war von einer dünnen Schneeschicht überzogen, als Kathryn von der Willow Creek Road aufbrach. Sie war viel länger geblieben, als sie vorgehabt hatte. Das Gespräch mit ihrer neuen Freundin hatte gutgetan, und sie war froh darüber. Sobald sie im Hotel war, würde sie an ihre Mutter schreiben. Ihre Mutter kannte viele wohlmeinende Frauen, die Fächer aus Truthahnfedern kaufen würden, vor allem, wenn sie wussten, dass sie dadurch einer Witwe helfen konnten, ihren Lebensunterhalt zu verdienen.

Je eher Kathryns kleines Haus wieder bewohnbar wäre, desto besser. Dass Tweedie den Winter in dieser schrecklichen Hütte verbrachte, war für Kathryn undenkbar. Und wenn noch eine andere Frau bei ihr wohnte, würde Kathryn sich weniger verletzlich fühlen. Vor allem, wenn Mr Beck wieder mal wieder unangemeldet hereinplatzte.

Ihre Kleidung bot keinen Schutz gegen den eiskalten Wind. Sie hätte einen Mantel anziehen sollen. Fest in ihren Schal gewickelt, senkte sie den Kopf und machte sich auf den Weg in die Stadt.

~

Matthias stürmte an Sanders' Diener Longwei, der ihm die Tür geöffnet hatte, vorbei und in die Halle. „Sanders!"

„Hier drin." Sanders' tiefe, ruhige Stimme kam aus dem Salon. Der frühere Bürgermeister saß in einem großen Ohrensessel aus Leder. Ein Gewehr lehnte an einem kleinen Couchtisch. Er hatte eine Pistole umgeschnallt und ein halb geleertes Glas Brandy in der Hand. Eine Karaffe mit demselben Getränk stand auf dem Tisch. „Na, kommen Sie, um Ihren Triumph auszukosten, Bürgermeister Beck?"

„Wo ist sie?"

„Wenn Sie auf der Suche nach Kathryn sind, sind Sie hier falsch. Das Letzte, was ich von ihr gehört habe, war, dass sie in Ihrem Schlafzimmer ist."

Matthias machte einen Schritt vor und bemühte sich um Beherrschung. Nichts hätte er jetzt lieber getan, als Sanders einige Zähne auszuschlagen, aber er musste unbedingt Kathryn finden. „Ich hatte sie in einem meiner Gästezimmer eingeschlossen, um sie vor Ihnen zu beschützen. Und vor den Männern, die Ihnen ans Leder wollten."

Alle Arroganz wich aus Sanders' Gesicht. Er wirkte älter. „Nun, hier ist sie jedenfalls nicht. Wenn Sie wollen, können Sie gern in allen Zimmern nachsehen."

Matthias warf Ivan einen Blick zu, und er setzte sich in Richtung Treppe in Bewegung. Matthias wandte sich wieder Sanders zu. „Dieser leidige Artikel sollte Ihnen die Haut retten, Sanders."

„Ich wollte von ihr doch nur einen Namen."

„Sie weiß nichts."

„Sie kennt ihn." Sanders sprach mit ruhiger Stimme. Seine Augen zogen sich zusammen. „Das habe ich in ihren Augen gelesen."

Matthias knirschte mit den Zähnen. Kannte sie wirklich einen der Männer? Wenn ja, dann hätte sie ihm diese Information genauso wenig anvertraut wie Sanders.

„Ich würde ja anbieten, bei der Suche nach ihr zu helfen, wenn ich nicht wüsste, dass da draußen Männer sind, die von der Siegesfeier so betrunken sind, dass sie mich lynchen würden."

„In diesem Punkt haben Sie recht. Ich musste heute Abend viele beruhigen."

„Erwarten Sie nicht, dass ich mich bei Ihnen bedanke."

Ivan kam die Treppe herunter. „Sie ist nicht oben, Boss."

Morgan schaute so grimmig drein, wie Matthias sich fühlte. Der Mann hob sein Brandyglas. „Viel Glück." Er gab ein freudloses Lachen von sich. „Auf Kathryn Walsh, eine Frau, die Männer in den Wahnsinn treibt." In einem Schluck stürzte er den Brandy hinunter.

Matthias und Ivan gingen. Matthias schaute nach rechts, dann nach links und den Berg hinunter. Am liebsten hätte er den Kopf zurückgelegt und nach ihr gerufen, aber dann würde jeder Mann in der Stadt wissen, dass Kathryn nicht mehr irgendwo in Sicherheit war, sondern draußen herumlief. Das hoffte er zumindest. Er wollte gar nicht darüber nachdenken, was ihr angetan würde, falls die Männer, die sie unter der Brücke belauscht hatte, sie in ihre Finger bekämen.

Ivan schaute ihn an. „Wo sollen wir jetzt suchen?"

„Ich wünschte, ich wüsste es."

~

Als sie die ersten Häuser von Calvada erreichte, spürte Kathryn ihre Zehen und Finger nicht mehr. Ronyas Wohnräume im hinteren Teil des Cafés leuchteten ihr entgegen wie ein Leuchtturm in einem aufgewühlten Meer. Am ganzen Körper zitternd öffnete Kathryn das Gartentor, stapfte durch den Schnee und klopfte an die Tür.

„Gott sei Dank!" Ronya zog Kathrin ins Haus. „Ivan sucht dich überall. Er sagte, du wolltest zum Hotel zurückgehen."

„Das werde ich auch." Kathryn bemerkte, dass Ronya sie von oben bis unten musterte. „Oh nein! Das tut mir leid." Ihre hochgeknöpften Schuhe waren vollkommen durchnässt und hinterließen Schlammspuren auf Ronyas sauberem Boden. „Ich gehe sofort wieder."

„Das kommt gar nicht infrage. Du bist ja halb erfroren!" Ronya zog Kathryn an den Kamin. „Setz dich her." Sie verschwand im Schlafzimmer und kehrte nach kürzester Zeit mit einem Knopfhaken, einer dicken Decke und einem Paar Wollsocken zurück. Kathryn stöhnte vor Schmerz auf, als Ronya die Knöpfe öffnete und ihr die nassen Schuhe von den Füßen streifte. „Wir können nur hoffen, dass du dir nichts erfroren hast!" Ronya schnalzte mit der Zunge. „Wo bist du gewesen?"

„In der Willow Creek Road." Kathryn biss die Zähne zusammen, als Ronya mit warmen, starken Händen ihre Füße massierte.

„Wie kannst du bei dem Wetter so dünn bekleidet herumlaufen?!" Ronya blickte sie vorwurfsvoll an. „Du hast wirklich keinen Funken Verstand im Kopf." Sie packte Kathryns nackte Füße in eine weiche Decke und massierte sie weiter.

Kathryn seufzte, als der Schmerz nachließ. „Oh, das tut gut."

„Gewöhn dich nur nicht dran." Ronya stand auf. „Ich bringe dir etwas, das dich ein wenig aufwärmen wird."

Kathryn hoffte auf eine Schale leckeren heißen Eintopf, aber Ronya kam mit einer dampfenden Tasse zurück. Kathryn nahm sie dankend entgegen und wärmte ihre eiskalten Finger daran.

„Trink das!", befahl Ronya.

Gehorsam nahm Kathryn einen kleinen Schluck und spuckte ihn sofort wieder in den Becher. Entsetzt über das, was sie getan hatte, entschuldigte sie sich. Noch nie in ihrem Leben hatte sie etwas so Widerwärtiges probiert. Ronya forderte sie auf, noch einen Schluck zu nehmen und diesmal auch herunterzuschlucken. Die Hände in die Hüften gestemmt, achtete sie darauf, dass ihre Anweisung befolgt wurde. Erschaudernd probierte es Kathryn erneut. Würgend gelang es ihr, ein paar Tropfen zu schlucken. „Es tut mir wirklich leid, Ronya, aber dieser Kaffee ist einfach nur abscheulich."

Ronya schnappte sich den Becher und verschwand in der Küche. Als sie zurückkam, drückte sie ihn Kathryn erneut in die Hände. „Probier jetzt noch mal."

Misstrauisch beäugte Kathryn den Becher und stellte fest, dass jetzt Sahne zugefügt worden war. Vorsichtig trank sie einen Schluck. Und jede Menge Zucker! Sie trank einen zweiten Schluck und schmeckte Zimt und noch etwas anderes, das sie nicht benennen konnte. „Das schmeckt ja köstlich!"

„Schön, dass es dir schmeckt. Das ist eine meiner Winterspezialitäten." Ronya stand vor ihr, während sie in kleinen Schlucken trank. „Du bist schlimmer als City. Weißt du das? Du kannst nicht einfach weggehen, ohne jemandem zu sagen, wo du hingehst. Er konnte sich wehren. Aber du bist nur ein Mädchen." Sie nahm Kathryn den leeren Becher ab. „Du zitterst ja immer noch. Ein zweiter Becher hiervon wird dich auftauen."

In Kathryns Magen breitete sich eine angenehme Wärme aus, als Ronya zurückkam. Aber sie gehorchte. Der zweite Becher Kaffee schmeckte ihr noch besser als der erste. Ronya fragte, wo sie denn gewesen sei, nachdem sie das Restaurant verlassen hätte, und Kathryn erzählte ihr von Tweedie und ihrem Plan mit den Fächern aus Federn, die ihr ein gewisses Einkommen sichern sollten. Die Fächer könnten der neue Modetrend im Osten werden. Sie sprach von der großen Not der Witwen und dass unbedingt etwas getan werden müsste und wie froh sie sei, dass Ronya Ina Bea Cummings einen Job und eine Unterkunft gegeben hätte, bis sie einen geeigneten Kandidaten fand, der sie heiraten würde. Ronya sei eine ziemlich gute Heiratsvermittlerin.

Das amüsierte Ronya. „Was du nicht sagst."

„Oh ja, das sage ich. Ich habe gehört, dass die Witwen, die hier arbeiten, am Ende alle heiraten. Ich vermute, dass Henry Call ein Auge auf Charlotte geworfen hat, was meinst du? Und dass ich nicht heiraten will, bedeutet ja nicht, dass andere auch allein bleiben sollten." Kathryn lachte leise und kam wieder auf Tweedie zu sprechen und wie sie ihr helfen wollte. „Wenn sich alles so entwickelt, wie ich es hoffe, kann Tweedie die Hutmacherei führen, während ich für die *Voice* arbeite."

Ronya lachte. „Du steckst wirklich voller Ideen, nicht?"

„Und ich habe noch eine ganze Menge mehr auf Lager." Kathryn hob den Becher an die Lippen und schluckte die letzten Tropfen. „An Ideen mangelt es wahrhaftig nicht. Das hat schon meine Mutter immer gesagt. Es sind auch ganz gute Ideen, meinst du nicht, Ronya?"

Lächelnd schüttelte Ronya den Kopf. „Oh, ich finde deine Ideen einfach großartig."

Kathryn hielt ihr den Becher hin. „Weißt du, das schmeckt so gut, ich würde gern noch einen Becher trinken, bevor ich gehe."

„Zwei reichen vollkommen."

Enttäuscht stand Kathryn auf und sackte sofort auf den Stuhl zurück. „Ach, um Himmels willen. Mir ist jetzt warm, aber meine Beine fühlen sich an wie Gummi." Sie machte einen zweiten, entschlosseneren Versuch. „So!" Energisch stellte sie den leeren Becher auf den Tisch, wo der Schein von Ronyas Petroleumlampe auf ein umgedrehtes Buch fiel. Neugierig nahm Kathryn es zur Hand. „*Ivanhoe* von Sir Walter Scott! Eins meiner Lieblingsbücher. Das ist so romantisch! Hast du das Buch bei den Adays in der Kiste unter dem Tisch gefunden?"

„Nein. Ich habe es aus Ohio mitgebracht. Ich habe es im Mehlfass versteckt, damit es auf dem Weg in den Westen nicht verloren ging." Ronya musterte sie kritisch. „Wie fühlst du dich?"

Kathryn seufzte zufrieden. „Großartig. Hatte ich dir eigentlich erzählt, dass ich ein paar Steine nach Sacramento gebracht habe?" Sie gluckste und blickte sich vorsichtig um, als sei sie kurz davor, ein Geheimnis zu verraten. „Ich hatte gehofft, ich hätte eine Goldmine geerbt!" Achselzuckend beugte sie sich vor. „Aber das wird sich bald zeigen." Sie legte ihren Finger an die Lippen. „Schsch. Verrate es aber nicht." Sie trat an den Ofen und hob ihren Rock hinten hoch. Vorgebeugt rieb sie sich ihr Hinterteil.

Ronya lachte. „Du fühlst dich gut, nicht? Und warm ist dir auch?"

„Du solltest dieses Zeug in Flaschen abfüllen und verkaufen!"

„Lass deine Schuhe zum Trocknen hier und zieh die Stiefel an." Ronya stellte die Schuhe vor den Sessel. Kathrin schlüpfte mit den Wollsocken an den Füßen hinein und zerrte an den Bändern, doch es gelang ihr nicht, sie richtig zuzubinden. Ronya bückte sich, schob Kathryns Hände beiseite und band sie für sie zu. Anschließend führte sie Kathryn durch das Restaurant zur Eingangstür. „Und jetzt, mein Mädchen, gehst du auf schnellstem Weg nach Hause." Wie bei einem Kind tätschelte sie ihr die Wange. „Versprochen?"

„Versprochen." Kathryn warf die Arme um Ronya und drückte sie fest an sich. Als sie sich von ihr löste, gab sie ihr einen Kuss auf die Wange. „Ich bin so froh, dich zur Freundin zu haben."

Ronyas Augen wurden feucht. „Und jetzt fort mit dir." Entschlossen drückte sie die Tür zu.

Kathryn tat genau das, was man ihr gesagt hatte. Sie ging nach Hause. Quer über die Straße steuerte sie auf direktem Weg City Walshs Haus an.

~

Matthias hatte alle Straßen der Stadt abgesucht, die Rome, London und Galway Street, aber er hatte sie nicht gefunden. Ivan war zur Gomorrah Street gegangen, aber beide glaubten nicht, dass Kathryn Walsh mit einem beschmutzten Täubchen Tee trinken würde. Jetzt wusste er einfach nicht mehr, wo er noch suchen sollte. Entsetzliche Bilder aus dem Krieg überfielen ihn. Hass trieb die Menschen dazu, sich gegenseitig sehr schlimme Dinge anzutun, und die Männer, die Kathryn unter der Brücke belauscht hatte, könnten auf Rache aus sein.

Krank vor Sorge stand Matthias vor seinem Saloon und suchte die Straße ab. Vielleicht hätte er sie doch in Citys Haus lassen und eine Wache vor beide Türen stellen sollen. Ein Windstoß spielte mit den Vorhangfetzen, und Matthias glaubte, Licht gesehen zu haben. Falls die Vandalen zurück waren, dann würde es ihnen schlecht bekommen. Die Tür war immer noch aus den Angeln gerissen und lehnte an der Seite. Und tatsächlich, da hockte Kathryn auf dem Boden und fegte Glassplitter auf ein Kehrblech.

Freundlich lächelnd erhob sie sich. „Oh, hallo, Matthias. Wie geht es Ihnen heute Abend?"

Konsterniert starrte Matthias sie an. Eine Welle der Erleichterung erfasste ihn, doch schnell folgte der Zorn. „*Guten Abend?* Das ist alles, was Sie sagen, wo ich die ganze Stadt nach Ihnen abgesucht habe?"

Sie blieb gelassen, wandte sich ruhig um und ließ die Glassplitter in einen Eimer fallen. „Sie brauchen nicht so zornig zu reagieren."

Mit vorgeschobenem Kinn trat Matthias ins Zimmer. „Wo haben Sie in den vergangenen fünf Stunden gesteckt?"

Kathryn winkte leichthin ab. „Ach, ich will das nicht alles noch mal erzählen." Sie schaute sich um. „Hier gibt es viel zu tun. Ich muss Ordnung schaffen, damit ich meine Arbeit wieder aufnehmen kann."

Matthias deutete mit dem Daumen zur Tür. „Lassen Sie uns gehen, Eure Ladyschaft."

Mit engelhaft unschuldigem Blick schaute sie zu ihm hoch. „Wohin?"

„*Ins Hotel zurück!*"

Sie zuckte zusammen, duckte sich aber nicht weg. Vielmehr richtete sie sich zu ihrer vollen Größe auf und stellte den Besen auf den Boden. „Sie klingen genau wie der Richter."

Matthias hatte nicht die Absicht gehabt zu schreien. Kathryn fuhr fort, Glassplitter zusammenzufegen. Er machte zwei Schritte auf sie zu. Ein nur allzu vertrauter Geruch stieg ihm in die Nase. Matthias beugte sich vor und musterte sie eingehender.

Sie fuhr zurück und riss die Augen auf. „Wagen Sie es nicht noch einmal, mich zu küssen, Matthias Beck." Sie drohte ihm mit dem Finger. „Nein, nein, nein."

Der Zorn war auf einmal verflogen. „Schon gut, Eure Ladyschaft." Er grinste. „Das riecht so, als hätten Sie eines von Ronyas Winterelixieren gehabt."

„Winterelixier?“ Sie runzelte die Stirn. „Ich habe Kaffee getrunken. Zwei Becher. Köstlichen, sahnigen Kaffee mit viel Z-Zu-Zucker und Z-Z-Zimt.“

„Und mehr als einem guten Schuss Brandy.“ Er musterte sie eingehender, und ihm fiel auf, dass sie Stiefel trug und nicht mehr die hochgeknöpften Schuhe, die sie am Nachmittag angehabt hatte, als sie neben Ivan stand und die Parade beobachtete. Der Saum ihres Rockes war verdreckt. Was hatte sie eben gesagt, als er so zornig war, dass er nicht mehr gerade denken konnte? *Ach, ich will das nicht alles noch mal erzählen.* Sein Herz pochte. *Alles? Noch mal.* Er bezweifelte, dass sie ihm erzählen würde, wo sie gewesen war und was sie getan hatte, seit sie Ivan zur Siegesfeier geschickt hatte mit dem Versprechen, sie würde ins Hotel zurückkehren, sobald sie etwas gegessen hätte. Ein Brötchen und Kaffee, hatte Ronya ihm erzählt, und sie schien es eilig gehabt zu haben. Zwei von diesen Zaubertränken, auf nüchternen Magen. Kein Wunder, dass sie über *Zucker und Zimt* gestolpert war! Er war erstaunt, dass sie überhaupt noch auf ihren Beinen stand. Im Augenblick war nur wichtig, sie sicher ins Hotel zu schaffen und dafür zu sorgen, dass sie dort blieb.

Matthias schob seine Hand durch ihren Arm und ergriff ihre Hand. „Kommen Sie, Kate. Höchste Zeit, Sie sicher nach Hause zu bringen.“

Sie blinzelte und blickte ihn an mit einem Ausdruck, der an dem Abend, als er sie geküsst hatte, ganz flüchtig über ihr Gesicht gehuscht war. Doch sofort entzog sie ihm ihre Hand, und ein anderer Ausdruck legte sich auf ihr Gesicht, den er eher als Furcht beschreiben würde.

„Das hier ist mein Zuhause, Sir.“

Ihre Stimmung wechselte schneller als das Wetter. „Nun, im Moment nicht.“ Und niemals mehr, wenn es nach ihm ginge. Er schaute sich schnell um. Eingeschlagene Fenster, zertrümmerte Schränke, überall Dreckspuren. Wenn sie ihren Willen bekam und wieder hier einzog, würde man nicht nur das Mobiliar zertrümmern, sondern sie würde selbst zu Schaden kommen. „Ich werde alles zunageln lassen, damit nicht noch mehr Unheil angerichtet wird." Diese Idee schien ihr nicht zu gefallen. Er merkte, dass sie auf Widerspruch aus war, doch zum Glück war ihr Verstand vernebelt. Erneut ergriff er ihre Hand, fester dieses Mal. „Ronya hat den Schlüssel. Sie brauchen also keine Angst zu haben, dass ich Sie einschließe." Aber dem Wachposten vor der Tür würde er klare Anweisungen geben in Bezug auf das, was sie tun durfte und was nicht. Ivan würde es nicht noch einmal wagen, sie aus den Augen zu lassen.

„Also gut." Sie schenkte ihm ein angedeutetes blasiertes Lächeln und ging ohne Protest mit ihm. Ihre Nachgiebigkeit gab ihm erst recht Anlass, sich zu sorgen.

An der Bar standen Männer, tranken und unterhielten sich. Andere saßen an den Tischen, Karten in den Händen, und wirkten äußerst ernst und auf ihr Spiel konzentriert. Er ließ ihre Hand los und nahm sie am Arm, damit es kein Gerede gab. Ein paar der Gäste bemerkten sie. „Hey, Matthias! Wohin bringst du die kleine Lady?" Andere beobachteten sie nur.

„Ich begleite Miss Walsh zu ihrem Zimmer, meine Herren. Brady, wenn Ivan kommt, schick ihn hoch." Er ließ seinen Blick durch den Schankraum wandern, und das Gelächter verstummte. Die Männer wandten den Blick ab.

Matthias öffnete die Tür zu ihrem Zimmer, und ohne zu zögern trat Kathryn ein. Stirnrunzelnd beobachtete er sie. „Ich mache das Feuer im Kamin an." Sie dankte ihm und ließ sich in den Sessel sinken. Er spürte ihren Blick auf sich gerichtet und drehte sich um. Schnell senkte sie den Blick, trotzdem wusste er, dass sie ihn gemustert hatte.

Er zündete ein Streichholz an. Die Art, wie sie ihn angesehen hatte, fachte Gedanken in ihm an, die er besser sofort wieder verdrängte. Schnell lenkte er sich ab. „Ich könnte zu Stu Bickerson gehen und ihm erzählen, dass Sie Scribe gezwungen haben, seine Kleider abzulegen und den ganzen Abend in Ihrem Schlafzimmer zu verbringen."

Sie verdrehte die Augen. „So war es doch gar nicht!"

Das Holz fing Feuer. Matthias richtete sich auf und warf ihr ein kühles, herausforderndes Lächeln zu. „Und ich könnte ihm verraten, dass ich Sie mitten in der Nacht betrunken in Ihrem Büro vorgefunden habe."

„Ich bin nicht betrunken, und es ist nicht mitten in der Nacht."

„Stu schert sich nie um unwichtige Details." Matthias musterte sie, und er merkte, wie unbehaglich sie sich unter seinem Blick fühlte. Den Grund glaubte er zu kennen. „Ich könnte ihm auch von dem Kuss erzählen." Er beobachtete, wie ihre Wangen sich röteten. Hatte sie genauso oft daran gedacht wie er?

„So niederträchtig sind Sie nicht. Sie sind ein Gentl…le…man."

„Ach so, *jetzt* bin ich ein Gentleman", schnarrte er.

Ihre zitternde Hand legte sich an ihren Hals. „Warum schauen Sie mich so an?"

„Wie denn?" Als sie keine Antwort gab, warf er ihr ein reuevolles Lächeln zu. „Henry meinte, die einzige Möglichkeit, Sie zu beschützen, sei, Sie zu heiraten." Er war ebenso überrascht wie sie, dass ihm diese Worte über die Lippen gekommen waren. Doch nachdem sie nun einmal ausgesprochen waren, wusste er, dass genau das ihn im Unterbewusstsein beschäftigt hatte – seit dem Tag ihrer Ankunft, seitdem er sie das erste Mal gesehen hatte.

Einen Augenblick lang bemerkte er, wie ihre Augen aufleuchteten. Doch dann senkte sich ein Schleier darüber, und sie sprang auf und wich so weit von ihm zurück, wie der Raum es zuließ. „Ich werde niemals irgendwen heiraten."

Wenigstens hatte sie nicht gesagt, dass er der letzte Mann auf der Welt wäre, den sie heiraten würde. Ihre Ablehnung bezog sich auf alle Männer, ob jetzt oder in der Zukunft. „Ich bin nicht irgendwer, Kate."

Sie richtete sich auf, schob das Kinn vor und hob die Augenbrauen. „Es ist mir egal, ob Sie der Bürgermeister und zweitreichste Mann in Calvada sind. Ich werde Sie nicht heiraten."

„Sie scheinen sich da ja ziemlich sicher zu sein."

„Das ist doch meine Entscheidung, oder nicht?"

„Ja. Das stimmt. Und es liegt an mir, Ihre Meinung zu ändern." Grinsend ging Matthias langsam auf sie zu. „Ich wette, das schaffe ich." Es gelang ihr, eine gewisse Distanz zwischen ihnen beizubehalten. „Nur so aus Neugier, was wäre denn nötig, Ihre Meinung zu ändern?"

„Gar nichts." Sie runzelte die Stirn. „Alles." Sie schüttelte den Kopf. „Eine ganze Menge."

Er kam immer näher, und sie wich immer weiter zurück. Jetzt stand sie fast am Kamin, Sessel und Tisch zwischen ihnen. „Wir könnten doch heute Abend anfangen …" Er zog sie auf. Ihr Hals und ihre Wangen röteten sich wie ein Sonnenaufgang.

„Abso…lll…lut nn…nicht!"

Mühsam unterdrückte er sein Lachen. „Wie wäre es, wenn wir uns setzen und darüber reden?" Wenn sie noch weiter zurückwich, würde sie bald in Flammen stehen. „Ihr Rock hat Feuer gefangen, Kate."

„Oh nein. Ich lasse Sie nicht aus den Augen."

„Ich fühle mich geschmeichelt." Er hatte das Spiel jetzt weit genug getrieben und wollte, dass sie sich beruhigte. Und er musste auch wieder zu sich kommen. Matthias setzte sich in einen der Sessel und deutete einladend auf den anderen. „Setzen Sie sich. Lassen Sie uns reden."

„Ich denke, Sie sollten jetzt gehen."

„Noch nicht." Er hatte eine Idee, wie er sie ablenken könnte. „Ich bin jetzt Bürgermeister. Wollen Sie mich denn nicht nach meinen Plänen für die Stadt fragen?"

Sie presste die Lippen zusammen. „Was nützt es, wenn ich es nicht drucken kann?"

„Auch darüber können wir reden."

Sie hockte sich auf die Sesselkante, bereit, jederzeit die Flucht zu ergreifen. „Was braucht es, damit Sie mich nach Hause gehen lassen?"

Matthias konnte nicht erwarten, dass sie sich darüber freute, in seinem Hotel zu wohnen. Oder in dem eines anderen Hoteliers in dieser Stadt. „Einen Sheriff."

„Ach ja!" Sie faltete ihre Hände im Schoß. „Ihre Rede über Recht und Ordnung."

„Axel Borgeson wird in den nächsten Wochen hier eintreffen." Unmittelbar nach der Auszählung der Stimmen hatte er Henry gebeten, das Telegramm abzuschicken, in dem er die Bewerbung bestätigte. „Er hat für die Detektivagentur Pinkerton gearbeitet, für die Unionsarmee spioniert und wurde dann von der Union Pacific als Wachposten verpflichtet. Er war am Kap Promonotory Point, als von Leland Stanford der goldene Nagel eingeschlagen wurde. Später kam er nach Kalifornien."

Kathryn lehnte sich interessiert vor. „Wie haben Sie ihn gefunden?"

„Ich war nicht nur in Sacramento, um Whisky zu kaufen."

Erfreut lächelte Kathryn ihn an und entspannte sich. „Halten Sie dieses Versprechen, und die Stadt wird es Ihnen danken."

Sie lebte nun schon einige Monate in Calvada, aber sie war immer noch sehr naiv. „Nicht jeder wird froh darüber sein, dass hier Recht und Ordnung einziehen. Viele Männer sind in den Westen gekommen, um Gesetzen und Vorschriften zu entkommen."

„Sind auch Sie deswegen nach Kalifornien gekommen, Matthias?"

In ihrem Tonfall lag rührende Neugier. Die Wärme des Feuers und zwei Gläser Brandy zeigten Wirkung. „Nein, das ist nicht der Grund dafür, dass ich hier bin." Vermutlich war ihr gar nicht bewusst, dass ihr Blick über seinen Körper wanderte. Vielleicht sollte er ein Fenster öffnen. Aber das würde nicht helfen. Es war nicht das Feuer im Kamin, das ihn erhitzte. Es war die auf Anstand bedachte, zugeknöpfte Kathryn Walsh, die plötzlich ihre sinnliche Seite zeigte.

„Die Wahrheit ist, als ich aus dem Krieg nach Hause zurückkam, wurde ich nicht als Held gefeiert." In wenigen Minuten würde sie wieder einen Fuß auf den Tisch legen und wie ein Seemann zu schnarchen beginnen.

„Weil Sie für den Norden gekämpft haben?" Seufzend lehnte sie sich zurück.

Matthias wollte nicht über Shermans Marsch zum Meer reden und was das für seine Heimatstadt bedeutet hatte.

Kathryn blinzelte, und der Blick aus diesen hypnotisierenden grünen Augen fühlte sich an wie eine Liebkosung. „Warum haben Sie es getan?"

Er musste unbedingt über etwas anderes nachdenken. Wie war noch gleich ihre Frage gewesen? Ach ja. „Ich habe geglaubt, dass es besser für unsere Nation ist, vereint zu sein statt gespalten." Wenn ein Teil des Landes sich abspaltete, dann würde es nicht lange dauern, bis jeder einzelne Staat seine Unabhängigkeit anstrebte. Amerika wäre dann genauso wie Europa, viele Länder, die ständig Krieg gegeneinander führten. *Ein innerlich gespaltenes Haus hat keinen Bestand*, hatte er zu seinem Vater gesagt, aber nicht einmal ein Bibelzitat hatte Jeremiah Becks Südstaatenstolz ins Wanken gebracht.

„Und die Sklaverei? Wie ist Ihre Meinung dazu?"

„Mein bester Freund war der Sohn des einzigen Haussklaven meines Vaters. Er ist mit mir in den Krieg gezogen. Gleich im ersten Jahr hat er sein Leben verloren." Schweigend hörte Kathryn zu. Und was Matthias sah, war nicht Mitleid, sondern Mitgefühl. „Seiner Mutter von seinem Tod zu erzählen – das war das Schwerste, was ich je in meinem Leben getan habe. Wenn er zu Hause geblieben wäre, dann wäre er noch am Leben." Seine Stimme klang heiser. „Sie hat mir vergeben."

„Sie scheint eine gute Christin zu sein."

„Mein Vater war auch ein ‚guter Christ'. Sogar Pastor." Bitterkeit und Schmerz ließen ihn ein freudloses Lachen ausstoßen. „Er hat mir gesagt, er wünschte, ich wäre tot zur Welt gekommen. Dann hat er sich umgedreht und ist weggegangen."

Tränen stiegen Kathryn in die Augen. Matthias atmete tief und langsam aus und wandte den Blick ab. Es wäre besser gewesen, ihr einige oberflächliche Antworten zu geben und nicht wieder alte Wunden aufzureißen.

„Oh Matthias." Sie seufzte leise. „Ich bin sicher, Gott wird auch im Herzen Ihres Vaters wirken. Gott hat versprochen, sein Werk in uns zu vollenden." Sie sprach leise, wie man mit einem Freund redet, der Schweres durchlebt. „Menschen sagen schreckliche Dinge, wenn sie verletzt und zornig sind. Ich habe das auf jeden Fall getan." Eine Träne rann über ihre blasse Wange. Ihr Blick glitt über ihn hinweg, sie sah betroffen aus. „Wir scheinen eine Gemeinsamkeit zu haben. Meine Mutter hat zu mir gesagt, ohne mich wäre ihr Leben viel einfacher."

Ihre Worte trafen ihn wie ein Fausthieb in den Magen. Er empfand ihren Schmerz und wusste jetzt, warum sie unbedingt in Calvada Wurzeln schlagen wollte.

Mit schläfrigen Augen entspannte sie und sah in die Flammen.

„Das ist schön, finden Sie nicht?" In kindlichem Vertrauen blickte sie ihn an. In ihrer gegenwärtigen Stimmung war sie viel zu verletzlich. Das war verlockend.

Aber Matthias wusste, dass er schon viel zu lange geblieben war. „Ich denke, ich sollte jetzt Gute Nacht sagen." Er dachte an die Männer unten und die Spekulationen, die zweifellos bereits kursierten. Daran hätte er schon vor einer Stunde denken sollen.

Noch immer im Sessel sitzend, blickte Kathryn wehmütig zu ihm hoch. „Wissen Sie was, Matthias? Ich mag Sie." Ihr Geständnis schien sie selbst angenehm zu überraschen.

Er lachte leise. „Wirklich?"

„Ja. Das tue ich. Sie werden Calvada guttun. Einen Sheriff haben Sie ja bereits eingestellt." Sie brauchte zwei Versuche, um aus dem Sessel aufzustehen. „Was werden Sie in Bezug auf die Straßen unternehmen?" Träge folgte sie ihm zur Tür. Sie legte sogar ihre Hand an seinen Ellbogen. „Die Kinder brauchen eine Schule. Jungen und Mädchen müssen Zugang zu Bildung bekommen, wissen Sie?" Es fiel ihr schwer, das Wort *Bildung* bekam sie kaum über die Lippen, und Matthias fiel wieder ein, wie viele von Ronyas Spezialgetränken sie intus hatte und warum dieser sinnliche Ausdruck in ihren Augen lag, der seine Entschlossenheit auf eine harte Probe stellte. „Es fehlen auch Brunnen." Sie tätschelte seinen Arm. „Der Müll türmt sich in den Straßen zwischen den Häusern." Sie verzog das Gesicht. „Ich habe schon so viele Ratten gesehen. Auch in Boston gibt es Ratten, aber nicht annähernd so viele wie hier. Kleine und auch große. Wir müssen unbedingt etwas gegen den Müll und die Ratten unternehmen, Matthias."

Das *Wir* aus ihrem Mund gefiel ihm. „Wenn ich das alles hinkriege, heiraten Sie mich dann?"

Sie nahm ihre Hand von seinem Arm und ging einen Schritt zurück. „Das ist nicht lustig. Sie würden ja nur Ihre Aufgaben als Bürgermeister unserer Stadt erfüllen." Sie schob ihn leicht in Richtung Tür.

„Ich werde Ivan bitten, hochzukommen und sich in den Flur zu setzen."

„Hier bin ich sicher."

„Nicht, wenn die Tür nicht abgeschlossen ist."

„Oh!" Sie riss die Augen auf und lachte. „Gut! Darüber brauchen Sie sich keine Gedanken zu machen." Sie legte ihre Hände an seine Brust und schob ihn weiter. „Gehen Sie jetzt."

Matthias nahm ihre Handgelenke, ließ sie wieder los, zog sie in seine Arme und küsste sie, wie er es schon wollte, solange er denken konnte. Sie schmeckte nach Brandy, Sahne und Zucker. Ihre Augen waren geschlossen, die Lippen leicht geöffnet. Die Ader an ihrem Hals pochte, und beinahe wäre es um ihn geschehen gewesen.

„Höchste Zeit, Gute Nacht zu sagen, Eure Ladyschaft." Seine Stimme war rau vor Leidenschaft. Entschlossen schob er sie von sich weg. Ihm war nur allzu bewusst, dass er ihren Zustand ausgenutzt hatte. Das war unfair. Amüsiert blickte sie ihn an.

Gegen die Versuchung ankämpfend, öffnete Matthias die Tür, verließ rückwärts das Zimmer und zog die Tür schnell wieder hinter sich ins Schloss.

Kapitel 15

Mit trockenem Mund und bohrenden Kopfschmerzen wachte Kathryn am nächsten Morgen auf. Am liebsten hätte sie sich die Decke über den Kopf gezogen und wäre im Bett geblieben, aber dann fiel ihr ein, dass Tweedie Witt kommen würde, um bei ihr zu arbeiten. Rasch stand sie auf, machte in aller Eile ihre Morgentoilette und zog sich an. Schnell schlüpfte sie in ihre eigenen Wollsocken und Stiefel und packte die zusammen, die Ronya ihr geliehen hatte. In ihrer Hektik riss sie die Tür auf und sprang erschrocken zurück, als Ivans Stuhl kippte und der Russe auf dem Rücken in ihrem Zimmer landete und wie eine Schildkröte mit Armen und Beinen ruderte.

Nur mühsam konnte Kathryn ihr Lachen unterdrücken. Sie streckte die Hand aus, um dem armen Mann auf die Beine zu helfen. „Alles in Ordnung?"

Russische Schimpfwörter ausstoßend rollte sich Ivan von dem Stuhl herunter und kroch auf allen vieren in den Flur. Immer noch brummend, rappelte er sich hoch. Sein Gesicht war gerötet. „Das nächste Mal könnten Sie mich vorwarnen!"

Sie verließ ihr Zimmer, zog die Tür zu und schloss ab, bevor sie zur Treppe ging.

Ivan holte sie ein. „Wo wollen Sie hin?"

„Zu Ronya. Frühstücken."

Mit finsterem Gesicht hielt er sich an ihrer Seite. „Matthias hat mich gestern verspeist und wie schlechtes Dörrfleisch wieder ausgespuckt. Ich werde an Ihnen kleben wie Baumharz."

Nach dem Frühstück begab sich Kathryn zum Stellmacher, um einen Griff für die Druckerpresse zu bestellen. Patrick Flynt meinte, er könnte einen herstellen, war aber nicht sicher, ob er das tun sollte, weil er gehört hatte, dass sie bereits Schwierigkeiten genug hätte, und er nicht dafür verantwortlich sein wolle, dass sie noch mehr Ärger bekäme. Zuckersüß erklärte sie ihm, sie würde in der nächsten Ausgabe der *Voice* eine kostenlose Werbeannonce für ihn schalten, wenn er ihr helfen würde.

Vom Stellmacher machte sich Kathryn auf den Weg zur Holzhandlung Rudger, die gut einen Kilometer vor der Stadt lag, um ein neues Fenster zu bestellen.

Carl Rudger grinste, als er sie sah. „Ich habe die Zeitung nicht mehr mit so viel Freude gelesen, seit City Walsh …"

„Der Schädel eingeschlagen wurde?", ging Ivan dazwischen. Mr Rudger erstarrte, entsetzt darüber, dass Ivan so unverblümt mit der Wahrheit herausgeplatzt war. Ivan funkelte ihn an, ohne Reue zu zeigen. „Helfen Sie ihr nicht. Sie sollte im Hotel bleiben."

Kathryn tätschelte Ivans Arm. „Kümmern Sie sich nicht um Ivans schlechte Laune. Der arme Mann ist heute Morgen auf den Kopf gefallen."

Finster runzelte Ivan die Stirn.

Mr Rudger hatte Glas auf Vorrat und würde bis zum Abend ihr Fenster wieder herrichten, zum Selbstkostenpreis. „Es wurde höchste Zeit, dass jemand hier wieder die Wahrheit druckt. Auch wenn es eine Frau ist."

„Vielen Dank für Ihr Vertrauen", bemerkte Kathryn trocken.

„Schreiben Sie in der *Voice* nur nicht über mich."

Sie lachte. „Dann tun Sie nichts, was meine Aufmerksamkeit auf Sie lenken könnte."

Rudger stimmte in ihr Lachen ein.

Auf dem Rückweg zur Stadt verdüsterte sich Ivans Stimmung noch mehr. „Sind wir immer noch nicht fertig? Haben Sie vor, irgendwo Tee zu trinken?"

„Sie könnten eine Tasse Tee gut gebrauchen. Pfefferminz ist gut gegen Frustration, Missstimmung und Erschöpfung."

„Was ich jetzt gebrauchen könnte, ist ein ordentlicher Drink."

In Adays Gemischtwarenladen suchte Kathryn den preiswertesten Stoff aus, den sie finden konnte, aber Nabor schraubte den Preis so hoch, dass ihr klar wurde, dass er ihr nichts verkaufen wollte. Abbie machte sich verlegen an den Dosen zu schaffen. Kathryn dankte Nabor für seine Zeit und verließ den Laden. Lieber würde sie eines ihrer Kleider zerschneiden, um Vorhänge zu nähen, als einen Stoff von Nabor Aday zu kaufen. Ihr war zu Ohren gekommen, dass am anderen Ende der Stadt bald ein neuer Laden aufmachen würde, aber im Augenblick blieb ihr nur eine Möglichkeit. Kathryn ließ mehrere Gespanne und einzelne Reiter vorbei, bevor sie auf die matschige Straße trat.

„Wo wollen Sie hin?"

„Zum *Madera Company Store.*"

Ivan packte sie am Arm. „Oh nein, das werden Sie nicht tun!"

„Lassen Sie mich los, Ivan." Als er sie immer noch nicht losließ, blieb sie mitten auf der Straße stehen. „Ich glaube nicht, dass es Ihnen recht wäre, wenn ich eine Szene mache." Mit finsterem Blick löste er seinen Griff.

Kathryn ging an der *Crow Bar* und dem *Iron Horse Saloon* vorbei und betrat Sanders' Laden. Die Kunden erstarrten. Kathryn ebenfalls, als sie Morgan Sanders im Gespräch mit seinem Geschäftsführer entdeckte. Ivan stieß ein Schimpfwort aus. Zögernd nahm Kathryn all ihren Mut zusammen und schritt die Reihen mit den Tischen ab, bis sie zu den Stoffballen kam. Die Auswahl war viel größer als die von Aday. Der Geschäftsführer bemerkte sie. Als sich ihre Blicke kurz trafen, drehte er schnell den Kopf zur Seite. Morgan führte das Wort, erklärte ihm, was er bestellen sollte, mehr Bohnen, weniger Zucker. Als der Geschäftsführer erneut zu ihr hinschaute, wurde Morgan aufmerksam und warf einen Blick über die Schulter auf sie. Hatte er gerade noch ärgerlich ausgesehen, so wirkte er nun ehrlich überrascht.

Ivan ging in Habachtstellung und trat näher. „Lassen Sie uns gehen." Er umklammerte Kathryns Arm und legte seine andere Hand leicht an seine Smith & Wesson.

Kathryn sah ihn an. „Bitte machen Sie keine Dummheiten."

„Das sagen ausgerechnet Sie mir?"

Morgan bahnte sich zwischen den Tischen seinen Weg zu ihr. Kathryn bemerkte den Revolver an seiner Hüfte. Andere Kunden traten langsam zur Seite und taten so, als würden sie sich nicht für die Vorgänge interessieren, obwohl sie interessiert zuschauten. Morgan ignorierte Ivan und nickte ihr zu. „Guten Morgen, Kathryn."

„Guten Morgen, Mr Sanders." Trotz ihrer Anspannung sprach sie mit ruhiger Stimme. Sie betastete einen geblümten Baumwollstoff und stellte fest, dass die Qualität viel besser war als die der Stoffe von Nabor. Schweigend und abwartend stand Morgan daneben, als sei er ein Angestellter und nicht der Eigentümer.

„Wie viel kosten vier Meter hiervon?" Sie sprach beherrscht und ganz alltäglich.

„Sie können alles, was Sie wollen, kostenlos bekommen, zusammen mit meiner Entschuldigung."

Sein Tonfall ließ keinen Zweifel daran, dass er es aufrichtig meinte. Er wirkte müde, als hätte er schon seit einer Weile nicht mehr geschlafen. Wie könnte er auch, da er wusste, dass einige seiner eigenen Leute ein Mordkomplott geschmiedet hatten? „Entschuldigung angenommen, Morgan." Ohne nachzudenken, streckte sie die Hand aus. „Vielen Dank für das freundliche Angebot, aber es ist nur richtig, wenn ich für den Stoff bezahle."

Seine Finger schlossen sich fest um ihre. „Wie Sie wünschen." Er nannte einen Preis, der weniger als die Hälfte von dem war, den Nabor verlangt hatte.

„Ist das der übliche Preis für alle Ihre Kunden?" Als er nicht antwortete, schlug sie einen fairen Preis vor. „Das ist das, was die meisten Menschen sich leisten können, und trotzdem machen Sie dabei noch Gewinn." Sein Blick flackerte, und ein schwaches Lächeln umspielte seine Lippen. Er nickte kurz und winkte einen der Angestellten herbei.

Morgan blieb bei ihnen stehen, während der junge Mann den Stoff abmaß. „Sie haben Matthias gestern zu einer heiteren Jagd veranlasst. Auf der Suche nach Ihnen kam er auch zu mir."

„Oh." War er auf der Suche nach ihr gewesen oder auf der Suche nach einem Streit? „Ich habe eine Freundin besucht."

Morgan runzelte leicht die Stirn. „Jemand, der in Verbindung mit Ihrem Zeitungsartikel steht?"

„Jemand, den ich kürzlich kennengelernt habe und der Arbeit braucht." Sie blickte ihn an. Sein Blick war warm, nicht kalt. „Sie ist Witwe, wissen Sie. Ihr Mann kam im vergangenen Jahr bei einem Unfall in der Madera-Mine ums Leben. Sie hat ziemlich zu kämpfen und lebt in einer zugigen Hütte auf der Willow Creek." Bedeutungsvoll wanderte ihr Blick über sein gut geschnittenes Jackett, das Hemd, die Fliege bis hinunter zu seinem breiten Ledergürtel und der schwarzen Hose. „Ich sehe Sie zum ersten Mal mit einem Revolver."

„Ich hielt das für angebracht."

War das alles ihre Schuld? „Es tut mir leid, dass Sie solche Schwierigkeiten haben, Morgan. Ich habe gehört, dass einige Männer die Stadt verlassen haben."

Sein Gesichtsausdruck wurde hart. „Ja. Bei einigen war ich schon vorher misstrauisch geworden."

„Ich bin froh, dass sich diese Pläne zerschlagen haben."

Sein Mund verzog sich zu einem Lächeln. „In dieser Stadt sind Sie vermutlich die Einzige."

Warum sollte sie ihm nicht sagen, was sie dachte? „Harte Gefühle können sich ändern, Morgan." Als er leicht die Augenbrauen hob, fuhr sie fort. „Sie haben vielleicht die Wahl verloren, aber Sie sind immer noch einer der einflussreichsten Männer in der Stadt. Sie könnten diese Rolle besser ausfüllen." Neben ihr schnappte Ivan nach Luft. „Sie haben die nötigen finanziellen Mittel, um für die Leute in Calvada sehr viel Gutes zu tun."

„Ist das so?"

„Sie wissen, dass es so ist."

Der Verkäufer faltete den Stoff zusammen, schlug ihn in braunes Packpapier ein und band das Päckchen mit einem Bindfaden zusammen. Sie bedankte sich und reichte ihm das Geld. Die übrigen Kunden gingen schweigend im Laden umher.

Morgan senkte den Kopf. „Darf ich Sie hinausbegleiten?"

Kathryn lachte leise. „Ist das eine nette Art zu sagen, dass ich mich um meine eigenen Angelegenheiten kümmern soll und dass Sie hoffen, ich käme nicht mehr wieder?"

„Sie gehen Risiken ein, Kathryn." In seiner Stimme lag keinerlei Feindseligkeit, als er sie zur Tür begleitete.

„Es lohnt sich – für die Menschen, Morgan." Draußen auf dem Brettersteg schaute sie ihm in die Augen. „Und es lohnt sich für Sie." Sie reichte ihm die Hand.

Morgan nahm sie, zog sie an seinen Mund und drückte einen Kuss darauf. „Für Sie auch, Kathryn."

„War's das dann jetzt?" Kathryn spürte die Hitze, die von Ivan ausstrahlte, als sie zum Hotel zurückliefen.

„Ich fange gerade erst an."

~

Es dauerte keine Stunde, bis sich in der ganzen Stadt herumgesprochen hatte, dass Kathryn Walsh Morgan Sanders die Hand geschüttelt und von ihm einen Handkuss bekommen hatte. In der Bar gab es unter den Männern kein anderes Gesprächsthema mehr.

„Er hat Geld. Nenn mir eine Frau, die nicht einen reichen Mann heiraten will."

Matthias nahm sich vor, mit ihr darüber zu reden, doch im Augenblick war er damit beschäftigt, dringend benötigte Dienste der Gemeinde aufzubauen. Er hatte erwartet, dass Sanders ihm bei der Übergabe der Gelder der Stadt Schwierigkeiten machen würde, aber die Bücher waren kurz nach der Wahl in sein Büro gebracht worden, ordentlich in Kisten gestapelt. Henry Call begann sofort damit, sie mit dem Blick eines Juristen zu prüfen. Alles schien in Ordnung zu sein. Bewerbungen von Frauen auf Matthias' Ausschreibungen in San Francisco und Sacramento trafen ein, aber die Frauen würden erst nach der Schneeschmelze reisen können. Bis dahin würden hoffentlich einige öffentliche Dienste etabliert sein.

Sein wichtigstes Versprechen, einen Sheriff einzustellen, hatte er erfüllt. Axel Borgeson sollte in dieser Woche eintreffen. Matthias hatte vor, ihm das Zimmer zu geben, das dem von Kathryn gegenüberlag, bis das kleine Haus neben dem Gefängnis wieder hergerichtet wäre.

Ohne Sheriff war es in der Stadt rau zugegangen. Die Männer hatten ihre Probleme mit ihren Fäusten, durch Drohungen und manchmal auch mithilfe ihrer Revolver gelöst. Matthias, Brady und Ivan sorgten dafür, dass es in seinem Saloon keinen Ärger gab, und überließen es den anderen Barbesitzern an der Chump Street, es auch so zu handhaben. Seit Kathryns Ankunft war kein Abend ohne Prügelei vergangen. Die Wahrheit war, Matthias wäre sehr froh, wenn Axel Borgeson mit einem Stern an der Brust durch die Straßen von Calvada patrouillieren würde. Der Mann war robust und besaß viel Erfahrung.

Am Tag der erwarteten Ankunft von Borgeson kam Kathryn natürlich zur Postkutsche, um ihn willkommen zu heißen. Und sie hätte nicht erfreuter sein können, wenn Präsident Ulysses S. Grant höchstpersönlich in die Stadt gekommen wäre. Sofort zählte sie Borgeson die Probleme der Stadt auf – nichts davon hatte Matthias ihm in ihrer Korrespondenz verschwiegen –, aber der Mann hörte ihr zu. Kathryn bot ihm an, ihn für die *Voice* zu interviewen, und er erwiderte, es gebe keinen besseren Zeitpunkt als den jetzigen. Mit einem herzlichen Lächeln lud sie ihn zu einem Stück Apfelkuchen und Kaffee in Ronyas Café ein.

Matthias presste die Zähne zusammen. Dass sie den Mann auf Anhieb mochte, war nicht zu übersehen. Und Borgesons Blick war ein wenig zu herzlich, als dass Matthias damit gut leben könnte. Axel richtete diesen Blick nun auf Ivan, der Kathryn zur Postkutsche begleitet hatte.

„Ist dieser Herr Ihr Verehrer, Miss Walsh?"

Ivan schnaubte verärgert. „Nein!"

„Also wirklich, Ivan", schnurrte Kathryn. Sie warf dem stämmigen Russen einen gequälten Blick zu, aber ihre Augen blitzten übermütig. „Ach, leider Gottes. Er ist die Eisenkugel an meinem Bein." Ihr Blick wanderte zu Matthias. „Wissen Sie, Mr Beck hat mich eingesperrt …"

„In Schutzhaft genommen", korrigierte Matthias. „Ivan ist ihr Leibwächter."

Borgeson lächelte. „Nun, Ivan kann sich heute freinehmen. Miss Walsh ist bei mir gut aufgehoben. Auch ich habe einige Fragen. Darf ich?" Er bot ihr den Arm.

Kathryn zögerte nicht, sich bei ihm einzuhaken. „Sehr erfreut, Sheriff Borgeson."

„Nennen Sie mich doch bitte Axel."

Grinsend blickte Ivan Matthias an. „Na, der Mann kommt ja recht schnell zur Sache."

„Und du bist der Meinung, ich täte das nicht?", brummte Matthias, während er den beiden nachsah, wie sie über den Brettersteg liefen. Sein Gepäck hatte Borgeson bei ihm stehen gelassen.

Ivan lachte. „Ich schätze, da nun *Axel* in der Stadt ist und sein Quartier der Dame gegenüber bezieht, kann ich mich wieder meiner Aufgabe widmen, Unruhestifter aus der Bar zu werfen."

Kathryn hatte auch keine Zeit vergeudet. Sie hatte alles gepackt und bereitgestellt, um wieder in ihr Haus einzuziehen. Flynt hatte einen neuen Griff für die Druckerpresse gearbeitet und Rudger neue Fenster mit Fensterrahmen eingesetzt. Er hatte sogar Fensterläden und Blumenkästen angebracht und frisch mit gelber Farbe gestrichen. Citys Haus sah nun aus wie eine Narzisse mitten in einem Schlammhaufen. Kathryn hatte neue Vorhänge aufgehängt.

Mit anzusehen, wie sie mit Borgeson lachte, ließ in Matthias die Hitze hochwallen. Er wollte sich die Zeit nehmen, mit ihr zu reden, sobald er die sechs neuen städtischen Arbeiter in ihre Aufgaben eingewiesen hätte.

Als er später am Nachmittag an die Tür von Kathryns Hotelzimmer klopfte, war es nicht Kathryn, die öffnete. „Oh, hallo, Bürgermeister Beck. Wie geht es Ihnen?"

„Gut." Verwirrt blieb er im Flur stehen. „Wer sind Sie?"

„Tweedie Witt. Ich arbeite mit Kathryn. Noch nie habe ich in einem so schönen …"

„Wo ist Kathryn?" Ihm fiel auf, dass einiges aus dem Zimmer fehlte.

„Gegenüber im Zeitungsbüro. Carl Rudger und Patrick Flynt haben heute Morgen ihre Sachen zurückgeräumt."

„Ach, wirklich?" Verärgert lief Matthias über die Straße. Ohne anzuklopfen, platzte er ins Haus. Kathryn warf ihm nur einen flüchtigen Blick zu.

„Für eine Auseinandersetzung habe ich keine Zeit. Ich bin gerade dabei, die nächste Ausgabe der *Voice* zu drucken."

Matthias rang um Geduld. „Soweit ich mich erinnere, wollten wir gemeinsam überlegen, wann Sie wieder hier einziehen und anfangen zu drucken."

Sie schaute kaum von ihrer Schreibarbeit hoch. „Ich bin eine freie Frau. Das ist nicht Ihre Entscheidung. Aber nun, da Axel in der Stadt ist, fühle ich mich in meinem eigenen Heim wieder sicher."

„Das denken Sie? Wird *Axel* bei Ihnen einziehen?"

Bei dieser Bemerkung ruckte ihr Kopf hoch. „Natürlich nicht. Und um es ganz deutlich zu sagen, ich habe auch nicht mit Ihnen zusammengelebt."

„Sie waren unter meinem Dach!"

„Als Gast in Ihrem Hotel. Das haben Sie zumindest gesagt." Sie schnaubte. „Hier bin ich viel sicherer."

Beinahe wünschte er, er hätte Axel Borgeson nicht eingestellt. „Sie sollten wirklich noch ein wenig länger im Hotel bleiben."

„Seien Sie doch vernünftig, Matthias. Meine Sachen sind jetzt alle hier. Sie brauchen sich um mich keine Sorgen mehr zu machen." Sie schenkte ihm ein unschuldiges Lächeln. „Ihnen ist sicher klar, dass alle mehr über unseren neuen Sheriff erfahren wollen."

Morgan Sanders machte ihm inzwischen weniger Kopfzerbrechen als Axel Borgeson. „Schön. Schreiben Sie Ihren Artikel und drucken Sie ihn. Aber Sie werden noch nicht wieder aus dem Hotel ausziehen."

„Axel hat versprochen, ein Auge auf mich zu haben."

Oh, darauf könnte Matthias wetten. Das Gefühl, das jedes Mal in ihm hochstieg, wenn Kathryn den Namen des Mannes aussprach, gefiel ihm überhaupt nicht. „*Axel* würde bestimmt nichts lieber tun, da bin ich sicher. Aber ich habe ihn eingestellt, damit er in der Stadt für Recht und Ordnung sorgt. Nicht damit er sich auf eine exzentrische junge Frau konzentriert!"

Kathryn legte ihren Federhalter aus der Hand und faltete ihre Hände auf dem Schreibtisch. „Ja, das weiß ich. Und Sie wissen genau, dass ich mir ein Zimmer in Ihrem Hotel nicht leisten kann. Und Sie haben mir Ihr bestes gegeben. Sehen Sie es doch einmal vom geschäftlichen Standpunkt aus. Es ist nicht gut, wenn Ihr bestes Zimmer von einem Gast bewohnt wird, der nicht zahlt."

„Um meine Geschäftsangelegenheiten brauchen Sie sich keine Sorgen zu machen."

„Genauso wenig wie Sie um meine!" Sie nahm ihren Federhalter wieder zur Hand. „Und jetzt gehen Sie bitte. Ich muss mich konzentrieren."

Matthias sah keine Möglichkeit, ihrem Wunsch nicht nachzukommen.

~

Die nächste Ausgabe der *Voice* war beidseitig bedruckt, außerdem enthielt sie zwei Werbeanzeigen, eine von Flynt und eine von Rudger, und eine Ankündigung der Kirche, dass am Heiligabend um zweiundzwanzig Uhr eine Christmette und am Weihnachtsmorgen ein Gottesdienst stattfinden würden. Matthias hatte gehört, dass Kathryn nach wie vor die Gottesdienste besuchte, trotz der öffentlichen Abkanzelung durch den Pastor. Er hatte sich darüber gewundert, aber er war erleichtert. Die Zeitung wurde von Janet Mercers beiden Söhnen James und Joseph in der ganzen Stadt angepriesen. Seit der Schließung der Rabbit-Mine erlebte die Familie schwierige Zeiten. Kathryn zahlte den Jungen einen Penny für jede verkaufte Zeitung, und noch vor Mittag hatten beide einen Dollar verdient. Ein guter Tageslohn in der Madera-Mine.

Matthias kaufte eine der ersten Ausgaben. Die Schlagzeile lautete: NEUER SHERIFF IN CALVADA. Das war wenig überraschend. Der Artikel strotzte nur so von Axels Verdiensten. Während des Krieges war er vielleicht ein Spion gewesen, aber jetzt hatte er ganz offensichtlich nichts mehr zu verbergen. Berichtet wurde über seine Ausbildung, seine Erfahrung, seinen unbedingten Einsatz dafür, dem Gesetz Geltung zu verschaffen, und dass einmal auf ihn geschossen worden war, mit Angaben über den Zeitpunkt, die Art und die Gründe. Kathryn hatte gute Arbeit geleistet. Ihr Artikel las sich besser als ein Groschenroman. Sie schrieb sogar über die tröstliche Tatsache, dass Borgeson mit seiner Winchester innerhalb nur weniger Sekunden aus hundert Metern Entfernung jedes Mal mitten ins Schwarze treffen könnte.

Woher wusste sie das?

Als Matthias nachfragte, erklärte sie, Axel hätte einen Wagen gemietet und sei mit ihr an den Stadtrand gefahren, um es ihr zu demonstrieren. Auf ihn hatte Borgeson einen eher ruhigen Eindruck gemacht. Aber Kathryn war es ganz offensichtlich gelungen, seine Zunge zu lösen. Nun, sie hatte ja auch ihm selbst einige Geheimnisse entlockt. Auch andere schienen ihrem Zauber erlegen zu sein – Flynt, Rudgers und nicht zu vergessen Morgan Sanders, der mehr als zehn Jahre älter und auf Brautschau war. Kathryn wollte nicht heiraten.

Das behauptete sie zumindest. Nicht dass das an Sanders Absichten etwas ändern würde. Oder an seinen eigenen.

Kathryn besaß Citys Charme und seinen wachen Verstand. Sie hatte auch sein Talent, Unruhe zu stiften. Im Augenblick lief alles recht ruhig. Aber Matthias wusste, dass es nicht mehr lange dauern würde, bis sie wieder bis zum Hals in Schwierigkeiten stecken würde.

Kapitel 16

Nachdem ihr verschönertes kleines Haus wieder eingeräumt war, hätte Kathryn sich zufriedengeben können. Sie und Tweedie verbrachten Heiligabend damit, Ronya und Charlotte im Café zu helfen und dem Strom hungriger und einsamer Männer, die weit entfernt von zu Hause und Familie lebten, ein gutes Essen zu servieren. Einige hatten ihre Frauen im Osten zurückgelassen in der Hoffnung, schnell zu Geld zu kommen und dann Frau und Familie mit der Eisenbahn in den Westen nachkommen zu lassen. Jetzt konnten sie sich nicht einmal eine Fahrkarte nach Hause leisten, geschweige denn Fahrkarten für die Familie hierher. Die Gespräche über Fahrten in den Osten, die sie mithörte, setzten Kathryn zu.

Sie fühlte mit den Männern. Auch sie hatte Heimweh. In Boston waren die Wochen vor Weihnachten und zwischen den Jahren immer sehr geschäftig verlaufen. Es hatte kaum einen Abend gegeben, an dem nicht irgendeine Soiree, ein Ball oder ein Konzert stattgefunden hätte, viele davon in der Villa der Hyland-Pershings. Ihr Großvater, Charles Hyland, war bekannt gewesen für seine rauschenden Feste während der Feiertage, und Lawrence Pershing hatte diese Tradition fortgesetzt. Kathryns Mutter hatte mit großem Geschick die Organisation der Musiker übernommen: Streichquartette, Pianisten, Solisten, Kammerorchester mit Sopransolistin und vieles mehr.

Diese Zeit war die aufregendste Zeit des Jahres gewesen. Gäste füllten die große Halle und den Wintergarten. Kathryn hatte diese Abende geliebt. Sie hatte es auch geliebt, die Weihnachtskonzerte in der Old South Church zu besuchen. Einmal hatte sie mit angehört, wie der Richter die irischen Katholiken verspottet hatte. Daraufhin hatte sie sich weggeschlichen und war mit der Straßenbahn zur Heilig-Kreuz-Kathedrale gefahren, nur um einmal ein Weihnachts-Hochamt mitzuerleben. Leider hatte der Richter davon erfahren und ihr daraufhin für den Rest der Saison die Teilnahme an allen Festivitäten verboten. Das war eine harte Strafe gewesen, aber ihre Mutter hatte ihn mit ihrem Charme umstimmen können. Ihre Mutter hatte sie häufig vor den Strafen des Richters bewahrt. Nur vor der letzten nicht.

Nachdem die Arbeit getan war und die Männer anderswo Trost suchten, saßen die Frauen in der warmen Küche zusammen. Ronya bot Kathryn ihre besondere Kaffeespezialität an. Kathryn lachte und erwiderte, dass sie zwar versucht sei, aber dass sie nun, da sie wüsste, was das Getränk enthielt, lieber ablehnen würde. Henry kam und setzte sich mit Charlotte eine Weile in den Speiseraum neben den bauchigen Ofen. Ronya wirkte müde und sah aus, als würde sie sich gern zurückziehen. Kathryn schenkte ihr ein besticktes Taschentuch.

Die Augen ihrer Freundin füllten sich mit Tränen. „Ach du meine Güte. Ich habe gar nichts für dich. Das tut mir leid."

„Wie oft habe ich hier gegessen?"

„Und für jedes Essen gearbeitet."

„Wer hat dafür gesorgt, dass ich keine meiner Zehen wegen Erfrierungen verloren habe?"

„Wer hat dich betrunken gemacht?"

Kathryn umarmte sie. „Kein Wort mehr. Du bist mir eine sehr gute Freundin, und du bedeutest mir sehr viel." Sie wandte sich an Tweedie. „Wir sollten jetzt lieber gehen, damit sie sich ausruhen kann." Tweedie fragte, ob sie etwas dagegen hätte, wenn sie den Abend oben mit Charlotte und Ina Bea verbrächte. Kathryn verstand das und bemühte sich, sich nicht ausgeschlossen zu fühlen. Die Frauen waren schon eng befreundet gewesen, bevor sie in die Stadt gekommen war.

Ihr kleines Haus kam ihr kalt und einsam vor. Kathryn machte Feuer im Ofen und las den Brief von ihrer Mutter noch einmal, den einzigen, den sie seit ihrer Abreise aus Boston bekommen hatte. Als sie ihn das erste Mal gelesen hatte, hatte sie die Tränen nicht zurückhalten können.

Meine liebste Kathryn,
ich entschuldige mich dafür, dass ich nicht schon früher geschrieben und nur das Geld für die Federfächer geschickt habe, die bei meinen Freundinnen sehr beliebt sind. Deine Briefe, in denen Du die Stadt schilderst, bestätigen meine Befürchtungen, aber Lawrence meinte, Mitleid wäre keine Hilfe. Mit der Zeit würde alles gut werden. Ich denke, er hat recht. Du scheinst jetzt in Deinem neuen Leben angekommen zu sein. Du suchst Dir Deinen Weg, genau wie Lawrence gesagt hat. Du vertraust darauf, dass Gott Dich beschützt und leitet, das weiß ich. Und ich teile diesen Glauben.

Mir geht es gut. Du brauchst Dir um mich keine Sorgen zu machen. Lawrence besteht darauf, dass ich das Haus hüte, bis das Baby kommt, und danach noch einige Monate ausruhe. Er ist sehr fürsorglich und ahnt jedes meiner Bedürfnisse voraus. Natürlich vermisse ich es, auszugehen, aber Freunde kommen mich besuchen. Dr. Evans schaut alle paar Tage vorbei. Lawrence besteht darauf, und er bleibt immer da, wenn der Arzt bei mir ist. Ich fühle mich verwöhnt, auch wenn es Zeiten gibt, in denen ich gut auch mit weniger Aufmerksamkeit auskommen könnte.

Ronya Vanderstrom scheint eine wirkliche Freundin und eine Frau von außergewöhnlichem Charakter zu sein. Haben Charlotte Arnett und Henry Call bereits geheiratet? Vielleicht findest auch Du jemanden, der zu Deinem Wesen passt, denn für mich ist der Gedanke unerträglich, dass Du Dein ganzes Leben allein verbringen willst.

Schicke mir noch mehr Fächer, wenn sie fertig sind. Deinem Stiefvater habe ich nicht erzählt, dass Du Geschäftsfrau geworden bist. Er würde das nicht billigen, aber es ist ja für eine gute Sache.

Bitte schicke mir eine Ausgabe der Voice. Betrachte es als meine kleine Rebellion, denn wir beide wissen sehr gut, was Lawrence von einem solchen Unterfangen einer Frau halten würde. Das heißt nicht, dass ich mit der Entscheidung, die er in Bezug auf Dich getroffen hat, nicht einverstanden bin oder dass Du es in Erwägung ziehen solltest, nach Boston zurückzukommen. Ich glaube, Du bist genau da, wo Gott Dich hingestellt hat. Vertraue dem Herrn mit deinem ganzen Herzen, mein Schatz, dann wird er Dich auf dem Weg führen, den er für Dein Leben vorgesehen hat.
Immer in Liebe, Deine Mutter

Kathryn fühlte sich ruhelos, ein wenig rührselig, und bei dem Lärm der Musik von Gitarren und Akkordeons, stampfenden Füßen und Gelächter nebenan würde sie kein Auge zumachen. In den Saloons und der Tanzhalle auf der Straße drängten sich bestimmt die Gäste. Unbewusst klopfte sie mit dem Fuß den Takt. Sie hatte immer gern getanzt. Bestimmt herrschte in Becks Saloon wie üblich dichtes Gedränge. Brady hätte an der Bar alle Hände voll zu tun, Ivan würde aufpassen, dass niemand Ärger machte, Matthias die Spieltische beaufsichtigen. Beim Gedanken an ihn schlug ihr Herz rascher. Die Erinnerung an seine Küsse weckte den Wunsch nach weiteren. Aber das würde natürlich nie passieren!

Sie nahm Homers *Odyssee* zur Hand, doch nachdem sie dieselbe Seite dreimal gelesen hatte, legte sie das Buch wieder weg. Sie trat ans Fenster und schaute hinaus. Matthias stand vor seinem Saloon und schaute zur anderen Straßenseite hinüber. Schnell ließ sie den Vorhang wieder los, ihr Herz klopfte zum Zerspringen. Ihr wurde heiß vor Verlegenheit, und sie fragte sich, ob er wohl mitbekommen hatte, dass sie aus ihrem neuen Fenster gesehen und Ausschau nach ihm gehalten hatte. Sie presste ihre kalten Hände an ihre heißen Wangen.

Die Zeit verging. Er ließ sich nicht blicken. Hatte sie gehofft, er würde kommen? Sie war hellwach und begann einen Antwortbrief an ihre Mutter. Von traurigen Vorfällen, zum Beispiel von Reverend Thackers glühender Maßregelung in der Öffentlichkeit, konnte sie ihr nicht erzählen. Auch ihren Ausflug zur Südbrücke, wo sie ein Mordkomplott belauscht hatte, oder dass Morgan Sanders in ihr Büro gestürmt war, musste sie für sich behalten. Resigniert legte sie ihren Federhalter zur Seite.

Gerade wollte sie die Lampe herunterdrehen und sich bettfertig machen, als es an ihre Tür klopfte. Auf seinen Runden kam Axel häufig bei ihr vorbei, um zu sehen, ob alles in Ordnung war, aber niemals so spät. Sie öffnete die Tür einen Spalt, um ihm zu versichern, dass es ihr gut ging, doch vor ihr auf der Türschwelle stand Matthias. Ihre Gefühle flatterten durcheinander wie ein Schwarm Vögel – Freude, Schmerz, die Angst, dies könnte der Mann sein, für den sie schwach werden würde wie ihre Mutter für Connor Walsh. Den Abend hatte sie wie im Taumel verbracht, und ihn jetzt vor sich zu sehen, das war einfach zu viel für sie. Sie brach in Tränen aus. Beschämt versuchte sie, die Tür zuzudrücken.

Matthias drängte sich ins Haus. „Was ist denn jetzt schon wieder los?"

„Nichts!" Am liebsten hätte sie gesagt: *Es ist Heiligabend, du Holzkopf, und ich bin allein.* Oh ja, er war der Mann, bei dem sie weiche Knie bekam. „Gehen Sie einfach!" Gab es etwas Schlimmeres, als dass er sie wie ein Baby heulen sah? Sie hörte, wie die Tür ins Schloss fiel, und dachte, er sei gegangen, und ließ ihre Tränen fließen. Eine Hand legte sich auf ihre Schulter, und sie fuhr zusammen. „Sie sind ja immer noch hier?" Sie klang genauso verletzlich, wie sie sich fühlte, und ärgerte sich darüber, dass sie sich so wenig unter Kontrolle hatte.

„Ich bin gekommen, weil ich dachte, dass dies vermutlich ein schwieriger Abend für Sie ist." Er sprach leise und mit rauer Stimme. „Ihr erstes Weihnachten fern von zu Hause."

Sie wischte ihre Tränen weg und hob das Kinn. „Das schaffe ich schon allein."

„Ich sehe, wie gut Ihnen das gelingt." Er trat näher. Ein mitfühlendes Lächeln lag auf seinen Lippen. „Wie schade, dass ich nicht das Rezept von Ronyas Spezialgetränk habe." Sie lachte leise, und er lehnte sich an die Kante ihres Schreibtischs. „Ich könnte in die Bar gehen und eine Flasche Brandy holen ..."

Er neckte sie und wollte sie aufheitern, das wusste sie. „Sie sind ein Halunke."

„Geläutert." Sein Tonfall verursachte ein Kribbeln auf ihrer Haut. Er hielt ihr ein Taschentuch hin. Dankbar nahm sie es an. „Brady übernimmt."

„Was übernimmt er?" Nervös schob sie ihre Papiere zusammen. Ihr Herz klopfte zum Zerspringen, und sie hoffte nur, dass er es nicht merkte.

„Den Saloon." Er beobachtete sie aufmerksam. „Ich habe mit ihm dieselben Abmachungen getroffen wie damals Langnor mit mir. Er ist zunächst zur Hälfte Miteigentümer, und für den Rest zahlt er in Raten, bis der Laden ihm ganz gehört."

Kathryn hielt inne und starrte ihn an. „Aber warum?"

„Warum?" Er wirkte überrascht. „Ich dachte, Sie würden sich über diese Neuigkeit freuen. Vielleicht wäre das Stoff für einen Artikel in der *Voice*." Sein Gesichtsausdruck verhärtete sich ein wenig. „Natürlich nicht so lang wie der Artikel über Axel, denn er ist im Augenblick ja der Held."

Was hatte Axel mit dem allen zu tun? Sie warf die Papiere auf den Schreibtisch. „Verdienen Sie mit dem Saloon denn nicht Ihr Geld?", fragte sie sarkastisch.

Matthias runzelte die Stirn. „Geld ist Ihnen wichtig?"

„Nein, aber ich dachte, das wäre das Wichtigste für Sie."

Er stand von der Schreibtischkante auf und kam zu ihr. Sie schnappte nach Luft und wich zurück.

„Alles, was ich an Geld brauche, liegt sicher verwahrt in einer Bank in Sacramento, und ein wenig habe ich hier investiert. Das neue Geschäft öffnet in einer Woche."

„Ihres?"

„Mitinhaber. Jedes Ding hat seine Zeit, und es ist an der Zeit, etwas Neues zu wagen."

Die Ankündigung traf sie wie ein Faustschlag in den Magen. Erneut spürte sie die Tränen kommen. „Sie wurden doch gerade erst zum Bürgermeister gewählt!" Am liebsten hätte sie ihn beschimpft und gleichzeitig geheult. „Sie können die Stadt doch jetzt nicht verlassen!"

Sein glühender Blick glitt über ihr Gesicht. „Oh, ich gehe nicht weg."

Sie wand sich unter seinem prüfenden Blick. „Na, das sind doch gute Neuigkeiten. Schließlich haben Sie hier noch viel zu tun." Sie ging zum Sofa, änderte dann aber ihre Meinung. Die Tür zu ihrem hinteren Zimmer stand offen. Sie hätte sie zumachen sollen. Das Büro erschien ihr auf einmal zu klein für zwei Personen, obwohl sie und Tweedie und Scribe fast jeden Tag hier zusammenarbeiteten.

„Ich komme gut voran", sagte er mit schleppender Stimme.

Sie wünschte, er würde seinen Blick von ihr abwenden. „Wie zum Beispiel?"

„Das werden Sie schon sehen. Ich bin nicht hergekommen, um mich interviewen zu lassen." Seine Lippen verzogen sich. „Was macht Sie so nervös, Kathryn?"

„Sie, wenn Sie es genau wissen wollen."

„Warum?"

Da war sie wieder, diese Frage mit leiser, neckischer Stimme, als wüsste er bereits die Antwort, auch wenn sie sie nicht kannte. „Sie sollten jetzt gehen."

„Ich denke, wir sollten heiraten."

Wie bei einem Fisch an Land öffnete und schloss sich ihr Mund. „Was?" Die unterschiedlichsten Emotionen durchströmten sie, die alle nicht zu ihrer Entscheidung passten, dass sie unverheiratet bleiben würde. Sie rief sich in Erinnerung, was eine Frau verlor, wenn sie zuließ, dass ein Mann ihr einen Ring an den Finger steckte. „Nein!"

„Was wäre denn nötig, um Sie dazu zu bringen, Ja zu sagen?" Er trat näher. „Geben Sie mir eine Liste."

„Seien Sie nicht albern!"

Er schien es todernst zu meinen. „Ein Haus?"

Panik stieg in ihr hoch, und Kathryn wich zurück. „Ich habe ein Haus." Er legte ihr leicht die Hand auf den Arm, und sie taumelte. In die Enge getrieben und aufgewühlt, suchte sie Zuflucht im Gegenangriff. „Also gut! Sie wollen eine Liste?" Sie würde ihm eine Liste geben, die er niemals abarbeiten könnte. „Die Beseitigung des Mülls aus der Stadt. Wir brauchen eine städtische Wasserleitung. Und befestigte Straßen, damit man sie im Winter überqueren kann, ohne in Löcher zu stürzen, die so groß sind, dass mühelos ein Pferd samt Reiter hineinpassen! Eine Schule. Eine Stadthalle für Sitzungen und kulturelle Veranstaltungen, damit die Menschen auch andere Musik hören können als Banjos, Gitarren, Kastagnetten und Akkordeons!" Was noch? Er kam immer näher, und sie konnte nicht weiter zurückweichen, ohne auf das Sofa zu sinken.

Matthias blieb dicht vor ihr stehen, so nah, dass sie seine Wärme spürte und den betörenden Geruch seines Körpers riechen konnte. „Und wenn ich alles bewerkstellige, was auf Ihrer Liste steht, dann heiraten Sie mich."

Das war keine Frage. Sie schluckte hart. „Ich … werde darüber nachdenken." In einem Augenblick wie diesem sollte ihre Stimme nicht so dünn klingen!

„Oh nein, Eure Ladyschaft. Sie werden nicht nur darüber nachdenken. Sie werden es tun."

Sie konnte nicht mehr richtig atmen. „Matthias …" Ihre Stimme klang heiser, unsicher, gar nicht wie sonst.

Matthias zog sie in die Arme und küsste sie. Ganz kurz wehrte sie sich gegen ihn, doch dann schmolz sie dahin. „Betrachten wir es als eine Abmachung." Er blickte sie an, und in seinen Augen entdeckte sie ein triumphierendes Glitzern.

Sie geriet in Panik. „Moment mal."

„Alles auf Ihrer Liste dient dem Wohl der Stadt. Aber was wünschen *Sie* sich von mir?“ Sein Blick hypnotisierte sie, sie konnte nicht mehr klar denken. Verlegen spürte sie, dass ihr schon wieder die Tränen kamen. Matthias trat zurück. Verwirrt und verletzt schaute sie zu ihm hoch. Hatte er sich über sie lustig gemacht? „Setzen Sie sich, bevor Sie ohnmächtig werden.“ Er nahm sie am Arm und half ihr aufs Sofa. Sie sank tief ein, ihr Korsett verhinderte, dass sie richtig durchatmen konnte. Auch sein Atem ging schwer. Was war sein Problem?

Matthias schnaubte und murmelte leise: „Was war das für ein Dummkopf, der das Korsett erfunden hat?“

„Ich weiß es nicht. Aber er muss Frauen gehasst haben.“

Matthias' Lachen löste die Spannung. „Soll ich die Bänder zerschneiden, die dich binden, Liebling?“

„Geläutert? Von wegen.“

Er grinste. „Dann sollte ich jetzt besser hier verschwinden, bevor ich vergesse, dass ich ein Gentleman bin und Sie eine Lady.“ Er erhob sich und ging zur Tür. „Schließen Sie gut ab für den Fall, dass ich meine Meinung noch ändere.“ Er zog die Tür fest hinter sich zu.

Kathryn durchquerte den Raum und schob schnell den Riegel vor. Sie hörte Matthias draußen auf dem Brettersteg lachen. „Träumen Sie süß, Kathryn.“

Verwirrt legte sie ihre Stirn und die Handflächen an die Tür und schloss die Augen. Ihre Mutter hatte einmal gesagt, dass die Leidenschaft den Verstand vernebele und Liebe nicht ausreiche. Jetzt verstand Kathryn. Das Gefühl und der Geschmack von Matthias' Lippen war ihr sehr angenehm gewesen. Es war schön gewesen, seine Hände auf ihr zu spüren, seinen Körper, der sich an sie drückte.

Aber sie konnte Matthias Beck nicht heiraten. Und auch sonst niemanden. Sara, die Zofe ihrer Mutter, hatte alle Rechte an ihrem Erbe, das sie in die Ehe mit eingebracht hatte, verloren. Ihr Mann, ein gewalttätiger Trinker, hatte alles einem Freund vermacht, und sie war nach seinem Tod mittellos zurückgeblieben. Und dann war da Abbie

Aday, die nicht mal einen Penny bekam, den sie für sich ausgeben konnte, obwohl sie sechs Tage die Woche zwölf Stunden für einen Mann arbeitete, der untätig im Hinterzimmer saß und die Abende in der Bar verbrachte oder Faro spielte. Was war mit Ronya und Charlotte und Tweedie, Frauen, die in den Westen gekommen waren, weil ihre Männer sich vom Goldrausch hatten anstecken lassen? Nicht alle Witwen hatten so viel Glück wie sie. Viele endeten in einem miesen Job in Tanzhallen oder Saloons, wenn nicht gar in einem Bordell.

Matthias Beck war eine Versuchung, zugegeben. Aber sie würde ihm nicht nachgeben. Zum Glück brauchte sie sich keine Sorgen zu machen. Es würde ihm nie gelingen, all das umzusetzen, was auf ihrer Liste stand. Aber wie wünschte sie, sie hätte noch ein paar Punkte mehr hinzugefügt. Einen Park vielleicht! Außerdem meinte er es doch bestimmt nicht ernst. Oder doch? Sie konnten keine fünf Minuten im selben Raum sein, ohne sich anzuschreien.

Oh, aber da war dieser Kuss …

~

Matthias hatte schon vor Monaten dieselben Dinge, die sie ihm genannt hatte, auf seine Liste gesetzt. Das konnte Kathryn natürlich nicht wissen. In der Minute, in der sie, um ihn auf Distanz zu halten, anfing aufzuzählen, was zu tun sei, wusste er, dass ihre Gedanken in dieselbe Richtung gingen. Allen in der Stadt war sehr deutlich bewusst, was Calvada fehlte. Diese Stadt war kaum mehr als ein Bergarbeiterlager, aber er hatte eine Vision davon, was daraus noch werden könnte. City hatte das Feuer entzündet. Kathryns Ankunft hatte die Flamme angefacht.

Matthias war kein Träumer. Selbst wenn er alles umsetzen würde, was er sich vorgenommen hatte, dann wäre das keine Garantie dafür, dass die Stadt überleben würde. Zwei Minen waren bereits geschlossen worden. In der Twin Peaks wurde immer weniger Erz abgebaut. Wenn die Madera dicht machte, dann war die Stadt am Ende. Für ihn war es eine Ironie des Schicksals, dass die Zukunft Calvadas immer noch in Morgan Sanders' Händen lag.

~

Einige Tage nach Weihnachten erhielt Kathryn ein Telegramm.

Mutter und Sohn gesund. L. P.

Der Januar brach an mit heftigen Stürmen, eisigen Temperaturen und Schneefall, und es war gefährlich, vor dem Mittag die Chump Street zu überqueren. Auf dem gefrorenen Boden waren sogar Pferde bereits gestürzt, Wagen umgekippt. Kathryn begann jeden Morgen damit, mit einem Besen die Eiszapfen abzuschlagen, die wie Speerspitzen vom Dach über dem Brettersteg herabhingen. Arbeitslose Bergarbeiter mit verfrorenen Gesichtern lungerten in Saloons und Spielhallen herum, während andere weiter in der Twin Peaks und der Madera-Mine arbeiteten und Silber aus dem Berg abbauten. Eis für die Kühlräume zu bekommen, in denen sich die Männer nach der Wärme in den tiefen Schächten ein wenig abkühlten, war kein Problem. Je tiefer sie gruben, desto näher fühlten sie sich der Hölle.

Kathryn und Tweedie blieben im Haus, wo sie es gemütlich und warm hatten, einen Stapel Feuerholz vor der Hintertür. Sie hatten viel zu tun. Tweedie arbeitete Fächer, Kathryn schrieb Artikel, die Scribe setzte, und die Mercer-Jungen verkauften die Zeitung. Viele Bewohner Calvadas fieberten inzwischen den neuen Ausgaben entgegen.

Auf seinen Runden kam Axel Borgeson jeden Abend vorbei, um nach Kathryn zu sehen. Sie mochte ihn, empfand aber nicht dieselbe Anziehungskraft, die Matthias Beck auf sie ausübte, wenn sie ihn sah, während er seinen Bürgermeisterpflichten nachkam. Beck schien das Interesse an ihr verloren zu haben. Kathryn redete sich ein, dass sie froh darüber war.

Kathryn bat Tweedie, mit ihr zusammen den Gottesdienst zu besuchen, doch sie weigerte sich. „Pa sagte immer, wenn du kein Geld zum Spenden hast, dann bist du nicht willkommen." Kathryn versicherte ihr, dass jeder willkommen sei, und unter Zwang sollte man sowieso nichts geben. An dem ersten Sonntag, an dem Tweedie Kathryn in die Kirche begleitete, entdeckte sie Elvira Haines in der hintersten Reihe zusammen mit Fiona Hawthorne und den anderen „Puppen". Tweedie schnappte nach Luft und starrte sie an. Kathryn blieb stehen und begrüßte die Frauen, aber alle außer Elvira ignorierten sie. Das Gesicht der jungen Frau war aschfahl, die Augen glänzten fiebrig. Fiona legte leicht die Hand über die der Witwe und flüsterte ihr etwas zu. Elvira senkte den Kopf.

Die anderen Gottesdienstbesucher in der Nähe hörten Kathryns Gruß, bevor sie und Tweedie weiter den Gang entlanggingen und sich in eine Bank in der Mitte setzten. Kurz darauf kam Morgan Sanders herein und setzte sich in dieselbe Bankreihe auf der anderen Seite. Tweedie schaute hinüber und lehnte sich schockiert zurück. „Wie es scheint, kann wirklich jeder hier hereinkommen."

Sally Thacker ging zum Klavier, und die Gemeinde erhob sich. Gemeinsam sangen sie die auf einer Tafel angezeigten Lieder aus den alten Gesangbüchern. Kathryn hielt Tweedie ihr Buch hin, doch Tweedie lehnte errötend ab. „Ich höre nur zu", flüsterte sie. Reverend Thackers Predigt dauerte eine Stunde. Opferteller wurden herumgereicht, kümmerliche Summen eingelegt und schließlich die Doxologie gesungen. Morgan Sanders kam auf Kathryn zu. Tweedie drückte sich an ihnen vorbei und eilte zu Ina Bea.

„Nehmen Sie einen kleinen Rat an von jemandem, der weiß, wie es ist, geächtet zu sein. Sprechen Sie nicht mit Fiona Hawthorne oder einer ihrer Puppen."

Kathryn wunderte sich über seine Heuchelei. „Sie haben mir Monique Beaulieu als Ihre Freundin vorgestellt."

„Ich wollte sehen, wie Sie reagieren."

„Ich verstehe nicht. War das eine Art Test? Wusste sie das?"

„Monique ist nicht wichtig. Sie schon."

Das ganze Gespräch beleidigte sie. „Sie sollten Menschen nicht für ihre Zwecke benutzen, Mr Sanders."

„Sie vergessen, wie sie ihren Lebensunterhalt verdient, meine Liebe. Sie kennt ihren Platz. Sogar wenn ein Mann verheiratet ist." Er ging neben ihr durch den Mittelgang zum Ausgang. „In der Welt gibt es Regeln, Kathryn. Wenn Sie die brechen, wird die Welt Sie brechen."

Sie spürte die neugierigen Blicke, die sie trafen, hörte das Getuschel. Es war nicht schwer, sich vorzustellen, was geredet wurde, welche Wetten abgeschlossen wurden. Sie begrüßte Sally. Morgan reichte Wilfred die Hand. Als sie die Stufen hinunterstiegen, spürte sie Morgans Hand an ihrem Rücken. Auch anderen fiel das auf. Es war eine besitzergreifende Geste und viel zu persönlich, als dass es ihr recht gewesen wäre.

„Darf ich Sie nach Hause bringen, Kathryn? Meine Kutsche steht vor der Kirche mit einer dicken Decke, die Sie warm hält."

„Nein, vielen Dank. Tweedie und ich gehen zu Ronya."

Mit spöttischem Blick legte er grüßend die Hand an den Hut. „Dann ein anderes Mal."

Auf dem Weg den Berg hinunter fragte Kathryn Tweedie, wie ihr der Gottesdienst gefallen habe.

„Dieser Prediger kann reden, das steht fest, aber ich kann nicht sagen, dass ich viel von dem, was er gesagt hat, verstanden hätte. Das klang so, als hätte dieser Hesekiel eine Menge Probleme gehabt." Sie schaute Kathryn an, die Wangen und Nase von der Kälte gerötet. „Ich war ziemlich aufgewühlt, als ich Elvira gesehen habe. Ich hätte nie gedacht, dass sie … da landen würde, wo sie jetzt ist." Ihre Augen füllten sich mit Tränen. „Es ist nicht richtig, dass sie so endet."

Kathryn war derselben Meinung. Sie wünschte, sie hätte die Witwe früher kennengelernt. Vielleicht hätte sie ihr irgendwie helfen können. In schwierigen Zeiten mussten Frauen zusammenstehen und füreinander da sein, ganz besonders an einem Ort wie Calvada.

Tweedie wischte sich die Tränen von der Wange. „Ich kann nicht sagen, dass es mir gefallen hat, mit Sanders unter einem Dach zu sein." Beunruhigt blickte sie Kathryn an. „Was hat er zu dir gesagt?"

„Nichts von Bedeutung."

„Pass lieber auf dich auf, Kathryn."

Die Warnung klang ähnlich wie die von Sanders.

Kathryn und Tweedie setzten sich zu Ronya in die Küche und aßen ein Wildgericht mit Rotkohl und Maisbrot, bevor sie nach Hause zurückkehrten. Es war wie immer köstlich. Den Sonntagnachmittag verbrachte Kathryn immer mit Lesen, Tweedie mit Nähen. An diesem Nachmittag wirkte die junge Frau sehr nachdenklich. „Du liest gern, nicht? Du hast so viele Bücher."

„Die meisten hat mein Onkel mir hinterlassen."

„Pa hat meine Brüder bis zur sechsten Klasse in die Schule geschickt."

Kathryn legte ihr Buch zur Seite. „Und du?"

„Oh nein, ich habe nie eine Schule betreten. Pa meinte, ein Mädchen brauche das nicht."

Nicht zum ersten Mal hörte Kathryn solche Worte, und das machte sie jedes Mal zornig. Die Ungerechtigkeit war einfach zu groß. „Würdest du gern lesen lernen, Tweedie?"

„Oh, ich habe mittlerweile so viel aufgeschnappt, dass man mich nicht betrügen kann." Ihr Blick wanderte zu dem Buch, das Kathryn zur Seite gelegt hatte. „Aber um so etwas zu lesen? Ich bin nicht so klug wie du."

„Du bist sehr klug, Tweedie. Und wenn du möchtest, bringe ich dir das Lesen bei." Tweedies Augen leuchteten auf, und Kathryn holte ein Blatt Papier und einen Stift. „Es gibt keinen besseren Zeitpunkt als jetzt." Sie schrieb das Alphabet auf und erklärte ihr die Buchstaben. „Wenn du sie alle gelernt hast, dann kannst du Wörter aussprechen, Sätze zusammensetzen und Bücher lesen."

Tweedie verzog enttäuscht das Gesicht. „Ich glaube nicht, dass ich genügend Zeit und Interesse dafür habe."

„Du brauchst nur einen Ansporn." Kathryn nahm ihr Buch zur Hand. „Ich lese gerade *Ivanhoe* von Sir Walter Scott. Ich fange noch mal von vorn an und lese es dir vor. Am Ende wirst du Bücher lesen wollen." Sie erhob sich. „Aber zuerst muss ich noch mehr Holz hereinholen."

An der Hintertür entdeckte sie Scribe, der eine leere Schubkarre durch die Straße schob, und frisch gestapeltes Holz an ihrer Rückwand. „Scribe! Du guter Junge! Es hat doch bestimmt Stunden gedauert, bei dem Wind dieses Holz zu schlagen! Danke, vielen Dank."

Scribe wirkte verstimmt. „Ich bin kein Junge. Und ich habe es nicht geschlagen. Ich habe es nur gebracht."

„Aber wer …?"

„Matthias."

Vor Kälte zitternd nahm Kathryn einige Holzscheite und ging wieder hinein. Nachdem sie es am Ofen gestapelt hatte, erklärte sie Tweedie, sie müsste noch mit jemandem reden. Sie zog ihre Stiefel und den Mantel an, setzte ihren Hut auf und knallte die Haustür hinter sich zu, während sie durch die knietiefen Schneewehen zu Becks Saloon stapfte. Kochend vor Wut und mit kalten Füßen betrat sie die Hotellobby. „Kann ich bitte mit Mr Beck sprechen?"

Der Rezeptionist kam kurz darauf zurück und teilte ihr mit, Mr Beck sei in seinem Büro, und die Tür stehe offen. Auf der Türschwelle blieb Kathryn stehen. „Mr Beck?"

Matthias erhob sich. „Es hat mir besser gefallen, als Sie mich Matthias genannt haben." Sein neckender Blick wanderte über ihren Körper. „Fühlen Sie sich jetzt sicherer, wo Tweedie Witt bei Ihnen wohnt?"

„Beträchtlich."

„Glauben Sie nicht eine Sekunde, das würde mich von Ihnen fernhalten."

Beinahe wäre sie damit herausgeplatzt, dass er seit zwei Wochen nicht mehr mit ihr gesprochen hätte. Aber das könnte ihn glauben lassen, dass sie ihn vermisste. Nun, da sie vor ihm stand, wünschte sie,

sie wäre nicht gekommen. Sie hätte eine Nachricht schicken und ihr Missfallen darüber ausdrücken können, dass er ihr hatte Holz bringen lassen. „Ich werde das Feuerholz bezahlen."

„Es ist ein Geschenk."

„Eines, das ich nicht annehmen kann. Die Leute würden reden."

Er lachte. „Liebling, die Leute reden über dich, seit du aus der Kutsche gestiegen bist. Und sobald wir verheiratet sind, werde ich alle deine Bedürfnisse und Wünsche erfüllen."

Frustriert trat Kathryn weiter in den Raum. „Wir werden nicht heiraten. Das habe ich Ihnen bereits gesagt." Dieser Mann schien sich an ihrem Unbehagen zu freuen.

„Oh doch, wir werden heiraten, sobald ich meinen Teil unserer Abmachung erfüllt habe." Er lehnte sich an seinen Schreibtisch und verschränkte die Arme vor der Brust. „San Francisco wäre ein schönes Ziel für unsere Hochzeitsreise, denke ich. Die Großstadt fehlt Ihnen doch bestimmt."

„Ich werde Ihnen das Geld geben." Kathryn drehte sich auf dem Absatz um und durchquerte die Eingangshalle. Carl Rudger verkaufte Feuerholz. Sie würde ihn fragen, wie viel sie Matthias Beck schuldete. Auf halbem Weg zum Holzlager fiel ihr ein, dass Sonntag war und die Holzhandlung bestimmt geschlossen hatte. Durchgefroren und erschöpft kehrte sie nach Hause zurück.

„Wo warst du?" Tweedie blickte sie verwirrt und besorgt an.

Mit eiskalten Händen und Füßen ließ Kathryn sich in den Sessel neben dem Ofen sinken. „Meine Zeit verschwenden."

Kapitel 17

Im Februar stiegen die Temperaturen leicht an, und in Ronyas Garten steckten die Narzissen die Köpfe aus der Erde. Ronya war die Erste, die eine Anzeige in der *Voice* kaufte. Nicht dass sie Werbung für sich hätte machen müssen. Kurz darauf folgten Carl Rudger und Patrick Flynt ihrem Beispiel. Dank Camilla buchte auch Deets' Metzgerei Werbefläche. Der neue Gemischtwarenladen war eröffnet und hatte einen guten Start, trotzdem schaltete der Eigentümer Ernest Walker bei Kathryn eine Anzeige. Die Zeitung warf mittlerweile so viel Gewinn ab, dass Kathryn davon leben konnte. Ihre Sorge, wie sie ihren Lebensunterhalt bestreiten sollte, legte sich ein wenig.

Sie zählte das Geld für das Feuerholz ab und schickte Tweedie auf die andere Straßenseite, um Matthias Beck zu bezahlen.

Tweedie kam zurück. „Er wollte das Geld nicht nehmen."

Die Fächer aus Truthahnfedern waren alle verkauft worden. Doch jetzt waren die Vögel in Deckung gegangen. Tweedie übernahm Näharbeiten und flickte Kleider für die Männer. Kathryn war klar, dass sie bald wieder allein leben würde.

Matthias Beck aus dem Weg zu gehen war unmöglich. Er hatte einen Stadtrat ins Leben gerufen. Die Sitzungen waren öffentlich. Als Herausgeberin der *Voice* musste Kathryn daran teilnehmen. Meist huschte sie unauffällig in den Saal, wenn die Sitzung bereits eröffnet war, und suchte sich einen der hinteren Plätze. Während der Sitzung machte sie sich eifrig Notizen und beobachtete die Leute im Raum. Wenn Matthias fragte, ob es noch unerledigte Punkte oder Fragen gebe, blickte er sie häufig mit seinem spöttischen Lächeln direkt an.

Sie schwieg. Ihre Erfahrungen in Boston hatten sie gelehrt, dass alles, was eine Frau in einer öffentlichen Sitzung sagte, nur Unruhe stiftete und nicht dazu diente, irgendetwas zu verbessern. Ihre Fragen, Einwände oder Meinungen äußerte sie lieber in gedruckter Form.

Kathryn saß zusammen mit Charlotte, Ina Bea und Tweedie in Ronyas Küche, als Ronya eine gefaltete Zeitung aus ihrer Schürzentasche zog und auf den Tisch warf. „Warum hast du nichts davon erzählt?"

Kathryn faltete den *Clarion* auf. Die Schlagzeile sprang ihr ins Auge: MATTHIAS BECK HEIRATET KATHRYN WALSH. „Was? Nein! Nein! Nein!" In Bickersons Artikel war zu lesen, Miss Kathryn Walsh hätte sich bereit erklärt, Bürgermeister Matthias Beck zu heiraten, sobald er ihre Liste mit Verbesserungen für die Stadt abgearbeitet hätte. Die Liste folgte.

Empört nach Luft schnappend las Kathryn weiter. Nach den aufgelisteten Punkten wurde über die Fortschritte berichtet. Der Bau des Mother-Lode-Schulhauses sollte beginnen, sobald der Schnee geschmolzen sei. Der *Rocker Box Saloon* sei käuflich erworben worden und werde nun zu einem Rathaus und Veranstaltungsort umgebaut. Kies aus der stillgelegten Jackrabbit-Mine würde herangeschafft und auf dem Schlamm der Chump Street verteilt werden, anschließend sollte die Straße mithilfe von Gewichtsschlitten befestigt und planiert werden. An der Straße entlang sollten Entwässerungsgräben ausgehoben werden, damit das Wasser aus der Stadt abfließen könnte. Gegen Ende des Sommers könnten sich die Bürger der Stadt auf eine mit einer Schotterdecke befestigte Champs-Élysées, Paris, Rome und Galway Street freuen. Alle arbeitslosen Bergarbeiter mit Zimmermannsfähigkeiten könnten sich im Büro von Becks Hotel für die Bauprojekte der Stadt bewerben. Der Artikel endete mit einem Aufruf an alle körperlich gesunden Männer, sich für das Einsammeln und Entsorgen des Mülls zu bewerben. *Entlohnung: $2 pro Tag. Bewerbung bei Matthias Beck.*

Zwei Dollar am Tag war ein Dollar mehr als die Bergarbeiter in der Madera-Mine verdienten. Kathryn zweifelte nicht daran, dass die

Männer Schlange stehen würden für einen Job, den bisher niemand haben wollte.

Nicht ein einziger Rechtschreibfehler in dem ganzen Artikel, alle Sätze klar und prägnant formuliert. „Niemals hat Stu Bickerson das geschrieben!" Zornentbrannt knüllte Kathryn die Zeitung zusammen.

„Das war auch mein Gedanke." Ronya verteilte Mehl auf der Arbeitsfläche. „Hast du ihm versprochen, ihn zu heiraten?" Sie nahm einen Klumpen Teig aus einer großen Schüssel.

„Nein!" Kathryn stieg die Hitze ins Gesicht. „Das hat er missverstanden."

„Und was genau bedeutet das dann? Ich werde ständig gefragt, da die Leute wissen, dass wir befreundet sind."

Auch mit Matthias war Ronya befreundet. Eigentlich war sie mit jedem befreundet, der durch die Tür ihres Cafés trat. „Vertröste sie einfach auf die nächste Ausgabe der *Voice*." Entschlossen trat Kathryn an den Herd, hob eine der Kochplatten heraus und warf die zusammengeknüllte Zeitung ins Feuer.

Den ganzen Nachmittag arbeitete Kathryn fieberhaft an ihrem Artikel. Der *Clarion* würde gern auch mal die Dinge übertreiben. Den Herausgeber der Zeitung ermahnte sie, die Fakten zu überprüfen, bevor er einen Artikel druckte. Anschließend machte sie sich auf die Suche nach Scribe. Er sollte ihren Artikel setzen, doch er wehrte ab mit der Begründung, er hätte keine Zeit. „Matthias schickt mich mit Botschaften für verschiedene Leute durch die ganze Stadt. Ich komme frühestens dazu, wenn …"

„Schon gut." Kathryn verbrachte die Nacht damit, den Artikel selbst zu setzen. Am nächsten Morgen priesen die Mercer-Jungen die *Voice* auf der Chump Street und in der ganzen Stadt an. Jedes Exemplar wurde verkauft.

Die Bewohner Calvadas konnten lesen, dass Kathryn Walsh *nicht* verlobt sei mit Matthias Beck und auch nicht vorhabe, jemals zu heiraten. In Bezug auf die Liste mit den städtischen Projekten scheine

Bürgermeister Beck auf dem richtigen Weg zu sein, um seine Versprechen gegenüber den Einwohnern von Calvada zu erfüllen. Die Herausgeberin der *Voice* unterhalte keine persönliche Beziehung zu Matthias Beck und habe auch nicht vor, dies in Zukunft zu ändern. Was die Vereinbarung angehe, auf die Bickerson sich beziehe, schrieb Kathryn, einen Vertrag mit Mr Matthias Beck habe sie nicht unterschrieben und auch nicht notariell beglaubigt. Wenn er die angesprochene Liste abarbeite, würde sie zusammen mit den Bürgern Calvadas den ersten Politiker feiern, der seine Versprechen hielte.

Stu Bickerson feuerte zurück mit einer weiteren Ausgabe des *Clarion*, und dieses Mal war für alle klar, wer den Artikel geschrieben hatte.

WALSH DRÜCKT SICH

> Keine Frau kann ihr Wort halten, und ich weis das, weil ich einmal eine geheiratet habe und sie sagte, sie würde nie nein zu mir sagen, bis ich ihr den Ring an den Finger gestekt habe und dann war nein das einzige Wort, das aus ihrem Mund kam.

Bickerson wetterte weiter auf Vorder- und Rückseite und schloss mit einem Rat an Matthias Beck:

> Schätzen Sie sich glücklich, dass dieses zänkische Weib sich drükt, denn wenn sie sich an ihr Wort halten würde, dann hätten Sie sie für immer am Hals.

Kathryn schrieb, setzte und druckte eine weitere Ausgabe der *Voice*.

> Wenn eine Frau sagt: „Ich werde darüber nachdenken“, ist das kein Ja. Falls Bürgermeister Beck es tatsächlich schafft, sein Wort den Bewohnern Calvadas gegenüber zu

halten und alle Projekte, die er während seiner Kandidatur versprochen hat, fertiggestellt sind, werde ich die Erste sein, die ihm zu einem guten Job gratuliert. Ich werde mein Wort halten und über seinen beiläufigen Scherz in Bezug auf eine Heirat nachdenken, aber ich habe ganz gewiss keine Verpflichtung, irgendetwas in dieser Hinsicht zu tun.

Am Tag, nachdem die Mercer-Jungen alle Zeitungsexemplare verkauft hatten, saß Kathryn immer noch wütend bei Ronya. Stift und Papier hatte sie bereitgelegt. Tweedie war oben und half Ina Bea, die Betten zu machen. Der köstliche Duft von Hackbraten erfüllte die Küche. „Du musst mir genau erklären, wie dieser köstliche Wildeintopf, den es gestern bei dir gab, zubereitet wird."

Ronya trank in einer ihrer seltenen Pausen einen Schluck Kaffee. „Das hört sich so an, als hättest du vor, einen Haushalt zu gründen."

„Oh, bitte, verspotte mich jetzt nicht. Das ist doch für meine Junggesellen-Kolumne. Sie ist mittlerweile ziemlich beliebt, und nicht nur bei den Damen. Auch alleinstehende Männer müssen wissen, wie man kocht und einen Haushalt führt."

Charlotte lachte. „Da hast du recht. Die meisten Männer tragen ihre Hosen, bis sie von selbst stehen können. Und vom Kochen verstehen sie nur, wie man eine Dose öffnet." Sie trocknete den letzten Teller ab und stellte ihn ins Regal. „Ich habe ein paar von Henrys Hemden geflickt, aber er lässt Jian Lin Gong seine Wäsche machen. Natürlich werde ich das übernehmen, wenn wir verheiratet sind."

Tweedie und Ina Bea hatten ihre Arbeit oben erledigt und kamen in die Küche. „Die meisten Männer haben weder Zeit noch Geld zum Waschen", fügte Tweedie hinzu und holte ihre Stricknadeln aus einer Tasche, die sie immer dabeihatte, wenn sie zu Besuch kam. „Und im Augenblick ist es sowieso zu kalt. Im letzten Sommer habe ich beobachtet, wie Männer ihre Kleidung im Fluss gewaschen haben. Während sie noch drinsteckten." Ihre Nadeln klapperten wie Degenklingen in einem Fechtkampf.

„Na ja, manche besitzen eben keine Wäsche zum Wechseln", bemerkte Ina Bea.

„Das war ja ein Artikel, den du geschrieben hast, Kathryn." Ronya wechselte das Thema und sah Kathryn über ihren Becher hinweg an.

„Der bringt hoffentlich Mr Bickerson mit seinen ungehörigen Bemerkungen darüber, dass Frauen nicht ihr Wort halten, zum Schweigen." Die Spitze von Kathryns Bleistift brach ab. Seufzend holte sie ihr Taschenmesser und spitzte das Holz an, vorsichtig darauf bedacht, die Bleistiftmine nicht erneut zu beschädigen. „Ich hätte nicht übel Lust, mich einmal darüber auszulassen, wie schnell einige Männer ihr Eheversprechen vergessen und ihre Frauen verlassen, um auf Goldsuche zu gehen!"

Charlotte schüttelte den Kopf. „Wenn du das machst, werden bald wieder Steine durch dein Fenster fliegen."

Tweedie seufzte. „Ich wünschte manchmal, Joe und ich wären in Ohio geblieben."

Ronya erhob sich, um wieder an die Arbeit zu gehen. „Wenn eine Frau einen Träumer heiratet, dann sollte sie besser genau wissen, wie sie Leib und Seele zusammenhalten kann, auch wenn das bedeutet, das Geld für Butter und Eier für schlechte Zeiten zu verstecken. Ich habe mein erstes Café mit dem Geld eröffnet, das ich in einer Socke in einem Mehlfass versteckt hatte."

Kathryn dachte an ihren Vater, der '49 seine Frau verlassen hatte, um sich dem Goldrausch anzuschließen, und der nur wenige Tage, nachdem er Independence verlassen hatte, gestorben war, und mit ihm sein Traum vom großen Geld.

„Träumer besitzen oft sehr viel Charme." Ronya stellte Schüsseln auf den Arbeitstisch. „Eine Frau muss ihr Herz schützen und bei der Wahl eines Ehemannes ihren Verstand einsetzen." Sie warf Kathryn einen bedeutungsvollen Blick zu.

„Fang jetzt nicht wieder damit an." Kathryn prustete und schrieb etwas auf.

Ina Bea brachte einen Korb mit Winteräpfeln herein und stellte ihn auf den Tisch, an dem Ronya arbeitete. „Ich hoffe nur, sie entscheidet sich nicht für Morgan Sanders."

Kathryn entging diese Bemerkung nicht. „Ich will keinen Ehemann! Ich will die wenigen Rechte, die ich als Frau besitze, nicht an einen Mann verlieren!"

„Das hängt von dem Mann ab." Tweedie lächelte. „Mr Beck …"

„Lass Mr Beck aus dem Spiel, Tweedie." Kathryn versuchte, das Gespräch wieder auf das Kochen zu bringen, aber Ronya stemmte die Hände in ihre breiten Hüften.

„Hat Matthias dich gefragt, ob du ihn heiraten willst, oder nicht?"

„Nein." Sie errötete, als Ronya, Ina Bea und Charlotte sie anschauten. „Seine genauen Worte waren: ‚Wir sollten heiraten.' Das ist kein Heiratsantrag."

„Du hättest ablehnen können."

„Das habe ich. Mehrmals." Entnervt erhob sich Kathryn und ging in der Küche herum. „Er hat mich in die Enge getrieben, und mir fiel nichts Besseres ein, als ihm eine Liste von Dingen zu nennen, die er unmöglich umsetzen kann."

Die Frauen lachten, keine von ihnen schien auch nur das geringste Verständnis für ihre Situation zu haben.

„Manche Männer können ziemlich viel erreichen, wenn sie es sich vornehmen." Ronya grinste. „Und Matthias gehört zu dieser Sorte."

Charlotte schälte Äpfel. „Was hast du denn gegen Matthias? Er sieht gut aus. Er ist reich. Und er ist Henrys Geschäftspartner. Es gibt keinen ehrenhafteren Mann auf dieser ganzen Welt als meinen Henry."

Kathryn richtete sich auf. „Geschäftspartner? Du meinst das Hotel?"

„Sie haben ein Transportunternehmen gegründet und arbeiten an der Umsetzung, seit Henry hergekommen ist. Gemeinsam haben sie die Routen ausgewählt, und vier Transportwagen sind bereits im Bau, außerdem haben sie Verträge mit den Postkutschenstationen geschlossen und Pferde gekauft. Ab März werden sie für Coles Eisenwarenladen, Rowes Sattlerei und Carliles Apotheke Waren transportieren und natürlich für den neuen Gemischtwarenladen. Sie werden alle Städte auf dem Weg nach Sacramento anfahren, bevor du dich noch umgeschaut hast. Wir sind die Letzten an der Strecke."

„Wieso weiß ich davon nichts?", wunderte sich Kathryn laut.

Charlotte wirkte überrascht. „Ich dachte, alle wüssten Bescheid. Sobald Henry und ich verheiratet sind, ziehen wir nach Sacramento."

Kathryn wurde das Herz schwer. Matthias Beck plante, die Stadt zu verlassen? „Aber Beck ist doch gerade erst gewählt worden, und jetzt will er ..."

„Oh nein. Er bleibt. Er hat ja noch das Hotel und die neue Partnerschaft mit Ernest Walker. Mittlerweile macht er den Adays bereits mächtig Konkurrenz." Stirnrunzelnd blickte Charlotte Kathryn an. „Ich dachte, du wüsstest darüber Bescheid. Du hast doch diese große Anzeige in die *Voice* gesetzt."

Leise lachend arbeitete Ronya Schmalz in den Pastetenteig ein. „‚*Beck & Call*'. Ein guter Name für ein Transportunternehmen, meint ihr nicht? Und eine kluge Entscheidung, falls diese Stadt jemals stirbt."

Kathryn hätte sich am liebsten geohrfeigt, weil sie von alledem nichts gewusst hatte. Was für eine Zeitungsherausgeberin war sie denn? Sie war Matthias aus dem Weg gegangen. Hatte er nicht gesagt, dass seine Zeit als Saloonbesitzer vorbei sei? Warum hatte sie nicht nachgefragt? Vielleicht hätte sie das getan, wenn er sie nicht so durcheinandergebracht hätte, dass sie nicht mehr geradeaus denken konnte. Und dann veröffentlichte Matthias Beck auch noch diese Hochzeitsankündigung im *Clarion* und hatte es so aussehen lassen, als hätte Bickerson den Artikel geschrieben. Sie hatte sich so sehr auf ihre Erwiderungen konzentriert, dass sie gar nicht mitbekommen hatte, was um sie herum vorging! Nun, das musste sich unbedingt ändern.

Die Glocke an Ronyas Eingangstür klingelte, und Kathryns Herz machte einen Satz.

„Ich sehe nach, wer das ist." Ina Bea wusch sich schnell die Hände und band ihre Schürze ab, bevor sie nach nebenan ging. Als sie nicht zurückkehrte, lehnte sich Kathryn zurück und schaute nach. Axel Borgeson hängte gerade seinen Hut an den Kleiderständer und zog seine dicke Jacke aus. Das Lächeln, mit dem er Ina Bea bedachte, sprach Bände. Männliche Bewunderung lag darin. Kathryn blickte Ronya an und zog die Augenbrauen hoch. „Wieder eine alleinstehende Frau weniger, die dran glauben muss."

„Mir scheint, das gibt dir einen guten Vorgeschmack, meinst du nicht?"

Lachend zwinkerte Charlotte Kathryn zu. „Heirate Matthias. Er ist ein guter Mann. Dann sind wir praktisch Schwestern."

Ein guter Mann? „Ich habe ihn noch nie in der Kirche gesehen." Seit er in die Stadt gekommen war, hatte Henry noch nicht einen einzigen Gottesdienst versäumt, und Morgan Sanders machte aus seinen Gottesdienstbesuchen immer einen großen Auftritt.

Ronya warf ihr einen finsteren Blick zu. „Mich hast du auch noch nicht dort gesehen. Aber dass jemand nicht in die Kirche geht, bedeutet doch nicht ..."

„Das gilt auch für die Leute, die hingehen", unterbrach Tweedie. „Es bedeutet nicht, dass sie gute Menschen sind."

Kathryn fühlte sich getadelt. Sie hatte tatsächlich kein Recht zu urteilen.

Ronya rollte den Teig aus. „Nicht was ein Mensch sagt, zählt, sondern was er tut. Und Matthias tut das Richtige, würde ich sagen." Sie blickte Kathryn an. „Aber andererseits hast du mich ja gar nicht nach meiner Meinung gefragt."

„Jetzt noch mal zu diesem Wildrezept", sagte Kathryn in dem Versuch, sich wieder auf ihre Kolumne zu konzentrieren, während sie gleichzeitig überlegte, ob sie Matthias Beck wegen seiner neusten Pläne interviewen sollte. Der Gedanke an ein Alleinsein mit ihm beunruhigte sie. Vielleicht sollte sie noch jemanden mitnehmen oder nur in der Öffentlichkeit mit ihm sprechen, wenn andere anwesend waren, dann müsste er sich benehmen. Du meine Güte, sie wäre sicherer, wenn sie Morgan Sanders ins Büro der *Voice* einlud, ihm Tee servierte und *ihn* interviewte!

Vielleicht sollte sie *tatsächlich* mal mit dem Besitzer der Madera-Mine reden. Vielleicht konnte sie ihn dazu bringen, einen Witwen-Fonds ins Leben zu rufen.

„Kathryn? Du hast schon wieder diesen Gesichtsausdruck."

Kathryn schaute zu Ronya hoch. „Was für einen Ausdruck?"

„Der, den du immer hast, bevor du dich in Schwierigkeiten bringst."

~

Matthias stand im *Rocker Box Saloon* und ging mit dem Zimmermann die Pläne durch, während zwei Männer das große unanständige Gemälde von der Wand nahmen. Die Schwingtüren waren ausgehängt worden, die Spieltische und Stühle bereits ausgeräumt. Das Inventar hatte man an andere Saloonbesitzer in der Stadt verkauft, der Erlös kam der Stadtkasse zugute. Das Gemälde war für einen Spitzenpreis verkauft worden und würde vom Transportunternehmen *Beck & Call* zu einem Saloon in Placerville transportiert werden. Mit großem Getöse demontierten zwei Männer den Bartresen und warfen die Bretter auf einen Haufen.

Trotz seines ausgezeichneten Standorts in der Stadt hatte Hoss Wrangler seinen Saloon nur mit mäßigem Erfolg geführt. Er streckte seinen Whisky mit Wasser, und von Falschspielern ließ er sich einen gewissen Anteil am Gewinn geben. Die Gäste waren davon verständlicherweise nicht besonders angetan. Als Matthias dem Stadtrat mitteilte, dass Wrangler gern verkaufen würde, brauchte niemand nach dem Grund zu fragen. Übereinstimmend kamen sie zu dem Schluss, dass das Haus als öffentlicher Versammlungsraum und Gerichtsgebäude hervorragend geeignet sei.

Matthias wunderte sich nicht darüber, dass sich unter den Bergarbeitern fähige Zimmerleute fanden, die gern den Bergbau aufgaben, um wieder in ihrem ursprünglichen Beruf zu arbeiten, anstatt ihr Leben unter Tage zu verbringen. Die Arbeit für die Stadt war zudem noch besser bezahlt.

Natürlich gab es Gründe dafür, warum Männer nach Calvada kamen und wie Hoss Wrangler auch wieder aus der Stadt fortgingen. Einige waren ruhelos und träumten von dem großen Glück woanders. Einige ließen das Wenige, das sie besaßen, im Stich, weil sie die Einsamkeit nicht mehr ertragen konnten. Matthias hatte verlassene Häuser betreten, in denen das schmutzige Geschirr noch auf den Tischen stand. Er verstand das. Auch er war häufig von einem Ort zum nächsten gezogen.

City hatte das auch verstanden. *Du wirst genauso wenig Glück haben wie ich mit dem Versuch, vor dem, was dich bedrückt, davonzulaufen.* Wenn City ein paar Drinks intus gehabt hatte, war er redselig geworden. Aber manchmal hatte er auch weise Erkenntnisse weitergegeben, die er aus eigenen leidvollen Erfahrungen gewonnen hatte. *Mancher Kummer zermahlt einen Menschen zu Staub. Such dir ein lohnendes Ziel für dein Leben. Ein Mensch, der nicht an etwas glaubt, ist nicht besser als ein Leichnam, der bei einer Totenwache in einem Sessel sitzt.* Der irische Rebell hatte den größten Teil des Tages damit verbracht, an seiner Zeitung zu arbeiten, und die meisten Abende in Becks Bar, um zu trinken. *Glaube nicht alles, was du denkst. Wir selbst belügen uns mehr als jeder andere.* Der alte Mann hatte von Dingen erzählt, die er lieber nicht getan hätte, war in seinen Erzählungen aber immer recht vage geblieben. *Manche Entscheidungen verfolgen dich. Du kannst deine Meinung ändern, aber du kannst nicht mehr zurück. Und selbst, wenn das ginge – bis du dich entschlossen hättest, hätte sich bereits alles verändert.*

City hatte seine Geheimnisse und seinen Schmerz verarbeitet, indem er zu viel trank und Krawall machte mit Worten und Fäusten. Matthias hatte nie erlebt, dass er vor irgendetwas zurückscheute. In betrunkenem Zustand hatte er in seiner Verzweiflung oft von seinen Fäusten Gebrauch gemacht. Wenn er nüchtern war, hatte er die Wahrheit gesagt ohne Kompromisse oder Mitgefühl. Der einzige Mensch, der City besser als alle anderen gekannt hatte, war Fiona Hawthorne. Doch die Geheimnisse, die City ihr anvertraut hatte, behielt sie für sich. Alle in der Stadt wussten, dass City, wenn man ihn nicht in einer Bar antraf, bei der Madam im Puppenhaus zu finden war. Wie auch immer die Gefühle, die sie füreinander hegten, geartet gewesen sein mochten, es blieb ein Geheimnis zwischen ihnen.

Matthias vermisste den Mann. Er könnte seinen Rat gut gebrauchen. Citys Unverblümtheit fehlte ihm. Er vermisste die Freundschaft, die zwischen ihnen gewachsen war, trotz des großen Altersunterschieds. Sie hatten einander verstanden. Matthias, der enterbte Sohn eines Pastors, und City Walsh, ein katholischer irischer Rebell, der von seiner eigenen Familie aus Irland vertrieben worden war. City hatte darüber gelacht. *Entweder auf ein Schiff gehen oder von den Briten gehängt werden. Diese Vorstellung gefiel meiner Familie nicht.*

City war davon ausgegangen, dass in Amerika vieles anders sei, so hatte er es Matthias erzählt. Das hatten Tausende anderer Iren auch gedacht, die an Amerikas Küsten an Land gegangen waren. Doch schon bald wurden sie eines Besseren belehrt. Denn überall wurden sie bei Stellenangeboten mit dem Zusatz konfrontiert: *Bewerbungen von Iren werden nicht angenommen.* In Fabriken mussten seine Landsleute wie Sklaven schuften, dann wurden sie ersetzt durch andere, die dieselbe Arbeit für noch weniger Lohn taten. City und sein Bruder hatten sich gegen die Unternehmer aufgelehnt und versucht, die Männer zu organisieren. Sie sollten die Arbeit verweigern, bis sie einen Lohn bekamen, von dem sie auch leben konnten. Doch sie hätten genauso gut in Irland gegen die britischen Landbesitzer kämpfen können.

Vom Goldrausch '49 erhofften sich viele die Gelegenheit, zu Wohlstand zu kommen, ein besseres Leben zu haben, ein Leben mit all den Vorteilen, die Reichtum mit sich brachte. Nach Gold zu schürfen war harte Arbeit mit wenig Ertrag. City hatte gesagt, das Leben sei so hart, dass es einen Mann auslaugte und hohl zurückließe. *Und die Ironie hat mich krank gemacht. Mein ganzes Leben lang habe ich die Reichen gehasst, und nun stand ich da und versuchte, einer von ihnen zu werden.* Nie hatte er Matthias erzählt, was aus seinem Bruder geworden war oder wie es kam, dass er in der Zeitungsbranche gelandet war, aber das Schreiben gab ihm Halt. *Die Wahrheit ist, mir ist es nicht bestimmt, ein reicher Mann zu sein. Gott hat mich geschaffen, um ein Stachel zu sein.* Er besaß Leidenschaft, und die *Voice* gab ihm einen Lebenssinn.

Der ältere Mann hatte recht gehabt. Seinen Freund in seinem Blut liegen zu sehen, hatte Matthias aufgerüttelt. Während die Männer in der Bar Totenwache hielten, war er zum Friedhof gegangen. Fiona Hawthorne, ganz in Schwarz, war bereits dort. Ihr Gesicht hielt sie unter einem Schleier verborgen. Matthias hörte sie leise weinen, während sie zusahen, wie die Erde auf den Kiefernsarg geschaufelt wurde.

Gesetzlosigkeit hatte Matthias schon immer wütend gemacht, aber nicht so sehr, dass er etwas dagegen unternommen hätte. Sollten sich die anderen aus der Stadt doch selbst um ihre Angelegenheiten kümmern. City hatte sich über Matthias' Gleichgültigkeit sehr geärgert. *Steig in das Spiel ein! Du warst in der Unionsarmee schließlich Hauptmann. Du kannst doch Männer führen.*

Das Krachen von Brettern auf den Holzstapel holte Matthias in die Gegenwart zurück. City hatte gewollt, dass er in das Spiel einstieg. Nun, jetzt steckte Matthias bis zum Hals drin. Überall um sich herum sah er Herausforderungen, jeden Tag traf er Entscheidungen. Calvada war nicht anders als so viele andere Bergarbeiterstädte in der Sierra Nevada. Wenn die Minen stillgelegt wurden, starben auch die Städte. Im Augenblick gab es noch genügend Silber und Gold, und die Männer hatten Arbeit. Aber wie lange noch?

Die Situation in der Stadt heizte sich immer mehr auf, und er wusste, Kathryn würde genau wie City keine Ruhe geben. Er hatte gedacht, die Ankündigung ihrer Verlobung im *Clarion* würde sie für eine Weile ablenken. An jenem Abend hatte er kein Ja von ihr bekommen, aber wenn er ein wenig länger geblieben wäre, dann hätte es doch geschehen können. Sie wusste das auch, denn sonst wäre sie ihm nicht so penetrant aus dem Weg gegangen und hätte wütende Erwiderungen geschrieben. *Unter Zwang*, behauptete sie. Er lachte. Ein Körnchen Wahrheit lag darin. An jenem Abend war sie verletzlich gewesen. Nur mit Mühe hatte sich Matthias beherrschen können, als sie in seinen Armen lag. Er wollte, dass ihr Ja ein ehrliches Ja war. Und er wollte, dass sie es vor Gott und vielen Zeugen in der Calvada Community Church sagte.

Vielleicht sollte er sich angewöhnen, wieder in die Kirche zu gehen.

Erinnerungen stürmten auf ihn ein und machten ihn traurig. Er dachte daran, wie er in der leeren Kirche gesessen und zugehört hatte, wie sein Vater auf der Kanzel seine Predigt für den Sonntag probte. Sehr vollmächtig und redegewandt hatte er gesprochen. Als Kind hatte Matthias gedacht, sein Vater sei Gott so nahe, wie ein Mensch nur sein konnte. Er könne kein Unrecht tun. Matthias' Mutter hatte gesagt, er sei Gottes Sprachrohr. Was aus seinem Mund käme, sei die Wahrheit.

Als sein Vater ihn verfluchte, hatte Matthias auch den Fluch Gottes auf sich herabkommen gespürt. Aber würde er noch einmal für die Konföderierten kämpfen, nachdem er nun um die Konsequenzen seines Handelns wusste? Diese Frage hatte er sich schon tausendmal gestellt. Und jedes Mal war die Antwort dieselbe, nachdem er die Frage von allen Seiten beleuchtet hatte: Das Land musste zusammenhalten, sonst würde das Große Experiment scheitern.

Wenn er nach dem Leben, das er hier geführt hatte, nun als Bürgermeister plötzlich den Gottesdienst besuchen würde, würde das bestimmt große Aufmerksamkeit erregen. Aber Aufmerksamkeit war nicht das, worauf er aus war. Er suchte inneren Frieden. Er wollte die Zusicherung, dass ihm vergeben worden war, wenn nicht durch seinen Vater, dann doch wenigstens durch Gott. Er wollte das Gefühl haben, dass sein Leben wichtig war. Und er wollte Kathryn näher sein.

Unmittelbar nach seiner Wahl zum Bürgermeister hatte er Veränderungen vorgenommen, nicht nur aus Respekt vor City Walsh oder um sich vor Kathryn zu beweisen, sondern um in seinem Leben etwas zu tun, das von Wert war. Eine Autoritätsposition brachte große Verantwortung mit sich. Er hatte festgestellt, dass er Gott gebeten hatte, ihn zu führen und sein Licht leuchten zu lassen, damit er den rechten Weg erkennen könnte. Was er als Kind gelernt hatte, kam ihm jetzt, wo er erwachsen war, wieder zu Bewusstsein. Er merkte, dass seine Gedanken sich weniger um den letzten Zornesausbruch seines Vaters drehten, sondern dass er sich wieder mit dem Glauben seiner Mutter beschäftigte. Als sich sein Vater von ihm abgewandt hatte, hatte Matthias sich auch von Gott abgewandt. Er fragte sich jetzt, ob das aus Rache dem Mann gegenüber geschehen war, den er immer als Vertreter Gottes auf Erden gesehen hatte. Sein Vater war sein Vorbild gewesen, doch im Grunde genommen war er ein gebrochener, verbitterter Mann.

Ein weiteres Brett krachte auf den immer größer werdenden Holzstapel. Die Bretter sollten in Rudgers Holzhandlung gelagert und im Frühling für den Bau des Schulhauses verwendet werden. Matthias hatte alle Pläne mit dem Zimmermann besprochen und verabschiedete sich. Jetzt war noch einiges für sein neues Unternehmen *Beck & Call Transporte* zu tun. Auf dem Brettersteg entdeckte er Kathryn, die gerade aus Ronyas Café kam. Sein Puls beschleunigte sich. Vor dem Hotel blieb er am Rand des Bretterstegs stehen und beobachtete sie. Tweedie begleitete sie. Seine Mundwinkel verzogen sich nach oben. Dachte Kathryn wirklich, eine andere Frau, die bei ihr im Haus wohnte, würde ihn von ihr fernhalten? Natürlich konnte er keine Besuche am späten Abend mehr machen, aber das bedeutete nicht, dass er sie nicht aufsuchen würde, wenn es so weit war. Kathryn warf einen Blick in seine Richtung und tat so, als hätte sie ihn nicht bemerkt.

Citys Worte hallten in seinem Kopf wider. *Steig in das Spiel ein.*

Matthias spielte nicht mehr Karten. Er legte sie ganz offen auf den Tisch, sodass alle sie sehen konnten.

Kathryn verschwand in ihrem kleinen Haus. Tweedie sah zu ihm hinüber und grinste, bevor sie ihr folgte, und Matthias wusste, dass er in ihr eine Verbündete bei seinem Vorhaben hatte.

~

Kathryn schickte Scribe zu Morgan Sanders mit der Einladung, sie zu einer Tasse Tee in ihrer Zeitungsredaktion aufzusuchen, sobald er Zeit hätte. Mit finsterem Blick kehrte Scribe zurück. „Er sagte, er hätte heute Nachmittag um zwei Uhr Zeit. Und Sie haben den Verstand verloren, wenn Sie das durchziehen! Oder haben Sie bereits vergessen, was bei seinem letzten Besuch geschehen ist?"

„Ich habe es nicht vergessen, Scribe. Er hat sich entschuldigt. Wir beide haben wichtige Angelegenheiten zu besprechen."

„Wie zum Beispiel?" Als sie ihm keine Antwort gab, marschierte er nach draußen und knallte die Tür hinter sich zu.

Tweedie im hinteren Zimmer hatte das Gespräch mit angehört. „Morgan Sanders kommt her? Heute?"

„Ja."

„Warum?", fragte Tweedie schockiert und äußerst wachsam.

Tweedies Reaktion hätte Kathryn nicht überraschen dürfen. Schließlich war ihr Mann in der Madera-Mine ums Leben gekommen. „Ich möchte ihm einige Fragen stellen und einen Appell an ihn richten."

„Du kannst diesem Mann nicht trauen, Kathryn. Und du solltest nicht allein mit ihm sein."

„Ich weiß, es ist viel verlangt, aber würdest du hierbleiben, während …?"

„Nein!" Tweedie wurde blass. „Nein. Er macht mir Angst." Sie nahm ihren Schal. „Ich bin inzwischen bei Ronya und helfe Charlotte und Ina Bea." Bevor sie durch die Tür verschwand, hielt sie noch kurz inne. „Frag ihn, warum ihm seine Arbeiter so gleichgültig sind, dass er die Schächte nicht mit mehr Stützbalken sichert." Ihre Augen füllten sich mit Tränen. „Joe könnte noch leben, wenn Sanders auf seine Vorarbeiter gehört hätte." Damit verschwand sie durch die Tür.

Kathryn schloss die Augen. Egal, was sie tat, irgendjemand war immer verletzt oder wütend.

Sie schloss das Zeitungsbüro und ging die Straße hinunter zum Bäcker. Mit ein paar kostbaren Münzen kaufte sie einen kleinen Apfelkuchen. Zurück zu Hause trug sie den Stuhl aus ihrem Wohnraum nach vorn ins Büro, breitete eine Tischdecke auf ihrem Schreibtisch aus und deckte den Tisch mit ihren guten Teetassen und Tellern. Alles war bereit, als Morgan Sanders ein paar Minuten vor zwei an die Tür klopfte.

Ohne Frage hatte er sich für diese Gelegenheit schick gemacht, und er sah sehr distinguiert und gut aus in seiner dunklen Jacke, dem weißen Hemd und der Weste. Alles maßgeschneidert, vermutlich in San Francisco. In der Hand hielt er eine goldene Uhr und schaute nach der Uhrzeit, bevor er sie wieder zuklappte und in seine Westentasche steckte. Sein weißes Hemd war aus feiner Baumwolle, das rote Seidentuch locker geknotet. Er sah eher aus wie ein Bostoner Gentleman und nicht wie ein Minenbesitzer aus Calvada. Sie bat ihn herein.

„Vielen Dank für die Einladung." Sanders nahm seinen Hut ab. Bewundernd wanderte sein Blick über ihre Gestalt. „Lavendel steht Ihnen sehr gut, Kathryn. Ein neues Kleid?"

„Nein. Aber bisher hatte ich keine Gelegenheit, es zu tragen." Ein unbestimmtes Gefühl der Angst überkam sie bei seiner Musterung, und sie wünschte, sie hätte ihren alten braunen Rock und das weiße Mieder angezogen. Er füllte den Raum mit seiner Gegenwart ganz anders als Matthias Beck.

Sanders warf seinen Hut aufs Sofa, als wollte er das Territorium abstecken. Leicht lächelnd blieb sein Blick an dem weißen Leinentischtuch auf dem Schreibtisch hängen, den feinen Teetassen und Tellern und dem Apfelkuchen. Seine Lippen verzogen sich zu einem trockenen Lächeln. „Sie scheinen etwas von mir zu wollen, sonst hätten Sie sich nicht so viel Mühe gemacht." Er zog die Augenbrauen in die Höhe. „Brauchen Sie Geld, Kathryn?"

„Ein wenig", gestand sie. Sie wollte nicht heucheln. „Nicht für mich. Für eine gute Sache."

„Oh, das ist es immer." Er lachte leise und spöttisch.

Sie bot ihm einen Platz an und goss Tee ein, den sie bereits aufgebrüht hatte. „Ich hoffe, Sie nehmen ihn ohne Sahne und Zucker. Denn das habe ich nicht anzubieten. Aber mir wurde gesagt, dass Wynhams Apfelkuchen sehr süß ist."

„Genau wie Sie, meine Liebe." Grüßend hob Morgan seine Teetasse. Sie schnitt ein großes Stück Kuchen ab und schob es formvollendet auf einen Teller, legte eine Silbergabel dazu und stellte es vor ihn hin. „Sie machen sich sehr gut in der Mutterrolle. Sie werden eine hervorragende Gastgeberin sein."

Beunruhigt von der Bemerkung, schaute sie nicht hoch. Woher ihr Unbehagen kam, konnte sie nicht sagen.

Er lehnte sich zurück und machte es sich bequem. Kathryns Blick fiel auf die eleganten Lederstiefel. Ganz bestimmt verstand er es, sich wie ein Gentleman zu kleiden. „Ich war erleichtert, als ich hörte, dass es keine Verlobung zwischen Ihnen und Matthias Beck gibt."

Diese Bemerkung war ihr zu persönlich, doch sie beschloss, offen zu sein. „Ich denke, alle in Calvada wissen jetzt, dass ich nicht auf der Suche nach einem Ehemann bin."

„Vielleicht nicht. Aber trotzdem kann ein Mann Sie doch als künftige Ehefrau in Betracht ziehen."

Kathryn verstand die Bedeutung seiner Bemerkung sehr wohl, und ihr wurde klar, dass er diese Einladung vielleicht missverstanden und sie als etwas anderes gewertet hatte, als sie beabsichtigt hatte. „In

Calvada gibt es einige geeignete Frauen, Morgan." Vielleicht würden ein paar Fakten zu ihrer Person dazu beitragen, dass er sich anderweitig umschaute. „Ich bin die Tochter eines irisch-katholischen Immigranten, der seine Frau ein Jahr nach der Hochzeit verlassen hat. Mein Großvater war mit der Heirat nicht einverstanden. Allerdings gestattete er meiner Mutter, wieder nach Hause zu kommen. Ich kam unter seinem Dach zur Welt – nicht, dass er glücklich darüber gewesen wäre oder mich je anerkannt hätte. Nach dem Tod meines Vaters arrangierte er eine zweite Ehe für meine Mutter und machte den neuen Ehemann zu seinem Erben. Für meinen Stiefvater war ich eine Last. Als sich die Gelegenheit bot, schickte er mich fort. Und nun bin ich hier. Es war nicht meine eigene Entscheidung, nach Kalifornien zu kommen. Ich wurde weggeschickt." Sie stellte ihre Teetasse auf die Untertasse.

„Nach Boston muss Calvada ein Schock für Sie gewesen sein."

„Allerdings. Aber ich hatte eine Entscheidung zu treffen. Ich konnte diesen Aufenthalt als ein Exil sehen oder als eine Gelegenheit. Ich entschied mich für Letzteres. Jetzt ist Calvada mein Zuhause."

„Sie und ich, wir haben etwas gemeinsam." Er stellte seine Tasse auf den Schreibtisch.

„Wirklich?" Er sagte nichts weiter, und sie fragte nach. „Ich habe Ihnen meine Lebensgeschichte erzählt. Ich bin neugierig auf Ihre."

Er gab ein leises, spöttisches Lachen von sich. „Sollte ich meine Geschichte einer Zeitungsherausgeberin anvertrauen?"

Sie warf ihm ihr bezauberndstes Lächeln zu. „Ich verspreche, kein Wort zu verraten, es sei denn, Sie gestehen ein heimtückisches Verbrechen." Sie faltete ihre Hände und fügte etwas ernster hinzu: „Ich bin eine Frau, die ihr Wort hält."

„Matthias Beck könnte etwas anderes behaupten."

Zornig schnappte sie nach Luft. „Haben Sie meine Einladung nur angenommen, um mich zu beleidigen?"

Leise lachend musterte er ihr Gesicht. „Die eine Minute charmant und freundlich, und leidenschaftlich in der nächsten. Nein. Ich bin nicht gekommen, um Sie zu beleidigen. Also, welchen kleinen Geldbetrag wollen Sie haben und wofür?"

Anscheinend wollte er ihre Neugier in Bezug auf seine Vergangenheit nicht befriedigen. „Eine Spende an die Kirche, die für Witwen in Not zur Seite gelegt wird."

Seine Augen verdunkelten sich. Er zog die Augenbrauen zusammen. „Und wer ist jetzt beleidigend? Es gibt keine Witwen mehr in der Willow Creek Road. Dafür haben Ronya Vanderstrom und Sie gesorgt."

„Das ist doch gut, oder? Aber da war noch eine andere, und …"

„Elvira Haines hat sich für ihren Weg entschieden."

Seine Gleichgültigkeit machte sie wütend. „Sie tragen eine Mitverantwortung für das, was ihr zugestoßen ist. Ihr Mann ist in Ihrer Mine ums Leben gekommen."

Seine Augen blitzten. „Die Männer kennen die Risiken der Arbeit, die sie tun, Kathryn. Sie haben mich nach meiner Biografie gefragt. Ich bin bettelarm aufgewachsen. Meine Mutter starb, als ich noch ein Kind war, und überließ mich mir selbst, während mein Vater im Norfolk Naval Shipyard in Virginia gearbeitet hat. Er starb, als ich fünfzehn war. Ohne einen Penny. Ich wollte nicht genauso enden."

Er lehnte sich vor. Sein Gesichtsausdruck war hart. „Ich bin nach Norden in die Hauptstadt gegangen, habe die unterschiedlichsten Jobs angenommen und nach einem Haltegriff gesucht, an dem ich mich hochziehen konnte. Ich war ein guter Verkäufer, wusste, was die Menschen wollten. Erst im Krieg habe ich richtig Geld verdient."

„Mit Munition?" Die Worte waren über ihre Lippen gekommen, bevor sie nachgedacht hatte.

Er stieß ein kurzes Lachen aus. „Nichts so Großartiges. Ich wurde eine Art Marketender, von der Unionsarmee autorisiert, Waren an die Truppen zu verkaufen. Keine Lebensmittel, sondern Dinge, die die Soldaten brauchten oder haben wollten. Den Männern gefielen meine Preise nicht, aber ich war nicht im Geschäft, um Freundschaften zu schließen. Mein Vater hatte viele Freunde und am Ende nichts vorzuweisen als einen Sarg, der in die Erde hinabgelassen wurde. Nach dem Krieg kam ich in den Westen und kaufte einen Anteil an der Madera-Mine. Mein Partner kam bei einem Einsturz ums Leben." Seine Mundwinkel verzogen sich. „Einige verdächtigten mich, ihn getötet zu haben."

„Wer war das, und warum wurde das vermutet?"

Morgan lehnte sich wieder zurück und blies langsam die Luft aus. „Ich habe meine Fehler, Kathryn, aber ich bin kein Mörder. Und Sie, meine Liebe, klingen schon wieder wie eine Zeitungsfrau."

„Unter anderen Umständen hätte ich das als Kompliment gewertet. Es tut mir leid, Morgan."

„Sie haben keine Ahnung, wer ich bin, nicht? Wie entschlossen ich sein kann." Er sprach leise, mit eindringlichem Blick, und sie blinzelte und spürte eine seltsame Spannung in sich. Sie war sich unsicher, ob Morgan sie erschreckte oder eher faszinierte.

„Vielleicht nicht, da wir uns erst so kurz kennen."

„Oh, Sie werden mich noch kennenlernen. Lassen Sie mich so offen sein, wie Sie es gewesen sind. Mir ist egal, was die Leute von mir halten. Wenn mir das wichtig wäre, wäre ich genauso arm wie mein Vater."

Sie war anderer Meinung. „Sie haben gesagt, Ihr Vater hätte viele Freunde gehabt. Was werden Sie am Ende Ihres Lebens haben, wenn Geld Ihr einziger Lebensinhalt ist?"

Erneut beugte er sich vor und begegnete ihrem Blick. „Es gibt drei Dinge, die ich immer haben wollte, seit ich erwachsen geworden bin, Kathryn. Wohlstand, eine schöne, gebildete Frau und einen Sohn, der erbt, was ich aufgebaut habe. Das erste Ziel habe ich erreicht. Sie werden das zweite sein, und von Ihnen werde ich das dritte bekommen."

Der lodernde Blick in seinen Augen bereitete ihr Herzklopfen. „Sie unterstellen sehr viel, Sir."

„Ich unterstelle gar nichts. Ich plane. Ich arbeite für das, was ich haben will. Und am Ende werde ich alles bekommen."

Obwohl seine Eindringlichkeit ihr Angst machte, blieb sie ruhig. „Mich werden Sie nicht bekommen."

Morgan Sanders schaute sie an, bis sie den Blick senkte. Daraufhin erhob er sich, nahm seinen Hut und verließ ihr Haus, ohne ein weiteres Wort zu sagen.

Kapitel 18

Matthias hatte keine Kirche mehr betreten, seit er in den Krieg gezogen war, aber er besaß immer noch die Bibel, die sein Vater ihm geschenkt und in der er zwischen den Schlachten häufig gelesen hatte. Nach dem Streit mit seinem Vater hatte Matthias sie auf die Kanzel gelegt in der Absicht, sie zurückzulassen, doch als er losreiten wollte, hatte seine Mutter ihn noch einmal zurückgerufen und die Bibel in seine Satteltasche gesteckt. *Behalte sie um meinetwillen, Matthias. Versprich es mir.*

Dieses Versprechen hatte er gehalten, obwohl er das Buch in den vergangenen zehn Jahren nicht mehr angefasst hatte.

Der Ausschluss aus der Familie, die öffentliche Maßregelung von Reverend Thacker und dass sie ständiger Kritik ausgesetzt war, all das hatte Kathryn in ihrem Glauben nicht erschüttert – in ihrem Glauben an Gott und die Menschheit. Matthias hatte von ihrer Teestunde mit Morgan Sanders gehört. Die ganze Stadt wusste darüber Bescheid und zerriss sich darüber das Maul. Die Einzige, die sich dazu nicht äußerte, war Kathryn.

Matthias saß in seinem Zimmer. Die Petroleumlampe brannte, und er schlug seine Bibel auf. Als Kind, als er noch unbedingt so sein wollte wie sein gottesfürchtiger Vater, hatte er Verse aus Psalm 119 unterstrichen. „*Öffne mir die Augen, damit ich die herrlichen Wahrheiten in deinem Gesetz erkenne … Bewahre mich davor, zu lügen und zu betrügen … Lass nicht zu, dass man mich verlacht, denn deine Gesetze sind gut … Klugheit und Erkenntnis schenke mir, denn ich vertraue deinen Geboten.*“

Vor und während des Krieges hatte er noch andere Stellen markiert. „*Gott, erschaffe in mir ein reines Herz und gib mir einen neuen, aufrichtigen Geist.*“

Beinahe hörte er den Rat seiner Mutter: *Matthias, vergib deinem Vater, wie Gott dir vergeben hat.*

Er würde nie wirklichen Frieden haben, wenn er das nicht täte, das war ihm bewusst.

Vielleicht würde es ihm helfen, wenn er Kontakt zu anderen Christen suchte. Vielleicht würde die Nähe zu Kathryn Walsh ihm helfen. Vielleicht war es an der Zeit, dass der Verlorene jetzt die Gemeinschaft mit den Gefundenen suchte.

Matthias zog seinen besten Anzug mit Weste, weißem Hemd und Fliege an. Beim Läuten der Glocke machte er sich auf den Weg zur Kirche. Ganz bewusst kam er sehr spät. In der letzten Reihe, gegenüber von Fiona Hawthorne und ihren Puppen, ließ er sich nieder. Als sie zu ihm herüberschaute, lächelte er sie an und nickte ihr zu. Kathryn entdeckte er in einer der mittleren Reihen. Tweedie Witt saß neben ihr. In der gegenüberliegenden Bankreihe sah er zu seinem Erstaunen Morgan Sanders sitzen. War Sanders aus denselben Gründen hier wie er, oder versuchte er nur, die Dame seines Herzens zu beeindrucken? Verärgert versuchte Matthias, sich auf Reverend Thackers Predigt zu konzentrieren. Er war längst nicht so ein guter Redner, wie Matthias' Vater es gewesen war, aber der Mann gab sich Mühe. Er predigte über die Seligpreisungen.

Matthias' Gedanken wanderten zu seinem Vater. Ob er den Fluch, den er auf seinen eigenen Sohn gelegt hatte, wohl bereute? Und was war mit seiner Mutter? Trauerte sie um ihn? Bestimmt. Betete sie für ihn? Daran zweifelte er nicht. Vielleicht sollte er ihr schreiben. Und was sagen? Dass er sich von Gott abgewendet hatte, einen Saloon in einer vergessenen Stadt in der Sierra Nevada besaß und jetzt der Bürgermeister dieser Stadt war? Das würde ihr wohl kaum Trost bringen.

Deshalb sollt ihr euer altes Wesen und eure frühere Lebensweise ablegen.

Worte, die er als Kind gelernt hatte, fielen ihm wieder ein.

Henry Call und Charlotte Arnett saßen ziemlich weit vorn. Ihre Schultern berührten sich. In der nächsten Woche würden sie heiraten. Matthias sollte ihr Trauzeuge sein, Ronya ihre Trauzeugin. Die Hochzeitsnacht würde das Paar in dem Hotelzimmer verbringen, in dem Kathryn für ein paar Tage übernachtet hatte, und am nächsten Morgen nach Sacramento aufbrechen, wo Henry die Leitung der neuen Niederlassung von *Beck & Call Transporte* übernehmen würde. Matthias würde seine zweijährige Amtszeit in Calvada absolvieren, die Projekte, die er auf den Weg gebracht hatte, zu Ende bringen und so Gott wollte am Ende des Jahres mit Kathryn Walsh verheiratet sein. Sein Blick hing an ihrem Kopf. Ein paar weiche Strähnen ihres roten Haares hatten sich gelöst. *Hab Geduld, Matthias.*

Thacker redete immer weiter. Matthias lehnte sich zurück und verschränkte die Arme. Hatte der Mann genauso viel Zeit dafür aufgewendet, Kathryn zu maßregeln? Er zuckte zusammen, denn er wusste ja, dass er die Schuld daran trug. Sein Anliegen war gewesen, sie zu beschützen. Stattdessen hatte er sie verletzt.

Sanders' Blick wanderte schon wieder zu Kathryn hinüber. Sie reagierte nicht. Was war bei dieser Einladung zum Tee geschehen? Wie er gehört hatte, war Sanders ziemlich schnell wieder gegangen.

Der Gottesdienst näherte sich dem Ende, und Matthias erhob sich zum letzten Lied. Er kannte es gut und sang mit, ohne das Liederbuch zu öffnen, was ihm erstaunte Blicke der anderen Gottesdienstbesucher in seiner Nähe eintrug. Reverend Thacker sprach den Segen und ging dann mit seiner Frau eilig durch den Mittelgang, um die Gottesdienstbesucher an der Tür zu verabschieden. Die Kirchenbesucher verließen langsam die Kirche. Die meisten bemerkten ihn, einige blieben stehen, um ihn zu begrüßen.

Kathryn hatte sich erhoben und unterhielt sich mit mehreren Frauen. Sichtlich verärgert verließ Morgan seine Bankreihe. Auf dem Weg zur Tür entdeckte er Matthias. Als Sanders an ihm vorbeiging, sagte Matthias mit leiser Stimme: „Die Lady gehört mir."

Sanders' Gesichtsausdruck wurde hart, ein spöttisches Lächeln umspielte seine Lippen. „Darauf würde ich nicht wetten."

Matthias wartete, bis Kathryn die letzte Reihe erreichte, bevor er aus der Bank trat. „Miss Walsh." Sie wusste, dass er dort auf sie gewartet hatte, auch wenn sie so getan hatte, als hätte sie ihn nicht bemerkt.

„Wie schön, Sie in der Kirche anzutreffen, Mr Beck."

„Es ist lange her, aber es ist gut, wieder da zu sein." Seit Wochen war er ihr nicht mehr so nahe gekommen, und von jetzt an würde er keinen Abstand mehr halten. „Die Hochzeit ist nächste Woche."

Sie riss die Augen auf und ihre Wangen röteten sich. „Die Hochzeit?"

Er grinste. „Nicht unsere, Liebling." Sie mochte ruhig und gefasst wirken, doch unter der Oberfläche brodelte es. Gut. „Henry und Charlotte. Schon vergessen?"

Reverend Thacker begrüßte Matthias mit großer Freude. „Ich hätte beinahe den Faden verloren, als ich Sie in der letzten Bankreihe entdeckte. Sally und ich beten für Sie, seit wir nach Calvada gekommen sind."

Kathryn ging an den beiden vorbei und stieg die Eingangsstufen hinunter. Als Matthias nach draußen kam, sah er sie bei Tweedie und mehreren anderen Frauen stehen. Sanders war zum Glück bereits in seiner Kutsche weggefahren.

Der Himmel war klar, die Luft immer noch kühl, aber der Frühling nahte mit Macht. Die Leute verweilten, viele versuchten, ihn in ein Gespräch zu verwickeln. Kathryn machte sich auf den Weg nach Hause. Matthias beendete sein Gespräch, doch Nabor Aday kam auf ihn zu und beklagte sich über die städtischen Abgaben. Matthias war nicht verborgen geblieben, wie der Kaufmann Kathryn behandelt hatte. „Sie wünschen sich Verbesserungen, Aday. Aber die kosten."

„Ein Dollar Erhöhung ist Straßenräuberei!"

Matthias verlor die Geduld mit ihm, als er Kathryn aus den Augen verlor. Er trat näher und Aday beinahe auf die Füße und senkte die

Stimme, damit Abbie Aday ihn nicht hören konnte. „Sie verprassen mehr als zehn Dollar in der Woche an den Faro-Tischen. Dann erhöhen Sie willkürlich die Preise und wälzen Ihren Verlust auf andere ab."

Adays Gesicht rötete sich, und er schob das Kinn vor. „Und ich habe für Sie gestimmt!"

„Dann wussten Sie ja bereits, was Sie bekommen würden, denn ich hatte alle meine Pläne offengelegt."

Nabor schnaubte. „Die Verbesserungen sind nicht für die Stadt. Es geht um diese Liste! Sie verschwenden unser hart verdientes Geld, um diese Frau zu bekommen."

Diese Frau? Am liebsten hätte Matthias ihn an seinem dürren Hals gepackt und geschüttelt. „Ihr Laden hat eine hervorragende Lage mitten im Zentrum, aber in einem Jahr werden Sie pleite sein, Aday."

„Wollen Sie mir drohen?"

„Ich sage nur die Wahrheit. Ernest Walker arbeitet hart, zahlt einen anständigen Lohn und berechnet allen einen fairen und einheitlichen Preis. Wo, meinen Sie, werden die Leute lieber einkaufen?"

Matthias machte sich auf den Weg zu Ronyas Café in der Hoffnung, Kathryn dort anzutreffen. Jeder Tisch war besetzt, Charlotte und Ina Bea bedienten die Gäste. Letztere allerdings schien es nicht eilig zu haben, Axel Borgesons Tisch zu verlassen. Matthias durchquerte den Raum in Richtung Küche. Kathryn war nicht da. Ronya musterte ihn, während sie ein Blech mit frischen Brötchen zum Abkühlen auf einen Rost stellte. „Du hast dich ja so herausgeputzt. Charlotte und Ina Bea erzählten, du seist heute in der Kirche gewesen." Sie lachte. „Wenn du Kathryn suchst, sie ist vermutlich zu Hause. Tweedie erzählte, dass sie sonntags meistens liest. Sie hat früh gegessen und wird frühestens morgen wieder herkommen."

Sie schaute nach dem Schinken und drehte ein paar Speckscheiben um. „Was kann ich dir zum Frühstück anbieten? Pfannkuchen, Eier, Speck, Würstchen?"

„Ja."

Sie lachte. „Da steckt wohl ein hungriger Wolf in deinem Magen." Aufmerksam musterte sie ihn. „In der Stadt hast du viel in Bewegung gesetzt, Matthias. Das ist gut. Seltsam, dass Kathryn in ihrer Zeitung diesbezüglich so zurückhaltend ist."

„Ich denke, sie überlässt das lieber Stu Bickerson."

„Vielleicht sollte ich sie mal auf die richtige Spur bringen."

„Schlag ihr doch vor, dass wir uns hier unterhalten. Ich glaube nicht, dass sie mich in ihrem Büro wird haben wollen."

„Was du nicht sagst." Der Schalk blitzte in ihren Augen auf. „Und warum nicht?" Als er nicht antwortete, gab sie das Essen auf den Teller und stellte ihn vor Matthias hin. Ina Bea reichte ihm das Besteck und eine rot-weiß karierte Serviette, bevor sie mit zwei Tellern voller Pfannkuchen im Speiseraum verschwand. Ronya schenkte ihm Kaffee ein.

„Ist das eine Bibel?" Ronya betrachtete das zerschlissene schwarze Buch, das er auf den Tisch gelegt hatte. „Ich sehe dich zum ersten Mal damit. Hast du schon mal darin gelesen?"

„Ich bin damit groß geworden, musste ganze Abschnitte auswendig lernen. Mein Vater war Pastor."

„Na, das haut mich jetzt aber um!" Sie warf ihm einen stahlharten Blick zu. „Vielleicht solltest du in dieses Buch mal genauer hineinschauen."

Er hob seinen Becher an die Lippen und funkelte Ronya über den Rand hinweg an. „Was willst du mir sagen? Spuck es einfach aus."

Mit verschränkten Armen baute sie sich vor ihm auf. „Stell eine schöne junge Frau vor einen Mann, und er vergisst, dass sein Kopf nicht nur für den Haarwuchs da ist. Du solltest das, was Kathryn in Bezug auf die Heirat sagt, besser ernst nehmen." Sie schnaubte. „Ich sehe nicht besonders gut aus, aber auch ich habe im Laufe der vergangenen zwanzig Jahre eine Reihe von Heiratsanträgen bekommen, einen sogar an dem Tag, an dem mein Mann begraben wurde. Und ich habe aus denselben Gründen abgelehnt, aus denen Kathryn Nein sagt."

„Sie traut mir nicht."

„Es gibt ja keinen Grund, warum sie dir vertrauen sollte, oder?" Schnaubend wandte sich Ronya wieder dem Speck in der Pfanne zu.

„Jetzt mach mal halblang, Ronya …!"

Sie betrachtete ihn erneut. „Seit Kathryn die *Voice* eröffnet hat, redest du dagegen und willst sie ihr madig machen." Sie winkte ab. „Aber es geht nicht um dich. Es geht um die Gesetze. Kathryn liebt dich, Matthias. Ich bin nicht sicher, ob es ihr bewusst ist, aber sie kämpft mit aller Macht dagegen an." Sie lachte leise. „Und ich sehe doch, wie sehr dir das gefällt. Natürlich. Das verschafft dir einen Vorteil, nicht? Das Problem ist, du kennst Kathryn Walsh überhaupt nicht. Sie ist nicht wie Charlotte oder Ina Bea oder die meisten Frauen, die sich nichts sehnlicher wünschen als einen Ehemann und Kinder."

Matthias hatte jetzt genug gehört. „Du redest, als wollte ich ihr alles wegnehmen."

„Ist das nicht so? Du wolltest, als sie herkam, unbedingt die Druckerpresse kaufen, oder etwa nicht?" Sie stützte beide Hände auf den Arbeitstisch und funkelte ihn an. „Wenn du sie nicht liebst, dann lass sie in Ruhe. Aber wenn du sie liebst, lass sie die Frau sein, die sie ist. In dieser deiner Bibel findest du eine gute Beschreibung. Sprüche, Kapitel 31, wenn ich mich recht entsinne."

„Eine tüchtige Frau …"

„Typisch Mann, sich auf die Frau zu konzentrieren. Schau dir mal den Mann dieser Frau genau an." Sie schüttelte den Kopf. „Wenn ich jemals einem Mann begegne, der mir solchen Respekt entgegenbringt, dann könnte sogar ich noch einmal überlegen, wieder zu heiraten."

Obwohl Kathryn für sich entschieden hatte, niemals zu heiraten, liebte sie Hochzeiten. Charlotte sah wunderhübsch aus in ihrem pfirsichfarbenen Kleid, und der Blick, den Henry seiner Braut zuwarf, trieb Kathryn die Tränen in die Augen. Matthias stand kerzengerade neben seinem Freund, jeder Zoll der gut aussehende Gentleman aus dem Süden, während Reverend Thacker Henry und Charlotte ihr Ehegelübde abnahm. Und dieser süße, keusche Kuss am Ende … so ganz anders als der, den Matthias ihr gegeben hatte.

Aufgewühlt richtete Kathryn sich auf. Dieser Mann geisterte ständig durch ihre Gedanken. Er war wie ein Fieber, das sie nicht abschütteln konnte. Sie ertappte sich dabei, dass sie ihn beobachtete, wie er sich in der Nähe des Hochzeitspaares hielt und dafür sorgte, dass sie alles hatten, was sie brauchten. Ach, wie leicht wäre es, ihr Herz über ihren Kopf siegen zu lassen, aber sie hatte zu viel zu verlieren. Das durfte sie nicht zulassen.

Ronya hatte die Hochzeitstorte gebacken, und Kathryn half mit, die Gäste zu bedienen. Als das frisch gebackene Ehepaar die Torte anschnitt, durchzuckte Kathryn ein Anflug von Neid, wenn auch nur kurz. Charlotte umarmte sie später freudestrahlend. „Ach, ich bin so glücklich, ich könnte platzen vor Glück." In ihren Augen schimmerten Tränen.

„Ihr reist morgen früh ab?"

„Sehr früh. Ich werde dich vermissen, Kathryn. Und Ronya und Ina Bea und Tweedie. Du musst uns unbedingt in Sacramento besuchen."

Die Musiker begannen zu spielen, und Henry holte seine Braut zum Tanz. Matthias sprach sie an, und Kathryn zuckte zusammen. „Und? Was denken Sie?" Ihr Herz begann zu rasen. Sie wusste nicht, was er meinte, hielt es aber für besser, nicht nachzufragen.

„Sie sind sehr glücklich. In Sacramento werden sie sich wohlfühlen. Ich habe gehört, dass das Land in der Nähe der Stadt und im Central Valley sehr fruchtbar ist. Die Märkte im Osten werden gute Abnehmer für die Erzeugnisse sein, und alles muss zu den Bahnhöfen transportiert werden. Ich höre, dass an Kühlwagen gearbeitet wird." Sie plapperte immer weiter. „Sacramento ist ein guter Standort für eine Transportfirma." Sie konnte sich nicht mehr stoppen.

„Ja, das ist wohl so, wenn Sie es sagen." Mit seinem so typischen Lächeln musterte er sie, und sie errötete. Verärgert wandte sie den Blick ab.

„Haben Sie schon mal überlegt, was Sie tun werden, falls Calvada nicht überlebt?"

Verblüfft über diese Frage schaute sie zu ihm hoch. „Nicht überlebt? Sie sind der Bürgermeister, und Sie denken, die Stadt könnte nicht überleben?"

„Wenn die Bodenschätze abgebaut sind – und das wird so kommen –, wird die Stadt sterben."

Sie wollte nicht darüber nachdenken und auch nicht darüber, was das für all die Menschen, die hier lebten, bedeuten würde. „Jeder Tag hat seine eigene Plage. Wir sollen nicht sorgen, was morgen geschehen könnte oder nicht."

„Es ist immer gut, einen Plan B zu haben. Tweedie zieht bei Ina Bea ein, wie ich höre."

Sie wagte nicht, ihn anzuschauen. Wer hatte ihm das erzählt? „Vermutlich werde ich jetzt abends meine Haustür und die Hintertür verriegeln müssen. Axel schaut jeden Abend nach mir, und tagsüber ist Scribe meistens da."

„Ja, ich weiß. Aber Sie waren sicherer, als Tweedie noch bei Ihnen gewohnt hat."

Ihr Herz hämmerte, und das warme Gefühl, das sie durchströmte, erinnerte sie an einen denkwürdigen Kuss. Es wäre besser, wenn sie nie wieder daran denken würde, und ganz bestimmt nicht ausgerechnet dann, wenn Matthias so dicht bei ihr stand. „Sie brauchen sich keine Sorgen zu machen, Mr Beck. Ich werde nachts niemanden in mein Haus lassen." Er sagte nichts. „Die Bauarbeiten in der Stadt machen gute Fortschritte. Wären Sie bereit, sich mit mir auf einen Kaffee bei Ronya zu treffen?" Ihre Freundin hatte sie gefragt, warum sie nie über die Leistungen des neuen Bürgermeisters und über die Baufortschritte berichtete. Es wurde höchste Zeit, dass sie ihre persönlichen Gefühle beiseiteschob und ihren Job machte.

Matthias lächelte. „Nennen Sie mir Tag und Uhrzeit, und es wird mir ein Vergnügen sein.“ Sein Blick ruhte warm auf ihr. „Nach unserem Gespräch würde ich Ihnen gern einige der Projekte zeigen.“

Kathryn fühlte sich jetzt ein wenig sicherer. „Das Rathaus, hoffe ich.“

„Es wird gegen Ende der Woche fertig sein. Der Stadtrat plant einen Tag der offenen Tür, aber ich denke, die Herausgeberin der *Voice* sollte diese Ankündigung machen, nachdem sie alles besichtigt hat. Das Haus wird auch unser Gerichtsgebäude sein, bis wir genügend Geld haben, einen weiteren Saloon zu kaufen und umzubauen.“ Er warf ihr einen reumütigen Blick zu. „Ich nehme an, Ihnen gefällt die Vorstellung, dass ein paar dieser Saloons in der Stadt geschlossen werden.“

Sie lachte fröhlich. „Ja, nun, trotzdem wird noch ein Dutzend übrig bleiben. Die Männer werden noch genug Auswahl haben.“

„Ich wette, Sie würden alle schließen, wenn Sie könnten.“

Aha, er hielt sie also für eine Verfechterin der Mäßigungsbewegung. „Diesen Kampf überlasse ich gern anderen. Ich bezweifle, dass Männer den Frauen das Wahlrecht geben würden, wenn als Erstes alle Saloons geschlossen würden.“

Seine Augenbrauen schossen in die Höhe. „Eine überlegte Antwort von einer Frau, die keinen Alkohol trinkt.“ Er warf ihr ein spitzbübisches Grinsen zu. „Mit Ausnahme eines sehr denkwürdigen Abends.“

„Müssen Sie mich unbedingt daran erinnern?“ Er zog sie auf, das war ihr bewusst. „Die Versuchung war zwar groß, aber ich habe seit jenem Abend keinen Schluck mehr von Ronyas Spezialelixieren getrunken.“

„Wie schade. Wir hatten an jenem Abend ein gutes Gespräch, Kathryn. Sie waren nämlich einmal nicht auf der Hut.“

Sie erinnerte sich an jedes Wort, das er gesagt hatte, und nie hatte sie sich einem Mann näher gefühlt. Aber war das klug? Sie sollten lieber das Thema wechseln. „Denken Sie wirklich, die Minen könnten geschlossen werden?“

„Sie haben selbst über die Schließung der Jackrabbit berichtet." Er hielt inne. „Was hat Morgan Sanders über die Madera-Mine zu sagen?"

Neuigkeiten verbreiteten sich schnell in Calvada. „Ich hatte ihn nicht zum Tee eingeladen, um mit ihm über die Madera zu sprechen." Manchmal fragte sie sich, ob die Stadt tatsächlich eine Zeitung brauchte.

„Warum nicht? Hatten Sie anderes zu besprechen?"

Sein Tonfall verriet ihr, dass er nicht besonders glücklich war über ihr kleines Tête-à-Tête mit dem Minenbesitzer. „Es war schön, Sie am Sonntag in der Kirche zu sehen." Sie spürte seine Verärgerung, aber er beließ es dabei.

„Zum ersten Mal seit langer Zeit. Das hat viele Erinnerungen zurückgebracht."

Gute, hoffte sie. Sie dachte daran, was er über sein letztes Gespräch mit seinem Vater gesagt hatte.

Sein Gesichtsausdruck wurde ernst. „Ich habe bemerkt, dass Sie Morgan Sanders dazu gebracht haben, in die Kirche zu gehen."

„Er kam schon, bevor ich …"

„Nein, das stimmt nicht. Er besuchte den Gottesdienst seit der Woche, in der Sie in die Stadt gekommen sind. Das war eine große Neuigkeit, aber damals waren Sie ja noch nicht im Geschäft."

Mit halb geöffneten Lippen blickte sie auf, und dieses Mal gab es keinen Zweifel. „Sie sind mir böse. Ich wollte ihn bitten, einen Fonds für die Witwen der getöteten Minenarbeiter einzurichten …"

„Und Sie dachten, Tee und Apfelkuchen würden …" Er brach ab. „Ehrlich gesagt bin ich eifersüchtig. Sie vertrauen ihm mehr als mir."

„Nun, jetzt nicht mehr."

Matthias' Augen sprühten Flammen. „Hat er etwas unternommen?"

„Nein." Sie sprach leise, aber verärgert. „Und ist es nicht ziemlich heuchlerisch von Ihnen, dass Sie beleidigt sind, wo Sie …? Ach, egal."

„Ihnen fällt es auch schwer, diesen Kuss zu vergessen, nicht?"

Hitze strömte durch Kathryns ganzen Körper. Sie bemerkte Henrys Blick, der auf sie gerichtet war. „Ich glaube, Sie werden gebraucht."

„Wenn Sie mich entschuldigen würden, Miss Walsh.“

An diesem Tag suchte Matthias ihre Gesellschaft nicht mehr.

Kathryn redete sich ein, dass sie froh darüber war.

~

Ina Bea und Axel verließen den Empfang gemeinsam. Tweedie verabschiedete sich kurz darauf. Kathryn half Ronya, das Geschirr und die Servierschüsseln auf zwei Wagen zu laden und schob den einen zum Café zurück. Als sie nach Hause kam, saß Tweedie auf dem Sofa. Ihre Sachen hatte sie in einen Jutesack gepackt.

„Ich habe auf dich gewartet. Danke für alles, was du für mich getan hast, Kathryn. Ich werde dir das nie vergelten können. Es ist nur so, dass Ina Bea und ich auf der Willow Creek Road so schwere Zeiten durchgemacht haben und gute Freundinnen geworden sind …“

Kathryn schnitt ihr das Wort ab. „Das verstehe ich doch.“ Sie umarmte sie.

Tweedie löste sich von ihr. In ihren Augen schimmerten Tränen. „Ich werde das Zimmer für mich allein haben, wenn Ina Bea arbeitet. Dann kann ich so viel mehr schaffen …“

„Ohne dass ständig Leute hereinkommen.“ Kathryn nickte. Tweedie erwartete wohl, dass Morgan Sanders unter den Besuchern sein könnte. Kathryn befürchtete, sie könnte recht haben. Trotzdem, es gehörte zu ihrem Geschäft, dass die Tür offen stand. „Ich würde gern einen Artikel über dich und dein neues Gewerbe schreiben.“

„Oh, wirklich? Das wäre großartig!“

„Sehr gern, Tweedie. Du bist eine unabhängige Frau. Wirst du auch weiter Fächer herstellen, die wir in den Osten schicken können?“

„Oh nein, das glaube ich nicht. Ich habe bereits mehr Nähaufträge, als ich schaffen kann. Ich hoffe, deine Mutter ist nicht böse darüber.“ Sie warf sich ihren Jutesack über die Schulter.

„Sie freut sich bestimmt, dass du so gut zurechtkommst.“ Kathryn öffnete die Tür und sah ihr nach, wie sie zu Ronyas Café ging.

Natürlich würde sie Tweedie jeden Tag sehen, wenn sie ins Café zum Essen ging, aber das wäre nicht dasselbe.

Niedergeschlagen kochte sich Kathryn eine Tasse Tee und setzte sich an ihren Schreibtisch, um das Stück Hochzeitstorte zu essen, das Ronya ihr mitgegeben hatte. Die Sonne ging unter, und in der Tanzhalle nebenan wurde es lebendig. Wie es wohl wäre, sich so ungezwungen bewegen zu können, die Freiheit zu haben, mit den Füßen zu stampfen, zu tanzen, frei heraus zu singen? Sie seufzte. Einer Lady war ein solcher Luxus nicht gestattet.

Gegen einundzwanzig Uhr klopfte Axel an ihre Tür. Sie öffnete sie einen Spalt, und sie wechselten ein paar Worte, bevor er seine Runde fortsetzte. Kathryn verriegelte die Tür und zog sich in ihren Wohnraum zurück, um sich für das Bett fertig zu machen. Ohne Tweedie kam ihr das Haus leer vor. Das wüste Gelage nebenan machte ihr ihre Einsamkeit umso mehr bewusst. Sie nahm *Ivanhoe* zur Hand. Tweedie war von der Geschichte fasziniert gewesen. Die Grundlagen des Lesens hatte sie schnell begriffen. Kathryn hoffte nur, dass sie weiterlernen würde.

Im Halbschlaf vernahm Kathryn ein Geräusch an der Hintertür. Mit klopfendem Herzen lauschte sie, aber es war nur ein Schniefen, Kratzen und Jaulen. Entschlossen schlug Kathryn die Decke zurück, zündete die Lampe an und öffnete vorsichtig die Tür. Ein verwahrloster, bunt gefleckter Hund saß davor und schaute mit seinen braunen Augen kläglich zu ihr hoch. Sie hatte den Hund schon mehrmals in der Stadt gesehen. Er schien niemandem zu gehören. „Du armes Ding. Bist du hungrig?" Der Hund wedelte mit dem Schwanz. „Nun, du wartest hier." Aus ihrer kleinen Speisekammer holte sie eine Dose Bohnen mit Schinken und öffnete sie.

Der Hund grub seine Schnauze hinein. Kathryn kraulte ihn hinter den Ohren, bevor sie die Tür wieder schloss und verriegelte.

Als Kathryn am Morgen aufstand, war er immer noch da.

Ronya riet Kathryn, den Hund in Essig zu baden und ihn mit einem Gebräu aus gemahlenem Rosmarin, Fenchel, Zauberhaselnuss und Eukalyptusöl einreiben. Das arme Tier wirkte erbärmlich, ließ die Ohren hängen und zitterte. Nachdem der ganze Dreck abgewaschen war und sie ihn trocken gerieben hatte, kam sein schwarz-goldbraun-weiß geflecktes Fell zum Vorschein. Mit bewundernden braunen Augen, die schwarz eingerahmt waren, schaute er sie an. Seine Schnauze war weiß.

„Du siehst aus wie ein Bandit." Kathryn kraulte ihn unter dem Kinn. „Genau so werde ich dich nennen. Bandit."

Auf dem Weg zu Ronyas Café blieb er an ihrer Seite. „Es tut mir leid, mein pelziger Freund, aber du kannst nicht mit hineinkommen. Ich hebe dir etwas von meinem Essen auf."

Matthias kam ein paar Minuten vor der für ihr Interview vereinbarten Zeit. Kathryn hatte vor, sich im Gespräch auf die Verbesserungen in der Stadt zu konzentrieren und bestürmte ihn mit Fragen.

Mit süffisantem Lächeln blieb sein Blick an ihren Notizen hängen. „Eigentlich war ich von einem netten Gespräch ausgegangen, doch das hier fühlt sich an wie ein Verhör."

„Ich mache nur meinen Job." Aus ihrer kleinen Handtasche nahm sie ein Zehncentstück und legte es auf den Tisch.

Er kniff die Augen zusammen. „Was glauben Sie, was Sie hier tun?"

„Ich bezahle unseren Kaffee." Sie schob ihren Stuhl zurück und stand auf, bevor er protestieren konnte. „Sie haben mir versprochen, mir das Rathaus zu zeigen. Sollen wir gehen?"

„Ganz geschäftlich heute, nicht?", bemerkte Matthias trocken.

„Alles für die Leute, Mr Beck."

Bandit sprang auf, als sie zur Tür herauskam. Matthias zog die Augenbrauen in die Höhe. „Ein neuer Freund? Was haben Sie getan? Ihm zu fressen gegeben?"

„Eine Dose gebackene Bohnen, und Ronya überlässt mir Reste."

Matthias lachte. „Den werden Sie nie wieder los."

„Das will ich auch gar nicht. Er leistet mir Gesellschaft."

„Warum? Weil er das Reden Ihnen überlässt?“

Sie konnte sich ein Lächeln nicht verkneifen. „Wird wohl so sein.“

„Oder hoffen Sie, durch ihn ungebetene Besucher abzuschrecken?“

„Das auch.“ Kathryn lächelte ihn spitzbübisch an. „Sein Beschützerinstinkt ist sehr ausgeprägt. Heute Morgen hat er Scribe beinahe ins Bein gebissen, als er ins Büro gekommen ist, ohne anzuklopfen.“

„Danke für die Warnung.“ Matthias grinste. „Wenn ich zu Besuch komme, werde ich einen Knochen mit viel Fleisch mitbringen.“

Der umgebaute Saloon wirkte funktional, als Rathaussaal wie auch als Gerichtssaal gut geeignet – Stuhlreihen, zwei Tische, die Richterbank und eine Geschworenenbank. Die Möbelstücke ließen sich alle problemlos verrücken. Kathryn war beeindruckt von der hohen Qualität der Arbeiten. Matthias erklärte ihr, wie der Saal für die verschiedenen Zwecke umgeräumt werden könnte, während er Bandits Kopf streichelte. Mit einem hündischen Grinsen und hängender Zunge saß der Hund neben ihm.

Kathryn ärgerte sich darüber. „Sie freunden sich mit meinem Wachhund an?“

„Das erschien mir ratsam.“ Matthias warf ihr einen neckenden Blick zu. „Er scheint mir sehr ähnlich zu sein.“

„Über Geschmack lässt sich nicht streiten.“

„Sie brauchen nicht eifersüchtig zu sein.“

Sie lachte. „Sie sind wirklich unmöglich, Mr Beck, aber in Bezug auf die Stadt haben Sie Ihre Sache gut gemacht. Sie sprachen von einem Bauplatz für das Schulhaus.“

„In der Nähe der Kirche unten am Berg. Der Bau soll nächsten Monat beginnen.“

„Das Mother-Lode-Schulhaus?“, fragte sie trocken.

„Scheint ein passender Name zu sein. Und ich werde über Annoncen einen Lehrer oder eine Lehrerin suchen. Leider gibt es in Calvada nur dreißig Kinder. Die Leute werden sich über die hohen Kosten für nur so wenige Schüler beschweren.“

„Es werden mehr Kinder kommen, wenn die Stadt wächst."

Er lächelte sie an. „Das kann man nur hoffen."

Kathryns Herzschlag beschleunigte sich. Als sie das Gebäude verließen, kam Gus Blather auf Kathryn zu. „Ich habe Sie überall gesucht, Miss Walsh." Er streckte ihr einen gelben Zettel entgegen. „Ein Telegramm aus Sacramento. Jemand mit Namen Amos Stearns?" Kathryn bedankte sich bei ihm und öffnete den gefalteten Zettel.

Komme am 10. April mit Postkutsche an. Möchte über Ihre Mine sprechen.
Amos Stearns.

Kathryn faltete die Nachricht wieder zusammen und steckte sie in ihre Tasche. Blather stand abwartend neben ihr. Sie dankte ihm erneut und erklärte, eine Antwort sei nicht nötig. Matthias zog fragend die Augenbrauen hoch, nachdem Blather gegangen war. „Gute Nachrichten?"

„Das kann man nur hoffen."

~

Kathryn holte Amos Stearns an der Poststation ab. Er stieg müde und staubig aus der Kutsche, aber als er Kathryn erblickte, leuchtete sein Gesicht auf. „Was für eine Freude, Sie wiederzusehen, Miss Walsh." Cussler warf ihm eine Reisetasche zu, und er setzte sich an Kathryns Seite in Bewegung. Sie empfahl ihm Becks Hotel und führte ihn über den Brettersteg hin. „Ich habe den Bericht dabei, Miss Walsh, und ich möchte gern so bald wie möglich mit Ihnen darüber reden. Heute Abend, wenn Sie Zeit haben, auch wenn das sehr kurzfristig ist."

„Ronya Vanderstrom öffnet um siebzehn Uhr." Sie würde sich freuen, wenn er sie bei sich zu Hause abholen würde, dann könnten sie gemeinsam zu Ronya gehen. Sie wollte ihm gerade ihr Haus zeigen, als ein von einem Vierergespann gezogener Wagen voll beladen mit Müll an ihr vorbeirollte. Seit wann gab es denn hier so etwas wie eine Müllbeseitigung?

„Die *Voice*?"

„Eine Zeitung."

„Eine Frau als Herausgeberin einer Zeitung? Die Zeiten verändern sich wirklich."

Ob er das gut fand oder nicht, konnte sie nicht erkennen. „Ja, das stimmt wohl, und es wurde auch wirklich Zeit."

Matthias trat durch die Schwingtüren nach draußen. Sie stellte die beiden Männer vor, sagte, sie freue sich, Amos später zu treffen, und überquerte die Straße. Bevor sie ihr Haus betrat, drehte sie sich noch einmal um. Die beiden Männer unterhielten sich. Sie öffnete die Tür, und Bandit sprang sie an und tanzte vor Freude um sie herum.

Scribe hatte ihre Haushaltskolumne bereits gesetzt. „Sanders hat eine Nachricht für Sie geschickt." Das schien ihm nicht zu passen. „Sie liegt auf Ihrem Schreibtisch."

Sie öffnete den Umschlag.

Meine liebste Kathryn,
ich fürchte, ich habe Ihnen mit meiner Erklärung von neulich Unbehagen bereitet. Darf ich das Vergnügen Ihrer Gesellschaft zum Essen heute Abend haben, damit ich alle Bedenken, die Sie vielleicht haben, ausräumen kann? Ich werde Sie um achtzehn Uhr abholen.
Mit besten Grüßen
Morgan

Scribe stand mit finsterem Blick an der Druckerpresse. „Ein Liebesbrief?"

„Nein." Es klang eher wie eine Vorladung. Sie setzte sich an ihren Schreibtisch und holte ihre Schreibutensilien hervor.

Lieber Morgan,
vielen Dank für Ihre freundliche Einladung, aber ich bin heute Abend bereits verabredet.
Kathryn

Sie faltete das Blatt zusammen, steckte es in einen Umschlag, klebte ihn zu, schrieb *Mr Morgan Sanders* darauf und hielt ihn Scribe entgegen. „Würdest du den bitte …?"

„Muss ich jetzt auch noch für Sie Botengänge erledigen?"

„Es tut mir leid, Scribe, aber ich kann ihn ja wohl schlecht selbst überbringen."

Scribe riss sich die Druckerschürze von Leib, schnappte sich den Brief und marschierte zur Tür. „Einige Leute wissen einfach nicht, wenn sie andere lieber in Ruhe lassen sollten." Verärgert knallte er die Tür hinter sich zu.

Als er zurückkam, war er noch wütender. „Er hat mich nach dem Mann gefragt, den Sie an der Postkutsche abgeholt haben."

Du lieber Himmel! Ließ Sanders sie etwa auf Schritt und Tritt beobachten?

„Was für ein Mann?" Scribe hatte sich vor ihrem Schreibtisch aufgebaut.

Sie merkte, dass er eifersüchtig war. „Amos Stearns. Er ist einer der Gutachter, mit denen ich in Sacramento gesprochen habe."

„Gutachter? Ist er wegen Citys Mine hier?"

Kathryn wünschte, sie hätte geschwiegen. „Ja, aber ich weiß noch nicht, was er zu sagen hat."

„Nun, er hätte wohl kaum die weite Reise hierher auf sich genommen, wenn es schlechte Neuigkeiten wären. Die hätte er auch telegrafisch schicken können." Er ging zur Druckerpresse, doch dann blieb er abrupt stehen. „Was immer Sie tun, verkaufen Sie diese Mine bloß nicht an Sanders!" Damit wandte sich Scribe seiner Arbeit wieder zu. Beide arbeiteten schweigend weiter, bis Scribe die Druckerschwärze aufgetragen und ein Exemplar zum Korrekturlesen für Kathryn gedruckt hatte. „Und? Kann ich mitkommen und hören, was dieser Gutachter zu sagen hat?"

Amos Stearns wirkte nicht allzu erfreut, dass Scribe ihnen beim Abendessen Gesellschaft leistete. Kathryn versicherte ihm, vor ihrem Freund könne er offen sprechen. In Ronyas Speiseraum herrschte der übliche Betrieb. Aller Augen richteten sich auf die drei neuen Gäste, als sie den Raum betraten. Zum Glück gab es noch einen freien Tisch ganz hinten. Ina Bea hatte Charlottes Platz eingenommen und servierte ihnen den Wildschmortopf und frische Brötchen. Amos machte sich darüber her wie ein Bergarbeiter, der den ganzen Tag gearbeitet hatte. Für einen so schmächtigen Mann hatte er einen wirklich gesunden Appetit. Kathryn stellte die Frage, die sie beschäftigte, erst, als Ina Bea drei Schalen Brotpudding mit Rosinen und Sahnesoße und drei Becher mit starkem schwarzem Kaffee auf den Tisch gestellt hatte. „Wegen des Gutachtens …"

„Kupfer." Amos tauchte seinen Löffel in die Schale. „Die Proben, die Sie gebracht haben, enthalten viel Kupfer und Spuren von Silber. Ich würde mir die Mine morgen gern ansehen, wenn …"

„Ja, natürlich." Kathryn blickte Scribe an.

Mit weit aufgerissenen und vor Freude strahlenden Augen erwiderte der Junge ihren Blick. „Wir haben eine Goldgrube!"

Kathryn packte Scribe am Handgelenk. „Still."

Scribe schaute sich um, dann beugte er sich vor und schaute den Gutachter eindringlich an.

Kathryn hakte nach. „Ich vermute, damit, dass Kupfer gefunden wurde, ist es nicht getan. Man muss es aus dem Berg befördern und verarbeiten. Was bedeutet, man braucht Geräte, Ausrüstung, Männer, die die Arbeit tun. Man braucht Kenntnisse in Bergbau und auch in der Führung von Personal …"

Amos nickte. „Wir werden die Dinge nacheinander angehen, Miss Walsh. Mein Vater war Inspektor einer Kohlenmine in Kentucky. Nach dem Tod meiner Mutter habe ich mehr Zeit mit ihm unter der Erde verbracht als an der frischen Luft. Gelernt habe ich nachts. Der

Bergbau fasziniert mich, das war schon immer so. Ich habe zwei Jahre an der Bergbauakademie studiert, bevor ich nach Kalifornien gekommen bin. Wenn Ihre Mine hält, was sie verspricht, dann können wir gemeinsam überlegen, ob Sie meine Hilfe in Anspruch nehmen wollen oder die eines anderen."

Amos' Verhalten verblüffte Kathryn. In Sacramento hatte sie ihn als sanften, ruhigen jungen Mann erlebt, doch jetzt gab er sich sehr selbstbewusst. Wenn er über Geologie redete, funkelten seine Augen. Scribe wirkte wie im Fieber. Ihr Herz tat einen Satz, als Matthias zur Tür hereinkam. Er schaute sich suchend im Raum um, und sie wusste, dass er nach ihr Ausschau hielt. Ihre Blicke fanden sich, und die Gefühle, die sie überfielen, verursachten ihr einen Knoten im Magen. Mit zielgerichteten Schritten durchquerte Matthias den Raum.

„Kathryn." Er begrüßte sie beiläufig und konzentrierte sich auf Amos. „Stearns. Ich hoffe, Sie genießen Ihren Aufenthalt in Calvada."

„Ich freue mich schon seit einiger Zeit auf diesen Besuch." Er lächelte Kathryn an.

Scribe blickte grinsend zu Matthias hoch. „Er sagt, in Citys Mine gibt es jede Menge Kupfer. Aua." Finster funkelte er Kathryn an. „Wieso treten Sie mich?"

Die Männer in der Nähe zeigten ganz plötzlich Interesse an ihrem Gespräch. „Das hat Mr Stearns nicht gesagt, Scribe."

„Aber natürlich hat er das gesagt!"

Kathryn beugte sich zu ihm herüber und fauchte: „Halt den Mund! Nicht dass es mir noch leidtut, dich mitgenommen zu haben." Die Gespräche an den Nebentischen waren jetzt verstummt.

Matthias blickte grimmig drein. „Ihr Glück scheint sich zu wenden, Kathryn." Erneut schaute er Amos an. „Wenn Sie die Mittel haben, sollten Sie besser zugreifen, bevor sich die Neuigkeit herumspricht."

Kathryn war klar, dass er auf Morgan Sanders anspielte. „Ich finde, hier sind alle ein wenig zu voreilig."

„Bergbau ist nichts für Frauen."

Kathryn erstarrte. „Dasselbe sagten Sie über die Herausgabe einer Zeitung."

„Zwei sehr unterschiedliche Unternehmungen, Eure Ladyschaft."

Sie war ja seiner Meinung, aber sie hatte nicht die Absicht, das im Augenblick zuzugeben, wo er schon wieder so herablassend über die Fähigkeiten einer Frau sprach. „Wir werden sehen."

Matthias lachte leise. „Da bin ich sicher." Er verneigte sich leicht. „Ich überlasse Sie jetzt Ihrer Erforschung der Tatsachen." Mit diesen Worten gesellte er sich zu Herrn Neumann, Patrick Flynt und Carl Rudger an einem der vorderen Tische.

Scribe öffnete den Mund, doch Kathryn schnitt ihm sofort das Wort ab. „Wir werden hier nicht mehr weiter darüber reden, wo alle im Café zuhören können." Sie funkelte ihren jungen Freund an, sprach aber an Amos gerichtet. „Wir können uns morgen früh beim Mietstall treffen. Ich werde einen Wagen mieten."

Kapitel 19

Kathryn erinnerte sich an ihren ersten Besuch in der Mine und wählte einen einfachen braunen Rock, eine Jacke mit Schößchen, ein cremefarbenes Mieder und Stiefel. Ein Strohhut mit Bändern bedeckte ihren Kopf, ein Tuch steckte in einer Seitentasche. Amos und Scribe warteten bereits am Mietstall auf sie, beide in Baumwollhosen und karierten Flanellhemden. Amos hatte einen Werkzeuggürtel mit Spitzhacke, einer kleinen Schaufel, Meißel und Kompass mitgebracht. Scribe löcherte den Mann mit Fragen, und Kit Cole belauschte aufmerksam jedes Wort, während er das Pferd anspannte.

Kathryn runzelte die Stirn, als sie zu ihnen trat. „Na, verrätst du mal wieder alles, Scribe? Lässt die ganze Stadt wissen, wohin du gehst und warum?"

Zerknirscht senkte er den Kopf und sagte, er würde sie bei der Mine treffen. „City hat mir eine Abkürzung gezeigt."

„Eine Abkürzung?", rief Kathryn ihm nach, aber er war bereits durch die Tür verschwunden und nicht mehr zu sehen. Achselzuckend blickte sie Amos an. „Es gibt immer noch vieles, was ich über diese Stadt nicht weiß."

Sie bestand darauf, den Wagen selbst zu fahren, und ihr fiel auf, wie angespannt Amos unterwegs war. Sie fuhr gar nicht so schnell, aber Männer hatten wohl gern selbst die Zügel in der Hand. Am Ende der Straße sprang sie vom Wagen, bevor Amos ihr herunterhelfen konnte, und band die Zügel an einem dicken Kiefernast fest.

„Auf jeden Fall muss eine Straße gebaut werden", keuchte Amos ein paar Minuten später. In der kalten Luft stand sein Atem in kleinen

Wölkchen vor seinem Mund. Der Marsch den Berg hoch und die dünne Bergluft ließen beide kurzatmig werden.

Kathryn fragte sich, woher sie das Geld für den Bau einer Straße nehmen sollte.

Scribe erwartete sie am Mineneingang. „Das hat ja lange gedauert!" Er zündete die Lampe an, schnappte sich eine Schaufel und ging in den Schacht. „Achtet auf Schlangen! Als City und ich das letzte Mal hier waren, haben wir eine Grube mit sechs Stück gefunden. Es wird wärmer, darum sind sie bestimmt schon aktiv."

Schlangen? Wie konnte sie Wiley Baers Warnung vergessen haben? Genau das hatte er gesagt, als sie im Herbst hier gewesen waren. Sie war auf Schlangen nicht vorbereitet. Kathryn hängte ihren Hut an den Lampenhaken und legte das Tuch über ihre Haare. Wenigstens konnten ihr so keine Spinnen ins Haar kriechen.

„Kommt ihr?", rief Scribe über die Schultern zurück.

„Immer mit der Ruhe, Scribe!" Sie betrat die Mine und war kaum ein paar Schritte gegangen, als sie ein Spinnennetz an ihrem Gesicht spürte. Sie schlug um sich und wischte es weg.

Amos drehte sich um. „Wie wäre es, wenn Sie am Eingang warten, Miss Walsh? Das ist vielleicht sicherer."

Sie lachte nervös. „Und dann verpasse ich das Beste an der ganzen Unternehmung?" Sie ging weiter, sah sich aber bei jedem Schritt aufmerksam um. Aus dem Tunnel, der vor ihr lag, kam ein unheimliches Geräusch. „Was ist das?"

„Klapperschlange!" Scribe drückte Amos die Lampe in die Hand. „Bleibt zurück! Ich erledige das." Mit erhobener Schaufel machte Scribe einen Satz nach vorn und ließ die Schaufel niederkrachen. Das Geräusch war immer noch da. Er fluchte. *Bäng, bäng, bäng*. „Ich hab sie! Kommt nicht in die Nähe des Kopfes. Auch wenn sie tot sind, können sie euch noch die Zähne ins Fleisch schlagen.

Sie beobachtete, wie sich die Schlange auf dem Boden wand. „Für mich sieht sie noch sehr lebendig aus."

„Das ist nur der Todeskampf." *Bäng, bäng*. „So, das war's für sie."

Amos deutete ein Stück weiter voraus. „Da ist noch eine."

Kathryn hätte sich am liebsten umgedreht und wäre aus dem Tunnel geflohen, doch sie blieb stehen, wo sie stand, während Scribe auch die zweite Schlange erschlug. Innerlich bebend und mit weichen Knien hielt sich Kathryn ganz dicht bei den beiden Männern, während sie weiter in den Berg vordrangen. Der Gang verengte sich, die Luft war feucht. „Eins weiß ich schon jetzt, Amos, ich werde keine gute Minenarbeiterin."

Er lachte. „Das Graben übernehmen Männer."

Scribe schnaubte. „Aber sie wird die Anweisungen geben."

Sie lachte. „Diese Regelung könnte mir gefallen." In der Enge des Tunnels klang ihre Stimme seltsam fremd.

Amos blieb stehen, hielt die Lampe hoch und fuhr mit der Hand über den Felsen. Er nahm sich Zeit und untersuchte die Wände des Tunnels. Sie erreichten die Aushöhlung, wo City mit Graben aufgehört und die Steine gesammelt hatte, und Amos stellte die Lampe in die Mitte des Raums. Mit der Spitzhacke zerkleinerte er weitere Proben und hockte sich im Licht der Lampe davor und besah sie von allen Seiten. „Das ist hochgradiges Silber. Und sehen Sie nur! Sogar eine kleine Goldader." Er richtete sich auf und machte sich wieder an die Arbeit. „Ihr Onkel hat viel Arbeit in diesen Tunnel und diese Kammer gesteckt."

Kathryn blickte Scribe an, der die Achseln zuckte. „City hat nie wirklich darin gearbeitet. Nicht, solange ich ihn kannte. Alle paar Wochen ist er hergekommen, aber gewöhnlich nur für einen Tag oder zwei. In erster Linie, um mal aus der Stadt rauszukommen."

„Aber irgendjemand war hier aktiv."

Kathryn hatte eine Vermutung, wer das gewesen war.

„Ich war vor zwei Jahren das letzte Mal hier." Scribe blickte sich stirnrunzelnd um. „City sagte, wir würden schürfen gehen. Ich sollte Feldflaschen und Essen herbringen, und er hat mir auch die Abkürzung gezeigt. Das Schutzdach, Hacken und Schaufel waren bereits hier und eine Kiste Whisky auch. Er hat geschuftet, als wäre er auf jemanden wütend. Hat die Steine auf diese Haufen geworfen. Mir kam das vor wie Zeitverschwendung. Als wir das nächste Mal herkamen, waren die meisten Steine weg, und wir haben wieder von vorn angefangen und Steinhaufen aufgeschichtet."

„Wiley Baer." Wenn sie ihn das nächste Mal in der Stadt sah, würde Kathryn mit dem Mann reden. So viel zu ihrer Fähigkeit, den Charakter eines Menschen einzuschätzen.

Amos blickte sie an. „Wer ist Wiley Bear?"

Kathryn nahm einen Stein in die Hand und sah ihn im Lampenschein glitzern. „Ein alter Bergarbeiter, der sich mit seiner geheimen Mine gebrüstet hat. Ich glaube, er meinte die hier." Verletzt und desillusioniert warf sie den Stein auf den Haufen zurück. Sie hatte Wiley gemocht. „Ich vermute, dass er sich hier bedient hat."

„Das bezweifle ich." Scribe schüttelte den Kopf. „Wahrscheinlicher ist, dass er diese Mine geheim gehalten hat, weil City es so wollte."

„Wenn Wiley sein Partner war, warum ist die Mine dann nur auf City eingetragen?"

„Keine Ahnung." Scribe zuckte die Achseln. „Früher einmal waren sie Freunde. City hat erzählt, dass sie mit demselben Treck in den Westen gekommen sind. Wiley hat ihn bei der Überquerung eines Flusses vor dem Ertrinken gerettet."

Sie runzelte die Stirn. „Wirklich? Das muss gewesen sein, als mein Vater starb." Onkel Casey wäre also beinahe ertrunken, aber Wiley hatte ihn retten können. Warum hatte niemand ihren Vater gerettet? „Du sagst also, dass Wiley zusammen mit meinem Onkel nach Calvada gekommen ist?"

„Ich glaube, Wiley kommt und geht, wie er will. Ich bin in Calvada, seit ich fünf bin, und Wiley habe ich erst kennengelernt, nachdem City mich aufgenommen hat." Er kratzte sich am Kopf. „Es war Wiley, der Herrn Neumann von Citys Familie im Osten erzählt hat. Er wusste nicht, wer das war oder wo sie lebte, aber er glaubte, dass Fiona Hawthorne Bescheid wüsste. So hat Herr Neumann Ihre Mutter ausfindig gemacht."

Amos steckte seinen Pickel wieder in den Werkzeuggürtel zurück. „Was immer die Gründe Ihres Onkels gewesen sind, diese Mine nicht zu entwickeln, er hätte es auf jeden Fall tun sollen. Das scheint eine Goldmine zu sein. Wir sollten jetzt in die Stadt zurückkehren. Im Augenblick können wir nichts mehr tun, aber wir haben viel zu besprechen. Scribe, falls jemand fragt, was wir gefunden haben, dann sag, einen Haufen Steine und Erde. Je weniger du redest, desto besser."

Scribes Augen leuchteten wie zwei Laternen.

„Und versuch nicht so auszusehen, als hätten wir den Glückstopf am Ende des Regenbogens gefunden."

Auf dem Weg nach draußen flüsterte Amos Kathryn zu: „Wenn dies mein Claim wäre, dann würde ich Wachposten aufstellen."

„Jetzt?"

„Je früher, desto besser. Die Nachricht wird sich in Windeseile verbreiten, und es gibt Männer, die fast alles tun würden, um sie Ihnen wegzunehmen."

~

Matthias stand auf der Straße und unterhielt sich mit den Bauarbeitern, als Kathryn und Amos Stearns den Wagen in den Mietstall zurückbrachten. Kurz zuvor war Scribe in die Stadt gekommen, mit leuchtenden Augen und erhitzt vom Laufen, und sofort im Zeitungsbüro verschwunden. Kathryn und Amos kamen über den Brettersteg. Kathryn war staubig und ein wenig derangiert. Der Mann redete auf sie ein. Nach der Eindringlichkeit des jungen Gutachters zu urteilen, ging es um ein ernstes Thema. Er schien Matthias' Interesse gespürt zu haben, denn er nickte grüßend in seine Richtung, während er Kathryn die Tür öffnete. Sie warf einen Blick über die Schulter zurück. Matthias zog fragend die Augenbrauen in die Höhe. Sie wirkte beunruhigt, als hätte, was immer Amos gesagt hatte, sie verunsichert. Würde sie mit ihm darüber reden? Das bezweifelte er. Matthias wandte seine Aufmerksamkeit wieder den Bauarbeitern zu, die Kies vom Abraum der Jackrabbit-Mine auf die Straße schaufelten.

„Heute noch zwei Ladungen", erklärte der Vorarbeiter. „Sanders wird den Preis in die Höhe treiben." Das hatte sich Matthias bereits gedacht, als er gehört hatte, dass Sanders die Mine gekauft hatte. Wenn Geld zu verdienen war, dann stand Sanders in der ersten Reihe. Aber andererseits konnte er das dem Mann nicht vorhalten, wo er selbst doch dasselbe tat.

Kathryn drehte das Schild auf „Geöffnet".

Sie mochte sich vielleicht den Anschein geben, als seien ihre Hoffnungen enttäuscht worden, aber Scribes Verhalten und Amos Stearns' wachsamer Blick sagten etwas anderes.

~

Vollkommen überfordert von Amos Erklärungen zu Bergbaumethoden, Technik, Belüftung, Sprengstoff und Felsmechanik hob Kathryn kapitulierend die Hände. „Ich brauche Zeit zum Nachdenken, Amos."

„Leider steht die Zeit nicht auf unserer Seite. Dank unseres jungen Freundes macht die Nachricht vermutlich bereits die Runde. Ich bin nach Calvada gekommen in der Hoffnung, genau das zu finden, was wir tatsächlich gefunden haben. Meine Partner warten auf eine Nachricht von Ihnen. Sie sind bereit, Ihnen das Kapital, das Sie für die Inbetriebnahme der Mine brauchen, zur Verfügung zu stellen."

Dieser ruhige Mann legte eine erstaunliche Entschlossenheit an den Tag. „Dafür bin ich auch sehr dankbar, aber …"

„Ich könnte als Leiter der Mine die Dinge in Gang bringen. Sie werden einen Vorarbeiter für Untertage brauchen, einen Bergbauingenieur, einen Wartungsleiter und Bergleute …"

Er hörte ihr überhaupt nicht zu. „Stopp! Aufhören! Sofort!"

Amos Stearns besaß sicher große Sachkenntnis und war sehr bemüht, aber besaß er genügend Erfahrung als Direktor einer Mine?

Er wollte Verantwortung tragen. Das war sehr deutlich. Obwohl Matthias' Bemerkung sie verärgert hatte, konnte Kathryn ihm nur zustimmen. Der Bergbau war nichts für eine Frau. Eine Minute in der dunklen, feuchten und vor Spinnennetzen und Schlangen wimmelnden Höhle hatte ihr das klargemacht. Trotzdem – die Mine gehörte ihr. Sie durfte nicht vor der Verantwortung zurückscheuen und alle Management-Entscheidungen auf einen anderen abwälzen.

Nichts für Frauen, dachte sie erneut, und der Ärger stieg in ihr auf. Nun, das Zeitungsgeschäft war auch nichts für Frauen, und mit der *Voice* verdiente sie mittlerweile so viel Geld, dass sie davon leben konnte. Es war nicht viel, aber sie konnte ihre Rechnungen zahlen und hatte ein Dach über dem Kopf.

Da die Jackrabbit-Mine geschlossen worden war, brauchten die Männer Arbeit. Andere waren bereits in andere Städte gezogen. Weitere würden ebenfalls gehen, wenn nicht eine andere Mine öffnete.

Eine Goldmine.

Mittlerweile hatte bestimmt auch Morgan Sanders von ihrem Treffen mit Amos in Ronyas Café und von ihrem Ausflug heute Morgen gehört.

„Kathryn …"

Erneut hob sie die Hand. „Bitte."

Amos wollte seine Hilfe anbieten. Hilfe? Nein, er war gekommen, um eine Mine zu leiten, und zweifellos war er der Meinung, eine Frau wäre dazu nicht in der Lage. Er hatte ihr auch nicht zugetraut, dass sie einen Wagen lenken könnte!

Sobald die Neuigkeit die Runde gemacht hätte, könnte sie mit Angeboten für die Mine rechnen. Sie erhob sich. „Wir reden morgen früh weiter."

Amos schien nicht erfreut zu sein, aber er stand ebenfalls auf. „Habe ich Ihre Erlaubnis, mich mit meinen Partnern in Verbindung zu setzen und ihnen mitzuteilen, was ich vorgefunden habe?"

„Ja, aber erklären Sie ihnen, dass ich noch nicht bereit bin, mich auf irgendwelche Vertragsverhandlungen einzulassen."

Seine Augenbrauen gingen leicht in die Höhe. „Das verstehe ich, aber Sie sind bereits mittendrin. Wenn Sie sich entschließen zu verkaufen, könnten sie Ihnen sagen, welchen Preis Sie für die Mine ansetzen müssten. Wenn Sie sie behalten wollen, würden sie bestimmt gern investieren. Wie ich Ihnen bereits sagte, sind sie schon in Virginia City engagiert. Auch Anteile an Minen in Sutter Creek, Jackson und Placerville gehören ihnen. Sie sind schon viel länger in dieser Branche tätig und verfügen über viel mehr finanzielle Mittel als ich. Ganz offen, ich habe nur die Erfahrung zu bieten, die ich durch die Arbeit mit meinem Vater erworben habe. Er war Vorarbeiter. Die Wahrheit ist, ich vermisse den Bergbau. Im Augenblick sehne ich mich danach, mehr zu tun, als in einem Gutachterbüro zu arbeiten."

Kathryn mochte ihn. „Ich spüre Ihre Begeisterung, Amos, aber Sie werden Geduld haben und darauf warten müssen, bis ich das alles für mich verarbeitet habe."

„Dann sage ich nichts mehr und überlasse es Ihnen, Kathryn." Er nahm seinen Hut. „In den nächsten Monaten könnten Sie eine sehr reiche junge Frau sein, Kathryn."

Sie verabredeten sich für den nächsten Tag bei Ronya zum Abendessen. Kathryn hatte nur eine Bedingung: kein Gespräch mehr über Minen. Damit brachte sie ihn zur Tür.

~

Matthias gefiel es nicht, Kathryn mit einem anderen Mann zu sehen, schon gar nicht an zwei aufeinanderfolgenden Abenden, noch dazu, wo dieser Mann ihre volle Aufmerksamkeit besaß. Der Gutachter aus Sacramento hatte den weiten Weg nach Calvada auf sich genommen, nur um einen Bericht zu überbringen und sich eine Mine anzuschauen? Vermutlich witterte Stearns das große Geschäft, aber jeder, der beobachtete, wie die beiden die Köpfe zusammensteckten, merkte, dass der Mann bezaubert war von der Frau mit der Mine. Ina Bea trat an ihren Tisch und unterhielt sich mit den beiden. Die beiden Frauen lachten und plauderten miteinander, während Stearns schwieg und den Blick nicht von Kathryn abwenden konnte. Der Mann mit den dunkelblonden Haaren und dem getrimmten Bart war gut gekleidet und wirkte eher wie ein Büroangestellter und nicht wie ein Bergarbeiter. Ina Bea entfernte sich, und Kathryn setzte ihr Gespräch mit Stearns fort. Sie gab sich sehr herzlich, sie wirkten wie zwei Freunde, und sie schien sich in seiner Gegenwart sehr wohlzufühlen. Wann immer Matthias in ihre Nähe kam, wurde sie förmlich und vorsichtig. Nicht dass er ihr keinen Grund dazu gegeben hätte.

Bei ihren letzten Begegnungen hatte er sich wie ein Gentleman verhalten. Er hatte ihr alles gezeigt, was er seit seiner Wahl zum Bürgermeister auf den Weg gebracht hatte, und sich über ihre positive Reaktion gefreut. Nicht für sich selbst freue sie sich, hatte sie sofort klargestellt, sondern für alle Einwohner von Calvada. Er hatte es satt, immer zurückzustehen.

Axel Borgeson gesellte sich zu Matthias. Seit er den Stern trug, hatte sich die Situation in der Stadt zum Glück ein wenig beruhigt. Borgeson zeigte keine Toleranz für irgendwelchen Unfug. Die beiden, die seine Entschlossenheit auf die Probe gestellt hatten, waren verletzt und blutig für eine Nacht im Gefängnis gelandet. Und sie waren dazu verdonnert worden, Lauge in die öffentlichen Toiletten zu schaufeln und die Chump Street vom Pferdemist zu säubern.

Borgeson bestellte bei Ina Bea sein Essen, und als sie sich entfernte, hing sein Blick am Schwung ihrer Hüften. „Unten im Red Lantern gab es Krawall. Betrunkene Jackrabbits. Aber es ist nichts passiert. Die Männer haben sich nur geprügelt. Ich habe ihnen gesagt, sie sollten sich benehmen oder aus der Stadt verschwinden."

Borgesons Blick wanderte zur anderen Seite des Raums und wieder zurück zu Matthias. Ein amüsiertes Lächeln trat auf seine Lippen. „Du scheinst mit deinen Gedanken woanders zu sein. Und ich kann verstehen, warum. In einer Stadt wie dieser sieht man nicht viele Frauen wie Kathryn, nicht?"

„Das stimmt."

Ina Bea stellte zwei Becher auf den Tisch und schenkte Kaffee ein. Anschließend brachte sie zwei Teller, hoch beladen mit Corned Beef, Kartoffeln, Karotten und gekochtem Kohl mit Butter. Sie fragte Axel, ob auf seinen Runden alles glattlaufe. Er erwiderte, die Stadt sei ruhig, und er habe gehört, dass am Freitag in der *Rocker Box Hall* ein Tanzabend stattfinden solle. Ob sie Lust hätte, mit ihm hinzugehen. Errötend erwiderte sie, dass sie sehr gern mitkommen würde. Matthias warf ihm einen spöttischen Blick zu, als Ina Bea zur Küche zurückging.

Axel griff zu seinem Besteck. „Und wie läuft es mit Kathryns Liste? Kommst du voran?“ Grinsend steckte er ein Stück Corned Beef in den Mund.

Kathryn und Amos hatten ihr Abendessen schon lange beendet und standen jetzt auf. Auf dem Weg zur Tür lächelten sie ihn grüßend an.

„Wieder eine Eroberung“, bemerkte Axel. „Wenn es um Miss Walsh geht, spielen die Emotionen anscheinend verrückt. Einige Männer haben überhaupt nichts Gutes über sie zu sagen, während andere ihren Mumm bewundern.“

„Sie hat sich eine Menge Unsinn anhören müssen, seit sie in die Stadt gekommen ist, und meistens von mir.“

„Das hörte ich.“ Axel lachte. „Hast du dir dieses Mädchen wirklich über die Schulter geworfen und in dein Hotel getragen?“

„Nein! Sie ist freiwillig mitgekommen. Obwohl …“ Matthias Gesicht rötete sich. „Ich habe sie tatsächlich über die Straße getragen. Das schien mir damals der einzige Weg zu sein, sie vor Schwierigkeiten zu bewahren.“

~

Später am Abend beschloss Matthias, nach Kathryn zu sehen, und er war erstaunt, als sie ihn hereinbat. Sie meinte, sie habe etwas mit ihm zu besprechen. „Ich muss entscheiden, was ich mit Citys Mine mache." Sie schien darauf zu warten, dass er nachfragte. „Keine Meinung dazu?"

„Es ist nicht meine Mine." Beugte sie sich näher zu ihm her, oder hoffte er das nur?

Kathryn atmete tief durch, stand auf und ging ein paar Schritte zurück. „Nachdem dank Scribes großem Mundwerk die Neuigkeit nun heraus ist, muss etwas geschehen."

Matthias sah ihr zu, wie sie ruhelos durch den Raum schritt. „Was sagt Amos Stearns dazu?" Es gefiel ihm zwar nicht, das Gespräch auf den Gutachter zu bringen, aber er musste wissen, was zwischen ihnen vorging.

Kathryn setzte sich an ihren Schreibtisch und wühlte in ihren Notizen. „Er ist der Meinung, dass seine Partner bestimmt bereit wären zu investieren. Und er würde die Mine gern leiten."

„Und was denken Sie darüber?"

„Ich kenne mich im Bergbau nicht aus. Er besitzt eine entsprechende Ausbildung, die nötige Sachkenntnis und ist zuversichtlich, dieser Aufgabe gewachsen zu sein."

Auch Matthias kannte sich im Bergbau nicht aus, aber er war Geschäftsmann. „Vertrauen Sie ihm?"

„Ich mag ihn, und er scheint mir vertrauenswürdig zu sein."

„Aber?"

Sie zuckte leicht mit den Achseln. „Ich glaube, dass es ihm in erster Linie um die Mine geht, aber ich denke, er interessiert sich auch noch für … andere Dinge."

„Für Sie." Matthias und alle anderen, die sie bei Ronya beobachtet hatten, konnten keinen Zweifel daran haben, dass dieser Mann bis über beide Ohren verliebt war.

„Das könnte eine Arbeitsbeziehung schwierig machen. Und auf keinen Fall möchte ich, dass die Mine so geführt wird, wie ich es hier bei anderen Minen erlebt habe."

„Die Madera." Er empfand eine gewisse Erleichterung, dass sie in Bezug auf Morgan Sanders nicht so naiv war, wie einige glaubten.

„Wie funktioniert Ihre Partnerschaft mit Henry?" Sie griff zu Papier und Stift. „Würden Sie mir ein wenig davon erzählen?"

Er lachte. „Sie wollen mich *jetzt* interviewen?" Sie hielt ihre Beziehung gern geschäftlich. Er erhob sich, drehte einen Stuhl um und schob ihn neben ihren Schreibtisch. „Was wollen Sie wissen, Eure Ladyschaft?"

„Alles."

„Überlegen Sie, eine Partnerschaft mit Amos Stearns einzugehen?" Wenn sie Ja sagte, dann war er nicht sicher, ob er helfen wollte.

„Ich könnte es in Erwägung ziehen, aber ich muss noch über andere Optionen nachdenken."

Matthias wünschte, er hätte das nötige Geld, um zu investieren, aber sein Geld steckte bereits in Walkers Gemischtwarenladen und *Beck & Call Transporte*. Er erklärte ihr, seine Partnerschaft mit Henry sei einfach. Ein solider Plan, mögliche Kunden, gleichmäßig aufgeteiltes Kapital, das in den Bau von Wagen, den Kauf von Pferden und die Einrichtung eines Büros in einer Stadt floss, die einen Knotenpunkt darstellte.

„Sacramento", bemerkte Kathryn leichthin. „Sie werden Calvada verlassen, nicht?" Sie machte nicht einmal den Versuch, ihre Enttäuschung zu verbergen. „Sobald Ihre Amtszeit zu Ende ist."

„Vielleicht, vielleicht nicht." Auf keinen Fall würde er ohne sie gehen. „Ich werde alle drei Monate nach Sacramento fahren und mit Henry die Bilanz durchsprechen. Er ist ein Freund, und ich vertraue ihm, trotzdem will ich über die Geschäfte im Bilde sein."

Kathryn machte sich ein paar Notizen. Schließlich lehnte sie sich zurück und spielte mit dem Stift in ihren Fingern.

Er sah, wie ihr schneller Verstand arbeitete. „Was geht in Ihrem Kopf vor?"

„Nur so eine Idee."

„Wenn Sie Stearns vertrauen und er und seine Partner ein Angebot machen, wäre es vielleicht klug zu verkaufen. Der Bergbau ist nichts –"

„Für eine Frau?“ Verärgert warf sie den Stift auf den Schreibtisch. „Das sagte man mir bereits. Mehrmals. Was mich erst recht in Versuchung bringen könnte, es selbst anzupacken, nur um den Männern in Calvada zu zeigen, dass sie sich irren. Aber ich weiß, dass das kein guter Grund ist.“ Sie unterbrach sich kurz. „Trotzdem, die Mine ist mein Erbe. Ich muss eine vernünftige Entscheidung treffen, was ich damit tun möchte. Mit eigenen Augen habe ich die Gefahren des Reichtums gesehen.“

„Wohlhabend zu sein ist an sich nicht schlecht, Kate. Schlecht ist die Liebe zum Geld. Wenn es nie genug ist, egal, wie viel man bereits besitzt.“

Sie nahm ihren Stift wieder zur Hand und klopfte damit auf die Schreibtischplatte. „Amos meinte, ich könnte eine sehr reiche junge Frau werden, aber ich bin nicht sicher, ob ich das will. Obwohl ich mir manchmal schon wünschte, ich hätte das Geld, mir zu kaufen, was immer ich möchte.“ Sie warf ihm ein trockenes Lächeln zu. „Die Kiste mit Büchern bei Aday zum Beispiel. Ich habe sie weit unter den Tisch geschoben, damit niemand sie sieht. Und da ist immer noch die Frage, ob ich der Aufgabe, ein Geschäft zu leiten, überhaupt gewachsen bin.“

Ihr plötzlicher Mangel an Selbstvertrauen erstaunte ihn. „Sie führen doch bereits zwei Geschäfte.“

„Als Hutmacherin habe ich mich nicht besonders hervorgetan, aber die *Voice* läuft gut.“

„Vielleicht sollten diese beiden Geschäfte Sie vorbereiten auf das, was kommt.“ Was redete er da?

Kathryn lachte verblüfft und amüsiert. „Will Matthias Beck mir ernsthaft sagen, dass er glaubt, ich könnte eine Mine leiten?“

„*Könnte* bedeutet nicht notwendigerweise *sollte*, Kate. Das hängt davon ab, was Sie damit erreichen wollen.“

„Oh!“ Ihre Augen weiteten sich und begannen zu funkeln, als hätten seine Worte unbeabsichtigt eine brisante Idee in ihr entstehen lassen.

Stirnrunzelnd musterte er sie. Sie war in Gedanken bereits weit weg bei dem, was ihr in den Sinn gekommen war. Eine lange rote Strähne hatte sich aus ihrem Knoten gelöst. Er hob sie an und wickelte sie um seine Finger. Sie spürte ein sanftes Ziehen und schaute ihn an. Ihr Atem kam leise und gleichmäßig. Als sich ihre Lippen öffneten, stieg Hitze in ihm hoch. Höchste Zeit, sich vor der Versuchung in Sicherheit zu bringen. Er ließ die rote Strähne los und stand auf. „Bringen Sie mich noch zur Tür?", fragte er mit rauer Stimme.

Während Kathryn um den Schreibtisch herumging, drehte Matthias den Docht der Lampe herunter. Sie schnappte leise nach Luft. „Es ist besser, wenn niemand mitbekommt, dass ich um diese Zeit Ihr Haus verlasse. Wir wollen doch nicht, dass jemand falsche Schlüsse zieht."

„Ich interessiere mich nicht mehr dafür, was die Leute denken."

Mit einem neckenden Grinsen blickte Matthias sie an. „Wollen Sie damit etwa sagen, dass ich bleiben kann?"

Sie versetzte ihm einen leichten Stoß. „Nur wenn ich glauben würde, dass ich Ihnen trauen könnte."

Matthias hätte sie gern geküsst. Sie öffnete die Tür und schaute zu ihm hoch, und er hatte das Gefühl, dass sie das auch wollte. Aber irgendetwas hielt ihn davon ab.

„Alles hat seine Zeit, alles auf dieser Welt hat seine ihm gesetzte Frist."

Sie standen so dicht beieinander, dass Matthias Kathryns Wärme spüren, ihren Duft riechen konnte. Er konnte sie einatmen. Als er langsam die Hand ausstreckte, wich sie nicht zurück. Sanft strich er über ihren Arm und ergriff ihre Hand, drückte sie vorsichtig. Dann beugte er sich vor und gab ihr einen Kuss auf die Wange. „Gute Nacht, Eure Ladyschaft."

Kapitel 20

Am Mittwochmorgen wurde eine Nachricht unter Kathryns Tür durchgeschoben. Sie kannte die Handschrift. Hastig öffnete sie den Umschlag.

Meine liebe Kathryn,
heute Nachmittag findet ein wichtiges Treffen der Minenbesitzer statt. Wenn ich nichts anderes höre, schicke ich Ihnen um fünf Uhr die Kutsche.
Mit freundlichen Grüßen
Morgan

Kathryn zögerte nicht. Natürlich wollte sie dabei sein. Natürlich wollte sie wissen, was vorging. Sie war bereit, als der Kutscher sie abholte, wurde aber misstrauisch, als er bis zum Ende der Stadt fuhr und in die Gomorrah einbog. „Wohin fahren wir?"

„Zu Mr Sanders. Das Pferd stand bereits in dieser Richtung, deshalb nehme ich diesen Weg."

Und warum fuhr er vor Fiona Hawthornes Haus langsamer? Kathryn entdeckte Monique an einem der oberen Fenster. Sie sah zu ihnen herunter, und der Kutscher warf ihr einen Blick zu. Ein Einverständnis? Kathryn beugte sich vor. „Hat Mr Sanders Ihnen aufgetragen, diesen Weg zu nehmen?"

„Der Boss hat mir gesagt, ich solle Sie zu ihm bringen, und das Pferd stand in diese Richtung. Außerdem ist es gut, wenn Leute wissen, wo sie stehen."

Sein wiederholter Hinweis auf das Pferd klang einstudiert, und sie wusste nicht, ob er mit dem letzten Satz Monique Beaulieu meinte oder sie. „Mein Besuch ist rein geschäftlich."

„Es geht mich nichts an, auch wenn es nicht geschäftlich ist." Oben auf dem Berg, wo die Minenbesitzer wohnten, bog er nach rechts ab. Morgans Haus war das größte, zwei Stockwerke hoch, und von einem niedrigen schmiedeeisernen Zaun eingezäunt. Zwei Männer, offensichtlich Dienstboten, arbeiteten im Garten.

Die Kutsche hielt vor dem Eingang, der Kutscher sprang vom Kutschbock und half ihr beim Aussteigen. Sie ging die Eingangsstufen hoch und klopfte. Ein Chinese öffnete die Tür, verneigte sich und trat zurück, als Morgan, wieder sehr elegant gekleidet, durch eine Bogentür trat. „Kathryn", begrüßte er sie herzlich, und sein Blick wanderte mit offensichtlicher Anerkennung über ihre Gestalt. Der Dienstbote schloss die Eingangstür hinter ihr und verschwand in einem düsteren Flur. Seine Hände verschwanden unter seiner locker sitzenden schwarzen Seidentunika.

Morgan führte sie zur Bogentür, und Kathryns Blick wanderte nach oben zu dem dreifachen bogenförmig geschwungenen Kranzprofil aus Mahagoni, von denen eins eine Treppe hoch in den ersten Stock weiterverlief, ein anderes in einen langen Korridor. Das dritte führte zu einem Salon, der geschmackvoll ausgestattet war mit einem Empiresofa, das mit einem blauen Samtstoff mit bourbonischen Lilien bezogen war, einer frisch geölten und mit Ornamenten verzierten Sitzbank aus Walnussholz mit passenden Stühlen, Tischen mit Marmorplatte und geschwungenen Beinen und Spitzenvorhängen mit Übergardinen aus Chintz. Über dem georgianischen Kamin hing ein Spiegel in einem Goldrahmen mit einem Pfau aus Messing als Knauf und ließ den Raum größer erscheinen. In der Ecke neben dem Fenster stand ein Flügel. Im Osten war sie in prachtvolleren Häusern zu Gast gewesen, aber für Calvada war dies eine äußerst luxuriöse Villa.

„Und? Wie gefällt Ihnen mein Heim?"

„Es ist wundervoll.“ Und sehr still. „Wo sind die anderen? Sie sagten, es gäbe ein Treffen.“

„Das war so. Um drei. Wir haben uns vor einer Stunde vertagt.“

Ihr Herz machte einen Satz, und Beklommenheit beschlich sie. Was für ein Spiel spielte er mit ihr? Kathryn trat einen Schritt zurück. „Sie haben mich glauben lassen …“

„Ich habe gesagt, dass es ein Treffen gibt, das Sie, wie ich glaubte, interessant finden könnten. Wir sprechen beim Abendessen darüber.“

„Ich mag es nicht, ausgetrickst zu werden, Morgan.“

Sie wandte sich zum Gehen, doch er packte sie am Arm und drehte sie zu sich um. Seine Augen waren dunkel. „Und ich mag nicht weggeschickt werden wie ein Schuljunge.“ Er zerrte sie zu einem Ohrensessel und drückte sie hinein.

„Was fällt Ihnen ein?!“ Sie wollte aufstehen, doch Morgan hatte sich vor ihr aufgebaut mit einem Gesichtsausdruck, der sie erschrocken zurücksinken ließ.

„Wir werden den Abend miteinander verbringen, Sie und ich. Und am Ende werden wir zu einer Vereinbarung kommen.“

Etwas an seinem Lächeln bewirkte, dass sich ihr Magen zusammenkrampfte. Ihre Gedanken überschlugen sich. Wie viele Menschen hatten gesehen, dass sie in seine Kutsche gestiegen und die Chump Street hinuntergefahren war? „Ich sollte nicht allein mit Ihnen in Ihrem Haus sein. Das schickt sich nicht.“

Er grinste. „Wir waren auch allein, als Sie mich zum Tee eingeladen haben.“

„Die Haustür stand offen, sodass jeder, der vorbeikam, sehen konnte, dass wir uns unterhalten haben. Eigentlich sollte eine Anstandsdame bei mir sein.“

Morgan lachte. „Und wer sollte das sein? Tweedie Witt? Sie ist in Ronyas Café gezogen, nicht? Ein Zerwürfnis vielleicht? Weil Sie mich zu Tee und Kuchen in Ihr inneres Heiligtum eingeladen haben?“

Die Selbstgefälligkeit, die er ausstrahlte, verunsicherte Kathryn. Er musterte sie. „Sie haben doch nicht etwa Angst vor mir?“

Sie hatte tatsächlich Angst, aber sie spürte eine instinktive Zurückhaltung, das zuzugeben. Morgan hatte noch nicht Platz genommen. Würde er versuchen, sie am Gehen zu hindern, sobald sich ihr die Gelegenheit bot? Was hatte er vor? In den Augen der Leute war sie in höchstem Maß unkonventionell. Wenn das hier bekannt wurde, würde man sie auch noch für unmoralisch halten.

Kathryn faltete die Hände im Schoß, hob den Kopf und sah ihn an. Sie musste unbedingt die Ruhe bewahren oder zumindest so tun. „Dieses Verhalten ist unter Ihrer Würde, Morgan."

„Denken Sie? Wären Sie denn gekommen, wenn Sie gewusst hätten, dass wir allein sind?"

„Nein." Sie richtete sich langsam auf und hoffte, er würde ihr gestatten zu gehen. „Und ich muss jetzt gehen, um meinen Ruf zu schützen."

„Und das von einer jungen Frau, die sich, seit sie aus der Postkutsche gestiegen ist, kaum um Konventionen schert." Sein Tonfall war spöttisch, alle Herzlichkeit war aus seinen dunklen Augen gewichen. „Sie und ich haben einiges zu besprechen. Und zwar Dinge, für die es keine Zuhörer braucht."

Ihr Herz klopfte zum Zerspringen. Sie wagte nicht, sich in Richtung Tür zu bewegen, denn das würde sie ihm näher bringen. Während sie innerlich um Ruhe rang, lehnte sie sich zurück und strich ihren Rock glatt. Ihre Gedanken überschlugen sich. „Also gut. Worüber wollen Sie mit mir sprechen, dass Sie sich solche Umstände machen?"

Morgan ließ sich auf der Sesselkante nieder, bereit, jeden Augenblick aufzuspringen, sobald sie sich rührte. „Ich wurde darüber informiert, dass Amos Stearns Ihnen einen Bericht über Citys Mine gebracht hat."

Sie ahnte, wohin das führen sollte. „Kennen Sie Mr Stearns?"

„Ich kann nicht sagen, dass ich bereits das Vergnügen hatte, aber Hollis und Pruitt sind in Sacramento gut bekannt. Wie ist sein Gutachten ausgefallen?" Morgan lehnte sich im Sessel zurück, doch sie spürte seine Anspannung. „Kommen Sie schon, meine Liebe."

Kathryn schwieg. Sie war naiv gewesen zu denken, ein freundlicher Besuch bei Tee und Apfelkuchen könnte diesen Mann verändern. Sie wollte ihm nichts sagen, doch ein Gespräch war der zunehmenden Bedrohung, die sie empfand, wenn sie schwieg, unbedingt vorzuziehen. „Mr Stearns hat mir tatsächlich ein Gutachten gebracht. Scribe war ziemlich aufgeregt in Bezug auf die Möglichkeiten." Sie warf ihm ein sittsames Lächeln zu. All das wusste er vermutlich bereits. „Als ich nach Calvada kam, hatten Sie angeboten, die Mine zu kaufen. Hatten Sie sie bereits besichtigt?"

„Nein, ich hielt sie für wertlos. Und ich habe angeboten, sie zu kaufen, um einer jungen Lady in Not zu helfen."

„Ach, wirklich? Warum das?"

Seine Augen verengten sich. „Werden Sie nicht unverschämt. Das passt nicht zu einer Lady. Hollis und Pruitt hätten Stearns nicht geschickt, wenn sie nicht etwas Lohnenswertes entdeckt hätten." Er wirkte amüsiert. „Ich habe mich immer gefragt, warum City sich nicht von der Mine getrennt hat, und jetzt frage ich mich umso mehr, warum er sie nicht bewirtschaftet hat." Er hob die Augenbrauen. „Hat Stearns Ihnen gesagt, dass die Mine wertvoll ist?"

„Mr Stearns hat keinen Preis genannt, aber was immer er mir bieten könnte, ich habe nicht die Absicht zu verkaufen."

Morgan schnaubte. „Sie können ganz bestimmt keine Mine leiten."

In Kathryn explodierte ein Feuer. Sie hatte es satt, dass Männer ihr ständig vorschreiben wollten, was sie tun könnte und was nicht. „Und warum nicht?" Sie sprach mit sanfter Stimme, obwohl die Wut in ihr loderte.

„Machen Sie sich doch nicht lächerlich, Kathryn. Sie sind eine Lady."

Sie war eine Frau, und die meisten Männer schienen zu denken, dass Frauen nicht mehr tun könnten, als für sie zu kochen, die Wäsche zu waschen und alle ihre Bedürfnisse zu erfüllen und außerdem noch ihre Kinder zur Welt zu bringen und großzuziehen. „Alle sagen dasselbe, aber ich lasse mich nicht zu einem Verkauf drängen."

„Das war nie meine Absicht." Sein Blick wanderte über ihr Gesicht und über ihren Körper. „Mein Interesse an Ihnen ist viel größer als mein Interesse an Citys Mine. Das habe ich bereits deutlich gemacht, bevor irgendjemand wusste, dass Citys Mine von Wert sein könnte. Und wenn ich Sie bekomme, dann bekomme ich alles, nicht?"

Auf keinen Fall durfte sie sich ihre Angst anmerken lassen, obwohl sie durch ihren ganzen Körper strömte. Wie weit würde dieser Mann gehen, um zu bekommen, was er wollte? „Das ist wohl kaum das Benehmen eines Gentlemans."

„Sie sind noch sehr jung, meine Liebe. Ein Gentleman weiß, was er will. Und ich will Sie."

Warum sollte sie nicht offen sein? Schließlich schien er ja so viel Wert darauf zu legen. „Sie wollen nicht mich. Sie wollen die Mine."

„Sie unterschätzen Ihren Charme. Seit dem ersten Abend, an dem wir miteinander zu Abend gegessen haben, steht mein Entschluss fest."

Als Morgan sich erhob, kämpfte sie gegen die Panik an. Schritte näherten sich durch die Halle, und der kanadische Koch aus Morgans Hotel betrat den Raum mit einem Teller exquisiter Hors d'oeuvres. Kathryn nahm eines. „Ist Ihr Restaurant heute Abend geschlossen?" Sie hoffte, ihn mit ihren Fragen im Zimmer festzuhalten.

Der Koch lächelte. „Nein, Mademoiselle. Phillippe …"

„Das ist dann alles, Louis." Morgan deutete mit dem Kopf zur Tür. Der Mann nickte und verschwand. Morgan warf ihr einen strengen Blick zu. „Eine Lady spricht niemals einen Dienstboten an."

„Vielleicht bin ich nicht die Lady, für die Sie mich halten." Sobald die Worte über ihre Lippen gekommen waren, wünschte sie, sie hätte sie nicht ausgesprochen, denn er könnte sie falsch verstehen.

Er lachte leise. Offenbar spürte er ihr Unbehagen und genoss es. „Ihre Unschuld ist entzückend. Wir werden einen sehr angenehmen Abend miteinander verbringen."

„Ist das ein Befehl?"

„Wenn es sein muss." Er schenkte zwei Gläser Rotwein ein und reichte eines ihr.

„Ich trinke keinen Alkohol.“

„Heute Abend schon. Weil ich ihn Ihnen anbiete.“

Kathryn atmete kurz durch, nahm das Glas aber nicht an.

„Probieren Sie den Wein. Ich versichere Ihnen, das ist beste Qualität aus Frankreich. Ich habe ihn in San Francisco gekauft.“

„Nein, vielen Dank.“

„Eine so höfliche kleine Heuchlerin.“

„Ich bitte um Verzeihung?“

„Das sollten Sie auch. Ronyas berüchtigtes Spezialgetränk haben Sie doch mit großem Genuss getrunken, wie ich hörte.“

Sie starrte ihn an, aber sie sah keinen Grund, sich zu verteidigen. „Die Leute interessieren sich viel zu sehr für mein Leben, Mr Sanders. Vor allem Sie.“ Bei dreitausend Männern und weniger als hundert Frauen im Ort war es schwierig, irgendetwas geheim zu halten, trotz verschlossener Türen und zugezogener Gardinen.

Genüsslich trank Morgan einen Schluck Wein. „Ich weiß ziemlich viel über Sie. Matthias Beck geht zu jeder Tages- und Nachtzeit bei Ihnen ein und aus.“ Sein Mund verzog sich unangenehm. „Ist es nicht so?“

Sie errötete. „Nicht aus den Gründen, die Sie offensichtlich vermuten. Mr Beck ist mir ein besserer Freund als Sie, wie sich gerade erweist.“ Als er sein Glas abstellte, ergriff Kathryn die Gelegenheit und stürzte zur Tür. Sie hatte den Türbogen nicht einmal erreicht, als Morgan sie am Arm packte.

Mit blitzenden Augen umklammerte er ihr Kinn. „Sie werden nirgendwohin gehen.“

Angesichts dieser groben Behandlung schnappte Kathryn nach Luft. Jetzt hatte sie wirklich Angst, trotzdem versuchte sie, Empörung vorzutäuschen. „Lassen Sie mich los! Sie tun mir weh!“

Seine Finger gruben sich noch tiefer in ihren Arm, als er sich zu ihr vorbeugte. „Beck ist also Ihr *Freund*. Da muss ich mich natürlich fragen, wie eng Ihre Beziehung ist.“ Er zerrte sie zum Sessel zurück und drückte sie hinein. Die Arme auf die Armlehnen gestützt, beugte er sich über sie. „Sehen Sie mich an, Kathryn. Ich sagte: *Sehen Sie mich an!*" Sie tat, wie er befohlen hatte, und hasste sich selbst dafür. „Sind Sie noch Jungfrau?" Er verspottete sie, musterte ihr Gesicht mit vorgetäuschter Sorge. Leise lachend richtete er sich auf. „Ja. Das sind Sie." Er strich mit dem Finger über ihre Wange, und seine Berührung ließ sie erstarren. „So zart. So rein." Er trat zurück und setzte sich ihr wieder gegenüber, vollkommen entspannt jetzt, ganz Herr der Lage. „Sie werden meine Frau werden. Das habe ich schon vor Monaten beschlossen."

Sie schluckte krampfhaft. „Da habe ich ja wohl auch ein Wörtchen mitzureden. Und die Antwort ist Nein."

„Ich habe nicht gefragt." Morgan lachte spöttisch. „Ich brauche eine Frau, und Sie sind reif für die Ehe. Ich will einen Sohn. Heiraten Sie mich, und Sie werden alles haben, was eine Frau sich nur wünschen kann. Wenn Sie mich abweisen, werde ich das Gerücht streuen, Sie hätten eine Zeit auf der Gomorrah verbracht."

Seine kalte Zuversicht verunsicherte sie. „Wenn Sie diesen Vorschlag Miss Beaulieu machen, wird sie bestimmt gern darauf eingehen, da bin ich ziemlich sicher."

„Monique kennt ihren Platz." Sein Mund verzog sich. „Sie wird meine Geliebte bleiben."

Der chinesische Diener stand in der Tür. „Das Abendessen ist serviert."

Morgan erhob sich und spielte wieder den zuvorkommenden Gastgeber. „Sollen wir?" Als Kathryn keine Anstalten machte aufzustehen, zerrte er sie hoch und zischte ihr zu: „Stellen Sie meine Geduld nicht auf die Probe." Ihr Blick wanderte zur Tür, und er drückte sie fest an sich, bevor er sie losließ. Sie folgte dem Dienstboten, hinter sich spürte sie Morgans bedrohliche Gegenwart, die ihr den Fluchtweg verstellte.

Morgan zog ihr den Stuhl zurück und nahm seinen Platz am Kopfende des Tisches ein. Stumm, nachdenklich, als überlege er, wie sich der restliche Abend wohl gestalten würde, musterte er sie einen

Augenblick lang. Sie war dankbar für den langen Tisch zwischen ihnen. Das Gedeck ließ auf fünf Gänge schließen. Während die Speisen hereingebracht wurden, schüttelte Morgan seine Serviette aus und legte sie sich auf den Schoß. Kathryn folgte seinem Beispiel. Das Messer für den Hauptgang schien als Waffe infrage zu kommen, scharf genug war es.

Der Koch servierte den ersten Gang und erklärte ihnen, er hätte ein üppiges Beef Wellington mit glasierten Karotten und warmem Wintergemüse zubereitet. Kathryn lehnte den Wein ab. Ein gefüllter Pilz wurde ihr vorgesetzt. Verärgert befahl Morgan Louis, der Dame einen Krug mit Brunnenwasser zu bringen. Er griff zu seinem Besteck, und sie senkte den Kopf. *Herr, hilf!* Als sie den Kopf wieder hob, ruhte Morgans spöttischer Blick auf ihr. Sie betastete das Silberbesteck, bevor sie das Messer auswählte. Der erste Bissen weckte ihren Appetit. Seit dem Frühstück hatte sie nichts mehr gegessen. Die neue Ausgabe der Zeitung hatte sie zu stark in Anspruch genommen. Da war keine Zeit gewesen, um zu Ronya zum Essen zu gehen. Nach dem Appetitanreger kam ein grüner Salat mit süßem Dressing, gefolgt von dem Hauptgang, und es schmeckte tatsächlich köstlich.

„Ihr Koch hat sich selbst übertroffen." Sie erinnerte sich noch an das zerkochte Wildsteak, das sie im Hotel vorgesetzt bekommen hatte.

„Ich habe noch nie eine Lady mit einem so gesundem Appetit gesehen."

Sie lächelte. Sie hatte so viel gegessen, dass ihr Korsett drückte, und möglicherweise so viel, dass ihr übel würde. Falls Morgan sie anfasste, könnte sie ihn so überraschen, dass seine Leidenschaft gedämpft würde.

„So werden Sie jeden Tag speisen, meine Liebe."

Sie konnte nicht anders. „Wie schade, dass so viele Ihrer Arbeiter sich kaum zwei einfache Mahlzeiten am Tag leisten können." Sie schnitt ein weiteres kleines Stück ab. „Wollen Sie meine Mine kaufen, weil Ihre demnächst erschöpft ist?"

Morgan funkelte sie an. „Sie haben eine scharfe Zunge."

Kathryn hoffte nur, dass das Messer, das sie auf ihren Schoß gleiten lassen wollte, sehr viel schärfer wäre.

„Die Jackrabbit wurde geschlossen", teilte sie ihm mit, als wüsste er das nicht bereits. „Die Twin Peaks erwirtschaftet weniger Gewinn …" Sie zog eine Augenbraue hoch.

„Ich versichere Ihnen, dass es in der Madera noch genügend Erz abzubauen gibt", sagte er mit Nachdruck.

Seine heftige Reaktion zeigte ihr, dass sie einen wunden Punkt getroffen hatte. Natürlich wollte er die Mine ihres Onkels kaufen oder einen Weg finden, die Kontrolle darüber zu erlangen. Morgan pflügte durch sein Essen wie ein Mann, der Pickel und Schaufel schwang, nicht wie jemand, der in seinem Hotel hinter einem Schreibtisch saß und seinen Angestellten Anweisungen gab.

Als Morgan mit Louis sprach, gelang es ihr, das Messer in ihrer Rockfalte zu verstecken. Das Geschirr wurde abgeräumt und ein Blaubeerkuchen serviert. Morgan lehnte ab. Dass er sie beim Essen beobachtete, verunsicherte sie, aber sie tat so, als kümmere sie das nicht. Als sie schließlich keinen Bissen mehr herunterbekommen konnte, tupfte sie sich die Lippen ab, faltete die Serviette, legte sie auf den Porzellanteller und schenkte ihm ihre volle Aufmerksamkeit. „Seit ich aus Boston vertrieben wurde, habe ich kein Fünf-Gänge-Menü mehr genießen können."

„Ich freue mich, dass es Ihnen geschmeckt hat." Er verzog die Lippen. „Legen Sie das Messer jetzt wieder auf den Tisch, Kathryn. Silber zu stehlen, zeugt von schlechten Manieren."

Sie tat, was er verlangte.

Morgan schob seinen Stuhl zurück und erhob sich. Als er auf sie zukam und ihren Stuhl zurückzog, erschauderte sie. Eine böse Vorahnung erfasste sie, und in ihrer Verzweiflung sagte sie das Erste, das ihr in den Sinn kam. „Eines Tages wird das wertvolle Erz abgebaut, herausgesprengt und der Berg erschöpft sein. Was passiert dann mit Calvada?" Sie könnte ihm sagen, dass seine Villa als ein leeres Mahnmal seiner Arroganz und seines Stolzes dastehen würde – wertlos, verlassen, dem Verfall preisgegeben oder abgerissen, um an anderen Orten als Material für neue Gebäude zu dienen. Was würden ihm alle seine Machenschaften dann noch nützen?

Er stand dicht bei ihr. „Mir ist egal, was aus Calvada wird. Ich werde für einen Höchstpreis verkaufen, lange bevor das Erz abgebaut ist." Er nickte mit dem Kinn, ein Befehl für sie, vor ihm den Raum zu verlassen. Sie spürte seine Hand auf ihrem Rücken, als sie die Halle betraten. Sie verspannte sich, als sie die Treppe erreichten, machte sich bereit, auf die Tür zuzustürzen, doch er packte sie fest am Arm und drehte sie zur Treppe hin.

„Was erlauben Sie sich?", rief sie und versuchte sich von ihm zu befreien.

„Ich werde mir erlauben, was ich bereits seit Monaten tun wollte. Nach heute Nacht werden Sie wissen, dass Sie mir gehören." Er zerrte sie die ersten Stufen hoch.

Kathryn wehrte sich jetzt mit aller Macht. Es gelang ihr, sich aus seinen Armen zu winden. Als er versuchte, sie um die Taille zu fassen und hochzuheben, zog sie ihm ihre Fingernägel durch das Gesicht, und beinahe hätte sie sich von ihm befreien können. Er bedachte sie mit einem Schimpfwort, und seine Finger gruben sich in ihre Haare, während er die andere Hand hob, um sie zu schlagen.

Die Treppe begann unter ihren Füßen zu schwanken, und sie schrie auf.

Als der Kronleuchter heftig zu klirren begann, schaute Morgan alarmiert hoch. Die Hand hatte er immer noch zum Schlag erhoben, doch sein Griff um ihre Haare lockerte sich, und Kathryn konnte sich von ihm befreien. Sie stürzte drei Treppenstufen hinunter auf ihre Knie. Der chinesische Diener lief schreiend an ihr vorbei und riss die Haustür auf. Kathryn rappelte sich hoch, raffte ihren Rock und floh hinter ihm nach draußen.

Als sie die Eingangsstufen hinunterrannte, wäre sie beinahe wieder gestürzt. Doch sie hielt sich am Geländer fest, und es gelang ihr, das Gleichgewicht wiederzugewinnen, aber die ganze Erde bebte.

Was passierte hier gerade? Hatte es in der Madera eine Explosion gegeben?

„Erdbeben!“, schrie jemand auf der Straße. Eine Kutsche fuhr vorbei. In seiner Panik stieg das Pferd hoch.

„Kathryn!“, brüllte Morgan, der ihr nachrannte. Sein Gesichtsausdruck verhieß nichts Gutes. Sie rannte durch das Tor. Das verängstigte Pferd wieherte schrill und stieg erneut. Kathryn wich ihm aus. Die Hufe landeten hart auf dem Boden, sodass Morgan der Weg zu ihr abgeschnitten wurde.

Das Beben dauerte nicht lange, aber das Pferd tänzelte weiter, und beinahe wäre der Wagen auf den Zaun um Morgans Vorgarten umgekippt. Morgan fluchte laut. „Bringen Sie das Pferd unter Kontrolle!“

Kathryn erreichte die Straßenecke. Nach Luft schnappend wurde sie langsamer und drückte die Hand auf ihren Bauch. Kurz wandte sie sich um und sah, dass Morgan das Pferd am Zaumzeug festhielt. Sein Gesicht war starr, seine vor Wut blitzenden dunklen Augen klebten an ihr.

Mit klopfendem Herzen lief Kathryn schnellen Schrittes weiter. Bei der Paris Avenue gab sie der Angst, die sie in den vergangenen zwei Stunden unterdrückt hatte, nach, raffte ihren Rock und rannte los.

~

Matthias stand mitten in der Straße. Das Erdbeben hatte die Häuser erschüttert, ein paar Fenster zu Bruch gehen lassen, aber nur ein nicht solide gebautes Haus am Ende der Straße war ernsthaft beschädigt. Er bemerkte Kathryn, die wie gehetzt über den Brettersteg rannte. Wo kam sie her? Sie schien zu Tode erschreckt zu sein. In aller Hast öffnete sie ihre Tür, verschwand im Haus und schloss die Tür sofort wieder.

Er überquerte die Straße und klopfte voller Sorge an. Sie reagierte nicht. Sie schaute nicht einmal durch den Vorhang. „Kathryn! Alles in Ordnung bei Ihnen? Irgendwelche Schäden?“

„Alles in Ordnung. Vielen Dank." Das klang ganz und gar nicht so. Sie wirkte atemlos und verängstigt.

„Das war ein Erdbeben. Es ist vorbei. Es könnte noch ein paar kleinere Nachbeben geben, aber die werden nicht mehr so schlimm." Er schwieg einen Moment. „Und es ist wirklich alles in Ordnung?"

„Mir geht es gut, sehr gut." Ihre Stimme klang angestrengt.

Er versuchte, die Situation zu entspannen. „Was halten Sie von einer Hochzeit im Juni?", fragte er leise dicht an der Tür.

„Verschwinden Sie!"

Matthias straffte sich. Diesen schrillen Ton hatte er noch nie von ihr gehört. Bandit kratzte an der Tür. „Sie sollten den Hund lieber reinlassen."

„Welchen Hund meinen Sie?"

„Den Hund, der bellt."

„In dieser Stadt gibt es keinen Mann, der nicht wie verrückt bellt!" Die Tür öffnete sich einen winzigen Spalt, gerade groß genug, dass Bandit hineinschlüpfen konnte. Anschließend wurde sie mit Nachdruck wieder geschlossen und der Riegel vorgeschoben.

~

Drei Tage lang setzte Kathryn keinen Fuß vor die Tür, und jede Nacht brannte das Licht. Jeden Morgen öffnete sie die Tür, um Bandit herauszulassen. Er verbrachte den Tag damit, Pfosten zu markieren, Ratten aufzuspüren und zum Lärm der kreischenden Geigen in der Tanzhalle zu jaulen. Abends öffnete Kathryn die Tür, und er huschte ins Haus und kam erst am nächsten Morgen wieder heraus.

Axel erzählte Matthias, Morgan Sanders hätte am Abend zuvor vor ihrer Tür gestanden. „Bandit hat einen Höllenlärm gemacht, da habe ich nachgeschaut." Daraufhin war Sanders gegangen.

Voller Sorge fragte Matthias Ronya, ob sie Kathryn gesehen hätte.

„Nicht seit Mittwochvormittag, als sie hier gefrühstückt hat. Amos auch nicht. Er sagte, er habe bei ihr geklopft, und sie habe ihm gesagt, sie würde es ihn wissen lassen, wenn sie bereit sei, über die Mine zu reden. Ich habe Ina Bea rübergeschickt, um nach ihr zu sehen. Wir haben Bandit zu fressen gegeben. Ich weiß aber nicht, was sie gegessen hat. Vielleicht arbeitet sie an einer neuen Ausgabe der *Voice*."

Als Matthias Kathryn das letzte Mal gesehen hatte, war sie über den Brettersteg gerannt, als wäre der Teufel hinter ihr her. Er vermutete, dass das Erdbeben sie so erschreckt hatte. Doch jetzt fragte er sich, ob an diesem Tag nicht noch etwas anderes geschehen war. Da er nicht schlafen konnte, fasste Matthias den Entschluss, noch einmal bei ihr anzuklopfen, falls Kathryn nicht zum Gottesdienst käme, und wenn sie ihm dann nicht öffnete, würde er die Tür eintreten.

Am Morgen stand Matthias früh auf und zog seine beste Kleidung an. In ihrem Fenster hing das Schild „Geschlossen". Es hing dort seit Mittwochnachmittag. Der Gottesdienst begann erst in eineinhalb Stunden. Da er nicht länger warten konnte, setzte er den Hut auf, überquerte die Straße und klopfte an ihre Tür. „Kathryn!" Keine Antwort. Er drückte die Klinke herunter, und die Tür ließ sich öffnen. Sein Herz stürzte ab wie ein Barometer vor einem Sturm, als er das Haus leer vorfand.

Nachdem er die Tür hinter sich wieder zugezogen hatte, marschierte er den Berg hoch und betete, Kathryn möge in der Kirche sein. Eine Welle der Erleichterung erfasste ihn, als er sie im Kirchenschiff entdeckte. Er schickte ein spontanes Dankgebet zum Himmel. Sie saß nicht an ihrem üblichen Platz, sondern ziemlich weit hinten, auf der rechten Seite unter einem der hohen Fenster. Auf dem Platz, an dem er während der letzten Gottesdienste gesessen hatte. Sie hielt den Kopf gesenkt, die Augen geschlossen. Betete sie oder dachte sie nach? Ein Sonnenstrahl fiel durch das Fenster auf sie, und eine Woge von Gefühlen erfasste ihn. Wenn er sie nicht in der Kirche angetroffen hätte, hätte er sich auf die Suche nach ihr gemacht.

Erleichtert atmete er tief aus, ging zu ihrer Bank und setzte sich neben sie. Kathryn zuckte leicht zusammen. Sie schaute zwar nicht auf, öffnete aber die Augen. „Sie sind heute früh dran, Mr Beck."

„Ja, das stimmt, Miss Walsh. Ich hoffe, ich störe Sie nicht in Ihrem Gebet."

„Ich bin schon eine Weile hier."

Reverend Thacker erschien am Ende der Reihe. „Guten Morgen, Mr Beck. Sie beide sind heute Morgen aber früh." Matthias begrüßte ihn. Sally kam mit einer Vase Narzissen den Mittelgang hinunter. Sie blieb stehen, begrüßte sie, ging mit nachdenklichem Gesichtsausdruck weiter und stellte die Blumen auf den Altar. Der Reverend machte sich auf der Kanzel an seinen Notizen zu schaffen und flüsterte leise mit ihr, dann verließen sie die Kirche durch die Seitentür.

Kathryn schwieg. Wie lange sie auch brauchen würde, um zu reden, Matthias würde warten. Minuten vergingen, und er stellte fest, dass er leise betete, Gott möge ihr bei dem, was immer sie so tief beunruhigte, klar seinen Weg zeigen. Sie stieß einen langen Seufzer aus und sah ihn an. Ihre grünen Augen waren klar wie eine Bergwiese nach einem Regen. „Ich bin froh, dass Sie hier sind, Matthias."

Fing sie an zu begreifen, dass sie zusammengehörten? Matthias wagte es nicht zu hoffen. Aber sie vertraute ihm. Das war ein großer Schritt in die richtige Richtung. „Was haben Sie in den letzten drei Tagen getrieben? Ihre Freundinnen haben sich Sorgen um Sie gemacht. Ich habe mir Sorgen um Sie gemacht."

Sie wich ein wenig zurück. „Es tut mir leid. Ich habe …" Sie zuckte die Achseln. „Ich habe geschrieben. Nachgedacht. Entscheidungen getroffen."

Er lächelte. „Oh-oh."

Sie lachte leise. „Ja. Nun. Ich weiß jetzt, was ich mit der Mine mache." Sie klang wieder wie sie selbst.

„Verkaufen?"

„Nein." Sie schaute ihn erneut an. Ein spitzbübisches Lächeln umspielte ihre Lippen. „Nur so eine Idee. Ein Experiment, wenn Sie so wollen."

Sofort stiegen dunkle Vorahnungen in ihm auf. „Wollen Sie das näher erläutern?"

„Noch nicht. Kann ich mich mit Ihnen treffen und darüber sprechen, dass ich gern das Rathaus anmieten würde?"

Sie steckte wirklich voller Überraschungen. Er hoffte nur, dass das nicht der einzige Grund war, dass sie da saß, wo er üblicherweise saß. „Wann immer Sie wünschen, Eure Ladyschaft. Bei Ihnen oder bei mir?"

„Bei Ihnen. Passt morgen früh zehn Uhr in Ihren Terminplan?"

So formell. So geschäftsmäßig. Egal, welche Termine er hatte, er würde sich Zeit für sie nehmen. „Ja."

Andere Gottesdienstbesucher fanden sich ein. Kathryn wurde unruhig. Sie warf einen Blick über die Schulter und lächelte herzlich. Als Matthias sich umdrehte, entdeckte er Fiona Hawthorne, Monique Beaulieu und drei andere Frauen, die sich in die letzte Bank auf der linken Seite setzten, ganz nah am Ausgang. Matthias spürte, wie Kathryn sich verspannte. Sie drehte sich wieder um und sah konzentriert nach vorn.

Morgan Sanders kam den Gang entlang. Matthias wusste, dass er nach Kathryn Ausschau hielt, als sein Blick zu der leeren Bank seinem üblichen Platz gegenüber wanderte und er sich dann umsah. Als er sah, wo sie saß, verfinsterte sich sein Gesichtsausdruck. Kathryn regte sich nicht. Sie atmete nicht. Matthias spürte, wie ihr Körper zitterte. Er suchte Sanders' Blick, und heiße Wut stieg in ihm hoch. Anstatt seinen Platz in der Bank einzunehmen, drehte Morgan sich um und marschierte durch den Gang zurück, rempelte einen Gottesdienstbesucher an und fuhr ihn an, ihm aus dem Weg zu gehen. Eilig verließ er die Kirche. Matthias hörte Kathryn leise aufatmen. Sie senkte den Kopf, doch Matthias hatte gesehen, dass alle Farbe aus ihrem Gesicht gewichen war.

Was hatte Sanders ihr angetan? Er wollte aufspringen und Sanders folgen, doch Kathryn legte ihre Hand auf seinen Arm. Nur mühsam bezwang er seinen Zorn und nahm ihre Hand. Sie war kalt und zitterte. „Hat er eine Kugel verdient?" Seine Stimme klang kalt und grob. Sie tat gar nicht erst so, als hätte sie nicht richtig verstanden.

„Nein. Er ist nicht so dumm, wie ich es gewesen bin.“ Sie warf ihm ein Lächeln zu. „Aber vielleicht kaufe ich mir demnächst ein Gewehr.“

Matthias wusste, dass sie die Spannung lösen wollte, aber sein Herz hämmerte zum Zerspringen. „Möchten Sie wieder ins Hotel ziehen? Ich garantiere für Ihre Sicherheit.“

Ihre Stimmung hellte sich auf. „Oh nein, das halte ich für keine gute Idee.“

Matthias warf ihr einen verletzten Blick zu. „Ich hatte den Eindruck, dass Sie allmählich anfangen, mir zu vertrauen, Eure Ladyschaft.“

Kathryn sah ihn ernst an. „Ich vertraue Ihnen mehr als jedem anderen Mann in dieser Stadt, Matthias.“ Sie hielt seinen Blick ein paar Sekunden lang fest, bevor sie ihm ihre Hand entzog und den Blick auf Reverend Thacker richtete, der seine Gemeindemitglieder zum Gottesdienst begrüßte.

Kapitel 21

Matthias stand vor seinem Hotel und unterhielt sich mit Henry, als Kathryn herauskam. Sie hatte sich mit ihren eleganten Bostoner Kleidern schick gemacht. Ein halbes Dutzend Männer standen da wie vor den Kopf geschlagen und gafften sie an, Matthias inbegriffen. War ihr Aufzug eine Kriegserklärung oder ein Anzeichen, dass ihr Herz langsam zugänglicher wurde? Der Hund begleitete sie und wich ihr nicht von der Seite. Wie gut, dass Matthias sich mit dem Tier angefreundet hatte.

Kathryn stieg die Treppe hoch und begrüßte ihn und Henry. Matthias deutete mit dem Kopf auf Bandit. „Wie ich sehe, haben Sie Ihren Bodyguard mitgebracht."

„Verschwinde jetzt." Sie winkte den Hund weg und fragte Matthias, ob er bereit sei, ihre Geschäftsangelegenheiten zu besprechen. Er führte sie ins Hotel. Ihr Begleiter hing an ihr wie eine Klette. „Weg mit dir, Bandit." Sie blickte den Hund gebieterisch an, doch das Tier ließ sich nicht einschüchtern. Als Morgan Sanders' Kutscher sie abgeholt hatte, war Bandit im Haus zurückgeblieben und ihr leider nicht gefolgt. Morgan hätte das Tier zwar nie mit ins Haus gelassen, aber Bandit hätte viel Lärm gemacht, wenn er eine Gefahr für sein Frauchen gespürt hätte.

Kathryn versuchte es erneut. „Raus mit dir, Bandit." Der Hund warf sich auf den Boden, legte den Kopf auf die Pfoten und sah zu ihr hoch. Matthias lachte.

Kathryn warf ihm einen gequälten Blick zu. „Es tut mir so leid. Er hört nicht besonders gut."

„Er weiß, wo er sein will." Sie setzte sich auf den angebotenen Stuhl. Auf dem Tisch zwischen ihnen stand frisch gebrühter Kaffee. Er schenkte ihr eine Tasse ein und fragte, ob sie Sahne oder Zucker nehme. Sie lehnte beides ab. Lächelnd reichte er ihr die Tasse mit Untertasse. Ihre steife Haltung ließ darauf schließen, dass sie nervös war. „Sie haben erwähnt, dass Sie das Rathaus anmieten wollen."

„Ja. Für eine Versammlung."

Er hob die Augenbrauen und wartete darauf, dass sie das näher ausführte. Sie trank ihren Kaffee und ignorierte seine schweigende Musterung. Nachdem sie die Tasse wieder abgestellt hatte, sah sie ihn an. „Sobald ich weiß, dass ich den Saal bekommen kann, werde ich eine Ankündigung in die *Voice* setzen."

Vielleicht vertraute sie ihm doch nicht so sehr, wie er gedacht hatte. Nachdem seine Neugier nun geweckt war, versuchte er es erneut. „Sie wollen mir keinen Hinweis geben?"

Sie überlegte, bevor sie antwortete. „Es geht um die Mine."

„Das habe ich mir schon gedacht." Sie kämpfte innerlich mit sich, ob sie ihm mehr sagen sollte.

„Ich möchte den arbeitslosen Minenarbeitern der Jackrabbit-Mine ein neues Geschäftsmodell vorstellen." Sie stellte Tasse samt Untertasse auf den Tisch. „Möglicherweise ist der Saal gar nicht groß genug. Vermutlich wird die ganze Stadt kommen wollen, um mitzuerleben, wie ich mich selbst zum Gespött mache. Vielleicht sollte ich Carl Rudger fragen, ob ich die Versammlung in seinem Holzlager abhalten kann."

Carl Rudger war Junggeselle und würde Kathryn nur zu gern einen Gefallen tun, was ihr zweifellos bewusst war. „Das könnten Sie, aber er müsste sein Geschäft schließen, um Platz für Sie zu schaffen. Es sei denn, Sie wollten die Versammlung am Abend abhalten, was nicht besonders klug wäre."

„Oh. Daran hatte ich nicht gedacht." Sie runzelte die Stirn. „Ich möchte nicht, dass er Geld verliert. Sollte ich mein Ansinnen vielleicht dem Stadtrat vortragen?"

„Sie stehen doch nicht vor Gericht." Was für eine Ironie, dass Kathryn glaubte, darum betteln zu müssen, den Saal der Gemeinde benutzen zu dürfen, der nur auf ihre Anregung hin gebaut worden war. Die Lady erwartete keine Gefälligkeiten. Trotzdem, der Stadtrat würde eine Miete berechnen wollen. Und die würde zu hoch für sie sein.

„Sie können Ihre Versammlung im Rathaussaal abhalten, Kate. Gratis. Falls jemand das hinterfragt, schicken Sie ihn zu mir."

Kathryn lachte leise. „Oh, ich bin sicher, dass es Fragen geben wird." Sie zuckte die Achseln. „Und vermutlich auch großes Gelächter."

Gelächter? Er würde ihr den Spott der Öffentlichkeit gern ersparen. „Was ist Ihre Idee, Kathryn?"

Sie lächelte ihn vielsagend an. „Kommen Sie zu der Versammlung, dann werden Sie alles erfahren."

Sie dankte ihm und erhob sich. Noch nie hatte er sie so entspannt und hoffnungsvoll erlebt. „Ich habe überlegt, das vorher mit Ihnen zu besprechen, Matthias, aber ich befürchte, dass Sie versuchen würden, mir mein Vorhaben auszureden."

Das machte ihn stutzig. „Sollte ich?" Gemeinsam gingen sie durch den Flur.

„Es ist besser, wenn Sie zum selben Zeitpunkt wie alle anderen erfahren, was ich mit der Mine vorhabe."

Matthias würde frühzeitig dort sein, denn er war sicher, dass der Saal aus allen Nähten platzen würde.

~

Natürlich versuchten sowohl Amos als auch Scribe, ihr die Pläne für ihre Mine auszureden. Sie begannen mit freundlichen Ratschlägen, als würden sie mit einem Kind reden, doch schon bald entbrannte ein heftiger Streit. Amos meinte, das sei Dummheit. Scribe verwendete ein noch schlimmeres Wort. Beide waren der Meinung, sie würde eine Katastrophe heraufbeschwören.

„Dann könnten Sie genauso gut an Sanders verkaufen!", brummte Scribe.

Abwechselnd versuchten die beiden, ihr einzureden, sie sei doch nur eine Frau, die nicht Bescheid wisse über Bergbau oder Geschäftsangelegenheiten. Beide schienen offensichtlich zu vergessen, dass sie die *Voice* führte. Amos meinte, sie sollte ihm die Organisation und die Einstellung der Arbeiter überlassen. Kathryn schwieg und ließ sie jammern. Alle diese Argumente würde sie auch bei der Versammlung zu hören bekommen. Das hier war eine gute Vorbereitung darauf.

Irgendwann fiel Scribe ihr Schweigen auf. „Wollen Sie denn nichts sagen?"

„Doch." Sie erhob sich. „Vielen Dank euch beiden für eure Meinung. Aber das ändert nichts: Die Mine gehört mir, und ich kann damit tun, was ich für richtig halte." Amos und Scribe wollten etwas entgegnen, doch sie hob die Hand. „Ihr habt jetzt eine Stunde lang eure Meinung vertreten. Und jetzt seid bitte so höflich und lasst mich einen Satz aussprechen, ohne dass ihr mich unterbrecht." Vielleicht war ein Teil ihres Ärgers verflogen, denn sie schwiegen tatsächlich.

„Ich liebe dich wie einen jüngeren Bruder, Scribe, und ich habe großen Respekt vor Ihnen, Amos. Aber meine Entscheidung steht." Ihr Plan klang so, wie sie ihn dargelegt hatte, tatsächlich ein wenig verrückt, aber sie war fest davon überzeugt, dass er Gutes bewirken und sehr erfolgreich sein könnte. Sie glaubten einfach nicht an sie. Oder an die Männer, um genau zu sein.

„Ihr könnt mich unterstützen oder weggehen. Ich werde eure Entscheidung respektieren, wie immer sie ausfällt." Sie sagte ihnen, wann und wo die Versammlung stattfinden würde, ging zur Tür und öffnete sie. „Einen schönen Tag noch, meine Herren."

So niedergeschlagen, als hätte ihnen ein Richter gerade eine zwanzigjährige Haftstrafe in einem Wüstengefängnis aufgebrummt, verließen die beiden Männer das Haus.

In der nächsten Ausgabe der *Voice* erschienen einige lesenswerte Artikel und ihre beliebte Kolumne. Matthias überflog die Kolumne „Lebensart für Junggesellen“. In dieser Woche ging es darum, wie man formvollendet um eine Dame warb. Aber es war die beinahe eine Viertelseite einnehmende Ankündigung, die Matthias' Aufmerksamkeit fesselte: ... *eine Versammlung im Rathaussaal am kommenden Donnerstag um 14 Uhr. Es geht um eine neue und ungewöhnliche Gelegenheit für Männer mit Erfahrungen im Bergbau ...* Sie hätte vor dem Stadtbullen Morgan Sanders gerade so gut ein rotes Tuch schwenken können.

Die Männer bombardierten Matthias mit Fragen. „Was meint sie mit *ungewöhnlich*?“

Matthias wünschte, er wüsste Bescheid. „Ich habe keine Ahnung.“

„Sie hat dir nichts erzählt?“

„Nein, sie hat mir nichts erzählt.“

„Du wirst das Mädchen heiraten, nicht? Reißt dir ja geradezu ein Bein aus, um sie zu gewinnen, nicht? Müsstest doch eigentlich wissen, was sie denkt.“

Matthias lachte freudlos. „Ich habe immer noch nicht verstanden, wie das weibliche Gehirn funktioniert.“

Wiley Baer drängelte sich zur Bar durch. „Es is' nich' ihr Verstand, was ihn interessiert, Dummkopf.“ Er zwinkerte Matthias zu. „Wenn sie man nich' das fescheste Frauenzimmer auf dieser Seite der Rockies ist.“

„Mit der Zunge einer Wespe!“, rief jemand von hinten.

„Und sie steckt ihre Nase in Angelegenheiten, die sie nichts angehen“, brummte Herr Neumann.

„Weil Stu Bickerson nicht den Mut hat, die Wahrheit zu drucken!“, rief eine Stimme von der Seite. Scribe.

„Wofür braucht sie überhaupt Bergleute?“

Wiley sah zu, wie Brady sein Schnapsglas zum zweiten Mal füllte. „City hat doch diese alte Mine gehört. Vielleicht kriegt sie am Ende doch mehr als eine Druckerpresse.“

Die Männer redeten alle auf einmal. Wiley kippte seinen Whisky hinunter, drängte sich durch die Menge und hob grüßend die Hand, als er durch die Schwingtüren verschwand. Matthias folgte ihm nach draußen. „Weißt du mehr darüber, Wiley?"

„Vielleicht. Vielleicht nich'."

Axel kam über den Brettersteg. „Was ist los?" Er deutete mit dem Kopf auf den Saloon, aus dem lautes Stimmengewirr drang.

„Sie spekulieren über Kathryns Versammlung im Rathaussaal."

„Könnte interessant werden."

Interessant war ein viel zu schwaches Wort für etwas, das sich möglicherweise zu einem Vulkanausbruch ausweiten könnte.

~

Kathryn wartete in ihrem Büro und fragte sich, ob Amos und Scribe wohl kommen würden. Seit ihrer hitzigen Auseinandersetzung hatte sie nicht mehr mit ihnen gesprochen.

Ein Blick auf die Uhr zeigte ihr, dass es Zeit war. Verzagtheit stieg in ihr hoch. Vielleicht waren ihre Erwartungen an ihre Freunde doch zu hoch.

Nervös richtete sie ein letztes Mal ihren Hut und öffnete die Tür. Amos und Scribe standen davor, gebadet, gekämmt und in ihrer besten Kleidung. „Danke, Gott", murmelte Kathryn leise.

Mit offenem Mund betrachtete Scribe sie von oben bis unten. Amos blinzelte und errötete. „M-Miss Walsh … Sie sehen wundervoll aus", stammelte er.

„Die Rüstung einer Frau." Kathryn lächelte. „Darf ich annehmen, dass ihr gekommen seid, um mich zu der Versammlung zu begleiten?"

„Ja", erwiderte Amos einfach. Auf seiner Stirn standen kleine Schweißtropfen. Machte er sich solche Sorgen, was passieren könnte?

Scribe wachte aus seiner Verzückung auf. „Ich habe mir den Saal genau angeschaut, und wir können Sie durch die Hintertür hinausbringen, falls die Sache aus dem Ruder läuft."

Tröstliche Worte. Mit einer Zuversicht, die sie längst nicht empfand, hob sie das Kinn. „Sollen wir dann gehen, meine Herren?“

Als Kathryn die Menge vor dem Saal erblickte, begann ihr Herz panisch zu hämmern, und sie hätte am liebsten die Flucht ergriffen. Vielleicht war das Rathaus noch nicht offen, und deshalb standen so viele Männer draußen. Als sie über den Brettersteg kam, drehten sich die Männer um. Sie starrten sie an und machten ihr Platz. Einige zogen ihre Hüte und nickten ihr respektvoll zu. Als sie näher kam, sah sie, dass die Türen weit offen standen. Der Saal war noch voller als kürzlich bei den Vorführungen einer herumreisenden Theatertruppe. Es stank nach Whisky und Männerschweiß. Jeder Stuhl war besetzt, die Männer drängten sich auch im Gang und an den Seitenwänden.

Kathryn schluckte und bemühte sich, die wilden Pferde, die in ihrer Brust galoppierten, zu beruhigen, während sie durch den Mittelgang nach vorn ging, Amos vor ihr, Scribe hinter ihr. Mit erhobenem Kopf, die Schultern gestrafft, hielt sie den Blick stur nach vorn gerichtet, aber natürlich entgingen ihr nicht die gemurmelten Kommentare der Männer. Amos hielt ihr vorne das Törchen zum Richterbereich auf, sie ging hindurch, stieg aufs Podium und setzte sich auf den Platz am Tisch, wo der Richter sitzen würde, falls sich jemals einer nach Calvada verirren würde.

Kathryn breitete die vorbereiteten Formulare vor sich aus und faltete die Hände auf dem Tisch, damit sie nicht so zitterten. Sie atmete tief ein und ließ den Atem langsam ausströmen, bevor sie die Männer anschaute, deren Blicke erwartungsvoll auf sie gerichtet waren. Ihr Mund war trocken. Es war eine Sache, in der Stille ihres Hauses einen Entschluss zu fassen, der Mut verlangte, aber ihn nun in die Tat umzusetzen kostete sie ihre ganze Kraft. Das Stimmengewirr verstummte langsam, und sie betete, dass man ihr nicht anmerken möge, wie sehr sie zitterte, und dass ihre Stimme fest bleiben möge. Amos stand rechts von ihr, Scribe links. Sie waren eher Schutz als Partner. Ihr Blick wanderte über die versammelten Männer hinweg. Viele hatte sie schon einmal gesehen, meistens, wenn sie die Saloons betraten oder herauskamen oder wenn sie vor der Tanzhalle neben ihrem kleinen Haus herumlungerten. Ihr war nicht bewusst, dass sie nach einem bestimmten Besucher Ausschau hielt, bis sie Matthias ganz hinten in der Nähe der Tür entdeckte. Er lächelte leicht und nickte ihr zu. Aus einem Grund, den sie gar nicht näher analysieren wollte, gab ihr seine Anwesenheit Halt.

„Meine Herren, vielen Dank, dass Sie heute gekommen sind. Ich werde Ihnen einen Geschäftsplan für die Mine meines Onkels präsentieren, und ich bitte Sie, Ihre Kommentare oder Fragen zurückzustellen, bis ich mit meiner Erklärung fertig bin." Sie machte eine kurze Pause und wartete auf Zustimmung. Alle verstummten und schauten sie an.

„City Walsh besaß eine Mine, die er aus irgendeinem Grund nur so weit bewirtschaftet hat, dass sie aktiv blieb. Proben aus dieser Mine habe ich von Hollis, Pruitt und Stearns in Sacramento begutachten lassen ..."

Aufgeregtes Gemurmel in den Reihen der Männer.

Kathryn wartete, bis das Gemurmel sich legte. „Mr Stearns hat mir den Bericht persönlich überbracht in der Hoffnung, die Mine selbst in Augenschein nehmen zu können, was er getan hat. Er hat bestätigt, dass darin Kupfer, Silber und auch Gold zu finden sind ..."

Das Gemurmel wurde lauter, viele tuschelten aufgeregt miteinander. Andere ermahnten die Störer. Einige riefen Fragen nach vorn. Würde sie an Sanders verkaufen? Wollte Stearns kaufen? Würde er die Bergbaufirma leiten? Wie viele Männer brauchte Stearns? Sie schwieg dazu und wartete ab.

Ein durchdringender Pfiff brachte alle zum Schweigen. „Lasst die Lady weiterreden!", rief Matthias von hinten.

„Vielen Dank, Herr Bürgermeister." Kathryn fuhr fort. „Um ein paar Ihrer Fragen zu beantworten, meine Herren, möchte ich Ihnen versichern, dass ich nicht verkaufen werde. Und ich habe vor, so bald wie möglich mit dem Abbau zu beginnen. Mr Stearns ist bereit, mir das nötige Startkapital zu leihen, und wir werden das Geld so schnell wie möglich zurückzahlen, damit die Mine schuldenfrei ist."

„Wer ist *wir*?", rief jemand von hinten. „Sie und Stearns?"

„Halt den Mund!", wurde der Frager angefahren.

Als wieder Stille eingekehrt war, fuhr Kathryn fort. „Ich habe einen Plan entwickelt, wie alle, die in der Mine arbeiten, am Gewinn beteiligt werden können. Wer mit meinem Vorschlag einverstanden ist, wird einen Vertrag mit mir schließen. Ich brauche Männer, die ehrlich und bereit sind, hart zu arbeiten und mir zu helfen, ein Bergbauunternehmen aufzubauen. Etliche von Ihnen sind vielleicht nach der Schließung der Jackrabbit-Mine jetzt arbeitslos geworden. Die Männer müssen bereit sein, bei dem Bemühen, aus City Walshs Mine ein profitables Unternehmen zu machen, dieselben Risiken zu tragen wie ich."

Kathryn entdeckte Wiley in einer der ersten Reihen. Sie suchte seinen Blick, und er senkte den Kopf. Als er aufstand und den Saal verlassen wollte, sagte sie aus einem Impuls heraus: „Wiley Bear, ich fände es schön, wenn Sie als Erster unterschreiben." Er blieb stehen und schaute sie verblüfft an.

„Warum Wiley?"

„Wiley Bear ist seit '49 im Bergbau tätig und weiß mehr darüber, was in diesen Bergen zu finden ist, als die meisten anderen in diesem Raum. Er und City Walsh sind mit demselben Treck in den Westen gekommen. Wenn Wiley nicht gewesen wäre, hätte mein Onkel Kalifornien niemals erreicht. Er verdankte Wiley Baer sein Leben."

Den Kopf etwas höher haltend, nahm Wiley wieder Platz. Sie lächelte ihm dankbar zu.

„Wie viele Männer brauchen Sie?", rief jemand.

„Zwanzig für den Anfang. Und sie müssen bereit sein, für eine Frau zu arbeiten."

Die Hälfte der Männer verließ den Raum, miteinander palavernd und lachend, und einige machten Bemerkungen über Weiber, die sehr gut darüber Bescheid wüssten, wie man Geld für schöne Kleider und Hüte ausgibt, aber nichts über den Abbau von Gold wüssten. Kathryn wagte nicht, Matthias anzuschauen. Sie stellte sich vor, wie er geringschätzig lächelte oder, schlimmer noch, amüsiert. Sanders' Kutscher drängte sich durch die Männer zur Tür. Zweifellos würde er alles, was sie gesagt hatte, schnellstmöglich an Morgan weitergeben. Es war egal. Bald würden sowieso alle Bescheid wissen, denn sie hatte ihr Geschäftsmodell bereits ausführlich in einem Artikel beschrieben, den sie in der nächsten Ausgabe der *Voice* veröffentlichen wollte.

Während sich der Saal leerte, drängten Männer von draußen herein, stellten Fragen. Es waren die, die so verzweifelt auf der Suche nach Arbeit waren, dass sie sich ihre Antworten anhörten. Alles, was Amos und Scribe bereits vor ein paar Tagen von sich gegeben hatten, wurde wiederholt.

„Warum sollten wir glauben, dass Sie den Vertrag einhalten?"

„Ich gebe Ihnen mein Ehrenwort."

Ein Mann lachte hart. „Welche Ehre? Sie haben Ihr Wort nicht gehalten!"

Kathryn erstarrte. Wovon um Himmels willen redete der Mann? Und dann kam ihr die Erkenntnis. *Dieses* Thema würde bestimmt nicht in der Öffentlichkeit besprochen werden!

„Sie haben Beck nicht geheiratet."

„Gott helfe ihm, falls sie das tut!", rief ein anderer, und Gelächter folgte.

Kathryn errötete. Was sollte sie sagen? „Ich … Er … Wir …"

„Er hat Ihre verflixte Liste so gut wie erledigt, oder etwa nicht?"

Raues Gelächter folgte. „Sie sagen, Sie halten Ihr Wort? Dann heiraten Sie Beck!" Die Menge fiel in einen Sprechgesang. „Heiraten Sie Beck! Heiraten Sie Beck!"

Kathryn entdeckte Axel Borgeson. Mit grimmigem Gesichtsausdruck und geballten Fäusten drängte er sich durch die Menge. Voller Entsetzen wurde ihr klar, dass sie vielleicht ungewollt die Verantwortung dafür trug, wenn es zu einer Schlägerei kam. Scribe hatte ihren

Arm gepackt und sagte ihr, sie sollten durch die Hintertür verschwinden. Sie entriss ihm ihren Arm.

Ein zweiter durchdringender Pfiff brachte alle zum Verstummen. Matthias Beck verließ seinen Posten hinten im Saal und machte sich auf den Weg zu ihr. Die Männer wichen zur Seite, als wäre er Mose, der das Rote Meer teilte, und Kathryn das Verheißene Land.

Kathryn schluckte, als er durch das Törchen zu ihr trat und sich zu den Männern umdrehte. Wie ein Schild schirmte er sie ab. „Miss Walsh ist eine Frau, die ihr Wort hält." Als er sich umdrehte und sie anschaute, spürte sie die volle Wucht dieses glitzernden Blickes voller Belustigung. „Wenn ich meine Versprechen erfüllt habe, wird sie ihre erfüllen."

Kathryn wagte es nicht, ausgerechnet jetzt zu widersprechen.

„Wer an Miss Walshs Vorschlag interessiert ist, sollte bleiben. Alle anderen Männer können gehen."

Axel sprang ihm bei, wiederholte die Anweisungen und wies mehrere Querulanten aus dem Saal.

Mit den elf Männern, die zurückgeblieben waren, wirkte der Saal leer. Das waren viel weniger, als sie gehofft hatte.

Matthias drehte sich zu ihr um. „Zwanzig Männer, sagten Sie?", flüsterte er so leise, dass die Männer sie nicht verstehen konnten. „Es tut mir leid, Kathryn, aber ich glaube, das ist Ihre Mannschaft." Sein Gesichtsausdruck gab keinen Aufschluss darüber, was er von ihrem Experiment hielt. Er verließ das Podest wieder und verschwand durch das Törchen. „Viel Glück, meine Herren." Sie sah ihm nach, wie er den Saal durchquerte und nach draußen trat.

Kathryn erklärte ihr Vorhaben. Als sie fertig war, verließ sie das Podest und reichte jedem Mann ein Formular, das er ausfüllen sollte. „Wenn Sie nicht lesen und schreiben können, werden Amos und Scribe Ihnen helfen." Bestimmt gab es Männer, die zu stolz waren, sich diese Blöße zu geben. Es dauerte eine Weile, doch sie sammelte die elf Formulare wieder ein, bevor die Männer zusammen mit Amos und Scribe den Saal verließen. Scribe würde sofort zu Brady gehen, wo er immer noch stundenweise arbeitete. Die anderen würden ihm folgen, um sich einen Drink zu bestellen und sich noch weiter mit Amos zu unterhalten.

Hinten an der Wand stand noch ein Mann im Schatten. Langsam trat er vor. Als er seinen Hut abnahm, erkannte ihn Kathryn. Seit Monaten schon hatte sie nach ihm gesucht, und irgendwann hatte sie angenommen, er hätte die Stadt verlassen.

„Können Sie noch jemanden brauchen?", fragte er respektvoll. In seiner Stimme lag keinerlei Hoffnung, aber auch kein Hass wie damals, als sie das Mordkomplott unter der Brücke belauscht hatte. Er wusste, dass sie ihn erkannt hatte, das las sie in seinen Augen. „Ich dachte mir schon, dass Sie sich an mich erinnern."

Sollte sie lügen, um sich selbst zu schützen? Angst war ein schrecklicher Befehlshaber, und auf keinen Fall würde sie sich von ihrer Angst versklaven lassen. „Es fällt mir schwer, Sie zu vergessen. Ich bin nicht traurig, dass sich die Dinge anders entwickelt haben, als Sie geplant hatten." Seltsam, dass sie nun, wo sie ihm von Angesicht zu Angesicht gegenüberstand und in seine haselnussbraunen Augen blickte, eine unerklärliche Ruhe empfand. Er sah gar nicht aus wie ein Ungeheuer.

Sein Mund verzog sich. „Sie haben verhindert, dass ich etwas tue, das mich an den Galgen gebracht hätte." Nervös drehte er den Hut in seinen Händen.

Würde er noch mehr gestehen? „Haben Sie mein Fenster eingeworfen?"

„Ja, Ma'am. Ich habe sogar überlegt, Ihr Haus anzuzünden, habe es aber nicht getan, weil ich wusste, dass dann die ganze Stadt abbrennen würde." Wie erstarrt schaute sie ihn an. Dieses Geständnis kostete ihn große Überwindung, das spürte sie. Er seufzte und sprach weiter, so als wollte er sich von aller Schuld befreien. „Es ist auch gut, dass Sie McNabb gewarnt haben. Er war mein Freund. Der Zorn richtet in einem Mann schlimme Dinge an. Ich bin nicht stolz auf das, was ich geplant oder getan habe. Männer sagen und tun dumme

Dinge, wenn sie in die Enge getrieben werden. Sie haben nichts getan, aber Sie haben den Zorn abbekommen, der sich gegen den Mann aufgestaut hatte, der dafür verantwortlich war."

Morgan Sanders.

Der Mann umklammerte seinen Hut, als wollte er ihn wieder aufsetzen. „Sie haben keinen Grund, mir zu vertrauen, Miss Walsh, und das kann ich gut verstehen. Aber ich wollte es einfach versuchen, mit an Bord zu gehen. Guten Tag noch, Ma'am." Er drehte sich um, setzte seinen Hut auf und ging zur Tür.

Ein Kampf tobte in ihr, und das leise Flüstern siegte. „Einen Augenblick, bitte." Sie machte ein paar Schritte auf ihn zu. Die elf Formulare hielt sie in der Hand. „Wie heißen Sie?"

Seine Augen zuckten. „Und wenn ich Ihnen das sage?"

Dachte er etwa, sie wollte ihn an Axel Borgeson verraten? Was könnte der Sheriff tun? „Es wurde doch kein Verbrechen begangen."

„Der Stein."

„Vergeben."

„Wyn Reese."

„Und Sie arbeiten immer noch für Morgan Sanders, Mr Reese?"

„Ich bin einer seiner Vorarbeiter."

Wenn Wyn Reese Sanders hätte töten wollen, dann hätte er das mittlerweile tun können. „Und jetzt wollen Sie für eine Frau arbeiten?"

„Nein, Ma'am. Ich möchte für *Sie* arbeiten. Sie waren klug genug, Citys Zeitung wiederzubeleben. Das war keine leichte Aufgabe, und Sie sind nahe dran, Bickerson aus dem Geschäft zu drängen, falls Sie das noch nicht wissen. Nicht einmal City hat das geschafft. Vielleicht werden Sie mit Ihren Vorstellungen von der Leitung einer Mine noch alle überraschen." Er lachte freudlos. „Ich weiß, wie Sanders seine führt. Ich gehöre zu denen, die dafür sorgen, dass alles unter Kontrolle bleibt, und ich habe keine Lust mehr. Seine Männer sind kaum besser dran als Sklaven."

„Und Sie?"

„Ich bin kaum besser dran als sie, aber wenigstens habe ich keine Schulden." Er zögerte. „Ich weiß, dass Sie mir nicht trauen. Aber wenn Sie mir eine Chance geben, würde ich gern für ein Unternehmen arbeiten, dem das Wohl seiner Mitarbeiter am Herzen liegt und in dem nicht der ganze Gewinn in die Tasche eines Einzelnen fließt."

„Können Sie mir ein wenig über sich erzählen?"

„Meine Eltern starben, als ich noch ein Kind war. Ich weiß, Sie sind eine gute Christin, Miss Walsh. Und ich sage Ihnen, ich habe meinen Glauben schon vor langer Zeit verloren. Meine Großmutter hat mich in die Kirche mitgenommen, und ich habe auch an Gott geglaubt, bis ich alt genug war, in den Norden zu gehen mit dem Wunsch, es zu etwas zu bringen. Ich habe in den Fabriken gearbeitet, kam in den Westen und landete im Bergbau." Er schüttelte den Kopf. „Es ist schwer zu glauben, dass es einen Gott gibt, der sich um einen kümmert, wenn man für einen Teufel in der Hölle arbeitet."

Kathryn verstand seinen Schmerz und seine Desillusionierung. Sie wusste auch, dass aus einem kleinen Samenkorn ein großer Baum werden konnte. „Wir hatten elf Männer, Mr Reese." Sie hielt ihm die Hand hin. „Jetzt haben wir zwölf."

~

Die zwölf Männer, die Kathryn eingestellt hatte, nahmen die Arbeit sofort auf. Sie brachten Erfahrung und Kenntnisse mit. Matthias war erstaunt gewesen, dass sie Morgans ersten Vorarbeiter, Wyn Reese, eingestellt hatte, einen Mann, der stark genug war, einen Berglöwen mit den Zähnen zu töten. Als Sanders seinen Vorarbeiter verlor und bemerkte, dass andere, die keine Schulden bei ihm hatten, neidische Blicke auf ein Unternehmen warfen, in dem die Gewinne aufgeteilt wurden, hob er die Löhne an. Immer mehr Männer verließen seine Mine, und entsprechend schleppend ging die Arbeit voran, während bei Kathryn die Männer Schlange standen, um bei ihr zu arbeiten. Stearns' Annahme bewahrheitete sich: City Walshs Mine war eine

Goldgrube. Alles, was Reese und die anderen Bergarbeiter wussten, floss in ihre Arbeit ein, und je härter sie arbeiteten, desto mehr verdienten sie.

Stu Bickerson hatte die Versammlung im Rathaussaal besucht und sie auf dem Weg nach draußen angesprochen. Sie hatte ihrer Mine den Namen Civitas gegeben, aber da Bickerson des Lateinischen nicht mächtig war, buchstabierte er in seiner Schlagzeile das Wort so, wie es ausgesprochen wurde: WALSH ERÖFFNET KEEWEETOSS MINE. Matthias lachte herzlich, als er das las.

Kathryn beeilte sich, einen Artikel über die *Civitas-Bergbaugenossenschaft* zu schreiben und über die Gewinnbeteiligung ihrer Beschäftigten zu informieren, die den Lebensstandard der Männer heben und auch dem Ort Calvada ein wenig Wohlstand bringen sollte. Egal, wie oft sie „Civitas" druckte, „Keeweetoss" blieb hängen. In der nächsten Ausgabe des *Clarion* behauptete Bickerson, die Tochter des großen Kriegers Häuptling Keeweetoss hätte ihr Leben geopfert, indem sie von einer Klippe in wildes Gewässer gesprungen sei und auf diese Weise den Krieg zwischen benachbarten Stämmen beendet hätte.

Der Sonntag war der einzige Tag in der Woche, an dem Matthias Kathryn sehen konnte. In ihrem Unternehmen gab es eine feste Regel: *Sonntag ist Ruhetag*. Nicht alle teilten ihren Glauben, und nur wenige folgten ihrem Beispiel und besuchten den Gottesdienst, aber der freie Tag war willkommen.

Ganz gewiss hatte die junge Lady ihren eigenen Kopf, aber schlecht war das nicht unbedingt. Niemand in der Stadt hatte sich mehr darüber gewundert als Matthias, als sich Ihre Ladyschaft in Hemd, Baumwollhose und Stiefeln persönlich über die Fortschritte in der Mine informierte. Offensichtlich interessierte sie sich für jeden Arbeitsgang, denn sie stellte den Männern unzählige Fragen und verbrachte Stunden in Amos Stearns' Büro oder im Gespräch mit ihm. Matthias hatte bei Ronya eines ihrer Gespräche mitbekommen. Wie ein Mann nur so ausschweifend über den Abbau von Kupfer und Silber schwadronieren konnte! Steine waren Stearns' Fachgebiet, da kannte er sich aus, und es ärgerte Matthias, mit ansehen zu müssen, wie Kathryn förmlich an seinen Lippen hing.

Vielleicht wusste Kathryn nicht viel über den Bergbau, aber ihr Geschäftssinn war ziemlich ausgeprägt. Sie ordnete zusätzliche Sicherheitsmaßnahmen an, unter anderem stärkere Balken zum Abstützen der Tunnel. Eine Kältekammer sollte gegraben und Eis unter Tage geschafft werden, damit sich die Bergleute von der großen Wärme abkühlen konnten. In den Zeitungen von San Francisco und Sacramento schaltete sie Anzeigen für einen dringend benötigten Arzt. Mit Dr. Marcus Blackstone vereinbarte sie, dass er die Bergleute und ihre Familien behandeln sollte. Alle Arztkosten würden von der *Calvada Keeweetoss Bergbaugesellschaft* übernommen.

Die Männer ärgerten sich darüber. Das wäre Verschwendung und würde ihren Profit mindern. Warum sollten Frauen, die nicht arbeiteten, Vergünstigungen erhalten, für die die Männer hart arbeiteten? Kathryn antwortete mit einem leidenschaftlichen Artikel darüber, welche Rechte eine Frau verlor, wenn sie eine Ehe einging.

Einige Männer erwarteten, dass Kathryn ihnen eine Unterkunft zur Verfügung stellte. Sie schrieb einen Artikel, in dem sie darlegte, dass sie der Meinung sei, jeder Bergmann könne selbst entscheiden, wofür er sein Geld ausgeben wolle. Sie habe nicht die Absicht, Häuser zu vermieten oder einen firmeneigenen Laden zu eröffnen. Es folgte eine Liste von Kaufleuten in Calvada, die vertrauenswürdig waren und ihre Waren zu annehmbaren Preisen anboten. Sie gewährten auch faire Kredite, falls das nötig sein sollte. Matthias war erfreut, Walkers Gemischtwarenhandlung ganz oben auf der Liste zu finden. Und das Erstaunlichste für die männliche Mehrheit in Calvada war: Kathryn hielt ihr Versprechen in Bezug auf die Gewinnbeteiligung.

Kathryn Walsh arbeitete von morgens bis abends, um die Stadt umzukrempeln und in eine aufstrebende Gemeinschaft zu verwandeln. Matthias empfand denselben Wunsch. Die Liebe zu Kathryn hatte ihn unerwartet getroffen, aber auch inspiriert. Jetzt bewunderte und respektierte er ihre Fähigkeiten. Noch nie hatte er einen Menschen kennengelernt, der sich mit solcher Leidenschaft für das einsetzte, was er für richtig hielt. Die Sache mit der Liste hatte er nicht ernst gemeint. Nun, da er fast alles erreicht hatte, was daraufstand, hatte er das Gefühl, sich selbst in die Ecke gedrängt zu haben. Es ging ihm nicht darum, eine Wette zu gewinnen. Er wollte Kathryn Walshs Herz gewinnen.

Sie hatte ihm Hoffnungen gemacht, als sie in der Kirche neben ihm gesessen und ihm gestattet hatte, ihre Hand zu nehmen, wenn auch nur an jenem Sonntagmorgen. Was immer zwischen ihr und Morgan Sanders geschehen war, sein Schutz war ihr willkommen gewesen. Das war ein Schritt in die richtige Richtung.

Seine Geduld wurde auf eine harte Probe gestellt, und oft empfand er Unzufriedenheit. Er behielt die Lady im Blick, aber es gab immer mehr amtliche Verpflichtungen, denen er nachkommen musste. Je mehr Matthias arbeitete, desto mehr Dinge entdeckte er, die auch noch in Angriff genommen werden mussten, um die Stadt sicher zu machen und ihren Wohlstand zu gewährleisten. So Gott wollte, würde er bis zum Ende seiner Amtszeit als Bürgermeister mehr als ein halbes Dutzend Projekte abschließen können. Dann müsste er entscheiden, ob er nach Sacramento ziehen oder in Calvada bleiben würde. Alles hing ab von dem einen Projekt, das er noch zu Ende bringen musste.

Matthias hatte vor, Kathryns kalte Füße zu wärmen.

Kapitel 22

Kathryn war froh, als ihr beim Aufwachen einfiel, dass Sonntagmorgen war. Eine lange, harte Woche nicht enden wollender Arbeit lag hinter ihr. Sie hatte eine Ausgabe der *Voice* herausgebracht, außerdem hatte sie sich über die Vorgänge in der Keeweetoss-Mine informiert. So früh am Morgen war die Chump Street noch verlassen. Die Sommerhitze begann. In der vergangenen Nacht hatten die Gäste in den Tanzhallen und Saloons der Stadt noch bis weit nach Mitternacht gefeiert, aber Kathryn hatte sich mittlerweile so an den Lärm gewöhnt, dass sie trotz Musik und Lärm einschlief und von der Stille aufwachte.

Sie machte sich auf den Weg zu Ronyas Café. Die Tür stand offen, und ein paar wenige Gäste saßen am Fenster und frühstückten. Bandit rannte zur Hintertür, und Ina Bea stellte ihm einen Napf mit Resten hin. Kathryn entdeckte ein neues Gebäude und blieb angenehm überrascht stehen. Das neue Schulhaus war fertig und sah mit seinen roten, weiß abgesetzten Wänden, dem Glockenturm und dem weißen Gartenzaun ganz bezaubernd aus. Das Tor war noch geschlossen und verriegelt.

„Ich dachte mir, dass Sie vielleicht zum Frühstücken zu Ronya kommen und dass wir es uns gemeinsam ansehen könnten."

Beim Klang von Matthias' Stimme machte ihr Herz einen Satz. In seinem besten Sonntagsanzug sah er sehr gut aus. „Meistens frühstücke ich morgens zu Hause."

„Sie können kochen?" Er hob die Augenbrauen.

Sie lachte. „Zum Überleben reicht es."

Matthias deutete mit dem Kopf zum Schulhaus. „Und? Was meinen Sie, Eure Ladyschaft? Findet es Ihre Billigung?"

„Es ist grandios! Herzlichen Glückwunsch, Herr Bürgermeister! Am letzten Sonntag stand nur der Rahmen. Wie haben Sie das in einer Woche geschafft?"

„Motivation." Sein Lächeln und der Ausdruck in seinen Augen ließen ihr Herz höherschlagen. Er lachte. „Und ich hatte gute Arbeiter. Die Glocke ist bestellt. Henry wird sie herbringen, sobald sie in Sacramento eintrifft."

„Und Charlotte kommt hoffentlich auch mit."

„Ganz bestimmt."

„Wir sollten eine große Einweihung feiern!" Erneut bewunderte sie das Gebäude. „Was ist mit einem Lehrer?"

„Ich habe Brian Hubbard eingestellt. Er fängt im Herbst an. Bevor bei ihm das Goldfieber ausbrach, war er Lehrer in Connecticut. Jetzt hat er genug vom Bergbau." Matthias öffnete das Tor. „Möchten Sie einen Blick hineinwerfen?"

„Ja! Unbedingt." Als das Tor hinter ihr ins Schloss fiel und Matthias an ihre Seite trat, wurde ihr ganz heiß. Eine Freude durchströmte sie, die nichts mit dem Schulhaus zu tun hatte. Während sie die Stufen hochstieg, tadelte sie sich selbst wegen dieses romantischen Unsinns. Matthias öffnete ihr die Tür.

Bis auf einen Ofen war der Raum leer.

„Rudger hat einige Männer daran gesetzt, Schreibpulte zu bauen." Matthias ging in die Mitte des Raumes und drehte sich zu ihr um. „Sie werden fertig sein, bevor die Schule öffnet. Eine große Tafel wird gegen Ende der Woche vorn montiert; auch kleinere Tafeln werden zur Verfügung gestellt. Lehrbücher kommen aus San Francisco."

Er war so offensichtlich mit seiner ganzen Aufmerksamkeit bei ihr, dass es Kathryn schwerfiel, normal zu atmen. Sie ging im Raum herum und stellte sich vor, wie er sich mit lebhaften Kindern füllte, die begierig waren zu lernen. Schweigend und entspannt beobachtete Matthias sie. Ein leichtes Lächeln umspielte seine Lippen. Den Mann zu ignorieren war einfach unmöglich! „Es ist wundervoll geworden, Matthias. Sie sind genau der Bürgermeister, den Calvada braucht."

„Beunruhigt Sie etwas, Kathryn?", fragte er provokativ.

Vieles trieb sie um, nicht zuletzt dieser Mann, der ihr so unter die Haut ging. Ein Blick von ihm, und ihr Herz begann zu rasen. Die Erinnerung an den einen Kuss raubte ihr den Schlaf, und ihr Körper verlangte nach mehr. Er wusste sehr gut, dass diese vermaledeite Liste kein formaler Vertrag war, auch wenn er Stu Bickerson dazu angestiftet hatte, ihre angebliche Verlobung anzukündigen. Sie hob das Kinn. „Warum sollte ich beunruhigt sein?"

„Ja, warum wohl?"

Die Versammlung in der Stadthalle fiel ihr ein und die Rufe der Männer, dass Frauen ihr Wort nicht halten würden. Alle rechneten damit, dass sie jetzt, da Matthias alles bewerkstelligt hatte, was auf der Liste stand, die Stu Bickerson in seiner Zeitung abgedruckt hatte, bereit sein würde, ihn zu heiraten. Sie fummelte an ihrer Taschenuhr herum und sah nach, wie spät es war. „Der Gottesdienst fängt gleich an."

„Irgendwann werden wir darüber reden müssen, Kathryn." Matthias schloss die Tür hinter ihnen. „Sie wissen, dass alle in der Stadt uns jetzt beobachten werden und darauf lauern, ob Sie tatsächlich Ihr Wort halten."

Kathryn blieb stehen und drehte sich zu ihm um. „Darüber ..."

„Ich habe nicht die Absicht, Sie zu drängen, Kate, aber das heißt nicht, dass die Bewohner Calvadas nicht gewisse Erwartungen haben, was als Nächstes geschieht. Wir sollten darüber reden. Immerhin steht Ihr Ruf auf dem Spiel." Er zuckte beiläufig die Achseln. „Ich könnte Gus Blather natürlich anvertrauen, dass ich jetzt nur noch brüderliche Zuneigung für Sie empfinde."

Kathryn war verblüfft, wie sehr diese Bemerkung schmerzte. Brüderliche Zuneigung? Sie wandte den Blick ab. „Nun, vielen Dank dafür. Das würde das Problem lösen." Sie wünschte, auch sie hätte nur schwesterliche Gefühle für ihn.

Mehrere Gottesdienstbesucher gingen vorbei und musterten sie mit viel zu viel Interesse. Ganz leicht legte Matthias seine Hand an ihren Ellbogen. Sie war diejenige gewesen, die groß verkündet hatte, sie hätte nicht die Absicht, Matthias Beck zu heiraten – oder überhaupt jemanden, um genau zu sein. Und sie hatte das ernst gemeint. Aber trotzdem hatte sie sich gelegentlich gefragt, wie es wohl wäre, Matthias' Frau zu sein. Seine Küsse hatten ihr den Atem geraubt, ihr Herz hatte zu rasen begonnen und ihr Körper zu zittern. Er brauchte sie nur so anzuschauen, wie er es im Augenblick tat, und ihre Gefühle machten, was sie wollten.

Was sollte das noch werden?! Kein Wunder, dass ihre Mutter sie vor der Leidenschaft gewarnt hatte. Was diesen Mann anbetraf, so schien ihr Verstand sich zu verflüchtigen.

„Ich habe einen Buggy reserviert, und Ronya hat ein Picknick für uns vorbereitet. Wir reden heute Nachmittag darüber."

Aufregung erfasste sie bei der Vorstellung, einen sonnigen Sonntagnachmittag mit ihm zu verbringen, doch dann gewann der gesunde Menschenverstand die Oberhand. Allein mit Matthias? Bei einem Picknick? Noch ein einziger weiterer Kuss wäre ihr Waterloo! Sie wollte gerade eine Ausrede erfinden, als jemand seinen Namen rief. Etwas wie Irritation flackerte über seine Gesichtszüge. „Sie sollten gehen", forderte Kathryn ihn auf, ließ ihn stehen und mischte sich unter die anderen Gottesdienstbesucher. Entschlossen stieg sie die Stufen hoch und betrat die Kirche. Erst als sie auf ihrem Platz saß, konnte sie wieder freier atmen.

„Hätten Sie etwas dagegen, wenn ich mich neben Sie setze, Miss Walsh?" Mit dem Hut in der Hand stand Wyn Reese am Ende der Bank. Sie lächelte ihn freundlich an. Andere Bergarbeiter der Keeweetoss-Mine betraten die Kirche und setzten sich zu ihnen, bis die Bankreihe gefüllt war. Durch die Anwesenheit ihrer Leute fühlte Kathryn sich gestärkt und beschützt und ihre Nervosität ebbte ab. Als Matthias hereinkam, wanderten die Blicke der Leute zwischen ihm und ihr hin und her.

Reverend Thacker stimmte das erste Lied an, begleitet von Sally auf dem Klavier. Seine Predigt folgte. Kathryn versuchte, sich zu konzentrieren, doch ihre Gedanken wanderten immer wieder zu Matthias ab. Sie mussten tatsächlich über die Situation reden, aber wie viel Gerede würde es geben, wenn die Leute sie in einem Buggy gemeinsam wegfahren sahen? Doch andererseits – was kümmerte sie das Gerede der Leute? Egal, was sie tat, geredet wurde immer!

Ihr Kopf begann zu schmerzen, während sie die Situation von allen Seiten bedachte. Sie hatte doch bereits den Entschluss gefasst, sich von diesem Mann fernzuhalten, oder nicht? Erschöpft rieb sie ihre Schläfen. Reese blickte sie fragend an. Entschlossen faltete sie die Hände im Schoß und hob den Kopf. Worüber um alles in der Welt redete Reverend Thacker? Sie hatte keine Ahnung.

Nach dem Gottesdienst gesellte sich Kathryn zu den Frauen, die Erfrischungen anboten. Nicht alle gingen ihr aus dem Weg. Immer wieder wanderte ihr Blick zu Matthias, der sich angeregt mit Carl Rudger, Amos und Wyn unterhielt. Axel und Ina Bea standen dicht beieinander und plauderten miteinander. Ein paar Kinder flitzten durch die Menschengruppe, während ihre Eltern sich mit neuen und alten Freunden unterhielten. Das Schulhaus würde bald seinen Betrieb aufnehmen und sich mit Jungen und Mädchen füllen.

Matthias beendete sein Gespräch und kam auf sie zu. In seiner Nähe beschleunigte sich ihr Puls. Sie hielt einen Teller mit Keksen wie einen Schutzschild vor sich. Er lehnte ab. „Heben Sie sich Ihren Appetit für unser Picknick auf. Ich hole Sie um 14 Uhr ab." Er trat zurück und machte Platz für zwei Kinder, die sich einen Keks nehmen wollten. Mit klopfendem Herzen sah sie ihm nach, während er zu den Männern zurückging und das Gespräch wieder aufnahm.

Einer der Hilfssheriffs kam den Hügel hoch und winkte Axel beiseite. Worum immer es auch ging, die Gesichter der beiden Männer wurden ernst, dann entfernte sich der Hilfssheriff. Die Menschenmenge zerstreute sich allmählich. Frauen sammelten die leeren Teller ein, falteten die Tischtücher zusammen.

Axel kam auf Kathryn zu. „Ich begleite Ina Bea zu Ronya. Begleiten Sie uns.“ Das klang eher nach einem Befehl und nicht nach einer Bitte. Ihr erster Gedanke war, dass die Zeitungsredaktion schon wieder verwüstet worden war. Ganz instinktiv schaute sie sich suchend nach Matthias um.

~

Matthias hatte das Gespräch zwischen Axel und seinem Hilfssheriff beobachtet. Irgendetwas stimmte nicht. Aber warum war Axel so zielstrebig auf Kathryn zugegangen? Als sie sich suchend umschaute, wusste er, dass sie nach ihm Ausschau hielt. Sie ging mit Axel zu Ina Bea zurück, und die kleine Gruppe verließ das Kirchgrundstück. Matthias entschuldigte sich und folgte ihnen. Es dauerte nicht lange, bis er sie eingeholt hatte. Axels Blick warnte ihn davor, irgendwelche Fragen zu stellen. Axel reichte Ina Bea die Hand und sagte etwas zu ihr, bevor sie in Ronyas Tür verschwand.

Kathryns sah zu ihrem Haus hinüber. „Es scheint aber noch alles in Ordnung zu sein.“ Axel reagierte förmlich. Sie habe ihn zu begleiten. „Was ist passiert? Wohin gehen wir?“, fragte sie verwirrt

„Zum Haus von Morgan Sanders.“

Sie blieb stehen. „Warum soll ich Sie begleiten?“

Mit einem Gesichtsausdruck, der nicht zu deuten war, blickte Axel sie an. „Ich habe Ihnen ein paar Fragen zu stellen, wenn wir dort sind.“

Kathryn wurde blass und wandte sich zu Matthias um, als wüsste er mehr.

„Was ist los, Axel?“

„Lassen Sie uns gehen, Miss Walsh.“ Axel warf Matthias einen warnenden Blick zu. Borgeson tat niemals etwas ohne guten Grund.

Sanders’ Haustür stand sperrangelweit offen. Einer der Hilfssheriffs hatte sich davor aufgebaut. Mit bleichem Gesicht blieb Kathryn zurück. „Ich möchte dieses Haus nicht betreten, Axel.“

„Warum nicht?“

„Ich will das nicht erklären. Ich kann es nicht.“

„Sie sind doch schon drin gewesen.“

Matthias warf Kathryn einen Blick zu und erkannte, dass es stimmte.

„Einmal.“

„Nur einmal?“ Axels Gesichtsausdruck war nicht zu deuten. „Sind Sie ganz sicher?“

„Wenn sie sagt, einmal, dann war es einmal!“, fuhr Matthias ihn an.

Kathryn sah kreidebleich aus. „Was wollen Sie andeuten?“

Axel wies mit der Hand auf die Tür, und sie folgte dem stummen Befehl. In der Eingangshalle zögerte sie erneut, sichtlich erregt, bevor sie Axel in den Salon folgte. Bereits nach wenigen Schritten schnappte sie schockiert nach Luft. Morgan Sanders lag auf dem Boden vor dem Sofa. Sein Gesicht war nicht zu erkennen, der Teppich war blutgetränkt.

Matthias fing Kathryn auf, als sie ohnmächtig zusammensank. Außer sich vor Zorn funkelte er Axel an. „Was hast du dir dabei gedacht?“

„Zeugen haben ausgesagt, eine Frau, die aussah wie Kathryn, sei gestern Abend beobachtet worden, wie sie von dem Haus weggelaufen sei.“

„Du denkst, sie hätte ihn ermordet?“ Hätte er die Hände frei gehabt, er hätte Axel gepackt und ihn gewürgt.

„Nur ruhig, mein Freund. Ich musste ihr Gesicht sehen, wenn sie Sanders’ Leichnam sieht. Ich glaube nicht, dass sie irgendetwas damit zu tun hat.“

„Du glaubst?“, brummte Matthias und trug sie aus dem Haus. Noch bevor er die letzte Stufe erreichte, kam sie wieder zu sich.

„Lassen Sie mich herunter, Matthias.“ Sie wehrte sich gegen ihn, anfangs schwach, dann immer heftiger. „Lassen Sie mich herunter! Bitte!“ Als er ihrer Aufforderung nachkam, machte Kathryn einen vorsichtigen Schritt und beugte sich über die niedrige Buchsbaumhecke.

Matthias stand hinter ihr und legte stützend den Arm um ihre Taille, während sie sich übergab. „Es tut mir leid, dass Sie das sehen mussten", flüsterte Matthias und hielt ihre Stirn. Sie war feucht von dem Schock.

Heftig zitternd lehnte sich Kathryn an ihn. „Warum hat Axel darauf bestanden, dass ich das sehe?" Sie schluchzte auf. Matthias erklärte es ihr.

Mit aschfahlem Gesicht drehte sie sich um. „Er denkt, ich hätte das getan?" Ihr Lachen grenzte an Hysterie. „Das wäre eine Geschichte für den *Clarion.* Ich sehe Stus Schlagzeile schon vor mir. ‚Zeitungsherausgeberin des Mordes verdächtigt'." Sie presste die Hand auf den Mund, während ihr Tränen in die Augen traten. „Morgan war kein sympathischer Mensch, aber ich würde niemandem einen gewaltsamen Tod wünschen." Ihre Gefühle waren in Aufruhr, ihre Gedanken rasten, das konnte Matthias sehen. „War es so, als Scribe meinen Onkel aufgefunden hat?", fragte sie entsetzt.

Diese Frage würde Matthias nicht beantworten. Und jetzt war auch nicht der richtige Zeitpunkt, um seine Frage zu stellen.

„Kommen Sie, Kathryn, lassen Sie uns gehen." In Calvada verbreiteten sich Nachrichten in Windeseile, und es würde nicht lange dauern, bis eine Menschentraube sich hier sammeln würde. Als er ihre eiskalte Hand ergriff, zog sie sie nicht zurück.

Der Anblick von Sanders' Leichnam weckte in Matthias die Erinnerung an City Walsh. Seine Ermordung hatte die Stadt in einen Schockzustand versetzt. Die Männer hatten um City getrauert. Aber Morgan Sanders' Tod würden viel zu viele als Anlass zum Feiern nehmen.

~

Die Nachricht von dem brutalen Mord an Morgan Sanders verbreitete sich schnell in Calvada. Einige Männer feierten tatsächlich, vor allem diejenigen, die sich die Miete für ihre Hütten kaum leisten konnten und so viele Schulden im Laden der Minengesellschaft angehäuft hatten, dass sie sie nie würden abbezahlen können. Aber jedes Triumphgefühl erlosch, als bekannt wurde, dass die Mine vorerst geschlossen werden würde. Auf Reese's Empfehlung hin stellten Kathryn und Amos einige von Sanders' Bergleuten ein, aber die meisten der arbeitslos gewordenen Männer packten ihre Sachen und verließen die Stadt, bevor eine neue Geschäftsführung eintreffen konnte, falls überhaupt. Matthias fragte sich unwillkürlich, ob der Mord wohl von einem der Männer begangen worden war, die jetzt rasch die Stadt verlassen hatten.

Einer von Axels Hilfssheriffs trug alle Unterlagen von Sanders zusammen. Bei der ersten Durchsicht war kein Testament gefunden worden, auch keine Informationen, die einen Hinweis auf irgendwelche Verwandten gegeben hätten. Sie hätten Anspruch auf ein beträchtliches Erbe gehabt. Alle Papiere und Dokumente zu sichten, würde Wochen dauern. Inzwischen befragte Axel den Kutscher und den Dienstboten, dessen Tochter die Haushaltsführung übernommen und die Wäsche zu Jian Lin Gong gebracht hatte.

Während der ersten beiden Tage hörte Matthias nur Gerüchte über Axels Ermittlungen. Er hielt sich zurück, bis er den Sheriff in Bradys Bar antraf, wo er sich nach seinem Rundgang ein Bier genehmigte. Matthias gesellte sich zu ihm. „Wie läuft die Ermittlung?"

„Sanders hatte eine Menge Feinde." Axel schnaubte. „Je tiefer ich grabe, desto mehr frage ich mich, warum ich mich so sehr bemühe, den Mord aufzuklären."

„Man muss Härte zeigen, um eine Mine zu führen."

Axel warf ihm einen vielsagenden Blick zu. „Die Lady scheint es ganz gut hinzubekommen, auch ohne brutale Gewalt und Schuldsklaverei." Er lachte leise. „Aber das liegt vermutlich daran, dass fast alle Männer in der Stadt in sie verliebt sind."

Matthias fand das nicht lustig. „Die Männer haben Sanders gehasst, aber ich weiß nicht, wie viele so weit gehen würden, ihn kaltblütig zu ermorden."

„Es war nicht kaltblütig. Und ich glaube, es war eine Frau." Axel trank einen Schluck Bier. „Der Mörder hat es nicht bei einem Schlag auf den Kopf belassen."

Das war Matthias nicht aufgefallen. Seine ganze Sorge hatte Kathryn gegolten. „Ich habe gehört, dass du Monique Beaulieu vernommen hast. Das hat mich gewundert."

„Es war ja bekannt, dass sie Sanders' Geliebte war. Für ihn war immer nur das Beste gut genug, und sie ist die hübscheste befleckte Taube in der Stadt. Wann immer er die Kutsche geschickt hat, ist sie eingestiegen. Sie sagte, nach Kathryns Ankunft habe sich die Sache ein wenig abgekühlt."

Matthias lehnte sich vor. „Moment mal, einen Augenblick!" Er wollte nicht, dass es in Bezug auf Kathryns strenge Moralvorstellungen zu irgendwelchen Missverständnissen kam.

„Hör mich doch zuerst an, bevor du dich aufregst, ja? Monique hat eingeräumt, dass sie ein paarmal fremdgegangen ist. Ein Mädchen in ihrem Beruf muss sehen, wo sie bleibt. In der Nacht, in der Sanders getötet wurde, war sie mit Wyn Reese zusammen. Reese hat das bestätigt. Er sagte, sie habe noch im Bett gelegen, als er um sechs Uhr morgens zur *Keeweetoss* aufgebrochen wäre."

Matthias fragte sich, in welche Richtung sich dieses Gespräch entwickeln würde. Normalerweise behielt Axel solche Informationen für sich, aber er hatte Kathryns Namen erwähnt und eine Andeutung gemacht. Das konnte Matthias nicht so stehen lassen.

Axel nahm noch einen Schluck und sprach dann weiter. „Monique sagte, Sanders habe vor Kathryns Ankunft viermal in der Woche nach ihr geschickt. Sie meinte, er sei ein Mann mit einem gesunden Appetit, und sie nahm an, er habe seine Bedürfnisse anderweitig befriedigt."

„Du kennst sie doch." Matthias funkelte ihn an. „Zwischen Sanders und Kathryn lief nichts."

Axel trank sein Glas leer, und der Blick, mit dem Matthias fixierte, war stahlhart. „Sanders hat aus seinem Interesse an Kathryn keinen

Hehl gemacht. Zwei einflussreiche Männer in der Stadt, die dieselbe Frau wollen. Da könnte was dran sein."

Matthias lehnte sich zurück und lachte leise. „Du denkst, *ich* hätte ihn umgebracht."

„Das habe ich mich tatsächlich gefragt, aber auf meiner Liste von Verdächtigen stehen eine Menge Leute. Dich habe ich sofort gestrichen. An dem Abend, an dem Sanders ermordet wurde, warst du in einer Sitzung. Ich habe mit den Mitgliedern deines Ausschusses für Stadterneuerung gesprochen, und alle haben bestätigt, dass du von Anfang bis Ende dabei warst."

„Vielen Dank für dein Vertrauen, Sheriff."

„Fragen zu stellen ist mein Job, Matt." Axel hob sein leeres Glas, und Brady schickte einen seiner Mitarbeiter, um ihm nachzuschenken. Noch nie hatte Matthias erlebt, dass Axel mehr als ein Bier getrunken hatte. Ihm musste etwas auf der Seele liegen. Wann würde er zum Punkt kommen?

„Was beunruhigt dich?"

Axel warf ihm einen scharfen Blick zu. „Alle in der Stadt wissen, wo du dich meistens aufhältst, Matthias." Er beugte sich vor und sprach leise weiter. „Auch wenn du dich unbeobachtet glaubst, die Leute beobachten dich. Das solltest du nicht vergessen, mein Freund. Vor allem, wenn dir Kathryn Walsh wirklich am Herzen liegt."

Matthias spürte, wie er errötete. „Was willst du sagen? Spuck es doch einfach aus."

„Du bist gesehen worden, wie du Kathryns Haus betreten hast. Spät am Abend. Und du bist geblieben."

Zorn stieg in Matthias hoch. „Einmal. Nicht die ganze Nacht. Und es ist nichts geschehen."

„Da ich die Lady kenne, glaube ich dir, aber was ich glaube, zählt ja nicht, oder? Sie hat zugegeben, in Sanders Haus gewesen zu sein. Und zu schade, dass sie dabei beobachtet wurde." Er senkte die Stimme noch weiter, bis er fast flüsterte. „Oliver Morris hat Kathryn abgeholt und zu Sanders gebracht. So wie sonst Monique. Zu einem privaten

Abendessen, meinte er, aber es war klar, was er dachte, vor allem als Sanders ihm den Rest des Abends freigab."

Matthias hielt es kaum auf dem Stuhl. „Niemals würde sie aus Gründen, die du andeutest, zu Sanders gehen."

„Ich deute gar nichts an."

„Nicht? Und ich weiß sogar den Tag und die Stunde."

Axel lehnte sich entspannt zurück. „Wie kommt das?"

„Es war der Tag des Erdbebens. Ich sah sie durch die Stadt rennen, als sei der Teufel hinter ihr her. Ich dachte, das Erdbeben hätte sie so erschreckt."

Axel lachte leise. „Das hat vielen Menschen Angst gemacht, auch mir." Er legte den Kopf zur Seite und runzelte die Stirn. „Hat Kathryn dir je erzählt, was passiert ist? Longwei sagte, sie sei zwei Stunden im Haus gewesen. In zwei Stunden kann viel zwischen einem Mann und einer Frau passieren, selbst wenn eine Frau das nicht will."

Heißer Zorn erfasste Matthias.

„Matt", sagte Axel leise und mit gerunzelter Stirn.

Matthias versuchte, seinen Zorn zu kontrollieren und klare Gedanken zu fassen. „Drei Tage hat sie danach ihr Haus nicht mehr verlassen. Ich habe mehrmals an ihre Tür geklopft. Sie meinte nur, es ginge ihr gut." Er erinnerte sich, wie verblüfft er gewesen war, als sie ihn angeschrien hatte, er solle gehen und sie in Ruhe lassen. „Ihre Freundinnen haben mich um Hilfe gebeten. Wir haben gemeinsam überlegt, was passiert sein könnte. Sie hat nicht einmal Scribe hereinlassen. Ich habe gesehen, wie du jeden Abend auf deiner Patrouille bei ihr vorbeigegangen bist. Pünktlich wie ein Uhrwerk."

„Du behältst sie gut im Auge."

„Sie ist mir wichtig, und sie hat ein Talent dafür, sich in Schwierigkeiten zu bringen."

„Dir liegt etwas an ihr." Axel lächelte amüsiert. „Alle sind gespannt, was passiert, nachdem du nun ihre Liste abgearbeitet hast."

Matthias stieß ein Schimpfwort aus. „Ich wünschte, ich hätte sie nie dazu gebracht, eine aufzustellen."

„Wie hast du das geschafft?“ Axel lachte leise. „Egal. Das geht mich nichts an.“ Er wurde wieder ernst. „Ich muss ihr noch einige Fragen stellen. Und das werden keine einfachen Fragen sein.“

„Wenn du mit ihr reden willst, bitte sie doch in mein Büro.“ Matthias trank seinen Whisky aus und knallte das Glas auf den Tisch. „Und ich werde dabei sein.“ An jenem Abend hätte er selbst gern einige Fragen gestellt, Fragen, die er schon längst hätte stellen sollen. Er hoffte nur, sie würde ihm so weit vertrauen, dass sie ihm erzählte, was passiert war. Wenn sie das nicht tat, würde er ihr Schweigen respektieren. Seit dem Tag, an dem Morgan Sanders sie neben ihm in der Kirche gesehen hatte und hinausgegangen war, hatte Kathryn ihn mit keinem Wort mehr erwähnt, weder in gedruckter Form noch im Gespräch.

Als sie an jenem Abend durch die Straße gerannt war, hatte sie sehr fassungslos gewirkt, aber nicht verletzt. Doch wie konnte er da sicher sein? Er hatte sie nicht gedrängt. Vielleicht, weil er wusste: Hätte er erfahren, dass Sanders auch nur einen Finger an sie gelegt hatte, hätte er ihn selbst umgebracht. Mit bloßen Händen.

~

Als Kathryn Matthias' Büro betrat und Axel erblickte, wusste sie, dass ihr eine weitere Vernehmung bevorstand. Matthias ließ sie in einem Ohrensessel Platz nehmen. Er und Axel saßen auf Stühlen ihr gegenüber. Sie würde nach ihrer Beziehung zu Morgan Sanders gefragt werden, da war sie sicher. Sie faltete ihre Hände im Schoß und sah Axel an. Matthias' Anwesenheit versuchte sie zu verdrängen. Wenn sie diesen Männern alles erzählen müsste, dann würde Matthias sie nie wieder so sehen wie vorher.

Axel kam sofort zur Sache. „Erzählen Sie mir, was am Tag des Erdbebens passiert ist, von dem Zeitpunkt an, als Morgan Sanders' Fahrer Sie abgeholt hat, bis Sie nach dem Erdbeben nach Hause gerannt sind.“

Hitze rötete ihr Gesicht, und sie fragte sich, was Axel wohl vermutete, was geschehen sei. Sie brauchte Matthias gar nicht anzuschauen, um die Anspannung zu spüren, die er ausstrahlte. Vielleicht hätte sie es ihm früher erzählen sollen, aber wie konnte sie? Diese ganze Geschichte war so demütigend. Und dazu noch ihre eigene Schuld. Sie war einfach zu dumm gewesen. Nervös biss sie sich auf die Lippe und warf Matthias einen Blick zu. „Könnte diese Befragung nicht im privaten Rahmen geschehen?"

„Tun Sie so, als sei ich nicht hier", brummte Matthias.

Tränen brannten in ihren Augen, und sie drängte sie zurück. „Das ist schwierig."

Matthias beugte sich vor, seine Hände steckten zwischen seinen Knien. „Kate ..."

Sie konnte es nicht ertragen. „Ich habe Morgan nicht ermordet." Sie suchte Axels Blick. „Ich ... allerdings habe ich ihm das Gesicht zerkratzt."

Ihr Herz tat einen Satz, als Matthias verhalten murmelnd aufsprang.

„Weiter, Kathryn", ermutigte Axel sie, aber Matthias, der unruhig durch den Raum ging, war viel zu präsent. Mit flehendem Blick schaute sie Axel an. Er wandte sich an Matthias. „Matt, setz dich oder verlass den Raum."

Matthias rieb sich den Nacken und setzte sich wieder.

„Morgan hat mir eine Nachricht geschickt, dass eine Versammlung der Mineneigentümer stattfinden würde und er der Meinung sei, ich sollte daran teilnehmen." Matthias schnaubte verächtlich. „Als ich eintraf, war niemand sonst im Haus außer seinem Diener und seinem Koch. Ich hatte das Gefühl, in eine Falle getappt zu sein."

Matthias saß immer noch auf seinem Stuhl. Er war sichtlich angespannt, schwieg aber. Axel forderte sie auf fortzufahren. Ganz offensichtlich würde es ihr nicht erspart bleiben, die ganze Geschichte noch einmal zu erzählen. „Er sagte, wir hätten einiges zu besprechen.

Ich wollte gehen, doch er versperrte mir den Weg. Er … er zwang mich, mich hinzusetzen und forderte mich auf, von der Mine zu erzählen. Dass Amos Stearns mir ein Gutachten gebracht hatte, wusste er natürlich." Sie lachte, und dieses Geräusch klang seltsam in ihren Ohren. „Natürlich wussten alle in der Stadt darüber Bescheid. In dieser Stadt weiß jeder alles. Nur nicht, wer City Walsh ermordet hat."

„Und Morgan Sanders", fügte Axel hinzu.

Kathryn hob den Kopf. „Stehen diese Morde miteinander in Verbindung?"

„Lassen Sie mich die Fragen stellen", bemerkte Axel sanft, aber bestimmt. „Was ist weiter passiert?"

Sie hielt den Kopf gesenkt, konnte keinen der Männer anschauen. „Er wollte mich nicht gehen lassen. Ich musste zum Abendessen bleiben. Er sagte, ich würde ihn heiraten." Sie lachte freudlos. „Alle kennen meine Meinung in Bezug auf die Ehe." Ihre Stimme versagte. „Er versuchte, mich die Treppe hochzuzerren." Sie schlug die Hände vors Gesicht und schluchzte. Matthias wollte sie beruhigen und sprach ihren Namen aus, doch sie brachte keinen Ton über die Lippen.

Axel beugte sich vor und legte ihr eine Hand auf die Schulter. „Was in diesem Raum gesprochen wird, bleibt in diesem Raum, Kathryn. Darauf haben Sie mein Wort."

Sie legte ihre zitternden Hände in den Schoß. „Ich habe mich gewehrt, getreten, ihn gekratzt." Sie lachte auf. „Ich wollte an seine Augen. Er hob die Hand, um mich zu schlagen, und dann bebte die Erde. Der Kronleuchter schwang hin und her, der Boden schien unter meinen Füßen wegzukippen. Der Diener schrie. Er rannte an uns vorbei und zur Tür hinaus. Morgans Griff lockerte sich, und ich konnte mich befreien und wegrennen. Und dann rannte ich und rannte." Sie begann zu weinen. Beschämt barg sie ihr Gesicht in den Händen. „Ich war dumm, so dumm."

„Kate …"

„Alle haben mich vor ihm gewarnt, aber ich habe nicht zugehört. Er ist zu meinem Haus gekommen. An dem Abend, nachdem das alles passiert ist. Bandit begann zu knurren, und als Morgan sprach, sprang er an der Tür hoch und bellte, als hätte er den Verstand verloren."

„Und danach haben Sie ihn nicht mehr wiedergesehen?"

„In der Kirche. Er sah, dass ich neben Matthias saß." Sie suchte Matthias' Blick und betete, er möge verstehen. „Bei Ihnen fühlte ich mich sicher."

Sein Gesichtsausdruck wurde weicher. „Bei mir werden Sie immer in Sicherheit sein."

Axel drängte erneut, und sie wollte das alles gern hinter sich bringen. „Danach habe ich Morgan in der Stadt gesehen, aber ich habe nie wieder mit ihm gesprochen. Ich hielt Abstand." Ihre Gefühle waren eindeutig in Aufruhr. „Er sagte mir, er wolle drei Dinge: Reichtum, eine kultivierte Frau und einen Sohn, der sein Unternehmen erben sollte. Ich sei die Frau, die er heiraten würde, und ich würde dafür sorgen, dass auch sein dritter Wunsch in Erfüllung ging. Aber ich glaube, eigentlich wollte er mich dazu zwingen, ihn zu heiraten, damit er die Kontrolle über die *Keeweetoss* bekäme."

Zitternd hob Kathryn den Kopf, und ihr Blick ging zwischen Matthias und Axel hin und her. „Darf ich jetzt gehen?" Sie wollte nach Hause und sich hinter einer geschlossenen Tür in Sicherheit wissen.

Axel stand auf und hielt ihr die Hand hin. „Verzeihen Sie, dass ich Ihnen das zugemutet habe. Ich musste sehen, ob Ihre Geschichte bestätigte, was andere ausgesagt haben." Entschuldigend blickte er sie an. „Aber daran habe ich nicht gezweifelt." Sie ergriff seine Hand, weil ihre Knie so sehr zitterten, dass sie kaum stehen konnte.

Matthias erhob sich und trat näher. „Ich bringe Sie nach Hause, Kate."

Sie lachte leise, niedergeschlagen. „Sie sollten sich zweimal überlegen, ob Sie sich in meiner Gesellschaft sehen lassen wollen. Was werden die Leute jetzt über mich reden, wenn das bekannt wird?"

„Ich habe Ihnen mein Wort gegeben, dass das nicht passiert", erinnerte Axel sie.

„In Calvada haben sogar die Wände Ohren."

Sie spürte Matthias' Hand in ihrem Rücken. „Machen Sie sich keine Gedanken um Dinge, die keine Bedeutung haben."

Kapitel 23

Am Abend kamen die Mitglieder des Stadtrats zu einer Sitzung zusammen. Die Stadt hatte noch einen weiteren Mann eingestellt, doch es gab immer noch viel Müll wegzuschaffen, ganz besonders hinter den Gebäuden. Auch weiterhin würde Schotter von der stillgelegten Jackrabbit-Mine geliefert werden. Der größte Teil der finanziellen Reserven der Stadt war gut eingesetzt worden, aber die Ressourcen erschöpften sich schnell, und sie würden jetzt etwas kürzer treten müssen, bis wieder Geld da war.

Rudger streckte die Beine von sich und lehnte sich auf seinem Stuhl zurück. „So allmählich fühlt sich der Ort an wie eine richtige Stadt." Kit Cole vom Mietstall stimmte ihm zu.

Um zehn Uhr vertagte sich der Stadtrat, und Matthias verließ mit den anderen zusammen das Rathaus. Auf dem Brettersteig vor dem Gebäude unterhielten sie sich noch eine Weile. In Kathryns Fenster brannte noch Licht. Matthias fragte sich, was sie wohl tat. Ob sie einen neuen Artikel schrieb oder eher an ihrer Junggesellenkolumne? Vielleicht konnte sie wegen des Lärms aus der Tanzhalle auch einfach nicht schlafen.

Die Männer unterhielten sich noch. Matthias beobachtete, wie Axel an Kathryns Tür stehen blieb. Sie öffnete, sie wechselten ein paar Worte miteinander, und der Sheriff zog weiter. Matthias blieb noch draußen, nachdem sich die Mitglieder des Stadtrats verabschiedet hatten. Kathryns Licht erlosch. Er stand eine Weile da und war versucht, hinüberzugehen und an ihre Tür zu klopfen. Bei dem ganzen Lärm von nebenan konnte sie unmöglich schon schlafen. Auf einmal öffnete sich ihre Tür, und sie huschte, in ihren Umhang gehüllt, hinaus. Schnell zog sie die Kapuze übers Haar und marschierte los. Ihr ganzes Verhalten zeigte, dass sie etwas vorhatte, von dem niemand wissen sollte.

Matthias fluchte verhalten. *Schon wieder eine Eskapade. Ärger im Anmarsch.* Matthias überquerte die Straße und folgte ihr.

Eiligen Schrittes ging Kathryn über den Brettersteg, den Kopf gesenkt. Am Ende der Chump Street angekommen, bog sie rechts in die Straße ohne Straßenschild ein, die alle Gomorrah nannten. Kärgliche Hütten von Prostituierten säumten die rechte Straßenseite. Etwas weiter unten stand Fiona Hawthornes zweistöckiges, mit einem Zaun eingefriedetes Haus.

Der brutale Mord an Morgan Sanders hatte Kathryn den immer noch unaufgeklärten Mord an ihrem Onkel wieder ins Bewusstsein gerufen. Schon seit einiger Zeit wollte sie mit Fiona über City und ihre Beziehung reden. Jetzt war sie der Meinung, es nicht mehr länger aufschieben zu sollen. Sie musste alles in Erfahrung bringen, was ihr helfen könnte, ihren Onkel zu verstehen und herauszufinden, warum er umgebracht worden war.

Alle Fenster oben und unten waren hell erleuchtet. Kathryn sah sich rasch um und ging dann rasch durch das Tor und die Treppe hinauf. Ganz leise klopfte sie an die Tür. Sie hörte drinnen Frauenstimmen, aber niemand öffnete. Kathryn schluckte ihre nervöse Anspannung hinunter und klopfte erneut, lauter dieses Mal.

Die Tür wurde geöffnet, und Monique Beaulieu stand vor ihr, elegant gekleidet und frisiert. „Miss Walsh!"

„*Bonsoir*, Mademoiselle Beaulieu." Auf Französisch bat sie, mit Mrs Hawthorne sprechen zu können. Während sie Monique in den Salon folgte, stieg ihr Parfümduft in die Nase. Die Frauen waren im Salon versammelt, und Kathryn begrüßte sie mit Namen, während

Monique zu Fiona ging, um ihr Kathryns Bitte vorzutragen. Kathryn hatte nicht gewusst, was sie in einem Bordell erwartete. Der Raum war recht gemütlich eingerichtet. Bemalte Sturmlaternen und das Feuer im Kamin verliehen dem Zimmer eine warme Atmosphäre. Gerahmte Landschaftsbilder hingen an den weißen Wänden, und ein roter Kaschan-Teppich verlieh ihm den Anschein eines für Calvada ungewöhnlichen Wohlstands.

Eilige Schritte näherten sich, und Fiona Hawthorne erschien in der Tür.

„Was tun Sie hier, Miss Walsh?"

„Entschuldigen Sie, dass ich hier so eindringe, Mrs Hawthorne, aber ich muss mit Ihnen sprechen."

„Sieh draußen nach, Carla, ob jemand kommt." Fiona deutete auf Kathryn. „Wir müssen Sie hier rausschaffen. Wenn jemand Sie sieht, dann ist Ihr Ruf ruiniert!"

Kathryn lachte leise. „Mein Ruf ist kaum so glänzend, wie Sie zu denken scheinen. Ich werde nicht gehen." Sie nahm ihren Umhang ab und hängte ihn an den Kleiderständer.

„Es kommt jemand die Treppe hoch." Carla zog den Vorhang zu. „Für Monique, glaube ich."

„Kommen Sie mit." Fiona führte Kathryn zum Ende des Flurs und winkte sie ins letzte Zimmer. Der Raum war mit einem großen Messingbett und einem Kleiderschrank aus Mahagoniholz ausgestattet. Ein brauner Mohairsessel stand in der Ecke, daneben ein kleiner Tisch mit einer Lampe. Auf dem Tisch lag ein Buch. Vor dem Fenster hing ein Spitzenvorhang, der die Schwärze der Nacht verbarg. Fiona schien verärgert zu sein. „Sie sollten vernünftiger sein, Miss Walsh!", schimpfte sie und bot ihr den Sessel in der Ecke an. „Setzen Sie sich, und stellen Sie Ihre Fragen. Aber ich kann nicht versprechen, dass ich alle beantworte."

Kathryn hockte sich auf die Sesselkante und faltete die Hände auf den Knien. „Wussten Sie, dass mein Onkel eine Mine besaß?"

„Ja."

Kathryn hoffte auf weitere Erklärungen und wartete, aber Fiona schwieg. „Wissen Sie, ob er wusste, wie wertvoll sie war?"

„Er wusste es. Es kam zu spät und hatte keine Bedeutung mehr." Sie wandte den Blick ab. „Er nannte sie die ‚Bittere Erinnerung'."

„Erinnerung woran?"

„Manche Dinge sollte man lieber ruhen lassen."

„Das kann und werde ich nicht. Er ist der einzige Blutsverwandte, den ich außer meiner Mutter und meinem Halbbruder noch habe. Ich will mehr über ihn erfahren. In seinen Tagebüchern hat er Sie häufig erwähnt. Ich glaube, er hat Sie geliebt."

„Vielleicht." Ein trauriger und gepeinigter Ausdruck trat in Fionas Augen. „Sei es, wie es sei, ich weiß nicht, ob City wollen würde, dass Sie seine Geschichte erfahren."

„Ich werde nicht gehen, ehe ich nicht Bescheid weiß."

Fiona musterte sie, und ihr Gesichtsausdruck wurde weicher. „Als ich Sie zum ersten Mal sah, wusste ich sofort, wer Sie sind. Sie haben seine fuchsroten Haare und die grünen Augen. Ich frage mich, wie er wohl reagiert hätte, wenn er die Gelegenheit gehabt hätte, Sie kennenzulernen."

„Scribe und Matthias sagten, Sie hätten meinem Onkel nähergestanden als alle anderen. Sally Thacker hat mir erzählt, Sie hätten am Tag der Beerdigung meines Onkels geweint, und mehrmals habe ich wilde Rosen auf seinem Grab vorgefunden. Sie haben ihn geliebt, nicht?"

„Ja. Das habe ich. Einmal haben wir sogar über Heirat gesprochen." Kopfschüttelnd wandte sie den Blick ab. „Er hat mir gesagt, er würde mich heiraten, wenn es nicht diesen …" Sie schloss die Augen.

„Was?"

Fiona blickte sie an. „Hinderungsgrund gebe."

„Es gab einen Hinderungsgrund?" Als Fiona nicht reagierte, beschloss Kathryn das Thema zu wechseln. „Wie haben Sie ihn kennengelernt?"

Fiona lachte leise. „Ich führe ein Bordell, Miss Walsh. Eines Abends ließ Monique City warten. Dieses Spiel spielt sie manchmal mit ihren Kunden. Sie glaubt, sie würde ihnen mehr bedeuten, als es tatsächlich der Fall ist. City und ich haben uns unterhalten und festgestellt, dass es viele Gemeinsamkeiten zwischen uns gibt." Sie lächelte leicht. „Ein schwieriger Anfang, tragisches Ende, und weiterleben, so gut es geht. Von da an hat er nie wieder nach Monique gefragt." Fiona stellte sich Kathryns fragendem Blick. „Im Gegensatz zu dem, was die meisten ehrbaren Frauen glauben, kommen Männer nicht immer in ein Bordell, um Sex zu haben."

„Oh."

Fiona verzog das Gesicht. „Entschuldigen Sie bitte, Miss Walsh. Ich habe Sie durch meine Offenheit in Verlegenheit gebracht."

„Nicht so sehr, dass ich die Flucht ergreife."

„Ich könnte Ihnen sagen, Sie sollten sich um Ihre eigenen Angelegenheiten kümmern."

„Mein Onkel ist meine Angelegenheit. Und angesichts Ihrer Beziehung zu ihm sind Sie mir so nahe wie eine Tante."

Fiona wurde blass. „Sagen Sie so etwas nie wieder! Sie sind eine Lady! Meine Beziehung zu City macht mich wohl kaum zu einem Teil Ihrer Familie!" Erregt stand sie auf.

Fionas heftige Reaktion trieb Kathryn die Tränen in die Augen. „Wenn er an Ihnen richtig gehandelt hätte, dann wären Sie das jetzt."

Fiona warf ihr einen zornigen Blick zu. „City hat immer getan, was in seinen Augen richtig war." Sie schob den Vorhang zur Seite und starrte hinaus in die Dunkelheit. „Ungeachtet der Konsequenzen." Sie kam zurück und setzte sich wieder Kathryn gegenüber. „Also gut, ich werde Ihnen erzählen, was ich weiß."

Ihr Tonfall warnte Kathryn vor Eröffnungen, die ihr vielleicht ziemlich zusetzen könnten.

„City und ich sind beide '49 nach Kalifornien gekommen. Ich hatte meinen Mann verloren, er einen Bruder. Das Leben am Fluss ist hart. City gab das Schürfen auf und fand Arbeit in den Minen. Als er herkam, kaufte er die Druckerpresse. Die Mine hat er bei einem Pokerspiel gewonnen. City nutzte sie als Rückzugsort, wenn er mit seinen Artikeln mal wieder Unruhe gestiftet hatte. Dann blieb er dort, bis die Lage sich beruhigt hatte."

„Wie oft ist das passiert?"

Fiona lächelte leicht. „Öfter, als mir lieb war." Sie schwieg einen kurzen Augenblick. „Wiley Baer kam auf der Suche nach Arbeit in die Stadt. Sie waren zufällig mit demselben Treck nach Kalifornien gekommen. Einmal hat Wiley ihn aus dem Fluss gezogen und damit sein Leben gerettet. City nahm ihn mit in die Mine und ließ ihn darin arbeiten. Er hat nie viel genommen." Sie schüttelte den Kopf. „Gerade so viel, dass die Leute sich wunderten."

Wileys geheime Mine.

„Wie war mein Onkel?"

„Mitfühlend und hart, gelegentlich unbeständig, häufiger sehr still, er sagte die Wahrheit, war loyal …"

Kathryn beugte sich vor. „Können Sie mir sagen, warum er seinen Besitz meiner Mutter hinterlassen hat? War das eine Art Wiedergutmachung dafür, dass er meinen Vater überredet hat, sie wegen der Goldsuche zu verlassen?"

„Wiedergutmachung?" Fiona schob ihr Kinn vor. „Hat man Ihnen das erzählt? Dass er sie verlassen hat?"

„Ja! Meine Mutter hat ihn gegen den Willen ihres Vaters geheiratet; sie ist mit ihm durchgebrannt. Sie ist in guten Verhältnissen groß geworden und konnte weder kochen noch Wäsche waschen, verstand nichts von Tauschgeschäften, Dingen, die die Frau eines armen Mannes beherrschen muss. Als sich die Nachricht vom Goldrausch verbreitete, hat sein Bruder ihn überredet, nach Kalifornien zu ziehen. Meine Mutter hatte zu viel Angst davor, mit ihm wegzugehen. Er schickte sie zurück zu ihren Eltern und sagte ihr, sie solle überlegen, was ihr am wichtigsten sei. Ein paar Tage später hat sie ihm geschrieben und ihn angefleht …"

„Ihre Mutter hat ihm geschrieben?"

„Mehrmals, aber sie hat nie wieder von ihm gehört. Die erste Nachricht, die sie bekam, war von meinem Onkel, der ihr mitteilte, dass ihr Mann bei der Überquerung des Missouri ertrunken war …" Kathryn zögerte. *Wiley Baer …*

„Hat sie getrauert?", fragte Fiona mit einem Anflug von Spott in der Stimme.

„Ja! Sie hat so sehr getrauert, dass sie krank geworden ist. Mein Großvater hat den Arzt kommen lassen. Bei dieser Gelegenheit wurde festgestellt, dass sie ein Kind erwartete. Nach meiner Geburt arrangierte mein Großvater die Heirat mit einem anderen Mann, einem Mann, der ihm genehm war." Kathryn hielt inne und strich ihren Rock glatt. „Meine früheste Erinnerung ist, dass mein Stiefvater mir sagte, ich sei nicht sein Kind und solle ihn nie wieder Papa nennen." Sie lachte leise und schüttelte den Kopf. „Meine roten Haare und mein Temperament erinnerten meine Mutter und meinen Stiefvater an Connor Walsh. Für meine Mutter war er die Liebe ihres Lebens und für meinen Stiefvater ein rotes Tuch."

Fiona wirkte bekümmert. „Was für Gespinste wir Sterblichen doch weben."

Verwirrt schaute Kathryn hoch. Warum war ihr Wiley in den Sinn gekommen? Was hatte Scribe in der Mine ihres Onkels noch gesagt? Ach ja. Sie lachte leise und nervös. „Das ist ja ein seltsamer Zufall, dass beide Brüder in einen Fluss gefallen sind …"

„Beide Brüder haben Kalifornien erreicht."

„Beide?" Kathryns Herz begann zu klopfen.

„Citys Bruder ist nach ihrer Ankunft an einer Lungenentzündung gestorben."

Kathryn versuchte zu verarbeiten, was ihr Herz nicht wahrhaben wollte. „Wenn mein Vater im Missouri ertrunken ist, wie sind dann beide Brüder nach Kalifornien gekommen?"

Fiona wirkte niedergeschlagen. „City hat mir erzählt, dass er seiner Frau mehrere Briefe geschrieben und nie eine Antwort bekommen hat."

Kathryn spürte, wie alles Blut aus ihrem Gesicht wich. Sie ahnte, was kommen würde, wollte es aber nicht wahrhaben. „City ... seiner Frau?"

„Elizabeth Hyland Walsh."

„Nein ..." Sie spürte, wie ihr Herz brach.

„City lebte in dem Glauben, dass Ihre Mutter es bereute, ihn geheiratet zu haben. Vermutlich hat Ihr Großvater die Briefe abgefangen. Er ist tatsächlich beinahe im Missouri ertrunken. Wiley Baer warf ihm ein Seil zu und zog ihn zurück ins Boot. Das war der Augenblick, wo ihm die Idee kam, mit der er für den Rest seines Lebens leben musste. Seinem Bruder hat er gesagt, er solle seiner Frau schreiben, er sei ertrunken. Als Witwe konnte Elizabeth wieder heiraten, einen Mann aus ihren Kreisen, jemanden, der sie glücklich machen und ihr das Leben bieten konnte, an das sie gewöhnt war. Aber in seiner Vorstellung war er immer noch verheiratet."

Kathryn ließ die Worte auf sich wirken, und tief in ihrem Inneren empfand sie einen so schmerzlichen Verlust, wie sie ihn noch nie erlebt hatte. „City war Connor Walsh, mein Vater." Aufgebracht sprang Kathryn auf. „Das muss ich meiner Mutter schreiben."

„Warum?"

„Sie glaubt, dass er sie verlassen hat! Sie muss erfahren, wie sehr er sie geliebt hat!"

„Was würde das jetzt noch bringen? Wenn sie mit Ihrem Stiefvater zufrieden ist, welchem Zweck würde das dienen?", fragte Fiona sanft. „Es war richtig, dass das Erbe an die Familie gefallen ist, Miss Walsh."

Kathryn wandte sich um. „Eigentlich hätten Sie und Scribe alles bekommen müssen. Sie haben ihm so viel bedeutet, Fiona!"

„Ach, meine Liebe. Ich verdiene mir schon seit Jahren meinen Lebensunterhalt selbst. Ich brauchte kein Erbe." Fiona erhob sich und drängte Kathryn, sich wieder hinzusetzen. „Was Scribe betrifft, City hat ihm eine gute Ausbildung gegeben, ihn ein Handwerk lernen lassen und ihn wie einen Sohn angenommen. Wie ich hörte, ist er für Sie wie ein kleiner Bruder."

Schwere Schritte waren auf dem Flur oben zu hören. Eine Tür wurde geöffnet. Sobald sie ins Schloss fiel, hörte Kathryn leises Weinen. Fragend und besorgt blickte sie Fiona an.

„Elvira." Sie zuckte die Achseln. „Nur wenige Frauen entscheiden sich freiwillig für ein solches Leben, Kathryn."

Etwas schnürte Kathryn die Kehle zu.

„Habe ich alle Ihre Fragen beantwortet?"

Kathryn nickte, da sie keinen Ton herausbekam. Fiona hatte Fragen beantwortet, von denen sie nicht einmal gewusst hatte, dass sie sie hatte. „Ich wünschte, ich hätte ihn gekannt." Ihre Stimme versagte.

„Ich sehe ihn in Ihnen, Kathryn." Fiona hob die Hand. „Warten Sie hier, bis ich mich davon überzeugt habe, dass Sie gefahrlos gehen können." Sie öffnete die Tür und ging hinaus.

Kathryn rang mühsam um Fassung. Der aufgestaute Kummer schnürte ihr die Luft ab. Fiona kam zurück, legte Kathryn ihren Umhang um und zog ihr die Kapuze über den Kopf. „Achten Sie darauf, dass Ihre Haare bedeckt bleiben, und halten Sie den Kopf gesenkt." Fiona legte den Finger auf die Lippen und führte sie zur Haustür.

Kathryn umarmte sie. „Ich möchte, dass wir Freundinnen werden." Sie klammerte sich an sie. „Sie haben ihn gekannt ..."

Fiona drückte sie einen Augenblick lang an sich und löste sich schließlich von ihr. Mit feuchten Augen legte sie Kathryn sanft die Hand an die Wange. „Gehen Sie jetzt. Gehen Sie dahin zurück, wo Sie hingehören." Sie schob Kathryn vorwärts. „Verlassen Sie diesen Ort, so schnell Sie können, und kommen Sie nur nie wieder her." Entschlossen drückte Fiona die Tür ins Schloss. Kathryn hörte, wie der Riegel vorgeschoben wurde.

Mit weichen Knien stieg Kathryn die Treppe hinunter. Ihre Beine waren wie Pudding. Mit gesenktem Kopf überquerte sie die Straße und eilte in Richtung Chump Street. Sie hatte die Ecke schon beinahe erreicht, als sie mit jemandem zusammenstieß. „Oh!" Erschrocken wich sie zurück.

„Was um Himmels willen tun Sie in diesem Teil der Stadt?"

Matthias! Schluchzend ließ sich Kathryn in seine Arme sinken, als wäre das der natürlichste Ort, wo sie sein sollte, nachdem ihre Welt auf den Kopf gestellt worden war.

~

Matthias drückte Kathryn an sich. Ihr Körper wurde vom Schluchzen geschüttelt, ihre Finger gruben sich in sein Hemd, und sie klammerte sich an ihn, als könnte sie ohne seine Hilfe nicht stehen. Er legte ihr eine Hand auf den Kopf und redete leise und tröstend auf sie ein, wobei er sich nur allzu bewusst war, dass sie nicht auf der Gomorrah stehen bleiben konnten, wo sie gesehen werden könnten. Sie in diesem Zustand zu sehen, brach ihm das Herz.

„Ich werde dich jetzt erst mal nach Hause bringen, Liebling." Der zärtliche Augenblick verflog, und er rechnete damit, dass sie jetzt zurückweichen würde, aber sie blieb in seiner Umarmung. Er löste sich von ihr und legte den Arm um ihre Taille. „Wir müssen hier weg, Kathryn." Sie stolperte einmal, aber er hielt sie fest. Sie bogen um die Ecke auf die Chump Street ein. Eine Straße weiter entdeckte Matthias Axel, der gerade die Türen von Adays Gemischtwarenladen überprüfte. Er sah zu ihnen herüber. Dem Mann entging auch wirklich gar nichts.

Matthias öffnete die Tür ihres kleinen Hauses, ließ sie eintreten und folgte ihr hinein. Sie ging geradewegs auf das Sofa zu und ließ sich hineinfallen, barg ihr Gesicht in den Händen und ließ ihren Tränen weiter freien Lauf. Matthias zündete die Lampe an. Gern hätte er sie gefragt, was sie in einen solchen Zustand versetzt hatte, aber es war der falsche Zeitpunkt für eine Fragestunde. Kathryn in Tränen aufgelöst zu sehen, tat ihm in der Seele weh. Er wollte gern etwas tun, *irgendetwas,* um in Ordnung zu bringen, was nicht richtig war.

Bestimmt würde sich Kathryn über eine Tasse Tee freuen. Matthias ging in ihren Wohnraum, legte Holz im Ofen nach und setzte den Wasserkessel auf. Ihre zwei Zimmer hielt sie in bester Ordnung und sehr sauber. Die Bücher waren ordentlich aufgereiht, das Bett gemacht, der Badezuber in einer Ecke verstaut. Er nahm ein Geschirrtuch, brachte es ihr ins Büro und legte es ihr auf den Schoß. Sie murmelte ein zittriges Dankeschön und putzte sich die Nase. Er setzte sich neben sie und legte ihr die Hand in den Rücken und spürte das Schluchzen, das sie schüttelte, das Luftschnappen, das Hämmern ihres Herzens. Ganz allmählich entspannten sich ihre Schultern, und sie sank erschöpft zurück.

Schließlich schob Kathryn die Kapuze herunter und blickte ihn mit geröteten, traurigen Augen an. Einige Minuten saß sie schweigend da, bevor sie sagte: „City Walsh war mein Vater." Kaum waren diese Worte ausgesprochen, begann sie erneut zu weinen und bekam einen Schluckauf. „Verzeihung." Sie hickste erneut.

War der Gedanke an City so abstoßend für sie? Schämte sie sich für ihn? „Er war ein guter Mann, Kathryn."

„Seit ich nach Calvada gekommen bin, habe ich mir gewünscht, ich hätte ihn kennengelernt. Und jetzt schmerzt es umso mehr, dass ich nie die Gelegenheit dazu hatte. Mein Vater war am Leben! Alle diese Jahre …" Ihre Lippen zitterten.

„Was hätten Sie getan, wenn Sie es gewusst hätten?"

„Ich wäre nach Kalifornien gekommen." Sie wollte aufstehen, aber es gelang ihr nicht. Sie sank wieder zurück. „Er wusste nichts von meiner Existenz! Fiona sagte, sie hätte schon bei unserer ersten Begegnung gewusst, wer ich sei." Sie zuckte die Achseln und begann erneut zu weinen. „Jetzt verstehe ich, warum ich dem Richter ein solcher Dorn im Auge gewesen bin."

„Erzählen Sie mir, was Fiona gesagt hat."

„Ach, Matthias, das ist eine lange Geschichte …"

„Ich habe Zeit."

Kathryn begann zu erzählen, und Matthias erfuhr mehr über ihr Leben als in all den Monaten seit ihrer Ankunft in Calvada. Er erfuhr von der skandalösen Heirat ihrer Mutter mit einem irischen Rebellen und warum er sie nach Hause zurückgeschickt hatte.

Ihre Mutter hatte ihr von Connor Thomas Walsh erzählt, dem Iren, der ihr Herz erobert hatte. Sie hatte ihn so sehr geliebt, dass sie sich von ihrer Familie, ihren Freunden, ihrer gesellschaftlichen Position und einem Leben in Luxus abgewandt hatte, um mit ihm zusammen zu sein. „Sie sagte, ich sei meinem Vater sehr ähnlich. Rebellisch, leidenschaftlich und mit dem Willen, die Welt zu verändern. Ohne mich würde ihr Leben sehr viel leichter sein, meinte sie. Und ich wusste, dass das stimmte."

Zorn und Mitgefühl stiegen in Matthias hoch. Sie war City tatsächlich sehr ähnlich. Den Menschen, die sie liebten, machte sie das Leben wirklich nicht leicht. Aber das war sie unbedingt wert.

Kathryn erzählte weiter von Wiley, der City das Leben gerettet hatte, und wie City einen Weg gesehen hatte, seiner Frau ihre Freiheit zurückzugeben, damit sie wieder heiraten könnte, von seiner Liebe zu Fiona und warum er sie nicht geheiratet hatte. Erschöpft wischte sie sich die Tränen vom Gesicht und seufzte. „So, jetzt habe ich Ihnen aber wirklich die Ohren voll geredet."

„Ich fühle mich geehrt." Matthias stand auf.

Sie richtete sich auf. Ihre tiefgründigen Augen brachten sein Herz zum Schmelzen. „Wollen Sie gehen?"

„Ich mache nur Tee."

Sie lachte leise. „Matthias Beck macht Tee. Das wäre eine Schlagzeile."

Er grinste sie an. „Das würde Ihnen niemand glauben."

Matthias brachte ihr einen Becher Tee und setzte sich mit ein bisschen Abstand zu ihr aufs Sofa. Während sie in kleinen Schlucken trank, sah sie ihn an. „Ich denke, ich habe Ihnen jetzt alles über mein Leben erzählt. Na ja, fast alles. Ich wurde von drei Internaten geworfen, vom ersten, weil ich ein Mädchen ins Gesicht geschlagen habe. Sie hatte mich eine Irin genannt. Vom zweiten, weil ich einer Lehrerin widersprochen habe. Im letzten wurde mir ‚undamenhaftes Benehmen' vorgeworfen."

Matthias unterdrückte ein Grinsen.

„Ach ja, und ich habe eine Versammlung von Suffragetten besucht. Das war der letzte rebellische Akt, der mir eine einfache Fahrkarte quer durch das ganze Land eingetragen hat. Der Richter meinte, er wünschte, Casey wäre bis ans Ende der Welt gelangt."

Matthias lachte. „Nun, ich bin froh, dass City hier in Calvada hängen geblieben ist." Er wischte eine Träne von ihrer Wange. „Über alles, was Sie erzählt haben, schweige ich, Kathryn."

„Das weiß ich." Trotzdem wirkte sie immer noch aufgewühlt.

„Was ist los?"

Sie warf ihm einen prüfenden Blick zu, ihre Wangen röteten sich. „Warum waren Sie dort? Auf der Gomorrah?"

Er schaute ihr in die Augen. Verlegen wandte sie den Blick ab, und auf einmal wusste er, was sie dachte. „Ich habe gesehen, wie Sie Ihr Haus verlassen haben, mit Umhang, und Sie haben sich praktisch zum Ende der Stadt geschlichen. Ich dachte, ich sollte Sie besser im Blick behalten." Er lächelte trocken. „Was dachten Sie, was ich vorhabe?"

Sie zuckte die Achseln. „Das geht mich wirklich nichts an."

Matthias wollte die Dinge zwischen ihnen klären. „Es gibt nur eine Frau, die ich will, Kathryn, und sie sitzt gerade neben mir."

Ihre Wangen röteten sich, und sie lachte leise und spöttisch. „Sind wir wieder da angekommen, ja?"

In ihren Augen konnte er viel mehr lesen, als sie ihn wissen lassen wollte.

Kathryn umklammerte den Becher mit beiden Händen und hielt den Kopf gesenkt. „Manchmal reicht Liebe einfach nicht. Und Leidenschaft vernebelt den Verstand."

Er runzelte die Stirn. „Das klingt so, als würden Sie jemanden zitieren."

„Meine Mutter."

War ihr bewusst, dass sie gerade zugegeben hatte, dass sie ihn liebte? Sein Puls schlug höher. „Sie sind nicht Ihre Mutter, Kathryn, und ich bin nicht City Walsh."

Sie trank einen weiteren Schluck Tee und hielt den Blick gesenkt. Er bemerkte, wie ihre Abwehrhaltung bröckelte. Noch in diesem Augenblick könnte er ihre Mauern zum Einsturz bringen. Die Versuchung war groß, doch Matthias entschied sich dagegen. Er wollte nicht, dass einer von ihnen das später bereuen würde. An diesem Abend war sie verletzlich, zu verletzlich. Er würde sie nicht anrühren. Darum stand er auf. „Wusste City eigentlich, wie wertvoll die Mine war?"

Kathryn blickte amüsiert hoch. „Die Mine?" Ihr verschleierter Blick wurde klar. „Ja. Er wusste, dass sie wertvoll war."

„Warum hat er sie nicht ausgebaut?"

„Er nannte sie die ‚Bittere Erinnerung'." Sie stellte den Becher aus der Hand. „Vielleicht hat sie ihn daran erinnert, warum er meine Mutter verlassen hatte und in den Westen gekommen war. Er wollte reich werden, damit er ihr das Leben bieten konnte, das sie gehabt hatte. Als ob ihr das wichtig gewesen wäre. Er hat nie gesehen, wie sehr sie ihn geliebt hat oder dass sie ihm nicht folgen konnte, weil sie krank war und sein Kind erwartete." Ihre Gedanken wanderten ab, und sie dachte nach. „Nach dem Tod seines Bruders hat mein Vater die Goldsuche aufgegeben. Diese Mine hatte er bei einem Kartenspiel gewonnen. Sie war sein Rückzugsort in Zeiten, wenn er mit seinen Artikeln mal wieder die Gemüter erhitzt hatte."

Matthias lachte. „Das stimmt, ich erinnere mich daran, dass er ein paarmal verschwunden ist."

Sie lächelte. „Manchmal war mir auch danach, mich zu verstecken."

„Das glaube ich gern." Am liebsten hätte er ihr eine Strähne ihrer roten Locken hinters Ohr gesteckt.

Ihre Blicke trafen sich, und Kathryn schaute weg. „Als City klar wurde, was er da hatte, muss es eine grausame Erinnerung an den Traum gewesen sein, der ihn nach Kalifornien geführt hatte. Was nützte das Gold, wo er für die Frau, die er liebte, bereits tot war? Er konnte ja schlecht von den Toten auferstehen und sie zu sich holen."

„Und ihr Vater hatte ja schon längst eine Ehe für sie arrangiert, die er für passend hielt." Matthias verstand.

„Kein Gold der Welt konnte die Entscheidung, die er getroffen hatte, wieder rückgängig machen. Vermutlich dachte er, dass meine Mutter wieder glücklich verheiratet war und Kinder hatte ..." Wieder stiegen ihr Tränen in die Augen. „Was für ein Chaos Menschen anrichten, wenn sie versuchen, Gott zu spielen."

„Er hat getan, was er für Ihre Mutter für das Beste hielt, Kate."

„Wenn er nur zurückgekommen wäre! Wenn er bereit gewesen wäre, ein Jahr zu warten. Dann wäre ich bereits auf der Welt gewesen. Dann wären wir alle zusammen nach Kalifornien gekommen."

„Sind Sie sicher? Glauben Sie, dass Ihre Mutter bereit gewesen wäre, in einem Planwagen mit einem Baby die mühselige Reise viertausend Kilometer quer durch das Land auf sich zu nehmen?"

Sie runzelte die Stirn. „Vielleicht."

Matthias spürte, dass sie selbst daran zweifelte.

Kathryn schwieg einen Moment. „Aber es hat keinen Sinn, darüber zu spekulieren, was gewesen wäre, wenn ... Wir werden es nie erfahren. Und Wunschvorstellungen schmerzen nur."

„Es kommt alles so, wie Gott es vorgesehen hat." Seine Bemerkung ließ sie aufhorchen. Er deutete ein Lächeln an. „Die Zurückweisung meines Vaters hat mich auf Wanderschaft geschickt. Warum bin ich hier gelandet?" *Für dich,* hätte er gern gesagt. *Damit ich hier war, als du kamst.*

Sie schloss die Augen. „‚Wenn selbst Vater und Mutter mich verlassen, wird doch der Herr mich aufnehmen.'"

Psalm 27. Er kannte den Vers.

Sie öffnete die Augen wieder, sah ihn an und lachte. „Sehen Sie uns an – da sitzen wir und zitieren Bibelstellen."

Matthias liebte die Wärme in ihrem Blick. „Mein Vater war Prediger, aber es war meine Mutter, die mir die Bibel nahegebracht hat." Er steckte ihr endlich die lose Strähne hinters Ohr. „Man sollte niemals die Bedeutung der Frau unterschätzen, die die Wiege schaukelt."

Kapitel 24

Am nächsten Morgen klopfte Matthias, nachdem er Ronya gebeten hatte, einen Picknickkorb für ihn vorzubereiten, an Kathryns Haustür. „Hätten Sie Lust, für ein paar Stunden aus der Stadt herauszukommen? Draußen warten ein Buggy und ein prall gefüllter Picknickkorb."

„Oh." Sie schwieg einen Moment. „Ich denke, das würde mir gefallen. Vielen Dank. Ich hole noch meinen Schal."

Vollkommen verblüfft wartete Matthias an der Tür. „Ich dachte, Sie würden Nein sagen."

Kathryn kam zurück mit einem Hut, der nicht zu ihrem Kleid passte, ein sicheres Zeichen dafür, dass Ärger drohte. Sie setzte den Hut auf und band die Seidenbänder unter ihrem Kinn. Bandit schaffte es kaum zur Tür hinaus, bevor sie sie hinter sich ins Schloss zog. „Ich fahre."

„Entschuldigung. Das kommt nicht infrage."

Aufbegehrend funkelte sie ihn an. „Warum nicht? Weil ich eine Frau bin?"

„Weil Sie so aussehen, als würden Sie jeden Augenblick explodieren. Sie können die Zügel auf dem Rückweg übernehmen, wenn Sie sich ein wenig beruhigt haben."

Sie musterte ihn und stieß hörbar die Luft aus. „Sie haben recht."

„Das ist doch schon mal ein guter Anfang."

Sie stieg in den Buggy ein, bevor er ihr helfen konnte. Matthias kam um den Wagen herum und setzte sich neben sie. „Schlechte Neuigkeiten?" Er griff nach den Zügeln.

„Ein Brief von zu Hause.“ Mit geröteten Wangen und funkelnden Augen saß sie steif neben ihm. Jeder Muskel in ihrem Körper war gespannt, aber er war sicher, ihr Zorn war nicht gegen ihn gerichtet. Mit den Gedanken war sie ganz woanders. Er beschloss, abzuwarten, bis sie sich beruhigt hatte. Trotz ihrer gedanklichen Abwesenheit und ihrer Stimmung freute er sich an ihrer Gesellschaft. Die Fahrt aus der Stadt heraus gab ihm genügend Zeit, um von künftigen Möglichkeiten zu träumen. Nur das Trommeln der Pferdehufe, das Flüstern des Windes und das Vogelgezwitscher waren zu hören.

Matthias bog von der Straße ab. Axels Befragung, das, was sie von Fiona erfahren hatte, und jetzt der verflixte Brief. Matthias fand, dass seine persönliche Frage warten müsste, aber wenigstens saß sie neben ihm. Er ließ den Buggy unter einer Kieferngruppe zum Stehen kommen und kam um den Wagen herum, um ihr herunterzuhelfen.

„Wo sind wir?“

„Ein paar Meilen vor der Stadt.“ Er stellte sie auf ihre Füße, ließ sie aber nicht los. Als sich ihre Blicke trafen, schnappte sie leicht nach Luft und trat zurück.

Während Matthias das Pferd ausspannte und zum Grasen anpflockte, beobachtete er sie. Er holte den Korb unter dem Sitz hervor und kam zu ihr. „Hier entlang zum Paradies, Eure Ladyschaft.“ Er führte sie über einen schmalen Pfad zu einem schattigen Plätzchen mit einem guten Blick auf den Fluss mit seinen Stromschnellen.

„Es ist wunderschön hier. Wie haben Sie diese Stelle gefunden? Sie liegt so versteckt.“

Er hatte nach einem abgeschiedenen Ort gesucht, wo sie sich unterhalten könnten, ohne von neugierigen Blicken beobachtet zu werden. „Solche Oasen gibt es in diesen Bergen überall.“

Kathryn schloss die Augen und atmete tief durch. „Es riecht nach Himmel.“

„Ganz anders als in Calvada, wollen Sie sagen.“

„Aber ganz gewiss.“ Sie lächelte ihn an, während sie das Tischtuch aus dem Korb holte und auf dem Gras ausbreitete. Matthias beobachtete sie dabei. Seine zweite Überraschung an diesem Tag. Anstatt ihm zu sagen, es sei unschicklich, allein mit ihm zu sein, übernahm sie die Führung. Während sein Blick über sie hinwegglitt, entdeckte er einen Umschlag auf dem Gras.

„Was ist das?" Er bückte sich und hob ihn auf.

„Der Brief, den Mr Blather mir gegeben hat. Von meinem Stiefvater. Dem Richter." Ihre Augen blitzten erneut, und Matthias wünschte, er hätte sie nicht darauf angesprochen. „Nur zu! Lesen Sie ihn!"

Er hatte gerade die Anrede gelesen, als Kathryn ihm das Schreiben wieder aus der Hand riss, es zu Boden schleuderte und darauf herumtrampelte. „Offensichtlich hat meine Mutter ihm von der Mine und meinen Plänen erzählt. Er schreibt, meine Motive seien *bewundernswert* und schlägt vor, es sei ratsam, eine *Alternative* in Betracht zu ziehen und ausgerechnet *Freddie* zu schicken, um die Mine zu leiten."

Tränen des Zorns stiegen ihr in die Augen, während sie außer sich vor Wut herumlief. „Dass eine Frau nicht verheiratet ist, bedeutet doch nicht, dass sie ihre Angelegenheiten nicht selbst regeln kann! Ganz bestimmt war er der Meinung, ich könnte das, als er mir die Fahrkarte hierher ohne Rückfahrkarte in die Hand drückte."

Zitternd vor Zorn wütete sie weiter. „Er will die Mine an sich bringen. Leider ist das sein gutes Recht. Oh, er kennt mich gut genug, das nicht so zu formulieren, aber es steht alles da drin, unter dem Vorwand seiner *Sorge* um mein Wohlergehen und meine Zukunft." Sie schnaubte. „Jetzt spricht er von mir als seiner *Tochter*. Ich bin genauso wenig seine Tochter wie dieses Pferd Ihr Bruder ist!"

Matthias unterdrückte ein Lächeln. Seine kleine Generalin schien bereit zur Schlacht.

„Der Richter behauptet, er wolle in meinem Interesse handeln. *Blödsinn!*" Sie stampfte mit dem Fuß auf. „Ich habe große Lust, ihm zu sagen, dass er meine Mutter durch die Ehe mit ihr zur Bigamistin gemacht hat." Sie hielt inne und runzelte die Stirn. „Nein, das geht nicht." Erschöpft ließ sich Kathryn auf der karierten Decke nieder. „Das wäre nicht fair."

Matthias nahm alles in sich auf, wollte aber eines noch wissen. „Wer ist Freddie?"

Verblüfft blickte Kathryn ihn an. „Mehr haben Sie nicht gehört?"

„Oh, ich habe alles gehört. Ich will nur wissen, wer er ist und was er für Sie ist."

„Niemand, über den Sie sich Gedanken zu machen brauchen."

Ihm gefiel die Art, wie sie das sagte, aber die Frage hatte sie noch nicht beantwortet. „Ein alter Verehrer, den Sie zurückgelassen haben?"

„Frederick Taylor Underhill ist der unausstehliche Sohn eines Fabrikbesitzers, der die Meinung vertritt, es sei durchaus legitim, Kinder als Arbeiter zu beschäftigen. Wen interessiert schon, dass sie niemals das Tageslicht sehen? Wen interessiert, wenn sie sich an den Maschinen verletzen? Profit ist alles, was zählt!" Sie wich seinem Blick aus. „Mein Stiefvater und meine Mutter wollten, dass ich ihn heirate. Freddie hat mir einmal einen Heiratsantrag gemacht, und ich habe Nein gesagt. Mit Nachdruck! Und jetzt schlägt mein Stiefvater vor, ihn herzuschicken, damit er mir hilft, die Mine zu führen? Ich weiß genau, was er vorhat."

Matthias konnte sich das auch denken, und die Vorstellung gefiel ihm gar nicht. „Sie könnten Freddie doch heiraten. Auf diese Weise könnten Sie sich ein Mitspracherecht bei der Leitung der Mine sichern."

Kathryn starrte ihn fassungslos an. „Das kann nicht Ihr Ernst sein! Ich würde Freddie nicht heiraten, wenn er der letzte Mann auf der Erde und der einzige Weg wäre, die Bevölkerung zu vermehren!"

Matthias lachte. Ihre Antwort freute ihn. „Armer Freddie."

„Das ist nicht lustig, Matthias! Ich weiß genau, was er tun würde. Dasselbe, was sein Vater in seinen Fabriken getan hat. Die Bergleute würden keinen anständigen Lohn mehr bekommen, schon gar keinen Anteil am Gewinn. Sie könnten froh sein, wenn sie von ihrem Lohn leben könnten. Und am Ende würden sie in Bruchbuden hausen und ihre Lebensmittel in einem firmeneigenen Laden kaufen!

Die Zustände in der *Keeweetoss* würden schlimmer sein als die in der Madera!"

Sie wirkte sehr aufgebracht. Alle ihre Gedanken galten dem Wohl ihrer Leute, kein einziger Gedanke an sich und ihre zunichte gemachten Hoffnungen und Pläne. Ihr Herz mochte rein sein, aber sie war bereit zu kämpfen.

„Drucken Sie doch Ihre Seite der Geschichte. Wenn die Männer das lesen, geben Sie nicht Ihnen die Schuld an dem, was passiert."

„Sie hätten jedes Recht, mir die Schuld daran zu geben, wenn ich das zulassen würde." In ihren Augen loderte ein grünes Feuer. „Aber das werde ich nicht!" Sie trat nach einem Stein und zuckte zusammen. „Aua ..." Sie humpelte zur Decke zurück. Sie trug ihre hübschen Lederschuhe und nicht ihre Stiefel. Auf der Decke umklammerte sie ihren Fuß. „Kann alles denn noch schlimmer werden? Ich glaube, ich habe mir einen Zeh gebrochen."

Matthias hockte sich vor sie hin. „Zeigen Sie mal."

„Oh nein, das geht nicht."

„Dann hören Sie auf zu jammern."

Sie zog ihren Schuh aus und massierte ihre Zehen. „Es ist ungerecht, Matthias. Frauen sollten auch Rechte haben." Sie funkelte ihn an. „Leider schreiben Männer die Gesetze."

Matthias war davon überzeugt, dass Kathryn Freddie fortschicken würde, noch bevor er beide Füße aus der Kutsche gesetzt hatte. „Frauen wie Sie werden uns irgendwann von dem überzeugen, was richtig ist."

Kathryn lachte. „Und das von dem Mann, der nicht glaubt, dass eine Frau eine Zeitung herausgeben sollte."

„Meine Entschuldigung an die Dame." Er neigte den Kopf. „Ich muss mich hier korrigieren."

„Sie verblüffen mich immer wieder neu, Matthias." Sie band ihre Schleife auf, nahm ihren Hut ab und warf ihn zur Seite. Mit strahlendem Blick lächelte sie ihn an. Eine sanfte Brise spielte mit ihren roten Locken.

Begehren erfasste Matthias wie eine Welle. „Sie in Aktion zu erleben hat die Meinung einer ganzen Reihe von Männern geändert, oder ist Ihnen noch nicht aufgefallen, wie viele Männer springen, wenn die Lady von ganz oben Anweisungen erteilt?"

Sie grinste. „Es ist recht angenehm, das Sagen zu haben."

Wann hatte sie das nicht gehabt? „Wenn Sie schön brav sind, überlasse ich Ihnen für die Rückfahrt in die Stadt vielleicht die Zügel."

„Was meinen Sie mit ‚schön brav sein'?"

Flirtete sie etwa mit ihm? Er ließ sich nieder und legte sich auf die Seite. „Was würde Ihrer Meinung nach wohl passieren, wenn jemand herkäme und versuchen würde, Ihnen die Mine wegzunehmen?"

Ihr Blick wanderte über seinen Körper. Einen Augenblick lang schwieg sie. Als sich ihre Blicke trafen, entdeckte er in ihren Augen etwas, das seinen Puls in die Höhe trieb. Sie blinzelte, wirkte leicht aus dem Konzept gebracht und runzelte schließlich die Stirn. „Was haben Sie gesagt?"

Der Nachmittag schien doch noch Möglichkeiten zu bergen. „Wir haben über Freddie und die Mine gesprochen."

„Oh."

„Ihre Männer würden nicht zulassen, dass jemand Ihnen die Mine wegnimmt."

„Nein, das würden sie wohl nicht." Sie warf ihm einen schnellen Blick zu und machte sich an dem Korb zu schaffen. „Ich habe Hunger, Sie nicht? Wir sollten mal nachschauen, was für ein Festessen Ronya für uns vorbereitet hat." Sie packte frisch gebackenes Brot, geschnittenen Schinken mit Käse, einen kleinen Topf Butter, einen anderen mit Pickles und Kekse aus. Dazu eine Flasche. „Apfelsaft! Ronya hat sogar Teller, Becher und ein Messer mit in den Korb gelegt."

Die gute alte Ronya, immer die Kupplerin. Kathryn schien keine Ahnung zu haben, was ihre Freundin sonst noch für heute im Sinn zu haben schien. Matthias beobachtete, wie Kathryn die Sandwiches zubereitete. Eines legte sie wie eine Opfergabe vor ihn hin und füllte ihre Becher. Bereits nach dem ersten Schluck war ihm klar, dass das kein Saft war.

„Das schmeckt köstlich." Kathryn hatte bereits einen Schluck getrunken.

Das Mädchen war viel zu behütet aufgewachsen. „Vielleicht sollten Sie lieber vorsichtig damit sein. Das ist Apfelwein."

In kameradschaftlichem Schweigen verspeisten sie ihre Sandwiches. Matthias merkte, wie ihr Verstand wieder arbeitete. Es ging um ein ernstes Thema. Er hoffte nur, dass es nicht die Mine oder Freddie war, die sie beschäftigte. Nachdem sie den letzten Bissen in den Mund gesteckt hatte, fegte sie die Krümel von ihrem Rock. Tief durchatmend, faltete sie die Hände und schaute ihn an. „Ich schulde Ihnen eine Entschuldigung, Matthias. Ich habe Sie falsch eingeschätzt. Nicht dass Sie nicht ein Dorn in meinem Fleisch gewesen wären. Ich glaube, es hat Ihnen manchmal Spaß gemacht, mich zu provozieren."

„Und Ihnen nicht?" Er erwähnte mehrere Artikel. Sie wirkte alles andere als reumütig. Und irgendwie nicht ganz bei der Sache. „Was beschäftigt Sie, Eure Ladyschaft?" Abgesehen von ihm und Freddie … und allem, was sie gerade von Fiona erfahren hatte.

„Ich wundere mich darüber, dass wir so viele gemeinsame Ziele haben."

Warum nicht zum Punkt kommen? „Sie meinen unsere Listen." Es war an der Zeit, seine Karten auf den Tisch zu legen. „Ich habe Calvada keine Chance mehr gegeben und war bereit, alles zu verkaufen und weiterzuziehen. Und dann sind Sie aus der Postkutsche gestiegen."

„Oh."

Da war er wieder, dieser Ausdruck, der ihn dahinschmelzen ließ und seinen Herzschlag beschleunigte. „Ich war nicht fair an dem Abend, an dem ich Sie dazu gebracht habe, Ihre Liste zu machen, aber das tut mir nicht leid."

„Sie waren ziemlich … überwältigend." Sie wandte den Blick ab, als würde die Intensität seiner Gefühle sie beunruhigen. „An jenem Abend haben Sie mir einiges zum Nachdenken gegeben."

„Wirklich?“, fragte er schleppend. Ihre Wangen röteten sich, ihre Augen wurden dunkel.

„Ich habe nie vorgehabt zu heiraten. Weil ich nie einem Mann begegnet bin, dem ich vertrauen konnte.“ Langsam hob sie den Kopf. „Ich vertraue Ihnen, Matthias.“

Matthias war verblüfft, und es war, als hätte er Poker mit einem hohen Einsatz gespielt und gerade den Jackpot gewonnen. Doch dann fiel ihm ihr Gespräch von eben wieder ein. Seine Augen verengten sich. „Moment mal.“ Verärgert richtete er sich auf. „Hat Ihre plötzliche Meinungsänderung irgendetwas mit dem Richter, mit Freddie und Ihrer Mine zu tun?“

„Was? Nein!“ Sie wirkte bestürzt, dann runzelte sie die Stirn. Ihre Augen flackerten. „Daran hatte ich überhaupt nicht gedacht. Nicht im Geringsten.“

Und Matthias hatte sie gerade erst auf die Idee gebracht! Er stand auf und ging ein paar Schritte.

„Ich wollte nur sagen … ich …“

Er drehte sich um und schaute sie an. Sie rang die Hände in ihrem Schoß. „Ja …?“

„Ich mag Sie.“

„Sie *mögen* mich?“

Verärgert wandte sie sich ab. „Das war als Kompliment gemeint!“

„Danke.“

Kathryn seufzte. „Ich fange an zu verstehen, wie Freddie sich gefühlt hat, als ich ihn auf einem Knie vor mir kniend im Rosengarten zurückgelassen habe.“

Matthias war nicht sicher, ob er sie richtig verstanden hatte. „Dann machen Sie mir also gerade einen Heiratsantrag? Ist es das?“ Bei dieser Vorstellung musste er lachen.

Sie errötete, ihr Blick war grimmig. „Ich habe Ihnen mein Wort gegeben, als ich diese Liste aufgestellt habe. Und Sie haben Ihren Teil der Vereinbarung erfüllt.“

Sie hatte es ernst gemeint! „Und das ist Ihr einziger Grund?“

„Ich dachte, es wäre nur richtig, wenn ich das Thema aufbringe, wenn man bedenkt, was ich Ihnen zugemutet habe." Sie schüttelte den Kopf, und es wurde deutlich, dass sie jedes Wort bedauerte. „Warum versuche ich auch nur, mit Ihnen darüber zu sprechen? Meine Mutter hat mich gewarnt."

„Wovor?"

„Dass ich die Leidenschaft über den Verstand herrschen lasse. Wovor meine Mutter mich immer gewarnt hat", wiederholte sie.

Matthias fragte sich, ob ihr bewusst war, was sie gerade zugegeben hatte, und als sie das Kinn vorschob, sah er, dass das durchaus so war. „Sprich es aus, Kate."

„Was?"

„Dass du mich liebst."

„Was wird mir das schon bringen?" Sie kippte den Inhalt der Flasche ins Gras. „Ronya und ihre guten Ideen."

Matthias grinste. „Aha, Eure Ladyschaft, Sie haben mir gerade Grund zu feiern gegeben."

„Nur zu!" In ihren Augen schimmerten Tränen. „Lachen Sie mich aus!"

Matthias zog Kathryn auf die Füße und nahm ganz sanft ihr Gesicht in die Hände. „Wir werden lachen, mein Liebling, bis wir beide alt und grau sind und ein Dutzend Enkelkinder haben." Er küsste sie zärtlich. „Und die Antwort ist Ja. Ich werde dich heiraten." Er grinste erneut und küsste sie gleich noch einmal. Sie reagierte darauf, und er hörte nicht mehr auf, bis sie beide atemlos zitterten. Er legte seine Stirn gegen ihre. „Wir sollten jetzt besser zusammenpacken und in die Stadt zurückfahren." Sie stöhnte leise, und beinahe bedauerte er seine Entscheidung. „Das klingt enttäuscht. Wir kommen noch mal hierher. Doch jetzt müssen wir Reverend Thacker aufsuchen und ein Datum festlegen."

„Der Ende des Sommers …"

„Oh nein. Wir werden nicht warten. Wir werden heiraten. An dem ersten Tag, an dem die Kirche frei ist."

Kathryn errötete. „Reverend Thacker wird sich darüber wundern, dass wir es so eilig haben."

„Dann wird er aber der Einzige sein. Alle in Calvada fragen sich, warum wir so lange gebraucht haben."

~

Die ganze Stadt erschien zu Kathryns und Matthias' Hochzeit, und alle redeten aufgeregt durcheinander, während sie darauf warteten, dass die Braut durch den Mittelgang schritt.

Matthias war schon immer gut darin, sich Probleme aufzuhalsen.

Möge Gott, der Allmächtige, diese Verbindung segnen!

Wenn Beck jetzt für sie verantwortlich ist, kriegen wir vielleicht alle ein wenig Ruhe.

Jemand meinte, dank der Liste, die Kathryn Walsh Matthias gegeben hatte, sei Calvada nicht mehr so wie früher. Andere sehnten die alten Zeiten zurück, wo es achtzehn Saloons und drei Bordelle auf der Gomorrah gegeben hätte, ganz zu schweigen von den drei Tanzhallen, wo die Männer bis weit nach Mitternacht spielen konnten. Jetzt gab es noch ganze elf Wasserlöcher, drei Häuser mit schlechtem Ruf und eine Tanzhalle. „Wenn diese Frau ihren Willen bekommt, wird die Chump Street bald von Geschäften gesäumt und die Hälfte der Bewohner Frauen sein!"

Charlotte drückte Kathryn einen Kuss auf die Wange, als sie die Kirche betrat. „Du bist eine wunderschöne Braut. Ich freue mich so für dich." Sie ging nach vorn zu ihrem Platz.

Ronya, ihre Trauzeugin, machte eine gute Figur in ihrem blauen Kleid. Ihre ergrauenden blonden Haare hatte sie zu einer Krone geflochten. Sie legte Kathryn die Hand an die Wange. „Bist du bereit, meine Liebe?"

„So bereit, wie man nur sein kann."

Lächelnd drückte Ronya ihre Hand. „Mit dir wird Matthias alle Hände voll zu tun haben."

Kathryn stand bereit, um durch den Mittelgang nach vorn zu schreiten, und Sally spielte die ersten Töne des Hochzeitsmarsches von Mendelssohn. Die Bänke begannen zu knarren und die Kleider zu rascheln, als sich die Gemeinde erhob. Kathryn blickte in freundliche Gesichter zu beiden Seiten des Ganges. Tweedie, Ina Bea und Axel, Carl Rudger, Kit Cole, die Familie Mercer. Tränen stiegen ihr in die Augen. Alle lächelten sie ermutigend an. Ganz vorn stand Scribe neben Henry Call. In seinem eleganten Anzug wirkte der Junge schon sehr erwachsen.

Kathryn nahm all ihren Mut zusammen und richtete ihren Blick auf Matthias. In seinem dunklen Anzug und dem weißen Hemd sah er unverschämt gut aus. Sein Blick hing an ihr, seinen Gesichtsausdruck konnte sie nicht deuten. Vorne angekommen, reichte er ihr seinen Arm, und mit zitternden Händen hakte sie sich bei ihm ein. Gemeinsam stiegen sie die beiden Stufen hoch und standen nun vor Reverend Thacker in seinem schwarzen Talar.

Das Kreuz hing an der Wand hinter dem Altar und erinnerte sie daran, wo sie sich befand. „*Denn wo zwei oder drei zusammenkommen, die zu mir gehören, bin ich mitten unter ihnen.*" Jesus war hier in dieser Kirche.

Kathryns Herz pochte. *Oh Gott, oh Gott. Ich bin gerade dabei, etwas zu tun, was ich nie tun wollte. Das hatte ich mir doch geschworen!* Matthias sah sie an. Sie fragte sich, wie es gekommen war, dass sie jetzt hier neben ihm stand. *Ich tue das für die* Keeweetoss *und die Bergarbeiter.* War das nicht so? Sie schaute zu dem Mann hoch, der neben ihr stand. Sie liebte ihn. *Wie war es nur dazu gekommen? Wie konnte ich das zulassen?* Jetzt gab es keinen Ausweg mehr, außer wegzulaufen und sich zum Gespött zu machen. Und Matthias, den sie zu respektieren gelernt hatte.

Reverend Thacker vergeudete keine Zeit und begann mit der Trauzeremonie. Er beschrieb Gottes Plan für die Ehe in wundervoll romantischen Bildern, doch dann fiel ihr die Warnung ihrer Mutter wieder ein. *Pass auf dein Herz auf, Kathryn.* Sie befürchtete, dass es bereits gefangen war. Jedes kleine Mädchen träumte davon, ihren Traumprinzen zu heiraten. Bei Kathryn war das auch so gewesen, bis sie alt genug war zu erkennen, wie viel eine Frau aufgab, wenn sie sagte *Ja, ich will*, und wie schnell ein Mann, der heute noch ein Prinz war, morgen schon zu einem Tyrannen werden konnte.

Zweifel stürmten auf sie ein, aber was konnte sie schon tun, nachdem sie bereits vor dem Altar stand und die ganze Stadt zusammengekommen war? Matthias konzentrierte sich auf Reverend Thacker, und sie betete inbrünstig. *Oh Gott, bitte lass Matthias der Mann sein, für den ich ihn halte.* In einer halben Stunde würde sie nicht mehr Kathryn Walsh sein, sondern Kathryn Beck, und Matthias hätte die rechtliche Verfügungsgewalt über ihren gesamten Besitz und auch über ihre Person.

Als Reverend Thacker zum Ehegelübde kam, drehte sich Matthias zu ihr um. Zitternd schaute sie ihn an, und sie war dankbar für den Schleier, der ihr Gesicht verbarg. Ganz sanft nahm Matthias ihre linke Hand in seine. Er wartete nicht auf Reverend Thackers Aufforderung, sondern sprach das Ehegelübde. „Ich, Matthias Josiah Beck, nehme dich, Kathryn Lenore Walsh, zu meiner angetrauten Ehefrau." Er steckte ihr einen goldenen Ring an den Finger. „Ich will dich lieben, achten und ehren alle Tage meines Lebens, in guten und in schlechten Zeiten, in Gesundheit und Krankheit, bis dass der Tod uns scheidet." Mit leuchtenden Augen schaute er sie an, und ihr Herz begann zu rasen. „Nach Gottes heiligem Willen, und dazu verspreche ich dir ewige Treue." Er hob ihre Hand an seine Lippen und küsste sie.

Das Ausmaß des Ehegelübdes erschütterte sie.

Matthias' Gesichtsausdruck wurde weicher. „Ach, Kate", sagte er so leise, dass niemand sie hörte. „Sei jetzt kein Feigling."

Bei diesen Worten richtete Kathryn sich auf.

Reverend Thacker hatte sich nun ihr zugewandt und forderte sie auf, ihr Eheversprechen zu sprechen. Kathryn schluckte und sprach mit leiser, zitternder Stimme. „Ich, Kathryn Lenore Walsh, nehme dich, Matthias Josiah Beck, zu meinem angetrauten Ehemann. Ich will dich lieben … achten und ehren … und …" Sie verstummte, und warf Matthias einen skeptischen Blick zu. Er stand unbewegt, ein schwaches Lächeln umspielte seine Lippen.

„Und dir gehorchen", half Reverend Thacker ihr weiter.

Sie zögerte und schüttelte dann den Kopf. „Das kann ich nicht sagen."

Getuschel entstand in der Gemeinde. „Hab ich's dir nicht gesagt?", sagte ein Mann. „Du schuldest mir zehn Dollar."

Sein Gefährte murmelte laut: „Es ist noch nicht vorbei." Die Leute ermahnten die Männer, still zu sein.

Schockiert starrte Reverend Thacker Kathryn an und hüstelte nervös. „Sie müssen das sagen, Kathryn."

„Ich werde das nicht sagen." Sie beugte sich vor und flüsterte entschlossen: „Ich kann kein Versprechen vor Gott und all diesen Zeugen geben, das ich, wie ich weiß, nicht werde halten können."

Jemand in der ersten Reihe rief laut: „Gott helfe uns allen!" Gelächter und auch enttäuschtes Stöhnen waren zu hören.

Hilfe suchend blickte Reverend Thacker Matthias an. Matthias zuckte die Achseln. Er schien nicht im Mindesten überrascht oder verunsichert zu sein durch ihre Weigerung. „Lassen Sie das *Gehorchen* doch einfach weg, Reverend." Er grinste sie an. „Ich werde mit ihrem rebellischen Wesen schon fertig."

Was meinte er mit dieser verschleierten Drohung? Kathryn wusste, dass er das Recht hatte, sie auch zu schlagen. Aber würde er das tun? Sie konnte sich das von ihm eigentlich nicht vorstellen, aber sein Gesichtsausdruck sagte ihr, dass er damit gerechnet hatte, dass sie sich sträuben würde, und bereits wusste, wie er damit umgehen müsste. Sie sprach ihr Eheversprechen zu Ende, ohne weitere Einwände zu erheben. Reverend Thacker seufzte laut und erleichtert auf.

„Matthias " – Reverend Thacker nickte ihm zu –, „Sie dürfen die Braut jetzt küssen."

Matthias hob den Schleier. Instinktiv wich Kathryn einen Schritt zurück. Er schlang einen Arm um ihre Taille und zog sie fest an sich.

Als sie den Mund öffnen wollte, um zu protestieren, legte er seine Hand an ihren Hinterkopf und küsste sie. Das war nicht der übliche keusche Kuss, sondern ein Kuss voller Leidenschaft. Ein hörbares Keuchen ging durch die Reihen. Sie wehrte sich schwach dagegen und gab schließlich auf. Ihr Körper wurde warm und weich.

Oh Mama, war es das, wovor du mich gewarnt hast?

Matthias hob den Kopf und blickte ihr in die Augen. In seinem Blick lag eine triumphierende Heiterkeit.

„Das ist eine Möglichkeit, sie zum Schweigen zu bringen, Beck!", rief ein Mann von hinten. Andere lachten. Die meisten schauten stumm und fassungslos zu.

Matthias drehte sie um, sodass sie die ganze Versammlung anschaute. Seine Hand lag fest um ihre Taille und hielt sie an seiner Seite fest. Mit aufgerissenen Augen starrten die Frauen sie an. Die Männer glucksten und stießen sich gegenseitig an. „Meine Damen und Herren", stammelte Reverend Thacker, „darf ich Ihnen Mr und Mrs Matthias Beck vorstellen."

Die ganze Gemeinde sprang jubelnd auf. Männer lachten, Frauen seufzten. Als sich die Nachricht verbreitete, dass die Ehe geschlossen war, wurden auch draußen Jubelrufe laut. Jemand feuerte ein paar Schüsse in die Luft ab. Axel ging zur Tür.

Lachend zog Matthias ihre Hand durch seinen Arm. „Es ist eine abgemachte Sache, Eure Ladyschaft. Jetzt gibt es kein Zurückweichen und Weglaufen mehr." Er führte sie die Stufen hinunter und schnell durch den Gang nach draußen. „Es ist an der Zeit, uns der Menge zu stellen."

~

Ronya hatte eine dreistöckige Hochzeitstorte gebacken. Lange Tische aus Sägeböcken und Brettern waren aufgestellt. Die Damen der Kirchengemeinde hatten sie mit Tischtüchern schön hergerichtet. Darauf türmten sich jetzt Aufläufe, Brötchen, Äpfel, Weintrauben aus

Sacramento, gebackene Bohnen und Schinken. Die Großzügigkeit der Stadt trieb Kathryn die Tränen in die Augen, doch Appetit verspürte sie nicht. Sie knabberte an diesem und jenem, schob ihr Essen auf dem Teller herum und hoffte, niemand würde es bemerken.

Matthias ergriff ihre Hand unter dem Tisch. „Mach dir doch keine Sorgen, Kate. Du wirst es überstehen."

Was denn überstehen? Sie hasste das Gefühl, so verletzlich zu sein. „Übernachten wir heute im Hotel?"

Matthias warf ihr einen bedeutungsvollen Blick zu. „Unsere Hochzeitsnacht verbringen wir natürlich zu Hause."

„Zu Hause?" Bei dieser Ankündigung begann ihr Herz zu flattern. „In meinem Haus?"

„Genieße das Fest, Kathryn. Wir reden später darüber, was als Nächstes kommt."

Die Musikgruppe der Tanzhalle spielte auf mit Geige, Harmonika, Banjo und einer Trommel. Matthias zog Kathryn auf die Tanzfläche. Noch nie hatte sie diese Seite von ihm erlebt, und sie stellte fest, dass sie ihr gefiel. Wie lange hatte sie nicht mehr getanzt?

Stunden später stand Matthias mit ihr auf den Kirchentreppen und dankte allen für diese wundervolle Hochzeit und die Feier. Charlotte umarmte Kathryn unten an den Stufen. Sie lachte leise. „Du siehst so aus, als würdest du zur Guillotine geführt."

Ronya stand als Nächste in der Reihe, um ihr alles Gute zu wünschen. „Die Ehe ist, was du daraus machst, Kathryn. Matthias ist ein guter Mann. Du wirst ihn zu einem noch besseren machen." Sie trat zurück und legte in einer mütterlichen Geste die Hand an Kathryns Wange. „Sei tapfer."

Ein paar folgten ihnen den Weg hinunter in die Stadt. Matthias schlug nicht den Weg zur *Voice* und ihrer kleinen Wohnung ein, sondern bog nach rechts ab. Sie liefen mehrere Blocks und einen Hügel hoch, wo auf großen Grundstücken neue Häuser gebaut worden waren. Er führte sie die Stufen hoch zur Veranda eines kleinen, frisch gelb-weiß gestrichenen Hauses.

„Ihr neues Heim, Eure Ladyschaft." Stolz öffnete er die Tür, nahm sie auf die Arme und trug sie über die Schwelle. In der Eingangshalle stellte er sie wieder auf den Boden.

Eine breite Tür zur Rechten führte in einen Salon, der mit einem Sofa, zwei Sesseln und einem kleinen Tisch vor einem Kamin ausgestattet war. Eine Bibliothek mit City Walshs Büchern und Bücherregalen befand sich im hinteren Teil. Vor den Fenstern hingen sogar Spitzenvorhänge. Links von ihr war das Esszimmer mit einer Vorratskammer und der Küche mit einem neuen Holzherd und einer Eiskiste. Die Schränke waren mit Leinöl frisch bearbeitet, die Regale allerdings noch leer.

Matthias lehnte sich an die Tür und schaute sie an. „Was du brauchst, kannst du bei Walker kaufen."

Verblüfft schaute sie ihn an. „Das kannst du doch unmöglich alles in einer Woche geschafft haben. Nicht einmal mit guten Leuten."

„Es ist schon eine Weile fertig."

„Was heißt *eine Weile*?"

Matthias lächelte nur. Sie spürte die Tränen kommen. „Das ist viel mehr, als ich erwartet habe ..."

„Ich weiß. Du dachtest, wir würden im Hotel wohnen."

Der Gedanke, dass er sich solche Mühe gegeben hatte, ein Heim für sie vorzubereiten, überwältigte sie.

Matthias richtete sich auf und trat zurück. „Du hast die oberen Räume noch gar nicht gesehen."

Den wenigen Mut, der ihr nach diesem ereignisreichen und lebensverändernden Tag noch geblieben war, zusammennehmend, folgte sie ihm nach oben. Zwei kleine Zimmer waren noch nicht möbliert, und in dem anderen standen ein großes Doppelbett mit einem mit Holzarbeiten verzierten Kopf- und Fußteil, eine Kommode mit einem großen Spiegel, der Kleiderschrank ihres Vaters und ihr großer Koffer.

„Wann wurden denn meine Sachen hierhergebracht?" Sie schämte sich ihrer zitternden Stimme.

„Unmittelbar nach der Hochzeit. Ich wollte sicherstellen, dass du nicht zum Mietstall rennst, einen Buggy stiehlst und nach Sacramento durchbrennst." Er trat näher. „Ich habe dich nie für selbstverständlich hingenommen, Kathryn, und das wird auch ganz bestimmt jetzt nicht so sein." Das klang wie ein weiteres Versprechen. Er legte seine Hand auf ihre Schulter, und sie war schockiert über die intensiven Gefühle, die sie durchströmten.

„Ach, Kate." Matthias nahm ihr Gesicht in die Hände. „Du wirkst so verängstigt. Bitte vertrau mir. Es wird nicht so schlimm sein, wie man dir vielleicht vorgemacht hat."

Das war das Problem. „Ich weiß gar nichts darüber." Niemand hatte ihr erklärt, was jetzt geschehen würde.

Matthias runzelte die Stirn. „Nichts?"

„Über manche Themen spricht man nicht. Meine Mutter sagte …"

„Vergiss, was deine Mutter gesagt hat." Während er ihr Gesicht musterte, wurde sein Gesichtsausdruck weicher. „Denk daran, Gott hat Adam und Eva geschaffen, und was jetzt kommt, ist Teil seines Planes, nicht nur für die Fortpflanzung, sondern vor allem auch zu unserem Vergnügen." Er küsste sie erneut und nahm sich Zeit dabei. Als er sich von ihr löste, fiel ihr das Atmen schwer. Seine Augen waren so dunkel und sinnlich, als er die Nadeln aus ihrem Haar zog. Sie spürte, wie ihre Haare über ihren Rücken fielen. Er trat einen Schritt zurück und knöpfte ihren hohen Kragen auf. „Was meinst du, hat Adam gesagt, als er Eva das erste Mal in all ihrer Pracht erblickte?" Matthias lächelte trocken. „Natürlich brauchte er sich nicht mit all diesen Knöpfen herumzuschlagen."

Kathryn wusste nicht, was auf sie zukommen würde, aber ihre Ängste schmolzen dahin, als Matthias und sie die Intimitäten des Ehelebens genossen. Als es vorbei war, lag Matthias auf der Seite und strich entspannt über ihren Körper, erforschte jede Kurve. „Du bist wundervoll gemacht, Kathryn Beck."

Kathryn Beck! Ihr neuer Name ließ sie kurz zusammenzucken, aber die Angst vor dem, was sie vielleicht verlieren könnte, war nicht mehr so wichtig. Das allein gab ihr Grund, sich darüber zu wundern, was für eine große Veränderung sich in ihr vollzogen hatte. Seufzend blickte sie ihren Mann an, und sie spürte, dass dies nur der Anfang neuer Entdeckungen war. „An dem Tag, an dem wir zu dem Picknick gefahren sind, habe ich gesehen, wie du das Kutschpferd gestreichelt hast, und ich habe mich gefragt, ob du mich genauso freundlich behandeln würdest."

„Wie ein Pferd?" Er lachte.

„Nun, manche Männer brechen den Willen der Pferde, oder nicht?"

„Oh." Er dachte darüber nach. „Ja, vermutlich behandeln manche Männer ihre Frauen genauso."

Sie stieß einen wohligen Seufzer aus und drehte sich zu ihm um. „Ich bin froh, dass du nicht dazugehörst."

„Ich bin froh, dass du so viel über mich gelernt hast."

„Ich war ziemlich mit Vorurteilen behaftet, nicht?"

„Wenn wir uns jetzt schon unsere Sünden gestehen – ich habe dich für ein verwöhntes reiches Mädchen gehalten, das sich für besser hielt als alle anderen. Aber auch da schon wusste ich, dass wir irgendwann zusammen sein würden."

„Ach, wirklich?" Bei ihrer ersten Begegnung hatte auch sie diese Anziehungskraft gespürt, aber die war sehr schwach gewesen im Vergleich zu dem, was sie jetzt empfand.

„Ich verspreche dir, ich werde deinen Geist nicht brechen, Kate. Warum sollte ich, wo das doch ist, was ich am meisten an dir liebe?" Er küsste sie auf die Stirn, als wäre sie ein Kind.

Oh ja, sie liebte ihn. Sie hatte ihn schon geliebt, als er noch ein lästiger Besserwisser gewesen war, der sich über sie lustig gemacht und sie gequält hatte. Sie war ihm aus dem Weg gegangen, weil sie wusste, dass sie ihr Herz an ihn verlor. Nun, dann war das eben so. Aber sein Herz zu verlieren, bedeutete ja nicht, dass man auch den Verstand verlor, oder?

„Du wirkst so bekümmert." Matthias stützte den Kopf auf seine Hand und wischte sanft die Tränen von ihren Wangen. „Du hast keine Ahnung, welche Macht eine gute Frau über einen Mann hat. Du hast mich dazu gebracht, über den Glauben nachzudenken, von dem ich glaubte, ich hätte ihn verloren." Er lachte leise. „Du hast mich dazu gebracht, wieder eine Kirche zu betreten. Und wenn das alles noch nicht genug ist ..." Er ergriff ihre Hand, küsste ihre Handfläche und drückte sie fest an seine nackte Brust. Sie spürte das Schlagen seines Herzens. „Fühlst du dich jetzt sicherer?"

Sie spreizte die Finger und betastete die festen Muskeln seines Oberkörpers. „Ein wenig." Sie liebte das Gefühl seiner Haut. Während sie mit der Hand über seine Brust strich, schnappte er nach Luft. Frauen hatten tatsächlich eine gewisse Macht. Aber sie fragte sich unwillkürlich, wie lange diese Art von Hunger und Begehren wohl nach der Hochzeit noch anhalten würde.

Matthias gab ihr einen leidenschaftlichen Kuss. „Ich liebe dich, Kathryn. Du hast deine Druckerpresse noch. Du hast deine Mine noch. Niemand, nicht einmal dein Mann, wird dir irgendetwas wegnehmen. Aber ich hoffe sehr, dass das nicht die einzigen Gründe sind, warum du mich geheiratet hast."

Der Ausdruck seiner Augen ließ sie dahinschmelzen. Auch ein starker Mann konnte verletzlich sein. Er hatte sie manipuliert, aber damit hätte er keinen Erfolg gehabt, wenn sie nicht mitgespielt hätte. „Andere Gründe." Sie tat so, als müsste sie überlegen. „Nun, ich denke schon, dass es ein paar gibt." Sie grub ihre Finger in seine Haare und zog seinen Kopf zu sich herunter, während sie sich aufrichtete, um ihn zu küssen.

Matthias hob schwer atmend den Kopf. „Was hältst du davon, eine neue Liste zu machen?" Er zog sie auf sich. „Eine, die wir nur zu gern gemeinsam abarbeiten?"

Kapitel 25

Wer gedacht hatte, Matthias Beck würde Lady Kathryn jetzt ans Haus binden, damit sie für ihn kochte und putzte, wurde eines Besseren belehrt, als er schon bald neue Ausgaben der *Voice* in den Händen hielt. Wenn sich etwas geändert hatte, dann dies, dass ihr Feuer für Verbesserungen in der Stadt ganz neu entfacht war. Sie wollte *Calvada zu einer Stadt machen, in der Menschen Arbeit finden, heiraten, Kinder bekommen und ein gutes Leben führen können.* Die Männer stöhnten, als sie das lasen. Warum konnten Frauen denn nie zufrieden sein?

Da die Keeweetoss-Mine sehr erfolgreich arbeitete, kamen mehr Männer in die Stadt, und mit ihnen die üblichen Probleme. Kathryn setzte sich dafür ein, zusätzliche Hilfssheriffs einzustellen, die Sheriff Borgeson in seiner Arbeit unterstützten. *Ein Sheriff und ein Hilfssheriff reichen nicht aus, um den Tollheiten einer wachsenden Anzahl alleinstehender Männer etwas entgegenzusetzen. Wir könnten ein paar weitere Ordnungshüter gebrauchen, die die Männer in ihre Schranken weisen.*

In der Bar entrüsteten sich die Männer. „Was meint sie damit, die Männer in ihre Schranken zu weisen?" Zwei Gesetzeshüter reichten doch ganz bestimmt aus für eine Stadt von zweitausend Einwohnern! Die meisten mochten diese kleinen Auseinandersetzungen. Warum sollten die Männer ihre Differenzen nicht auf der Straße austragen?

An den Sitzungen des Stadtrats nahmen immer mehr Menschen teil. Die Männer wussten, dass die Lady da sein würde, und Wetten wurden abgeschlossen, wer aus dem Kampf der Geschlechter wohl als Sieger hervorgehen würde: Beck oder seine Braut. Bestürzt reagierte die Bevölkerung auf den Kompromiss, der geschlossen wurde: Ein neuer Hilfssheriff sollte eingestellt und härtere Strafen für alle festgelegt werden, die den Frieden in der Stadt störten.

Scribe formulierte die Schlagzeile: BECK UND SEINE BRAUT WENDEN DAS BLATT. Sein erster Artikel brachte ihm eine gebrochene Nase und einen Besuch in Dr. Blackstones Praxis ein, wo er die vorlaute und hübsche Millicent traf. Da der Doktor unterwegs war, blieb es seiner sechzehnjährigen Tochter überlassen, die Nase zu richten, was sie auch so beherzt tat, dass es hörbar knackte. Scribe war so fasziniert von ihr, dass er kaum aufstöhnte. Sie reichte ihm einen Lappen, um den Blutfluss zu stoppen, und schenkte ihm ein Lächeln, bei dem sich seine Zehen einrollten und das in ihm den Wunsch weckte, ihr nachzulaufen, wie Bandit Kathryn nachlief.

„Es heißt nur noch *Millie dies* und *Millie das*", erzählte Kathryn Matthias lachend mit einem Kopfschütteln. „Seine Gedanken kreisen nur noch um sie, und deshalb musste er gestern zwei Druckerschienen noch einmal neu setzen."

„Der arme Junge ist verliebt."

„Armer Junge. Hast du gelitten?", neckte sie.

„Was glaubst du?" Matthias warf ihr ein Lächeln zu, das sie wünschen ließ, sie wären zu Hause und nicht in Ronyas Café. In den vergangenen Wochen hatte sie viel darüber gelernt, wie genussvoll eine Ehe sein konnte. Sie begann sogar, darüber nachzudenken, ob sie nicht kochen lernen und seine Wäsche waschen sollte, doch sie war schnell wieder zur Vernunft gekommen.

Matthias schaute auf ihren Teller mit Eiern und Speck. „Du isst wieder nichts?"

Sie zuckte die Achseln. Ihr war ein wenig übel. „Keine Sorge, Mr Beck. Am Mittag werde ich wieder hungrig sein wie ein Wolf." Als sie das Café verließen, gab Matthias ihr einen Kuss auf die Wange, bevor sie auseinandergingen, Matthias in sein Büro im Hotel und Kathryn zur *Voice* und anschließend zur *Keeweetoss*.

Mitten in der Nacht fuhr Kathryn desorientiert und verschlafen aus dem Tiefschlaf hoch. Klopfte da jemand an ihre Tür? Von draußen drang Geschrei herein. Schimpfend zog Matthias seine Hose an und lief barfuß in den Flur. „Immer langsam mit den jungen Pferden!" Kathryn hörte Axels aufgeregte Stimme, konnte aber nicht verstehen, was er sagte. Sie war so müde, dass es sie nicht interessierte, und sie war beinahe wieder eingeschlafen, als Matthias ins Zimmer gestürmt kam. Er riss ihr die Decke weg und zog sie hoch. „Zieh dich an! Schnell!"

Verschlafen und verwirrt ließ sich Kathryn auf die Bettkante sinken. „Was ist los?"

„Feuer! Der südöstliche Teil der Stadt steht in Flammen! Und das Feuer kommt in unsere Richtung!"

Draußen herrschte Chaos. Kathryns Augen brannten vom Rauch. Hustend musste sie sich abwenden, um wieder Luft zu bekommen. Das laute Geschrei machte die Situation nur noch schlimmer.

„Das Feuer kommt schnell näher!"

„Füllt Eimer mit Wasser!"

„Beeilung!"

„Raus aus den Häusern, solange es noch geht!"

„Wo sollen wir hin? Oh Gott, hilf uns!"

Die Leute brüllten sich gegenseitig Anweisungen zu, rannten in ihre Häuser und wieder heraus und holten von ihren Besitztümern, was sie tragen konnten, und stellten es mitten auf der Straße ab.

„Da hinten! Ich kann die Flammen sehen!"

„Das Feuer kommt hierher!"

Ein Haus in der Nähe von dem von Matthias und Kathryn fing Feuer, die Asche wurde vom Wind auf das Dach des nächsten getragen. Normalerweise war der Nachtwind sehr angenehm und willkommen, doch jetzt fachte er das Feuer nur an. Im Sommer war alles so trocken wie Zunder.

Matthias schloss und verriegelte Kathryns Saratoga-Koffer.

„Lass stehen!“ Kathryn legte ein Mieder an und zog einen blauen Rock an. Auf ein Korsett oder eine Tournüre wollte sie keine Zeit vergeuden. Sie schob einen Fuß in einen ihrer Stiefel. „Die Tagebücher und Notizbücher meines Vaters sind wichtiger!“

Matthias stapelte zwei Kisten aufeinander und ging zur Haustür. „Komm schon, Kate! Lass uns gehen!“ Als er die Kisten auf der Straße abstellte, merkte er, dass Kathryn ihm nicht nach draußen gefolgt war. Alarmiert und wütend ging er zurück. „*Kathryn!*“ Das Nachbarhaus fing Feuer, und es würde nicht mehr lange dauern, bis auch ihres in Flammen stand. Er stürmte zurück, und fand sie im Salon, wo sie einen Wäschekorb mit Büchern füllte. „Was machst du denn da? Wir müssen hier raus!“

„Ich will die Bücher mitnehmen.“

„Lass sie!“

Als sie nicht mitkam, packte Matthias sie am Arm. Sie riss sich los. „Ich kann sie nicht hierlassen!“

Er machte sich nicht die Mühe, mit ihr zu streiten, sondern nahm sie kurzerhand auf den Arm. Protestierend und sich windend trug Matthias sie aus dem Haus. Als er sie auf der Straße herunterließ, wollte sie wieder zurückgehen. Er packte sie am Arm, drehte sie zum Haus und schloss ganz fest seine Arme um sie, damit sie zusehen konnte, wie ihr Dach Feuer fing. Ihr Widerstand schmolz dahin.

„All die Bücher meines Vaters.“ Sie wich vor der Hitze zurück, als ihr Haus Feuer fing. „Oh, Matthias, unser schönes Heim …“ Sie weinte. „Deine ganze Arbeit …“

Matthias zog sie an sich und legte sein Kinn auf ihren Kopf. „Bücher kann man wieder kaufen. Ein Haus kann wieder aufgebaut werden, Liebling. Aber du bist nicht zu ersetzen.“ Sie wandte sich um und drückte sich an ihn. Ihr Körper wurde von Schluchzen geschüttelt.

Glühende Asche wirbelte durch die Luft. Schon bald würde der ganze Block der kleinen Häuser in Flammen stehen. Überall holten die Menschen immer noch aus ihren Häusern, was sie retten konnten. „Bleib hier. Ich will nachsehen, ob alle ihre Häuser verlassen haben." Matthias schob Kathryn zurück und ging die Straße entlang.

Beim ersten Ruf „Feuer!" war es vielen gelungen, Möbel, Töpfe und Pfannen, Stühle und Vorräte nach draußen zu schaffen. Ein Nachbar erzählte Matthias, sein Nachbar würde sich jeden Freitagabend bis zur Besinnungslosigkeit betrinken. „Wir haben ihn noch nicht gesehen." Matthias betrat das Haus und fand den Mann auf seinem Bett liegend und schnarchend vor. Als es ihm nicht gelang, ihn aufzuwecken, zog er den Mann hoch, legte ihn sich über die Schulter und trug ihn nach draußen. Nachdem er den Betrunkenen mitten auf der Straße abgelegt hatte, ging Matthias wieder zurück und half anderen, ihr Inventar auf die Straße zu schaffen.

Kathryn war nicht mehr dort, wo Matthias sie zurückgelassen hatte. Verzweifelt sah er sich um. *„Hat jemand meine Frau gesehen?"* Einige deuteten in Richtung Innenstadt. Er hätte es doch besser wissen müssen und sie niemals allein lassen dürfen! Der Himmel im Osten wurde von orange-gelben Flammen erleuchtet, was ihm sagte, dass die Hälfte der Stadt bereits abgebrannt war. Wo auch immer das Feuer ausgebrochen war, es würde nicht lange dauern, bis Calvada in Asche lag. Ein Feuer solchen Ausmaßes konnte nicht mit Wassereimern gelöscht werden. Gott müsste schon einen Wolkenbruch schicken!

Matthias hatte eine Vorstellung davon, wo Kathryn hingegangen war, und rannte den Berg hinunter zur Chump Street. Außer Atem traf er an seinem Ziel ein, ja, da war sie. Durch die Gnade Gottes war ihr Haus vor dem Feuer verschont geblieben.

Die Geschäftsleute schafften aus ihren Läden, was sie konnten, bevor die Flammen alles auffraßen. Das Dach von Adays Gemischtwarenladen stand in Flammen. Nabor brachte eine Kiste mit Orangen nach draußen. Über die Schulter hinweg rief er Abbie zu, sie solle sich beeilen. Sie erschien, beladen mit einem halben Dutzend Stoffballen. Auf der Straße sank sie zu Boden. „Steh auf, du faules Stück!" Nabor trat sie in die Seite. „Steh auf und lauf wieder rein. Mach die Schubkarre voll." Er stellte seine Kiste ab, zerrte sie hoch und schob sie in Richtung Tür, aus der bereits Rauch quoll. „Beeil dich!"

Außer sich vor Zorn wandte sich Matthias von dem, was er gerade tat, ab, aber Kathryn war bereits losgerannt. „Abbie! Geh nicht mehr rein!"

Bandit bellte, hielt sich dicht an ihrer Seite, als spüre er die Gefahr.

Matthias lief an Kathryn vorbei. „Kümmere dich um die anderen." Als sie nicht stehen blieb, versperrte Matthias ihr den Weg. „Ich mache das schon!"

Bei Matthias' Tonfall duckte sich Bandit, zog den Schwanz ein und verschwand nach draußen. Kathryn nicht. „Wo du hingehst, da gehe auch ich hin, und wir sollten jetzt keine Zeit mehr mit Streiten vergeuden, denn sie ist in diesen Laden zurückgegangen! Oh, Herr …" Kathryn hob ihre Röcke hoch und rannte los. *„Abbie!"*

Nabor hob seine Orangenkiste hoch und schrie seine Frau an, sie solle die Jeanshosen hinten im Laden holen. Er bemerkte Matthias erst, als es bereits zu spät war. Matthias trat nach den Orangen, packte Nabor am Nacken, zerrte ihn auf den Brettersteg und versetzte ihm einen Stoß, dass er in den Laden flog. „Pack deine Schubkarre selbst!" Er folgte ihm hinein. „Kathryn!" Einen Arm um Abbie gelegt, kam sie heraus. „Ihr zwei bleibt draußen! Ich helfe diesem erbärmlichen Mannsbild, seine kostbaren Latzhosen zu holen."

Nabor versuchte zu entkommen, doch Matthias drehte ihn um und stieß ihn weiter. „Die Latzhosen, hast du gesagt. Dann geh und hole sie! Ich bin gleich hinter dir." Mit vor Furcht aufgerissenen Augen, ob nun vor dem näher kommenden Feuer oder vor dem Feuer des Zorns, das in Matthias loderte, warf Nabor einen Stapel Levi-Strauss-Jeans auf eine Schubkarre. Gemeinsam gelang es ihnen, zwei Schubkarren voll Ware nach draußen zu schaffen, bevor es zu gefährlich wurde, den Laden noch einmal zu betreten.

Matthias packte Nabor an seinem Hemd. „Wenn ich noch einmal miterlebe, wie du deine Frau misshandelst, dann bekommst du es mit mir zu tun!"

„Matthias", sagte Kathryn traurig. „Das Hotel steht in Flammen."

„Das habe ich gesehen. Da ist nichts mehr zu machen." Schon bevor Matthias auf Nabor losgegangen war, hatte er gesehen, dass das Hotel nicht mehr zu retten war. Bradys Saloon war bereits eingestürzt, Flammen und glühende Asche stoben in die Höhe. Weiter unten auf der Straße standen Ronya und Ina Bea vor dem Café und sahen zu, wie es niederbrannte. Er ging in ihre Richtung. Kathryn holte ihn ein und ergriff seine Hand. Bei den beiden Frauen angekommen, ließ Kathryn die Hand los und umarmte Ronya, die trotz ihrer verlorenen Hoffnungen noch relativ gefasst wirkte. Ina Bea und Tweedie standen bei ihr.

„Gott sei Dank, euch ist nichts passiert." Kathryn löste ihre Arme von Ronya.

Matthias ergriff ihre Hand und hielt sie fest, als wollte er sicherstellen, dass sie ihm nicht wieder davonlief, um nach anderen zu sehen, und er außer sich vor Sorge zurückblieb, weil er nicht wusste, wo sie war. „Ich bin froh, dass euch nichts geschehen ist. Das mit deinem Café tut mir leid, Ronya."

„Ich habe Rauch gerochen und sah den Feuerschein, der von Slag Hollow näher kam. Der Wind wehte in diese Richtung, und ich wusste, es würde nicht lange dauern, bis das Feuer die Stadt erreichte. Ein paar Sachen habe ich retten können." Auf der Straße standen Töpfe und Pfannen und einige Kisten mit Lebensmitteln. Resigniert zuckte sie die Achseln. „Das ist jetzt das dritte Mal, dass mein Haus abbrennt." Sie wickelte ihren Schal fest um ihre Schultern und schüttelte den Kopf. „Bleibt mir nichts anderes übrig, als noch einmal ganz von vorn anzufangen."

„Unser Haus ist auch dem Feuer zum Opfer gefallen." Matthias seufzte. „Manchmal gewinnt man, manchmal verliert man." Fast alle, die auf der Chump Street standen, hatten in dieser Nacht fast ihren gesamten Beitz verloren. „Wir werden wieder auf die Beine kommen."

Die Windrichtung änderte sich, und das Feuer erfasste jetzt Chinatown und brannte es bis auf die Grundmauern nieder, auch Jian Lin Gongs neues Haus, das er als Sprengstoffspezialist von der Gewinnbeteiligung an der *Keeweetoss* gebaut hatte. Seine Wäscherei hatte er an seine Frau und seinen Sohn übergeben. Ein Teil der Innenstadt blieb verschont. Dazu gehörten Citys kleines Haus und die Tanzhalle. Es würde noch Stunden dauern, bis man sagen könnte, wie viel von der Stadt übrig geblieben war und wie viele Bewohner möglicherweise ihr Leben verloren hatten.

Matthias betete um Regen, doch er wusste, selbst wenn er käme, wäre es zu spät, um Calvada zu retten.

~

Das Feuer fegte den Berg hoch und in Richtung der Keeweetoss-Mine. Dort jedoch war durch die vielen gefällten Bäume, die als Stützbalken für die unterirdischen Tunnel gebraucht wurden, eine Schneise entstanden, sodass das Feuer an Kraft verlor. Mit vereinten Kräften errichteten die Männer Erdwälle um das Bürogebäude und die Häuser von Amos Stearns, Wyn Reese und mehrerer anderer. Das Feuer wechselte die Richtung, sodass die Häuser verschont blieben. Es fraß sich durch das Gebüsch und näherte sich dem Steinhang. Als es endlich ausgewütet hatte, hinterließ es eine Schneise der Verwüstung.

Auf wundersame Weise war in Calvada niemand ums Leben gekommen. Natürlich wurde darüber spekuliert, wie das Feuer entstanden war. Ein Gewitter konnte nicht die Ursache gewesen sein. Einige waren der Meinung, es sei in Slag Hollow ausgebrochen.

Barreras Tanzhalle, Fiona Hawthornes Puppenhaus und Walkers Laden waren verschont geblieben, dazu zwei Saloons und die meisten der großen Häuser auf der Riverview, darunter auch das von Morgan Sanders, das schnell in eine Unterkunft für die Menschen umgewandelt wurde, die ihr Dach über dem Kopf verloren hatten. Matthias und Kathryn bot man das große Schlafzimmer an, eine

Vergünstigung für den Bürgermeister, doch Kathryn weigerte sich, dieses Haus auch nur zu betreten.

„Ich würde lieber in einem Saloon leben, als jemals wieder auch nur einen Fuß in dieses Haus zu setzen!"

„Wie wäre es mit der Tanzhalle?" Matthias erzählte ihr, dass José Barrera seine Spielhalle zur Verfügung gestellt hatte. Dort würden so viele Menschen einen Schlafplatz finden, wie hineinpassten. „Nur du und ich und fünfzig Männer auf dem Holzboden – oder sechzig, je nachdem wie viele von uns sich hineinquetschen können." Ihr entsetzter Gesichtsausdruck brachte Matthias zum Lachen. „Ich habe ihm für das freundliche Angebot gedankt und ihm gesagt, dass wir bereits eine Unterkunft haben."

„Ist das so? Wo?"

„Scribe hat uns Citys Haus angeboten." Bandit wäre auch willkommen, es sei denn, das Tier bliebe lieber draußen, wo es nach leckerem gegrilltem Waschbären oder Opossum suchen könnte, eine Aufmerksamkeit des Feuers von Calvada.

Das hintere Zimmer war tadellos sauber und aufgeräumt, alles an seinem Platz, die Laken und Decken sauber, das Bett gemacht. Kathryn grinste. „Entweder du hast deine Gewohnheiten geändert, Scribe, oder Millicent Blackstone hat übernommen."

Er lächelte leicht. „Es war Millie."

Matthias lachte leise. „Du solltest dieses Mädchen heiraten, bevor ein anderer sie dir wegschnappt."

Scribe errötete. Diese Idee war ihm anscheinend auch schon gekommen. „Ja, nun, wir überlegen, in diesem Winter zu heiraten. Im Dezember wird sie siebzehn, und sie findet, Dezember sei ein guter Monat für eine Hochzeit."

Kathryn wirkte überrascht. „Sie ist noch so jung."

„Sie hat ihre eigenen Vorstellungen, das ist mal sicher." Scribe zuckte die Achseln.

Matthias grinste Kathryn an. „Das erinnert mich an jemanden, den ich kenne." Er streckte Scribe die Hand hin. „Gratuliere. Das ist eine gute Sache, Junge. Warte also nicht zu lange. Die beste Entscheidung, die ein Mann treffen kann, ist, eine kluge Frau zu heiraten." Er zwinkerte Kathryn zu.

~

Am nächsten Tag betrat Axel Borgeson die Redaktion der *Voice*. „Kathryn? Ich muss mit Ihnen sprechen." Sie folgte ihm nach draußen. „Fiona hat mir eine Nachricht geschickt. Eines ihrer Mädchen ist krank und würde Sie gern sehen."

Kathryn war verwirrt. „Warum hat sie nicht einfach einen Boten geschickt?"

„Sie hat mich gebeten, mitzukommen."

„Hat sie einen Grund genannt?"

„Sie sagte, Monique würde keine Ruhe mehr geben. Sie fantasiert auf Französisch. Und sie redet von einem Mord in San Francisco." Er zuckte die Achseln.

Kathryn ging wieder hinein, um Matthias mitzuteilen, dass sie weggerufen worden sei und nicht wisse, wie lange sie wegbleiben würde. Dann machten sie und Axel sich auf den Weg zu Fiona Hawthornes Puppenhaus.

Elvira Haines öffnete die Tür. Mit gesenktem Kopf trat sie zurück und ließ sie eintreten. Kathryn spürte Bedauern, dass sie keinen Weg gefunden hatte, Elvira dieses Leben zu ersparen. Die junge Frau wirkte sehr niedergeschlagen, vermutlich aus Scham. „Fiona ist bei Monique. Sie sind oben. Zweite Tür links." Ohne den Kopf zu heben, wandte sie sich ab. „Ich bin in der Küche."

Monique sah schlimm aus, die Augen eingesunken, die Lippen trocken und aufgesprungen. Eine halb leere Flasche Laudanum stand auf dem Nachttisch.

Traurig schaute Fiona auf. Sie schüttelte den Kopf. „Doc Blackstone sagte, es sei ein bösartiger Tumor. Wir können nichts für sie tun, außer ihr Laudanum zu geben."

Monique stöhnte und warf sich unruhig hin und her. Die einst so schöne junge Frau wirkte verwelkt und alt, das Gesicht war schmerzverzerrt. Sie blickte zu Kathryn hoch, ihre Augen funkelten wütend. Sie redete Französisch, und Kathryn wich erschrocken zurück.

Axel blickte sie an. „Sie sprechen Französisch? Was hat sie gesagt?"

„Ich habe ihn umgebracht. Ich habe ihm den Schädel eingeschlagen, und ich würde es wieder tun."

Monique hob den Kopf. Mit irrem Blick schleuderte sie Kathryn französische Worte entgegen.

„‚Ich würde sie alle töten, wenn ich könnte …'", übersetzte Kathryn, während Fiona versuchte, Monique einen Schluck Wasser einzuflößen.

Monique ließ sich wieder in die Kissen sinken und schüttelte den Kopf. Sie weinte jetzt wie ein verzweifeltes Kind. „Ich dachte, er würde mich lieben …" Ihr Körper wurde von Schluchzen geschüttelt. „Das war auch so!" Wütend funkelte sie Fiona an. „Er hätte mich geheiratet, wenn du nicht dazwischengefunkt hättest." Sie beschimpfte Fiona mit einem Wort, das Kathryn nicht kannte, aber es klang übel.

Fiona richtete sich auf und schaute auf das sterbende Mädchen hinab.

Axel trat näher und blickte Fiona eindringlich an. „Meint sie Sie und Morgan Sanders?"

„Das kann nicht sein." Fiona beugte sich über Monique und fuhr zurück, als sie verstand. „Oh, nein, Monique. Oh, du hast doch nicht …"

„Er wollte immer nur mich. Ich konnte es nicht ertragen zu sehen, wie er in dein Zimmer ging." Moniques Atmung klang abgehackt. Sie weinte wieder wie ein Kind. „Mit Morgan habe ich mich doch nur abgegeben, um ihn eifersüchtig zu machen. Und dann bin ich zu ihm gegangen und habe ihm das gesagt und versprochen, es nie wieder zu tun."

Verwirrt schaute Kathryn Fiona an. Über wen redete Monique? Sie hatte eine düstere Vorahnung.

Moniques Schultern bebten. „Er sagte, es sei alles gut. Er hätte keinen Anspruch auf mich."

Mit irrem Blick funkelte sie Fiona an und redete weiter. „Ich habe es getan. Ich habe ihn erschlagen."

Axel trat vor, doch Fiona drängte sich zwischen ihn und die sterbende Frau. „Du hast City getötet."

Moniques Gesicht war von Hass verzerrt. „Ja. Ich habe ihn getötet."

„Warum?", rief Fiona.

„Er hat sich, wie alle anderen auch, von mir abgewandt." Sie hob den Kopf. „Ich habe ihn mit dem Griff der Druckerpresse, die er so sehr geliebt hat, erschlagen." Zitternd sank sie zurück. „Ich habe ihn geliebt! Und dann gehasst. Ich wollte, dass er tot war! Ich will sie alle tot sehen. Sie haben mir alle den Rücken zugekehrt …"

In Tränen aufgelöst floh Fiona aus dem Raum. Bei Moniques Geständnis traten auch Kathryn die Tränen in die Augen.

Axel trat näher ans Bett heran. „Haben Sie auch Morgan Sanders getötet, Miss Beaulieu?"

Verwirrt blickte Monique ihn an. Ihre aufgesprungenen Lippen verzogen sich zu einem verführerischen Lächeln, das in ein Lächeln der Befriedigung überging, während in ihrem Gesicht der Wahnsinn aufflackerte. Diese gruselige Verwandlung ließ Kathryn zurückweichen.

„Monique?", ergriff Axel erneut das Wort. „Was ist mit Morgan Sanders?"

Wütend funkelte Monique Kathryn an. „Er sagte, er würde Sie heiraten. Trotzdem schickte er mir die Kutsche, wann immer er meine Gesellschaft wollte. Dann hat er mir einmal den Rücken zugewandt und sich ein Glas Wein eingeschenkt. Ich nahm den Schürhaken und habe zugeschlagen."

„Was sagt sie?", fragte Axel.

„*Il avait l'air tellement si surpris.*" Monique lachte leise, ihr Körper entspannte sich.

„Kathryn!"

„Sie hat Morgan Sanders umgebracht."

Axel runzelte die Stirn. „Was ist mit Wyn Reese? Hat er für Sie gelogen? Er sagte, Sie wären die ganze Nacht bei ihm gewesen."

„Das dachte er." Sie lachte irre. „Ich habe Laudanum in seinen Whisky geschüttet. Er hat gar nicht gemerkt, dass ich weggegangen bin." Ihr Gesicht war weiß und ausdruckslos. „Er hat sich nicht einmal bewegt, als ich wieder zu ihm ins Bett gekrochen bin." Während sich ihre Atmung verlangsamte, schien sie im Bett zu schrumpfen.

Axel packte Kathryn am Arm. „Wir sollten jetzt besser gehen."

„Ich kann sie nicht allein lassen."

„Sie hat Ihren Vater ermordet. Sie hat Morgan Sanders ermordet. Und möglicherweise noch andere, wenn man ihrem Geständnis Glauben schenken kann."

„Matthias wird mir den Kopf abreißen, dass ich Sie überhaupt hierhergebracht habe. Ich kann Sie jetzt nicht allein lassen ..."

„Sie haben mich nicht hierhergebracht, Axel. Ich wurde hergerufen."

„Sie können nicht alle retten, Kathryn." Leise verließ er das Zimmer. Weder Fiona noch Elvira kehrten zurück.

Monique drehte ihren Kopf und schaute Kathryn an. „Alle verlassen mich ..."

„Ich werde bleiben."

Sie wrang einen Lappen aus, setzte sich auf den Stuhl, auf dem Fiona gesessen hatte, und betupfte Moniques Stirn. Das Laudanum zeigte allmählich Wirkung. War Monique in einem solchen Zustand noch zu erreichen? Was immer auch geschehen war, Kathryn wusste, was sie zu tun hatte. Sie beugte sich vor und flüsterte die Botschaft von Gott sanft in Moniques Ohr und betete, die Hoffnung und rettende Gnade, die das Wort Gottes anbot, möge das sterbende Mädchen noch rechtzeitig erreichen.

Kathryn betete leise auf Französisch, bis Monique verbittert brummte, sie hasse Gott und wollte nichts weiter hören. Es war eine lange und schwierige Nacht, in der Monique unzusammenhängend redete, von Schmerzen gepeinigt aufschrie und um ihr Leben kämpfte. In ihren letzten Augenblicken trat ein Ausdruck des Schreckens in ihre Augen. Bevor sie starb, stieß sie einen leisen Schrei aus und sank in sich zusammen, als die Luft aus ihren Lungen wich. Von Mitleid erfüllt drückte Kathryn ihr die Augen zu, breitete ein Laken über sie und blies die Lampe aus.

Matthias bog gerade in die Gomorrah ein und sah Kathryn aus Fiona Hawthornes Haus kommen. „Kate!“ Er eilte zu ihr und zog sie in seine Arme, als er sie erreichte. „Axel hat mir von Monique erzählt.“

„Sie ist tot.“

„Gott erbarme sich.“ Er stieß die Luft aus und war erleichtert, dass er seine Frau wieder in seinen Armen hielt. „Wenn sie weitergelebt hätte, hätte sie sich für zwei Morde verantworten müssen und wäre gehängt worden.“ Kathryn zitterte, zweifellos als Nachwirkung von dem, was Monique ihr über den Mord an City Walsh gestanden hatte. Matthias hielt sie auf Armeslänge von sich entfernt. „Du siehst ziemlich mitgenommen aus.“

Sie lachte leise. „Vielen Dank.“ Sie war todmüde. „Sie war so verloren, Matthias. Ich konnte sie nicht allein lassen.“

Er strich ihr eine Haarsträhne hinters Ohr. „Axel meinte, du hättest mit ihr gesprochen, als er ging.“

„Ich weiß nicht, ob sie irgendetwas von dem, was ich gesagt habe, mitbekommen hat.“

„Du hast getan, was du konntest, Liebling.“

Kapitel 26

Citys Bett war für zwei Personen viel zu klein. Matthias lag auf der Seite und hatte den Kopf in die Hand gestützt. Ein Arm lag um Kathryns Taille. Nachdenklich drehte sie sich auf den Rücken. „Ich frage mich, was Monique zu dem gemacht hat, was sie war."

Er legte seine Hand auf ihre Hüfte, um sie festzuhalten. Wenn sie nicht aufpassten, würden sie am Ende beide auf dem Boden liegen. „Einige Menschen sind von Grund auf böse, Kate." Er seufzte tief. „Das habe ich im Krieg erlebt. Einige Männer haben den Kampf geliebt. Du siehst das in ihren Augen. Irgendetwas fehlt. Oder sie sind hoffnungslos korrupt." Wie Morgan Sanders.

„Ihre letzten Augenblicke …" Kathryn erschauderte. „Sie hat Gott gehasst."

„Sie hat ihm vermutlich Vorwürfe gemacht. Er ist häufig der Sündenbock für Menschen, die ihr Leben verpfuschen." Hatte er sich nicht selbst von Gott abgewandt?

Kathryn blickte ihn an. „Aber hatte sie nun eine verletzte Seele – oder war sie möglicherweise gewissenlos?"

Das war eines der vielen Dinge, die Matthias so an Kathryn liebte. Menschen lagen ihr immer am Herzen, sogar diejenigen, die verdreht und böse waren. „Das weiß nur Gott allein."

Seufzend schaute sie zur Decke hoch. Sie schloss die Augen, und er dachte schon, sie wäre jetzt eingeschlafen. Doch dann sprach sie erneut. „Ich glaube, heute haben hundert Leute ihre Sachen gepackt und sind weitergezogen."

„Das kann man ihnen nicht verübeln."

„Es bedeutet allerdings, dass der Wiederaufbau schwieriger wird." Das schien ihr nicht zu gefallen. Der Wiederaufbau wäre eine gewaltige Aufgabe.

„Einige würden lieber woanders neu anfangen."

Kathryn wandte den Kopf zu ihm um. „Dass dein Hotel abgebrannt ist, tut mir so leid, Matthias."

Ihre Augen waren wie eine Frühlingswiese, ihre Haut war wie Seide. „Unser Hotel", korrigierte er sie. „Walkers Geschäft ist zum Glück verschont geblieben, und mir gehört die Hälfte einer aufstrebenden Transportfirma." Er wollte nicht seine Verluste zählen, wo sein größter Segen neben ihm lag.

„Du denkst doch nicht daran, nach Sacramento umzuziehen, oder?"

„Meine Amtszeit als Bürgermeister ist noch nicht zu Ende."

„Das klingt so, als wäre das eine Strafe und nicht ein Privileg."

Matthias lachte. „Das hängt davon ab, wie man es sieht." Er liebte es, wenn seine Frau sich an ihn kuschelte. In einer großen Stadt hätte sie es besser. Sie wäre auch sicherer. Da gute Männer die *Keeweetoss* führten, würde der Betrieb auch ohne ihre Anwesenheit hier glatt weiterlaufen. Amos Stearns und Wyn Reese hatten sich als sehr fähige und vertrauenswürdige Männer erwiesen.

Die Stadt mit ihren Häusern und Geschäften müsste von Grund auf neu erbaut werden. Das würde dauern. Wahrscheinlicher war, dass Calvada zurückfallen würde in den Zustand, der vor Kathryns Ankunft geherrscht hatte. Axel sagte, er werde bleiben, aber seine beiden Hilfssheriffs hatten zusammen mit anderen die Stadt verlassen, und einer allein könnte vermutlich nicht verhindern, dass die Sitten rauer würden und die Gesetzesverstöße wieder überhandnahmen. Doch im Augenblick beschäftigten Matthias andere Dinge als die Frage, wie es nach dem Feuer weitergehen sollte.

Kathryn ergriff seine Hand. „Du bist Bürgermeister, Matthias, und du kannst viel Gutes tun. Je früher wir anfangen, desto besser."

Matthias stöhnte innerlich. Da er seine Frau kannte, war mit großen Plänen zu rechnen. „Von der Stadt ist nicht viel übrig, das regiert werden müsste, und selbst ein Bürgermeister hat das Recht auf eine freie Nacht." Er knabberte an ihrem Ohrläppchen.

Erschaudernd löste sich Kathryn so weit von ihm, dass sie ihn anschauen konnte. „Jetzt gibt es mehr zu tun als je zuvor. Eine Stadt besteht nicht aus ihren Gebäuden. Es sind die Bewohner, die eine Stadt ausmachen!"

Mit dem Mund schob er ihr Kinn höher und machte sich an ihrem Hals zu schaffen. „Liebling, das weiß ich doch, aber Rom wurde auch nicht an einem Tag erbaut."

„Wir reden hier nicht über Rom." Sie zog sich noch weiter zurück. „Wir sprechen über eine Bergarbeiterstadt, in der die Leute in Zelten wohnen werden, bis die Häuser wieder aufgebaut sind. Du bist der Mann, dessen Aufgabe es ist, dafür zu sorgen, dass Calvada aus dieser Krise besser hervorgeht als zuvor."

Wenn Kathryn eins ihrer hehren Ziele verfolgte, ließ sie nicht so schnell locker. Matthias wusste genau, wie er darauf reagieren wollte. „Vor ein paar Monaten hattest du noch eine andere Einstellung zu meinen Fähigkeiten." Er strich mit der Hand über ihre Hüfte. Als sie leise aufstöhnte, schoss sein Puls in die Höhe. Der Erfolg stand kurz bevor.

„Matthias …" Kathryn legte die Hand auf seine nackte Brust. „Das war, bevor ich erleben konnte, was du alles erreichen kannst." Ihr Mund war an seiner Halsschlagader. „Wenn du die richtige Motivation hast …"

Stöhnend lachte er. „Frau …" Er umfasste ihre Taille und zog sie an sich. „Ich weiß dein Vertrauen in mich ja zu schätzen, aber …" Als sie den Kopf zurücklegte und ihn erneut anschaute, wusste er, dass ihre Gedanken nicht demselben Pfad folgten wie seine. Die Rädchen in ihrem Gehirn hatten sich wieder in Bewegung gesetzt. Vermutlich hatte sie bereits eine Vorstellung davon, wie die Zukunft aussehen könnte, so Gott wollte und der Fluss nicht über die Ufer trat. Eine Flut! Das wäre jetzt der Gipfel an Katastrophe, aber leider lag ein solches Unglück durchaus im Bereich des Möglichen. Er versuchte es ein letztes Mal und schob seine Hand auf ihre Hüfte. „Wirst du deinem Mann seine Rechte verweigern, wenn ich den Wiederaufbau der Stadt nicht organisiere?"

Sie klimperte mit den Wimpern. „Vermutlich könnte ich dieses Opfer bringen, wenn ich wüsste, dass es zum Wohle unserer Nachbarn wäre."

„Du spielst unfair!" Um ihre Entschlossenheit auf die Probe zu stellen, küsste er sie. „Ich könnte diese Schlacht doch gewinnen, oder?"

Atemlos stemmte Kathryn ihre Hand fest gegen seine Brust. „Benimm dich, Matthias."

„Ich benehme mich doch."

Sie lachte und schnappte nach Luft. „Hör auf! Jetzt hör zu …"

„Ich bin ganz Ohr."

„Die *Keeweetoss* ist noch in Betrieb. Wir werden mehr Leute brauchen, und die werden Familien mitbringen."

„Wenn sie denn eine Familie haben." Sie schien vergessen zu haben, wie wenige Männer hier eine Frau, geschweige denn Kinder hatten.

Schnell fuhr sie fort. „Nicht alle Männer, die herkommen, werden Bergleute sein. Vielleicht kommen auch Zimmerleute, Kutscher, Holzfäller, Bankleute, Geschäftsleute. Wir werden Anzeigen schalten …"

Matthias gab ein zustimmendes Brummen von sich, doch er hörte nur mit halbem Ohr zu. Sie warf die Decke zurück und stand auf. „Du bist ziemlich einseitig gepolt, Mr Beck!" Ihn finster anschauend, wickelte sie sich in eine Decke. „Es sollte Regeln geben!"

Ohne Reue zu zeigen, stützte er wieder den Kopf auf und grinste. Mit geröteten Wangen sah sie einfach wunderschön aus. „Oh nein, Liebling. Im Krieg und in der Liebe ist alles erlaubt."

„Du kannst aufhören, mich so anzusehen."

„Was ist falsch an der Art, wie ich meine Frau ansehe?" Er klopfte auf den leeren Platz an seiner Seite. „Wir können morgen früh weiterreden."

Kathryn ließ sich in Citys altem Sessel neben dem Ofen nieder. Früher hatte ein Bücherregal an der Wand dahinter gestanden, doch das hatte er in ihr neues Haus bringen lassen. Er erinnerte sich, wie verzweifelt Kathryn versucht hatte, diese Bücher zu retten, und beinahe tat es ihm leid, dass er nicht noch einmal ins Haus gegangen war, um sie vor den Flammen zu retten. Aber wenigstens waren Citys Tagebücher und Notizbücher verschont geblieben. Und die waren für Kathryn weitaus wichtiger.

Mit ernstem Gesichtsausdruck saß Kathryn im Sessel und zog die Decke fest um ihre Schultern. „Wir brauchen einen Plan, Matthias. Das Feuer war ein schreckliches Unglück, aber es könnte auch unsere größte Chance sein. Die Berge hier sind so wunderschön, und der Fluss mit dem frischen Süßwasser kommt aus den Bergen. Uns bleiben nur wenige Monate, bis der Winter da ist. Wir könnten ein neues Calvada planen."

„Ein neues Calvada?"

„Wir könnten einen Plan an alle verteilen. Denk doch nur! Eine rechteckig angelegte Stadt, ein Netz von Straßen mit Wassergräben zu jeder Seite, durch die Regen- und Schmelzwasser abfließen können. Wir könnten ein Wassersystem entwerfen, damit es keine Verschmutzung durch die Toilettenhäuser gibt. Die Mine wird Menschen anlocken, viele Menschen. Wenn sie kommen, sollen sie sich umschauen und zu dem Schluss kommen, dass dies ein guter Ort ist, um Wurzeln zu schlagen, Familien zu gründen …"

Sie war eine Träumerin. Ihr Optimismus gehörte zu den Dingen, die Matthias an seiner Frau so liebte. Aber sie musste sich den Fakten stellen. „Wenn Kupfer und Silber abgebaut sind, werden diese Leute wieder gehen. Calvada ist sehr abgelegen, Kate. Die Ressourcen der Madera gingen zur Neige, und jetzt ist sie geschlossen, weil es niemanden gibt, der sie weiterführt. Die Jackrabbit ist am Ende. Die Twin-Peaks-Mine ebenfalls. Calvada wird in den nächsten Jahren von einer blühenden Stadt zu einer verlassenen Stadt werden."

„Das weißt du doch gar nicht."

„Das ist so. Wenn die Blütezeit einer Stadt zu Ende ist, ziehen ihre Bewohner weiter. Die Menschen, die mit wenig gekommen sind, wollen nicht noch einmal ganz von vorn anfangen und am Ende noch weniger haben. Sie werden nach Truckee oder Reno, Placerville oder Sacramento ziehen, wo sie Arbeit finden können. Noch mehr werden nach Hause zurückkehren wollen, wenn sie das Geld dazu haben. Wenn diese Stadt stirbt, werden die Gebäude abgerissen werden, das Material, das wiederverwendet werden kann, wird auf Wagen geladen und mitgenommen werden."

„Du vergisst die *Keeweetoss*. Amos meinte, das Kupfer würde für viele Jahre reichen."

„Das ist die Meinung eines einzigen Mannes, noch dazu eines sehr jungen und unerfahrenen Mannes."

„Er ist Geologe und begeistert von der Qualität des Kupfers, das in den vergangenen Monaten gefördert wurde."

„Und schon morgen könnten sie auf eine Wand aus Granit stoßen. Minen sind in der einen Woche eine Goldgrube und in der nächsten Woche wertlos."

Mit ihren grünen Augen schaute Kathryn ihn zuversichtlich an. „Granit ist auch gut. Es wird verwendet, um Häuser zu bauen, die Bestand haben."

„Und für Grabsteine."

„Ach, Matthias!" Sichtlich frustriert stand sie auf und lief herum, fest in ihre Decke eingehüllt. „Du lebst doch schon viel länger hier als ich. Du musst doch Gefühle für diesen Ort entwickelt haben!"

„Sacramento ist ein Knotenpunkt, und Henry und ich habe Routen von dort aus konzipiert. Kalifornien wird weiterwachsen, und die Waren müssen transportiert werden. Ich habe nie vorgehabt, für immer hierzubleiben."

Sie ließ sich in Citys Sessel sinken. „Aber du empfindest doch bestimmt eine gewisse Loyalität den Leuten hier gegenüber."

„Ja, das tue ich. Aber das bedeutet nicht, dass ich mit dir hier auf Dauer sesshaft werden will." Tränen stiegen seiner Frau in die Augen, und Matthias' Sorge wuchs. Die störrische kleine Journalistin war in letzter Zeit so weich geworden. „Sag mir ganz ehrlich. Hast du dich bei deiner Ankunft in Calvada umgesehen und dir gesagt: ‚Das ist der Ort, an dem ich den Rest meines Lebens verbringen will'?"

Sie lachte leise. „Nein."

„Aber?"

„Im Lauf des vergangenen Jahres habe ich eine Ahnung bekommen, was aus dieser Stadt werden könnte."

„Liebling, ich sage doch nicht, dass wir an dem Tag, an dem meine Amtszeit als Bürgermeister zu Ende geht, in die Postkutsche steigen und die Stadt verlassen werden."

Kathryn seufzte erschaudernd auf und wischte sich eine Träne weg. In ihren Augen lag wieder dieser abwesende Ausdruck. „Ich habe gelernt, die Menschen hier zu lieben, Matthias. Ich kann den Gedanken nicht ertragen, Ronya zu verlassen. Sie ist die beste Freundin, die ich je gehabt habe. Und Ina Bea wird Axel in den nächsten Monaten heiraten. Scribe steht mir so nahe wie ein Bruder. Er wird zu Weihnachten Millicent heiraten, und vermutlich wird bereits im Januar ein Baby unterwegs sein! Ich will ihre Kinder aufwachsen sehen. Und dann sind da noch Wiley und Carl und Kit, Herr Neumann, Reverend und Sally Thacker und ein Dutzend andere, die zu unseren Freunden gehören. Und Fiona ..." Mit tränennassen Augen blickte sie ihn an. „Und da sind Wyn und Elvira ..."

Matthias merkte, wie erschöpft sie war. Gähnend sank sie leicht in sich zusammen. Sie wirkte blass, Schatten lagen unter ihren Augen, und das Gespräch an diesem Abend schien alle ihre Kräfte aufgezehrt zu haben. Seufzend erhob sie sich und kam auch ohne Aufforderung ins Bett zurück. Sie schlüpfte unter die Decke und schaute ihn an. „Du machst mich sehr glücklich, Mr Beck." Ihr Arm legte sich um ihn, und Hitzewellen schossen durch seinen Körper, aber Scribe hatte Matthias erzählt, dass er Kathryn mitten am Tag schlafend auf dem Sofa liegend angetroffen habe. Sie wirkte erschöpft, und das machte ihm Sorge. Normalerweise strotzte sie vor Leben.

Matthias unterdrückte sein Begehren. Sie brauchte Schlaf. „Dreh dich auf die Seite, Liebling." Als sie seiner Aufforderung folgte, drückte er sich fest an sie, sodass sie dalagen wie zwei Löffel in einer Schublade. „Vielleicht solltest du mal zum Arzt gehen. Nur um sicherzugehen, dass alles in Ordnung ist. Was meinst du?"

Als sie nicht antwortete, richtete sich Matthias ein wenig auf und schaute sie an. Sie war bereits eingeschlafen!

Er dagegen lag noch lange wach.

~

Einige Tage später war Ronyas Café wie Phönix aus der Asche wiedererstanden – als großes Zelt mit Brettertischen und Bänken für die Gäste. Kathryn und Matthias hatten sich zu anderen gesetzt, die ebenfalls ihre Häuser verloren hatten. Kathryn machte sich Sorgen um Fiona. „Seit dem Tag, an dem Monique Beaulieu gestorben ist, habe ich sie nicht mehr gesehen. Ich möchte mich davon überzeugen, dass es ihr gut geht." Sie wusste, dass Matthias Loyalität genauso schätzte wie sie. „Und Elvira natürlich."

Stirnrunzelnd hing sein Blick an ihrem unberührten Teller. „Warum isst du nichts?"

„Ich habe keinen Hunger." Tatsächlich wurde ihr bereits übel, wenn sie das Essen auf ihrem Teller nur anschaute.

„Geht es dir nicht gut? Warst du bereits bei Doktor Blackstone?"

„Nein, mir geht es gut. Ich bin im Augenblick nur ein wenig erschöpft."

„Das ist ja kein Wunder." Seine Augen strahlten sie an. „Gestern Abend ging es dir sehr gut." Er grinste. „Auch ich bin heute Morgen ziemlich müde."

Errötend blickte sie ihn streng an. „Sei doch still, Mr Beck", flüsterte sie, doch er lachte nur. Kathryn faltete ihre Serviette und legte sie auf den Tisch, bevor sie sich erhob.

Matthias hielt sie am Handgelenk fest. „Einen Kuss, bevor du gehst."

„Nicht in der Öffentlichkeit, um Himmels willen!“

„Hier ist doch niemand, und ich lasse dich nicht gehen, bis du mir gehorchst.“ Er grinste sie spitzbübisch an.

„Na gut.“ Sie beugte sich über ihn. Als er die Augen schloss, drückte sie einen Kuss auf seine Stirn und eilte mit einem lachenden Blick über die Schulter zurück davon.

Als Kathryn in die Gomorrah einbog, erblickte sie Wyn Reese an Fionas Haustür. „Wyn! Was machen Sie denn in der Stadt?“

Er wirbelte herum und errötete. „Mrs Beck. Ich hatte nicht damit gerechnet, Sie hier zu sehen. Ich wollte nur mal nachschauen und mich überzeugen ...“

„Fiona und Elvira sind Freundinnen von mir.“

„Wirklich?“ Seine Augenbrauen zogen sich leicht in die Höhe. „Nun, das ist gut.“

„Ihr Verlust tut mir leid, Wyn.“ Er wirkte amüsiert, und sie fuhr verunsichert fort. „Ich weiß, dass Sie und Monique ... befreundet waren.“ Sie errötete und hatte das Gefühl, einen Fehler begangen zu haben. Er schien sich unbehaglich zu fühlen.

„Gewissermaßen.“ Seine Stimme klang grimmig. „Sie war schwierig. In Wahrheit habe ich gehofft, sie würde ihre Zuneigung einem anderen schenken, denn ...“

Er schüttelte den Kopf. „Egal.“ Niedergeschlagen schaute er zum Fenster hoch. „Ich ... ich sollte besser gehen. Eigentlich sollte ich ja in der Mine sein.“ Sein Mund verzog sich. „Die Chefin könnte mich feuern.“ Er nickte ihr zu. „Einen schönen Tag noch, Mrs Beck.“ Mit diesen Worten trat er zurück, setzte seinen Hut auf und ging davon.

Die Tür ging auf, und Elvira spähte hinaus. „Oh, Mrs Beck. Ich dachte, ich hätte ein Klopfen gehört.“ Sie sah Wyn Reese davongehen und wirkte enttäuscht.

„Darf ich hereinkommen?“

„Oh nein. Fiona sagte mir, ich dürfe Sie nicht hereinlassen.“

„Ich komme aber trotzdem.“ Kathryn trat über die Schwelle. „Wie geht es Fiona?“

„Sie trauert." Elvira wirkte wie ein Kind, das mit einer Rüge rechnet. „Sie gibt sich die Schuld an Citys Tod."

„Ich werde mit ihr reden." Kathryn setzte sich in Bewegung und ging durch den Flur zu Fionas Zimmer, doch etwas anderes beschäftigte sie noch. Sie zögerte und drehte sich um. „Kennen Sie eigentlich Wyn Reese, Elvira?"

Elvira wandte den Blick ab. „Warum fragen Sie?"

„Er war hier. Vor der Tür."

„Oh, nun, er kommt manchmal her. Monique hat den Mädchen gesagt, er sei ihr Beau."

Bei diesen Worten überlief es Kathryn kalt. „Haben Sie Wyn hier kennengelernt?"

„Oh, nein. Ich kannte ihn schon, bevor ich hierhergekommen bin. Er und mein Mann waren befreundet." Elvira zuckte niedergeschlagen die Achseln. „Ich kann mir vorstellen, was er jetzt, wo ich an einem Ort wie diesem arbeite, von mir denkt." Ihre Augen wurden feucht. „Nie werde ich seinen Blick vergessen, als er mich das erste Mal hier gesehen hat." Sie legte die Fingerspitzen an ihre Lippen. „Nie habe ich mich so sehr geschämt." Sie blinzelte schnell die Tränen fort. „Wyn arbeitet in Ihrer Mine, nicht?"

Kathryn entdeckte etwas in den Augen der jungen Frau, das auf Gefühle schließen ließ, die über eine Freundschaft für den Mann hinausgingen. „Er ist mein Vorarbeiter." Gleich nach dem Gespräch mit Fiona würde sie zur *Keeweetoss* gehen. Sie legte Elvira die Hand auf den Arm. „Das Leben kann sich ändern in …"

„Es ist zu spät, Mrs Beck. Ich bin dankbar, dass Sie überhaupt mit mir reden. Das tut sonst niemand." Sie ging zur Tür. „Sie wissen ja, wo Fionas Zimmer ist."

Fiona war blass. Kathryn hielt sich kaum zwei Minuten in dem Zimmer auf, als sie bereits zu weinen begann. „Es ist meine Schuld, dass Ihr Vater tot ist, Kathryn."

Kathryn nahm Platz und ergriff ihre Hand. „Das konnten Sie doch nicht wissen."

„Ich wusste sofort, als sie herkam, dass es schwierig werden würde mit ihr. Sie hatte Angst, und als sie sich dann hier eingelebt hatte, habe ich eine dunkle Seite an ihr entdeckt, eine Arroganz, eine Besitzgier. Ich habe nachgedacht, und mir ist eingefallen, wie sie war, nachdem City jenen ersten Abend mit mir verbracht hat. Sie war wütend. Sie sagte einige verletzende Dinge, doch ich hätte nie gedacht …" Sie legte ihre zitternden Finger an die Schläfen. „Und dann Sanders. Die Zeichen waren da. Ich habe sie nur nicht erkannt." Sie lehnte sich zurück und wirkte niedergeschlagen und deprimiert. „Ich habe genug. Ich verkaufe das Haus und verlasse Calvada. Hier gibt es zu viele Erinnerungen."

„Wo wollen Sie denn hin, Fiona?"

„In eine andere Bergarbeiterstadt." Sie lächelte freudlos. „Und wer weiß? Vielleicht versuche ich es einmal mit einem anderen Gewerbe."

„Ich hoffe, dass Sie das tun und Glück darin finden. Was ist mit den anderen Frauen?"

„Ich werde sie mitnehmen."

„Wären Sie sehr böse, wenn Elvira bleiben würde?"

Fiona lachte leise. „Ich wünschte, sie würde es tun. Sie ist nicht für dieses Gewerbe geschaffen und so unglücklich, dass ihre Kunden Schuldgefühle bekommen." Fiona legte den Kopf zur Seite und musterte Kathryn. „Warum fragen Sie?"

„Ich hatte gerade einen Gedanken, aber ich möchte noch nicht darüber reden und Elvira falsche Hoffnungen machen."

„Ich fühle mich für sie verantwortlich." Fiona begleitete Kathryn zur Tür. „Seit Sie hier sind, Kathryn, ist Calvada nicht mehr, wie es war." Sie lächelte sie liebevoll an. „Es ist, als hätten Sie da weitergemacht, wo City aufgehört hat. Er wäre so stolz auf Sie."

Heiße Tränen stiegen Kathryn in die Augen. „Sind Sie sicher, dass Sie nicht bleiben und hier noch einmal neu anfangen könnten?"

Fiona seufzte tief. „Frauen wie ich können die Vergangenheit nicht abschütteln, wenn sie am selben Ort bleiben."

Kathryn umarmte sie. „Danke."

„Wofür?“

„Dass Sie meinen Vater geliebt haben.“

„Das war nicht schwer. Ihn zu verlieren war schwer.“

Nachdem Kathryn Fionas Haus verlassen hatte, ging sie sofort zum Mietstall und mietete einen Wagen. Als sie bei der Mine ankam, kam Amos mit einer geschäftlichen Angelegenheit auf sie zu. Sie unterbrach ihn und erklärte, sie müsse mit Wyn Reese sprechen. Es ginge um etwas Persönliches. Amos war neugierig, doch er stellte keine Fragen und schickte einen der Männer in den Schacht, um ihn zu holen.

Wyn kam ins Büro, mit Staub bedeckt und verschmiertem Gesicht. Amos entschuldigte sich und ließ sie allein. Wyn schaute Kathryn an, als hätte sie ein Gewehr in der Hand und er eine Zielscheibe auf der Brust hängen. „Sie haben nach mir geschickt, Mrs Beck?“

Sie steckte ihre Nase in Dinge, die sie nichts angingen, das war Kathryn bewusst, aber manchmal ging eine von Gott geschenkte Gelegenheit ungenutzt vorüber, wenn man darauf wartete, dass ein Mann einen Entschluss fasste. „Mögen Sie Elvira so sehr, dass Sie sie heiraten würden?“

Er schwieg einen Augenblick und stieß schließlich heftig die Luft aus. „Ich habe sie einmal in Fionas Salon gesehen, und sie hat mich angeschaut, als wäre ich … ich weiß auch nicht.“ Er rieb seinen Nacken. „Ich bezweifle, dass sie irgendetwas mit mir zu tun haben will.“

Kathryn konnte ihre Ungeduld nur schlecht verbergen. „Wyn! Lieben Sie sie?“

„Ja. Ich liebe sie. Sehr.“ Sein Gesicht war vor Schmerz verzerrt. „Ich habe sie schon geliebt, als Walter noch lebte und sie so schlecht behandelt hat. Ich habe mich immer bemüht, ihn vom Haus fernzuhalten, wenn er getrunken hatte, und …“

„Sie haben jetzt dienstfrei. Holen Sie sich frische Sachen zum Wechseln, gehen Sie hinunter ins Badehaus und machen Sie sich frisch. Lassen Sie sich die Haare und den Bart schneiden. Und dann gehen Sie los und holen Sie sie aus Fionas Haus.“

„Ich weiß nicht, ob …"

„*Ich* weiß es aber. Und das ist ein Befehl, Mr Reese." Er blieb unentschlossen stehen, und sie seufzte genervt. „Na los jetzt!"

Wyn starrte sie bestürzt an, doch dann lachte er los. „Jawohl, Ma'am. Muss Matthias so etwas täglich über sich ergehen lassen?"

Kathryn lächelte. „Mr Beck gibt seinen Teil zurück, Mr Reese. Und jetzt gehen Sie und retten Sie Ihre Dame."

„Nun, was immer deine Magenverstimmung heute Morgen verursacht hat, ist jetzt weg." Lachend betrachtete Matthias Kathryns leeren Teller. Sie hatte ein Steak mit Stampfkartoffeln und Zucchini verputzt und gerade noch ein großes Stück Apfelkuchen. „Du hast mehr gegessen als ich."

„Ich hatte Hunger!" Sie trank noch ein großes Glas Milch, bevor sie ihm erzählte, wie sie den Tag verbracht hatte. Matthias lehnte sich zufrieden zurück und hörte glücklich zu, wie sie von Wyn Reese und Elvira erzählte. Er fragte sich, ob sie wohl erkannte, welche Ironie darin lag, dass eine Frau, die früher so gegen die Ehe gewesen war, jetzt die Ehevermittlerin spielte. Etwas weniger fröhlich erzählte sie ihm von Fiona Hawthornes Plänen, Calvada zu verlassen.

„Du magst sie, nicht?"

„Ja, das tue ich. Als ich herkam, wollte sie nicht mit mir sprechen, weil sie Angst hatte, mein Ruf könnte Schaden nehmen, als könnte ich mich nicht selbst darum kümmern. Sie ist freundlich und großzügig. Hätte sie Fähigkeiten gehabt wie Ronya, dann wäre ihr Leben vermutlich ganz anders verlaufen."

„Das nimmt dich sehr mit, nicht?"

„Ja, ich will nicht, dass sie weggeht, aber ich verstehe natürlich, warum das nötig ist." Kathryn schluckte den Kloß in ihrem Hals herunter und fragte sich, warum ihre Gefühle in letzter Zeit so verrückt spielten. Aber bestimmt lag das an den Nachwirkungen des

Feuers. „Sie trauert um meinen Vater, Matthias, und gibt sich selbst die Schuld an etwas, wofür sie nichts konnte."

Matthias legte seine Hand auf ihre. „Sie waren gute Freunde."

„Oh, sie waren sehr viel mehr als Freunde." Es gelang ihr, die Tränen zu unterdrücken. „Wenn sie nicht gewesen wäre, wüsste ich gar nichts über meinen Vater." Eine Träne entkam ihr und rollte über die Wange. Schnell wischte sie sie weg. „Ich weiß nicht, was in letzter Zeit mit mir los ist."

„Es war eine schwierige Zeit, Kate. Du hast von frühmorgens bis spätabends gearbeitet."

„Du doch auch. Und ich sehe nicht, dass du ständig anfängst zu heulen."

„Auch bei mir gibt es diese Momente. Aber ich bin ein Mann, und ich darf es nicht zeigen." Man hatte ihm gesagt, er sei der richtige Mann für das Amt des Bürgermeisters, aber erst die Krise hatte ihm die Augen dafür geöffnet, wie viel ihm die Bewohner Calvadas bedeuteten.

„Bist du fertig, Liebling?" Sein Tonfall war neckend, aber er wirkte ernst.

„Ich bin so müde, dass du mich vielleicht tragen musst." Das meinte sie nur halb im Scherz.

„Ich möchte, dass du gleich morgen früh den Doc aufsuchst."

Kathryn murmelte eine Zustimmung.

„Ich meine das ernst, Kate. Morgen früh." Auf dem Heimweg nahm er ihre Hand und ließ sie das Tempo bestimmen.

~

Dr. Blackstone sprach nur kurz mit Kathryn und rief dann seine Tochter herein. Wegen der Entfernung und der Kosten könne sie zwar nicht Medizin studieren, aber sie hätte bereits ein großes Wissen angehäuft, und was sie in Sacramento gelernt hätte, wäre sicherlich sehr nützlich für Kathryn. Verblüfft begrüßte Kathryn Millie, die sich neben den Doktor hinter seinen Schreibtisch setzte.

Kathryn wusste bereits, dass Millie ebenso klug wie leidenschaftlich war. Wie Kathryn las das Mädchen alles, was sie in die Finger bekommen konnte, und Dr. Blackstone besaß eine recht ansehnliche Bibliothek mit medizinischen Fachbüchern.

Millie blickte ihren Vater an. „Was sind ihre Symptome?“ Er las ihr vor, was er notiert hatte: Übelkeit seit einigen Wochen, häufige Erschöpfung und das Bedürfnis, sich mittags hinzulegen, was vorher nie der Fall gewesen war, und ungewöhnliche Schmerzempfindlichkeit.

„Wo?“

Er errötete. „Das hat sie nicht gesagt, und ich habe nicht gefragt.“ Millicent legte die Hand an ihr Mieder und lächelte Kathryn an. „Ach, Sie brauchen nicht so besorgt zu schauen, Mrs Beck. Ihr Problem wird mit der Zeit besser werden.“ Ihr Vater räusperte sich, aber ihr Blick hing an Kathryn. „Sie sind schwanger! Ist das nicht wundervoll?“

Dr. Blackstone runzelte die Stirn. „Millie, dieses Wort nehmen wir nicht in den Mund.“

„Aber warum denn nicht? Sagt ein Farmer etwa, seine Kuh sei in anderen Umständen?“

Kathryn öffnete den Mund und schloss ihn sofort wieder. „Sie brauchen nicht in Verlegenheit geraten, Kathryn. Es ist ja nicht so, als hätten Matthias und Sie gegen die Gebote verstoßen. Sie sind verheiratet und gesund. Es ist nicht überraschend, dass Sie ein Baby bekommen.“

Kathryns Gesicht brannte. Wie betäubt saß sie auf ihrem Stuhl und versuchte die Information zu verarbeiten, während Millie auf den Vorwurf ihres Vaters, sie hätte zu viel zu früh gesagt, missbilligend schnaubte. Sie verdrehte die Augen und lehnte sich zu Kathryn vor. „Das ist eines der Themen, die an den medizinischen Hochschulen aus einer lächerlichen moralischen Scheu heraus vernachlässigt werden. Du liebe Güte! Ich frage Sie! Was ist natürlicher, als dass eine Frau ein Baby bekommt? Das ist der größte Segen in ihrem Leben. Ich hoffe, Scribe und ich werden ein Dutzend bekommen.“

Hustend erhob sich Doc Blackstone. „Ich werde das Gespräch mit Ihnen meiner Tochter überlassen, Kathryn. Sie mag zwar jung sein, aber sie weiß sehr viel mehr über Ihren Zustand als die meisten Mediziner. Während meiner Praxistätigkeit in Sacramento hat sie mir mehrmals bei einer Entbindung geholfen."

„Was einer der Gründe ist, warum wir hierhergekommen sind", bemerkte Millicent trocken. „Die frisch gebackenen Mütter hatten nichts dagegen, aber es gab Leute, die der Meinung waren, ich sollte *nicht* darüber Bescheid wissen, wie Babys entstehen, geschweige denn in meinem Alter als Hebamme arbeiten. Ich habe sozusagen einen Skandal verursacht."

„Du und ich, wir haben viele Gemeinsamkeiten, Millie." In dem einstündigen Gespräch mit Millicent erfuhr Kathryn mehr über die Tatsachen des Lebens, als Matthias ihr seit ihrer Hochzeit beigebracht hatte.

„Ist Gottes Plan nicht einfach wundervoll?" Millicent ergriff Kathryns Hand und drückte sie. „Frauen haben das Vorrecht, Leben in die Welt zu bringen." Sie lachte leise. „Natürlich spielen die Männer dabei auch eine kleine Rolle … wir müssen also dankbar sein. Wenn das Kind erst mal größer ist, übernehmen sie natürlich mehr Verantwortung. Das kann man zumindest hoffen."

„Warum nicht gleich von Anfang an?", fragte sich Kathryn laut.

„Können Sie sich vorstellen, dass ein Mann freiwillig Windeln wechselt?" Bei der Vorstellung musste Millicent lachen. „Und ihnen fehlt auch die nötige Ausstattung, um ein Baby zu stillen, nicht?" Sie tätschelte Kathryns Hand, wie es eine ältere Frau bei einer jüngeren getan hätte. „Machen Sie sich keine Sorgen." Millicent spielte die ganze Angelegenheit zwar herunter, doch ihre Bemerkung, sie solle sich keine Sorgen machen, ließ Kathryns Sorge umso größer werden. „Beten Sie nur, dass Sie nicht gleich beim ersten Mal Zwillinge bekommen!"

Bei dieser Bemerkung ergriff Kathryn die kalte Furcht. Sie hatte sich noch nicht an die Neuigkeit gewöhnt, dass sie ein Kind erwartete.

Was würden die Leute dazu sagen, wo sie doch so vehement in der Öffentlichkeit ihre Absicht kundgetan hatte, unverheiratet zu bleiben? Ihre Mundwinkel zuckten.

Auf dem Weg zurück zur Redaktion der *Voice* schwankte Kathryn zwischen Euphorie und Entsetzen. Trotz Millicents Begeisterung wusste Kathryn von Frauen, die bei der Geburt ihrer Kinder gestorben waren. Und sie fühlte sich nicht gut darauf vorbereitet, Mutter zu sein. Was würde Matthias sagen? Würde er wollen, dass sie sich bis zur Geburt des Kindes genauso versteckte, wie Lawrence Pershing ihre Mutter versteckt hatte? Sie hatte viel zu viel Arbeit, und sie musste in der Stadt unterwegs sein können, um sie zu erledigen!

Matthias und drei andere Männer saßen im Büro der *Voice* über grobe Skizzen gebeugt. Ihr Mann blickte hoch und zwinkerte ihr zu. „Möchtest du einen Blick auf das werfen, was du angestoßen hast?"

Mit den Gedanken ganz woanders, zuckte sie mit den Achseln. „Ich denke, ich lege mich etwas hin." Bandit sprang vom Sofa herunter und folgte ihr in den Wohnraum. Sie schloss die Tür hinter sich und ließ sich aufs Bett sinken. Bandit sprang neben ihr hoch und legte seinen Kopf in ihren Schoß, drehte ihn aber so, dass er sie voller Mitgefühl anschauen konnte. Spürte der Hund etwa, dass sie in anderen Umständen war? Sie streichelte Bandits Kopf. „Ist das so?" Mit gespitzten Ohren hob er den Kopf und blickte sie fragend an.

Die Männer unterhielten sich mit gedämpfter Stimme. Die Haustür wurde geöffnet und wieder geschlossen. Matthias kam nach hinten. „Was hat der Arzt gesagt?"

„Du solltest dich besser hinsetzen." Er erbleichte, und sie sah die Angst in seinen Augen und wollte seine Angst besänftigen. „Ich bin nicht krank."

„Was fehlt dir denn dann?"

„Nichts." Sie errötete. „Ich erwarte ein Kind."

Matthias erstarrte und schaute sie fassungslos an. Dann stieß er vor Erleichterung einen langen Atemzug aus. „Gott sei Dank."

Offensichtlich hatte Matthias befürchtet, sie hätte irgendeine ernste Krankheit, und ihre Zeit auf Erden wäre begrenzt. Sie wartete, bis er die Nachricht verarbeitet hatte.

„Ein Baby." Er grinste, als hätte er eine Goldader entdeckt. Voller Freude ergriff er ihre Hände, zog sie hoch und in seine Arme, barg sein Gesicht an ihrem Hals. „Preis sei Gott!" Er löste sich von ihr und nahm ihr Gesicht in die Hände. Seine Augen schimmerten vor Freude und einem deftigen Maß an männlichem Stolz. „Wir werden uns einen Namen überlegen müssen."

„Dafür ist es noch ein wenig zu früh, denke ich. Wir wissen ja nicht, ob es ein Junge oder ein Mädchen wird." Kathryn ließ sich unwillkürlich von seiner Begeisterung anstecken.

„Einen starken Namen für einen Jungen. Daniel ist ein guter Name und einen weicheren und süßen Namen für ein Mädchen …"

Kathryn schob ihr Kinn vor. „Deborah." Eine Prophetin, Richterin und Heerführerin aus der Bibel. „Aber andererseits, wenn wir noch mehr Kinder bekommen …"

„So Gott will." Matthias steckte ihr eine Haarsträhne hinter das Ohr. „Wir werden daran arbeiten."

„Wollen wir ihnen auch Namen mit D geben? Damaris, David, Dorcas …?"

„Wir könnten ja auch mit dem ersten Buchstaben des Alphabets beginnen. Abigail. Adam."

Stirnrunzelnd blickte sie ihn an. „Wie viele Kinder möchtest du denn?"

„So viele, wie Gott uns schenkt." Er verzog das Gesicht. „Man sagt, der beste Weg, eine Frau im Griff zu behalten, sei, dafür zu sorgen, dass sie barfuß oder schwanger ist." Sie wich zurück, und er zog sie an sich. „Keine Sorge. Ich werde dafür sorgen, dass du Pantoffeln, Schuhe und Stiefel hast, und ich werde mein Bestes tun …"

„Bist du wohl still!" Kathryn lehnte sich zurück und stach Matthias mit dem Finger in die Brust. „Glaub nicht, dass mich mein Zustand ans Haus fesselt und unterwürfig macht."

Er fing ihren Finger ein und biss spielerisch hinein. „Wirst du die Neuigkeit in der *Voice* verbreiten, oder darf ich mich auf die Chump Street stellen und es in alle Welt hinausposaunen?"

Sie hatte das Gefühl, dass ihr Blut in Wallung geriet. Ein Baby! „Vielleicht könnten wir beides machen."

Zuerst wurde gewettet, ob es ein Junge oder ein Mädchen werden würde. Nachdem ihr Leibesumfang wuchs, wetteten die Männer, dass sie vielleicht Zwillinge bekäme. Sogar die Bergleute setzten auf mögliche Geburtsdaten, und es gab schon einen Jackpot für den Sieger. Dass sie schwanger war, hielt Kathryn nicht davon ab, einmal in der Woche die Keeweetoss-Mine zu besuchen und sich mit Amos Stearns, Wyn Reese, Jian Lin Gong und mehreren anderen leitenden Männern der Mine zu treffen.

An diesem Morgen hatte Kathryn einen Mann beobachtet, der den steilen Abhang hinter den Büros hochkletterte. Als Wyn herauskam, um ihr die Stufen hinaufzuhelfen, fragte sie nach dem Besucher.

„Das ist ‚Crazy Klaus' Johannson. Er ist in San Francisco von Bord eines Schiffes gegangen und hat hier Arbeit gesucht. Unsere Berge würden ihn an Schweden erinnern, meinte er, und er hat die Nachtschichten übernommen, damit er tagsüber frei hat. Er braucht zwei Stunden für den Aufstieg und weniger als zehn Minuten, um wieder herunterzukommen. Ich habe ja wirklich schon erlebt, dass Männer die verrücktesten Dinge tun, um Spaß zu haben, aber wenn ich sehe, wie er diesen Berg herunterjagt, dann kommt mir das vor wie eine Hetzjagd in den Tod."

„Ich würde mir das gern mal ansehen."

Kathryn hatte die Sitzung für diesen Tag gerade beendet, als einer der Arbeiter hereinkam. Der Schwede hatte den Gipfel erreicht. „Ich habe einen Stuhl und eine Decke für Sie bereitgestellt, Mrs Beck, damit Sie es beim Zusehen bequem und warm haben."

Sie blieb nicht lange auf ihrem Stuhl sitzen. Mit angehaltenem Atem beobachtete sie, wie Crazy Klaus auf dem schneebedeckten Abhang seine Schwünge fuhr und bei jeder scharfen Wendung Schnee aufspritzte. Auf der Mitte der Strecke beugte er sich vor, steckte die Stöcke unter seine Arme und fuhr den steilsten Teil der Strecke in Schussfahrt und atemberaubenden Tempo herunter, wobei er eine Schneewehe ansteuerte. Mit einem wiederhallenden Freudenschrei flog er in die Höhe, machte einen Salto rückwärts und landete unter dem Jubel von einem Dutzend Männern, die seine Vorführung anschauten, wieder auf den Füßen. Sich nach rechts und links verbeugend, rutschte er die letzten Meter weiter und blieb stehen. Dort zog er die Bretter, die an seine Füße geschnallt waren, wieder ab, legte sie sich auf die Schulter und stieg den Berg wieder hoch.

„Eine Abfahrt schafft er noch", erklärte Wyn ihr. „Er nennt diese Dinger Skier."

Kathryns Herz pochte immer noch. „Ich wundere mich, dass die Männer noch nicht Schlange stehen, um zu lernen, wie man das macht!" Sie würde es bestimmt lernen wollen, wenn sie nicht ein Baby erwartete.

„Interessenten gibt es genug. Ein halbes Dutzend Narren sind gerade dabei, sich Bretter zu schnitzen und abzuschleifen …"

Auf dem Heimweg hatte Kathryn Zeit, über die Zukunft der Keeweetoss-Mine und Calvadas nachzudenken, ebenso wie über Crazy Klaus, der auf Skiern den Berg herunterbrauste. Matthias hielt eine Sitzung im Salon ihres neu erbauten Hauses ab. Die Männer erhoben sich, als Kathryn hereinkam, und Matthias' Augenbrauen zogen sich leicht in die Höhe, als er sie musterte. „Gute Neuigkeiten?"

„Oh ja!" Sie lachte, zog ihre Handschuhe aus, während sie in die Küche ging, wo sie ihre Schreibutensilien aufbewahrte. Dort warf sie ihren Mantel über einen Stuhl, setzte sich und machte sich an die Arbeit, eine Liste von Dingen zu erstellen, die zu tun waren, um ihren Plan umzusetzen.

Einige Minuten später lehnte Matthias im Türrahmen und beobachtete sie. „Als du zur Tür hereingekommen bist, hast du so ausgesehen, als würdest du jeden Augenblick platzen."

„Ich fühle mich auch so, als würde ich jeden Augenblick platzen, aber Millie meint, es würde noch ein paar Wochen dauern."

„Die Männer haben viel Geld in die Wetten investiert."

„Das habe ich gehört." Sie verdrehte die Augen. „Es müsste etwas Besseres geben als Wetten, für das sie ihr Geld einsetzen könnten." Sie grinste.

„Oh-oh. Was hast du denn jetzt schon wieder vor?"

„Es ist nur so eine Idee." Sie lachte. „Eine alternative Zukunft für Calvada, falls die Mine geschlossen werden muss."

Epilog

Matthias und Kathryn Beck lebten weiter glücklich in Calvada und setzten sich für die Verbesserung des Ortes ein. Sie reisten häufig nach Sacramento, um Besuche zu machen. Die Becks bekamen acht Kinder, fünf Jungen und drei Mädchen. Matthias und Henry Call blieben weiterhin Partner bei *Beck & Call Transporte*. Die Firma transportierte Waren durch den ganzen Staat Kalifornien und baute schließlich Kühlwaggons, in denen Obst und Gemüse aus Kalifornien mit dem Zug in den Osten gebracht werden konnte. Matthias wurde für eine zweite Amtszeit zum Bürgermeister gewählt, doch eine dritte Amtszeit lehnte er ab.

Wyn Reese heiratete Elvira Haines, und sie bekamen vier Kinder. Scribe und Millie bekamen sieben Kinder, vier Söhne und drei Töchter. Kathryn schrieb auch weiterhin Artikel für die Zeitung, doch nach der Geburt ihres vierten Kindes übergab sie die Zeitung an Scribe. Die Mercer-Jungen machten ihren Abschluss an der Mother-Lode-Schule und arbeiteten als Reporter für die *Voice*. Beide lernten Skifahren, heirateten Mädchen aus dem Ort und lebten mit ihren Familien in Calvada.

In den folgenden zwanzig Jahren wurden aus der Keeweetoss-Mine hochwertiges Kupfer und Silber gefördert. Die zwölf Männer, die sich für Kathryns Geschäftsexperiment hatten gewinnen lassen, erlangten einen gewissen Wohlstand. Einige blieben bei der Mine, andere setzten ihre Gewinne aus der Mine ein, um andere Geschäfte zu gründen. Jian Lin Gong wurde Bankier in der chinesischen Gemeinschaft.

Kathryn kämpfte entschlossen dafür, dass Calvada nicht, wie so viele andere Bergbaustädte, starb, wenn die Mine dann doch irgendwann erschöpft war. Mit Crazy Klaus Johannson erarbeitete sie eine alternative Einnahmequelle für die Stadt. Als die Keeweetoss-Mine dann tatsächlich geschlossen werden musste, lockte das *Keeweetoss-Ski-Ressort* jeden Winter Hunderte Touristen nach Calvada.

Kathryn spendete Geld für den Bau eines Marktplatzes. Der Plan wurde öffentlich gemacht: Kreuzförmig sollten die Wege zur Mitte zu einem großen Pavillon führen. Kiefern wurden gepflanzt, die den Familien, die an heißen Sommerabenden zu Konzerten und Spielen im Freien zusammenkamen, Schatten spenden sollten. Zu Ostern, zum vierten Juli, Thanksgiving und Weihnachten wurde der Pavillon geschmückt. Der Marktplatz wurde zum Treffpunkt für die Bewohner Calvadas. Um den Marktplatz herum wurden die Geschäfte angeordnet. Ronya Vanderstroms Café und Pension nahm beträchtlichen Platz in der Mitte eines Blocks ein.

Adays Gemischtwarenladen stand in der Mitte eines anderen Blocks. Nabor rutschte auf einer Orangenschale aus, schlug auf ein Fass mit Kidneybohnen und brach sich das Genick. Kaum jemand außer Abbie betrauerte sein Ableben. Abbie stellte zwei Männer ein und führte das Geschäft sehr erfolgreich allein weiter. Sie gönnte sich ein Klavier, etwas, das sie aus ihrer Kindheit im Osten vermisste.

Als der neunte Zusatzartikel verabschiedet wurde, der Frauen das Wahlrecht einräumte, und die Präsidentschaftswahl im November 1920 anstand, hielt Kathryn Walsh vom Pavillon in Calvada aus eine Rede. Bei der Öffnung der Wahllokale wurden sie und ihre drei Töchter ganz vorne in die Reihe geschoben, und als erste Frauen in Calvada gaben sie ihre Stimmen ab. Nachdem Matthias und ihre Söhne gewählt hatten, saßen Kathryn und Matthias auf einer Parkbank auf dem Marktplatz und hörten einer Musikgruppe zu, die patriotische Lieder spielte.

„Es ist ein gutes Leben, nicht?" Kathryn beobachtete die Leute, die über den Marktplatz schlenderten, die Kinder, die lachend über die Gehsteige rannten. Ein Junge kletterte auf eine Kiefer, und seine Mutter flehte ihn an, wieder herunterzukommen. Familien saßen auf Decken und ließen sich ein Picknick schmecken.

„Ja, das ist es." Matthias legte den Arm um sie. Sie lehnte den Kopf an seine Schulter. „Deine Rede war gut, Schatz."

Kathryn seufzte. „Oh, ich dachte, dass die Leute bestimmt nicht länger als dreißig Minuten zuhören würden, aber es gab noch so vieles, was ich sagen wollte."

„Es ist immer klug, eine Rede kurz zu halten." Lachend drückte er ihr einen Kuss auf die Stirn. „Darum hat Gott dich ja als Schriftstellerin erschaffen."

Anmerkung der Autorin

Liebe Leserin, lieber Leser,

COVID-19 schlug zu, kurz nachdem mein Mann und ich von den Dreharbeiten zu *Die Liebe ist stark* aus Südafrika zurückkehrten. Alle Reisen, die noch auf unserer Agenda standen, wurden abgesagt, und wir gehörten zu den unzähligen Bürgern unseres Landes, denen geraten wurde, ihre Häuser nicht zu verlassen. Als die Wochen zu Hause in Monate übergingen, schien dies der perfekte Zeitpunkt für mich zu sein, eine Geschichte zu überarbeiten und neu zu entwickeln, die schon seit Jahrzehnten in meinem Kopf herumgeistert, eine Geschichte, die humorvoll und nachsichtig ernste Themen anspricht. Das Leben war zu düster geworden, um noch mehr Schwere hinzuzufügen. Wir alle brauchen das Lachen, auch wenn die Tage dunkel sind – vielleicht müssen wir in solchen Zeiten eher öfter lachen als sonst. Und wir alle wünschen uns Veränderungen zum Besseren und dass die Dinge ein gutes Ende nehmen.

Meine Geschichten entstehen immer durch Fragen, und mich beschäftigten etliche Fragen, die zwar in einer Bergarbeiterstadt der 1870er-Jahre spielen, aber einen Bezug zu heute haben könnten. Kann ein einzelner Mensch Einfluss ausüben auf eine ganze Gemeinschaft? Wir alle kennen und beobachten Menschen, die eine Inspiration für andere sind. Wir alle kennen Menschen, die ihrem Gewissen folgen, ungeachtet der Konsequenzen. Was können wir tun, um das Leben von Menschen, die kein Dach über dem Kopf haben, besser zu machen? In den Städten in unserem Land leben sie in Zelten und verlassenen Gebäuden. Gibt es einen besseren, gerechteren Weg, „Reichtum zu verteilen“, ohne das Geld der einen Gruppe wegzunehmen und einer anderen zu geben? Der Apostel Jakobus schrieb: „Rein und vorbildlich Gott, unserem Vater, zu dienen bedeutet, dass wir uns um die Sorgen der Waisen und Witwen kümmern und uns nicht von der Welt verderben lassen“ (Jakobus 1,27). Wie sieht das ganz praktisch aus?

Mein wildes, mutiges Herz ist mein Pandemiebuch. Es ist eine Liebesgeschichte und blickt zurück auf meine Wurzeln als Autorin von Liebesromanen. Es ist die Geschichte einer aus Boston vertriebenen Suffragette und eines enterbten Soldaten der Unionsarmee, die sich in einer abgelegenen Bergarbeiterstadt in Kalifornien kennenlernen. Aber das Buch zeigt auch auf, wie ein einzelner Mensch eine ganze Gemeinschaft, eine ganze Stadt beeinflussen und verändern kann. Bestimmt haben Sie einige Ähnlichkeiten zu *Der Widerspenstigen Zähmung* und *Oklahoma!* entdeckt. Ich habe mich mit Kathryn und Matthias über ihre Liebesgeschichte gefreut und hatte so viel Spaß beim Schreiben. Ich hoffe, Sie haben genauso viel Freude beim Lesen.

Francine Rivers

MIX
Papier | Fördert gute Waldnutzung
FSC® C014496

Die amerikanische Originalausgabe erschien im
Verlag Tyndale House Publishers unter dem Titel „The Lady's Mine".
Published by Arrangement with Browne & Miller Literary Associates, LLC.

Dieses Werk wurde vermittelt durch die Literarische Agentur
Thomas Schlück GmbH, 30161 Hannover.

Aus dem Amerikanischen übersetzt von Eva Weyandt.

Bibelzitate folgen der Übersetzung *Neues Leben.*
Die Bibel © der deutschen Ausgabe 2002 / 2006 / 2017
SCM R.Brockhaus in der SCM Verlagsgruppe GmbH.

2. Auflage 2023
Best.-Nr. 817929
ISBN 978-3-95734-929-3

Umschlagfoto: Verlagsausgabe: Shutterstock / Ironika (Frau),
CarGe (Landschaft), Andreas Zerndl (Himmel);
Clubausgabe: Shutterstock / Alan Poulson Photography
Umschlaggestaltung: Hanni Plato
Satz: Apel Verlagsservice, Celle
Druck und Verarbeitung: GGP Media GmbH, Pößneck
Printed in Germany

www.gerth.de